Von Kate Charles erschien bei Bastei Lübbe:

13939 Die Saat der Lüge
14148 Die Schlingen des Bösen
14192 Die Feinde der Priesterin
14391 In der Stille der Nacht

KATE CHARLES

IM NETZ DES BÖSEN

Aus dem Englischen von
Petra Kall

Bastei Lübbe Taschenbuch
Band 14 481

1. Auflage: Februar 2001

Vollständige Taschenbuchausgabe

Bastei Lübbe Taschenbücher ist ein Imprint der Verlagsgruppe
Lübbe

Deutsche Erstveröffentlichung
Titel der englischen Originalausgabe: UNRULY PASSIONS
© 1998 by Kate Charles
© für die deutschsprachige Ausgabe 2001 by
Verlagsgruppe Lübbe GmbH & Co. KG,
Bergisch Gladbach
Titelbild: Swanstock/Image Bank
Umschlaggestaltung: Gisela Kullowatz
Satz: KCS GmbH, Buchholz/Hamburg
Druck und Verarbeitung: Brodard & Taupin, La Flèche
Printed in France
ISBN: 3-404-14481-3

Sie finden uns im Internet unter
http://www.luebbe.de

Der Preis dieses Bandes versteht sich einschließlich
der gesetzlichen Mehrwertsteuer.

Vorwort

Die beiden Jungen, die die Leiche fanden, hatten nicht danach gesucht. Obwohl ihnen vage bewußt war, daß die Polizei die Gegend nach einer vermißten Person durchkämmte, waren ihre Gedanken an diesem schönen Junitag woanders. Sie schwänzten die Schule – dieser Tag war zu schön, um ihn zu verschwenden, darin waren sie sich einig. Sie machten sich auf zum Fluß, um ein paar Züge zu schwimmen oder um vielleicht, mit ein bißchen Glück, ein, zwei Fische zu fangen.

Der blaue Wagen mit den halb heruntergekurbelten Fenstern stand tief im Gebüsch, unten, am Ende eines Waldweges neben dem Fluß, ein sehr versteckter Platz; die Jungs dachten, ein flirtendes Pärchen hätte vielleicht einen geheimen Platz für sich entdeckt. Sie näherten sich dem Wagen und zwinkerten sich zu. Sie schlichen sich jeder zu einer Seite und machten sich bereit, dem Pärchen einen gehörigen Schreck einzujagen.

Es klappte nicht ganz. Auf dem Rücksitz des Wagens befand sich nämlich kein liebendes Paar, sondern ein Toter. Es gab keinen Zweifel, daß die Person wirklich tot war, nicht den Hauch der Möglichkeit, daß die Jungs nur jemanden beim Schlafen entdeckt hatten.

Keiner der beiden hatte je zuvor einen Toten gesehen, trotzdem wußten sie, daß hier der Tod vor ihnen lag. Die Stelle, an der das Messer eingedrungen war, war offensichtlich, allerdings war sie nicht zu sehen. Fliegen klebten dicht an dicht um die Stichwunde, ihr Summen füllte den Wagen mit einem obszönen Geräusch. Und dann war da der Gestank.

Die Gesichter der Jungen spiegelten ihren Horror, als sie zuerst den Toten, dann sich gegenseitig anstarrten. Einer schrie, vielleicht waren es auch beide. Später wollten sie es nicht wahrhaben, natürlich, und jeder brüstete sich vor den Freunden, daß *er* der erste gewesen sei, der den Toten entdeckt habe. Sie beschrieben jedes grausame Detail und machten sich über die Feigheit des jeweils anderen lustig.

Doch im Moment war es nicht lustig. Die Jungen flohen zurück durch den Wald, stolperten über Wurzeln und ihre eigenen Füße, getrieben von dem Urinstinkt, dem Schrecken des unnatürlichen Todes zu entkommen.

Die Geschichte beginnt allerdings einige Monate früher, noch bevor die Büsche in ihr sommerliches Grün gekleidet sind.

Kapitel 1

Das Messer. Rosemary Finch hielt es ins Licht und untersuchte die Gravur auf dem polierten Griff; danach wickelte sie es vorsichtig in ein Papiertuch und legte es in eine Teekiste. Diese war bereits gefüllt mit ähnlich eingewickelten Gegenständen. Sie hatte das Messer jahrelang nicht gesehen; es war selbstredend zu gut für den täglichen Gebrauch; für das endlose Aufschneiden von Kuchen, Biskuits und Pfannkuchen bei den von der Kirche organisierten Kaffeekränzchen und den Gemeindefesten. Für diesen Zweck gab es spezielle Messer. Uralte Messer, mit stumpfen oder schartigen Klingen und verbogenen Griffen. Dutzende von ihnen; sie schienen sich in der Schublade zu vermehren. Dieses Messer unterschied sich jedoch von jenen: Es war ein Hochzeitsgeschenk von der Gemeinde, zu Rosemarys Hochzeit mit ihrem Vikar. Ihrer beider Namen sowie das Hochzeitsdatum waren auf dem silbernen Griff eingraviert. Mit Schleifen versehen wurde es an jenem Tag benutzt, um den Hochzeitskuchen anzuschneiden; danach war es weggepackt worden. Damals, so wurde Rosemary plötzlich klar und sie hielt unwillkürlich den Atem an, hatten sie und Gervase es wahrscheinlich für die Hochzeiten ihrer Kinder aufheben wollen.

Ein Umzug wird gewöhnlich als eines der großen traumatischen Ereignisse des Lebens eingestuft. Die Verzweiflung wird noch größer, wenn das zurückgelassene Haus die angesammelten Erinnerungen von Jahren enthält. Die

Packerei dauerte schon Tage an; Rosemary fühlte sich durch die ganze Sache emotional sehr mitgenommen. Jeder Gegenstand, jedes Besitzstück, mußte nachgesehen und beurteilt, sein Wert geschätzt werden. Nichts war zufällig in dieses Haus gelangt, und die Bedeutung eines jeden Teiles mußte abgewägt werden, bevor es entweder im Abfall oder in der Trödelkiste landete oder verpackt wurde.

Und für Gervase, dachte Rosemary mit einer Welle des Mitgefühls, ist es noch schlimmer als für mich. Er wohnte schon viel länger in diesem Haus, es barg so viele Erinnerungen für ihn – und nicht nur fröhliche. Und nur er konnte sich durch sein Arbeitszimmer wühlen. Er hatte es bis zur letzten Minute hinausgezögert, denn es würde ein schmerzlicher Job werden. Die Umzugsleute würden morgen in aller Frühe kommen; es mußte heute nacht erledigt werden. Er stürzte sich in die Arbeit, während sie in der Küche aufräumte.

Der Drang, ihm zu helfen, rang mit dem Wunsch, seine Privatsphäre nicht zu verletzen. Schließlich ließ sie die Küche im Stich, durchquerte den Flur und klopfte an die geschlossene Tür zu Gervases Arbeitszimmer.

»Ja?« Seine Stimme klang normal. »Komm 'rein.«

Rosemary schob die Tür auf und lehnte sich halb hinein. Gervase saß an seinem Schreibtisch, ihr gegenüber, und ordnete einen Stapel alter Gemeindeblätter. Er hob fragend den Kopf. Dabei neigte er sich leicht nach vorn, um sie über den Rand seiner halbmondförmigen Brillengläser hinweg richtig erkennen zu können. Ihr Herz floß vor Liebe über. Gervase, mit seinem wundervoll asketischen Gesicht und seiner Krone welligen Haares. Sie waren jetzt silbern, diese Haare, doch genauso dicht und wellig wie immer.

»Ich habe mich gefragt, wie du vorankommst«, sagte

Rosemary. »Möchtest du eine Tasse Tee? Ich habe noch ein paar Tassen da, und der Kessel wird natürlich erst ganz am Ende verpackt werden.«

Gervase lächelte. »Im Moment nicht, meine Liebe. Vielleicht später.«

»Dann lasse ich dich jetzt weitermachen.« Sie spürte, daß er allein sein wollte, und zog die Tür wieder hinter sich zu. Einen Moment lang blieb sie in der Halle stehen. Das Haus war ruhig – kein Radio, kein Fernseher, nur das laute Ticken der wunderschönen Standuhr in der Ecke des quadratischen Flurs. Diese Uhr war ein Relikt aus Rosemarys Kindheit. Während dieser Kindheit war die Uhr, zusammen mit der Familie, von einem alten Pfarrhaus zum nächsten gezogen. Jedes hatte sie in ein Zuhause verwandelt, wie sie da in den jeweiligen Hallen gestanden und beruhigend durch Tag und Nacht getickt hatte. Als ihr Vater dann starb und ihre Mutter in ein kleineres Haus zog, kam die Uhr zu Rosemary und brachte ein Echo ihrer Kindheit mit sich.

Dieses Pfarrhaus hier war natürlich nicht zu vergleichen mit den Pfarrhäusern ihrer Kindheit. Es war in den sechziger Jahren errichtet worden; zu einer Zeit, als die alten Pfarrhäuser zu einem Spottpreis an Angehörige der aufsteigenden Mittelklasse verschleudert wurden, um sie durch neue, zweckmäßige Wohnblocks ersetzen zu können. Viktorianische Pfarrhäuser, gebaut in einer Zeit, in der die Geistlichen ganze Stämme von Kindern in die Welt gesetzt hatten, sind für moderne geistliche Familien zu groß, das Beheizen zu teuer. So lauteten die Argumente. Natürlich konnte man das nicht ganz von der Hand weisen. Dieses Pfarrhaus war tatsächlich wärmer als die zugigen, ehrwürdigen Gebäude ihrer Kindheit, räumte Rosemary ein. Dennoch hatte sie das Gefühl, als sei da etwas verlorengegangen. Welche Erinnerungen würde ihre Tochter mit sich nehmen von diesem Haus, in dem sie ihr gesamtes bisheriges Leben verbracht hatte?

Daisy. Instinktiv lauschte Rosemary angestrengt auf Daisys Atem, hörte jedoch natürlich nichts. Sie durchquerte den Flur, ging nach oben und drückte die halboffene Tür zum Kinderzimmer auf. Daisy haßte die Dunkelheit. Sie bestand darauf, die Tür nachts in einem bestimmten Winkel offenstehen zu haben. Außerdem brannte ein Nachtlicht. In dessen dämmrigem Schein konnte Rosemary ihre Tochter erkennen. Sie hatte sich zusammengerollt und schlief fest. Ihre Arme waren um Barry geschlungen, ihren Teddy. Rosemary lächelte und zog sich zurück. Sie schob die Tür wieder in die halbgeöffnete Position.

Rosemary kehrte in die Küche zurück mit dem Vorsatz, weiterzupacken. Irgend etwas – mehr als nur der Wunsch, das Packen aufzuschieben – trieb sie jedoch dazu, der Kirche einen Abschiedsbesuch abzustatten. Sie nahm den Schlüssel vom Haken und verließ das Haus durch die Hintertür. Sie folgte, in der Dunkelheit von Instinkt und Erinnerung geleitet, dem vielbegangenen Pfad zu dem großen Ziegelbau, der die Umgebung prägte – und der genauso auch ihr Leben und das ihrer Familie über so viele Jahre bestimmt hatte. Eine viktorianische Kirche aus roten Ziegeln, fachmännisch gearbeitet, ohne besonders hervorstechende architektonische Herkunftsmerkmale. Für Rosemary war sie trotz alledem wunderschön. Ausgestattet mit den Amtsinsignien der Hohen Kirche, ihre Atmosphäre verdichtet durch Gebete von Gläubigen eines ganzen Jahrhunderts.

Im Inneren brannte Licht, das konnte Rosemary sehen. Die Tür des südlichen Portals war unverschlossen. Nichts Beunruhigendes, sagte sie zu sich selbst: Gervase hatte sie sicherlich zuvor verschlossen. Wer immer nun dort war, hatte sich mit einem eigenen Schlüssel hereingelassen.

Früher war die Kirche natürlich Tag und Nacht unverschlossen gewesen, und Gervase hatte das bevorzugt. »Es ist Gottes Haus«, sagte er oft, »und sollte jedem offen stehen.« Doch die Zeiten hatten sich geändert. Der Gemeinderat der Kirche hatte darauf bestanden, daß vernünftige Maßnahmen getroffen wurden. Der Kompromiß sah so aus, daß die Kirche am Tag geöffnet bleiben und in der Nacht verschlossen werden sollte.

Rosemary schlüpfte so leise in die Kirche, daß die Frau, die die Blumen vor dem Kruzifix neu arrangierte, sie ein paar Minuten lang nicht bemerkte. So blieb sie an der Rückseite stehen und sah Hazel Croom dabei zu, wie sie ein paar welkende Blüten herauszupfte und durch Neue ersetzte; auf diese Weise ging sie sicher, daß ihr Arrangement für den Rest der Woche hielt. Bis sie – oder die nächste Person auf dem Dienstplan – am Samstag wieder von vorne anfangen mußte.

Die weißen Lilien, zu Ostern obligatorisch, wirkten noch immer ziemlich frisch. Ihr schweres Parfüm war überwältigend, sogar aus der Distanz. Rosemary atmete tief durch. Hazel Croom drehte sich um.

»Rosemary!« Sie runzelte verärgert die Stirn. »Sie haben mich zu Tode erschreckt! Hier so herumzuschleichen!«

Rosemary kam den Gang entlang auf sie zu. »Es tut mir leid«, entschuldigte sie sich. Warum, überlegte sie, fühle ich mich bei Hazel immer wie ein aufsässiges Schulmädchen? Tat Hazel dies mit Absicht – sie in solch eine Situation zu bringen –, oder hatte sie sich das selbst zuzuschreiben? »Die Blumen sind schön«, sagte sie lahm.

Hazel besah sich die Blumen. Sie sah Rosemary nicht an. »Nicht schlecht«, räumte sie ein. »Sie werden auf jeden Fall bis zum Wochenende halten.«

Rosemarys nächste Worte kamen unfreiwillig. »Und wir werden weg sein.«

»Jawohl.« Hazel Croom drehte sich um und blickte sie an. »Sie werden weg sein.«

Es klang wie eine Anklage. »Wir werden Pater Gervase sehr vermissen.«

Die Klinge drehte sich. Und ich? dachte Rosemary. Was ist mit mir? Sie haßte sich selbst dafür, daß es ihr etwas ausmachte. Daß sie, nach all den Jahren, noch immer auf die Anerkennung dieser Frau hoffte, obwohl sie wußte, daß sie sie nie bekommen würde. Außerdem kränkte sie die Unterstellung, der Umzug sei ihre Schuld. Als ob sie Gervase irgendwie, gegen seinen Willen, fortschleppte. »Wir beide werden Letherfield und St. Marks sehr vermissen«, sagte sie, wohl wissend, wie defensiv sie klang. »Doch ich fürchte, wir hatten keine andere Wahl.«

»Wegen Daisy, meinen Sie?«

Rosemary nickte. »Sie war so unglücklich in der Schule. Es war ein einziger Alptraum, seit sie die Grundschule verlassen hatte und auf die höhere Schule gewechselt war. Einige der anderen Kinder sind so grausam. Und es gibt hier keine Vorrichtungen für Kinder mit besonderen Bedürfnissen, keine Mittel – sie bestanden darauf, daß wir sie auf eine spezielle Schule schicken müßten.« Ihre Stimme konnte ihren Schmerz nicht verbergen. »Wir wußten einfach nicht, was wir tun sollten.« Noch während sie das sagte, erinnerte sie sich daran, daß Hazel Croom eine derjenigen war, die eine Einweisung Daisys vom Tag ihrer Geburt an befürwortet hatten.

»Tja, also.« Hazel rümpfte die Nase. »Ich bin sicher, daß es da ... andere Möglichkeiten gegeben hätte. Hat es immer.«

»Daisy ist ein Mitglied unserer Familie«, sagte sie, schärfer als beabsichtigt. In einem besänftigenden Tonfall fuhr sie fort: »Die neue Schule ist sehr gut. Die in Branlingham.«

»Ist das wenigstens eine Schule für zurückgebliebene Kinder?«

Rosemary zuckte zusammen; zumindest hatte Hazel nicht ›mongoloid‹ gesagt; obwohl sie es vermutlich gedacht hatte. »Nein, das ist die Dorfschule. Es gibt dort ein paar Kinder mit besonderen Bedürfnissen. Der Rektor ist sehr dafür, sie in die Gruppe der anderen Kinder zu integrieren.«

Hazel zog eine bräunlich verfärbte Lilie aus dem Arrangement und warf sie in den Abfalleimer. »Ich bin davon überzeugt, daß Sie alle sehr glücklich sein werden«, sagte sie knapp; es war deutlich, daß sie das nun gerade nicht hoffte.

»Die neue Gemeinde ist sehr nett«, fuhr Rosemary fort. In ihren Ohren klang es, als wolle sie sich selbst davon überzeugen. »Wir können von Glück sagen, sie gefunden zu haben. Der Bischof war sehr verständnisvoll und hilfsbereit.«

»Aha.«

»Die mittelalterliche Kirche dort ist wunderschön. Sie ist nicht sehr groß, besitzt aber ein paar wunderschöne Charakteristika. Das Pfarrhaus ist riesig. Wir drei werden uns darin verlieren.«

»Es ging doch das Gerücht um, daß das Pfarrhaus verkauft werden sollte«, versuchte Hazel sie auszufragen. »Ich bin mir sicher, daß Pater Gervase etwas in der Art erwähnt hat.«

»Das war der ursprüngliche Plan«, erwiderte Rosemary. »Die Diözese wollte das alte Pfarrhaus verkaufen und als Ersatz ein kleineres Haus im Dorf erwerben. Es existiert allerdings eine Gruppe – sie nennen sich ›Rettet die Pfarrhäuser‹ –, die sich dazu verschrieben hat, den Ausverkauf solcher Gebäude zu stoppen. Sie haben die Diözese verklagt und gewonnen, deswegen bleibt es das Pfarrhaus in

Branlingham. Ich fürchte nur«, fügte sie reumütig hinzu, »daß es in einem furchtbaren Zustand sein wird. Der alte Vikar war Junggeselle und hat nur ungefähr zwei Zimmer bewohnt. Weil alle dachten, es würde verkauft werden, ist absolut nichts renoviert worden. Doch wir können es uns wegen des beginnenden neuen Schuljahres nicht erlauben, mit dem Umzug zu warten.«

»Was für eine Schande«, sagte Hazel Croom. Sie meinte das Gegenteil. Wenn sie schon die Unverfrorenheit besaßen, Letherfield zu verlassen, bekamen sie wenigstens das, was sie verdienten.

Abwesend strich Rosemary über eine Lilienblüte. »Ich bin sicher, daß es irgendwann instand gesetzt wird.«

»Wissen sie nicht, daß Lilien braun werden, wenn man sie berührt?« fuhr Hazel sie an und riß demonstrativ die Lilie, die Rosemary gerade berührt hatte, aus dem Strauß. Sie zerquetschte sie in ihrer Hand und warf sie in den Eimer. Dann sammelte sie Sachen zusammen. »Ich werde morgen weitermachen«, verkündete sie. »Wenn Sie noch bleiben, können Sie ja abschließen.«

Hazel war gegangen. Den Duft der zerquetschten Lilie noch immer in der Nase, setzte sich Rosemary auf die Stufen zur Kanzel. Tränen brannten in ihren Augen. Sie dachte daran, zu beten. Aber sie wußte, daß ihre Gedanken dafür viel zu sehr in Aufruhr waren. Hazel Croom hatte so viele Gefühle wachgerufen, so viele Erinnerungen ... und das jetzt, an ihrem letzten Abend in Letherfield. Wann würde sie diese Kirche wiedersehen? Sie wußte sehr genau, daß das ungeschriebene Gesetz der Kirche ihnen für die nächsten Jahre untersagte, zurückzukehren, sei es auch nur für einen Besuch. Ihre eigenen Eltern hatten diese Regel stets buchstabengetreu befolgt: In Rosemarys Kindheit hatte ein

Umzug gleichzeitig ein Weggang für immer bedeutet. Mit dem Wissen, daß es nicht die kleinste Chance gab, alte Lieblingsplätze wiederzusehen oder alte Freundschaften zu erneuern. Gervase würde ohne Zweifel genauso denken.

Rosemarys Gedanken wanderten vierzehn Jahre zurück zu der Zeit, als sie nach St. Marks kam. Hazel Croom war dafür verantwortlich gewesen; das war eines der Dinge, die sie Rosemary niemals vergessen ließ. »Wenn ich nicht gewesen wäre«, bemerkte sie mit Vorliebe, »wären sie überhaupt nicht hier.« Sie schloß die Augen und durchlebte diesen ersten Tag noch einmal.

Rosemary Atkins war eine junge Englischlehrerin an einer weiterführenden Schule in Long Haddon, einer Kleinstadt in Suffolk. Die Erziehung in einem Pfarrhaus gerade hinter sich gelassen, mit allem, was das bedeutete, hatte sie sich natürlich der Hauptkirche der Gemeinde mitten im Stadtzentrum angeschlossen. Deren gemäßigte Kirchenführung war ziemlich nichtssagend; trotzdem nahm sie regelmäßig an den Gottesdiensten teil.

Die stellvertretende Rektorin an Rosemarys Schule war eine durchsetzungsfähige Frau namens Hazel Croom. Unverheiratet und Anfang Vierzig, lebte sie bei ihren Eltern in Letherfield, einem Dorf in der Umgebung von Long Haddon. Anders als die meisten ihrer Kolleginnen und Kollegen war Hazel eine engagierte Kirchgängerin. Wenn man sie reden hörte, konnte man meinen, daß sie die einzige Wahrerin des Glaubens war, die St. Marks in Letherfield besaß. Die Vorgänge in St. Marks waren ihr Hauptgesprächsthema im Lehrerzimmer; jeder, vom Rektor bis zum Hausmeister, wurde täglich mit Geschichten über ihren geliebten Pater Gervase beglückt.

Rosemary, selbst Kirchgängerin, mußte noch mehr als die übliche Dosis der Geschichten aus St. Marks über sich ergehen lassen. »Es ist dort viel interessanter als in der Gemeindekirche in Long Haddon. Pater Gervase verbreitet so einen wunderbaren Geist des Glaubens an diesem Ort«, erzählte Hazel. »Und Laura ist natürlich die perfekte Hilfe für ihn. Sie widmet sich ganz der Gemeinde, ja, das tut sie. Sonntagsschule, Blumendienstplan, Müttervereinigung, Krankenbesuche – eben alles, was die Ehefrau eines Vikars übernehmen sollte. Nicht wie die Frau wie-heißt-sie-doch-gleich in der Gemeindekirche von Long Haddon«, entrüstete sie sich. »Arbeitet in einer Zahnarztpraxis. Das ist nun wirklich nicht drin. Ich weiß nicht, was sich ihr Mann dabei denkt, ihr solch einen Job zu erlauben. Ihr Platz ist an seiner Seite. Sie sollte in der Gemeinde arbeiten und ihre Kinder erziehen.«

Wie Wasser, das stetig auf einen Stein tropft, hinterließen Hazel Crooms Lobpreisungen bei Rosemary ihre Spuren. Während der Osterferien in jenem Jahr fuhr Rosemary nach Hause, um ihre Eltern zu besuchen. Als sie Samstagnacht nach Long Haddon zurückkehrte, beschloß sie, St. Marks am nächsten Morgen zu testen. Warum auch nicht? sagte sie zu sich selbst. Es ist ja nur für einen Sonntag. Miß Croom würde es gefallen.

Rosemary hatte zu viel über Pater Gervase und seine perfekte Familie gehört, um nicht neugierig auf diese Muster an Tugendhaftigkeit zu sein. Zukünftig würde sie dann in der Lage sein, sie sich richtig vorstellen zu können, wenn Miß Croom von ihnen sprach.

Rosemary unterschätzte die Zeit, die sie bis Letherfield benötigte. Sie kam zu spät und schlüpfte in eine der hinteren Bänke. Sie war angetan von dem Gottesdienst. Mit vollem Aufgebot an Ministranten und sogar Weihrauch war dies viel mehr nach ihrem Geschmack als die Ausdruckslosigkeit der Gemeindekirche in Long Haddon. Außerdem beobachtete sie den Pfarrer mit Interesse. Nicht so, wie ich mir Pater Gervase vorgestellt habe, entschied sie. Er war jünger und unreifer, als sie erwartet hatte. Ein angemessener Prediger, nicht mehr, mit einer näselnden Stimme.

Nach dem Gottesdienst entdeckte sie Hazel Croom. Hazel hielt ein Stück Papier in der Hand und runzelte die Stirn. »Wie ärgerlich«, murmelte sie, als Rosemary zu ihr trat. Dann sah sie ihre Kollegin. »Oh, Miß Atkins! Sind sie doch endlich gekommen, sich St. Marks anzuschauen?«

»Ja, sie haben mich schließlich überredet.« Rosemary lächelte. »Ich habe so viel über Pater Gervase gehört, daß ich ihn mit eigenen Augen sehen wollte.«

Hazel Crooms Stirnrunzeln vertiefte sich. Ihre Mundwinkel zogen sich nach unten. »Oh, es ist schrecklich. Einfach schrecklich.«

»Was?« Rosemary sah sie verwirrt an. »Ich muß gestehen, daß diese Predigt nicht gerade das Beste war, was ich jemals gehört habe, doch ...«

Jetzt war es an Hazel, verwirrt auszusehen. »Wovon sprechen sie?«

»Pater Gervases Predigt.«

Miß Crooms Kiefer klappte nach unten. »Das war doch nicht Pater Gervase, das war Pater Michael, der Kurator. Wie konnten Sie nur denken, daß das Pater Gervase war?«

»Was ist dann ...«

»Natürlich, Sie waren ja nicht da – Sie wissen nicht, was passiert ist.« Hazel Croom schwenkte ihr Stück Papier. »Haben Sie die Fürsprache nicht gehört? Die Gebete für die Seelenruhe von Laura Finch?«

»Oh.« Rosemary starrte sie an, als ihr Gehirn arbeitete und die Teile zusammenfügte. »Doch nicht Pater Gervases Frau Laura?«

Die andere Frau nickte ernst und preßte dabei die Lippen zusammen.

»Ich wußte ihren Nachnamen gar nicht. Ich hätte niemals gedacht ... Was ist passiert?«

»Oh, es war schrecklich«, wiederholte Miß Croom. »Es geschah vor zwei Wochen. Sie wußten doch, daß Laura ein Baby erwartete, einen kleinen Bruder oder eine kleine Schwester für den jungen Thomas?«

Rosemary nickte; es war ihr mehr als einmal erzählt worden, daß die perfekte Familie bald Zuwachs erwartete.

»Es lief alles schief. Eine Art Blutvergiftung, so wurde gesagt. Sie wurde in Long Haddon ins Krankenhaus eingeliefert, weil sie sich nicht gut fühlte. Und plötzlich war sie tot. Wir haben sie letzte Woche beerdigt.«

»Oh ...« Rosemary atmete mit einem Seufzer aus. »Oh, wie furchtbar. Die arme Frau. Der arme Pater Gervase.«

»Eben.« Hazel Croom wedelte wieder mit ihrem Papier. »Er ist außer sich, der arme Mann. Bekommt nichts geregelt. Sitzt im Pfarrhaus und heult, und der junge Thomas ...«

Rosemary verspürte Mitleid. »Der arme kleine Junge!«

»Er ist im Moment bei seinen Großeltern – Lauras Eltern«, informierte Miß Croom sie. »Ich hatte angeboten, ihn für eine Weile zu mir zu nehmen, bis Pater Gervase wieder mit allem fertig wird; man fand es jedoch besser, ihn zu seinen Großeltern zu schicken.«

»Ich bin sicher, daß Sie Pater Gervase eine große Stütze sind«, sagte Rosemary.

Hazel Crooms Lippen kräuselten sich in einer selbstzufriedenen Grimasse. »Na ja, ich versuche mein Bestes.« Sie tippte auf das Papier. »Ich habe einen Dienstplan für seine Mahlzeiten aufgestellt. Die Frauen der Gemeinde bringen ihm jeden Tag etwas zu essen.«

»Wie nett von Ihnen.«

»Einer muß es ja tun«, sagte Miß Croom brüsk. »Nicht, daß das immer reibungslos abläuft. Miß Brown hat mir gerade mitgeteilt, daß sie morgen nicht kann – irgend etwas wegen einer Operation ihrer Schwester; Krampfadern. Als hätte sie mir nicht früher Bescheid sagen können.« Sie musterte Rosemary abschätzend. »*Sie* könnten das natürlich übernehmen.«

»Ich? Aber ich *kenne* Pater Gervase noch nicht einmal.«

»Das macht nichts.« Hazel wischte diesen Einwand mit einer Handbewegung beiseite. »Sie können doch kochen, oder?«

»Ja, aber ...«

»Ich würde es natürlich selbst tun, aber morgen hat Mutter ihren Bridge-Abend.« Sie holte einen Stift heraus, änderte ihre Liste und zeigte sie Rosemary dann.

»Sehen Sie, ich habe Sie für morgen abend eingetragen. Montag der Zwölfte. Irgendwann so zwischen sieben und halb acht. Bringen Sie das Essen zum Pfarrhaus – nicht in das alte Pfarrhaus, in das neue, direkt neben der Kirche.«

Rosemary gab es auf. »Was soll ich denn kochen?«

»Oh, das bleibt ihnen überlassen.« Hazel Croom schüttelte den Kopf. »Pater Gervase ist ein geistlicher Mensch, nicht gerade praktisch veranlagt. Er ißt normalerweise alles, was man ihm vorsetzt. Im Moment glaube ich allerdings, daß er überhaupt nicht viel ißt. Ich habe versucht, ihn zum Essen zu überreden, doch wenn er nicht will ...«

Zurück in ihrer Wohnung prüfte Rosemary ihr Kochbuch sorgfältig auf ein Gericht, das die Geschmacksnerven eines trauernden Witwers in Versuchung bringen könnte. Durch ihre Erziehung im Pfarrhaus war sie eine kompetente, wenn auch keine inspirierte Köchin; fehlende finanzielle Mittel waren immer ein limitierender Faktor gewesen. Von ihrer Mutter gut unterrichtet, war sie Expertin darin, preiswerte Mahlzeiten aus dem Hut zu zaubern.

Mahlzeiten, die fast beliebig gestreckt werden konnten, um so viele Menschen wie nötig zu sättigen. Es erschien in letzter Sekunde noch jemand? Kein Problem – machen wir noch eine Dose Bohnen auf.

Doch dies war etwas anderes, etwas Besonderes. Bis tief in die Nacht hinein brütete sie über dem Buch. Schließlich entschied sie sich für einen schmackhaften Kartoffeltopf mit Wursteinlage, nach Kräutern duftend, und als Nachspeise wählte sie Strudel mit Marmeladenfüllung. Nervennahrung.

Montag nach der Schule flitzte sie durch die Geschäfte und besorgte die Zutaten. Beim Metzger entschied sie, sich die besten Würste zu leisten, nicht die, die sie sonst holte. Als die Suppe fertig war, wußte sie, daß diese Entscheidung richtig gewesen war: Es roch wunderbar. Wenn das Pater Gervase nicht dazu brachte, zu essen, dann würde nichts helfen.

Die in Zeitungspapier eingeschlagene Kasserolle in ihrem Korb war noch heiß, als Rosemary in St. Marks ankam. Ihr Herz pochte nervös, als sie klingelte.

Der Mann, der die Tür öffnete, entsprach nicht ihren Erwartungen. Rosemary war sich allerdings nicht sicher, *was* sie erwartet hatte. Er schien Ende Dreißig zu sein, war recht groß und sehr schmal. Er hatte dichtes, welliges Haar, seitlich gescheitelt; eine Locke hing ihm in die Stirn. Das Haar fiel lang – zu lang – über die Ohren. Sein Gesicht war länglich und ausdrucksvoll, mit einem sensiblen Mund. Gesicht und Statur, entschied sie, gehörten eher einem romantischen Dichter als einem Pfarrer; er sollte Krawatte und Gehrock tragen, nicht dieses fadenscheinige schwarze klerikale Hemd. Dann bemerkte sie seine Hände: Es waren wunderschöne Hände, mit langen, schmal zulaufenden Fingern. Definitiv die Hände eines Dichters, dachte Rosemary. Sie lächelte vor sich hin. Ihre Nervosität war vergessen. »Ja?« sagte Pater Gervase. Er sah sie verständnislos an.

»Ich bringe Ihnen Ihr Abendessen.« Sie lächelte ihn auf eine, wie sie hoffte, freundliche Weise an.

Sein verwirrter Blick blieb. »Verzeihen Sie meine Unhöflichkeit ... sollte ich Sie kennen?«

Rosemary lachte. »Nein, Sie kennen mich nicht. Mein Name ist Rosemary Atkins. Ich bin ... neu in der Gemeinde.« Als sie es aussprach, wußte sie, daß sie nicht zur Gemeindekirche in Long Haddon zurückkehren würde. »Ich arbeite mit Miß Croom zusammen«, fügte sie hinzu.

»Ach so.« Pater Gervase lächelte, und dieses Lächeln verzauberte sein Gesicht. »Ich fange an, zu verstehen.«

»Da war etwas mit Miß Browns Schwester. Miß Croom bat mich, einzuspringen«, erklärte Rosemary. »Eintopf mit Wursteinlage«, fügte sie hinzu und hob den Korb, so daß der würzige Duft zu dem Pfarrer hinüberwehte.

»Wie außerordentlich freundlich von Ihnen«, sagte Pater Gervase, und obwohl dies ein Standardspruch war – Worte, die er schon tausendmal gesagt hatte, besonders in den letzten paar Wochen – sprach er in aller Aufrichtigkeit. »Treten Sie doch ein, Miß ... Mrs ... Atkins.«

»Miß«, erwiderte sie. »Oh, nein, ich möchte nicht aufdringlich sein.«

Pater Gervase trat zurück und bedeutete ihr, einzutreten. »Es wäre nicht aufdringlich, es wäre mir eine Freude.«

Sie konnte nicht ablehnen. Er nahm ihr den Korb aus der Hand und ging voraus in die Küche. »Entschuldigen Sie die Unordnung«, sagte er. Seine Stimme klang erstaunt. Er schaute sich um, als nähme er seine Umgebung zum ersten

Mal wahr. »Ich bin nicht gut im Spülen und diesen Dingen.«

Das war offensichtlich. Die Küche war Katastrophengebiet. Pater Gervase mußte suchen, um einen kleinen freien Platz für den Korb zu finden.

»Es überrascht mich, daß Miß Croom das nicht für Sie erledigt.« Die Worte waren ausgesprochen, bevor Rosemary Zeit hatte, darüber nachzudenken. Sie bereute sie auf der Stelle. Sie kamen ihr vor wie Verrat und Unverfrorenheit zugleich.

Pater Gervase brach jedoch spontan in Lachen aus und warf ihr einen verschwörerischen Blick zu. »Das täte sie, wenn ich sie reinlassen würde. Es stellt harte Arbeit für mich dar, sie draußen zu halten. Miß Croom und all die anderen hervorragenden Frauen der Gemeinde. Sie meinen es natürlich nur gut und sind sehr freundlich, aber ...« Er verstummte.

»Ja, ich verstehe.« Rosemary freute sich irgendwie, daß sie nicht in diese Kategorie zu gehören schien.

»Sie bleiben doch zum Essen?« Er nahm die Kasserolle aus dem Korb. »Sieht so aus, als gäbe es genug für ... eine ganze Familie.«

»Oh, nein, das kann ich wirklich nicht annehmen«, erwiderte sie.

»Bitte. Ich hasse es, alleine zu essen«, stellte er nüchtern fest; es war klar, daß er meinte, was er sagte, und sie nicht nur aus reiner Höflichkeit bat.

»Na gut, dann bleibe ich«, gab Rosemary nach. »Aber nur, wenn ich hinterher abwaschen darf.«

Das Abendessen war ein Erfolg. Pater Gervase aß den Eintopf mit offensichtlichem Genuß. Und von dem Strudel blieb nichts übrig.

Sie unterhielten sich während des Essens, es wurde spät. Rosemary war sich bewußt, daß sie gehen, dem armen Mann seinen Frieden lassen sollte. Er schien jedoch nicht zu wollen, daß sie ging. Er bot ihr Kaffee an. Als offensichtlich wurde, daß die Zubereitung ihn an die Grenzen seiner häuslichen Fähigkeiten brachte, übernahm sie und bereitete ihn selbst zu. Sie tranken den Kaffee am Küchentisch.

Ihre Unterhaltung drehte sich um neutrale Themen: Rosemary erzählte ihm von ihrer Kindheit im Pfarrhaus, dies führte dann zum Thema Kirche im allgemeinen. Pater Gervase schien zwar bedrückt zu sein, machte jedoch keinen melancholischen Eindruck; sie spürte, daß er bemüht war, das Gespräch nicht auf seinen Verlust zu lenken. Sie wollte ihn nicht dadurch verletzen, daß sie das Thema anschnitt.

Es konnte jedoch nicht vermieden werden. Beiläufig kam es zur Sprache, als sie ihn über sein Kind befragte.

»Miß Croom erzählte mir, daß sie einen Sohn haben«, sagte sie. »Wie alt ist er?«

»Tom wird nächsten Monat zehn.« Pater Gervase zögerte. »Ein schwieriges Alter ... seine Mutter zu verlieren. Und wir hofften so, ihm eine Schwester schenken zu können. Ein kleines Mädchen ...« Sein Gesicht verzog sich vor Schmerz. Er schluckte.

»Oh, es tut mir so leid«, sagte Rosemary in spontaner Aufrichtigkeit.

Ihr Mitleid war zuviel für ihn. Er legte die Ellenbogen auf den Tisch und bedeckte das Gesicht mit seinen schönen Dichterhänden.

Rosemary verspürte den unbändigen Drang, ihn in die Arme zu schließen, seinen Kopf an ihre Brust zu pressen und über dieses dunkle, wellige Haar zu streichen. Um alles wiedergutzumachen, ihm den Schmerz zu nehmen. Natürlich tat sie nichts von alledem, wohlerzogene Tochter eines Vikars, die sie nun einmal war.

Am nächsten Tag in der Schule fragte Hazel Croom, wie sie zurecht gekommen war. »Und, was haben Sie für einen Eindruck von Pater Gervase?«

»Oh, er macht einen netten Eindruck«, erwiderte Rosemary vorsichtig. Sie spürte, daß es ein Fehler wäre zuzugeben, im Pfarrhaus gewesen zu sein. »Er schien dankbar zu sein für das Essen.«

»Er wird es nicht gegessen haben, wissen Sie«, versicherte Miß Croom ihr selbstgefällig. »Er ist völlig hilflos. Laura mußte immer hinter ihm her sein, um sicher zu gehen, daß er genug ißt, um Leib und Seele zusammenzuhalten. Und jetzt, wo er alleine ist, ist es hoffnungslos. Er braucht jemanden, der nach ihm sieht. Er mag ein großer Gelehrter sein und ein geistreicher Pfarrer, unser Pater Gervase, doch er ist nicht im mindesten praktisch veranlagt.« Sie zögerte. »Er sollte wieder heiraten – obwohl natürlich niemand Lauras Platz einnehmen kann. Thomas braucht eine Mutter, der arme kleine Kerl. Und Pater Gervase braucht eine Frau.«

Jetzt, vierzehn Jahre später, saß Rosemary Finch auf den Stufen zur Kanzel und erinnerte sich an all dies. Es waren einige Jahre vergangen, bevor ihr klar geworden war, wen Hazel Croom für die Rolle als neue Frau von Gervase im Kopf hatte. Damals war es ihr einfach nicht in den Sinn gekommen. War es, weil Hazel ihr so viel älter erschien als Gervase? Tatsächlich jedoch, so wurde Rosemary jetzt klar, waren es nicht mehr als ein paar Jahre. Vor vierzehn Jahren war Gervase fast vierzig gewesen, und Hazel hatte diesen Meilenstein mit Sicherheit gerade erst hinter sich gelassen. Sie war Rosemary immer alt vorgekommen. Ihre Wahrnehmung hatte ihr einen Streich gespielt. Hazel Croom war stellvertretende Rektorin. Diese Autorität gebietende Position in Kombination mit ihrer dominanten Persönlichkeit und ihrer altjüngferlichen Art, ließ sie in den Augen einer jungen Frau Mitte Zwanzig uralt erscheinen.

Dann natürlich, als sie Hazels Ehrgeiz bezüglich Gervase begriffen hatte, bekam deren Verhalten eine logische Erklärung: Hazels Kälte ihr gegenüber, ihre subtile und manchmal gar nicht subtile Art, Rosemarys Ansehen in der Gemeinde zu untergraben. All das machte, im Zusammenhang gesehen, Sinn. Hazels Groll ihr gegenüber, im Verborgenen genährt, reichte weiter zurück als Rosemarys gegenwärtige Sünde, verantwortlich für ihren anstehenden Wegzug von St. Marks zu sein. Diese Erkenntnis hätte Hazels Abneigung eigentlich erträglicher machen sollen, tat es aber irgendwie nicht.

Rosemary wußte natürlich von Anfang an, daß Hazel ihre Hochzeit mit Gervase mißbilligte. Damals jedoch hatte sie es Hazels Loyalität der toten Laura gegenüber zugeschrieben. Hazel und Laura waren Freundinnen gewesen. Laura war perfekt gewesen ...

Sie schüttelte den Kopf, um diesen Gedanken loszuwerden. Dann stand sie von den Stufen auf und begann, die Lichter auszuschalten. Es war mittlerweile alles nicht mehr wichtig. Sie und Gervase verließen St. Marks. Verließen es, um in einer neuen Gemeinde ein neues Leben anzufangen.

Die Kirchentür schloß sich endgültig hinter Rosemary. Die symbolische Schließung eines Kapitels ihres Lebens. Unerwarteterweise wurde ihr leichter ums Herz: Vielleicht würde sich diese Veränderung positiv auswirken. Sie würde ihr Bestes geben, sowohl für Gervase und sich selbst als auch für Daisy.

Rosemary drehte den Schlüssel im Schloß der Kirchentür und ging ins Haus, um weiter zu packen. Ihre beschwingte Stimmung hielt jedoch nicht lange an; sie durchquerte die Küche, um nach Gervase zu sehen. Als sie das Licht im Flur anknipste, erhaschte sie einen kurzen Blick auf ihr Bild im Spiegel. Sie sah rote Flecken auf ihren Wangen nach ihrem Zusammenstoß mit Hazel Croom von vorhin. Warum mußte sie auch immer so erröten! Das brachte ihr nur Nachteile im Umgang mit Menschen wie Hazel. Sie rieb die roten Flecken, doch dadurch wurden sie nur noch dunkler. Rosemary seufzte, unzufrieden wie immer mit ihrem Erscheinungsbild. Die feinen, mausfarbenen langen Haare hingen ihr schlapp ums Gesicht. Sie trug normalerweise Zöpfe; heute war dafür jedoch einfach keine Zeit gewesen. Ihr Pony wurde zu lang, er hing über den Rand ihrer Brille hinab; sie würde ihn bald nachschneiden müssen. Und die großen runden Brillengläser lenkten die Aufmerksamkeit nur darauf, wie schmal ihr Gesicht war.

Die Tür zu Gervases Arbeitszimmer war nur angelehnt, daher trat sie ein. Gervase saß immer noch an seinem Schreibtisch, genau so, wie sie ihn vorhin verlassen hatte. Doch dadurch, daß sie ihr Kennenlernen soeben nochmals durchlebt hatte, sah Rosemary ihren Mann jetzt mit anderen Augen: Nicht nur seine Haarfarbe hatte sich verändert, erkannte sie: Er besaß nicht mehr das Gesicht eines Dichters. Jetzt sah Gervase Finch aus wie ein Heiliger aus dem Mittelalter, einer der Väter in der Wüste vielleicht, durch Schmerz geläutert. Dann fiel Rosemary auf, daß er anstelle der Gemeindemagazine ein Foto betrachtete; es in den schmal zulaufenden Fingern hielt. Von dort, wo sie stand, konnte Rosemary sehen, daß es sich um ein Foto von Laura handelte. Laura war wunderschön gewesen.

Gervase hob den Kopf; Tränen standen in seinen Augen.

Laura war wunderschön gewesen, doch Laura war tot. Rosemary war jetzt seine Frau. Sie tat das, wonach sie sich schon vierzehn Jahre zuvor gesehnt hatte: Sie ging zu Gervase und schloß ihn in die Arme. Sie hielt seinen Kopf an ihre Brust gedrückt und strich ihm über das wellige, jetzt silberne Haar.

Kapitel 2

Das Telefon auf dem Nachttisch des Erzdiakons läutete, bevor der Wecker klingelte. Margaret Phillips befand sich noch im Halbschlaf. Sie wartete auf den Wecker. An diesem Montagmorgen hatte sie ihn eine halbe Stunde früher gestellt, als unbedingt nötig gewesen wäre, damit sie und Hal noch miteinander schlafen konnten. Im Leben des Erzdiakons von Saxwell war immer etwas los, und manchmal war dies der einzige Weg.

Das Telefon befand sich auf Margarets Bettseite. Sie stöhnte auf und streckte ihre Hand danach aus. »Hallo?«

Die Stimme am anderen Ende klang verzweifelt. »Oh, hallo. Hier ist Eric Hedges. Es tut mir leid, sie so früh schon zu belästigen, doch es ist etwas Schreckliches passiert.«

Margaret seufzte. Der Tag des Erzdiakons fing früher an als geplant. Und nicht so, wie sie gehofft hatte.

Frühstück im Hause des Erzdiakons war meist eine hastige Angelegenheit. Besonders wenn Margaret und Hal, was öfter geschah, bis zur letzten Minute im Bett geblieben waren. An diesem Morgen machte Hal wie üblich Toast und steckte die Scheiben in den Ständer, während Margaret duschte. Eine frische Kanne Tee war gerade ins Frühstückszimmer gebracht worden, als sie erschien, angekleidet für den Tag.

Die Ehrenwerte Margaret Phillips, Erzdiakon von Saxwell, sah streng aus in ihrem Ornat. Sie strahlte Macht aus. Sie wäre, im Alter von sechsundvierzig Jahren, nicht ins Amt des Erzdiakons befördert worden – als eine der ersten Frauen, die dieses Amt in der Anglikanischen Kirche innehatten –, wäre sie nicht etwas Außergewöhnliches. Sie besaß erstaunliche Gaben: Intelligenz, Organisationstalent, die Fähigkeit zur Selbsterkenntnis; sie ging das Leben eher pragmatisch an. Und wenn es da vielleicht einen Hauch von Überheblichkeit in ihrem Wesen gab und eine Spur von Herrschsucht, so waren auch dies Charakteristika eines erfolgreichen Erzdiakons. Es gab natürlich viele, die schon aus Prinzip gegen die Ernennung einer Frau zum Erzdiakon waren. Alle, die Margaret kannten, stimmten jedoch darin überein – sowohl in der Öffentlichkeit als auch im privaten Bereich –, daß die Anglikanische Kirche dieses eine Mal die richtige Entscheidung getroffen hatte. Margaret Phillips war der geborene Erzdiakon.

Schwarz steht ihr, dachte ihr Ehemann Hal, als sie das Zimmer betrat. Während andere geistliche Frauen extra angefertigte Blusen in Pastelltönen trugen oder sogar geblümte Stoffe von Laura Ashley oder Liberty, bevorzugte Margaret das traditionelle Schwarz. Irgendwie unterstrich diese Einfachheit ihre weiblichen Kurven. Besser, als etwas Verspieltes, Weiblicheres dies gekonnt hätte. Außerdem wurde durch das Schwarz, zusammen mit dem weißen Kragenband, ihr bemerkenswerter Teint hervorgehoben. Margarets immer noch glatte Haut war milchweiß. Ihre großen, auffallenden Augen waren von klarem hellem Blau, ihre Haare außergewöhnlich: Sie waren einmal schwarz gewesen, jetzt waren sie grau-schwarz-meliert. Sie lockten sich in verschwenderischer Fülle um ihren Kopf, wie unter Strom stehend, dick und drahtig wie Stahlwolle. Sie trug ihr Haar lieber kinnlang als kurzgeschnitten, zähmte es jedoch mit Klammern und Kämmen, die es ihr aus dem Gesicht hielten.

Margaret war keine große Frau, sie hatte jedoch etwas

an sich, das Aufmerksamkeit forderte. Und sie sprühte sogar so früh morgens schon vor Energie.

»Müsli?« schlug Hal vor.

»Keine Zeit, leider.« Margarets Stimme war dunkel und angenehm. Sie setzte sich hin und griff nach einer Scheibe Toast.

Hal schenkte ihr eine Tasse Tee ein. »Worum geht es denn eigentlich?«

Er hatte noch geschlafen, als das Telefon klingelte, und nichts mitbekommen.

»Eric Hedges«, sagte sie knapp. Sie butterte ihren Toast. »Du weißt doch, dieser närrische alte Nörgler in Hardham Magna.«

Margaret war erst seit knapp einem Jahr im Amt und mußte die ihrer Jurisdiktion unterstellten Geistlichen noch näher kennenlernen. »Oh, ja, ich erinnere mich an ihn«, bestätigte Hal. »Groß und dünn. Der, der ganz aufgelöst zu dir gerannt kam, weil die Mutter-und-Kind Gruppe die Gemeindehalle wie einen Saustall hinterlassen hatte.«

»Genau der.« Margaret schüttelte bei der Erinnerung den Kopf. »Dieses Mal hat er ein wirkliches Problem, fürchte ich. Jemand ist in die Kirche eingebrochen.«

»Oh, Gott. Wurde etwas gestohlen?« Hal kam ihrem Wunsch zuvor und reichte ihr die Orangenmarmelade.

Sie löffelte etwas davon auf ihren Teller. »Anscheinend nicht viel. Ein Kreuz und Kerzenständer vom Altar – Messing, nicht sehr wertvoll. Zumindest war der alte Dummkopf so schlau, das Silber unter Verschluß zu halten. Und sie haben die kleine Holzschatulle mit dem Geld für die Postkarten und die Gemeindemagazine mitgehen lassen, sagt er. Wahrscheinlich alles in allem ungefähr zwei Pfund fünfzig.«

»Na, dann geht's ja noch.« Nachdem seine Frau versorgt war, schenkte Hal sich selbst eine Tasse Tee ein.

»Das war noch nicht das Schlimmste«, fuhr Margaret fort. »Sie haben eines der farbigen Glasfenster zertrümmert, um hineinzugelangen. Leider ein recht Schönes.«

Hal runzelte die Stirn. »Wie ärgerlich.«

»Offensichtlich ist es in der Nacht passiert. Eric hatte die Kirche nach dem Abendgottesdienst verschlossen, sagt er. Und als er heute zum Morgengebet hineinging, war es bereits passiert. Er war ganz schön aufgeregt, wie du dir vorstellen kannst«, fügte sie hinzu. »Ich muß so schnell wie möglich hinüber und versuchen, ihn zu beruhigen.«

»Was du zweifellos perfekt beherrschst«, sagte ihr Mann mit nur einer Spur Ironie. Margaret war tatsächlich gut in solchen Dingen. Er wußte es. Wenn nur, sagte eine innere Stimme ab und zu mit hartnäckiger Beständigkeit, Margaret nicht immer soo perfekt wäre, so selbstsicher. Es war nicht immer angenehm, mit einer perfekten Frau verheiratet zu sein.

»Und für den Rest des Tages habe ich Termine«, fuhr Margaret fort. »Ich werde also wahrscheinlich erst kurz vor sieben zu Hause sein.«

Hal strich sich Butter auf eine Scheibe Toast. »Was würdest du heute abend gerne essen?«

»Ist mir gleich.« Margaret lächelte und wählte bewußt seine Worte. »Was immer du kochst, wird zweifellos perfekt schmecken.« Für sie war es eine echte Erleichterung, daß Hal gerne kochte. Er hatte in sich sogar ein beachtliches Talent entdeckt. Er kochte besser, als sie es jemals getan hatte. Es war eine wahre Freude, von einem langen und anstrengenden Tag zu einem köstlichen Mahl nach Hause zu kommen. »Jeder Erzdiakon sollte eine Frau haben«, fügte sie hinzu und grinste ihn an.

Hal grinste zurück und zeigte sein wunderschönes weißes Gebiß; dieses Grinsen war eines der anziehendsten

Attribute dieses Mannes, und *beide* wußten es. »Sehr komisch, meine Liebe.«

Margaret wußte, daß sie gehen mußte. Allerdings zog sie die Gesellschaft ihres Mannes der von Eric Hedges vor. Sie schenkte sich noch eine Tasse Tee ein; Pfarrer Mr. Hedges konnte sich noch ein paar Minuten gedulden. »Und was liegt bei dir heute an?«

»Ich werde den Job in Stowmarket beenden«, erzählte er. »Das wird den größten Teil des Vormittags in Anspruch nehmen, schätze ich. Und heute nachmittag muß ich nach Elmsford. Ich soll einen Kostenvoranschlag für ein möglicherweise ziemlich großes Projekt machen. Es scheint, daß Valerie Marler ihr Haus gestrichen haben möchte«, fügte er hinzu. Er beobachtete Margarets Gesicht. Sie zog die Augenbrauen hoch. »Valerie Marler! *Die* Valerie Marler?«

»Natürlich. Du weißt sicher, daß sie die lokale Berühmtheit in Elmsford ist.«

»Es wäre schwierig, es nicht zu wissen, so oft wie ihr Foto in den Lokalzeitungen abgebildet war«, erwiderte Margaret trocken. Sie nippte an ihrem Tee. »Valerie Marler, Bestsellerautorin anspruchsvoller Frauenromane, wie sie das Band durchschneidet, um das Elmsforder Kirchenfest zu eröffnen. Oder den neuen Supermarkt. Oder sogar die neue Tankstelle. Tja, wahrscheinlich muß es einfach jemand tun. Und sie ist sicher fotogener als die meisten.«

»Ist sie das? Ist mir noch gar nicht aufgefallen«, erwiderte Hal und grinste. Obwohl das literarische Establishment darin übereinstimmte, und so etwas wurde nicht auf die leichte Schulter genommen, daß Valerie Marler eine talentierte Autorin war, widersprach niemand dem Fakt, daß ein großer Teil ihrer Berühmtheit auf ihre Schönheit zurückzuführen war. Sie hatte so etwas Elfengleiches an sich. Dies war auf dem Fernsehschirm und sogar in den grobkörnigen Fotos einer Lokalzeitschrift zu spüren.

»Lügner.« Margaret lächelte ihn über den Rand ihrer Teetasse hinweg an.

»Du machst dir doch keine Sorgen, oder?« Hal streckte seine Hand aus und berührte die ihre. »Warum sollte ich an so einem magersüchtigen armen Ding interessiert sein? Wo ich doch mit der schönsten und begehrenswertesten Frau der Welt verheiratet bin.«

»Jetzt *weiß* ich, daß du lügst.« Margaret lachte. »Aber was passiert, wenn sie sich dir an den Hals wirft? So, wie es all die anderen Frauen schon getan haben?« Die Attraktivität ihres Mannes, verbunden mit der Tatsache, daß er sich durch seinen Job oft in den Häusern einsamer Frauen aufhielt, führte regelmäßig zu mehr oder weniger subtilen Angeboten. Margaret wußte jedoch, daß sie, solange er wieder nach Hause kam und ihr davon erzählte, sogar mit ihr darüber lachte, nichts zu befürchten hatte.

»Ich werde sanft und doch bestimmt Nein sagen«, versicherte ihr Hal. »So, wie ich es immer tue.«

»Solange du zu *mir* nicht auch Nein sagst.« Margaret legte ihre Serviette zurück in den silbernen Ring und stand auf.

»Keine Chance.« Hal stand ebenfalls auf. »Komm her.«

Sie ging zu ihrem Mann und küßte ihn ausgiebig.

»Heute nacht«, versprach sie, als sie sich zurückzog.

»Ich werde dich beim Wort nehmen, Erzdiakon.« Hal blickte ihr nach, als sie ging. In Gedanken war er schon bei der Erfüllung ihres Versprechens.

Valerie Marler stand ebenfalls früh auf, in ihrem malerischen Bauernhaus aus dem siebzehnten Jahrhundert. Es war kein richtiges Bauernhaus – es war viel zu großzügig geschnitten und hatte zu viele Zimmer, um als solches durchzugehen. Ihre Leser liebten jedoch die Vorstellung, daß sie in einem Bauernhaus lebte. Sie gönnte ihnen diese Phantasie. Ihre Postanschrift lautete: ›Rose Cottage, Elmsford, Suffolk‹. Zu dieser Adresse trug der überarbeitete örtliche Briefträger ganze Bündel von Briefen. In diesen fand jedes Gefühl Ausdruck – von Bewunderung bis hin zu Verherrlichung.

Valerie war eine disziplinierte Schriftstellerin. Obwohl sie alleine im Rose Cottage lebte, hatte sie einen geregelten Tagesablauf. Sie stand früh auf – um zu schreiben, bevor die täglichen Ablenkungen begannen. Unterstützt wurde sie dabei von einer Kanne heißen schwarzen Kaffees, die sie neben den Computer stellte. So konnte sie, bevor die Post eintraf, mindestens tausend Wörter schreiben. An guten Tagen waren es sogar bis zu fünfzehnhundert. Danach nahm sie eine trockene Scheibe Toast zu sich. Den spülte sie mit noch mehr schwarzem Kaffee herunter. Währenddessen öffnete und sortierte sie die Post.

Ein silberner Brieföffner lag hierfür auf dem Küchentisch bereit. Der große Tisch ermöglichte es ihr, die Post sortiert zu stapeln. Da gab es Rechnungen, natürlich. Diese bezahlte Valerie immer sofort, damit sie das Fälligkeitsdatum nicht vergaß. Dann gab es normalerweise einen ziemlich großen Stapel Geschäftsbriefe – von Verlagen, von Agenten und von Organisationen, die etwas von ihr wollten: ein signiertes Foto für einen guten Zweck, ihre Anwesenheit bei einer Eröffnungszeremonie; diese würde sie im Laufe des Tages beantworten. Eine Sorte Briefe wanderte sofort in den Müll: Die unvermeidlichen Briefe von Spinnern. Diese baten entweder um Geld oder baten um ein Rendezvous. Diese (männlichen) Briefschreiber beschrieben die angebotenen Aktivitäten dann meist bis ins kleinste Detail. Sie schauderte ob solcher Briefe, die gleich in den Abfall wanderten, keiner Antwort würdig.

Der größte Stapel bestand jedoch immer aus Briefen ihrer Bewunderer. Sie teilten ihr mit, wie gerne sie ein bestimmtes Buch, oder sogar jedes ihrer Bücher, gelesen hatten. Manchmal hatten die Bücher Leben verändert. Sie hatten Menschen dazu veranlaßt, neue Herausforderungen anzunehmen. Oder sie hatten über schwierige Zeiten hinweg geholfen, Zeiten, in denen nichts zu klappen schien. Valerie Marler liebte diese Briefe. Egal, wie viele sie bekam, jeder Brief war eine neue Sensation, eine weitere Stimme, die ihren Wert bestätigte. Sie *wußte*, daß sie eine gute Schriftstellerin war, daß sich ihre Bücher zu Hunderttausenden verkauften. Doch die Tatsache, daß eine ganz normale Person in einem ganz normalen Haushalt in Großbritannien, teilweise in Amerika oder sogar in noch abgelegeneren Gegenden, sich die Zeit nahm, sich hinzusetzen, um ihr zu schreiben, ihr seine innersten Gedanken preiszugeben, bereitete ihr Freude. Jeder dieser Briefe wurde mit Hingabe beantwortet, nicht mit einem formalen Antwortschreiben, ausgespuckt von ihrem Computer. Hierfür benötigte Valerie normalerweise den größten Teil des Tages. Sie beklagte sich jedoch nie über die Zeit, die sie für diese angenehme und wichtige Aufgabe aufbringen mußte.

Früh an diesem Montagmorgen, lange bevor der Briefträger kam, saß Valerie Marler in ihrem gemütlichen Arbeitszimmer im Erdgeschoß des Rose Cottage. Bücherregale zogen sich an den Wänden dieses Raumes entlang, in dem ihr Bestseller geschrieben worden waren. Mit der Post von letztem Freitag war ein Farbabzug vom Umschlag ihres neuen Buches gekommen. Sie hatte ihn neben dem Computer aufgestellt, um sich inspirieren zu lassen. Es machte nichts, daß sie das Buch gerade erst begonnen hatte; Verleger brauchten eine Unmenge Zeit für all diese Dinge. Dieser Umschlag würde schon lange, bevor Valerie den letzten Punkt getippt hatte, in den Katalogen der Vertreter abgedruckt und auf Plakaten in der Londoner U-Bahn zu sehen sein.

›Zufallswege‹ war der Titel: ein guter Titel, dachte sie. Prägnant und faszinierend. Sie nahm den Abzug in die Hand und betrachtete ihn. Die Kunstabteilung hatte ihren Umschlägen ein neues Aussehen verpaßt. Die bisher mit Erfolg eingesetzten Aquarellfarben unterhalb ihres Namens – in fetten Druckbuchstaben – und unterhalb des Titels, in zwar kleinerer, doch ebenso anspruchsvoller Schrift, waren ersetzt worden. Dieser Umschlag hier sah völlig anders aus: das Schwarzweißfoto eines Waldstücks, grünlich eingefärbt, und eine legere Schrifttype. Diese sah aus, als wären ihr Name und der Titel von Hand geschrieben. Sie hatte ihren Verleger angerufen, um den Grund für diese Veränderung herauszufinden. Verlagstrends änderten sich ständig, hatte Warren erklärt. Die Verkaufszahlen der Sorte Bücher, die Valerie schrieb, ließen allmählich nach. Ein moderneres Äußeres war nötig.

Doch Valerie wollte nicht über Verkaufszahlen nachdenken, besonders nicht zu so früher Stunde. Es war nicht ihr Job, über Verkaufszahlen besorgt zu sein. Sie war da, um zu schreiben. Und was sie gerade schreiben wollte, war einer der Angelpunkte der Erzählung. Die Episode sollte in dem Waldstück stattfinden, das auf dem Umschlag zu sehen war. Sie hatte mit den nötigen Hintergrundbildern angefangen; eingefügt hier und da waren Informationen über ihre Heldin Cecily und deren Familie. Cecily lebte in einem Dorf am Waldrand mit ihrem Mann Oliver, einem langweiligen Typen mit einem langweiligen Job. Ihre Ehe war nicht dramatisch unglücklich, nur langweilig; Cecily konnte nicht genau sagen, was nicht stimmte, und Oliver war es eigentlich egal. Sie hatten zwei Kinder. Beide besuchten bequemerweise ein Internat, um die Handlung nicht unnötig zu komplizieren. Sie konnten jedoch notfalls herangezogen werden.

Jetzt wandert Cecily gerade durch den Wald, denkt über ihr Leben nach und darüber, was sie hätte anders machen können. Sie kommt um eine Biegung auf eine Lichtung. Hier sieht sie sich einem außerordentlich gutaussehenden jungen Mann gegenüber. Sie erkennt ihn wieder. Es ist Toby, ihre erste Liebe. Vor Jahren verstoßen, als er noch arm war und um Erfolg rang. Jetzt ist er, natürlich, reich und erfolgreich. Und genauso gutaussehend wie immer, wenn nicht besser.

Valerie versuchte, sich Toby vorzustellen, wie er Cecily erschiene. Das Gesicht, das in ihrem Geist entstand, war das ihres jetzigen Geliebten, Shaun.

Shaun stammte, wie die meisten ihrer Männer, aus ihrer Geschäftswelt. Er war ihr PR-Manager. Ihre Verleger, Robins Egg-Drucke, eine Tochter der multinationalen Verlegergruppe GlobeSpan, hatten ihn eingestellt, um für die Bücher von Valerie Marler zu werben. Es war nur passend, daß sie ihren eigenen Publizisten bekam. Ihre Bücher waren die heißeste Ware von Robins Egg. Sie sicherten ihnen ihre Nische in dem umfassenden GlobeSpan Imperium. Immerhin gehörte Valerie Marler zu den erfolgreichsten Vertretern im Bereich Frauenromane: Respektabler als Liebesromane, jedoch nicht ganz der Prosaliteratur zugerechnet, beschrieben ihre Bücher das Leben von Frauen der gehobenen Mittelschicht. Sie wurden fast ausschließlich von anderen Frauen der gehobenen Mittelschicht gelesen – oder von solchen, die diesen Stand anstrebten. Shaun verfolgte ihre Interessen. Sein Ziel war, daß jeder in der zivilisierten Welt früher oder später von Valerie Marler gehört haben sollte. Vor ein paar Monaten hatte er begonnen, Rose Cottage diskrete Wochenendbesuche abzustatten.

Valeries Finger schwebten über den Tasten, dann begannen die Worte zu fließen. ›Die Sonne wurde durch die überhängenden Baumwipfel gefiltert. Der Boden war mit Lichtflecken gesprenkelt. Cecily war so daran gewöhnt, allein mit ihren Gedanken durch die Wälder zu streifen, daß sie einen Moment lang glaubte, es handele sich um eine Lichttäuschung.

Nein, es war ein Mann. Er ging auf sie zu. Er war groß und schlank und sah sehr gut aus. Sein gelocktes Haar war rötlich-gold. Hell wie eine Flamme, wenn er durch einen Sonnenstrahl schritt. Als er näherkam, konnte sie seine klaren himmelblauen Augen erkennen. Augen, wie sie nur einer Person gehören konnten. Toby, dachte sie, und ihr Herz machte einen Sprung.

›Cecily.‹ Er sprach ihren Namen leise, in diesem streichelnden Tonfall, wie früher. Seine Stimme hatte einen leichten irischen Akzent ...‹

Nein, das ging so nicht. Irisch ging überhaupt nicht. Valerie brach ab. Sie runzelte die Stirn und griff nach ihrer Kaffeetasse.

Das Telefon klingelte. Aufgeschreckt sah Valerie auf die Uhr. Es war gerade nach halb sieben. Niemand rief so früh morgens an, es sei denn, es handelte sich um einen Notfall. Sie hob ab. »Hallo?«

»Hallo, Süße«, sagte Shaun. Sein irischer Akzent klang am Telefon irgendwie intensiver. Valerie war verärgert. Shaun war ein gebildeter Mann, kein irischer Torfkopf. Doch manchmal, vor allem am Telefon, klang er wie einer. Sie verdächtigte ihn der Effekthascherei.

»Shaun! Was ist los, um Himmels willen?«

Er kicherte. »Nichts ist los, Süße. Ich wollte dir nur sagen, wie sehr ich das Wochenende genossen habe. Es war wundervoll. Und ich kann es kaum erwarten, dich wiederzusehen.«

»Warum rufst du mich gerade jetzt an?« wollte Valerie in einem kaum noch zivilisierten Tonfall wissen.

»Ich wußte, daß du schon auf bist. Und ich wollte ...«

Sie schnitt ihm kalt das Wort ab. »Ich arbeite, Shaun. Und ich habe dir gesagt, daß du mich *niemals* anrufen sollst, während ich arbeite. Niemals.« Sie legte den Hörer auf und starrte den Stein des Anstoßes wütend an. Shaun ging ihr langsam auf die Nerven. Und er sah nicht wirklich *so* gut aus. Ihre phantasievolle Beschreibung von ihm war maßlos übertrieben gewesen.

Valerie war sich nicht einmal sicher, daß er seinen Job beherrschte. Anfangs hatte sie ihn für unwahrscheinlich gut gehalten; ihre Wahrnehmung wurde allerdings von seiner eigenen Einschätzung seines Talents beeinflußt. Erst letzte Woche jedoch war sie auf Tour gewesen, um für ihr neuestes Buch zu werben. Der Erfolg war nicht so groß wie der ihrer vorherigen Touren, vor Shaun. Tatsache war, daß es eine Katastrophe nach der anderen gegeben hatte: Bücher erschienen nicht rechtzeitig, Interviewpartner tauchten nicht auf, Limousinen kamen nicht pünktlich. Nichts davon war natürlich ihre Schuld gewesen. Shaun war derjenige, der sich um solche Sachen kümmern sollte. Die Verantwortung für diese Skandale lag einzig und allein bei ihm.

Kürzlich hatte Shaun allerdings tatsächlich etwas erreicht. Er hatte ein paar Fäden gezogen, ein paar Gefälligkeiten eingefordert und einen wahren Coup gelandet: Valerie Marler sollte das Titelbild der Zeitschrift *Hello* schmücken, begleitet von einem mit Fotos bestückten Beitrag. Der Schwerpunkt sollte ihr Leben im Rose Cottage sein. In einem Monat sollten Fotografen vorbeikommen und unzählige Bilder von ihr aufnehmen: am Computer sitzend, in der Küche, wo sie gerade etwas Leckeres zauberte, oder im Wohnzimmer bei einer Ruhepause. Es war eine großartige Gelegenheit. Vor ein paar Tagen jedoch hatte sie sich einmal eingehend im Rose Cottage umgesehen und entschieden, daß es so nicht bleiben konnte. Sie wohnte jetzt fünf Jahre hier. Nach den ersten paar Monaten hatte sie nichts mehr gestrichen. Es sah ein wenig müde aus, brauchte zumindest einen neuen Anstrich. Nur nichts, was sie zu sehr aus ihrer Routine herausreißen oder von der Arbeit ablenken würde. Sie mußte wirklich weiterkommen mit ihrem Buch.

Am Wochenende hatte sie Shaun gebeten, einen Maler und Tapezierer zu finden, und Shaun hatte, wie in allen Dingen, gehorcht. Sie war sich nicht sicher, ob er die gelben Seiten konsultiert oder irgendwie eine Empfehlung erhalten hatte; er hatte zumindest alles in die Wege geleitet. Heute nachmittag sollte sich ein Mr. Phillips einfinden, um ihr einen Kostenvoranschlag zu machen. Nicht, daß es sie kümmerte, was es kostete, sie mußte jedoch wissen, wie lange es dauern würde. Außerdem wollte sie sichergehen, daß Mr. Phillips zu der Sorte Mann gehörte, dem sie freien Auslauf im Rose Cottage gewähren konnte. Sie wollte keinen pickeligen Jüngling, der laute Musik im Radio hörte, beim Mittagessen Bier trank oder alles in Unordnung brachte. Nein, sie wollte einen netten, ruhigen, älteren Mann, der still und sauber seinen Geschäften nachging, ohne in ihr Leben einzudringen. Sie würde ihm vielleicht gelegentlich einen Tee oder Kaffee anbieten, ihn ansonsten jedoch total vergessen können.

Der Tag entwickelte sich gut, nach der ärgerlichen Unterbrechung durch Shauns frühen Anruf. Valerie hatte ihre tausend Worte geschrieben – diese entscheidenden tausend Worte, in denen Toby wieder in Cecilys Leben trat. Sie hatte gefrühstückt und ihre Post sortiert. Nach einem ausgiebigen Schaumbad, der Belohnung für ihre Arbeit, kleidete sie sich an. Sie zog an, was sie normalerweise trug, wenn sie zu Hause blieb: bequeme Sachen. Ihr Haar band sie zu einem Pferdeschwanz zurück; hätte sie ausgehen wollen, und sei es nur in den Dorfladen, hätte sie sich mit ihrer Erscheinung mehr Mühe gegeben. Für den Maler jedoch war es nicht nötig, Make-up aufzulegen oder schicke Kleidung anzuziehen.

Sie hatte alle Rechnungen aus der vormittäglichen Post bezahlt. Sie hatte die Geschäftsbriefe beantwortet, möglichst am Telefon, und sich zum Mittagessen ein Ei gekocht. Jetzt kam der vergnügliche Teil des Tages. Der Teil, den sie sich bewußt bis zuletzt aufhob; damit sie sich auf etwas freuen konnte, während sie die langweiligeren Dinge erledigte. Valerie trug den Stapel Fanpost ins Arbeitszimmer und fing an, diese zu bearbeiten.

Am Anfang ihrer Karriere, als es noch nicht so viele waren, hatte sie die Antworten mit der Hand geschrieben. Das war nicht länger durchführbar; sie mußte ihren Computer benutzen. Shaun hatte vorgeschlagen, eine Sekretärin zu engagieren, die sich um diesen Wust an Briefen kümmern sollte. Das kam nicht in Frage. Valerie hatte ihm dies auch gesagt; er verstand offensichtlich nicht, wie wichtig es für sie war, dieses Ritual. Dieser direkte Kontakt mit den Leben, die sie berührt hatte.

Manche baten um ein signiertes Foto. Sie hatte einen großen Stapel davon bereitliegen. Es war ein gutes Foto, aufgenommen von Jerry Bauer, einem international bekannten Spezialisten für Autorenfotos auf Buchumschlägen. Er hatte die elfengleiche Qualität ihrer Schönheit perfekt eingefangen. Ihr silberblondes Haar floß um ihr Gesicht wie eine Wolke aus hauchdünner Gaze. Ihre Lippen waren leicht geöffnet, und ihre Augen strahlten Offenheit aus.

Valerie nahm den ersten Brief zur Hand. Er lag zuoberst auf dem Stapel, weil sie sich nicht sicher war, ob er dorthin oder doch in den Müll gehörte. Sie hatte sich ›im Zweifel für den Angeklagten‹ entschieden. Derek war, so erzählte der Brief in einem Gekrakel und mit der Rechtschreibung von jemandem, der nicht viel Zeit mit Schreiben verbrachte, sechzehn Jahre alt. Für ihn war sie die schönste Frau der Welt. Seine Mutter mochte ihre Bücher und hatte ihn aufgefordert, eines zu lesen, doch er las nicht gerne. Er sah sich lieber ihr Foto an. Würde sie ihm eines schicken? Valerie nahm ein Foto vom Stapel. Sie schrieb die Widmung: ›Für Derek in Liebe von Valerie Marler‹. Sie wollte nicht daran denken, was Derek mit dem Foto anstellte.

Die meisten anderen waren aufrichtiger; sie machte sich mit Enthusiasmus an die Arbeit. Sie vergaß die Zeit. Als es an der Tür klingelte, sah sie überrascht auf die Uhr. Natürlich – Mr. Phillips wollte um diese Zeit vorbeikommen.

Valerie stand auf, um zu öffnen.

Der Mann im weißen Overall auf der anderen Seite der Tür war weder ein flegelhafter Jüngling noch ein säuberlicher alter Mann. Er befand sich irgendwo dazwischen. Schätzungsweise um die Vierzig, war er einer der attraktivsten Männer, die Valerie je gesehen hatte. Er war nicht groß. Ein aktives Leben hatte seinen kompakten muskulösen Körper jedoch fit gehalten. Sein Haar war kurz und dicht und von einem tiefen Honiggold. Er besaß außergewöhnlich dunkle, haselnußfarbene Augen in einem gebräunten Gesicht. Die für diese Jahreszeit ungewöhnliche Bräune resultierte wahrscheinlich daher, daß er im Freien arbeitete. Dann lächelte er sie an. Valerie hielt unwillkürlich die Luft an. Es war ein umwerfendes Lächeln: es brachte wunderschöne Zähne zum Vorschein, blendend weiß gegen die Bräune. Und die Fältchen, die sich um die Augen bildeten, erhöhten den Effekt nur.

Was für eine Verschwendung, dachte sie im nächsten Sekundenbruchteil, daß so ein göttlicher Mann ein einfacher Maler und Anstreicher sein sollte und somit jenseits der Grenze. Sie, und das hatte sie mit den Heldinnen ihrer Bücher gemeinsam, schlief nur mit Männern ihrer Klasse. Der einzige Unterschied war der, daß Valerie bereitwillig mit ihnen ins Bett ging, wohingegen ihre geschätzten Heldinnen der gehobenen Mittelschicht sich mindestens hundert Seiten lang darüber den Kopf zerbrachen, bevor sie erlagen; es würde sonst keine Geschichte geben.

Er schaute ihr auf eine Art und Weise in die Augen, die sie bei jedem anderen Handwerker als unverschämt empfunden hätte. Das einzige jedoch, woran Valerie Marler denken konnte, war, daß sie noch nie Augen dieser Farbe gesehen hatte: Wie würde sie sie beschreiben?

Dann sprach er. »Miß Marler? Ich bin Hal Phillips. Ich glaube, Sie erwarten mich?« Seine Stimme hatte nicht den bäuerlichen Akzent, den sie erwartet hatte; dies war reines Oxbridge, kultiviert und wundervoll moduliert.

Valerie Marlers Lippen öffneten sich. Ihre Augen wurden weit. Sie starrte ihn an.

Er schien zu verstehen. Das umwerfende Grinsen kehrte zurück. »Vielleicht haben Sie mich *nicht* erwartet«, sagte er trocken.

Mit Mühe riß sie sich zusammen. »Mr. Phillips, natürlich. Kommen Sie bitte herein.«

Valerie zeigte ihm das gesamte Rose Cottage, angefangen von der gefliesten Eingangshalle bis zu ihrem Schlafzimmer, ausgelegt mit weißem Teppichboden. Er nahm Maß und machte sich Notizen auf einem Block Papier. Sie bewunderte seine starken Hände mit den breiten Fingern und bemerkte einen Ehering an der linken Hand. Als er fertig war, bot sie ihm eine Tasse Kaffee an. Er akzeptierte. Sie trank am Küchentisch eine Tasse mit ihm.

Später, er war bereits gegangen, blieb sie am Tisch und trank eine weitere Tasse. Hal Phillips, sagte sie zu sich selbst. Sie starrte in den trüben schwarzen Kaffee. Sie sah nur diese weißen Zähne in einem gebräunten Gesicht.

Valerie versuchte herauszufinden, worüber sie gesprochen hatten, konnte sich jedoch kaum an die Einzelheiten des Gespräches erinnern. Das war untypisch für sie. Ich habe die meiste Zeit gesprochen, dachte sie. Sie hatte ihm die Sache mit der Titelstory in *Hello* erklärt. Er war höflich und schien interessiert. Ihre Versuche, ihn auszuhorchen, herauszufinden, wer er war und warum er als Anstreicher arbeitete, waren allerdings nicht von Erfolg gekrönt gewesen. Nicht, daß er ihre Fragen nicht beantwortet hätte, er wich ihnen nur irgendwie aus. Sie wußte jetzt genauso wenig wer Hal Phillips war, wie vorhin, als er vor ihrer Tür gestanden und sie ihn zum ersten Mal gesehen hatte.

Was dachte er über sie? In witzigem Ton hatte er gesagt, sie sähe ihren Fotos gar nicht ähnlich. Sie war plötzlich befangen gewesen, was ihre Erscheinung betraf: Die bequeme Kleidung, die Haare zurückgekämmt. Warum hatte sie nicht wenigstens etwas Make-up aufgetragen?

Schließlich erinnerte sie sich, daß sie in der Beantwortung ihrer Fanpost gestört worden war. Valerie stellte die Kaffeetassen in die Spülmaschine und kehrte in ihr Arbeitszimmer zurück. Sie setzte sich an den Computer und besah sich den halbfertigen Brief auf dem Bildschirm. Ihre Gedanken waren ganz und gar nicht bei den huldvollen Dankesworten.

Valerie schloß die Datei und öffnete diejenige, an der sie heute morgen gearbeitet hatte. Sie suchte den Abschnitt, in dem sich Cecily und Toby in der Tiefe des Waldes trafen, markierte eine ganze Passage des Textes und drückte die

Löschtaste. Toby, in seiner an Shaun erinnernden Inkarnation, verschwand.

Ihre Finger schwebten einen Moment über den Tasten, dann begann Valerie zu schreiben.

›Die Sonne wurde durch die überhängenden Baumwipfel gefiltert. Der Boden war mit Lichtflecken gesprenkelt. Cecily war so daran gewöhnt, allein mit ihren Gedanken durch die Wälder zu streifen, daß sie einen Moment lang glaubte, es handele sich um eine Lichttäuschung.

Nein, es war ein Mann. Er ging auf sie zu. Obwohl er nicht groß war, war er muskulös und gut gebaut und sah sehr gut aus. Sein glattes, kurzes Haar hatte die Farbe dunklen Honigs. Goldene Lichter funkelten auf, wenn er durch einen Streifen Sonnenlichts schritt. Als er näherkam, konnte sie die Farbe seiner Augen erkennen.‹

Hier hielt Valerie einen Moment lang inne. Sie überlegte. Dann fuhr sie fort. ›Diese Augen waren unverkennbar. Sie waren von einem ungewöhnlichen Haselnußbraun. Braun mit moosgrünen Untertönen, genau die Farbe der alten Barbourjacke, die er trug. Sie konnten nur zu einer Person gehören. Toby, dachte sie, und ihr Herz machte einen Sprung. Dann lachte er sie an mit diesem umwerfenden Lachen, das ihr Inneres schon immer zum Schmelzen gebracht hatte. Sie fühlte, wie ihr das Herz aufging.

›Cecily.‹ Er sprach ihren Namen leise, in diesem streichelnden Tonfall, wie früher. Seine kultivierte Stimme betonte jede Silbe.‹

Valerie Marler las sich noch einmal durch, was sie geschrieben hatte. Sie nickte und lächelte dem Bildschirm zu.

Kapitel 3

Am nächsten Morgen stand Valerie Marler zur gewohnten Zeit auf und begab sich zurück an ihren Computer. Alles lief gut: Das Treffen zwischen Cecily und Toby würde Auswirkungen für beide haben. Valerie konnte es nicht erwarten, fortzufahren.

Ursprünglich hatte sie daran gedacht, Toby unverheiratet sein zu lassen. Sein Herz sollte immer noch Cecily gehören. Nun entschied sie jedoch, daß Toby eine Frau haben solle. Das würde die ganze Angelegenheit komplizierter und die Geschichte interessanter machen.

Was wäre Tobys Frau für eine Person? Vielleicht hatte er über seinem Stand geheiratet. Eine vornehme, hochnäsige Person mit einem Stammbaum, der bis zur Eroberung zurückreichte, und einem entsprechenden Scheckbuch. Das könnte auch der Hintergrund für Tobys Wohlstand sein: Er hatte Geld geheiratet, anstatt es sich im Schweiße seines Angesichts selbst zu verdienen. Es würde ihm daher schwer fallen, seiner Frau wegen Cecily den Laufpaß zu geben.

Valerie entschied, sie Pandora zu nennen. Die Ehrenwerte Pandora, Tochter eines Grafen. Sie wäre unliebenswürdig, manipulativ und auf keinen Fall bereit, Toby gehen zu lassen. Während Cecilys Ehemann Oliver einfach nur langweilig war, wäre Pandora wesentlich schlimmer. Eine würdige Gegnerin.

Die Zeit verflog im Nu. Als sie auf die Uhr blickte war Valerie überrascht, daß sie mehr als die üblichen zwei Stunden gearbeitet hatte. Sie speicherte die Datei und nahm die Tasse mit kaltem Kaffee, den sie zwar eingeschenkt, jedoch nicht getrunken hatte. Sie ging in die Küche, um Frischen aufzusetzen.

Auf dem Weg nahm sie die Tageszeitung mit. Die Post war noch nicht gekommen. Während das Wasser für den Kaffee heiß wurde, blätterte sie zum Kulturteil der Zeitung; sie hatte kürzlich einer Journalistin dieser Zeitung ein Interview gegeben – selbstverständlich von Shaun arrangiert. Ja – dort war das Jerry Bauer Foto, umgeben von mehreren Spalten Interview.

Sie war der Ansicht, das Interview sei glatt gelaufen. Daher war sie verwirrt und schockiert, als sie die Worte auf dem Papier las. Die Journalistin war eine sensibel wirkende Frau gewesen; interessiert an dem, was sie zu sagen hatte. Sie hatte Valeries Worte jedoch so dermaßen verdreht, daß sie sich jetzt ausdruckslos und eingebildet anhörten. Der Artikel troff vor Bosheit und Gehässigkeit.

Shauns Fehler! Schon wieder! Valerie tobte. Warum um Himmels willen hatte er der Anfrage dieser Frau nach einem Interview stattgegeben? Er hätte seine Hausaufgaben besser machen sollen, sie vor diesem schrecklichen Angriff schützen müssen!

Es kam noch schlimmer. In einer kleinen Spalte neben dem Interview stand eine Rezension ihres neuesten Buches. Die Kritikerin mochte es nicht. ›Valerie Marler scheint ihr Geschick für Personenbeschreibungen verloren zu haben‹, erklärte die Rezensentin. ›Ihre Charaktere hölzern zu nennen wäre eine Beleidigung für das Holz. Ihre Sexszenen befinden sich an der Grenze zur Groteske.‹

Valerie hatte noch nie negative Kritik erfahren. Sie konnte nicht glauben, wie weh das tat. Bewußt schob sie diese Gefühle beiseite. Sie sagte sich, daß es nicht von Bedeutung sei. Das war das Problem der Kritikerin, nicht ihres: Sie hatte den Sinn des Buches nicht verstanden, hatte nicht verstanden, worauf sie abzielte. Hirnlose Kuh. Sie verdiente diesen Klassejob als Rezensentin einer landesweit verbreiteten Zeitung nicht. Valerie würde nicht zulassen, daß es ihr etwas ausmachte.

Erleichtert vernahm sie das Klacken des Briefschlitzes, als die Post auf die Matte fiel. Demonstrativ faltete sie die Zeitung zusammen und warf sie in den Mülleimer. Dann ging sie die Post holen.

Sie sah sie schnell durch. Hal Phillips hatte vorgeschlagen, ein paar Zahlen zu Papier zu bringen und sie ihr zu schicken. Sie sollten mit der morgendlichen Post ankommen. Er würde dann später anrufen, um mit ihr darüber zu sprechen.

Noch bevor sie ihn geöffnet hatte, wußte Valerie, daß es der richtige Umschlag war. Die Adresse auf der Vorderseite war kraftvoll und schwarz, männlich, mit Filzstift geschrieben: Genau die Art Schrift, die sie vermutet hatte. Sehr verschieden von der ihrer weiblichen Leserschaft.

Sie schlitzte den Brief auf, zog den Bogen heraus und überflog ihn gespannt. Nicht, weil sie an seinem Inhalt interessiert war – sie konnte es sich leisten zu bezahlen, was immer es kostete, und würde es mit Freuden tun –, sondern in der Hoffnung, daß sein Schreiben ihr etwas über Hal Phillips enthüllen würde. Die Zahlen waren in der gleichen unverwechselbaren Handschrift geschrieben: kraftvoll, jedoch sauber und präzise.

Sie besah sich den Briefkopf. Er war professionell gedruckt, ein Geschäftsbrief. ›Hal Phillips‹, las sie, ›Maler und Tapezierer, Die Erzdiakonie, Saxwell, Suffolk‹. Darunter standen die Nummern für Telefon, Fax und Mobiltelefon.

Das war informativ. Saxwell kannte sie: Es war das nächste Marktstädtchen, nur etwa sechs Meilen entfernt.

Doch was bedeutete ›Die Erzdiakonie‹? Das machte keinen Sinn. Hal Phillips war Anstreicher, kein Erzdiakon. Wahrscheinlich, so wurde ihr klar, handelte es sich um eine alte Adresse, ähnlich wie ›Das alte Vikariat‹ in Elmsford. Dort hatte schon seit Jahren kein Vikar mehr gewohnt. Der Name war jedoch wie ein Gütesiegel und es daher wert, beibehalten zu werden.

Valerie nahm das Schreiben mit, als sie ins Badezimmer ging, um sich ein Bad einzulassen. Die Wanne hatte altmodische Klauenfüße, war lang und tief; sorgfältig stellte Valerie die Wassertemperatur ein und fügte einen großzügigen Schuß eines teuren therapeutischen Badeöls hinzu – Purpur, die sinnliche Variante. Nachdem sie ihren Morgenmantel an die Rückseite der Tür gehängt hatte, stieg sie in das dampfende Bad und schwelgte in der aromatisierten Wärme des Wassers. Das Schreiben hielt sie noch immer in der Hand, hielt es vorsichtig aus dem Wasser. Valerie legte sich zurück und starrte darauf; untersuchte es, als könne sie durch das reine Betrachten dem Mann dahinter auf die Spur kommen.

Nach dem Bad ging sie in ihr Schlafzimmer und kleidete sich sorgfältig an. Heute würde es keine legere Kleidung geben, keine unvorteilhafte Frisur. Sie schlüpfte in ein Paar schwarze Leggings, hauchdünn, die ihre schlanken, wohlgeformten Beine und ihren flachen Bauch betonten. Als Oberteil wählte sie eine weite Tunika aus Seide in sattem Türkis, um die Farbe ihrer Augen zu unterstreichen. Geschickt drehte sie eine Lockenschere in ihr Haar und umrahmte ihr Gesicht mit einer zerzausten Flut silberblonder Locken. Danach ließ sie sich Zeit für ihr Make-up. Der Effekt der türkisen Tunika wurde durch einen kaum erkennbaren Hauch Lidschatten betont, ihre Wangenknochen bekamen einen leichten Schimmer Rouge. Sie wollte nicht so aussehen, als hätte sie sich mit ihrem Aussehen besondere Mühe gegeben. Es sollte natürlich wirken, als ob sie einfach ihrer natürlichen Schönheit erlauben wollte, durchzuscheinen.

Als sie fertig war, betrachtete sich Valerie kritisch im Spiegel. Ja, genau richtig, entschied sie. Ungezwungen, natürlich und trotzdem elegant. Sie war bereit.

Im Vikariat in Branlingham begann der Tag ganz anders; es würde Daisy Finchs erster Tag an ihrer neuen Schule sein.

Während Gervase in die Kirche ging, um die Morgenmesse zu sprechen, bereitete Rosemary ihre Tochter für den großen Tag vor. Sie half Daisy, das schöne neue Kleid anzuziehen. Ihre eigene Mutter hatte es ihrer Enkeltochter zu Ostern geschickt: Es hatte breite Streifen in pink und weiß, wie eine Zuckerstange. Pink war Daisys Lieblingsfarbe. Sie liebte ihr neues Kleid.

»Werden die anderen Mädchen auch so schöne Kleider anhaben?« zwitscherte sie. Ihre Sprache, für einen Fremden nicht leicht zu verstehen, war für ihre Mutter völlig verständlich; Rosemary, zur Lehrerin ausgebildet, hatte seit ihrer Geburt mit Daisy gearbeitet. Sie sprach daher viel klarer als andere Kinder mit Down-Syndrom.

»Oh, das glaube ich nicht, Liebling. Dies ist ein ganz besonderes Kleid«, versicherte Rosemary ihr, während sie die Knöpfe im Rücken schloß.

»Oma hat es mir geschickt.«

»Ja, das hat sie. Und ich habe Oma gesagt, wie schön du es findest.«

Gott sei gedankt für Oma, dachte Rosemary. Daisy war ihr einziges Enkelkind; sie betete Daisy an und liebte es, Geld in kleine Geschenke für ihre Enkelin zu stecken, eine große Hilfe für Rosemary. Es war schwierig, Gervases Pfarrersgehalt so zu strecken, daß mehr als die Grundbedürfnisse davon befriedigt werden konnten. Und Geld würde noch knapper werden, jetzt, da sie das große Haus zu heizen hatten. Sie würden die Heizung wohl in ein paar Zimmern abdrehen und auf einen frühen heißen Sommer hoffen müssen.

Rosemary kniete nieder, um Daisys Haare zu bürsten; sie waren von einem dunkleren Braun als ihre eigenen, doch ebenso fein und glatt. Sie fielen ihr, ebenfalls in einer Ponyfrisur, bis auf die Schultern. Daisy hatte auch Rosemarys Kurzsichtigkeit geerbt. Sie trug eine Brille, seit sie vier Jahre alt war. Dadurch, daß diese die bei einem Kind mit Down Syndrom ohnehin schon großen und feuchten Augen noch vergrößerte, verlieh sie ihr ein eulenhaftes Aussehen. »Kann ich die pinken Schleifen tragen?« fragte sie.

»Ja, natürlich.« Ihre Mutter band sie ihr in die Haare. Dann lehnte sie sich zurück, um das Ergebnis zu betrachten. »Du siehst wunderschön aus«, sagte sie ernsthaft.

Daisy drehte vor ihr eine Pirouette und lachte entzückt. Sie war ein glückliches Kind und sehr anhänglich. »Ich liebe dich, Mama«, verkündete sie. Sie warf sich in Rosemarys Arme und gab ihr einen feuchten Kuß.

Rosemary hielt sie fest, in einer heftigen mütterlichen Umarmung. »Ich liebe dich auch, Daisy, mein Schatz«, sagte sie.

Sie liebte Daisy wirklich, zutiefst. Das bedeutete nicht, daß es immer einfach war, die Mutter eines behinderten Kindes zu sein. Die unerfreulichen Ereignisse an der alten Schule waren für Rosemary genauso schmerzlich gewesen wie für Daisy. Und es war nicht sehr wahrscheinlich, daß so etwas zum letzten Mal passiert war.

Nur gelegentlich erinnerte sich Rosemary an die Verzweiflung, die sie und Gervase befallen hatte; damals, als sie herausfanden, daß ihr heißersehntes Baby nicht perfekt war, daß sie mit einem – wenn auch nur schwach ausgeprägten – Down Syndrom auf die Welt gekommen war. Sie hatten sich damit abgefunden, natürlich. Daisy war lieb und nur selten schwierig. Unter Rosemarys sorgfältiger Aufsicht und Anleitung hatte sie sich weit besser entwickelt, als erwartet werden konnte. In Momenten wie diesen jedoch, als sie ihre Tochter umarmte, fiel es Rosemary schwer mit dem Wissen zu leben, daß Daisy niemals ein sogenanntes ›normales Leben‹ würde führen können. Sie würde niemals heiraten, niemals Kinder haben. Sie selbst würde niemals Großmutter sein. Außerdem gab es da diese kalte, statistische Tatsache über das Down Syndrom: Die Betroffenen hatten keine normale Lebenserwartung. Das war der Schmerz, der niemals verschwand.

Doch Daisy hatte, indem sie nur sie selbst war, so viel Freude in ihrer aller Leben gebracht. Rosemary hielt sie fest, bis Daisy unruhig wurde und sich aus ihren Armen wand.

Wieder saßen Valerie Marler und Hal Phillips zusammen in ihrer Küche und tranken Kaffee. Wieder versuchte sie, ihn aus der Reserve zu locken, mehr über ihn in Erfahrung zu bringen. Er blieb jedoch ausweichend.

»Stammen Sie hier aus der Gegend?« fragte sie.

»Nein, ich bin nicht von hier«, erwiderte er. »Doch wie steht es mit Ihnen, Miß Marler? Seit wann wohnen Sie hier in Elmsford?«

Valerie krauste die Stirn. »Fast fünf Jahre.«

»Ja, das sagten Sie mir gestern schon«, erinnerte er sich. Er hatte ihr Stirnrunzeln mißverstanden.

»Ich bin hierher gezogen, nachdem meine Ehe in die Brüche gegangen ist«, erzählte sie ihm plötzlich; es war wirklich leicht, mit ihm zu reden. Er schien sich für das zu interessieren, was sie zu sagen hatte. Anders als andere Männer, die nur über sich selbst sprachen. Sie hatte allerdings auch nicht erwartet, daß Hal Phillips wie andere Männer war.

»Ich wußte nicht, daß sie verheiratet gewesen sind.«

»Nur ungefähr vier Jahre.« Sie wußte, er war zu höflich, um zu fragen, was passiert war. Sie erzählte es ihm also. »Wir haben uns wegen meiner Karriere getrennt. Als ich mein erstes Buch schrieb, dachte er, es handele sich nur um ein kleines Hobby. Etwas, daß meine Gedanken vom Windeln wechseln ablenkt. Als ich es dann für eine große Summe an Robins Egg verkaufte, konnte er nicht damit umgehen.«

»Sie haben also Kinder?« schloß er.

Valerie nickte. Sie schluckte schwer. »Zwei. Ben ist acht, Jenny sieben. Sie sind bei ihrem Vater«, fügte sie hinzu. »In Australien.« Das war etwas, worüber sie niemals sprach; sie erlaubte sogar sich selbst nicht, oft darüber nachzudenken. Es gab keine Bilder im Haus, nichts, was sie erinnern könnte. Es war zu schmerzhaft. Und die meisten Leute waren einfach nicht interessiert; Shaun wußte nicht, daß sie Kinder hatte. Wirklich, Hal Phillips war ein ganz außergewöhnlicher Mann, sie dazu zu bringen, ihm solche Dinge zu erzählen.

Über ihrer zweiten Tasse Kaffee fragte er Valerie, ob sie mit seinem Preis für die Arbeit einverstanden sei.

»Ja, natürlich – ist schon in Ordnung«, versicherte sie ihm. »Wann können Sie anfangen?«

»Morgen, wenn Sie möchten«, sagte er. »Im Moment habe ich nichts Wichtiges. Ich kann die Farben heute nachmittag besorgen und morgen früh sofort anfangen.«

»Und wie lange, denken Sie, wird es dauern?«

»Für den Grundanstrich nicht viel länger als vierzehn Tage«, sagte Hal. »Im äußersten Fall drei Wochen.«

»Oh«, sagte Valerie. Sie versuchte, ihre Stimme neutral zu halten. »Das ist nicht lang.«

Hal grinste. »Ich arbeite schnell. Ich dachte, das wäre es, was sie wollten.«

Sie starrte in ihre Kaffeetasse, getraute sich nicht, ihn anzusehen. Sie hatte Angst, er könnte erkennen, was sein Lächeln bewirkte. Wie brachte dieser Mann sie dazu, sich wie ein dummes Schulmädchen zu fühlen? Dann erfaßte sie seine Worte. Bedeuteten sie das, was sie zu bedeuten schienen? Bestimmt ...

»Sollten Sie sich dazu entschließen, im Schlafzimmer etwas Besonderes haben zu wollen, würde es natürlich etwas länger dauern«, fügte er hinzu.

Das Schlafzimmer. Etwas Besonderes im Schlafzimmer. Oh, er arbeitete wirklich schnell. Genau wie die anderen Männer, wie Shaun und so viele andere; sie war seltsamerweise enttäuscht, obwohl ihr Herz anfing, schneller zu schlagen.

»Sie erwähnten Tapeten«, fuhr Hal fort. »Ich persönlich finde nicht, daß sie nötig wären. Ein Anstrich in einer schönen warmen Farbe würde es genauso tun.«

Tapeten? Anstrich? Valerie sah aufgeschreckt zu ihm auf. »Tapeten?« echote sie. Er lächelte sie unschuldig an.

»Sie haben gestern davon gesprochen«, erinnerte er sie. »Was dachten Sie denn, was ich meinte?«

Also war er nur schüchtern. Damit konnte sie umgehen; einige Männer waren zu Anfang schüchtern, überwältigt von ihrer Schönheit und ihrem Ruhm. Vielleicht hatte er sogar Angst, zurückgewiesen zu werden. Alles, was er brauchte, war ein bißchen Ermunterung. »Wenn sie ›etwas Besonderes im Schlafzimmer‹ erwähnen, sprechen die meisten Männer nicht von Tapeten«, sagte Valerie heiser. Sie lehnte sich über die Tischplatte und streichelte die goldenen Haare auf seinem Handrücken.

»Aber das macht nichts. Du bist nicht wie andere Männer.«

Mit sanftem Nachdruck zog Hal seine Hand zurück. »Ich *habe* von Tapeten gesprochen. Es tut mir leid, wenn ich Ihnen einen falschen Eindruck vermittelt haben sollte.« Um seinen Worten den Stachel zu nehmen, lächelte er sein bezauberndstes Lächeln. »Das ist mein Job, Miß Marler. Ich bin für die Trennung von Arbeit und Vergnügen.«

Sie waren vor einer Woche nach Branlingham gezogen; Rosemary war immer noch damit beschäftigt, auszupacken. Das Auspacken war zwar nicht so stressig wie das Einpacken, schien jedoch irgendwie länger zu dauern. Jeder Gegenstand, schon vorher untersucht und bewertet, mußte jetzt einen Platz finden. Ein schwieriges Unterfangen, wenn Daisy dabei war; heute war das Mädchen in der Schule, und Rosemary fand die Gelegenheit, weiterzumachen und wirklichen Fortschritt zu verzeichnen.

Irgendwie hatte sie jedoch die ganze Zeit das Gefühl, ihre Mutter würde ihr über die Schulter sehen; sie war der Inbegriff der Vikarsfrau gewesen: die rechte Hand ihres Mannes in seinen verschiedenen Gemeinden. Immer war sie diejenige gewesen, die in der Sonntagsschule unterrichtet, die Kirchenfeste organisiert und die Blumen arrangiert hatte. Ihren Haushalt hatte sie mit der gleichen Effizienz geführt, die ihre Arbeit in der Gemeinde auszeichnete. Sie hatte das Vikariat peinlich sauber gehalten und ihre Familie ohne große Umstände mit leckeren, nahrhaften Mahlzeiten versorgt. Sie hatte gut mit der Nähmaschine umgehen können, natürlich, und hatte ihre sämtlichen Kleider selbst genäht, wie auch die von Rosemary; bei jedem Umzug hatte sie Meile um Meile neuer Vorhänge angefertigt. Sie hatte gestrickt, gestopft, gewaschen, gebügelt. Und irgendwie schien sie immer obenauf gewesen zu sein. Sie hatte unbegrenzt Zeit sowohl für ihren Mann als auch für ihre Tochter gehabt. Hazel Crooms Anerkennung wäre Rosemarys Mutter sicher gewesen.

Rosemary war spätes und einziges Kind der Ehe, geboren, nachdem ihre Eltern die Hoffnung auf ein Kind längst aufgegeben hatten. Sie war behütet aufgewachsen, sicher in dem Wissen um die Liebe ihrer Eltern.

Trotzdem, irgendwie hatte sie sich dieser Liebe nie wert gefühlt. Es war nur allzu deutlich, daß ihr die hausfraulichen Fähigkeiten und die Effektivität ihrer Mutter fehlten. Rosemary konnte ausreichend gut kochen, hatte jedoch zwei linke Daumen, wenn es ums Nähen ging. Sie haßte Hausarbeit. In Momenten wie diesen mußte sie sich an die Art erinnern, mit der ihre Mutter die häufigen Umzüge von Pfarrhaus zu Pfarrhaus organisiert hatte. Sie wurde sich ihrer eigenen Unzulänglichkeiten nur zu bewußt. Ihr war alles zuviel.

Gervase war zu Hause. Das war ziemlich ungewöhnlich. In all den Jahren ihres Ehelebens konnte sich Rosemary an nur wenige Zeiten erinnern, an denen sie beide mehrere Stunden alleine im Haus gewesen waren. In den ersten Jahren war Tom da, dann kam Daisy. Beide hatten, wenn auch aus unterschiedlichen Gründen, sehr viel Aufmerksamkeit gefordert. Die Mutterschaft hatte Rosemary sogar in dem Maße beansprucht, in dem die Kirche Gervases Leben dominierte. Zwischen diesen beiden Verpflichtungen war ihre eigene gemeinsame Zeit auf die Abendstunden reduziert gewesen, wenn die Kinder im Bett lagen und die Aufgaben in der Gemeinde für diesen Tag erledigt waren.

Im Moment jedoch hing Gervase in der Schwebe. Seine Einführung als Vikar von St. Stephens in Branlingham hatte noch nicht stattgefunden – sie war für übermorgen festgesetzt. Das hieß, er besetzte noch keine offizielle Position in der Gemeinde. Ohne seine Pflichten Kirche und Gemeinde gegenüber wußte er kaum etwas mit sich anzufangen. Rosemary hatte ihn gedrängt, an seinem Buch weiterzuschreiben – daran saß er schon seit Jahren. Es war die Überarbeitung einer Abhandlung über das Leben und die Theologie des Henry Parry Liddon. Dr. Liddon hatte großen Einfluß auf die ›Oxforder Bewegung‹ gehabt. Er war ein mitreißender Priester und außerdem der Biograph von Dr. Pusey gewesen; sein eigener Ruf war jedoch gesunken. Heutzutage war er wenig bekannt, sogar unter Kennern dieser Ära. Es war seit 1905 kein Buch mehr über ihn veröffentlicht worden. Gervase, der sich an seiner Statt geschmäht fühlte, wollte dies ändern. Er hatte ursprünglich vorgehabt, das Buch bis 1990, zum hundertjährigen Todestag von Dr. Liddon, druckfertig zu haben. Diese Frist hatte er schon vor Jahren überschritten und schien noch nicht weiter zu sein als damals. Es gab Zeiten, in denen Rosemary den Verdacht hegte, er wolle es nicht fertig schreiben. Als hätte die Schreiberei ein eigenständiges Leben inne, ohne daß er sein Leben als sinnlos betrachten würde.

Gervase war Rosemarys Vorschlag nachgekommen. Die meiste Zeit der letzten Woche, während sie weiter auspackte, hatte Gervase in seinem Arbeitszimmer verbracht. An diesem Morgen entschloß Rosemary sich, im Wohnzimmer zu arbeiten. Sie wollte die Regale in den Nischen mit ihrer Romansammlung füllen. Die Kollektion war groß – sie verschlang Bücher geradezu. Bis auf ein paar schöne Bände – Geschenke – bestand sie jedoch zum überwiegenden Teil aus abgenutzten Taschenbüchern. Abgelegt von anderen Leuten und für ein paar Pfennige auf Kirchenfesten und Trödelmärkten erstanden. Das ist einer der Vorteile, die Ehefrau eines Vikars zu sein, dachte Rosemary, als sie ihre Bücher betrachtete. Sie hatte immer die erste Wahl, was die Auswahl der Bücher auf den Trödelmärkten betraf. Das war ein großer Segen. Die öffentliche Bibliothek in Long Haddon war zwar akzeptabel gewesen, da sie sich jedoch um Daisy kümmern mußte, hatte sie in den letzten paar Jahren kaum Gelegenheit gehabt, sie zu besuchen.

Der CD-Spieler, ihr wertvollster Besitz, war schon innerhalb der ersten ein, zwei Tage ausgepackt und angeschlossen worden; jetzt konnte sie mit Musikbegleitung arbeiten. CDs waren teuer; ihre Sammlung war daher klein. Sie wurde jedoch sehr geliebt und viel gespielt. Sie bevorzugte von Kirchenchören aufgenommene Choräle und wurde nie müde, den klaren Jungenstimmen zuzuhören, die untermalt wurden von den Harmonien der Männer. An diesem Morgen beruhigte die Musik sie. Sie lenkte ihre Gedanken nicht nur von ihrer Mutter ab, sondern auch von den Sorgen um Daisy: Wie würde sie an der neuen Schule zurechtkommen? Würden die anderen Kinder sie akzeptieren? Es schien so wundervoll, doch würde sie hier wirklich glücklich werden?

Als die Standuhr – einmal mehr in einer Umgebung, die ihrem Alter und ihrer Größe entsprach – eins schlug, brach Rosemary ihre Arbeit ab. Sie ging in die Küche, um das Mittagessen zuzubereiten. Dort standen einige Zutaten für belegte Brote griffbereit und eine Dose mit Suppe. Sie setzte die Suppe auf und belegte ein paar Brote mit Braten und Käse. Sie richtete sie auf einem Teller an und rief Gervase zum Mittagessen. Der winzige Tisch aus ihrer bisherigen Küche erschien in dieser riesenhaften, viktorianischen Küche zwergenhaft; doch diese war zur Zeit der einzige in seinem jetzigen Zustand bewohnbare Raum. Das Eßzimmer, in dem Farbe und Putz abbröckelten, war es mit Sicherheit nicht. Der frühere Vikar, ein Junggeselle, war nach Rom gegangen, als ein weiblicher Erzdiakon ernannt wurde. Er hatte nur die Küche, das Arbeitszimmer und eines der Schlafzimmer bewohnt. Diese drei Räume waren zwar verwohnt, jedoch noch akzeptabel. Der Rest des Hauses war eine Katastrophe. Sie hatten Daisy in das beste Schlafzimmer einquartiert, trotz dessen maskuliner Einrichtung. Aus dem Rest machten sie bis zur Renovierung das Beste.

Gervase kam in die Küche. Er streckte seine Finger, um sie zu lockern. Da er Computer und solche Dinge wie Schreibmaschinen mied, schrieb er von Hand, mit einem schweren, antiken Füllfederhalter.

»Wie geht es Dr. Liddon?« fragte Rosemary fröhlich. Der Fortschritt, den sie morgens hatte verzeichnen können, und die Musik hatten sie schließlich doch in eine positive Stimmung versetzt. Trotz allem, was noch zu tun war.

»Sehr gut für einen Mann, der schon seit über hundert Jahren tot ist.« Gervase setzte sich hin und nahm ein Brot mit kaltem Braten, während Rosemary die Suppe in zwei Teller füllte. »Wußtest du, daß er 1867 mit Lewis Carroll nach Rußland gegangen ist? Mit Charles Dodgson, meine ich?«

»Ich glaube, du hast es schon einmal erwähnt.«

»Sehr wahrscheinlich«, stimmte er zu. »Ich denke eben, daß es sehr bemerkenswert ist.«

Rosemary nickte. »Faszinierend.« Das war nicht herablassend gemeint; Gervases Enthusiasmus war wirklich ansteckend. Und er war enthusiastisch, was Henry Parry Liddon betraf.

Er nahm einen Bissen von seinem Brot und wechselte das Thema. »Irgendwelche Post?« fragte er.

»Ein paar Rechnungen.« Rosemary seufzte. »Wiederanschluß-Gebühren für Gas, Strom, Wasser und Telefon. Es ist wirklich zu ärgerlich, daß die alle auf einmal kommen müssen, zusätzlich zu den Kosten für die Umzugsfirma.«

»Wir schaffen das schon«, sagte Gervase. »Die Kosten für den Umzug wird uns die Diözese erstatten.«

Ja, sie würden es schaffen, wenn sie im Haushalt jonglierte und ein oder zwei Rechnungen unbezahlt ließ, bis die roten Mahnungen kamen – in der Hoffnung, daß die Diözese bis dahin gezahlt hatte.

»Das hier war auch dabei.« Rosemary stand auf und holte ein gefaltetes Flugblatt. Sie legte es neben seinen Suppenteller. Sie wußte nicht, warum sie es ihm zeigte; es würde ihn sowieso nicht interessieren. Und selbst wenn, sie konnten es sich nicht leisten.

»Musik in ländlichen Kirchen«, las er. »Ein Konzert?«

»Ja, in der Kirche in Dennington. Es ist eine wunderschöne Kirche, weißt du.« Es gelang ihr nicht, die Begeisterung aus ihrer Stimme herauszuhalten. »Das Programm hört sich wunderbar an – Choräle von Tallis und Byrd und Gibbons, mit Bratschen.«

Gervase überflog das Blatt. Dann hob er den Kopf. Er sah seine Frau forschend an. »Du würdest gerne hingehen?«

»Oh, liebend gerne!« sagte sie spontan. Nüchtern fügte sie hinzu: »Doch wir können uns das natürlich nicht leisten.«

»Ich denke, das können wir schon einrichten. Ich habe es dir noch nicht erzählt – es sollte eine Überraschung sein. Ein oder zwei der Gemeindemitglieder von St. Marks haben mir als Abschiedsgeschenk ein bißchen Bares zugesteckt.«

Rosemary wagte nicht zu hoffen, daß das wirklich wahr werden könnte.

»Sollte das Geld denn nicht dazu verwendet werden, die Rechnungen zu begleichen?«

»Mit Sicherheit nicht! Dafür war es nicht gedacht.« Gervase zog seinen Terminkalender hervor und schaute hinein. »Es findet kurz vor deinem Geburtstag statt, oder? Wir könnten es ein vorgezogenes Geburtstagsgeschenk nennen, wenn du möchtest; ich werde die Karten bestellen, Liebling. Ich trage es sofort in meinen Kalender ein.«

»Was ist mit Daisy?« Sie gingen selten aus, und niemals ohne ihre Tochter.

Er wischte den Einwand beiseite. »Ich bin sicher, daß sich jemand aus der Gemeinde ein paar Stunden um sie kümmern wird.«

Rosemary stand wieder auf und umarmte ihn freudestrahlend. Es würde wirklich ein wundervolles Konzert sein, ein seltener Genuß. Und sie konnte sich in den nächsten Wochen auf etwas freuen.

Das Telefon klingelte. Ohne darüber nachzudenken, ging sie in die Halle und hob ab. Ob Gervase anwesend war oder nicht, ein Teil ihres Jobs als Vikarsfrau bestand darin, Anrufe für ihn entgegenzunehmen.

Er sah auf, als sie zurückkehrte. »Irgend etwas Wichtiges?«

Rosemary zögerte. »Es war Christine«, sagte sie widerstrebend. Ihr Mann runzelte die Stirn, wie sie es vorausgesehen hatte. Gervase, der niemals unfreundlich war und keine Feinde auf der Welt hatte, ja, der ganz selbstverständlich jeden mochte, konnte Rosemarys Freundin Christine nicht leiden. Seine Abneigung bestand eher wegen seiner Frau, weniger seinetwegen: Er meinte, daß Christine Rosemary benutzte, ihr großzügiges Naturell ausnutzte. Wenn sie ganz ehrlich mit sich war, mußte Rosemary ihm Recht geben. Sie hatte allerdings nicht vor, ihm das einzugestehen. Christine war, trotz all ihrer Fehler, ihre

Freundin. Tatsächlich war sie ihre einzige Freundin in Letherfield gewesen. »Was wollte Christine?« fragte er, Zynismus in der Stimme. Uncharakteristisch für ihn, außer, es handelte sich um Christine.

»Sie würde gerne morgen vorbeikommen, um mich zu besuchen – uns zu besuchen. Um zu sehen, wie weit wir mittlerweile heimisch geworden sind und so weiter. Ich habe sie zum Mittagessen eingeladen.«

Gervase zog die Augenbrauen hoch. »Tja, ich werde morgen nachmittag nicht hier sein. Ich muß nach Saxwell zum Erzdiakon, um mit ihr über die Amtseinführung zu sprechen.«

Rosemary nahm die Gelegenheit wahr, das Thema zu wechseln. »Bist du sicher, daß ich mich nicht um die Verpflegung dafür kümmern muß?«

»Ganz sicher«, erklärte er. »Ich habe mit den Gemeindevorstehern gesprochen. Sie versprachen mir, die Müttervereinigung würde das in die Hand nehmen. Sie sind nicht der Ansicht, daß du irgend etwas davon übernehmen solltest.«

Rosemary fühlte sich gleichzeitig erleichtert und schuldig. Sie wußte, daß sie, neben ihren Unzulänglichkeiten als Haushälterin, auch nicht die ideale Frau eines Vikars darstellte. In den ersten paar Jahren ihrer Ehe hatte sie bewußt versucht, dem Beispiel nachzukommen, das ihr von ihrer Mutter und der toten Laura vorgegeben worden war. Sie war immer unter dem Standard geblieben, den diese beiden gesetzt hatten. Und dann war Daisy gekommen. Daisys Behinderung hatte Rosemary die Entschuldigung gegeben, von der sie noch nicht einmal wußte, daß sie danach gesucht hatte. Sie konnte sich von verschiedenen Aktivitäten in der Gemeinde zurückziehen, ihre Rolle zu ihren eigenen Bedingungen neu definieren. Sie wußte, daß es feige von ihr war. Das hielt sie jedoch nicht davon ab, ihre Tochter zu benutzen: Sie konnte nicht mit Laura oder ihrer Mutter konkurrieren, daher würde sie es nicht länger versuchen.

»Hal, du bist entsetzlich! Du hast doch nicht wieder diese alte Kamelle zum Besten gegeben!« Margarets Tonfall war amüsiert und schockiert zugleich. »›Trennung von Geschäft und Vergnügen‹. Ehrlich, Hal! Apropos Klischee!«

Es war spät an diesem Abend. Margaret und Hal Phillips lagen im Bett.

»Was hätte ich denn tun sollen?« verteidigte er sich. »Sie hat sich mir an den Hals geworfen. Ich hätte das andere Klischee vom glücklich verheirateten Mann nehmen können, doch ich habe nicht gedacht, daß sie das etwas angeht.«

»Und wahrscheinlich willst du mir jetzt weismachen, daß du weder mit ihr geflirtet noch ihr Andeutungen gemacht hast«, stichelte Margaret.

»Natürlich habe ich das nicht.« Er schaltete die Nachttischlampe ein, damit seine Frau seinen ernsthaften Gesichtsausdruck sehen konnte. »Du weißt, daß ich so etwas nicht tue. Niemals.«

»Und trotzdem werfen sich diese Frauen dir an den Hals.« Margaret seufzte theatralisch. »Oh, der Fluch eines schönen Gesichtes.«

»Das ist nicht komisch«, beharrte er. »Was soll ich denn machen?«

»Na ja, du hast eben einen Job, der dich in direkten Kontakt zu Frauen bringt, die allein in ihren Häusern sitzen, Tag für Tag«, stellte sie fest. »Einsame Frauen, sexhungrige Frauen. Ich nehme an, das ist ein berufsbedingtes Risiko.«

»Berufsbedingtes Risiko«, wiederholte Hal. Das klang gut. »Ich werde das nächste Mal daran denken.«

»Und es wird natürlich ein nächstes Mal geben.« Margaret stützte sich auf einen Ellenbogen und sah ihn lächelnd an. »Als du dich entschieden hast, aus dem ständigen Konkurrenzkampf auszusteigen und alles an den Nagel zu hängen, warum hast du nicht bei einer Tankstelle angefangen oder so etwas? Irgendein Job, der dich nicht ständig mit einsamen Frauen umgibt?«

»Und dieses schöne Gesicht verschwenden?« sagte er provozierend.

»Oh, Hal, du bist unmöglich.« Der Erzdiakon von Saxwell tat etwas, das ihre Untergebenen, die ja nur ihre ernste berufliche Seite kannten, kaum geglaubt hätten: Sie bewarf ihren Ehemann mit einem Kissen. Er antwortete dieser Herausforderung, indem er sie an einer Stelle kitzelte, auf die sie immer reagierte. Der Abend endete für beide Seiten zufriedenstellend.

Den Nachmittag und Abend hindurch hatte Valerie Marler es geschafft, sich beschäftigt zu halten. Sie folgte ihrem normalen Tagesablauf. Sie sortierte ihre Post, bezahlte die Rechnungen, beantwortete die Fanpost. Sie benutzte diese Routine, um alle möglichen unwillkommenen Gedanken fernzuhalten. Der verletzende Zwischenfall mit der Zeitung wurde so fest in ihrer Psyche verborgen, wie die Zeitung selbst tief in ihrem Abfalleimer steckte. Hal Phillips vertrieb sie entschlossen aus ihren Gedanken. Sie bereitete ihr Abendessen zu und aß es. Dann las sie etwas und ging ins Bad.

Später jedoch, allein in ihrem Bett, konnte sie ihren Gedanken nicht mehr länger aus dem Weg gehen. Seltsamerweise dominierte nicht Hal Phillips, sondern ihre Kinder, ihre Babys. Sie hatte es so lange geschafft, nicht an sie zu denken. Jetzt hatte er sie erinnert. Er hatte sie aus den

Tiefen ihres Geistes hervorgezerrt, in denen sie so sorgfältig archiviert waren. Unter ›K‹ wie Kinder vielleicht. Oder ›M‹ für Mutterschaft.

Sie hatte die perfekte Mutter sein wollen. Doch sie war so jung gewesen, und Mutterschaft entsprach ganz und gar nicht dem, was sie erwartet hatte. Sie hatte keine Geschwister gehabt, hatte kaum jemals zuvor ein Baby im Arm gehalten. Und dann zwei Kinder in genauso vielen Jahren: endlos schmutzige Windeln und hungrige Mäuler. Sie schrien, damit sie gefüttert wurden. Valerie hatte zu ihrem Entsetzten festgestellt, daß sie Babys nicht mochte. Edward war ein viel besserer Vater als sie eine Mutter.

Ihre Schreiberei wurde ihr Ventil. Der einzige Weg für sie, die Verbindung mit irgendeiner Art Realität aufrechtzuerhalten. All diese Geschichten, die sie sich schon immer ausgedacht hatte, wurden zu Papier gebracht. Sie entdeckte ihr großes Talent und auch, wieviel Vergnügen es ihr bereitete.

Es hatte sie ihre Ehe gekostet.

Und sie hatte zugelassen, daß er ihr die Babys wegnahm. Sie hatte es zugelassen.

Zu der Zeit schien es für sie der einzige Weg zu sein, ihren Verstand nicht zu verlieren. Sie hatte überhaupt nicht um sie gekämpft.

Valerie hielt es nicht aus, an ihre Kinder zu denken. Sie waren Teil ihrer Vergangenheit. Sie würde sich statt dessen auf die Gegenwart konzentrieren. Auf Hal Phillips, diesen faszinierenden und attraktiven Mann.

Sie schloß die Augen ganz fest und stellte sich sein Gesicht vor: diese Augen, dieses Lächeln. Einen Moment lang war das Vergnügen dieser Erinnerung ausreichend, sie von ihrem Schmerz abzulenken. Dann erinnerte sie sich jedoch daran, was passiert war. Ihre Augen brannten mit ärgerlichen Tränen, als sie diese demütigende Szene im

Geist nachspielte. Er hatte sie abgewiesen. Taktvoll zwar, doch er hatte sie tatsächlich abgewiesen.

Männer wiesen Valerie Marler nicht ab. Sie war schön, sie war reich, sie war berühmt. Männer wiesen sie nicht ab, niemals. Sie war diejenige, die abwies.

Oh, Gott, er hatte sie gedemütigt. Wer glaubte er denn, wer er sei? Wie konnte er es wagen, sich so unverschämt zu verhalten! Wenn sie sich herabgelassen hatte, ihn zu bemerken? Immerhin, er war schließlich nur ein einfacher Maler und Anstreicher, wenn man mal genau hinsah. Dann hatte er eben ein umwerfendes Lächeln! Dann hatte er eben wunderschöne Augen! Dann hatte er eben eine vornehme Stimme! Er war Maler, ein Handwerker. Wie konnte er es wagen, sie so zu behandeln?

Sie würde ihn anrufen und ihm sagen, er solle morgen nicht wiederkommen. Sein Pech, wenn er die Farben für den Job schon gekauft hatte. Sie konnte es nicht ertragen, ihn die nächsten vierzehn Tage im Haus um sich zu haben. Nicht, nachdem er sie so behandelt hatte. Valerie setzte sich im Bett auf und knipste das Licht an. Sie griff nach dem Telefon neben ihrem Bett. Sie würde ihn sofort anrufen.

Das Blatt mit dem Kostenvoranschlag lag auf dem Nachttisch. Ihre Hand zögerte über dem Hörer. Vielleicht würde sie ihn jetzt nicht anrufen – es war spät. Na, und wenn schon! Wütend tippte sie die Nummer ein und hörte das ferne Klingeln am anderen Ende. Es klingelte dreimal, dann antwortete eine verschlafene Stimme. Eine Frauenstimme.

Valerie knallte den Hörer auf.

Sie würde ihn morgen anrufen und ihm sagen, daß er nicht kommen solle. Sie würde an seiner Stelle einen anderen Maler finden.

Doch würde das nicht heißen, daß sie sich von ihm hatte

unterkriegen lassen? Würde sie ihm dadurch nicht zugestehen, daß er sie mit seinem Verhalten verletzt hatte?

Wäre es nicht besser, ihn kommen zu lassen? Ja, er sollte kommen. Dann könnte sie ihn mit eisiger Höflichkeit behandeln, könnte ihn auf seinen Platz verweisen. Ein Handwerker war er, sonst nichts. Sie würde ihm zeigen, wie Handwerker behandelt werden mußten.

Er sollte kommen.

Kapitel 4

Daisys erster Tag an der Schule in Branlingham war ein voller Erfolg gewesen. Sie war überschäumend vor Begeisterung nach Hause gekommen; am nächsten Morgen erzählte sie immer noch.

Sie hatte, so schien es, eine Freundin gefunden. Jemanden mit einem Namen, der jede kleine Zunge zum Stolpern bringen könnte. Daisy sprach ihn jedoch ganz deutlich aus. »Samantha Sawbridge ist meine beste Freundin«, erzählte sie ihren Eltern beim Frühstück. »Meine allerbeste Freundin. Ich habe Samantha Sawbridge gefragt, ob sie meine beste Freundin sein möchte, und sie hat ja gesagt.«

»Wie schön, Liebling.« Rosemary war entzückt, daß alles so gut geklappt hatte und daß Daisy glücklich war. Sie dachte an ihre eigene Schulzeit zurück, an ihre Freundin Barbara. Sie selbst war ein paar Jahre älter gewesen als Daisy, als sie Barbara getroffen hatte. Sie hatten sich sofort angefreundet. Sie blieben beste Freundinnen durch die schwierige Zeit der Pubertät hindurch. Als Rosemarys Familie dann schließlich umzog, blieben sie durch häufige Briefe in Kontakt. Sie schafften es, die Schulferien miteinander zu verbringen, und schmiedeten Pläne, zusammen zur selben Universität zu gehen, doch dann verlief alles nicht so, wie sie es sich vorgestellt hatten: Während des ersten Semesters lernte Barbara einen Jungen kennen; ihre Prioritäten wechselten. Jetzt, so rief sich Rosemary traurig wieder in Erinnerung, hatten sie den Kontakt ganz verloren. Sie fragte sich, wo Barbara lebte, was sie tat.

Daisys Stimme brachte sie zurück in die Gegenwart. »Und weißt du, was Samantha Sawbridge gesagt hat?«

»Was hat sie gesagt, Liebling?« Sie strich ihrer Tochter über den Kopf, während sie um den Tisch herumging, um Gervases Kaffeetasse nachzufüllen.

»Sie hat gesagt, mein Name sei hübsch. Sie hat gesagt, ich heiße wie eine Blume und ein Vogel. Daisy Finch. Eine Blume und ein Vogel.«

»So ist es«, bestätigte Gervase. Er lächelte, als er nach seiner Tasse griff. »Samantha Sawbridge scheint ein kluges Mädchen zu sein.«

»Oh, das ist sie. Und hübsch auch.« Ihre Stimme war bewundernd, ohne Neid. »Sie hat goldene Haare.« Daisy berührte ihre eigenen dunklen Haare. »Kann ich morgen die pinken Schleifen wieder tragen, Mama?«

»Ja, natürlich.«

»Samantha Sawbridge mochte meine pinken Schleifen. Sie ist meine beste Freundin. Meine allerbeste Freundin. Meine aller, aller, aller, aller, allerbeste Freundin.«

»Das ist wunderbar, Liebling.« Rosemarys Blick traf den ihres Mannes über Daisys Kopf hinweg. Sie tauschten eine dieser wortlosen Botschaften aus, in denen verheiratete Ehepaare so geübt sind, wenn Kinder im Haus sind. Wir haben die richtige Entscheidung getroffen, lautete sie. Egal, was für ein schwieriger Prozess dieser Umzug war. Egal, was uns in dieser neuen Gemeinde erwartet. Wir haben die richtige Entscheidung getroffen.

Die Grundschule in Branlingham lag nicht weit vom Vikariat entfernt, etwa fünf Minuten zu Fuß durch das Dorf. Daisy ging an der Seite ihrer Mutter. Ihr Gang war erwartungsvoll. Sie hielt die Hand ihrer Mutter fest und sprach ununterbrochen. Wirklich, dachte Rosemary, nach nur einem Tag in der neuen Schule ist Daisy wie ausgewechselt. Das war eine so enorme Erleichterung. In die alte

Schule zu gehen, war ein Alptraum gewesen, eine Qual, Tag für Tag. Jetzt konnte sie es nicht erwarten, bis an die Schultore zu gelangen.

Als sie sie erreichten, gab Daisy einen aufgeregten Schrei von sich. Sie ließ die Hand ihrer Mutter los. »Samantha Sawbridge!« rief sie. Sie rannte einem kleinen blonden Mädchen entgegen, das aus der anderen Richtung herankam.

Rosemary folgte ihr. Als sie ankam, schnatterten die beiden Mädchen schon aufgeregt miteinander. »Mama, das ist Samantha Sawbridge. Meine beste Freundin«, verkündete Daisy stolz. Samantha war ein schönes Kind. Sie war klein und zierlich, mit riesigen blauen Augen und einer Masse langer blonder Haare. Es war dieser außergewöhnliche goldene Ton, der nie bis über die Kindheit hinaus bleibt.

»Wie nett, dich kennenzulernen, Samantha«, sagte Rosemary.

»Hallo.« Das kleine Mädchen zeigte ihr ein bezauberndes Lächeln. »Kann Daisy bitte mit zu mir nach Hause kommen nach der Schule heute?«

Rosemary runzelte die Stirn. »Oh, ich weiß nicht so recht.«

»Samantha hat seit gestern von nichts anderem gesprochen als von Daisy«, sagte eine Frau mit einem Kinderwagen. Rosemary hatte sie gar nicht bemerkt. »Es wäre schön, wenn sie sie mit uns nach Hause gehen lassen würden.«

Daisy hatte Tränen in den Augen. »Bitte, Mama. Samantha hat ein Katerchen. Ich möchte es so gerne sehen. Und sie hat gesagt, ich kann mit ihrem kleinen Bruder spielen.«

»Na ja ...« Sie sah die andere Frau flehentlich an. »Ich bin mir nur so unsicher. Sie hat so etwas noch nie gemacht.«

»Es wird ihr gutgehen«, versicherte die andere Frau ihr.

»Bitte!« fügte Samantha hinzu.

Rosemary kapitulierte. »Okay, na gut.«

Mit freudigem Gejohle faßten sich die zwei Mädchen an den Händen und gingen durch das Schultor. Sie warfen beide nicht einen Blick zurück.

»Tja.« Rosemary stand da und starrte ihnen nach. Sie staunte. Sie erinnerte sich an die Szenen, die sie fast täglich durchgestanden hatte. Ihr eigenes Herz hatte sich verkrampft, als Daisy geweint hatte und sie gebeten hatte, sie nicht alleine zu lassen.

Als die Mädchen außer Sicht waren, wandte sie sich der anderen Frau zu. »Ich bin Rosemary Finch«, stellte sie sich verspätet vor. »Doch ich glaube, das dachten sie sich schon.«

»In der Tat. Ich bin Annie Sawbridge.« Die Frau sprach mit einem starken schottischen Akzent. Sie lächelte warm und streckte ihre Hand aus, um Rosemarys zu schütteln.

Als sie sie ansah, fand Rosemary es schwer zu glauben, daß sie Samanthas Mutter sein konnte. Sie war klein, wie ihre Tochter, doch da endete die Ähnlichkeit. Annie Sawbridge hatte ein lustiges rundes Gesicht und lachende braune Augen unter einem Schopf kurzer brauner Locken.

»Oh, ich weiß. Ich bin gar nicht wie Samantha«, sagte Annie trocken. »Sie kommt auf meinen Mann, nicht auf mich. Glückliches Kind. Klein Jamie«, fügte sie hinzu und zeigte auf das Baby im Kinderwagen, »wird mehr wie ich aussehen, das arme Kind.«

Rosemary beugte sich über den Kinderwagen und lächelte das Baby an. »Ihre Tochter ist sehr schön.«

»Nicht wahr?« stimmte Annie ihr vergnügt zu. »Das Erstaunlichste daran ist, daß sie auch noch sehr liebenswert dabei ist.«

Rosemary lächelte. »Mädchen an meiner Schule, die so aussahen, waren immer furchtbar. Sie wußten immer, wie schön sie waren, und machten es damit wett, unfreundlich zu Mädchen wie mir zu sein.«

Annie lachte. »Oh, ich weiß genau, was sie meinen. Sie brauchen sich wegen Samantha keine Sorgen zu machen. Sie wird auf ihre kleine Daisy gut aufpassen.«

Während Daisy sicher – und glücklich – in der Schule war, konzentrierte sich Rosemary darauf, zu entscheiden, was sie zu Mittag kochen sollte. Gervase kündigte an, daß er schon vor dem Mittagessen aus dem Haus sein würde. Das bedeutete, es wäre nur für sie beide, Rosemary und Christine. Nicht, daß das eine große Sache wäre; Christine war in der Vergangenheit oft zum Mittagessen vorbeigekommen. Irgendwie hatte Rosemary jedoch das Gefühl, Christines erster Besuch in Branlingham sei etwas Besonderes, und sie wollte etwas besonders Leckeres zubereiten.

Curry-Gerichte mochte Christine schon immer. Das Schweinefleisch von Sonntag war natürlich aufgegessen. Daher forstete sie durch ein Regal im Vorratsraum, das immer für Geschenke von Gemeindemitgliedern reserviert war. Viele von ihnen schenkten der Vikarsfamilie kleine Leckereien. Sie fand eine Dose mit Huhn. Dann gäbe es Curryhuhn, mit Reis und etwas von Hazel Crooms leckerem hausgemachten Apfel-Chutney.

Ihre Freundin kam pünktlich. Wie üblich fuhr sie ihren kleinen roten Wagen; Rosemary sah sie kommen und hatte die Tür offen, bevor Christine klingeln konnte.

»Rosemary!« Christine küßte sie auf beide Wangen. »Was für ein erstaunliches Haus! Es sieht so aus, als hätte ihr Hunderte von Zimmern!«

»Es ist ein wenig größer als nötig«, räumte Rosemary ein. »Auf uns wartet noch eine Menge Arbeit.«

»Das sagtest du.« Ihre Freundin trat in die heruntergekommene, düstere Eingangshalle und sah sich mit unverhohlener Neugier um. »Oh, es ist riesig. Kannst du mich herumführen?«

»Natürlich, wenn du möchtest. Obwohl wir bis jetzt noch nicht fertig ausgepackt haben ...« Rosemary hatte das befürchtet. Sie konnte nicht anders, als dieses Haus in Gedanken mit Christines eigenem Haus zu vergleichen, einer modernen Doppelhaus-Hälfte am Rande von Letherfield, ungefähr zur gleichen Zeit erbaut wie das neue Vikariat. Christine hielt dessen kleine Räume peinlich sauber. Vielleicht sind Roger und die Kinder besser darauf gedrillt, Ordnung zu halten, als Daisy und Gervase, entschuldigte sich Rosemary vor sich selbst. Oder vielleicht war Christine nur eine bessere Hausfrau als sie es war. In jedem Fall hatte sich Rosemary nach einem Besuch in Christines quietschsauberem Haus immer unterlegen und leicht deprimiert gefühlt. Was noch schlimmer war: Christine schaffte all dies zusätzlich zu einem Vollzeit-Job, während Rosemary nur die Frau des Vikars war.

Ohne darauf zu warten, daß ihre Gastgeberin voranging, stieg Christine die massive, dunkel gestrichene Treppe hinauf. »Wie viele Zimmer habt ihr denn?«

»Es kommt darauf an, was du als Zimmer bezeichnest. Doch ich glaube, es sind zehn.« Rosemary folgte ihr die Treppe hinauf. Christine blieb oben vor der ersten Tür stehen. Rosemary holte sie ein und öffnete für sie. »Das ist Daisys Zimmer«, sagte sie unnötigerweise. Bunte Stofftiere waren auf dem Bett angeordnet, andere saßen auf dem Boden oder auf der Kommode.

»Hmm. Hübsch. Daraus kann man was machen.«

Rosemary war klar, daß man das konnte. Alles, was dafür nötig war, war ein farbenfroher Anstrich, um das Braun zu überdecken. Im Gegensatz zu anderen Räumen, in denen bereits der Putz abblätterte.

»Laß uns jetzt die anderen Zimmer ansehen«, forderte Christine sie auf.

»Da gibt es wirklich nicht viel zu sehen«, widersprach Rosemary. »Keines ist besonders schön.«

Christine öffnete die Tür zu einem unmöblierten Zimmer, dunkel und trostlos. »Ich sehe, was du meinst.«

»Unser Schlafzimmer ist hier. Es sieht allerdings auch nicht viel besser aus.« Rosemary öffnete eine weitere Tür, um es ihr zu zeigen. »Das ist so ziemlich alles, was es hier oben zu sehen gibt. Der Rest sind nur leere Räume.«

»Habt ihr denn kein Gästezimmer?«

»Noch nicht«, gab Rosemary zu. »Wir brauchten noch keines. Es wird natürlich eines geben, sobald wir vernünftig eingerichtet sind.«

Christine lachte neckisch. »Das muß es auch, wenn ich mal über Nacht bleibe.«

»Oh, ja, natürlich.« Es war Rosemary nicht in den Sinn gekommen, daß ihre Freundin jemals würde über Nacht bleiben wollen. Letherfield war schließlich weniger als eine Stunde Fahrzeit entfernt.

Als sie nach unten voranging, um ihr die Räume dort zu zeigen, fragte Rosemary sie über ihre Schulter hinweg: »Du hast also heute frei?«

»Ja, genau.« Das war nichts Ungewöhnliches. Christine war Krankenschwester am Krankenhaus von Long Haddon; sie arbeitete im Schichtdienst und hatte oft einen Teil des Tages oder sogar ganze Tage frei. »Ich habe Nachtschicht«, fügte sie hinzu.

Also mußte der überarbeitete Buchhalter Roger die Mädchen ins Bett bringen. Zumindest konnte Christine sie von der Schule abholen. Herzlos fragte Rosemary sich, wer die Mädchen von der Schule abholte, wenn ihre Mutter wieder Tagschicht hatte, jetzt, wo sie selbst das nicht mehr für sie tun konnte. Sofort haßte sie sich selbst für diesen

Gedanken. Es war Gervases Fehler; immer mußte er Christine kritisieren.

Christines Tochter Polly war so alt wie Daisy, Gemma war zwei Jahre jünger. Ihre Mütter hatten sich in einer Spielgruppe getroffen, als die älteren Mädchen noch ziemlich klein waren. Sie waren Freunde geworden. Obwohl Christine Bryant keine Kirchgängerin war, bedeutete das eher einen Vor- als einen Nachteil: Rosemary suchte verzweifelt eine Freundin; ihre Mutter hatte sie jedoch immer davor gewarnt, enge Freundschaften innerhalb der Gemeinde zu pflegen. Und Christine für ihren Teil fand, daß eine gebildete Frau wie Rosemary den anderen Frauen im Dorf um einiges überlegen war. Ein zusätzliches Plus für die Freundschaft, zumindest für eine Seite, stellte sich heraus, als Christine nach Gemmas Geburt wieder arbeiten ging: Rosemary stand immer zur Verfügung. Sie war immer bereit, als kostenloser Babysitter zu fungieren. Sie holte Polly vom Kindergarten und später von der Schule ab und behielt sie im Vikariat bis Christines Schicht vorüber war. Christine brachte es sogar fertig, sich dabei als Gönnerin zu fühlen – immerhin, ein Kind wie Daisy, die trotz guter Absichten und Vorsätze sowohl Einzelkind als auch behindert war, profitierte sicherlich von dem Kontakt zu einem Kind wie Polly.

Als die Tour durch das Erdgeschoß vorüber war, fanden sich die Frauen in der Küche wieder. »Das hätte ich fast vergessen, weil ich unbedingt das Haus sehen wollte«, sagte Christine und überreichte ihr ein Buch. »Ich habe dir ein Geschenk mitgebracht. Du hast es doch noch nicht gelesen, oder?«

Rosemary nahm es. Sie besah sich den Titel. Es war das neueste Taschenbuch von Valerie Marler, nur leicht abgewetzt; Christine hatte es sehr vorsichtig gelesen. »Nein«, sagte sie entzückt. »Ich hatte es vor. Ist es gut? Es spielt in

Italien, oder?« Das Aquarell auf dem Umschlag zeigte eine sonnenverbrannte Hügellandschaft in der Toskana.

»Das stimmt. Nach ihrer Scheidung geht sie mit ihrer Schwester in die Toskana und verliebt sich in einen unschicklichen jungen Mann, der sich als Sohn eines Grafen herausstellt. Ich fand es schrecklich gut.«

»Wie heißt sie dieses Mal?« fragte Rosemary lächelnd. Sie machten sich einen Spaß daraus, in Valerie Marlers Heldinnen ein und dieselbe Person zu sehen, bei denen sich nur der Name änderte.

Christine lachte. »Portia.«

»Ja, das paßt.«

»Und der Italiener heißt Roberto«, fügte Christine hinzu.

»Natürlich. Danke übrigens vielmals dafür. Ich kann kaum erwarten, es zu lesen.«

Während Rosemary den Reis umrührte, beobachtete sie Christine, die unruhig durch die Küche tigerte. Es war das erste Mal, daß sie sie richtig ansah, seit sie angekommen war. Rosemary stellte fest, daß sich ihre Freundin verändert hatte. Unterschwellig, doch auf jeden Fall verändert.

Es war ihr Haar. Christine trug ihre kastanienbraunen Haare immer in einem gut geschnittenen, jedoch praktischen Pagenkopf; jetzt sah das Haar weicher aus und heller um ihr Gesicht herum, mit kunstvollen Fransen: sorgfältig frisiert, um den Eindruck von Natürlichkeit zu erwecken. Vielleicht hatte sie auch ihr Make-up verändert; Rosemary konnte sich nicht erinnern, daß ihre Wangen jemals so rosig gewesen waren. »Du hast etwas mit deinen Haaren machen lassen«, wagte sie zu bemerken.

»Es ist dir aufgefallen.« Christine legte eine Hand an ihr Haar. »Ich dachte es mir. Roger hat es nicht bemerkt, doch das hätte ich vorher wissen können«, fügte sie verächtlich hinzu. Dann sprach sie weiter. »Tiefglanz. Und ein guter Schnitt. Ich habe eine neue Friseurin gefunden.«

Unbewußt faßte sich Rosemary an ihr eigenes Haar. Sie war noch nicht dazu gekommen, ihren herausgewachsenen Pony zu schneiden. Sie konnte spüren, daß Christine sie kritisch betrachtete. »Ich könnte für dich einen Termin bei ihr vereinbaren, wenn du möchtest«, schlug Christine vor. »Du würdest total anders aussehen mit einem neuen Haarschnitt. Du könntest wirklich etwas aus dir machen, weißt du.«

Rosemary schüttelte die indirekte Kritik ab; sie war Christines Art gewöhnt und wußte, daß alles nur gut gemeint war. »Ein guter Haarschnitt kostet Geld«, sagte sie sachlich und ohne Bitterkeit.

»Es gibt keinen Grund, warum du jetzt keinen Job annehmen solltest, mit Daisy in der Schule. Neue Leute treffen.« Christines Augen funkelten, als sie sich für das Thema erwärmte. »Lebe ein bißchen, Rosemary. Gönn' dir eine Affäre.«

»Eine Affäre?« Rosemary starrte sie verdutzt an. Der Löffel blieb im Reis stecken. »Warum um alles in der Welt sollte ich das tun?«

Christines Stimme klang leidenschaftlich. »Um zu beweisen, daß du noch lebst, daß du noch fühlen kannst, daß du nicht in einer langweiligen Ehe feststeckst, noch keine Vierzig, und nichts hast, wonach du dich sehnen kannst –«

»Ich stecke nicht in einer langweiligen Ehe fest«, protestierte Rosemary. »Ich liebe Gervase. Ich liebe Daisy. Ich bin sehr glücklich mit meinem Leben.«

Das konnte Christine nicht aufhalten. Sie lief nur noch ungestümer hin und her. »Das sagst du, doch du weißt nicht, was du verpaßt. Ich glaube zwar nicht, daß es in dieser Gemeinde aufregende Männer gibt, doch es gibt bestimmt andere Möglichkeiten, andere Männer in der Gegend. Ich meine, ihr seid gerade umgezogen! In eurem Haus fällt jede Menge Arbeit an. Gibt es keinen tollen jungen Installateur oder aufregenden Elektriker in Branlingham, den du nett findest?«

Rosemary konnte spüren, wie sie knallrot wurde. Allein die Idee ... Warum kam Christine bloß auf so einen Gedanken? Und dann wurde es ihr klar. Der Löffel schepperte auf den Boden. »Christine! Du hast ein Verhältnis, oder?« platzte sie heraus.

Während des Mittagessens unterhielten sie sich ausgiebig. Christine hatte tatsächlich ein Verhältnis.

Sie hatte nie ein Geheimnis aus der Tatsache gemacht, daß sie ihren Ehemann langweilig fand. Roger war, wie sie ihrer Freundin schon so oft erzählt hatte, nur an zwei Dingen interessiert: Buchhaltung und Sport im Fernsehen. Er machte Überstunden in seinem Job und fiel dann zu Hause vor die Glotze. Am Ende des Abends hatte er kaum noch die Kraft, sich ins Schlafzimmer zu begeben; ganz zu schweigen davon, noch etwas Aufregendes auf die Beine zu stellen, wenn er dort angekommen war. Wenn er dann doch die Anstrengung nicht scheute, war das nicht der Rede wert. Rosemary wußte über all das Bescheid; es war ihr immer und immer wieder erzählt worden, von einer immer frustrierteren Christine.

Jetzt hatte Christine also etwas dagegen unternommen. Rosemary war auf komische Weise dafür verantwortlich, daß behauptete jedenfalls Christine. Ihr Umzug nach Branlingham hatte in Christine eine Unruhe hervorgerufen; hatte ihr den Anstoß gegeben, ebenfalls aus Letherfield wegziehen zu wollen. Vielleicht nach Long Haddon, wo mehr los war. Wo wahrscheinlich auch mehr interessante Leute wohnten.

Das stellte sich als wahr heraus. Sie mußte noch nicht

einmal nach Long Haddon ziehen, um Nick Morrison zu finden. Er arbeitete in dem dortigen Maklerbüro. Er war zufällig derjenige, der Christine bei ihrer Haussuche unterstützen sollte.

Die Affäre wurde, wie Christine ihr minutiös mitteilte, in einer Reihe leerstehender Häuser ausgelebt. Sie begrenzte ihre Haussuche auf diejenigen, die sofort beziehbar waren – was bedeutete, daß Nick die Schlüssel besaß. So ging das jetzt schon fast zwei Wochen, erzählte sie Rosemary. Obwohl es zwar wahnsinnig aufregend war – sie hatte sich nie so lebendig gefühlt – gab es doch ein paar Dinge, mußte sie einräumen, die die pingelige Christine abstießen. Es gab natürlich keine Betten in den Häusern, also mußte der Boden herhalten. Und schlimmer als die mangelnde Bequemlichkeit auf blanken Brettern war die mangelnde Hygiene auf den Teppichböden – die meisten Teppiche stanken und waren schmutzig; anderenfalls wären sie nicht drin gelassen worden.

Aber die Freude daran! Die Aufregung! Nicks junger Körper, sein Eifer ihr gegenüber – Rosemary hörte alles. Nichts wurde ausgelassen.

Christine sprach die gesamte Mahlzeit hindurch. Ihre Augen funkelten vor Erregung. Ihr Gesicht rötete sich. Sie schien gar nicht darauf zu achten, was sie aß.

Rosemary für ihren Teil hoffte, daß sie eine gute Zuhörerin war. Daß sie den Schock nicht verriet, den sie fühlte. Obwohl sie zweifelte, daß Christine es bemerkt hätte. Sie wußte, daß andere Menschen Affären hatten – die Personen in Valerie Marlers Büchern ständig –, doch war das nichts, was auf ihr eigenes Leben je solche Auswirkungen gehabt hätte.

»Und was ist mit Roger?« sagte Rosemary schließlich. Sie hatte das Gefühl, daß sie ihn zumindest erwähnen sollte.

»Roger?« Christine sah sie ausdruckslos an. »Was ist mit ihm? Was hat das mit ihm zu tun?«

»Er ist dein Mann.«

»Er zählt nicht.« Christine wischte den Einwand beiseite. »Das hat nichts mit ihm zu tun.«

Es läutete an der Tür und Christine griff sich an die Kehle. »Oh. Das ist er«, sagte sie atemlos.

»Roger?« fragte Rosemary verdutzt.

»Nein, natürlich nicht! Nick!« Christines Gesicht wurde sogar noch röter. Ihr Mund öffnete sich. Sie atmete schnell und kurz vor Erregung. »Ich habe ihn gebeten, sich hier mit mir zu treffen. Ich wußte, es würde dir nichts ausmachen.« Rosemary fühlte sich wie eine Figur in einem Stück, von dem sie das Drehbuch nicht gelesen hatte, als sie zur Tür ging. Christine folgte ihr auf den Fersen.

Der Mann an der Tür war zweifellos Nick Morrison. Immobilienmakler sind genauso unzweifelhaft zu erkennen wie die Mormonen, dachte Rosemary im Bruchteil einer Sekunde der Erkenntnis. Sie unterschieden sich auch nicht so sehr von den Mormonen: Alle trugen sie weiße, langärmelige Hemden, kurze Haare und ein gekünsteltes Lächeln. Uneingeweihte könnten es sogar schwierig finden, die beiden Arten auseinander zu halten, wäre da nicht die Tatsache, daß Immobilienmakler sehr viel exotischere Krawatten bevorzugten als Mormonen. Dieser hier trug ein vielfarbig schattiertes Teil, breit und grell. Die Sorte, in der ein Mormone nicht tot erwischt werden wollte.

Nick war jung. Er hatte mit Gel zurückgekämmte dunkle Haare, glänzend wie die eines Seehundes. Sein gekünsteltes Lächeln war für Rosemary bestimmt, doch seinen Blick hatte er über ihre Schultern hinweg auf Christine gerichtet. Sie wurden sich hastig vorgestellt; mit komischen Gefühlen auf beiden Seiten. Rosemary hatte Schwierigkeiten, Nick in die Augen zu sehen, nachdem Christine ihr eben detailgetreu beschrieben hatte, wie er ohne seine Kleidung aussah. Ohne dieses weiße Hemd und die grelle Krawatte ...

»Möchten Sie einen Kaffee?« fragte sie betont herzlich. »Oder eine Tasse Tee?«

Valerie Marler hatte nie viel von Frauenfreundschaften gehalten. Sie war eine Frau für Männer. Sie betrachtete alle Frauen unbewußt als potentielle Rivalinnen. Für den normalen Gang der Dinge konnte sie Frauen nicht gebrauchen. Sie umgab sich mit Männern: ihr Agent, ihr Lektor, ihr Verleger waren alles Männer, ebenso ihr Arzt, ihr Rechtsanwalt und ihr Buchhalter. Eine Frau jedoch gab es in ihrem Leben: ihre Putzfrau, Sybil Rashe. Ihre Beziehung zueinander mochte man sogar als eine seltsame Art Freundschaft bezeichnen, hätte Valeries Hochnäsigkeit dieses Wort über die Schranken von Alter, Klasse, Reichtum und sozialem Status hinweg erlaubt. Vielleicht, weil Mrs. Rashe in keiner Weise eine Rivalin war – und auch nicht als solche in Frage kam –, hatte Valerie ein gewisses Maß an Intimität zulassen können.

Mrs. Rashe putzte einmal die Woche, immer mittwochs, für Valerie. Sie hätte sich gefreut, öfter ins Rose Cottage kommen zu dürfen; Valerie mochte Unterbrechungen in ihrem Tagesablauf jedoch nicht. Außerdem lebte sie ja alleine und war von Natur aus ordentlich. Einmal die Woche war für Mrs. Rashe ausreichend, um alles unter Kontrolle zu behalten. Ihr Ehemann Frank war Farmarbeiter; sie lebten in einem kleinen Haus am Rande von Elmsford. Obwohl Sybil Rashe noch einige andere Putzstellen hatte, die sie an den anderen Wochentagen beschäftigt hielten, war es Valerie Marler, die sie als ihre Haupt-»Kundin« betrachtete. Durch sie gewann sie einiges Ansehen in der Gemeinde. Sie sprach gerne über ›Meine Miß Valerie‹, auf eine besitzergreifende Art. Nicht nur Frank, auch ihren Freundinnen gegenüber. Es war in der Tat Mrs. Rashe, durch die das Dorf Elmsford viel über seine berühmteste Bewohnerin erfuhr. Sie war natürlich stolz auf ihre Diskretion; niemals würde sie ein Wort fallenlassen über etwas, das Valerie Marler als vertraulich betrachten würde.

Ihre Nachmittage im Rose Cottage bewahrten einen gewissen Rhythmus. Sie traf ein, kurz bevor Valerie Marler zu Mittag aß, ging eben mit Staubsauger und Staubwedel durch das Arbeitszimmer während Miß Valerie sich in der Küche aufhielt. Sobald sich Miß Valerie dann in ihr Arbeitszimmer zurückzog, um sich um die Korrespondenz zu kümmern, begann Mrs. Rashe in Valeries Schlafzimmer und arbeitete sich durch das Haus. In die Küche kam sie zuletzt. Dort wischte sie gründlich über den gefliesten Boden und säuberte die Arbeitsflächen. Danach füllte sie den Kessel, setzte ihn auf und wartete auf Miß Valerie.

Das war dann der Höhepunkt der Woche: sie und Miß Valerie am Küchentisch, bei einem netten Tässchen Tee und einem Schwätzchen.

Miß Valerie sprach nicht gerne über sich selbst. Natürlich ließ sie trotzdem ab und zu etwas fallen, worüber Mrs. Rashe nachdenken und was sie mit ihren Freundinnen teilen konnte, falls sie es für angemessen hielt. Sybil Rashe sprach die meiste Zeit. Valerie kannte die Rashe-Familie mittlerweile in- und auswendig. Obwohl sie sie nie persönlich kennengelernt hatte, war sie mit ihren Interessen, ihrem Lebensstil und ihren Schwächen vertraut. Sie wußte alles über Franks Tendenz, samstags abends im Pub einen über den Durst zu trinken. Sie wußte ebenfalls alles, was es zu wissen gab, über die jetzt erwachsenen Rashe-Kinder. Brenda, die älteste, hatte ihre

Ehe vermasselt – wobei es Gott sei dank keine Kinder gab. Sie war geschieden. Brenda lebte jetzt über einer Videothek in Ipswitch, zusammen mit deren Besitzer. Mrs. Rashe vermutete, daß er ein Inder oder anderer Ausländer sei. Sie hatte ihn allerdings noch nicht kennengelernt und verzichtete auch dankend. Kim, das jüngere Mädchen, war eine noch größere Enttäuschung: Sie lebte in einem Wohnwagen mit einem wertlosen Tagedieb, der noch nie in seinem Leben einen Job über längere Zeit behalten hatte. Sie lebten beide von der Sozialhilfe, zu Mrs. Rashes großer Schande. Der einzige der Rashes, der es zu etwas gebracht hatte, war Terry, der mittlere Sohn. Er wohnte in Branlingham, ein paar Meilen von Elmsford entfernt und war Hausmeister an der dortigen Grundschule. Doch auch er hatte seine weiße Weste beschmutzt. Er hatte eine Frau mit dem schönen Namen Delilah geheiratet. Ihrer Schwiegermutter nach zu urteilen, war sie ›nicht besser als ihr Name‹. Mrs. Rashe war überzeugt davon, daß ihr einziges Enkelkind, der kleine Zack (›wer hat schon jemals von solch einem Namen gehört?‹) überhaupt nicht ihr Enkelsohn war, sondern einer heißen Affäre mit dem Barmann der Kneipe ›Georg und der Drache‹ in Branlingham entstammte.

All diese Dinge und noch viel mehr hatte Valerie während der vielen Tassen Tee mit Sybil Rashe erfahren. Als Schriftstellerin interessierte sie dieser tiefe Einblick in das menschliche Leben sehr. Ihre Phantasiewelt war jedoch natürlich mit Charakteren bevölkert, die so weit von der Rashe Familie entfernt waren wie die Toskana – oder sogar Sloane Square – von einer Videothek in Ipswitch. Ihre kreative Vorstellungskraft ließ solches Material allerdings nicht verderben; Mrs. Rashe wäre erstaunt gewesen zu erfahren, daß Valerie Brenda in ihrem vorletzten Buch hatte wiederauferstehen lassen. Brenda, mit der gescheiterten Ehe und der schmutzigen Scheidung, wurde neu erschaffen zu Portia, die ihr Glück mit ihrem italienischen Liebhaber Roberto findet.

Jetzt, an diesem Mittwoch nachmittag, als sie miteinander Tee tranken, hätte der Kontrast zwischen den beiden Frauen größer nicht sein können – sowohl in Bezug auf ihr Erscheinungsbild als auch in jeder anderen Hinsicht: Sybil Rashe, von undefinierbarem Alter; eine kleine, drahtige Frau mit weißen Strähnen, die ein faltiges und wettergegerbtes Gesicht umrahmten, bekleidet mit einem Overall. Auf der anderen Seite Valerie Marler, lieblich und von kühler Eleganz. In der Tat, beobachtete Mrs. Rashe, Miß Marler war heute sogar noch eleganter als sonst. Sie trug Seide statt ihrer üblichen legeren Kleidung.

Mrs. Rashe interessierte sich neugierig für den Mann, der das vordere Zimmer strich. »Meinen Sie nicht, Miß Valerie, wir sollten ihm eine Tasse Tee anbieten?« schlug sie vor.

Valerie hob die Schultern. »Sie können ihm eine bringen, Mrs. Rashe. Obwohl ich glaube, daß er sich seine eigene Kanne mitgebracht hat.«

»Ich denke, das werde ich tun«, erklärte Sybil Rashe. »Bei ihm lohnt es sich, zweimal hinzusehen, obwohl mein Frank es nicht gerne hören würde, daß ich das sage. Ein richtig toller Typ, dieser Mr. Phillips.«

»Wirklich?« sagte Valerie in einem uninteressierten Tonfall und betrachtete ihre Fingernägel.

Mrs. Rashe kicherte. »Oh, Miß Valerie! Wenn Sie nicht so denken, sollten Sie Ihre Augen untersuchen lassen. Er macht schon was her, das sage ich Ihnen.«

Als Mrs. Rashe mit dem Tee davonwieselte, holte Valerie ein paarmal tief Luft. Hal Phillips war, wie angekündigt, ganz früh an diesem Morgen gekommen. Sie hatte sich an ihren Vorsatz gehalten, ihn mit eisiger Höflichkeit zu behandeln. Er für seinen Teil hatte sich benommen, als wäre zwischen ihnen nichts vorgefallen, und hielt ihr gegenüber eine Art unpersönlicher Höflichkeit aufrecht. Er hatte im vorderen Zimmer angefangen und arbeitete still und effektiv. Den ganzen Morgen hindurch war sich Valerie seiner Anwesenheit im Haus sehr bewußt. Sie hatte es schwierig gefunden, sich auf ihre Arbeit zu konzentrieren, und hatte sich bewußt davon abhalten müssen, hineinzugehen, um seinen Fortschritt zu kontrollieren oder ihm eine Erfrischung anzubieten. Während sie sich die letzten Heldentaten von Terry und Delilah anhörte, hatte sie es doch tatsächlich fast geschafft, ihn ganz aus ihren Gedanken zu verbannen. Jetzt jedoch hatte Mrs. Rashe ihre Aufmerksamkeit wieder auf ihn gelenkt.

Valerie schloß die Augen und sah sein Gesicht. Oh, Gott, wenn er nur nicht so gut aussehen würde! Über Nacht hatte sie sich klar gemacht, daß sie seine Attraktivität im Geist übertrieben hatte. Er war schließlich nur ein Handwerker. Doch als er morgens vor ihrer Tür stand und lächelte, war es für sie wie ein Schlag gewesen. Es nahm ihr den Atem. Sie durfte ihn nicht merken lassen, was er in ihr anrichtete, und eisige Höflichkeit war der einzige Weg.

Rosemary war durch die Ereignisse des Nachmittags besorgt und verstört. Christine und Nick waren nicht sehr lange geblieben. Lange genug jedoch, um sie ernstlich aus der Ruhe zu bringen. Indem sie das Liebespärchen in ihrem Haus bewirtet hatte, auch wenn sie nur Tee tranken und sich gegenseitig schöne Augen machten, fühlte sie sich als unfreiwillige Mitwisserin dieser Affäre. Gervase hatte Recht, gab sie sich selber gegenüber schließlich zu: Christine benutzte die Menschen. Die Motivation hinter diesem Besuch in Branlingham war nur zu deutlich. Das hatte nichts mit Freundschaft zu tun.

Sollte sie Gervase davon erzählen? Sie wußte, daß ihr sanftmütiger Ehemann, der nie wegen irgend etwas ärgerlich wurde, extrem enttäuscht wäre. Ein moralischer Ausbruch wegen Christines ehebrecherischen Verhaltens war vorherzusehen. Außerdem wäre er zusätzlich persönlich beleidigt, die Gastfreundschaft seiner Frau auf diese Weise mißbraucht zu wissen.

Doch was würde es nützen, es ihm zu sagen? Er könnte es sowieso nicht ungeschehen machen; es würde ihn nur aufregen.

Und Christine, mit all ihren Fehlern, war ihre Freundin. Die Dinge, die Christine ihr mitgeteilt hatte, waren vertraulich. Sie durften nicht verraten werden, noch nicht einmal an Gervase.

Doch Gervase war ihr Mann. Schuldete sie nicht ihm die größere Loyalität?

Hin und her bewegten sich Rosemarys Gedanken, den ganzen Nachmittag, bis Daisy sicher von Annie Sawbridge nach Hause geleitet wurde. Daisy war in heller Aufregung. Sie war begeistert von ihrer neuen Freundschaft und bezaubert von Samanthas Katerchen.

»Er heißt Jack«, erklärte sie. »Er ist schwarzweiß. Ich konnte ihn auf den Arm nehmen und streicheln.«

»Das ist schön, Liebling«, antwortete Rosemary abwesend.

»Kann ich ein Kätzchen haben, Mama?«

Rosemary war es nicht gewöhnt, Daisy etwas abzuschlagen, was sie gerne haben wollte. Doch der Gedanke, die Verantwortung für ein weiteres lebendes Wesen zu übernehmen – da natürlich sie diejenige sein würde, die verantwortlich wäre –, überforderte sie im Moment. »Nicht jetzt, Liebling. Vielleicht eines Tages«, sagte sie.

»Mit Jack konnte man besser spielen als mit Samanthas kleinem Bruder«, erklärte Daisy freimütig. »Das Baby tut nichts anderes als schlafen.«

Zutiefst erleichtert, daß Daisy keinen kleinen Bruder verlangte, ließ Rosemary sie weiter über das Kätzchen erzählen. Sie redete noch, als Gervase nach Hause kam.

»Wie war die Sitzung?« fragte Rosemary.

»Oh, es lief gut. Der Erzdiakon ist eine nette Frau – du würdest sie mögen.«

Rosemarys Gedanken waren genauso wenig bei dem Erzdiakon wie bei dem Kätzchen. »Das ist schön.«

»Wie war dein Mittagessen?« fragte Gervase. Er zog die Augenbrauen hoch. »Wie geht es Christine?«

Rosemary holte tief Luft, bevor sie antwortete. Sie war sich nicht sicher, was sie sagen würde, bis sie den Mund aufmachte. »Oh, es war nett«, sagte sie bewußt lässig. »Christine ist so wie immer.«

Das war zumindest wahr: Christine war genau wie immer, nur schlimmer.

Seine durchtrainierte Figur verdankte Hal Phillips auch seinem wöchentlichen Squash-Match in einem Fitness-Studio in Saxwell. Er spielte regelmäßig mittwochs abends. Sein Partner war meist Mike Odum, ein Polizist. Er war ein paar Jahre jünger als Hal und recht gutaussehend. Hal spielte gern gegen Mike Odum; sie paßten zusammen und waren gleich ehrgeizig, was diesen Sport anging. Beide Faktoren sorgten für interessante Spiele.

Nach ihrem Match zogen sich die beiden Männer für gewöhnlich in die angrenzende Kneipe zurück, wo der Verlierer eine Runde ausgab. Mike unterhielt Hal jede Woche mit Geschichten vom Leben und Lieben auf dem örtlichen Polizeirevier.

Diese Woche schien er besonders viele gute Geschichten auf Lager zu haben. »Hast du dir jemals überlegt, Geschichten für ›Das Gesetz‹ zu schreiben?« scherzte Hal. Er war guter Laune, nachdem er Mike nach einem harten Kampf knapp mit drei zu zwei geschlagen hatte.

Der Polizist schüttelte den Kopf und seufzte theatralisch. »Wenn ich schreiben würde, was wirklich passiert, würde mir niemand glauben. Doch es ist eine Überlegung wert. Ich könnte das Geld gut gebrauchen, Kumpel.«

Hal nippte an seinem Drink. Er wappnete sich für eine weitere Episode aus Mikes laufender Seifenoper, mit ihm selbst in der Hauptrolle. Mike war knapp bei Kasse. Er unterhielt eine Frau und Kinder und leistete sich nebenbei eine kostspielige Affäre. Hal gegenüber sprach er ganz offen. Vielleicht weil dieser, ohne jegliche Verbindung zum Polizeiapparat, der einzige war, mit dem er wirklich darüber sprechen konnte: Seine Geliebte war eine Kollegin, und das Verhältnis war erstaunlicherweise ein gut gehütetes Geheimnis auf dem Revier.

Also nutzte Mike die Gelegenheit, sich jede Woche einerseits über seine finanzielle Situation zu beklagen und andererseits mit den Vorzügen seiner Geliebten anzugeben.

Derer gab es viele, wenn man Mike Glauben schenken durfte. Er nannte sie seine ›kleine Tigerin‹. »Wenn du sie auf der Arbeit sehen würdest, könntest du dir nicht vorstellen, wie sie ist, wenn wir alleine sind. Ganz etepetete in ihrer Uniform. Aber in ihrer Wohnung – grr.« Er rollte mit den Augen und wappnete sich mit einem Schluck gegen die Hitze, die die Erinnerung in ihm hervorrief. »Sie trägt eines dieser engen Lycra-Dinger.« Er setzte sein Glas ab und beschrieb ihre Silhouette mit einer ausdrucksvollen Gestik, die beide Hände erforderte. »Und einen Leder Minirock. Glaub' mir, ich meine Mini«, fügte er hinzu und gestikulierte wieder. »Wenn sie dann nichts mehr anhat – oh, Hal, diese Frau ist unglaublich.«

Hal hatte das schon vorher gehört. Er wußte auch, daß er es noch öfter hören würde. »Und deine Frau merkt nichts?«

»Die nicht.« Der Polizist schüttelte den Kopf. Er strich sich mit der Hand über sein kurzes Haar. »Bis jetzt hatte ich Glück. Ich sage ihr immer, daß ich Dienst schieben muß, wenn ich den Abend mit meiner kleinen Tigerin verbringe. Sie hatte noch keine Gelegenheit, mir auf die Schliche zu kommen. Er schob sein Glas auf der Theke herum, feuchte Kreise nach sich ziehend. »Sag mal, Hal, ein Typ wie du, der bei seiner Arbeit ständig Frauen trifft, du mußt doch einige Affären haben?«

»Niemals«, erwiderte Hal prompt. Er zweifelte sehr daran, ob Mike wußte, daß er mit dem Erzdiakon verheiratet war. Oder, ob dies irgendeinen Einfluß auf Mikes Einschätzung hätte.

»Tja, solltest du aber. Ich kann es nur empfehlen. Tut deinem Ego nur gut. Ganz zu schweigen von den anderen Teilen.« Er hob sein Glas. »Die Teile, die noch nicht einmal der Whisky erreichen kann.«

Hal lachte. »Nein, danke, mein Freund. Glaub' mir, eine Frau reicht mir völlig.«

Kapitel 5

Früh am Donnerstag, am Morgen des Tages, der mit der Amtseinführung von Gervase Finch als Gemeindepriester von St. Stephens, Branlingham, enden sollte, bekam Erzdiakon Margaret Phillips wiederum einen unerwünschten Anruf. Eine weitere Kirche in ihrem Amtsbereich war ausgeraubt worden. Dieses Mal hatte jedoch kein Einbruch stattgefunden. Die Schuldigen hatten nicht einbrechen müssen: Die Kirche war unverschlossen geblieben. Sie hatten nicht mehr tun müssen, als den schweren eisernen Ring an der massiven Holztür zu drehen und sich mit den Schätzen im Inneren zu bedienen. Glücklicherweise jedoch waren die Übeltäter anscheinend keine professionellen Kirchenräuber: Sie hatten den silberbeschlagenen Stab des Gemeindevorstehers mitgehen lassen, der an den Bänken befestigt war, und ein paar billige massenproduzierte versilberte Kerzenleuchter. Nicht beachtet hatten sie jedoch das immens wertvolle und nicht zu ersetzende mittelalterliche Flügelpult. Gott sei gedankt für die Ignoranz der Räuber, dachte Margaret, als sie sich zum Schauplatz des Verbrechens in Bewegung setzte.

Zur gleichen Zeit machte sich ihr Mann in seinem Kombi auf den Weg in die entgegengesetzte Richtung, nach Elmsford ins Rose Cottage. Obwohl es fast Ende April war, war der Tag kalt. Der Frühling ließ in diesem Jahr lange auf sich warten; sämtliche Blumen lagen hinter dem Zeitplan zurück. Die Sonne schien jedoch, und Hal Phillips, von Natur aus optimistisch, spürte, wie sich seine Stimmung durch den Sonnenschein hob. Er pfiff einen komplizierten Psalm und freute sich an der Tatsache, so einen schönen Tag nicht eingeschlossen in einem Büro verbringen zu müssen.

Das war nicht immer so gewesen. Hal war ein Mann, der weltlichen Erfolg in hohem Maße gekannt hatte. Unmittelbar nach seinem Abschluß als Ingenieur in Cambridge hatte er seine eigene Computerfirma gegründet; damals steckte die Revolution der Mikroprozessoren für Computer noch in den Kinderschuhen. Die Firma hatte klein angefangen, war jedoch schnell gewachsen. Sie hatte große Umsätze gemacht und ihrem einzigen Besitzer riesige Gewinne beschert.

Hal Phillips hatte jede gottgegebene Stunde gearbeitet und noch mehr, um seine Firma zu einer erfolgreichen, Geld abwerfenden Maschine auszubauen und sie auf dem neuesten technologischen Stand zu halten. Er hatte dafür bezahlen müssen: Seine Ehe hatte gelitten, und sein Sohn Alexander war herangewachsen, ohne seinen Vater eigentlich zu kennen. Hals Gesundheit war angegriffen gewesen. Er hatte sich allerdings geweigert, darauf zu reagieren. Sein Rücken hatte ihm immer wieder Schwierigkeiten bereitet, er entwickelte einen Rettungsreifen um die Taille und mußte stechende Kopfschmerzen ertragen. Dann, noch keine Vierzig, erlitt er einen schweren Herzinfarkt.

Er hatte überlebt, obwohl es eine Zeitlang am seidenen Faden hing. Das war der Wendepunkt für ihn gewesen. Mit bloßer Willenskraft hatte er seinen Weg zurück zu Gesundheit und Energie gefunden. Er entschied sich damals, sein Leben völlig umzukrempeln: Er verkaufte seine Firma. Dadurch wurde er ein wirklich reicher Mann. Er hätte sich zurücklehnen und den Rest seiner Tage als Lebemann verbringen können, hätte in Haus und Garten herumwerkeln oder einen Ball über den Golfplatz jagen können.

Er hatte seine Energien jedoch in eine andere Richtung

gelenkt. Schon früh in seinem Leben hatte er in sich eine Begabung für Farben und die Einrichtung von Räumen entdeckt. Er hatte bei ein paar Jobs dieser Art ausgeholfen um sich während der Schul- und Universitätsferien etwas dazu zu verdienen. Als Margaret und er frisch verheiratet waren, hatte es ihm enorme Freude bereitet, ihre erste Wohnung auf Vordermann zu bringen. Gemeinsam mit ihr, unter viel Gelächter und mit viel Liebe. Später hatte es für so etwas natürlich keine Zeit mehr gegeben; als sie in ihr riesiges Landhaus in einem Dorf in der Nähe von Cambridge zogen, hatten sie professionelle Anstreicher beauftragt. Und selbst da, auf der Höhe seines Erfolges, hatte Hal bedauert, nicht selbst Hand anlegen zu können.

Als dann also die Zeit für eine radikale Veränderung in seinem Leben kam, wußte Hal, was er tun wollte. Freiwillig aus dem Hochleistungsrennen ausgeschieden, war er entschlossen, sich als Maler und Anstreicher selbständig zu machen. Nun war er schon einige Jahre dabei und konnte sich nicht vorstellen, etwas anderes zu tun.

Es war keine leichte Arbeit, doch sie lohnte sich. Er liebte es, das Instrument der Verwandlung zu sein; einen schmuddeligen Raum in etwas Schönes zu verwandeln, in etwas, das seinen Bewohnern Freude bereitete. Ebenso liebte er die körperliche Seite der Arbeit. Er fühlte sich gesünder als jemals zuvor in seinem Leben: Es gab keine Migräne mehr, keine Rückenschmerzen, keinen Rettungsring und sein Herz war in guter Verfassung. Er war durchtrainiert, er war fit.

Und er traf so interessante Menschen. Unglücklicherweise waren es – naturgemäß – meist Frauen.

Hal Phillips wußte, daß Frauen ihn attraktiv fanden; das hatte ihm nicht verborgen bleiben können. Er betrachtete sich selbst nicht als eingebildet, war nicht sonderlich stolz auf sein Aussehen. Ihm war klar, daß dies eine Laune der

Natur war und nicht sein eigenes Tun. Worauf er stolz war, und dieser Stolz grenzte an Selbstgefälligkeit, war seine Fähigkeit, ihrem Charme widerstehen zu können.

Valerie Marlers Charme war größer als der der meisten anderen, räumte er ein, während er zum Rose Cottage fuhr. Auch wenn solch eine kindhafte Schönheit nicht seinem persönlichen Geschmack entsprach, war sie eine sehr anziehende Frau. Doch Hal war nicht interessiert; er geriet nicht einmal in Versuchung. Er war kein Mike Odum. Er war unverwundbar.

Seine Ehe war stabil; er liebte seine Frau. Margaret, dieses Muster an manchmal irritierender Perfektion, war die einzige Frau für ihn.

Glücklicherweise konnte auch Valerie Marler, wie all die anderen vor ihr, ein ›Nein‹ als Antwort gelten lassen.

Ebenso wie für Hal Phillips war auch das Leben von Gervase Finch auf Gewißheiten aufgebaut.

An diesem Donnerstagmorgen hatte Gervases Tag bereits begonnen, bevor Hal in Richtung Rose Cottage unterwegs war. Er verbrachte lange Zeit kniend im Gebet in der mittelalterlichen Kirche von St. Stephen. Er hatte das Gefühl, sich geistig auf die Predigt am Abend vorbereiten zu müssen. Während der Predigt würde er vom Erzdiakon in sein Amt eingeführt werden – im wahrsten Sinne des Wortes zum Kirchenstuhl des Pfarrers auf der Kanzel hingeführt. Vorher würde er in die Gemeinde eingeführt werden und das Gebäude in seine Verantwortung übernehmen. Diese Übernahme wurde symbolisch durchgeführt. Der Erzdiakon würde ihn durch die Kirchentür geleiten; dort würde er sein Verwalteramt durch das Schließen und Öffnen der Tür anerkennen. Davor würde er vom Bischof ›zusammengetragen‹ werden. Rosemary lachte immer über diesen Begriff. Sie erklärte, es höre sich eher an wie etwas, das mit Gemeindemagazinen getan wird, nicht mit Priestern. Trotzdem, es war ein feierlicher Moment, wenn der Bischof dem neuen Amtsinhaber die ›Heilung der Seele‹ übertrug.

Gervase Finch konnte sich kaum an eine Zeit in seinem Leben erinnern, zu der er nicht hatte Priester werden wollen. Er war mit der Gewißheit aufgewachsen, daß dies seine Berufung war. Er war nicht davon abgewichen. Die einzige Änderung bestand in der Richtung, die er als Seelsorger eingeschlagen hatte: seine Kindheits- und Schultage hatte er in einem evangelischen Umfeld verbracht. Erst als er nach Oxford ging, begann ihn der Anglo-Katholizismus zu faszinieren. In der Heimat der Oxforder Bewegung von vor über einem Jahrhundert – an St. Mary Mags, Pusey House, St. Barnabas, Jericho – war er von dem sakramentalen Herantreten an den Glauben verzaubert worden. Er hatte die zeremoniellen Prüfungen, fester Bestandteil dieses Glaubens, ins Herz geschlossen. Seine Überzeugung bezüglich des Lebens, das zu führen er bestimmt war, hatte sich intensiviert. Es war dann Mirfield, wohin er für seine Invokation mit dem Zug gefahren war.

Er wäre gerne Pater in Mirfield geworden, ein Mönch in West Yorkshire, um an dem mönchischen Leben der Bruderschaft der Wiederauferstehung teilzunehmen. Oder Missionar, in deren anderem Stützpunkt in Südafrika. Von Anfang an hatte er sich diese Art zu Leben zum Ziel gesetzt. Zu seinem Ärger und seiner Beschämung hatte er jedoch feststellen müssen, daß er sich für das zölibatäre Leben nicht eignete. Das Verlangen und die Bedürfnisse seines Körpers waren zu stark. Sie erfüllten seinen Geist mit unreinen Gedanken, lenkten ihn ab von seinem Leben im Gebet.

Verzweifelt hatte er sich schließlich in seiner großen Verlegenheit dazu durchgerungen, das Problem mit seinem weisen alten Beichtvater und geistigen Führer zu diskutieren. Sex nebenher kam nicht in Frage: Was sollte er also tun? Der alte Mönch hatte ihn voller Sympathie und Verständnis angelächelt. »Du weißt, was der heilige Paulus sagt, mein Sohn: ›Es ist besser, zu heiraten als zu brennen.‹ Es ist offensichtlich, daß das Zölibat nichts für dich ist. Du mußt heiraten.«

Das hatte er dann auch getan. Er verließ Mirfield mit Bedauern und ging als Kurator nach Süden. Dort heiratete er sehr schnell: Laura, die junge Tochter des Vikars der Kirche, in der er sein Amt ausübte. Der Vikar hatte die Verbindung befürwortet. Er brachte den Kurator und seine Tochter bei jeder sich bietenden Gelegenheit zusammen und war entzückt, als seine Verkuppelungsversuche in einer Hochzeit mündeten. So blieb alles ›in der Familie‹.

Die Ehe war jedoch kein Erfolg, trotz des äußeren Anscheins. Laura, zwar unbestreitbar schön, war eine kalte Person, sowohl emotional als auch physisch; die Erleichterung, derentwegen Gervase geheiratet hatte, konnte er ironischerweise nicht oft erhalten. Und wenn, dann nur mit Anzeichen von Widerstreben. Doch sie hatten den Schein gewahrt, der Gemeinde zuliebe, und waren beide begeistert von ihrem Sohn Thomas. Laura überschüttete ihren Sohn mit der Liebe, die sie seinem Vater offensichtlich nicht geben konnte.

Lauras spätere Schwangerschaft dann war ein Unfall gewesen. Sie hatte nicht schwanger werden wollen und verurteilte Gervase dafür. Als sie starb, wurde er von Schuldgefühlen überwältigt: Er war schuld, sie nicht genug geliebt zu haben. Schuld an ihrem Tod.

Doch Gott hatte ihm Rosemary geschickt. Eine zweite Chance, glücklich zu werden. Es war wirklich Glück.

Glück, von dem er sich nie hatte träumen lassen, in rauhen Mengen. Rosemary unterschied sich von Laura in jeder Weise. Obwohl unerfahren, war sie aufgeschlossen. Der körperliche Aspekt ihrer Ehe brachte ihm ein Entzücken, das er nie zuvor für möglich gehalten hätte. Dem war er mit der kühlen Laura nie nahegekommen. Emotional hegte und pflegte Rosemary ihn, sorgte für ihn: die perfekte Frau eines Vikars, die perfekte Frau für ihn. Ihre absichtslose Natur, ihr süßes, ungekünsteltes Gesicht – alles an ihr bedeutete ihm unendlich viel mehr, war ihm unendlich viel sympathischer als Lauras frostige Schönheit. Gervase betete sie an, mit jeder Faser seines Wesens. Er dankte Gott jeden Tag für den enormen, unglaublichen Segen ihrer Anwesenheit an seiner Seite.

Er war kein großer Redner, kein extrovertierter Mann. Er konnte ihr nicht gut sagen, wie sehr er sie liebte. Doch sie wußte es sicherlich. Sie mußte wissen, wie glücklich sie ihn machte. Wie sehr er sie brauchte; daß er sich ein Leben ohne sie nicht vorstellen konnte.

Außerdem hatte sie ihm Daisy geschenkt, die so viel Liebe und Freude in ihrer beider Leben brachte. Diejenigen, die sie beide wegen ihres behinderten Kindes bemitleideten, hatten keine Vorstellung davon, was für eine Freude, was für eine Ehre Daisy für sie bedeutete; nach der ersten Phase des Schocks und der Gewöhnung hätte er Daisy nicht um alles in der Welt hergegeben.

Er konnte wirklich für vieles dankbar sein.

Gervase hatte eigentlich nicht von Letherfield wegziehen wollen. Das gab er vor Gott an diesem Morgen zu, als er in der leeren Kirche kniete.

Seine Kindheit hatte er in einer Militärfamilie verbracht. Sie waren öfter von einer Stadt in die nächste gezogen, und er hatte es gehaßt. Als er das Amt in Letherfield antrat, war er daher entschlossen gewesen, dort zu bleiben. Er hatte keinen Ehrgeiz, innerhalb der Kirche Karriere zu machen. Er wollte sich nur niederlassen und seiner Gemeinde und seinem Gott dienen.

Das hatte er getan, mit viel Erfolg. Er war ein guter Pfarrer der alten Schule. Seine Begabung waren das Predigen und der geistige Beistand. Er kümmerte sich; er war ein Mann des Gebetes. Seine Gemeinde liebte ihn. Er wäre gerne den Rest seines Lebens in Letherfield geblieben. Die Gemeindemitglieder wären mit dieser Regelung gleichfalls glücklich gewesen. Daisys Bedürfnisse waren jedoch dazwischen gekommen. Er hatte nicht gezögert, das zu tun, was für ihr Glück notwendig war. Vielleicht, sagte er jetzt zu Gott, mußte es so kommen; vielleicht habe ich einen großen Zweck zu erfüllen, hier in Branlingham. Er bat Gott um Hilfe für alles, was auf ihn zukommen mochte. Er gelobte, Ihm und Seinem Volk an diesem Ort zu dienen. Am Abend würde er eine öffentliche Erklärung darüber abgeben; an diesem Morgen war das etwas zwischen ihm und Gott.

Valerie Marler hatte keinen guten Morgen. Es fing schon damit an, daß ihr das Schreiben schwerfiel; es war einer dieser Tage, an denen die Charaktere sich querstellten und die Handlung in Trivialitäten steckenblieb. Sie konnte den weiteren Weg für Cecily und Toby nicht sehen, konnte sich nicht entscheiden, wie die beiden mit dem Problem der possessiven Pandora fertig werden sollten. (Sie liebte diese Alliteration und beschloß, sie Toby irgendwann in den Mund zu legen.) Pandora war eine gefährliche Frau, mit der nicht zu spaßen war. Obwohl dies den gewünschten Konfliktstoff lieferte, mußte man vorsichtig damit umgehen.

Obwohl die Charaktere in den meisten ihrer Bücher seitenlang zweifelten, bevor sie sich schließlich der Leidenschaft hingaben – alles im Interesse dramatischer Spannung –, wollte Valerie dieses Mal aus unerfindlichen Gründen nicht, daß sie zögerten. Ob sie soweit waren oder nicht, Valerie war bereit, sie zusammen ins Bett gehen zu lassen. Sie verwarf ihr Geschwafel – irgend etwas über Pandoras Pläne für den Garten – und schlug eine andere Richtung ein. Toby schloß Cecily plötzlich in die Arme, seine Lippen suchten hungrig nach den ihren, und bevor sie wußten, wie ihnen geschah ...

Doch halt, einen Augenblick noch. Die beiden befanden sich hierfür nicht am passenden Ort: Sie spazierten durch den Wald, und es regnete.

Egal; das würde sie später in Ordnung bringen.

Valeries Finger flogen über die Tasten. Normalerweise schrieb sie sehr zurückhaltend, wenn Sex ins Spiel kam: Ihre Leser wurden gerne angenehm erregt, wollten es jedoch nicht zu anschaulich. Teil ihres Erfolges hatte sie dem umfassenden Anklang ihrer Bücher zu verdanken. Es durfte nichts darin stehen, wodurch sich jemandes jungfräuliche Tante beleidigt fühlen könnte. Ihre Bücher versprachen daher immer mehr, als letztendlich geschrieben stand. Ein paar leidenschaftliche Küsse und das Schließen der Schlafzimmertür hinter den Liebenden, das war ihr Stil. Diesmal jedoch war sie voller Inspiration. Cecily und Toby wurden in ihrem Vergnügen aneinander nicht eingeschränkt.

Es war wunderbar. Als sie den Abschnitt beendet hatte, atmete Valerie schwer. Ihr eigener Körper war angespannt vor Erregung. Sie hatte vorher nie so gefühlt, nicht bei Portia und Roberto, Francesca und Jeremy oder all den anderen Liebenden, die ihre Bücher bevölkerten.

Sie las sich durch, was sie geschrieben hatte, und wußte, daß es so nicht ging. Ihr Lektor hätte seinen Rotstift quer über dem Blatt. Er würde an all die jungfräulichen Tanten denken, und sie wäre wieder bei den geschlossenen Schlafzimmertüren. Aber sie brachte es nicht über sich, noch nicht, alles zu löschen. Sie konnte es ebensowenig ertragen, zu dieser sinnlosen Konversation über Pandoras Garten zurückzukehren. Sie speicherte alles auf Diskette und verließ, zum ersten Mal, soweit sie zurückdenken konnte, ihr Arbeitszimmer, bevor die vorgesehene Zeit vorüber war.

Sie nahm sich eine Scheibe Toast und wanderte durch die Küche, während sie aß. Oder versuchte zu essen. Die Konsistenz des trockenen Toasts war ihr plötzlich unangenehm. Sie konnte nicht schlucken. Sie wollte etwas Saftiges – einen reifen Pfirsich, dessen klebrige Süße ihr über das Kinn lief. Oder einen Löffel voll sahniger, gehaltvoller Eiscreme, die ihre Zunge mit Butterfett überzog. Sie warf den Toast in den Abfall und schenkte sich stattdessen noch eine Tasse schwarzen Kaffee ein. Der Kaffee schmeckte bitter; sie goß ihn in die Spüle.

Die Post kam früh – Valerie nahm sie und bereitete sich auf ihre tägliche Sortieraktion vor. Der erste Umschlag, den sie öffnete, enthielt jedoch einen Brief, in dem sie, auf widerlich pedantische Art, auf ein oder zwei geographische Fehler in dem Toskana-Buch hingewiesen wurde. Ob ihr nicht aufgefallen sei, reklamierte die Briefschreiberin, daß man, wenn man diese bestimmte Straße entlang ging, nicht dort ankam, wo Portia angekommen war? Daß in dem Ort, in dem sie Arm in Arm mit Roberto umherschlenderte, der Campanile auf der Nordseite des Platzes stand und unmöglich von der Ecke aus gesehen werden konnte, an der sie standen.

Angewidert warf Valerie den Brief auf den Boden. Hatten die Leute denn nichts Besseres zu tun? Den Rest der Post ließ sie liegen. Was sie jetzt brauchte, war ein schönes heißes Schaumbad. Das wirkte für sie immer als wohltuendes Heilmittel.

Als sie wenig später aus der Wanne stieg, erfrischt, wenn auch nicht beruhigt, trocknete sie sich ab und benetzte sich mit duftendem Körperöl. Sie schlüpfte in einen aufreizenden seidenen Kimono und inspizierte ihren Kleiderschrank. Keines ihrer Kleidungsstücke schien passend. Warum nur hatte sie sich je etwas in diesem giftigen Limonen-grün oder in diesem furchtbaren Orange zugelegt? Die Farben waren natürlich en vogue gewesen, ihr standen sie allerdings absolut nicht, mit ihrem hellen Teint.

Neue Kleidung. Es war Frühling; nicht mehr lange und mit etwas Glück würde es warm sein. Sie brauchte neue Kleider. Das bedeutete eine baldige Einkaufsfahrt nach London.

Valerie ließ sich Zeit. Sie schob die Bügel über die Stange im Kleiderschrank und zog Stück um Stück heraus, in einer vergeblichen Suche nach etwas zum Anziehen. Sie war noch dabei, als es an der Tür klingelte. Sie zog den Gürtel des Kimonos fester, machte ansonsten jedoch keine Konzessionen an die Sittsamkeit. Sie ging nach unten, um die Tür zu öffnen.

»Guten Morgen, Miß Marler.« Hal Phillips, verdammt sei er, lächelte sie an, mit diesem umwerfenden und doch aufreizend unpersönlichen Lächeln. Seine Augen registrierten nichts; er schien sie noch nicht einmal anzusehen. Ganz zu schweigen davon, die ›Aussicht‹ zu genießen. »Ich werde mit dem vorderen Zimmer weitermachen; es geht ganz gut voran.«

Sie stand ihm im Weg, bewegte sich nicht. Er mußte sich an ihr vorbei schieben, um in das vordere Zimmer zu gelangen. Valerie schauderte vor Erregung bei seiner Berührung. Sie folgte ihm, beobachtete ihn, wie er einen

Schraubendreher benutzte, um den Deckel des Farbeimers zu entfernen; wie er die zähe, klebrige Masse auf das Tablett goß. Bevor er mit seinem Tablett und der Rolle in der Hand auf die Leiter steigen konnte, näherte Valerie sich ihm. Sie legte eine Hand auf seinen Arm, fühlte dessen Wärme durch den weißen Overall. »Möchten Sie einen Kaffee?« fragte sie mit einer Stimme, die mindestens eine Oktave tiefer klang als normal. »Oder gibt es sonst noch etwas, was ich für Sie tun kann?«

»Oh, nein, danke«, erwiderte er höflich. »Ich werde einfach hier weitermachen, Miß Marler.«

Als er die Leiter erklomm, floh sie zurück, suchte Zuflucht in ihrem Schlafzimmer. Ihre Wangen brannten vor Scham und Wut. Oh, wie konnte sie zulassen, daß er sie so demütigte?

Valerie riß sich den Kimono vom Leib und stellte sich nackt vor ihren körperhohen Standspiegel. Sie war doch sicher nicht abstoßend oder unattraktiv. Andere Männer, viele andere Männer, hatten ihren Körper schon bewundert. Sie hatten sich nach ihr gesehnt; sie um ihre Gunst angebettelt. Fast immer hatte sie ihnen nachgegeben, ob sie es genoß oder nicht. Die Blicke auf ihren Gesichtern zu sehen, diese offene Bewunderung und das Begehren in ihren Augen, wenn sie sie beim Ausziehen beobachteten, entschädigten sie für alles, was danach kam. Die weiße Haut, der flache Bauch, die schmalen und doch wohlgeformten Hüften, die hohen, festen Brüste: einigen Männern hatte es den Atem verschlagen. Und Hal Phillips schaute nicht einmal hin, verdammt sei er. Was würde er tun, wenn sie nach unten ginge und so vor ihm erschiene? Würde er irgendwohin über ihre Schulter schauen und sie fragen, ob ihr die Farbe gefiele, die sie sich für die Wände des vorderen Zimmers ausgesucht hatte? Sie hatte das schreckliche Gefühl, daß er genau das tun würde.

Sie könnte es verstehen – und vergeben, wenn er schwul wäre. Ein oder zwei der Männer, die sie in der Verlagswelt getroffen hatte, waren schwul. Von Anfang an war klar gewesen, daß sie mit ihnen nur ihre Zeit verschwenden würde. Das hatte sie akzeptieren können. Doch Hal Phillips war nicht schwul; er war verheiratet. Er trug einen Ehering.

Viele der Männer in ihrem Leben waren verheiratet gewesen. Ehefrauen waren nie ein besonderer Hinderungsgrund für Valerie Marler gewesen. Wenn eine Frau ihren Ehemann nicht bei der Stange halten konnte, war das deren Fehler, nicht Valeries. Doch nun ertappte sie sich dabei, wie sie über Mrs. Phillips nachdachte. Was für eine Art Frau war sie? War sie vielleicht jünger und schöner als Valerie selbst? Eine neue zweite Frau vielleicht, jugendlich und aufreizend? Das könnte, obwohl dieses Eingeständnis sie sehr ärgerte, sein mangelndes Interesse erklären.

Während sie über diese Frage nachdachte und sich vorstellte, wie die Frau sein mochte, kleidete sich Valerie schließlich an. Sie verschmähte ihre elegante Garderobe und zog wieder ihre bequemen Sachen an: Ein paar ausgeblichene Jeans, ein Sweatshirt. Sie hielt sich auch heute nicht mit Make-up auf. Nie versäumte sie jedoch, sich das Gesicht mit einer Feuchtigkeitslotion einzucremen.

Sie mußte die Flasche mit der Feuchtigkeitslotion schütteln, um die letzten Tropfen herauszubekommen. Wenn sie Shaun heute anrief, konnte er zu Harrods hineinspringen und eine mitnehmen. Er könnte sie ihr am Wochenende bringen.

Doch könnte sie bis dahin warten? Vielleicht sollte sie hier am Ort welche besorgen. Vermutlich nicht diese Marke, zumindest jedoch etwas, was ihr das Wochenende über ausreichte. Das Dorfgeschäft in Elmsford war allerdings keine vielversprechende Möglichkeit. Nur in Saxwell gab es ein ›Boots‹.

Valerie wurde plötzlich von dem Drang besessen, aus dem Haus und von dem Alleinsein mit Hal Phillips zu fliehen. Er war zum Verrücktwerden attraktiv und so aufreizend unnahbar. Sie konnte es nicht ertragen, eine weitere Minute zu bleiben. Ohne ihre Kleider zu wechseln oder auch nur Make-up aufzutragen, rannte sie die Stufen hinunter, schnappte sich Handtasche und Schlüssel. In Richtung des vorderen Zimmers rief sie informierend, daß sie jetzt weg sei und später zurückkäme.

Sie würde nach Saxwell fahren.

Valerie kaufte nicht oft in der Umgebung ein. Ihre Kleidung kam natürlich aus London, ebenso die meisten ihrer Lebensmittel. Sie wurden ihr jede Woche von Harrods Lebensmittelabteilung und von Fortnum & Mason gebracht. Diese Lieferungen ergänzte sie mit gelegentlichen Einkäufen von Grundnahrungsmitteln und Notrationen aus dem Dorfgeschäft in Elmsford. In die größere Stadt Saxwell fuhr sie selten.

Auf der Straße nach Saxwell hielt sie an, um zu tanken. Sie hatte nie zuvor an dieser Tankstelle angehalten. Der Tankwart starrte bewundernd auf ihren roten Porsche. Es folgte ein suchender Blick nach seinem Besitzer. »Ah, Sie sin' bestimmt die Miß Marler, die die Bücher schreibt«, folgerte er in seinem breiten Suffolker Akzent. »Hab' schon von Ihn' gehört. Keiner hier fährt so'n Wagen wie den da.« Sie war erfreut zu sehen, daß seine Bewunderung für die Fahrerin, trotz ihrer jetzigen Kleidung, noch größer war als die für den Wagen; er grinste anzüglich, während sie den Beleg für die Kreditkarte unterzeichnete. Er mochte nur ein Landei sein, zumindest hatte er einen guten Geschmack, sagte sie sich, als sie ausscherte und nach Saxwell weiterfuhr.

Saxwell, eine uraltes Marktstädtchen, war vor Ewigkeiten so genannt worden, nach einem sächsischen Brunnen im Zentrum. In der modernen Handelswelt war diese sächsische Vergangenheit lange vergessen; Saxwell sah aus wie jedes andere Städtchen dieser Art. Die alten schmalen Straßen im Stadtzentrum waren gesäumt mit den schreiend bunten Plastikfronten der für eine Hauptstraße typischen Geschäfte. Es wimmelte von zu vielen Fahrzeugen und zu vielen Menschen, besonders am Markttag.

Valerie bedauerte, dem Impuls nachgegeben zu haben, der sie dazu veranlaßt hatte, hierher zu kommen. Sie fand sich in ein kompliziertes System von Einbahnstraßen verstrickt. Bei der ersten Runde verpaßte sie den Hinweis für einen Parkplatz mit Parkscheinautomaten; sie mußte noch einmal durch die gesamte Stadt. Sie betete, daß sie es schaffte, ohne daß der Porsche beschädigt wurde.

Das Glück war mit ihr, als sie endlich den Parkplatz erreichte. Obwohl er besetzt war, fuhr gerade ein Wagen ab, als sie ankam. Sie ließ den Porsche sauber in die Lücke gleiten.

Valerie fand ›Boots‹ auf der Hauptstraße, eingeklemmt zwischen einer Filiale der Barclays Bank und einem Reisebüro. Sie ging auf direktem Wege in die Kosmetikabteilung, prüfte das Angebot und wählte die teuerste Feuchtigkeitscreme. Sie stellte sich an der Kasse an. Als sie dem Mädchen an der Kasse einen Zwanzig-Pfund-Schein gab, fragte sie ganz nebenbei: »Wissen Sie vielleicht, wo es hier ein Haus mit dem Namen ›Die Erzdiakonie‹ gibt?«

Das Mädchen hielt den Geldschein unter die fluoreszierende Deckenbeleuchtung und schielte darauf. »Weiß nicht«, antwortete sie heiter. »Nie davon gehört.«

Die Frau hinter Valerie in der Schlange war hilfreicher. »Es steht an der Bury Road«, sagte sie. »Vielleicht eine Meile von hier. Auf der linken Seite.«

»Vielen Dank«, erwiderte Valerie und lächelte sie dankbar an. Sie erhielt ein desinteressiertes Lächeln zurück.

Da stimmte etwas nicht. Sie war nicht erkannt worden, fiel ihr verspätet auf, als sie zu ihrem Wagen zurückging. Weder das Mädchen an der Kasse noch die Frau in der Schlange hatten gewußt, wer sie war. Der Tankwart hatte sie erkannt, doch eigentlich hatte der Wagen, nicht sie, diese Erkenntnis hervorgerufen. In Sweatshirt und Jeans, mitten in Saxwell, konnte sie irgendeine attraktive junge Frau beim Einkaufen sein. Das war ein seltsames Gefühl; Valerie hatte die Bewunderung, einhergehend mit der Tatsache, eine Person des öffentlichen Lebens zu sein, immer genossen. Plötzlich befand sie sich jedoch in Hochstimmung durch die Freiheit, die die Anonymität mit sich brachte. Es gab so viele Möglichkeiten, so viele Dinge, die sie tun konnte ...

Um ihre neu gefundene Anonymität zu testen, lenkte Valerie ihre Schritte in einen Buchhandel. Ihr eigener letzter Bestseller besetzte einen Aktionsständer neben der Tür. Ihr Foto erschien nicht nur auf der Rückseite ihres Buches; sie lächelte auch vom oberen Rand des Ständers herab. Sie nahm eine Ausgabe und ging zur Kasse.

Das Mädchen an der Kasse grinste sie fröhlich an. »Ooh, Valerie Marler – meine Lieblingsautorin«, rief sie begeistert.

»Ja?« Valeries Lächeln war unverbindlich. Vielleicht *war* sie erkannt worden.

»Ich habe sie alle gelesen«, fuhr das Mädchen fort, »doch ich glaube, das ist mir am liebsten. Dieser Roberto ist soooo sexy.«

»Ich freue mich, daß es ihnen gefallen hat«, sagte Valerie in Erwartung eines Autogrammwunsches.

Das Mädchen zwinkerte ihr zu, als sie ihr Geld nahm. »Ich werde Ihnen den Spaß nicht verderben, wenn Sie es noch nicht gelesen haben. Sie wohnt hier in der Gegend – wußten Sie das? Wohl nur ein paar Meilen von hier. Sie ist so etwas wie unsere lokale Berühmtheit.«

»Wirklich?« Leicht schockiert nahm Valerie ihr Wechselgeld entgegen.

»Wissen Sie, ich habe sie noch nie gesehen«, räumte das Mädchen ein. Sie drehte das Buch um und bewunderte das Foto, bevor sie es in eine Tüte schob. »Sie muß umwerfend schön sein.«

Valerie ging. Sie holte den Porsche, fädelte sich wieder in das Einbahnstraßen-System ein und umrundete das Stadtzentrum, bis sie die Bury Road gefunden hatte. Sie fuhr langsam, nahm den verärgerten Fahrer hinter sich gar nicht wahr. Sorgfältig betrachtete sie jedes Haus auf der linken Seite.

Fast wäre sie daran vorbeigefahren; ihr Blick blieb jedoch an der Beschriftung am Torpfosten hängen. Die Erzdiakonie stand abseits der Häuser zu beiden Seiten. Ein solides, alleinstehendes Gebäude mit Doppelfront und einem halbkreisförmigen Zufahrtsweg.

Valeries Herz schlug einen Schlag schneller. Sie bog an der nächsten Seitenstraße links ab, dann wieder links und noch zweimal, so daß sie noch einmal vorbeifahren konnte, noch langsamer als zuvor. Die Erzdiakonie. Hal Phillips' Haus.

Sie hatte ein Geschäft an der Ecke gesehen. Ein unbestimmter Instinkt ließ sie daran vorbeifahren und in eine andere Straße einbiegen, etwas weiter weg. Hier konnte niemand sie aus dem Porsche aussteigen sehen.

Valerie klappte die Sonnenblende herunter und überprüfte ihr Aussehen im Spiegel. Nein, diese Leute in der Stadt waren nicht blind gewesen. Ohne Make-up und mit ihrem so zurückgekämmten Haar sah sie nicht aus wie Valerie Marler. Wenn ihr Glück anhielt, würde sie auch hier nicht erkannt werden.

Ein Glöckchen klingelte, als sie das Geschäft betrat. Es waren keine anderen Kunden dort. Valerie sah sich nach etwas um, das sie kaufen konnte. Der Laden schien hauptsächlich mit Zeitschriften zu handeln. Es gab die unvermeidlichen Süßwaren sowie eine Auswahl anderer nützlicher Dinge. Sie nahm eine Dekorationszeitschrift und einen Schokoriegel und ging zur Kasse.

Zwei Frauen standen hinter der Theke. Die jüngere griff nach Valeries Einkäufen. Sie hatte ein quadratisches, plumpes Gesicht mit einem schlimmen Unterbiß und breitem Kiefer. Die andere, sie sortierte gerade Schokoriegel in einen Schaukarton, besaß eine ältere Version desselben Gesichtes und war eindeutig die Mutter.

Valerie suchte in ihrer Handtasche nach Geld und überlegte, wie sie ein Gespräch beginnen konnte. »Hier gibt es ein paar schöne Häuser«, begann sie.

Häuser interessierten das Mädchen nicht. »Kann schon sein«, erwiderte sie gelangweilt.

»Die Erzdiakonie ist besonders nett«, fuhr Valerie fort. Die ältere Frau lehnte sich herüber und mischte sich ein. »Der Erzdiakon ist einer unserer Kunden«, sagte sie stolz. »Kommt jeden Tag herein, um eine Zeitung zu holen.«

»Oh!« Valerie war überrascht und verwirrt; sie hatte sich den Namen in Gedanken als uralte Bestimmung vorgestellt. Sie hatte nicht damit gerechnet, daß hier ein Erzdiakon auf irgendeine Weise verwickelt sein könnte. Was um alles in der Welt konnte Hal Phillips mit einem Erzdiakon zu tun haben? »Der Erzdiakon?« wiederholte sie.

»So eine nette Dame«, bestätigte die Frau. »Keinerlei Allüren. Und nicht ›heiliger als heilig‹. Eine ganz normale Person, wie Sie und ich.«

Valeries Gefühl der Irritation verstärkte sich. Ihre Verblüffung mußte sich in ihrem Gesicht gezeigt haben. »Dame?«

Die Frau lachte. »Dann wußten Sie also nicht, daß wir einen weiblichen Erzdiakon haben? Eine der ersten der Nation, sagt sie.« Ihre Stimme war voller Stolz, als ob sie selbst etwas mit der Ernennung zu tun gehabt hätte. »Eine gute Kundin, der Erzdiakon. Und auch eine nette Dame, Mrs. Phillips.«

Mrs. Phillips. Valerie fuhr sich nervös mit der Zunge über die Lippen. Sie versuchte, sich zu fangen, während die Teile sich neu ordneten und zusammenfügten. »Sie hat also ... einen Ehemann?«

»Ooooh, der«, fiel das Mädchen ein. Ihr Gesicht erwachte zum Leben. »Ein ganz toller Typ, sag' ich Ihnen.«

Ihre Mutter gab ihr einen Klaps. »Nimm dich in acht, Mädchen. Er ist alt genug, um dein Vater sein zu können. *Und* er ist mit dem Erzdiakon verheiratet, also geh' nicht hin und mach ihm schöne Augen.«

Verheiratet mit dem Erzdiakon. Valerie konnte es nicht fassen. Hal Phillips – dieser göttliche Mann – und ein Pfaffe!

Ohne groß darüber nachzudenken, ging sie nicht zu ihrem Wagen zurück, sondern um die Ecke in die entgegengesetzte Richtung und spazierte an der Erzdiakonie vorbei. Sie starrte das Haus an, um sich jedes Detail einzuprägen, ging bis zur nächsten Kreuzung und kehrte wieder um.

Als sie sich der Erzdiakonie von der anderen Seite her näherte, bog ein Fahrzeug in den Zufahrtsweg ein, ein dunkelblauer Wagen. Als Valerie die Zufahrt erreichte, konnte sie die aussteigende Person genau erkennen.

Eine Frau. Mittleres Alter, elegant und streng in schwarz gekleidet: Schwarze Schuhe und Seidenstrümpfe, knielanger schwarzer Rock, schwarze Strickjacke, schwarze Bluse. Die einzige Abwechslung war das weiße Kragenband.

Eine Elster, dachte Valerie, ganz in Schwarz und Weiß. Sogar ihr Haar ist schwarz und weiß.

Die Frau sah nicht zu ihr hin. Sie nahm einen Stapel Papiere vom Beifahrersitz, verschloß den Wagen sorgfältig und öffnete die Haustür.

Der Erzdiakon. Hal Phillips' Frau.

In ihrem Schock blieb Valerie für einen Moment still stehen. Sie starrte auf den Fleck, auf dem die Frau gestanden hatte. Dann ging sie noch ein paarmal die Straße auf und ab. Ihre Gedanken waren in Aufruhr. Sie hoffte, die Frau würde noch einmal erscheinen.

Wie kann er nur? dachte sie. Wie kann er mit dieser grauenhaften alten Frau verheiratet sein, dieser Elster? Einer vertrockneten alten Tante. Es machte einfach keinen Sinn. Wäre seine Frau jung und schön, hätte sie die Zurückweisung ihres Angebotes vielleicht verstehen, wenn auch nicht vergeben können. Doch diese alte Frau ... Was hatte die einem Mann wie Hal Phillips zu bieten?

Rosemary fand den Gottesdienst an diesem Abend tief bewegend, wesentlich mehr, als sie erwartet hatte. Obwohl sie schon ähnlichen Gottesdiensten in verschiedensten Kirchen im Dekanat von Long Haddon beigewohnt hatte, war dieser anders, etwas Besonderes: Dies war jetzt ihr Zuhause. Gervase war die Person im Mittelpunkt der in der uralten steinernen Kirche abgehaltenen Zeremonie. Die winzige Kirche war zum Bersten voll; zusätzlich zu den zahlreichen Beamten des Klerus' und der Diözese waren die neuen Gemeindemitglieder in großer Zahl erschienen. Eine ganze Wagenladung war aus Letherfield hergekommen, um die Versammlung zu vergrößern, ihren geliebten Pater Gervase zu unterstützen und einen kritischen Blick auf seine neue Umgebung zu werfen.

Von ihrem günstigen Platz in der ersten Reihe aus, Daisy an ihrer Seite, verfolgte Rosemary die Vorgänge gebannt. Mit feierlichem Ernst und Freude akzeptierte Gervase die Verantwortung für die geistige Erziehung aller in der Gemeinde. Dann nahm er das Gebäude selbst symbolisch in Besitz, indem er nacheinander vom Kreuzgang bis zum Westportal schritt.

Es war der Erzdiakon, der Gervases Hand auf die Tür legte und ihn in die Pfründe einführte. Sie stand daneben, als er die Kirchenglocken läutete, um seine Amtseinführung öffentlich bekanntzugeben. Dann, im Chorgestühl, nahm sie seine Hand und führte ihn in seinen eigenen Kirchenstuhl.

Gervase hatte den Erzdiakon ein paarmal getroffen; dies war jedoch das erste Mal, daß Rosemary sie sah. Sie war beeindruckt. Obwohl Margaret Phillips Gervase nur knapp bis zur Schulter reichte, strahlte sie Zuversicht und Kompetenz aus. Als Rosemary sie beobachtete, die Situation so eindeutig unter Kontrolle, kam ihr eine Idee. Sie hatte vor, sie während des folgenden Empfangs in die Tat umzusetzen.

Der Empfang, von der Müttervereinigung ausgerichtet, wurde im Gemeindehaus abgehalten. Rosemary konnte sich frei zwischen den anderen Gästen bewegen. Sie hatte sich in Menschenmengen nie wohl gefühlt, hatte jedoch jahrelange Übung darin. Es war Teil ihres Jobs als Frau des Vikars, sich unters Volk zu mischen, und sie drückte sich nicht vor dieser Aufgabe. Gervase hatte ihr nicht extra sagen müssen, daß es besonders wichtig war, diejenigen zu begrüßen und willkommen zu heißen, die von Letherfield angereist waren. Sie tat ihr Bestes, um mit jedem sprechen zu können.

Hazel Croom bedrängte sie eine Weile, um sich über alles zu beklagen, was sich während des Interregnums in St. Marks ereignet hatte. Außerdem war sie auf eine Einladung für später ins Vikariat aus.

Rosemary kam diesem unwillkommenen Wink zuvor, bevor daraus ein konkreter Vorschlag werden konnte. Sie sagte entschuldigend: »Ich wünschte wirklich, wir wären in der Lage, Sie und die anderen aus Letherfield selbst zu bewirten, doch das Haus ist in keinem für Besucher zumutbaren Zustand. Vielleicht können Sie, wenn alles instand gesetzt ist, eines Tages zum Tee vorbeischauen.«

»Das wäre sehr nett«, erwiderte Hazel knapp. Sie brachte es fertig, durch ihren Tonfall durchblicken zu lassen, daß dies zwar unangebracht, aber wohl das Beste sei, was man von Rosemary erwarten konnte. Ihr Blick glitt über Rosemarys Schultern. Er blieb an Gervase hängen, der sich, Hand in Hand mit Daisy, seinen Weg durch die Halle bahnte, um jeden der Anwesenden persönlich zu begrüßen.

Von Beginn des Empfangs an waren Erzdiakon und Bischof umringt von einem Aufgebot des Klerus'. Nach und nach gelang es Margaret jedoch, sich der Menge zu entziehen. Sie bahnte sich ihren Weg zu Rosemary.

»Es tut mir leid, daß wir bisher keine Chance hatten, uns kennenzulernen«, sagte sie. Sie streckte die Hand aus. »Ich bin Margaret Phillips, der Erzdiakon. Sie müssen Rosemary sein. Ich weiß, es ist ein bißchen spät, doch, willkommen in Branlingham.«

Rosemary lächelte schüchtern. Sie fühlte, wie sich ihre Wangen röteten, als sie den kräftigen Händedruck erwiderte. »Danke sehr, Erzdiakon.«

»Bitte, nennen Sie mich Margaret«, verlangte die andere

Frau. Dann fuhr sie fort: »Ich hoffe, Sie leben sich gut ein? Ist alles zu ihrer Zufriedenheit?«

Jetzt oder nie, sagte Rosemary sich. Sie holte tief Luft. »Eigentlich, Margaret, ist das Vikariat in einem ziemlich gräßlichen Zustand. Ich weiß nicht, ob Gervase das Ihnen gegenüber erwähnt hat.«

Margaret sah überrascht aus. »Nein, ich denke nicht.« Sie fällte eine plötzliche Entscheidung. »Warum zeigen Sie es mir nicht? Jetzt?«

Genau darauf hatte Rosemary gehofft. Die zwei Frauen schlichen sich von der Festivität und machten sich auf den kurzen Weg zum Vikariat.

»Das ist ja entsetzlich!« sagte Margaret sofort, als sie die abblätternde Farbe und den bröckelnden Putz bemerkte. »Es kann nicht von Ihnen erwartet werden, in solchen Zuständen zu leben!«

»Ich hatte befürchtet, daß Gervase es Ihnen nicht gesagt hat. Ich hatte ihn gebeten, es zu erwähnen, doch er ist nicht sehr ... weltlich.«

Margaret schüttelte den Kopf. »Männer! Bevor sie einzogen, hatte ich die Gemeindevorsteher gefragt, ob an dem Haus etwas getan werden müßte. Sie erzählten mir, ein bißchen Farbe würde reichen. Das war die Untertreibung des Jahrhunderts.« Mit ihrem Finger schnippte sie etwas losen Putz weg; er verwandelte sich in Staub und rieselte zu Boden. »Es tut mir so leid, Rosemary. Niemand sollte unter solchen Umständen leben müssen. Es unterlag meiner Verantwortung. Ich hätte niemand anderem Glauben schenken dürfen.«

Jetzt, wo sie so weit gekommen war, fing Rosemary an, sich zu entschuldigen. »Es war nicht Ihr Fehler. Ich weiß, daß nicht viel Zeit blieb, irgend etwas zu tun, bevor wir einzogen.«

»Es sollte allerdings jetzt etwas geschehen«, sagte Margaret mit Autorität in der Stimme. »So schnell wie möglich – wenn nicht morgen, dann nächste Woche als allererstes. Ich schicke jemanden, der die Wände neu verputzt.«

»Und das Tapezieren?« fragte Rosemary ohne viel Hoffnung. Sie stellte sich einen Arbeitstrupp der Gemeinde vor, der ihr Haus wochenlang belagern würde.

»Oh, auch das.« Margaret lächelte in sich hinein, wie über einen privaten Scherz. »Ich kenne da einen Anstreicher, der der Diözese einen guten Rabatt gibt.«

Rosemary atmete mit einem Seufzer der Erleichterung aus. »Dann ist das also geregelt.«

»Sie müssen sich keinerlei Sorgen machen«, versicherte Margaret ihr. »Ich kümmere mich um alles, und zwar so schnell wie möglich. Sie haben mein Wort.«

Kapitel 6

Margaret Phillips war nicht nur gut in ihrem Job, sie liebte ihn auch. Das meiste dessen, was sie tat, war mit ziemlich detaillierter und tendenziell langweiliger Verwaltungsarbeit verbunden; sie liebte sogar das. Es gefiel ihr, Ordnung in das Chaos zu bringen.

Manchmal, wie zum Beispiel am Freitagmorgen, waren die Früchte konkreterer Natur. Die notwendigen Reparaturen in die Wege zu leiten war, in gewissem Sinne, eine Routinearbeit. Für Margaret jedoch ging dies mit der Befriedigung einher zu wissen, welchen Unterschied das für Rosemary Finch und ihre Familie darstellte. Sie mochte Rosemary. Der Gedanke, daß es in ihrer Macht stand, ihr ein Stück vom Glück zu bringen, freute sie.

Margaret war nicht immer so optimistisch ihrem Leben gegenüber gewesen. Es hatte eine Zeit gegeben, noch nicht weit zurück, in der sie furchtbar unglücklich gewesen war.

Obwohl sie relativ spät damit anfing, war die Arbeit für die Kirche im Prinzip ihr erster Job. Davor hatte sie ihr Leben damit verbracht, Hal in seinem Geschäft zu unterstützen. Als Nur-Hausfrau, Mutter und Gastgeberin. Sie hatten geheiratet, unmittelbar nachdem sie in Cambridge ihren Abschluß gemacht hatten. Alexander war wenig später geboren worden; er hielt sie die ersten paar Jahre auf Trab. Als er dann alt genug war, um in die Schule zu gehen, hätte sie arbeiten können. Ihr Abschluß in Geschichte, ohne Qualifikation als Lehrerin, hatte ihr in punkto vernünftige Anstellung jedoch nicht viel helfen können; es hatte keinerlei finanziellen Anreiz gegeben, eine Stelle zu finden: Zu dieser Zeit war Hals Geschäft bereits spektakulär erfolgreich, Geld war im Überfluß vorhanden.

Hal hatte es zudem gefallen, daß sie zu Hause blieb. Er hatte es genossen, mit seiner schönen Frau, der Mutter seines intelligenten und bezaubernden Sohnes, vor seinen Geschäftsfreunden anzugeben. Er hatte es geliebt, nach Hause in ihr exquisites Landhaus zu kommen und sie dort wartend vorzufinden.

Doch sie hatte jede Minute gehaßt. Während andere viel für so eine Art Leben gegeben hätten, müßig und verwöhnt, mit unbegrenzten Mitteln gepolstert, hatte Margaret es bedrückend und trist gefunden, ohne jedwede intellektuelle Herausforderung. Sie hatte weder gerne gekocht noch war sie jemals an teurer Kleidung interessiert gewesen; die schwarze ›Uniform‹ des Erzdiakons gefiel ihr wesentlich besser als die Garderobe aus Designer-Gewändern, mit denen sie sich früher geschmückt hatte.

Außerdem hatte sie Hal in diesen Jahren kaum gesehen. Er war von seinem Geschäft besessen gewesen, hatte nichts anderes mehr wahrgenommen. Ihre Ehe, auf so viel Liebe gegründet, war an den Felsen seines Erfolges zerschellt; obwohl ihre Beziehung nach außen hin perfekt und idyllisch war, wußte Margaret doch, daß sie im Herzen hohl war, ein Betrug. Sie hatten den Schein gewahrt, die Rituale des gemeinsamen Heims und des gemeinsamen Bettes befolgt, während Hals sämtliche Energien woanders hin gerichtet waren. Margaret war sich sicher gewesen, daß Hal keine Affären hatte: Er hatte kaum Zeit für sie, ganz zu schweigen für andere Frauen. Sie hatte auch nie aufgehört, Hal zu lieben; die Wut auf ihn hatte sich allerdings mit den Jahren angestaut. Sie war von Unzufriedenheit überwältigt worden. Sie führten heftige Auseinandersetzungen – allerdings selten; es war nun einmal nicht möglich, sich mit jemandem zu streiten, der nicht anwesend war. Sie hatte oft daran gedacht, ihn zu verlassen, und hätte es vielleicht auch getan, wäre da nicht Alexander gewesen.

Ihr Sohn war das einzige Wertvolle in ihrem Leben. Margaret hätte gerne mehr Kinder gehabt; gynäkologische Probleme hatten dies jedoch verhindert. Sie hatte also ihre gesamte Energie auf Alexanders Erziehung konzentriert. Sie liebte ihn bedingungslos und trug ihm nie etwas nach; Alexander revanchierte sich mit Loyalität und Liebe.

Den ersten Schmerz hatte sie verspürt, als Alexander ins Internat ging. Seine Abwesenheit hatte die Leere in Margarets Existenz betont. Sie war verzweifelt. Äußerlich ruhig, schien sie ihr Leben unter Kontrolle zu haben, innerlich blickte sie jedoch ins Nichts.

Und dann kam dieses furchtbare Jahr. Das Jahr, in dem sich alles veränderte. Alles stürzte damals, so schien es, auf einmal auf sie ein: Sie selbst mußte sich einer Totaloperation unterziehen, die schreckliche Geschichte mit Alexander und dann Hals Herzinfarkt.

Hal wäre fast gestorben. Noch keine Vierzig, und sie hätte ihn beinahe verloren. Margarets stille Verzweiflung steigerte sich zur Raserei. Hals Überlebenskampf hatte ihrer Liebe zu ihm wieder zum Durchbruch verholfen, während er gleichzeitig ihre Wut auf ihn vervielfachte. Wie konnte er es wagen, ihr so etwas anzutun? Nach allem, was sie für ihn durchlitten hatte, wie konnte er es wagen, sich mit Überarbeitung umzubringen?

Sie hatte im Krankenhaus an seinem Bett gesessen, während er zwischen Leben und Tod schwebte. Hatte seine Hand gehalten, ihn geliebt, ihn gehaßt, überwältigt von Wut und Schuldgefühlen. Niemand, an den sie sich wenden konnte, niemand, mit dem sie reden konnte über die Gefühle, die sie innerlich zerrissen.

Dann war ein Mann dahergekommen: Sanft und liebevoll aussehend, ein Mann in einer schwarzen Soutane. Der Krankenhausgeistliche hatte Margaret auf die Seite genommen und ihr zugehört, stundenlang, als sie sich die jahrelang aufgestaute Wut und Verzweiflung von der Seele redete. Er hatte sie nicht von oben herab behandelt, nicht kritisiert. Er hatte keine frommen Platitüden über Gottes Willen von sich gegeben. Er hatte ihr nur zugehört, mit einem Mitgefühl, das über Sympathie hinaus zur tiefsten Form des Mitleids wurde. Seine eigenen Augen hatten sich mit Tränen gefüllt, als er die nachempfundene Last ihres Schmerzes auf sich nahm.

Margaret war nie Kirchgängerin gewesen. Sie war in einem Haushalt aufgewachsen, der größten Wert auf Erziehung und Leistung gelegt und nichts auf geistige Werte gegeben hatte. Sie war dazu erzogen worden, Religion für eine Art höheren Aberglauben zu halten, eine Krücke für Menschen, die nichts Besseres hatten, an das sie sich klammern konnten. Ihr Kontakt zu Kirchenleuten war hauptsächlich auf Hals Vater beschränkt gewesen; eine schemenhafte Gestalt, die sie kaum kannte. Nichts in ihrem Leben hatte sie auf die selbstlose Art der Zuwendung vorbereitet, die sie von dem Krankenhausgeistlichen erfuhr; es war eine Offenbarung gewesen.

Und schließlich, ganz natürlich, hatte es sie dahin geführt, wo sie heute war. Ihre Bekehrung hatte nicht über Nacht stattgefunden; es geschah schrittweise, wuchs aus diesem anfänglichen Kontakt zu einem Mann wahren Glaubens und echter Geistlichkeit. Sie hatte angefangen, in der Bibel zu lesen, hatte begonnen, in die Kirche zu gehen. Trotz des sehr offensichtlichen Mangels an Perfektion unter den vielen Kirchgängern, die sie in diesen frühen Tagen kennenlernte, hatte es dort etwas gegeben, sie festhielt und tiefer hineinzog. Eines Tages war ihr schließlich klargeworden, daß dies die Stütze ihres Leben war. Sie fühlte sich stark zur Priesterin berufen. Zu einer Zeit, zu der eine solche Möglichkeit für Frauen noch nichts weiter als ein hoffnungsvoller Traum war. Sie hatte daher den Weg eingeschlagen, der ihr damals offenstand: zwei Jahre an der Theologieschule, Ordination zum Diakon, dann ein Vikariat. Als sie bereit war weiterzumachen, hatte die Anglikanische Kirche mit ihren Zielen gleichgezogen: Sie konnte zur Priesterin ernannt werden.

Jetzt hatte ihr Leben keine Ähnlichkeit mehr mit dem der frustrierten Hausfrau von einst. Der Job war fordernd und gelegentlich erschöpfend. Doch sie war dieser Herausforderung mehr als gewachsen, war glücklich und erfüllt durch ihre Arbeit. Ihre Ehe war ebenfalls durch die Umwälzungen, die sie beide erfahren hatten, verändert worden. Sie hatten ihre Rollen getauscht, und Margaret fand, daß es für sie beide ideal war. In einem Maße, in dem sie es nie gekonnt hatte, genoß Hal die Kocherei, und er werkelte gerne am Haus herum. Er war wie ausgewechselt, jetzt, da der Druck von ihm genommen war. Margaret wußte, daß *sie* ebenfalls eine andere Person geworden war, besser und unendlich viel glücklicher. Die Liebe zwischen ihnen, so schmerzhaft auf die Probe gestellt, war stärker als jemals zuvor. Im letzten Jahr hatten sie ihre Silberhochzeit gefeiert; trotzdem gab es immer noch Momente, in denen sie sich wie frisch verheiratet vorkam. Nach so vielen Jahren entdeckte sie ihren Ehemann wieder neu.

Sie dachte gerade an ihren Mann, während sie versuchte, daß Problem des Vikariats in Branlingham zu lösen. Hal würde, so hatte er ihr mitgeteilt, bei Valerie Marler in ungefähr einer Woche fertig sein; das käme gerade recht.

Wie es sich für einen durch und durch modernen Erzdiakon gehörte, hatte Margaret alle Werkzeuge der neuesten Technologie zu ihrer Verfügung. Sie öffnete ihre computerisierte Datenbank und fand den Namen eines Verputzers, der schon einige Arbeiten für die Diözese durchgeführt hatte. Sie nahm den Hörer ab und rief ihn an. Er war interessiert und stand sofort zur Verfügung. Mit etwas Glück wäre es ihm möglich, noch an diesem Nachmittag nach Branlingham zu fahren.

Wenn nur alles im Leben so leicht wäre, dachte Margaret Phillips, als sie sich der nächsten Aufgabe zuwandte.

Valerie Marler saß an diesem Morgen ebenfalls an ihrem Computer. Nachdem sie die Szene, in der Toby Cecily in die Arme schloß, neu geschrieben hatte – es war doch noch zu früh dafür, war ihr klar geworden –, hatte sie eine neue und aufregende Idee: Pandora sollte sterben. Nicht zu schnell, noch nicht sofort, doch sie sollte sterben. Vielleicht wäre es ein Verkehrsunfall, ein Auto geriete außer Kontrolle und überführe sie an einem Zebrastreifen. Vielleicht würde sie in ihrem verfluchten Garten von einer Biene gestochen und stürbe aufgrund einer allergischen Reaktion. Oder sie ertränke in ihrem Schwimmbad. Sie umzubringen war gar nicht so leicht, stellte Valerie fest. Menschen starben zwar ständig; gesunde junge Frauen in der Blüte ihres Lebens starben jedoch nicht einfach so dahin, nur weil es gerade gut paßte. Es war nicht wie zu viktorianischen Zeiten, als ein Autor jemandem einen interessanten Husten andichtete und ihn am nächsten Tag früh ableben ließ, mit Schwindsucht. Dieser Tage passierte das nicht so einfach. Ein plötzlicher, unerwarteter Tod könnte fabriziert wirken.

Wenn sie nicht, dachte Valerie plötzlich, von Toby oder Cecily umgebracht würde. Toby. Oder Cecily. Oder, noch wahrscheinlicher, beide zusammen. Eine Verschwörung zum Mord.

In ihrer Jugend hatte sie alles gelesen, was Agatha Christie jemals geschrieben hatte; sie war mit den Gepflogenheiten dieses Genre vertraut. Ihre treuen Fans würden sie unterstützen, egal, was sie tat. Und ihre Verleger würden sicher nachziehen; geschickt eingefädelt konnte es als ›noch nie dagewesen‹ angepriesen werden.

Oh, es könnte sehr gut funktionieren. Ideen wirbelten in Valeries Kopf umeinander. Sie konnte es nicht erwarten, sie zu Papier zu bringen. Wenn sie es nicht zusammen planten, konnte Toby Cecily verdächtigen und sie, im Gegenzug, verdächtigte Toby; das würde der Handlung eine interessante Dimension hinzufügen. Das konnte ebenfalls als nützliches Instrument dienen, um sie von einem zu frühen Zusammensein abzuhalten. Oder, wenn sie unter einer Decke steckten, würde die Tat an sich ihre sich bildende Beziehung vergiften und sie auseinandertreiben. Doch wo bliebe Cecily dabei? Sie mußten sich am Ende finden, so oder so.

Die Minuten flogen vorbei. Als ihre geplante Zeit abgelaufen war, arbeitete Valerie weiter.

Shaun Kelly saß ebenfalls an seinem Schreibtisch. Er sah sich einen Ausdruck mit den Verkaufszahlen für Valerie Marlers letztes Buch durch. Sie waren, mußte er zugeben, etwas enttäuschend. Vals Herausgeber hatte beängstigende Laute von sich gegeben. Er hatte gesagt, der öffentliche Geschmack habe sich geändert. Doch es war noch früh; das neue gebundene Buch und die Taschenbuchausgabe des vorletzten Buches waren erst seit ein paar Wochen auf dem Markt. Es war noch viel Zeit für einen Aufschwung. Und der würde sicherlich stattfinden. War er nicht deswegen hier? Hatte er in der Vergangenheit nicht gut für sie gesorgt? Shaun war der Ansicht, daß ein Großteil ihres Erfolges ihm zu verdanken war. Ja, natürlich, Val schrieb die Sachen; die Frauen dieser Welt hätten sie allerdings nicht in den Mengen gekauft, wenn er seinen Job nicht so gut erledigt hätte.

Ja, die Verkaufszahlen würden sicher innerhalb des nächsten Monats einen Aufschwung verzeichnen. Immerhin, er hatte den Termin mit *Hello* arrangiert, und das allein würde schon einen großen Verkaufsschub auslösen. Das nächste Buch wird sogar noch erfolgreicher werden, schwor er sich. ›Zufallswege‹ würde erst in fast einem Jahr erscheinen, doch er schmiedete jetzt schon Pläne: Er sammelte Sendezeiten für sie in Radio- und Fernseh-Talkshows, plauderte mit Literaturkritikern und erforschte die Möglichkeiten einer ersten Tour durch Amerika. Das würde umwerfend werden; er schloß die Augen und stellte es sich vor. Val, wie sie das Land im Sturm erobert, in einer Limousine durch Manhattan kreuzend. Der gefeierte Star der Stadt. Sie würde in jeder nationalen Talkshow auftreten, würde von Film- und Geschäftsleuten gefeiert werden. Es würde ein Triumphzug durch das Land folgen, in Kalifornien endend. Hollywood, wo sie um die Filmrechte an ihren Büchern betteln würden.

Und er an ihrer Seite, er, Shaun Kelly. An ihrer Seite in den Limousinen und auf den Parties und nachts in ihrem Bett. Jeder dieser reichen, mächtigen Amerikaner würde sie haben wollen. Sie alle würden nach ihrer elfenhaften Schönheit lechzen; und er wüßte, daß sie nur ihm gehörte.

Sie war das Beste, was ihm jemals passiert war. Nicht, daß er nicht immer gewußt hatte, daß es in ihm steckte, erfolgreich zu sein. Er war in Luton aufgewachsen als eines von einer ganzen Schar Kinder. Im Geiste hatte er sich von seiner Umgebung abgesetzt, sich ein geheimes Leben erträumt. Er hatte für sich eine Zukunft gesehen, die von Luton mit seinen Reihenhäusern sehr weit entfernt lag.

Sobald er entkommen konnte, erfand er sich selbst neu. Shaun ließ Luton für immer hinter sich, sowohl im wörtlichen als auch im übertragenen Sinne. Er vergaß seine Familie, verbannte sie aus seinen Gedanken. Sie wiederum vergaßen ihn. Schließlich war er nur einer von vielen. Die neue Herkunft, die er sich ausgedacht hatte, war wesentlich romantischer und glamouröser als die Gassen von Luton: Die grünen Felder Irlands, denen seine entfernten Vorfahren entstammten, wurden sein adoptierter Geburtsort. Er kultivierte den breiten irischen Akzent der damit einherging. Er trank Guinness und ohne sich im geringsten zu schämen, deutete er an, auf das Trinity College in Dublin gegangen zu sein. Es gab sogar Gerüchte über ein jugendliches Abenteuer. Eine eventuelle, wenn auch unüberlegte, so doch aufregende Verwicklung mit den Republikanern – um der romantischen Persona, die er kreiert hatte, einen Schuß Mysterium hinzuzufügen.

Seine ersten Jobs waren trotz alledem ganz und gar nicht glamourös gewesen. Doch er arbeitete sich seinen Weg nach oben, dorthin, wo er jetzt stand: Valerie Marlers persönlicher Vertreter in der Öffentlichkeit, verantwortlich für ihren weltweiten Ruhm.

Und Valerie Marlers Geliebter. Mit Leichtigkeit bewegten sich seine Gedanken von den Triumphzügen durch Amerika zu intimeren und naheliegenderen Überlegungen: Vals wundervoller Körper, weiß wie Alabaster und doch warm und nachgiebig. Heute nacht würde er ihm gehören. Shaun Kelly konnte es kaum erwarten.

Rosemary Finchs Morgen verlief ruhiger. Als sie Daisy zur Schule gebracht hatte, traf sie Annie Sawbridge wieder einmal am Schultor. Annie lud sie auf eine Tasse Kaffee zu sich nach Hause ein; Rosemary nahm dankbar an.

Die Sawbridges wohnten in einem neuen Haus am Rande von Branlingham. Es war mit den neuesten technischen Spielereien ausgestattet und in einem polierten, modernen Stil eingerichtet. Das Haus war anders als alles, was Rosemary kannte. Sie war es gewöhnt, mit von Gemeindemitgliedern aussortierten Dingen zu leben, und bewunderte es, allerdings ohne Neid. So, wie jemand etwas in einem fernen Land betrachten und dessen Wert schätzen konnte, ohne es notwendigerweise selbst besitzen zu wollen.

Die Küche fand sie besonders interessant. Sie war komplett mit arbeitssparenden Maschinen ausgestattet und klinisch sauber, wie in einem Krankenhaus; sie besaß weiße glänzende Einbauschränke, weiß gefliste Wände und einen weißen Boden. In der eingebauten Kaffeemaschine kochte Annie Kaffee aus frisch gemahlenen Bohnen. Sie trug ihn in eine Art Salon mit unverputzten Deckenbalken. Dort saßen sie auf modernen, minimalistischen Möbeln und tranken Kaffee, während Jack, das Katerchen, um ihre Füße spielte und Jamie, das Baby, in seinem Tragebettchen schlief.

Annie, eine fröhliche und unkomplizierte Frau, war die geborene Rednerin. Und Rosemary ließ sich gerne berieseln. Sie hörte alles darüber, wie die Sawbridges vor ein paar Jahren ›in den Süden‹ gezogen waren: »Es geschieht mir Recht, warum habe ich auch einen Engländer geheiratet«, gab Annie mit einem schelmischen Grinsen zum Besten. Colin Sawbridge arbeitete in London, erfuhr Rosemary. Annie, die sich zwar bereit erklärt hatte, in den unkultivierten Süden zu ziehen, wollte aber auf keinen Fall in der Stadt leben. Also ließen sie sich in Suffolk nieder, in Pendeldistanz zu London.

Das Baby begann zu jammern; Annie zog ihren Pullover hoch und fütterte Jamie unbefangen. Als er satt war, hielt sie Rosemary das Bündel hin. »Möchten Sie Klein-Jamie mal halten?«

Rosemary nahm ihn ihr ab und schloß ihn in die Arme. Sie blickte mit gemischten Gefühlen in sein winziges Gesicht. Das Gewicht seines kleinen Körpers gegen ihre Brust brachten ihre mütterlichen Gefühle an die Oberfläche, gepaart mit dem Wissen, daß sie nie wieder ein eigenes Kind haben würde. Sie war zu alt; die Ärzte sagten, es sei zu riskant. Außerdem nahm die Erziehung Daisys alle ihre Energien und Reserven in Anspruch. Ein weiteres Kind kam nicht in Frage.

Ein Junge, ein Sohn, wäre schön gewesen.

Laura hatte Gervase einen Sohn geschenkt. Rosemary dachte an Thomas, als sie mit ihren Fingern über die flaumige Wange strich. Sie hatte Tom nicht gekannt, als er so klein war; vielleicht wären die Dinge sonst anders gelaufen.

Sie hatte bei Tom ihr Bestes versucht. Es hatte nichts geholfen. Er hatte sie niemals akzeptiert, hatte sie abgelehnt, sogar verachtet. Er hatte alles in seiner Macht Stehende getan, um ihre Autorität zu untergraben. Sie hatte gehofft, eine Mutter für den kleinen Jungen sein zu können. Er hatte das nicht gewollt. Seine Trauer über den Tod seiner Mutter war übertrieben und doch real. Er hatte entschieden, daß niemand ihren Platz einnehmen würde.

Der Krieg zwischen ihnen fing an, noch bevor sie Gervase heiratete; er wurde im geheimen ausgetragen. Tom war clever genug, seine Abneigung gegen seine unrechtmäßig eingedrungene Stiefmutter vor seinem Vater zu verbergen. Rosemary ihrerseits wollte Gervase das Wissen um den Schmerz ersparen, den sein Sohn ihr absichtlich zufügte. ›Ich hasse dich. Du bist nicht meine Mutter‹, sagte er, sobald sich ihre Schwerter wegen irgendeiner harmlosen Sache kreuzten. Bei einer Gelegenheit hatte er hinzugefügt, und seine Augen – so sehr Gervases Augen – hatten dabei vor Gemeinheit gefunkelt: ›Und mein Vater liebt dich auch nicht. Er hat dich nur geheiratet, damit sich jemand um ihn kümmert.‹

Das hatte er nur einmal zu sagen brauchen. Die Worte setzten sich wie Eissplitter in Rosemarys Herz fest. Und dort blieben sie. Sie bestärkten eine Angst, die sie sich bislang nicht eingestanden hatte. Diese Angst war jedoch immer schon da gewesen. Und obwohl Tom, mit dem grausamen, unbeirrbaren Instinkt eines Kindes, seinen Finger auf den Kernpunkt ihrer Unsicherheit gelegt hatte, ging es um mehr, als Tom hatte begreifen können. Gervase brauchte sie – jemanden –, in der Tat. Jemanden, der täglich nach ihm sah, sich um diejenigen Aspekte des Lebens kümmerte, bei denen er es als zu mühselig empfand, sich damit auseinanderzusetzen. Das war es, was Tom gemeint hatte, und sie wußte, daß es stimmte. Sie hatte jedoch auch festgestellt, daß Gervase ein starkes sexuelles Bedürfnis hatte und auch auf diesem Gebiet das brauchte, was eine Frau ihm geben konnte. Letztendlich, warum hätte er sie heiraten sollen, wenn er mit Laura solch ein Glück gefunden hatte! Aber das konnte sie Gervase nicht fragen; sie wollte die Antwort nicht wissen, wollte ihn nicht dazu zwingen, mit der Wahrheit herauszurücken.

»Ich gehe besser«, sagte Rosemary schließlich. Sie gab das Baby seiner Mutter zurück. Zuhause sei immer noch einiges auszupacken, erklärte sie.

Als Rosemary jedoch in das leere Vikariat zurückkehrte – Gervase war jetzt in seine Pflichten der Gemeinde gegenüber eingebunden und würde den ganzen Tag nicht zurückkommen –, fing sie nicht an, auszupacken. Nach einem kurzen Kampf mit ihrem Gewissen gab sie einer ihrer schuldbeladenen Leidenschaften nach: Sie kochte sich eine Tasse Tee, legte eine ihrer Lieblings-

CDs in den Apparat und machte es sich mit ihrem neuen Valerie Marler Taschenbuch auf dem Sofa bequem. Bevor es ihr bewußt wurde, waren ihre eigenen Unsicherheiten und Unzulänglichkeiten und sogar ihre schäbige Umgebung in den Hintergrund getreten. Sie wanderte mit Portia und Roberto in den Hügeln der Toskana; es war himmlisch.

Valerie aß nie sehr viel, wenn sie allein war. Wenn sie mußte, war sie allerdings eine ziemlich gute Köchin. Die Freitagnachmittage, nachdem sie ihre Korrespondenz erledigt hatte, wurden zur Zeit mit der Vorbereitung recht aufwendiger Abendessen für Shaun verbracht.

Shaun liebte das Essen. Seit er die Wochenenden im Rose Cottage verbrachte, hatte es Valerie Spaß gemacht, für ihn zu kochen. Heute fühlte sie sich Shaun gegenüber ein wenig schuldig; sie hatte diese Woche kaum mit ihm gesprochen oder auch nur an ihn gedacht. Sie entschloß sich daher, sich besonders anzustrengen, um es wiedergutzumachen. Sie entschied sich für Coq au vin und bereitete das Hähnchen und die Gemüse schon vor. Sie wollte die Kasserolle ofenfertig haben, bevor Shaun kam.

Aber es fiel ihr schwer, sich zu konzentrieren. Auch wenn es nur um eine so einfache Aufgabe ging wie Karotten schälen: Aus dem Eßzimmer kam das ablenkende Geräusch von Hal Phillips' fröhlichem Pfeifen; es machte sie verrückt.

Valerie hatte versucht, dem Eßzimmer fernzubleiben. Das Pfeifen war jedoch eine konstante Erinnerung an seine Nähe. Trotz ihres Entschlusses ertappte sie sich auf dem Weg ins Eßzimmer, das Schälmesser in der Hand.

Hal Phillips stand auf der Leiter und schwang die Farbrolle. Als sie das Zimmer betrat, hörte er auf zu pfeifen und schaute nach unten. »Ich komme gut voran«, sagte er lächelnd.

»Ich habe mich gefragt, ob ich das Eßzimmer wohl am Wochenende werde benutzen können«, sagte sie in halbwegs normalem Tonfall.

»Ich bin fast fertig«, versicherte er ihr. »Sie können heute abend schon hier essen, wenn Sie der Farbgeruch nicht stört.«

Valerie schluckte. Sie wußte, daß der Geruch der Farbe sie immer an Hal Phillips erinnern würde. »Das macht mir nichts aus.«

»Ich werde ein paar Fenster öffnen, wenn ich fertig bin, dann sollte es nicht zu schlimm sein.« Er deutete auf das Schälmesser in ihrer Hand und fügte hinzu: »Gibt es heute abend denn etwas Besonderes?«

Ihr Herz machte unwillkürlich einen Sprung, auch wenn sie sich sagte, daß keine Zweideutigkeit beabsichtigt gewesen war. »Nur ... ein Freund.«

»Klar.« Er lehnte sich nach unten und bewegte die Rolle rhythmisch im Farbtablett auf und ab.

»Möchten Sie mir nicht bei einer Tasse Tee Gesellschaft leisten?« hörte sie sich sagen.

Hal schüttelte den Kopf. »Lieber nicht, danke, Miß Marler. Ich werde besser hier weitermachen.«

Sie ging in die Küche zurück. Er begann wieder zu pfeifen.

Automatisch setzte sie den Kessel auf, obwohl sie eigentlich keinen Tee wollte. Sie ging zum Kühlschrank, um die Milch herauszuholen. Die Flasche war fast leer und es stand auch keine andere mehr da.

Ohne nachzudenken, schloß Valerie die Kühlschranktür und rief: »Ich habe keine Milch mehr. Ich gehe welche holen.«

Sie wäre natürlich in das Dorfgeschäft gegangen; bevor

sie sich jedoch darüber klar wurde, war der Porsche schon auf der Straße und in Richtung Saxwell unterwegs. Sie kurbelte die Fenster hinunter und atmete die kühle Luft ein.

In Saxwell angekommen umkreiste sie das Stadtzentrum und fuhr die Bury Road hinaus. Als sie an der Erzdiakonie vorbeifuhr, verlangsamte sie ihre Fahrt. Der Fahrer hinter ihr mußte bremsen und drückte ärgerlich auf die Hupe. Es stand weder ein Wagen in der Einfahrt noch gab es andere Anzeichen für menschliche Bewohner.

Valerie parkte den Porsche in derselben Seitenstraße wie am Tag zuvor. Sie lenkte ihre Schritte zurück zu dem Geschäft an der Ecke. Dieses Mal war das grobschlächtige Mädchen alleine dort; sie sah Valerie mit einem Schimmer des Wiedererkennens an, als diese den Milchkarton auf die Theke an der Kasse stellte. »Sie waren gestern schon mal hier, oder?«

»Das ist richtig«, gab Valerie zu.

»Sie sind also neu in der Nachbarschaft?«

Valerie machte eine vage Handbewegung. »Nicht wirklich.«

»Sie haben mich nach Mr. Phillips gefragt«, erinnerte das Mädchen sich. »Den Mann des Erzdiakons, wissen Sie?«

»Habe ich?«

Das Mädchen grinste. Sie gab den Betrag in die Kasse ein. »Erinnern Sie sich, ich habe gesagt, er sei ein toller Typ.«

»Stimmt.«

»Mama mag es nicht, wenn ich über ihn rede«, vertraute sie Valerie an. »Ich denke, sie findet ihn selber gut, wissen Sie. Er ist schrecklich sympathisch.«

Valerie griff in ihre Handtasche, um ihr Portemonnaie herauszuholen. Nebenher fragte sie: »Er kommt also auch hierher?«

»Oh, ja, hin und wieder. Nicht oft genug für mich.«
Spitzbübisch zwinkerte sie ihr zu.

Valerie wußte nicht, wie sie die Unterhaltung weiter verlängern sollte, ohne unverhältnismäßiges Interesse zu verraten. Sie nahm das Wechselgeld und ihre Milch und nickte dem Mädchen zu, als sie ging.

Anstatt zum Wagen zurück, lief sie jedoch um die Ecke und an der Erzdiakonie vorbei. Der dunkle Wagen stand jetzt in der Einfahrt – die Elster mußte zu Hause sein. Valerie fühlte sich auffällig; sie konnte nicht weiterhin die Straße rauf und runter gehen, ohne einem neugierigen Nachbarn aufzufallen, der dann die Häuserwacht anrief. Sie sah nicht wie eine Einbrecherin oder eine Hochstaplerin aus, aber die Leute waren manchmal so mißtrauisch.

Auf der anderen Straßenseite befand sich eine Telefonzelle. Sie stand in einem leichten Winkel zur Erzdiakonie, ermöglichte ihr jedoch einen recht guten Blick auf Einfahrt und Eingangstür. Valerie überquerte die Straße und postierte sich in dem Telefonhäuschen. Sie hielt den Hörer ans Ohr, für den Fall, das jemand sie beobachtete. Nach fast einer halben Stunde wollte sie gerade aufgeben und nach Hause fahren, als sich die Tür öffnete. Die Elster trat heraus und setzte sich in ihren Wagen. Valerie wünschte, sie säße in ihrem eigenen Wagen; es wäre interessant, der Elster zu folgen und herauszufinden, wohin sie fuhr. Statt dessen blickte sie ihr nach, bis der Wagen außer Sichtweite war. Dann hing sie den Hörer wieder ein und kehrte, nach einem letzten Gang an der Erzdiakonie vorbei, zu ihrem Porsche zurück.

Als Shaun an diesem Abend ankam, war alles vorbereitet. Die Kasserolle stand im Ofen, der Champagner lag auf Eis, und Valerie hatte bewußt die aufreizende Sorte Kleidung gewählt, die Shaun mochte. Seinem Wort getreu war Hal Phillips mit dem Eßzimmer fertiggeworden und hatte hinter sich aufgeräumt; ohne den schwachen Geruch nach Farbe hätte man nicht geahnt, daß er da gewesen war. Valerie hatte den Tisch lange vor Shauns Ankunft gedeckt, zündete die Kerzen jedoch erst an, als sie seinen Wagen in der Einfahrt hörte.

Die Geheimhaltung ihrer Affäre war etwas, das Shaun lag; er genoß es, im Schutz der Dunkelheit anzukommen, den Wagen in der Garage zu verstecken und sich selbst mit seinem eigenen Schlüssel ins Haus hineinzulassen. Obwohl sie beide ihre eigenen Herren waren, ohne Partner, denen Rechenschaft abgelegt werden müßte, lag ein Hauch des Verbotenen über der Art und Weise, in der sie ihre Beziehung lebten. Das gab ihr einen zusätzlichen Kick. Eines Tages, davon war Shaun überzeugt, würde Valerie Marler in aller Öffentlichkeit ihm gehören. Im Moment gefiel es ihm, daß niemand anderer von ihrer Affäre wußte.

Valerie hatte sich malerisch auf dem Sofa arrangiert und wartete auf ihn. »Hallo, Val, meine Süße«, sagte er sanft. Die bühnenreife, auf alt-irisch getrimmte Stimme raspelte. Er beugte sich über sie, um sie zu küssen.

Sie runzelte die Stirn. »Ich habe dir doch gesagt, du sollst mich nicht so nennen.« Sie hatte es noch nie leiden können, ›Val‹ genannt zu werden. Im Moment wurde dies noch dadurch verschlimmert, daß es sie an ›Hal‹ erinnerte. Kein guter Start für den Abend, befürchtete sie.

Dann jedoch war alles wieder im Lot. Sie nippten an ihrem Champagner und plauderten über die Ereignisse der letzten Woche. Shaun hatte nicht viel anderes zu berichten als sonst. Valerie hingegen schilderte ihm eine sehr bereinigte Version der Tatsachen.

Shaun sah sich anerkennend im Zimmer um. »Wie ich

sehe, ist der Typ, den ich für dich ausfindig gemacht habe, hier schon fertig. Er hat gute Arbeit geleistet.« Der irische Akzent wurde fallengelassen.

»Ja«, stimmte Valerie ihm in neutralem Ton zu. »Er ist sehr effizient. Das Eßzimmer ist auch schon fertig.«

Der Abend nahm seinen üblichen Verlauf. Als sie die Champagnerflasche geleert hatten, begaben sie sich ins Eßzimmer. Shaun ließ sich den Coq au vin schmecken, während Valerie an ihrer Portion herumpickte. Sie hatte wenig Appetit. Sie leerten die Flasche Burgunder und wechselten zu Portwein und Käse.

Valerie deckte den Tisch ab für das Dessert. Als sie gerade das Geschirr in die Spülmaschine stellen wollte, folgte Shaun ihr in die Küche. Er trat hinter sie, legte seine Arme um sie und ließ seine Hände über die schlüpfrige Seide ihrer Tunika gleiten. »Wir haben noch keinen Nachtisch gehabt«, sagte Valerie. Sie versuchte, den Ärger aus ihrer Stimme herauszuhalten. »Es gibt Mousse au Chocolat, dein Lieblingsdessert.«

»Laß doch den Nachtisch«, murmelte Shaun und knabberte an ihrem Ohr, »laß uns nach oben gehen. Du bist mein Lieblingsdessert, Süße.«

Sie entzog sich ihm. »Bitte, Shaun. Noch nicht. Ich will meinen Nachtisch und meinen Kaffee.«

Shaun trat einen Schritt zurück und sah sie lange forschend an; sie war normalerweise nicht so zickig. Jetzt vermied sie es sogar, seinem Blick zu begegnen. Sie biß sich auf die Lippen und schaute zu Boden. Shaun wurde von einer plötzlichen Vorahnung ergriffen. »Es gibt doch keinen anderen, oder, Val? Du hast mich doch nicht betrogen?«

»Ich habe dir gesagt, du sollst mich nicht so nennen.« Valerie hob den Blick und starrte ihn herausfordernd an. Wie habe ich ihn jemals attraktiv finden können? fragte sie sich abwesend. Seine Augen standen zu nah beieinander, und diese rotblonde Haarfarbe hatte sie auch nie gemocht. Eigentlich ist er eher abstoßend, stellte sie fest, als sie ihn betrachtete. Sowohl von seiner Erscheinung als auch von seiner Persönlichkeit her.

»Weil ich das nicht mögen würde«, fuhr er fort, als ob sie nichts gesagt hätte. Er hob die Hände und umfaßte ihren Hals. Seine Finger verhakten sich in ihren Haaren und er strich mit dem Daumen über ihre Kehle. »Der alte Shaun würde das ganz und gar nicht mögen. Er ist von der eifersüchtigen Sorte, der alte Shaun. Er könnte es nicht ertragen, an Val mit einem anderen Mann zu denken.«

Valerie schluckte. Sie fühlte den Druck seiner Daumen. »Es gibt keinen anderen«, flüsterte sie.

Der irische Akzent kehrte zurück, demonstrativ und übertrieben. »Da bin ich aber froh, das zu hören.« Er zog sie an sich, küßte sie rauh und zwang ihre Lippen mit seiner Zunge auseinander. Nach einer Weile verließen seine Hände ihren Nacken und bewegten sich nach unten, um ihre Tunika aufzuknöpfen.

Valerie ergab sich seiner Umarmung, ließ ihn mit ihr schlafen. Sie blieb jedoch abwesend. Shaun war wie ein Kind, wurde ihr klar, ein verzogenes Kind, nicht halb so anziehend, wie er zu sein glaubte. Er war fähig, vernünftig zu bleiben, solange er seinen Willen bekam, konnte jedoch unangenehm werden, wenn er seine Pläne durchkreuzt sah.

Sie hielt die Augen geschlossen. Das Gesicht hinter ihren Augenlidern war nicht das Gesicht von Shaun Kelly. Es war das lächelnde Gesicht von Hal Phillips.

Kapitel 7

Rosemary war es nicht gewöhnt, umsorgt zu werden. Sie war daher angenehm überrascht, als sie herausfand, daß der Erzdiakon zu ihrem Wort stand. Der Verputzer, ein freundlicher und redseliger älterer Herr, war, wie versprochen, eingetroffen. Er hatte an den bröckelnden Wänden des Vikariats Wunder vollbracht. Jetzt war alles für den Anstreicher vorbereitet. Er sollte heute früh anfangen. Sie machte Frühstück für Gervase und Daisy, danach brachte sie Daisy zur Schule. Während sie den kurzen Weg zum Schultor zurücklegten, bemerkte Rosemary mit Entzücken, daß die Sonne wärmer schien als am Tag zuvor; vielleicht würde der Frühling, so lange verspätet, doch schließlich ausbrechen. Die Blumen ließen sich nun nicht mehr länger zurückhalten, einige blühten bereits in verschwenderischer Fülle. Die Knospen der Weißdornhecke schwollen an; sie würden bald in weiße Maiblüten aufbrechen. Sie konnte die Erde riechen. Der unverwechselbare Geruch nach Frühling lag in der Luft. Auf ihrem Rückweg war Rosemary versucht, zu verweilen, zu trödeln. Als sie jedoch auf ihre Uhr schaute, erinnerte sie sich an den Tapezierer und beschleunigte ihre Schritte. Zuhause angekommen, war ihr viel zu warm in ihrer Jacke – und nur zum Teil, weil sie sich beeilt hatte. Vielleicht würde sie am Nachmittag, wenn sie Daisy von der Schule abholte, noch nicht einmal eine Strickjacke benötigen. Rosemary wurde erst jetzt, da der Frühling offensichtlich im Kommen war, richtig bewußt, wie sehr sie seine ersten Anzeichen vermißt hatte. Die verspätete Blüte war um so mehr willkommen, da sie so lange auf sich hatte warten lassen.

Gervase war ausgegangen, um ein paar Krankenhausbesuche zu machen. Rosemary zog ihre Jacke aus und hängte sie auf; jetzt war eine Tasse Tee fällig. Sie hatte gerade den Kessel aufgesetzt, als es läutete.

Der Mann an der Tür trug einen fleckenlos sauberen Overall und lächelte sehr nett. »Mrs. Finch? Ich bin Hal Phillips«, sagte er. »Sie erwarten mich?«

»Der Erzdiakon sagte, daß Sie heute morgen kommen würden«, erwiderte Rosemary. Sie fragte sich, warum ihr sein Name irgendwie bekannt vorkam. »Und anscheinend ist auf sie Verlaß.«

Sein Lächeln wurde zu einem Grinsen. »Oh, da stimme ich vollkommen mit Ihnen überein. Es würde mich den Kopf kosten, den Anordnungen des Erzdiakons nicht aufs Wort zu folgen.«

»Das Wasser hat gerade gekocht. Möchten Sie eine Tasse Tee?«

»Ja, bitte«, sagte er prompt. Hal besah sich mit fachmännischem Blick die Ausmaße der Halle, als er ihr in die Küche folgte. Ein wunderschönes Haus, dachte er begeistert, mit großen Möglichkeiten. Was für ein Glück, daß die Diözese es nicht verkauft hat.

»Ich habe Ihnen einige Farbtafeln mitgebracht, Mrs. Finch. Ich werde mit den Zierleisten anfangen – dafür muß ich noch einiges vorbereiten –, doch Sie können sich schon mal Gedanken zu den Farben machen.« Er breitete die Tafeln auf dem Küchentisch aus, als sie das kochende Wasser in die Teekanne goß. »Oh.« Rosemary sah ihn nervös an. »Ich wußte nicht, daß ich das entscheiden soll.«

»Natürlich Sie, Mrs Finch.« Er lächelte sie aufmunternd an. »Sie und Ihre Familie sind diejenigen, die hier leben müssen. Oder, sollte ich sagen, die den Vorzug genießen, hier zu leben. Das ist ein phantastisches Haus.«

»Na ja, dann, ... Magnolie?« schlug sie vor. Das Vikariat

in Letherfield war Magnolie gestrichen gewesen, von oben bis unten.

Hal Phillips starrte sie an, als hätte sie eine Blasphemie begangen. In seinem Ausruf mischte sich Schock mit Verachtung. »Magnolie!«

Rosemary fühlte, wie sie rot wurde. Sie haßte sich selbst dafür. »Ich weiß nicht. Ich dachte ... ich meine, warum nicht Magnolie?«

»Weil Magnolie langweilig ist«, sagte er sofort und mit Überzeugung. »Langweilig, langweilig, langweilig. *Jeder* hat Magnolie, und es ist langweilig.« Er bemerkte ihre brennenden Wangen und fühlte sich schuldig, eine solche Reaktion hervorgerufen zu haben. Er versuchte, seine Worte zu mildern. »Dieses Haus verdient etwas Besseres. Es ist ein wundervolles Haus, Mrs. Finch. Es hat so viel Charakter. Es ist *kein* langweiliges Haus.« Und sie sind keine langweilige Person, wollte er hinzufügen. Er war überrascht, daß er bereits von dieser Tatsache überzeugt war.

»Dann ... was?« Sie sah ihn flehentlich an. »Ich bin nicht sehr gut in solchen Dingen. Sie müssen mir helfen, Mr. Phillips.«

Bei ausnahmslos jeder anderen Frau, die solche Worte benutzt hätte, hätte es Hal Phillips als koketten Trick angesehen; das ›hilflose Weibchen‹. Es war jedoch nichts auch nur annähernd Kokettes zu finden in Rosemary Finchs ehrlichem Blick und ihrem selbstironischen Lächeln. Sie meinte, was sie sagte; es gab keinen neckischen Unterton. Er öffnete den Mund. Die Worte, die herauskamen, waren nicht die, die er hatte sagen wollen. »Bitte, Mrs. Finch. Nennen Sie mich Hal.«

»Hal.« Sie versuchte sich daran. Sie mochte die Einfachheit des Namens. »Ist das eine Abkürzung? Für Henry, oder Harold?«

»Nein, einfach Hal.« Er grinste. »Meine Mutter sah ein paar Wochen vor meiner Geburt eine Aufführung von *Heinrich der Vierte, erster Teil*. Sie hat sich in Prinz Hal verguckt, deswegen mußte es Hal sein.«

Sie goß den Tee ein. »Ich denke bei meinem Namen auch gerne an Shakespeare. Sie wissen schon: ›Das ist Rosemary, dies zur Erinnerung‹, *Ophelia*.« Irgendwie kam es ihr überhaupt nicht merkwürdig vor, mit dem Mann, der ihr Haus streichen sollte, über Shakespeare zu diskutieren.

»Rosemary.« Er hatte nicht gewußt, daß sie so hieß; Margaret hatte von ihr nur als Mrs. Finch gesprochen. Der Name paßt zu ihr, entschied er.

»Es hat wahrscheinlich überhaupt nichts mit Shakespeare zu tun«, fügte sie hinzu. »Ich habe meine Mutter nie gefragt. Ich wollte nicht wissen, daß es vermutlich so etwas Profanes war wie ein großer Rosmarinbusch vor dem Vikariat meiner Eltern, der sie auf die Idee gebracht hat.«

»Sie sind in einem Vikariat aufgewachsen?« fragte Hal. Er war irgendwie nicht überrascht.

»Ja, in einigen sogar. Eines nach dem anderen. Mein Vater hielt es nicht sehr lange an einem Ort aus. Nehmen Sie Zucker?«

»Nein, danke, ich trinke ihn schwarz.« Er nippte an seinem Tee und fuhr fort. »Mein Vater ist auch ein Mann der Kirche.«

»Also sind Sie auch Vikariatskind?« Vielleicht, dachte Rosemary, erklärte das dieses unmittelbar familiäre Gefühl diesem Mann gegenüber, den sie niemals zuvor getroffen hatte.

»Na ja, nicht genau«, widersprach Hal. »Eigentlich nur die ersten paar Jahre meines Lebens. Danach gab mein Vater die Gemeindearbeit auf. Er wurde Kanonikus in der Kathedrale von Malbury. Den größten Teil meiner Kindheit verbrachte ich in der Umgebung dieser Kathedrale, nicht in einem Vikariat.«

Rosemary hätte gerne in der Umgebung einer Kathedrale gewohnt: Die ganze wunderbare Musik, dachte sie. »Die Musik muß schön gewesen sein.«

»Das war sie.« Warum, dachte Hal, erzähle ich ihr das alles? »Die ganze wunderbare Musik.«

Ihr Gesicht wurde von einem entzückten Lächeln verzaubert. »Sie mögen Choräle?«

»Ich liebe sie. Ich war jahrelang Chorknabe, bis zum Stimmbruch.«

Rosemary eilte aus der Küche. Ein paar Sekunden später kehrte sie mit einem Stapel CDs zurück. Sie legte sie vor Hal auf den Tisch. »Hier ist meine Sammlung«, teilte sie ihm mit. »Das ist mir die liebste Musik auf der Welt.«

Er blätterte den Stapel durch. »Das hier ist schön – ich besitze selbst eine Aufnahme davon. Das hier habe ich noch nicht gehört.«

»Oh, diese ist wunderschön, eine meiner Lieblings-CDs«, begeisterte sie sich. »Ich lege sie für Sie auf, wenn Sie möchten.«

»Ich würde sie sehr gerne hören.«

Sie nahmen den Tee mit ins Wohnzimmer; Rosemary legte die CD in den Apparat. Sie saßen einige Minuten lang in trautem Schweigen, tranken ihren Tee und lauschten den klaren Jungenstimmen, wie sie in die hohen mittelalterlichen Wölbungen der Kathedrale aufstiegen. Schließlich, als die Standuhr in der Halle schlug, schaute Hal auf die Uhr. »Ich sollte wirklich mit meiner Arbeit anfangen«, sagte er mit echtem Bedauern. »Ich bin schon eine Stunde hier und habe noch nichts geschafft.«

»Warum fangen Sie nicht mit diesem Zimmer an?« schlug Rosemary vor. »Dann können Sie Musik hören, während sie arbeiten.«

»Eine großartige Idee«, stimmte er zu.

Hal ging einige Male zu seinem Kombi und holte Abdeckplanen, Farbeimer und verschiedene Ausrüstungsgegenstände ins Haus. Rosemary blieb auf dem Sofa und schaute zu, wie er die Fußleisten und Fensterbänke auf eine Schicht Farbe vorbereitete. Als die CD endete, legte sie eine andere ein und blieb, um zuzuhören.

Nach einer Weile sprach Hal über die Musik hinweg. Er nahm das Thema Farbe noch einmal auf, dieses Mal taktvoller. »Dieses Zimmer könnte eine richtig intensive Farbe vertragen – ein dunkles Grün oder Terrakotta«, bemerkte er.

Rosemary schaute ihn zweifelnd an. »Wenn Sie es sagen.«

»Häuser wie dieses wurden für intensive Farben gebaut«, versicherte er ihr. »Ich meine, schauen Sie sich die Bilder von Richard Morris' Haus an oder von Wightwick Manor. Die Neugotik war eine Rückkehr zum Mittelalter, zu den satten Grundfarben der mittelalterlichen Kirche. Schauen Sie sich diese Farben an.« Er zeigte auf die bunten Glasfenster, die sich oberhalb der Fensterflügel entlangzogen. »Tiefes Rot, dunkles Blau, dunkles Grün, intensives Gold. Denken Sie mit diesen Farben im Kopf an dieses Zimmer. Es würde phantastisch aussehen.«

»Wäre es nicht furchtbar dunkel?« Die Vikariate aus Rosemarys Kindheit waren alle dunkel und düster gewesen; der Magnolienton des Vikariates in Letherfield hatte eine willkommene Abwechslung dargestellt.

Hal schüttelte den Kopf. »Nicht notwendigerweise. Das hier ist ein enorm großes Zimmer, mit einer hohen Decke. Es kann das vertragen.« Er schaute sich abschätzend um und fuhr fort: »Ich würde für dieses Zimmer eher Tapete als Farbe vorschlagen. Mit Papier würden sie einen subtileren, satteren Effekt erzielen.«

»Oh, aber das wäre sehr teuer«, protestierte Rosemary.

»Darüber brauchen sie sich keine Gedanken zu machen«, sagte er wegwerfend. »Die Diözese zahlt.«

»Es wäre sicher nicht angebracht, mehr Geld als nötig auszugeben. Der Erzdiakon –«

Hal grinste. »Den Erzdiakon überlassen Sie ruhig mir.«

»Sie kennen sie? Na ja, ich vermute mal, sie hat Sie geschickt, aber …«

»In der Tat, ich kenne den Erzdiakon ziemlich gut«, sagte er mit unbewegtem Gesicht; nur um seine Mundwinkel spielte ein Lächeln. Das war sein Spiel; er liebte es. Er hatte es schon ein paarmal vorher gespielt. »Ich bin seit fünfundzwanzig Jahren mit ihr verheiratet.«

»Oh!« Rosemary errötete, als die Teile sich in ihrem Kopf zusammenfügten. »Oh, der Name – natürlich. Ich hätte es wissen müssen.«

»Das mußten Sie nun wirklich nicht.«

Sie biß sich auf die Lippen und zupfte an ein paar Fäden, die aus der Sofalehne ragten. »Oh, es tut mir so leid. Sie müssen denken, ich sei ziemlich begriffsstutzig.«

»Nein, natürlich nicht«, versuchte er, sie zu beruhigen. Wieder war Hal sich bewußt, sie irgendwie bekümmert, einen wunden Punkt getroffen zu haben. Er bedauerte, nicht sensibler gewesen zu sein. Eine ungewöhnliche Frau, diese Rosemary Finch. Anders als alle Frauen, die ihm bisher begegnet waren. Mit Sicherheit nicht wie die selbstsichere Margaret. Auf eine Art hatte er das Gefühl, als kenne er sie seit Jahren; ihre Unterhaltung floß so leicht dahin, ohne jede Anstrengung, lebhaft. Auf der anderen Seite umgab sie jedoch auch etwas Rätselhaftes: Das Wesen ihrer Persönlichkeit entzog sich ihm und machte ihn neugierig.

Valerie fand es schwierig, sich auf ihre Schreiberei zu konzentrieren, obwohl das Buch so spannend geworden war. Sie hatte gerade ein weiteres, endloses Wochenende mit Shaun hinter sich gebracht. Es kristallisierte sich immer mehr heraus, daß es unmöglich war, ihn loszuwerden. Er schien unfähig zu sein, einen Hinweis zu erkennen – anders als es so viele andere vor ihm gekonnt hatten; diese hatten sich elegant aus ihrem Leben verabschiedet.

Wie sie ihn aus ihrem Leben wünschte, zumindest aus ihrem Privatleben! Er hatte sie davon zu überzeugen gewußt, daß sie seine professionellen Dienste immer noch benötigte. Seine privaten Dienste waren ihr dagegen mittlerweile zuwider. Das einzige, was sie tun konnte, wenn er sie berührte, war, ein Schaudern zu unterdrücken.

Das war das Problem, stellte Valerie fest, wenn man Geschäft und Vergnügen nicht voneinander trennte. Sie hatte das bisher immer regeln können; die anderen Männer hatten sich allerdings nicht so verhalten wie Shaun. Vielleicht waren sie weniger egoistisch gewesen, jedenfalls hatten sie nicht so hartnäckig an ihr geklebt. Von Shaun wurde sie, aus welchen Gründen auch immer, als Eigentum betrachtet. Er sah sie nicht als zeitweiligen Partner in einer oberflächlichen Beziehung, als jemanden, mit dem man sich die Zeit vertrieb, bis der Nächste vorbeikam.

Für Valerie, wenn auch nicht für Shaun, *war* der Nächste vorbeigekommen. Hal Phillips beherrschte ihre Gedanken im wachen Zustand und monopolisierte ihre Träume. Sie dachte ununterbrochen an ihn; hielt sich bei seinem Lächeln auf, seinen Augen, seiner Stimme. Wenn sie nicht phantasierte, wie er mit ihr schlief, ließ sie im Geist ihre diversen Unterhaltungen wie von einem Videoband abspielen. Sie durchleuchtete sie auf versteckte Hinweise, auf alles, was sich so konstruieren ließ, daß es das kleinste Fünkchen Hoffnung enthielt.

Sie erinnerte sich an ein frühes Gespräch: Er war derjenige gewesen, der mit dem alten Klischee über die Trennung von Geschäft und Vergnügen daherkam. Es mochte zwar ein Klischee sein, in Bezug auf Shaun jedoch war es nur zu wahr. Wie sehr sie sich wünschte, sie hätte sich nie mit ihm eingelassen.

Plötzlich durchfuhr es sie wie ein gleißender Blitz, ein elektrischer Schlag: Eine neue Bedeutung in Hal Phillips' Worten, Geschäft von Vergnügen zu trennen. Er hatte für sie gearbeitet, als er das sagte. Von seiner Warte aus gesehen eine vernünftige Vorsichtsmaßnahme, das konnte sie jetzt erkennen, im Licht ihrer Probleme mit Shaun.

Doch er arbeitete jetzt nicht für sie. Er war Ende letzter Woche fertig geworden. Sie hatte sich verschiedene kleine Arbeiten ausgedacht, um ihn die vollen drei Wochen dazubehalten. Schließlich hatte es jedoch keine Zimmer mehr gegeben, die gestrichen werden mußten.

Er arbeitete jetzt nicht mehr für sie. Das ändert alles, so wurde ihr klar. Jetzt war er frei, sich mit ihr einzulassen. So, wie er es zweifellos von Anfang an gewollt hatte. Einzig und allein seine Professionalität hatte ihn daran gehindert.

Valerie lächelte in sich hinein. Es machte alles Sinn: Natürlich hatte er sie von Anfang an anziehend gefunden. Er hatte sich nur zurückgehalten, bis seine Arbeit beendet war. Jetzt war er frei, sie anzusprechen, ihr seine Gefühle zu offenbaren. Er würde sie anrufen, natürlich würde er, und zwar bald. Er würde vorschlagen, vielleicht, auf einen Drink im Rose Cottage vorbeizuschauen. Von da an würden die Dinge dann ihren Lauf nehmen. Sie konnte sich sogar, jetzt, da sie die Oberhand hatte, noch eine Weile zieren: Sie konnte die nächste Woche statt dieser Woche vorschlagen; sie konnte Widerwillen vortäuschen, nur, damit er ihr Einverständnis nicht voraussetzte.

Es würde bald geschehen, morgen oder übermorgen. Wahrscheinlich heute. Doch er würde sie nicht eifrig wartend am Telefon vorfinden. Es wäre nicht gut für ihn, zu wissen, daß sie auf seinen Anruf wartete. Sie würde weitermachen wie bisher, ihrem normalen Tagesablauf folgen.

Dieser Ablauf, so lange unverrückbar, hatte sich in den letzten Wochen verändert. Jetzt enthielt Valeries Routine, nach ihrem täglichen Schreibpensum und der Bearbeitung ihrer Post, eine Fahrt nach Saxwell.

Die Gründe, die sie sich für diese Fahrten ausdachte, änderten sich von Tag zu Tag. Was immer sie jedoch noch erledigte in Saxwell – einkaufen in den Geschäften an der Hauptstraße zum Beispiel oder ein bißchen recherchieren in der öffentlichen Bücherei –, der Besuch endete stets mit einer Fahrt durch die Bury Road. An manchen Tagen parkte sie den Porsche um die Ecke und spazierte an der Erzdiakonie vorbei. Sie versuchte auch dann nonchalant auszusehen, wenn sie das Haus genau beobachtete. An anderen Tagen fuhr sie langsam vorbei, immer langsamer, in der Hoffnung auf einen Blick auf etwas, auf jemanden.

Bei einigen Gelegenheiten hatte sie die Elster kommen oder gehen sehen. Diese schien keinem geregelten Muster oder Tagesablauf zu folgen. Das ärgerte Valerie kolossal. Wie konnte sie ihr Leben so leben, ohne jegliche Struktur? Was für eine Art Frau war sie?

Jetzt, als sie leichten Herzens nach Saxwell fuhr, war Valerie alles so klar. Hal konnte die Elster unmöglich lieben. Schließlich hatte er nur gesagt, daß er an die Trennung von Geschäft und Vergnügen glaubte. Er hatte keines der anderen Klischees benutzt, die so oft in Büchern vorkamen (natürlich nicht in ihren eigenen). Er hatte nicht gesagt ›Ich bin ein glücklich verheirateter Mann‹ oder ›Ich liebe meine Frau‹. Er hatte seine Frau überhaupt nicht erwähnt. Wenn er keinen Ehering getragen hätte, wüßte Valerie nicht einmal, daß er verheiratet war. Seine Frau war unbedeutend; sie konnte noch nicht einmal als Hindernis für Valeries eigene Zukunft mit Hal betrachtet werden.

Ihre Zukunft mit Hal. Jetzt, wo sie sich des Ergebnisses sicher war, konnte sie sich erlauben, diese Worte zu denken.

Ihre gemeinsame Zukunft. Es würde wunderbar sein, dessen war sie sicher. Von ihrem ersten Zusammentreffen an hatte sie gewußt, daß er nicht wie andere Männer war. Ihre Beziehung, die Zeit zur Verwirklichung gebraucht hatte, würde sich ebenfalls von denen unterscheiden, die sie mit all den anderen gehabt hatte. Es wäre nicht nur eine physische Sache, eine erfreuliche Vereinigung der Körper – obwohl auch dies eine andere Dimension annehmen würde als alles, was sie bisher gekannt hatte, äußerst angenehm für beide. Es wäre ein wahres Treffen gleichwertiger Geister, eine transzendente Verbindung, eine Vereinigung der Seelen. Sie waren wirkliche Seelenverwandte: Sie hatte es sofort gewußt. So, wie man solche Dinge immer weiß. Er hatte es natürlich auch gewußt. Darum hatte er es so gewissenhaft vermieden, dem zu schnell nachzugeben. Sie respektierte ihn für seine Integrität. Sie liebte ihn dafür um so mehr.

Liebe. Es war das erste Mal, das Valerie dieses Wort sich selbst gegenüber in Bezug auf Hal benutzte. Nun gab sie es vor sich selber zu: Sie liebte ihn, wie sie noch nie einen der anderen geliebt hatte. Nicht, daß sie jemals vorgegeben hätte, sie zu lieben. Sie wußte, so wie sie es wußten, daß sie nicht der Liebe wegen zusammengekommen waren. Mit Hal war das anders. Es war wirklich.

Sie würden sich gegenseitig so glücklich machen. Sie würden solche Freuden teilen. Sie konnte ihm alles geben, was die Elster nicht konnte; er würde für sie die Erinnerung an all die anderen Männer auslöschen, ebenso wie die an ihre unglückliche Ehe. Es wäre für immer. Er würde das ganze Leben an ihrer Seite sein. Ihr Gemahl, der sie in ihrer Karriere unterstützte, der jeden Moment mit Liebe und Freude bereicherte. Glücklich bis ans Ende ihrer Tage.

Sie könnten sogar ein Kind haben. Einen kleinen Jungen, der aussah wie Hal, ein kleines Mädchen, das aussah wie sie selbst. Oder andersherum. Oder ein Mix: Ein Kind, gleich welchen Geschlechts, das ihr Aussehen mit dem von Hal verband, würde in der Tat wunderschön aussehen. Dieses Mal *würde* sie die perfekte Mutter sein. Sie hätte aus ihren früheren Fehlern gelernt; sie hätte Hal an ihrer Seite, der sie unterstützte. Eine zweite Chance zur Mutterschaft, mit Hals Kind.

Mit diesen wohltuenden Gedanken im Kopf hielt sich Valerie nicht mit einer Entschuldigung auf, um nach Saxwell zu fahren. Sie fuhr direkt in die Bury Road. Wie immer verlangsamte sie automatisch ihre Fahrt, als sie sich der Erzdiakonie näherte.

Es geschah etwas, das auf keiner ihrer vorherigen Fahrten passiert war: Gerade bevor Valerie die Erzdiakonie erreichte, steckte der Wagen der Elster seine Haube aus der Einfahrt und zog vor dem Porsche auf die Straße.

Valerie mußte nicht mit sich darüber debattieren, was als nächstes zu tun war; sie blieb in diskretem Abstand und folgte dem dunklen Wagen aus Saxwell hinaus aufs Land. Es war keine gerade Route; sie folgten einigen ziemlich schmalen Straßen. Diese verliefen zwischen Hecken hindurch, die gerade anfingen, weiß zu blühen. Valerie wünschte, sie würde einen weniger auffallenden Wagen als den Porsche fahren. Was, wenn die Elster in den Spiegel schaute und merkte, daß sie verfolgt wurde?

Ja, was wäre dann? sagte sich Valerie trotzig. Was würde es für einen Unterschied machen? Die Ehe der Elster war Geschichte, so weit es sie betraf. Warum sollte sie sich darum kümmern, ob die Elster sie sah? Trotzdem wünschte sie, sie würde nicht den Porsche fahren. Diese schmalen Landstraßen waren kaum breit genug für einen Wagen; was, wenn ihr jemand entgegenkam und sie die Seite ihre Wagens an einer Hecke zerkratzte?

Zurückzukehren stand jetzt jedoch außer Frage, selbst wenn sie gewollt hätte.

Im Vikariat in Branlingham arbeitete Hal in Begleitung der Choralmusik auf CD. Die Zeit verging wie im Flug. Rosemary war den Großteil des Vormittags geblieben und hatte sich mit ihm unterhalten, während er arbeitete. Normalerweise zog Hal das Alleinsein vor; als sie ihm jedoch schuldbewußt angeboten hatte, ihn wohl besser alleine zu lassen, versicherte er ihr, daß es ihm überhaupt nichts ausmache. Seit sie wußte, daß er mit dem Erzdiakon verheiratet war, hütete sich Rosemary davor, über persönliche Dinge zu sprechen. Die Unterhaltung floß jedoch trotzdem ohne Anstrengung dahin, drehte sich zum größten Teil um Musik und Bücher. Schließlich, zwischen zwei CDs, bot sie ihm eine Besichtigungstour durch das Haus an. Er nahm bereitwillig an. Als sie von Zimmer zu Zimmer wanderten, wuchs seine Begeisterung für diesen Job; es gab ein ungeheures Potential hier. Mit der liebevollen Aufmerksamkeit, die er zu geben bereit war, würde dieses Haus ein Schmuckstück für die Diözese werden. Was für ein Glück, das es gerettet worden war.

Sie kamen von ihrer Tour die Treppe wieder hinunter, als die Standuhr zwölf schlug. Rosemary starrte sie entgeistert an. »Ist es wirklich schon Mittag? Wo ist der Morgen geblieben?«

Hal wollte gerade darüber scherzen, daß zumindest er etwas geschafft hatte, konnte sich jedoch soeben noch zurückhalten. Das wäre genau die Art Bemerkung gewesen, die sie aus der Fassung brachte. Statt dessen blickte auch er auf die Uhr. »Ja, es ist tatsächlich Mittag.«

»Mein Mann kommt zum Mittagessen nach Hause. Ich werde besser mal mit den Vorbereitungen anfangen.« Sie zögerte und sah Hal unsicher an. »Würden Sie uns Gesellschaft leisten? Es gibt nur Suppe und Brot, aber Sie wären uns willkommen.«

Er war gerührt und hätte gerne angenommen. Ihm war jedoch bewußt, daß das unpassend wäre. »Nein, danke, ich habe mir Brote mitgebracht.«

»Wie Sie meinen.«

Rosemary ging in die Küche. Hal kehrte ins Wohnzimmer zurück und nahm die Arbeit wieder auf. Später brachte sie ihren Mann herein, um ihn vorzustellen.

Gervase Finch entsprach nicht dem Bild, das Hal sich von ihm gemacht hatte. Er war ein paar Jahre älter als seine Frau. Groß, schlank und asketisch aussehend, hatte er eine freundliche, wenn auch etwas entrückte Art.

»Mr. Phillips ist der Ehemann des Erzdiakons«, erklärte Rosemary.

»Ach ja?« Gervase blinzelte ihn an, als ob er versuchen wollte, herauszufinden, was der Mann des Erzdiakons in seinem Wohnzimmer machte, bekleidet mit einem weißen Overall, einen Pinsel in der Hand.

»Er ist der Anstreicher«, erläuterte Rosemary.

Hal grinste. »Unverschämte Vetternwirtschaft.« Dann, für den Fall, daß sie das ernst nehmen würden, fuhr er fort: »Und ich arbeite preiswert.« In Wirklichkeit berechnete er der Diözese für diese Arbeit gar nichts; er brauchte das Geld nicht. Das Wissen, etwas für die Kirche zu tun, gab ihm ein gutes Gefühl.

Nachdem er seine Brote gegessen hatte, machte sich Hal wieder an die Arbeit. Er hörte Gervase gehen und erwartete halb, daß Rosemary ins Wohnzimmer zurückkehren und ihre Unterhaltung wieder aufnehmen würde. Sie kam jedoch nicht. Später steckte sie den Kopf herein und sagte, daß sie wegginge. »Ich hoffe, es macht Ihnen nichts aus, allein im Haus gelassen zu werde«, sagte sie. »Es wird nur ein paar Minuten dauern. Ich muß meine Tochter von der Schule abholen.«

Hal wußte, daß die Finchs eine Tochter hatten; er hatte das Zimmer oben gesehen, mit den Stofftieren auf dem Bett, und Rosemary hatte es als Daisys Zimmer bezeichnet. Er wußte sonst nichts über Daisy, obwohl die Stofftiere ein vager Anhaltspunkt für ihr Alter waren.

Als Rosemary das kleine Mädchen hereinbrachte, um sie ihm vorzustellen, war er daher überrascht, hinter den Brillengläsern die schrägstehenden Augen eines Kindes mit Down-Syndrom zu entdecken.

»Das ist Daisy«, sagte Rosemary. Sie beobachtete sein Gesicht ob seiner Reaktion. »Sag' ›Hallo‹ zu Mr. Phillips, Daisy.«

»Hallo«, sagte das Mädchen. Sie zeigte ein offenes, freundliches Lächeln. Von den Augen und einer leichten Schlaffheit um den Mund herum abgesehen, sah sie ihrer Mutter sehr ähnlich, mit ihrem seidigen, glatten Haar und ihrer Brille. Diese Ähnlichkeit, mit seiner grausamen Abweichung, bewegte Hal zutiefst; er hoffte, daß sein Gesichtsausdruck ihn nicht verriet.

Er legte seinen Pinsel beiseite und kniete sich zu ihr nieder. »Hallo Daisy«, begrüßte er sie mit ausgesuchter Höflichkeit. »Nett, dich kennenzulernen.« Er streckte seine Hand aus.

Entzückt legte sie ihre kleine Hand in seine große und schüttelte sie, wie sie es ihre Eltern mit anderen Erwachsenen hatte tun sehen.

»Ich habe dein Zimmer gesehen«, sagte Hal. »Mit all

deinen niedlichen Tieren. Es ist natürlich sehr hübsch, so wie es ist, doch ich werde es für dich anstreichen. Möchtest du dir die Farbe aussuchen?«

»Oh, ja!« Daisy strahlte. »Pink! Ich möchte pink. Pink ist meine Lieblingsfarbe.«

Hal holte seine Farbtafeln nochmals hervor. Er breitete sie vor ihr aus. »Es gibt viele verschiedene Pinktöne. Such' dir einen heraus.«

Sie sah die Tafeln durch und zeigte mit dem Finger auf den knalligsten Ton, ein leuchtendes Kaugummi-Rosa. »Das da.«

»Meinst du nicht, dieses wäre schöner, Liebling?« warf ihre Mutter ein und zeigt auf eine zartere Schattierung.

»Nein. Das da.« Daisys Stimme war unnachgiebig.

»Es ist Daisys Zimmer, und sie muß das bekommen, was sie möchte«, erklärte Hal. »Ich finde, das ist eine schöne Farbe, Daisy.«

Das Mädchen lächelte ihren Verbündeten verzaubert an. »Wirst du mein Zimmer bald streichen?«

»Sobald ich mit diesem hier fertig bin«, versprach er. »Das heißt«, fügte er hinzu und sah zu Rosemary hinauf, »wenn deine Mama damit einverstanden ist.«

»Ja, natürlich.« Ihre Stimme klang seltsam. »Daisy, Liebling, warum gehst du jetzt nicht hoch in dein Zimmer. Ich komme gleich und helfe dir, dich umzuziehen. Ich muß nur eben noch mit Mr. Phillips sprechen.«

»In Ordnung, Mama. Kann ich Mr. Phillips einen Kuß geben?«

Rosemary zögerte einen Moment. »Wenn du möchtest, Liebling, und wenn es ihm nichts ausmacht.«

»Ich wäre entzückt«, sagte Hal mit einem Lächeln.

Daisy schlang die Arme um seinen Hals und pflanzte einen nassen Kuß auf seine Wange. »Du bist mein Freund«, sagte sie. Dann hüpfte sie aus dem Zimmer.

»Ich weiß nicht, was ich sagen soll«, begann Rosemary, als die Kleine gegangen war.

Hal richtete sich wieder auf. »Ich hoffe, es macht Ihnen nicht zu viel aus.«

»Ausmachen? Was denn?«

»Das wir sie überstimmt haben wegen der Farbe. Und daß ich versprochen habe, ihr Zimmer als nächstes zu streichen.«

Sie starrte ihn einen Moment lang an. Dann lächelte sie strahlend. Ein Lächeln, auf das es sich zu warten lohnte, entschied Hal. »Natürlich macht es mir nichts aus! Mr. Phillips ... Hal«, verbesserte sie sich verlegen, »wie kann ich Ihnen dafür danken, daß Sie sie als richtige Person behandelt haben? Das war so sehr ... freundlich ... von ihnen.«

»Aber sie *ist* eine richtige Person«, erklärte er verwirrt.

»Sie wären überrascht, wie wenige Menschen so denken«, sagte Rosemary. Ihre Stimme bekam einen bitteren, leidenschaftlichen Ton. »Die Leute behandeln sie wie eine niedere Form Mensch. Sie sprechen über ihren Kopf hinweg, *über* sie, anstatt *zu* ihr. Und *wenn* sie mit ihr sprechen, behandeln sie sie von oben herab. Das macht mich rasend.«

»Sie ist so liebenswert«, sagte Hal ernsthaft.

Tränen standen Rosemary in den Augen, ihre Wangen waren gerötet. »Danke ... Hal«, sagte sie. Dann folgte sie ihrer Tochter nach oben.

Was für eine ungewöhnliche Frau, dachte Hal, als er den Kombi am späten Nachmittag nach Saxwell zurückfuhr. Sie zeigte eine so merkwürdige Kombination von unbefangener Ehrlichkeit und rätselhafter Schüchternheit. Sie war nicht schön, nicht einmal annähernd. Und doch besaß sie eine bestimmte Qualität, so eine innere Schönheit, die ab und zu an die Oberfläche trat und ihr ziemlich nichtssagendes Gesicht verwandelte.

Er kurbelte das Fenster herunter. Der Frühling war ganz plötzlich in Suffolk eingezogen; die Luft war warm. Der Winter hatte lange gezögert – das kalte Wetter hatte bis weit in den Mai hinein angedauert. Jetzt explodierte alles auf einmal, als ob der Frühling nicht mehr länger eingesperrt bleiben wollte. Verschiedene Frühlingsblumen, die normalerweise nacheinander blühten, steckten alle auf einmal ihre Spitzen aus der Erde. Sie drängelten sich um einen Platz an der Sonne und lieferten ein Fest für das Auge. Die Weißdornhecken waren in den paar Stunden, seit er heute morgen hier entlang gefahren war, von zarter Knospe in weißschäumende Blüte übergegangen. Hal sog alles in sich hinein. Er war glücklich, am Leben zu sein.

Margaret kam spät nach Hause an diesem Abend. Sie war von einem Ende ihrer Jurisdiktion zum anderen gefahren und hatte eine Beerdigung abgehalten für einen der Gemeindepriester, der in Urlaub war. Danach war sie quer durch die Landschaft gekurvt, um einige Meilen entfernt an einem Treffen der Dekanssynode teilzunehmen. Die Fahrerei hatte ihr nichts ausgemacht; der Tag war wunderschön gewesen, endlich frühlingshaft. Aber sie hatte keine Zeit gehabt, etwas zu essen, war müde und hungrig.

Hal wußte, daß sie spät kommen würde. Er hatte einen Topf Chili-con-carne gekocht und ihn auf kleiner Flamme stehen lassen. Margaret schnupperte das würzige Aroma, als sie hineinkam. Im Vorbeigehen sah sie, daß er den Tisch im Eßzimmer anstatt im Frühstückszimmer gedeckt hatte. Es standen Kerzen auf dem Tisch, eine gute Flasche Bordeaux atmete auf der Anrichte.

Sie fand Hal in der Küche. Er machte gerade den Salat an. »Du siehst müde aus, meine Liebe«, sagte er mit Besorgnis in der Stimme.

»Ich bin erledigt.« Margaret ging zu ihm und gab ihm einen Kuß. »Und am Verhungern. Das Chili duftet köstlich.«

»Es ist fertig, sobald du soweit bist.« Er führte sie ins Eßzimmer, trug das Essen hinein und zündete die Kerzen an.

»Also«, stichelte Margaret, als er den Wein einschenkte, »was hast du getan? Den Kombi kaputtgefahren? Oder dir ein paar teure neue Apparate gekauft? Du kannst es mir ruhig erzählen.«

Hal sah sie verdutzt an. »Wovon sprichst du?«

»Schuldbewußtsein, mein Liebster.« Sie lächelte, deutete auf die Kerzen, den Wein und den Tisch, gedeckt mit dem guten Geschirr. »Ist es nicht das, was ein Abendessen bei Kerzenschein, einfach so, wie dieses hier, bedeuten soll? Daß du dich wegen irgend etwas schuldig fühlst und es wiedergutmachen willst? Oder um mich milde zu stimmen für schlechte Nachrichten?«

»Vielleicht bedeutet es einfach, daß ich dich liebe.« Seine Stimme klang heiter.

»Dann ist es gut.« Ich kann wirklich von Glück sagen, dachte sie, einen Ehemann wie Hal zu haben. Nach ein paar Bissen von dem Chili, das so gut schmeckte wie es roch, fragte sie: »Wie war denn dein Tag?«

»Oh, gut.«

Margaret erinnerte sich, daß er zum Vikariat nach Branlingham fahren wollte. »Wie bist du mit Rosemary Finch zurechtgekommen?«

»Ich empfand sie als sehr angenehm«, antwortete Hal neutral.

»Sie hat sich dir also nicht an den Hals geworfen?« neckte Margaret lächelnd.

Sie sagte es im Scherz, mehr als Seitenhieb auf Hals Wissen um seinen Charme gedacht als alles andere; Rosemary Finch war ihr bei ihrer beider kurzem Zusammentreffen nicht als die Art Frau vorgekommen, die sich Männern an den Hals wirft.

Er lächelte nicht zurück und hörte sich auch nicht belustigt an. »Hat sie nicht. Nicht jede Frau tut das, weißt du.«

Margaret wußte, wann sie sich zurückziehen mußte. Sie aß einen Moment lang schweigend und wechselte dann bewußt das Thema. »Ich hatte heute ein seltsames Erlebnis«, sagte sie. »Ich könnte schwören, daß ich verfolgt worden bin.«

»Verfolgt?«

»Im Wagen. Von einem roten Porsche. Ich vermute, es war nur meine Einbildung, doch er ist meilenweit hinter mir her gefahren. Ein paar ziemlich schmale Landstraßen entlang. Nur ein Zufall, denke ich – der Fahrer mußte wohl an den gleichen Ort wie ich.«

»Ein roter Porsche«, wiederholte Hal für sich. Margaret wußte, sie bildete sich nicht nur ein, daß er genau so beunruhigt war wie sie.

Kapitel 8

Eine Beerdigung. Die Elster hatte eine Beerdigung abgehalten. Valerie schauderte unwillkürlich bei der Erinnerung daran. Sie nahm die Finger von der Tastatur ihres Computers. Es war schwierig, die Aktivitäten von Cecily und Toby ernst zu nehmen, wenn es den Tod – den wirklichen Tod – in der Welt gab.

Schrecklich – es war schrecklich gewesen. Obszön beinahe, das Eindringen des Todes an diesem schönsten Tag im Jahr. Blumen, so grell, daß ihre Farben die Augen beinahe schmerzten, Bäume, die die zartgrünen Spitzen ihrer neuen Blätter zur Schau stellten, und überall der Mai. Er schmückte die Hecken und Bäume mit weißen Schaumkronen. Mitten darin, wie eine Wunde, dieser Schlitz in der Erde, braun und klaffend.

Valerie hatte den Porsche in sicherer Entfernung an einer Landstraße geparkt. Sie war zurück zu der Kirche gegangen, an der die Elster ihre Fahrt beendet hatte. Sie war sich nicht sicher gewesen, was sie zu finden erwartete; das jedoch mit Sicherheit nicht: Die Elster, mehr denn je ihrer Namensvetterin ähnlich in ihrer schwarzer Soutane, dem weißem Chorhemd und der schwarzen Stola, wie sie an einem offenen Grab stand, umgeben von weinenden Trauernden.

Valerie hockte zwischen den Bäumen am Rande des Friedhofes; sie wollte gehen, aber ihre Beine ließen sich aus irgendeinem Grund nicht bewegen. Valerie war sehr still gewesen, als der Sarg in die Erde gesenkt wurde und die Elster intonierte: ›Staub zu Staub, Asche zu Asche‹. Die Erdbrocken trafen den Deckel des Sarges. Ein dumpfes

Echo hallte über den Friedhof. Erst da hatte sie sich herumdrehen können und war geflohen, zurück in ihren Porsche. Dort hatte sie eine Ewigkeit gesessen, zitternd und heulend ob dieses Horrors.

Valerie haßte Begräbnisse. Als Kind war sie zum Begräbnis ihrer Großmutter mitgenommen worden. Sie hatte nicht gewußt, was da auf sie zukam. Ihre heftige, instinktive Abscheu vor der Prozedur hatte in einer Szene geendet: Sie hatte am Grab hysterisch geschrien. Sie konnte sich daran erinnern, als wäre es gestern gewesen. Sie hatten ihr gesagt, die Oma läge in dem Kasten. Sie hatte nicht verstehen können, warum sie sie in die Erde legten und Dreck darauf warfen. Daher hatte sie ihren Protest und ihren Horror hinausgeschrien, schrill und ohne Unterlaß.

Ihr Vater war furchtbar wütend geworden. Er hatte sie geschüttelt und schließlich geschlagen, um sie zum Aufhören zu bewegen. Die Schreie hörten jedoch nicht auf, befanden sich offensichtlich jenseits ihrer Kontrolle. Sie wollte es ihm recht machen, wollte aufhören, doch das Schreien besaß einen eigenen Willen. Es dröhnte in ihren Ohren, füllte ihren Kopf.

Sie hatte es ihrem Vater niemals recht machen können, auch nicht, wenn sie es versuchte. Nie hatte sie aufgehört, es zu versuchen, obwohl sie tief in ihrem Inneren wußte, daß sie als Mädchen niemals eine Chance auf seine Anerkennung hatte. Er hatte es nie gesagt, aber es war ihr klar: Er hatte einen Sohn gewollt und hatte statt dessen sie bekommen. Natürlich gab es nichts, was sie daran hatte ändern können. Aber sie versuchte weiterhin, seine Liebe zu gewinnen. Ihre gesamte Kindheit hindurch, und auch später noch, war alles, was sie tat – die harte Arbeit in der Schule, ihr reglementierter Lebensstil – darauf ausgerichtet, die Anerkennung ihres Vaters zu gewinnen. Es war ihr jedoch nie gelungen, ihm auch nur die kleinste Spur von Zustimmung zu entlocken.

Und jetzt war es zu spät. Das Begräbnis ihres Vaters war das letzte gewesen, dem sie beigewohnt hatte. Es war ebenso furchterregend gewesen wie das erste. Sie war erwachsen geworden seitdem, hatte ihre Reaktionen nach außen hin besser unter Kontrolle; das Schreien blieb jedoch in ihrem Kopf, genauso intensiv wie früher. Es war zu spät jetzt. Sie würde seine Anerkennung niemals erhalten.

Valerie hatte also in ihrem Porsche gesessen, dem Symbol ihres Erfolges in materieller Hinsicht, und weinte um den Vater, der niemals wissen würde, daß seine Tochter, die ein Sohn hatte sein sollen, berühmt war und bewundert wurde.

Jetzt stützte Valerie ihre Ellenbogen auf den Schreibtisch und legte ihren Kopf in die Hände. Reiß dich zusammen, sagte sie sich, diese Beerdigung hat nichts mit dir zu tun. Es war niemand, den sie kannte, niemand, dessen Leben ihres auf irgendeine Art berührt hatte. Sie lebte noch. Und sie hatte alles, für das es sich zu leben lohnte.

Er hatte noch nicht angerufen. Doch er würde es tun. Wahrscheinlich heute. Er hatte höchstwahrscheinlich sogar versucht anzurufen, während sie aus dem Haus war. Schließlich war es schwierig für ihn, abends anzurufen, mit der Elster im Haus.

Valerie wurde sich bewußt, daß sie wegen des Begräbnisses so erregt war, daß sie ihren Antwortdienst noch nicht abgehört hatte. Sie gab auf, so zu tun, als ob sie schreiben würde, hob den Hörer ab und wählte die Zugangsnummer. »Eine Nachricht«, sagte die dünne digitale Stimme. »Abhören?«

Das würde es sein. Eifrig gab Valerie die ›1‹ ein.

»Nachricht von gestern nachmittag 15 Uhr 43«, informierte die Stimme sie in ihrem merkwürdigen künstlichen Singsang. »Abspielen?« Wieder drückte Valerie die Taste.

»Hallo, Val, Süße«, hörte sie Shauns schleppende Stimme.

Ohne zu hören, was er zu sagen hatte, legte Valerie den Hörer wieder auf.

»Du hast heute morgen aber gute Laune«, bemerkte Gervase beim Frühstück und lächelte seine Frau an.

Rosemary sah aus dem Fenster »Es sieht so aus, als würde es wieder ein wunderschöner Tag werden«, sagte sie. »Ich liebe den Frühling.«

»Ich auch«, zwitscherte Daisy. »Ich liebe die Blumen. Können wir ein Picknick machen, Mama? Können wir?«

»Du mußt in die Schule«, warf Gervase ein.

»Nein, muß sie nicht.« Rosemary erinnerte ihn daran, daß heute der Lehrerausflug stattfand. Die Schule war den ganzen Tag geschlossen. Sie hatte es am Abend zuvor erwähnt, offensichtlich war es jedoch nicht bei ihm angekommen.

»Ich muß heute nicht in die Schule gehen«, echote Daisy aufgeregt. Sie hüpfte auf ihrem Stuhl auf und ab. »Können wir ein Picknick machen?«

Gervase fing den Blick seiner Frau auf. »Ein Picknick hört sich nach einer großartigen Idee an«, stimmte er zu.

»Ein Picknick, ein Picknick!« sang Daisy. »Papa, kommst du auch mit?«

Er holte seinen Terminkalender hervor und schaute hinein. »Ich sehe keinen Grund, warum das nicht gehen sollte. Es kommt heute morgen jemand, doch ich müßte rechtzeitig fertig sein.«

»Das wäre wunderbar«, sagte Rosemary. Sie lächelte ihn an, während sie den Tisch abräumte. Was könnte schöner sein als ein Picknick mit ihrer Familie an einem wunderschönen Frühlingstag?

Gervase verbrachte den Morgen mit einem Mitglied seiner Gemeinde in seinem Arbeitszimmer, während Rosemary das Picknick vorbereitete. Sie kochte Eier für die Brote und sorgte dafür, daß sie alles Nötige mitnahmen. Sie liebte Picknicks; diese Tradition war mit ihrer Kindheit verbunden, und sie hatte ihre Liebe für dieses Ritual auf Daisy übertragen. Natürlich spielte das Wetter selten mit. Und wenn doch, dann gab es immer entweder Ameisen oder es ging etwas anderes schief. All das gehörte jedoch dazu.

Rosemary hatte erwartet, daß Daisy ihr bei den Vorbereitungen für das Picknick würde ›helfen‹ wollen. Zu ihrer Überraschung verschwand Daisy im Wohnzimmer und verbrachte den Morgen damit, Hal Phillips zu beschwatzen, während er arbeitete. Am späten Vormittag brachte sie ihm eine Tasse Kaffee. Sie hatte vor, ihn vor ihrer Tochter zu retten, stellte jedoch fest, daß er nicht gerettet werden wollte.

»Uns geht's gut«, versicherte er ihr. Er nahm den Kaffee. »Daisy erzählt mir alles über Samanthas Katerchen.«

»Jack«, bestätigte Daisy. »Ich will auch ein Kätzchen, doch Mama sagt, ich soll abwarten.«

Hal zwinkerte Rosemary zu. »Weise Mama. Kätzchen wachsen nämlich zu Katzen heran, weißt du.«

»Sind Sie sicher, daß Sie es nicht lieber hätten, wenn Daisy mir hilft?« bot Rosemary noch einmal an. »Ich möchte nicht, daß sie Sie ablenkt.«

Er schüttelte den Kopf. »Sie lenkt mich nicht ab.«

»Wir führen eine Unterhaltung«, erklärte Daisy feierlich.

Rosemary lächelte. Es war das erste Mal, daß sie Daisy

dieses Wort benutzen hörte. Unter diesen Umständen paßte es allerdings wohl nicht ganz: Es sah nicht so aus, als wäre Hal Phillips imstande, auch nur ein Wort einzuwerfen. Daisy war in voller Fahrt. »Na gut. Ich hoffe nur, daß Mr. Phillips mir sagt, wenn er genug von eurer ... Unterhaltung hat«, sagte sie. Sie blickte ihn über Daisys Kopf hinweg an.

Daisys Erwiderung war unbeirrt. »Wird er nicht.«

Eine Stunde später stand alles bereit: Der Korb war gepackt, die Picknickdecke aufgerollt – diese war, nach einer fieberhaften Suche, in einer Teekiste auf dem Speicher gefunden worden.

Rosemary wollte ihrer Familie gerade verkünden, daß sie jederzeit fahren konnten, als das Telefon läutete. Ein Anruf für Gervase; sie stellte ihn in sein Arbeitszimmer durch.

»Ich muß weg«, sagte er, als er ein paar Minuten später in die Küche kam. »Ein Notfall, fürchte ich.«

Rosemary fühlte einen Stich der Enttäuschung. Doch als gute Vikarsfrau war sie an Planänderungen in letzter Minute gewöhnt, egal wie ungelegen oder unwillkommen sie waren. »Nimm dir wenigstens ein Brot mit.« Sie griff in den Picknickkorb und holte eines für ihn heraus.

»Danke, meine Liebe.« Er nahm es ihr aus der Hand.

»Aber Papa!« jammerte Daisy. »Unser Picknick! Du hast gesagt, du kommst mit!«

»Es tut mir leid, Liebling. Es ist wichtig.«

Tränen standen ihr in den Augen. »*Unser Picknick* ist wichtig!«

»Aber Liebling ...« fiel Rosemary ein.

Hal Phillips wählte diesen Moment, um mit der leeren Kaffeetasse in der Hand die Küche zu betreten. Daisy warf sich ihm in die Arme. »Papa sagt, er kann nicht mit auf unser Picknick kommen!« verkündete sie dramatisch.

»Was denn, was denn.« Seine Stimme war sanft. Er strich ihr übers Haar.

»Papa kann nicht mitkommen.« Ihre Tränen stoppten abrupt. Sie lächelte, als ihr eine Idee kam. »Du kannst statt dessen mitkommen«, forderte sie ihn auf. »Komm mit uns auf unser Picknick.«

»Nein, das kann ich nicht«, versuchte er zu erklären. Hilfesuchend wandte er sich an Gervase.

»Doch, gehen Sie nur«, nötigte ihn Gervase. »Bitte – mir zuliebe. Ich wäre Ihnen sehr dankbar, Mr. Phillips.«

Er sah zu Rosemary. Sie zuckte mit den Schultern. »Es würde Daisy glücklich machen.«

»Na gut, in Ordnung«, gab er auf. Daisy belohnte ihn mit einem strahlenden Lächeln.

»Ich habe darüber nachgedacht, wo wir hingehen könnten«, sagte Rosemary. Sie trug die Decke, Hal den Korb. Daisy hüpfte vorweg, begeistert.

Hal kannte Branlingham nicht sehr gut. »In die Nähe der Kirche vielleicht?«

»Hier drüben! Hier drüben!« kreischte Daisy. Sie konnte kaum erwarten, mit dem Picknick anzufangen. Sie rannte auf eine kleine Anhöhe in der Nähe des Friedhofes. Diese wurde von einem einzelnen Baum gekrönt. Daisy warf sich darunter ins Gras.

»Sieht gut aus, finde ich«, sagte Hal. Er konnte das Gewicht des Picknickkorbes bereits spüren. »Was haben Sie in diesem Ding?«

»Oh, nur das Übliche.« Rosemary rollte die Decke aus. »Brote mit Eiermayonnaise, natürlich – es wäre kein Picknick ohne sie. Teller, Besteck, Rohkost, Tomaten, Früchte, Ingwerkuchen, zwei Thermoskannen: Frisch gepreßter Orangensaft für jetzt und Tee für später.«

»Ingwerkuchen«, wiederholte Daisy erwartungsvoll. »Oh, ja. Ja, ja, ja.«

»Eine weiteres Muß«, erklärte Rosemary. »Sie haben doch bestimmt auch solche Picknicktraditionen?«

Hal schüttelte reumütig den Kopf. »Leider nicht. Ich bin nicht oft auf Picknicks gewesen. Ich zähle auf Daisy. Sie muß mir zeigen, wie man das macht.«

Das Mädchen starrte ihn ungläubig an. »Auf nicht vielen Picknicks gewesen? Dann helfe ich dir«, erklärte sie.

Die ganze Mahlzeit hindurch plapperte sie ihm etwas vor, und Rosemary teilte das Essen aus. Sie lächelte über diesen nicht enden wollenden Fluß an Informationen und Meinungen.

»Und Mamas Ingwerkuchen ist der Beste von allen«, seufzte Daisy zum Schluß, gesättigt.

»Das würde ich auch sagen.« Hal leckte sich die Finger. »Wir haben alles aufgegessen. Noch nicht einmal den Ameisen haben wir etwas übriggelassen.«

Daisy kicherte. »Arme Ameisen.«

»Tee?« fragte Rosemary. Sie zog die zweite Thermoskanne hervor.

»Oh, ja.«

Daisys Lider wurden schwer. Während ihre Mutter den Tee einschenkte, rollte sie sich auf der Decke zusammen.

»Ich glaube, sie schläft schon«, bemerkte Hal. Er nahm einen Becher dampfenden Tees.

Rosemary lächelte ihre Tochter liebevoll an. »Endlich Ruhe und Frieden.«

Er lehnte sich zurück an den Stamm des Baumes und sah sich die Gegend an. »Was für ein wundervoller Tag – man sollte nicht glauben, daß es vor zwei Tagen immer noch den Anschein hatte, als wäre es Winter, oder? Und was für eine wunderbare Art, so einen Tag zu genießen.«

»Ich liebe Picknicks«, sagte Rosemary. Sie schloß die Augen.

»Ich weiß jetzt, warum. Das ist das Leben.«

»Bestimmt«, fiel ihr mit Schrecken ein, und schuldbewußt riß sie die Augen auf, »müssen sie wieder zurück an die Arbeit. Ich glaube nicht, daß die Diözese das gutheißen würde: Sie dafür zu bezahlen, auf einem Hügel zu sitzen und Ingwerkuchen zu essen, wenn es etwas zu tapezieren gibt. Oder werden Sie für den Job bezahlt und nicht für die Stunden?«

»Keines von beiden.« Er lächelte geheimnisvoll. Er überlegte, wieviel er erzählen sollte, dann fuhr er fort. »Eigentlich erzähle ich das normalerweise niemandem. Ich berechne der Diözese gar nichts für Arbeiten wie diese. Ich tue es gerne, und es spart denen Geld. Auf die Art habe ich das Gefühl, meinen Teil beizutragen.«

»Oh, wie großzügig von Ihnen!«

Er bedauerte nun doch, es ihr erzählt zu haben; es klang für ihn so, als wolle er Lob einheimsen. »Überhaupt nicht«, antwortete er und wiederholte: »Es macht mir Spaß.«

Rosemary schaute von ihm weg. »Ich hoffe, Sie empfinden die Frage nicht als furchtbar aufdringlich, doch ... wie kommt der Mann des Erzdiakons eigentlich dazu, Häuser zu streichen? Ich meine, es ist ein bißchen ungewöhnlich.«

»Es ist ungewöhnlich für einen Erzdiakon, einen Ehemann zu haben«, stellte er grinsend fest.

Sie lächelte. »Ja, ich denke schon, wenn Sie es so sagen.«

»Doch das beantwortet ihre Frage nicht.« Hal nahm einen Schluck Tee. »Wollen Sie es wirklich wissen?«

»Nur, wenn Sie es mir erzählen möchten.«

Er wollte es ihr erzählen, stellte er fest. »Das ist eine lange Geschichte«, warnte er.

»Fangen Sie am Anfang an.« Rosemary zog die Beine an und umfaßte ihre Knie. Sie war bereit, zuzuhören.

»Ich denke, es fing an, als ich Margaret traf«, sagte Hal. »Erstsemesterwoche in Cambridge. Wir sind seither zusammen.« Er schwieg einen Moment, erinnerte sich an Margaret, wie sie gewesen war, beschwor ihr Bild von damals herauf: Ungezähmte schwarze Locken, die ihr wild um den Kopf sprangen. Sie umrahmten ein weißes Gesicht voller Lebendigkeit. Sie hatte ein schwarzes T-Shirt getragen, ohne BH; er war sich bis heute nicht im klaren darüber, ob es das Gesicht oder die großartigen Brüste gewesen waren, die ihn zuerst fasziniert hatten. Gerade flügge geworden, aus einem behüteten Elternhaus stammend – geistliche Familie, Nähe zur Kathedrale, Jungenschule – war er noch recht naiv. Von diesem ersten Tag an war er ihr verfallen, entzückt und verzaubert. Sie war seine erste Liebe, seine einzige Liebe.

Dann fuhr er fort, erzählte Rosemary von den dazwischenliegenden Jahren: Die Jahre, in denen ihm sein Geschäft wichtiger war als alles andere, in denen er seine Familie – Margaret und Alexander – bei dem Streben nach weltlichem Erfolg vernachlässigt hatte. Er schonte sich nicht. Es war ihm wichtig, ehrlich zu sein. »Ich war ein schrecklicher Ehemann«, gab er freimütig zu. »Ein schrecklicher Vater. Es ist ein Wunder, daß sie nicht die Scheidung eingereicht hat. Ich hätte es ihr nicht verdenken können, wenn sie es getan hätte.«

»Nein. Es war bestimmt nicht ganz so schlimm«, protestierte Rosemary.

»Oh, doch, das war es. Wahrscheinlich schlimmer. Alles, was ich zu meiner Verteidigung vorbringen kann, ist, daß es schleichend vor sich gegangen ist. Ich habe nicht realisiert, was geschah.«

»Und ... der Erzdiakon?« fragte sie. Es war seltsam, ihren Namen im familiären Zusammenhang zu benutzen, obwohl sie doch ihre intime emotionale Vergangenheit diskutierten. »Wie hat sie sich dabei gefühlt?«

»Na ja, sie war damals noch kein Erzdiakon, natürlich. Margaret ist noch nicht einmal zur Kirche gegangen.« Hal schüttelte den Kopf. »Aber um Ihre Frage zu beantworten: Es ging ihr schlecht, sie war furchtbar unglücklich. Das weiß ich jetzt. Wie ich schon sagte, es ist ein Wunder, daß sie sich nicht hat scheiden lassen.« Dann erzählte er ihr über den Wendepunkt für sie beide, für ihre Ehe: Seine Begegnung mit dem Tod, Margarets Entdeckung der Kirche, sein Berufswechsel. »So bin ich dazu gekommen, Häuser anzustreichen«, schloß er. »Nicht das, was man von dem Ehemann des Erzdiakons erwartet, das gebe ich zu, doch ideal für mich.«

Rosemary spielte mit den Deckenfransen. »Und Erzdiakon zu sein ist ideal für ... ihre Frau.«

»Oh, absolut. Sie ist brillant darin.« Er lächelte in sich hinein. Ein witziger Gedanke schoß ihm durch den Kopf, den er entschied, nicht zu teilen: Hätten Margarets Neigungen anders gelegen und sie wäre in die Politik anstatt zur Kirche gegangen, wäre sie jetzt sicherlich Premierministerin.

Daisy, fest eingeschlafen, regte sich leicht, als ein Schmetterling sich für einen Moment auf ihr Gesicht setzte. Ihre Wangen waren klebrig von Saft und Ingwerkuchen. Hal sah sie an und lächelte. »Am meisten leid tut mir ...« begann er, dann unterbrach er sich.

»Ja?« drängte Rosemary einen Moment später. »Am meisten leid tut Ihnen?«

Hal starrte in die Ferne. »Daß uns keine Tochter geschenkt worden ist. Sie haben so ein Glück, Daisy zu haben.«

»Sie wären überrascht, wie viele Menschen nicht so denken.« Rosemarys Stimme war leise, jedoch voll Leid, fast verbittert. »Wie viele Menschen bedauern uns. Gutmeinende Menschen, nehme ich an. Sie sagen uns, sie hätte von Geburt an in ein Heim gemußt. Oder sogar, daß es besser für uns wäre, wenn sie nie geboren wäre.«

Hal drehte den Kopf, um sie anzuschauen. »Oh, nein, so etwas Dummes. Denken Sie nur, was sie verpaßt hätten.«

»Genau.« Ihre Blicke trafen sich. »Sie *verstehen* es, das kann ich sehen. Sie ist so ein Segen für uns, so eine Bereicherung.« Dann lächelte Rosemary und versuchte, die Unterhaltung aufzuheitern. »Na ja, Hal, Sie mögen zwar keine Tochter haben«, sagte sie, »doch eines Tages werden Sie vermutlich eine Enkeltochter haben. Das ist genausogut, oder? Sogar besser, sagen manche Menschen. Der ganze Spaß, ohne die ganze Arbeit.«

»Nein«, sagte er leise. »Ich werde keine Enkeltochter haben.«

Sie war von der traurigen Ernsthaftigkeit seines Tonfalls verwirrt. »Sie haben doch einen Sohn. Alexander ...«

»Alexander ist schwul«, erwiderte er sachlich.

»Oh.« Sie war überrascht, und unsicher, wie sie antworten sollte; sie wollte ihn nicht kränken, indem sie irgendwelche Plattheiten von sich gab.

»Und was denken Sie darüber?« fragte sie nach einem Moment vorsichtig.

Hal schaute auf das schlafende Mädchen, als er sprach. »Ich habe mich damit abgefunden. Es ist nicht die Art Leben, die man sich für sein Kind aussuchen würde, doch er scheint sehr glücklich zu sein. Er hat einen liebenswerten Partner – sie sind zusammen, seit ... oh, ich denke seit ungefähr fünf oder sechs Jahren, seit seinen ersten Tagen an der Universität.«

»Doch es hat eine Weile gedauert, bis Sie sich damit abgefunden hatten?« vermutete Rosemary. Sie entnahm dies seinen Worten.

»Oh, ja. Ich meine«, sagte er schnell, »es ist nicht so, daß ich etwas gegen Homosexualität habe, theoretisch. Zumindest nicht bei *anderen* Menschen. Ich hatte einige schwule Freunde an der Universität, und es kam mir nie in den Sinn, mich dadurch gestört zu fühlen. Doch mein eigener Sohn, mein *einziger* Sohn ... es ist mir sehr schwer gefallen, das zu akzeptieren. Ich ... na ja, ich fühlte mich schuldig deswegen«, gab er zu.

»Schuldig? Auf welche Weise?«

Seine Stimme war ruhig. »Daß es irgendwie mein Fehler war. Sie kennen die ganzen Klischees – abwesender Vater ohne großen Einfluß, dominante Mutter. Tja, ich hätte kein abwesenderer Vater sein können während Alexanders entscheidender Jahre. Ich habe mir selbst die Schuld gegeben.«

»Aber das ist doch Unsinn«, sagte sie.

Hal lächelte trocken. »Ja, das weiß ich jetzt. Und, wie ich schon sagte, er ist sehr glücklich; also bin ich für ihn glücklich.«

»Und seine Mutter?« fragte Rosemary. Sie fühlte mit der anderen Frau. »Wie denkt sie darüber?«

»Margaret.« Er schaute einen Moment in die Ferne und dachte nach. »Margaret war verzweifelt. Sie hat es sogar noch viel schwerer verkraftet als ich, als wir es herausfanden. Das war«, fügte er erklärend hinzu, »vor ein paar Jahren. In dem gleichen furchtbaren Jahr, in dem ich meinen Herzinfarkt hatte. In der Tat kurz davor. Es ist alles auf einmal auf uns eingestürzt. Es hat Margaret beinahe umgebracht, denke ich.«

»Die arme Frau«, sagte Rosemary sanft.

Hal versuchte zu erklären. »Er war noch in der Schule. Nur ein Kind, wirklich, zumindest in den Augen seiner Mutter. Sie betet Alexander an – sie standen sich immer sehr nah. Sie können sich also vorstellen, wie schuldig *sie* sich fühlte.«

Rosemary konnte es sich vorstellen. »Wie haben Sie es herausgefunden?«

»Er hat es uns erzählt.« Hal schloß die Augen und erinnerte sich an diesen Tag, einen Sonntag, an dieses Mittagessen: Alexander, fast trotzig, als er die Worte stammelte, Margarets weißes Gesicht, weißer denn je. Das Hähnchen, unbeachtet im eigenen Fett erstarrt. »Das werde ich nie vergessen – es ist einer jener Momente, der sich für immer in mein Gehirn eingebrannt hat. Er hat es einfach verkündet, geradeheraus.«

»Haben Sie denn nicht gedacht«, sagte Rosemary, »daß er da herauswächst? Ich meine, man sagt doch, daß viele Jungen während der Schulzeit eine solche Phase durchmachen. Er konnte durch eine Phase gegangen sein.«

»Es ist schon witzig.« Hals Mund verzog sich zu einer Art Lächeln. »Das kam uns nie in den Sinn. Er war so sicher. Und sobald die Worte aus seinem Mund waren, war es uns ebenfalls klar. Es war so offensichtlich, nachdem er es einmal gesagt hatte. Als ob wir es die ganze Zeit hätten wissen müssen. Wir kamen uns so dumm vor, es nicht gesehen zu haben – wir hatten es wohl nicht sehen wollen. Wir haben nicht einen Moment daran gezweifelt, daß er die Wahrheit sagt.«

Rosemary nahm ihren vergessenen Teebecher in die Hand. Sie schwenkte den kalten Bodensatz darin herum. »Hat sich Margaret mittlerweile auch damit abgefunden?«

Er nickte. »Sie hat länger dafür gebraucht als ich, denke ich, doch es ist jetzt absolut in Ordnung für sie. Sie und Alexander stehen sich so nah wie immer. Und sie liebt Luke – seinen Freund. Für sie ist er ein Mitglied unserer Familie. So hat sich alles zum Guten gewendet.«

Nicht ohne großen Schmerz, dachte Rosemary. Sie war bewegt und gerührt, daß er das mit ihr geteilt hatte. Sie spürte, daß er nicht die Art Mensch war, der seine tiefsten

Gedanken leicht oder schnell preisgab – in der Tat ähnlich wie sie selbst. Das Mitgefühl zwischen ihnen war beinahe greifbar. Sie wollte ihm ebenfalls etwas geben.

»Tja, Sie denken, daß ich von Glück sagen kann, Daisy zu haben; ich denke, Sie, haben Glück, solch eine gute Beziehung zu Ihrem Sohn zu haben«, sagte sie. Sie besah sich den Bodensatz ihres Tees. »Ich habe einen Stiefsohn. Er ist ungefähr in Alexanders Alter. Wir haben uns nie verstanden.«

Hal war überrascht. »Einen Stiefsohn? Ich wußte nicht, daß Ihr Mann vorher schon einmal verheiratet war.«

»Ja, seine erste Frau ... ist gestorben.«

Nun war es an Hal, seinen Weg durch ein potentielles Minenfeld zu erfühlen; die Trostlosigkeit in Rosemarys Worten ließ vermuten, daß sich hinter diesen knappen Worten eine explosive Geschichte verbarg. Er stellte die neutralste Frage, die ihm einfiel. »Wie lange ist das her?«

»Vierzehn Jahre. Ich kannte Laura nicht. Ich habe Gervase erst kennengelernt, nachdem sie gestorben war«, sagte sie kurz.

Er entschied, zu dem Stiefsohn zurückzukehren; schließlich hatte die Unterhaltung dort begonnen. »Ihr Stiefsohn muß also sehr jung gewesen sein, als seine Mutter starb.«

»Knapp zehn. Ein schreckliches Alter, seine Mutter zu verlieren. Sie standen sich sehr nahe.« Sie blickte auf ihre schlafende Tochter und fügte sanft hinzu: »Ich nehme es ihm nicht übel, daß er mich haßt.«

»Doch das hat es für Sie nicht einfacher gemacht, denke ich mir«, sagte Hal. »Auch wenn Sie es verstehen konnten.«

Rosemary wandte sich ihm zu, bewegt von seiner Einfühlsamkeit. »Es war die Hölle«, sagte sie. »Er hat mich nicht nur im stillen gehaßt. Er benutzte jede Gelegenheit, mir zu sagen, wie sehr er mich verachtet; wie sehr ich seiner Mutter in jeder Hinsicht unterlegen bin.«

»Ihr Mann hat sich doch sicher auf ihre Seite gestellt«, sagte er.

»Mein Stiefsohn tat es nicht vor Gervase. Und ich habe es ihm nicht gesagt. Wie hätte ich das tun können?« In Rosemarys Stimme klang Verzweiflung mit. Immer noch schmerzhaft, stellte Hal fest. Durch diese Geschichte hatte sie sich noch nicht hindurchgearbeitet, im Gegensatz zu ihm. Er hatte sich seinen widersprüchlichen Gefühlen über Alexanders Homosexualität bereits gestellt. »Ich wollte ihn nicht verletzen. Und wie hätte ich Gervase die Gelegenheit geben können zu ... bestätigen ..., wieviel besser Laura gewesen ist?«

»Sie sagten doch, sie hätten Laura nie kennengelernt«, erwiderte er verwundert.

Rosemary besaß gerade noch genug Selbstbeherrschung, um zu prüfen, ob Daisy noch schlief; dies waren Dinge, die Daisy nicht mitanhören mußte. »Ich habe Fotos von ihr gesehen. Ich habe mit Menschen gesprochen, die sie kannten. Laura war wunderschön. Sie war freundlich und gut. Jeder liebte sie. Jeder in der Gemeinde. Gervase betete sie an. Ihr Tod stürzte ihn in tiefste Verzweiflung.«

»Das mag alles stimmen. Doch Rosemary«, sagte Hal ernst, »Gervase hat *Sie* geheiratet. Er hat sich in Sie verliebt und hat Sie geheiratet.«

»Gervase hat mich gebraucht. Er braucht mich.« Ihre Stimme klang müde. »Sie haben ihn gesehen. Sie haben gesehen, wie er ist. Er braucht eine Frau.«

Kein Wunder, daß diese Frau unsicher ist, dachte Hal entsetzt, wenn das nichts weiter ist als eine Zweckehe. Mit Gervase als Nutznießer dieses Arrangements. Was hatte Rosemary von der Ehe außer Daisy? »Ich bin sicher, daß er

Sie liebt«, sagte er in einem, wie er hoffte, überzeugenden Tonfall.

»Und ich bin sicher, daß er mich braucht.« Rosemary blinzelte schnell, um ihre Tränen zurückzuhalten; Hals offensichtliches Mitleid war zuviel für sie. »Doch ich wollte Ihnen das eigentlich gar nicht alles erzählen«, fügte sie in einem veränderten Tonfall hinzu. »Wir sind hier, um den wunderschönen Frühlingstag zu genießen und nicht, um über meine Ehe zu sprechen.«

Daisy regte sich und setzte sich auf. »Was ist los, Mama? Warum guckst du so traurig?«

»Ich bin nicht traurig.« Sie zwang sich zu einem Lächeln. »Hast du gut geschlafen?«

Daisy gähnte ausgiebig. »Ich habe Durst, Mama. Haben wir noch Saft?«

»Nur noch ein bißchen, glaube ich.« Sie griff nach der Flasche und füllte Daisys Tasse. »Wir sollten langsam wieder aufbrechen. Wir haben Mr. Phillips lange genug von seiner Arbeit abgehalten.«

»Beeil dich bloß nicht meinetwegen, schlafende Schönheit.« Hal grinste Daisy an. »Ich amüsiere mich hervorragend. Picknick ist jederzeit besser als arbeiten.«

Daisy kicherte. »Ich wollte nicht einschlafen.«

»Ich selbst könnte auch noch etwas zu trinken vertragen«, erklärte er. »Ist noch Tee in der Flasche?«

»Er ist leider kalt geworden«, entschuldigte sich Rosemary.«Ich habe sie offen gelassen.«

»Mach dir nichts draus«, sagte Daisy treuherzig. »Du kannst meinen Saft mit mir teilen.« Sie hielt ihm ihre Tasse hin.

Während ihre Tochter sich in eine weitere Runde Geschnatter stürzte, bei der Hal den willigen Zuhörer mimte, lehnte sich Rosemary an den Baumstamm. Warum habe ich es ihm erzählt? fragte sie sich. Sie hatte gerade

Dinge mit ihm geteilt, die sie keiner anderen Seele je erzählt hatte: Nicht Christine, nicht ihrer Mutter, nicht Gervase. Sie kannte Hal Phillips nur wenig länger als vierundzwanzig Stunden. Und doch hatte sie ihm ihre privatesten Gedanken, ihre tiefsten Unsicherheiten anvertraut. Es war außergewöhnlich, dieses Gefühl, ihn schon immer gekannt zu haben und ihm vollkommen vertrauen zu können.

Sie schaute über die sie umgebende Landschaft. Nicht weit entfernt wuchs ein Wäldchen. Einen Moment lang glaubte sie, sie hätte aus den Augenwinkeln eine Bewegung zwischen den Bäumen wahrgenommen: Irgendein Tier vielleicht. Sie würden sicher nicht von menschlichen Augen beobachtet. Doch sie befanden sich auf hohem Grund, für jeden sichtbar, der herumstrich oder auch nur vorbeiging. Rosemary zitterte plötzlich und schlang ihre Arme um sich.

An diesem Abend tat Valerie etwas, das sie nicht mehr getan hatte, seit sie ein unsicherer Teenager gewesen war: Sie setzte sich auf das Sofa und starrte das Telefon an. Sie versuchte, es zum Läuten zu zwingen.

Hal würde heute abend bei ihr anrufen; sie war sich dessen sicher; heute abend war die perfekte Gelegenheit. Die Elster war nicht da. Valerie wußte, daß sie nicht da war; am Nachmittag war sie einem Taxi von der Erzdiakonie zum Bahnhof in Saxwell gefolgt. Sie hatte gesehen, wie die Elster mit Übernachtungsgepäck in der Hand aus dem Taxi stieg. Sie hatte es geschafft, einen Kurzzeitparkplatz zu ergattern, und hatte die Elster rechtzeitig auf dem Bahnsteig eingeholt, um zu beobachten, wie sie einen Zug nach London bestieg.

Die Elster hatte sie natürlich nicht bemerkt. Doch Valerie erinnerte sich, daß sie, als sie aus dem Taxi stieg, einen kurzen Blick auf den Porsche geworfen und die Stirn gerunzelt hatte.

Der Porsche war tatsächlich ein verdächtiger Wagen, wurde Valerie erneut bewußt. Es wäre sehr ungünstig, sollte die Elster glauben, sie würde verfolgt; sie könnte anfangen, Vermutungen anzustellen.

Und es gab natürlich bald etwas zu vermuten: Valeries Affäre mit Hal.

Es ist an der Zeit, mir einen anderen Wagen zuzulegen, entschied sie plötzlich – etwas Neutrales, das im Verkehr untergeht. Dunkelblau. Ein Polo oder ein Escort, ein paar Jahre alt. Die Sorte Wagen, die niemandem auffiel. Die Sorte Wagen, die von Valerie immer verschmäht worden war.

Sie dachte über die Maßnahmen nach, die der Kauf eines Wagens mit sich brachte; sie würde es so ausführen müssen, daß es keine Aufmerksamkeit auf sie lenkte. Die Idee begeisterte sie. Es würde nicht leicht sein, doch sie konnte es schaffen. Sie würde das Geld in bar von der Bank abheben und den Wagen in einer etwas entfernteren Stadt kaufen.

Sie könnte ein Taxi nach Saxwell nehmen, das Geld von der Bank holen und dann mit dem Bus nach Bury St. Edmunds weiterfahren.

Valerie griff nach den gelben Seiten und blätterte darin, bis sie den Abschnitt ›Autohändler‹ fand. Ja, in Bury waren mehrere gelistet. Sie schrieb die Adressen auf ein Stück Papier; am folgenden Nachmittag würde sie das erledigen.

Doch der folgende Tag, fiel ihr ein, war ein Mittwoch. Mrs. Rashe kam. Also mußte sie die Sache verschieben. Mrs. Rashe würde wissen wollen, wo sie hinfuhr. Und die Ankunft eines neuen Wagens würde ihrer Aufmerksamkeit sicher nicht entgehen. Nein, der Wagen mußte gekauft und sicher in der Garage versteckt sein, bevor Mrs. Rashe kam. Valerie würde morgens ganz früh los müssen.

Oh, wenn Hal nur anrufen würde. Valerie streichelte den Hörer des Telefons, während sie an ihn dachte. Wie gut es sein würde, wenn sie endlich zusammen kämen. Warum verschwendete er diese Gelegenheit? Seine Frau war nicht da. Sie könnten heute nacht zusammen sein, wenn er nur anriefe. Sie würde ihren Plan aufgeben, schüchtern und schwer zu haben zu sein, würde ihn zu sich einladen. Sie könnten etwas trinken und dann nach oben gehen. Worauf wartete er? Warum rief er nicht an?

Vielleicht war er zu schüchtern, immer noch im Banne ihrer Schönheit und ihrer Berühmtheit. Vielleicht brauchte er ein bißchen Ermutigung. Vielleicht sollte es schließlich doch an ihr sein, den ersten Schritt zu tun.

Ohne sich Zeit zu geben, darüber nachzudenken, hob Valerie den Hörer ab und wählte die Nummer. Sie wußte sie inzwischen auswendig.

Allein und immer noch angenehm satt von dem Picknick, hatte Hal sich nicht damit aufgehalten, ein Abendessen zu kochen. Er aß etwas übriggebliebenen Fruchtsalat, öffnete eine Flasche Wein, schenkte sich ein Glas ein und nahm es mit ins Wohnzimmer. Er nippte daran, während er sich mit der Zeitung entspannte. An Margarets spätes Wegbleiben war er mittlerweile gewöhnt; an diesem Abend war es jedoch anders: Sie kam gar nicht nach Hause. Hal konnte tun und lassen, was ihm gefiel: lange aufbleiben und ein Buch lesen; Musik hören oder fernsehen. Oder er konnte früh zu Bett gehen.

Er entschied, daß ein Abend sinnloser Unterhaltung in Ordnung sei, und prüfte das Fernsehangebot in der Zeitung. Ein alter Film, am liebsten schwarzweiß, wäre nett, dachte Hal. Er hatte Glück. Ein Film, den er Jahre nicht gesehen hatte, wurde gezeigt. Er sollte für ein paar Lacher gut sein.

Hal ging in die Küche, um sein Weinglas nachzufüllen. Er nahm das schnurlose Telefon mit, für den Fall, daß Margaret sich meldete, dann verzog er sich nach oben. Das große Haus ging mit Margarets Status als Erzdiakon einher. Sie hatten keine Kinder, um es zu füllen, daher konnten sie sich den Luxus leisten, dem selten benutzten Fernseher einen eigenen Raum zu widmen. Es war ein kleines, gemütliches Zimmer, bequem möbliert. Hal setzte sich auf das Ledersofa, zog seine Schuhe aus und schaltete den Apparat mit der Fernbedienung ein.

Wenig später ließ ihn das Plärren des Telefons hochschrecken. Margaret, dachte er, als er es ans Ohr hielt und die Lautstärke des Fernsehers mit der Fernbedienung herunterregelte. »Hallo«, sagte er freundlich.

»Hallo, Hal«, sagte eine Stimme am anderen Ende, in einem heiseren Flüsterton. »Ich habe an dich gedacht.«

Nicht Margaret. Mit Sicherheit nicht Margaret. Einen Moment lang fragte er sich, ob es Rosemary Finch sein konnte. Dann verwarf er den Gedanken als noch absurder.

Hal wartete. »Wer ist da?«

»Oh, Hal. Du weißt, wer hier ist. Spielst du immer noch den Unnahbaren?« Die Stimme klang amüsiert, sicher.

Der Groschen fiel. »Miß Marler?«

»Schlauer Bursche.« Sie lachte wie Lauren Bacall. »Oh, Hal. Ich habe auf deinen Anruf gewartet. Meinst du nicht, daß es an der Zeit ist, mit den Spielchen aufzuhören? Ich meine, ich bin allein, du bist allein. Warum kommst du nicht 'rüber? Ich habe eine Flasche Champagner im Eis.«

»Ich denke nicht, daß das eine gute Idee ist«, sagte er in neutralem Ton. Er überlegte, woher sie wußte, daß er allein war.

»Ich kann auch zu dir kommen. Oder würdest du es lieber auf morgen verschieben? Wie lange wird deine Frau weg sein?«

»Ich denke nicht. Gute Nacht, Miß Marler.« Er schaltete das Telefon aus und starrte darauf, ohne es zu sehen. Seine Stimme hatte ruhig geklungen, er war jedoch ziemlich erschüttert. Woher wußte Valerie Marler, daß Margaret nicht da war? Soweit er sich erinnern konnte hatte er ihr gegenüber seine Frau noch nicht einmal erwähnt. Natürlich trug er einen Ehering; sie schien jedoch genauer informiert zu sein. Nicht nur über Margarets Existenz, sondern auch über ihr Kommen und Gehen.

Dann erinnerte sich Hal an das, was Margaret am Abend zuvor gesagt hatte. Sie sei von einem roten Porsche verfolgt worden. Zu der Zeit hatte er sich nicht viel dabei gedacht; er hatte andere Dinge im Kopf gehabt. Doch Margaret fiel nicht leicht Phantasien zum Opfer.

Ein paar Sekunden später klingelte das Telefon erneut. Er überlegte, ob er sich überhaupt melden sollte. Dann entschied er, daß er, sollte es nochmals Valerie Marler sein, diese wegen der Verfolgung seiner Frau zur Rede stellen würde.

Es war jedoch Margaret. »Ich wollte dich nur kontrollieren«, neckte sie ihn.

»Du weißt doch noch, daß du gestern abend einen roten Porsche erwähnt hast«, unterbrach er sie abrupt. »Hast du den vielleicht heute auch wieder gesehen?«

Margaret war einen Moment still und dachte nach. »Tatsächlich, zumindest dachte ich, er sei es. Ich habe nicht bemerkt, daß er mir diesmal gefolgt ist. Er ist mir erst aufgefallen, als ich aus dem Taxi stieg. Ich habe gedacht, daß ich mir alles nur einbilde. Warum fragst du?«

»Oh, nichts.« Hal wechselte das Thema. Es gab keinen

Grund, daß sich beide Sorgen machten. »Hattest du ein nettes Abendessen, meine Liebe?«

Sie plauderten noch ein paar Minuten. Hal konnte sich jedoch nicht auf die Unterhaltung konzentrieren. Alles, woran er denken konnte, war Valerie Marler und die Tatsache, daß sie Margaret verfolgt hatte. Was in aller Welt ging in dieser Frau vor?

Kapitel 9

Gervase ging regelmäßig morgens vor dem Frühstück zuallererst zu St. Stephens, um die Frühmesse in ungestörter Herrlichkeit abzuhalten. Er genoß diese Augenblicke des Alleinseins mit Gott, umgeben von der uralten Schönheit des mittelalterlichen Gemäuers. Licht strömte durch das Ostfenster über dem Altar. Sogar an einem grauen Tag ohne Sonne herrschten hier Helligkeit und Weite. Die Steine der Kanzel selbst strömten das aus. So wie er St. Marks geliebt hatte, so liebte Gervase nun St. Stephens. Wie etwas Wertvolles, etwas Wunderschönes, das ihm anvertraut worden war. Er dankte jeden Tag dafür, daß er hier predigen durfte.

Am Mittwoch morgen war er wie üblich in die Kirche gegangen, während Rosemary Daisy für die Schule fertig machte. Das Mädchen war immer noch überdreht vom Tag zuvor. Sie war hin und her gerissen zwischen ihrem inständigen Wunsch, wieder mit Samantha vereint zu sein, und der Sorge, Hal Phillips zu verpassen. Sie tanzte auf und ab, während ihre Mutter versuchte, ihr Schleifen in die Haare zu flechten. »Er wird noch da sein, wenn du nach Hause kommst«, versicherte Rosemary ihr. »Halt mal eine Minute still, Liebling.«

Ganz auf ihre Aufgabe konzentriert, hörte Rosemary die Tür nicht. Sie erschrak, als Gervase in Daisys Schlafzimmer erschien. Sie wußte sofort, daß er sich in großer Aufregung befand. »Gervase! Was ist denn?«

Gervase rang nach Luft. »Die Kirche«, brachte er heraus. »St. Stephens. Es ist eingebrochen worden.«

»Oh!«

In knappen Worten erzählte er ihr den Rest: Wie er bei seiner Ankunft sofort gemerkt hatte, daß etwas nicht stimmte; wie er das Schloß an der Tür zur Sakristei aufgebrochen vorgefunden hatte. Die Tür war eingetreten worden. Neben dieser ziemlich groben Art, sich Einlaß zu verschaffen, war dem Gebäude zum Glück kein bleibender Schaden zugefügt worden. Doch der an die Wand montierte Kasten mit dem Geld für die Gemeindemagazine und die Postkarten war zerstört und geplündert worden. Schlimmer noch, viel schlimmer: Die silbernen Kerzenleuchter und das Kruzifix fehlten vom Hochaltar. »Ich kann nicht verstehen, wie jemand so etwas tun kann«, schluchzte er, Tränen in den Augen. »Und wie konnte ich das geschehen lassen?«

»Es ist schrecklich«, stimmte Rosemary zu. »Doch es ist nicht dein Fehler, Gervase. Du mußt dir nicht selbst die Schuld geben.«

»Ich hätte das Silber in den Safe einschließen müssen«, sagte er trostlos. »Ich wußte, daß in die Kirchen der Umgebung in letzter Zeit eingebrochen worden ist – der Erzdiakon hat es mir erzählt. Ich hätte vorsichtiger sein müssen. Doch ich habe eben nicht geglaubt, daß so etwas hier passieren würde. Nicht in St. Stephens.«

Weil sie ihn so genau kannte, wußte Rosemary, daß Gervase sich persönlich für diesen Verstoß verantwortlich fühlte. »Du mußt den Erzdiakon anrufen«, sagte sie.

»So früh?« Er sah auf seine Uhr. »Es ist gerade mal acht Uhr durch.«

Rosemary nickte. »Ich bin sicher, sie ist das gewöhnt.« Sie ließ Daisy einen Moment alleine, führte Gervase die Treppe hinunter in sein Arbeitszimmer und suchte die Nummer für ihn heraus.

Der Anruf wurde von Hal Phillips beantwortet. Er teilte ihm mit, daß der Erzdiakon nicht zu Hause sei.

»Sie ist nach London gefahren, zu einem Treffen mit dem Schatzkanzler«, wiederholte Gervase für Rosemary, als er den Hörer auflegte. »Sie wird erst irgendwann am Abend zurück sein.« Er sah sie hilfesuchend an. »Und was jetzt? Ich weiß nicht, was in solch einem Fall zu tun ist.«

Ihr Instinkt gebot ihr, ihn in die Arme zu schließen, ihn zu trösten. Sie wußte jedoch, daß er sich wahrscheinlich vollständig gehen lassen würde, wenn sie das tat. »Du könntest den Landesdekan anrufen«, schlug sie vor. »Und die Gemeindevorsteher. Und die Versicherung. Und natürlich«, fügte sie hinzu, »mußt du die Polizei verständigen.«

»Die Polizei«, wiederholte Gervase. Er preßte die Hände an den Kopf.

»Was hattest du denn heute vor?«

Er fand seinen Kalender und übergab ihn Rosemary schweigend; sie fand die Seite und überflog die Eintragungen. »Nichts, was du nicht notfalls verschieben kannst«, entschied sie. »Vermutlich wirst du alles Verabredungen absagen müssen, um am Telefon bleiben zu können.«

Die Folgen der Tatsache, daß sich Gervase den ganzen Tag im Haus aufhielt, wurden Rosemary erst klar, als sie mit Daisy auf dem Weg zur Schule war. Sie hörte deren Geschnatter nur halb zu. Christine! dachte sie plötzlich. Sie würde sich mit Christine etwas überlegen müssen.

Sie hatte ein Wiedersehen mit Christine nach diesem aufreibenden Mittagsbesuch aufgeschoben; Rosemary konnte keine weiteren gruseligen Details über Christines Affäre mehr hören. Doch Christine hatte in der vorhergehenden Woche angerufen und ein weiteres gemeinsames Mittagessen vorgeschlagen. Heute war der verabredete Tag. Diese letzte Entwicklung – der Einbruch in St. Stephens – gab Rosemary die Entschuldigung, sich herauszuwinden. Und Gervase konnte sicher gut darauf verzichten, Christine zu sehen und höflich zu ihr sein zu müssen.

Annie Sawbridge, mit Baby Jamie in seinem Kinderwagen, verließ gerade die Schule als Rosemary und Daisy ankamen. »Haben Sie Zeit für eine Tasse Kaffee?« fragte sie. Sie lud sie öfters ein, wenn sie sich am Schultor trafen.

»Eine schnelle Tasse vielleicht«, stimmte Rosemary zu. Es war ihr bewußt, daß sie nach Hause mußte, zu Gervase. »Wenn es Ihnen nichts ausmacht, daß ich Ihr Telefon für einen kurzen wichtigen Anruf benutze.«

»Natürlich macht es mir nichts aus.«

Annie ließ sie mit dem Telefon alleine, um den Kaffee aufzusetzen. Rosemary war sich nicht sicher, ob Christine zu Hause sein würde: Es konnte sein, daß sie die Mädchen in die Schule brachte.

Christine hob jedoch beim zweiten Klingeln ab. »Hallo?« Ihre verschlafene Stimme verkündete, daß sie noch im Bett lag.

»Christine, hier ist Rosemary. Entschuldige, daß ich dich so früh störe.«

Christines Gähnen klang durch die Leitung. »Ich habe immer noch Nachtschicht – ich bin erst vor zwei Stunden ins Bett gekommen.«

»Oh, das tut mir leid«, wiederholte Rosemary.

»Was ist los? Außer, daß ich jetzt wach bin.«

Rosemary erklärte ihr hastig, daß es unpassend wäre, wenn Christine zu Mittag käme, weil Gervase zu Hause war. Sie hörte sich selbst dafür um Entschuldigung bitten, obwohl sich Christine schließlich selbst eingeladen hatte.

»Oh«, sagte Christine in verärgertem Ton. »Kannst du ihn denn nicht loswerden?«

Rosemary preßte die Lippen zusammen, um eine scharfe Antwort zurückzuhalten. »Nein, kann ich nicht.« Und ich würde auch nicht wollen, selbst wenn ich könnte, fügte sie in Gedanken hinzu.

»Also, ich muß schon sagen, Rosemary, das ist nicht sehr

nett von dir, mich so hängenzulassen. Ich werde nicht so tun, als wäre ich nicht enttäuscht.« Dann, als ob sie gemerkt hatte, daß sie es zu weit trieb, fuhr sie in versöhnlicherem Ton fort. »Doch ich verstehe das natürlich. Ich ruf' dich in den nächsten Tagen an. Vielleicht können wir ja nächste Woche einen Tag vereinbaren.«

Rosemary war immer noch aufgebracht, als Annie mit den Kaffeetassen auf einem Tablett hereinkam. »Ich wollte mit Ihnen über Samanthas Geburtstagsfeier sprechen.«

»Samanthas Geburtstagsfeier?« wiederholte Rosemary verständnislos.

Annie lachte. »Keine Angst, darüber konnten Sie noch nichts wissen. Ich wollte es Ihnen gegenüber nur erwähnen, bevor ich die Einladungen verschicke.«

»Sie laden Daisy ein?«

»Ja, natürlich – sie ist Samanthas beste Freundin.« Annie setzte sich mit ihrer Tasse hin. »Ich wollte nur sichergehen, daß Sie mit den Regelungen einverstanden sind.«

Rosemary nahm einen Schluck Kaffee. »Erzählen Sie mir davon.«

»Also, Samantha will im Kinderland feiern«, verkündete Annie.

»Was um alles in der Welt ist das Kinderland?«

Annie lachte wieder. »Oh, das ist ›der‹ Ort für Parties heutzutage. Eine von Samanthas kleinen Freundinnen hat dort vor ein paar Monaten ihren Geburtstag gefeiert, und jetzt gibt es nichts anderes mehr für Samantha. Sie wissen, wie die Kinder sind.«

»Aber was *ist* es? *Wo* ist es?«

»Es liegt in Saxwell«, erklärte Annie. »Nicht weit vom Stadtzentrum. Und *was* es ist, kann ich Ihnen kaum sagen.« Sie beschrieb einen riesigen Umriß mit ihren Händen. »Eine Art riesengroßes Kaufhaus. Voll mit Klettergerüsten, Rutschen und Ballbecken.«

Rosemary verstand immer noch nicht. »Ballbecken?«

»Ach, Sie wissen schon, die Kinder sausen eine lange Rutsche hinunter und landen in einer Menge bunter Plastikbälle. Jedenfalls, es funktioniert so, daß die Kinder sich ungefähr neunzig Minuten austoben und an allen Geräten spielen können. Wenn sie sich dann müde getobt haben, versammeln sich alle in einem Raum und stopfen sich mit Geburtstagskuchen und Pizza voll.«

»Das klingt furchtbar gefährlich.« Rosemary runzelte die Stirn. »Daisy ist nicht sehr geschickt. Sie könnte sich verletzen.«

»Sie kann sich nicht verletzen«, versicherte Annie ihr. »Alles ist mit Matten ausgelegt.«

Rosemary stellte sich Daisy vor, wie sie herumrannte, überdreht und hyperaktiv. Sie fühlte sich immer noch unsicher und klang nicht überzeugt. »Ich weiß nicht.«

»Samantha würde sich natürlich um die kleine Daisy kümmern«, fügte Annie hinzu. »Sie wird dafür sorgen, daß es ihr gut geht. Ich werde ebenfalls dort sein, um alles im Auge zu behalten.«

»Na ja ...«

»Ich sag Ihnen was«, schlug Annie lebhaft vor. »Ich nehme sie demnächst einmal dorthin mit, und Sie sehen sich alles in Ruhe an. Ich bin sicher, Sie werden sich davon überzeugen, daß Ihrer Daisy nichts geschehen kann.«

Valerie führte ihre Pläne für diesen Morgen aus. Während sie mit dem Bus nach Bury St. Edmunds fuhr – die Bury Road entlang, an der Erzdiakonie vorbei –, angetan mit ihrer sogenannten Kostümierung, spulte sie das Telefongespräch vom Abend zuvor wieder und wieder in ihrem Kopf ab.

Es war nicht so verlaufen, wie sie gehofft hatte. Hal

hatte sie schon wieder abgewiesen. Immerhin hatte er nicht gesagt, daß er nicht kommen wollte. Nur, daß er nicht dachte, es wäre eine gute Idee. Warum war es keine gute Idee? Außerdem dachte sie, sie hätte diesmal einen anderen Unterton in seiner Stimme festgestellt. Angst. Es hat sich nach Angst angehört, wurde ihr plötzlich klar.

Dann fiel es ihr ein: Er hatte Angst vor seiner Frau. Angst vor der Elster, und kein Wunder. Sie war eine ziemlich furchterregende Kreatur in ihrer schwarzweißen Verkleidung. Er hatte vermutlich Angst vor dem, was sie tun würde, wenn sie herausfand, daß ihr Ehemann eine Affäre hatte. Vielleicht machte er sich sogar Sorgen darüber, was die Elster Valerie antun würde. Er versuchte, sie davor zu schützen.

Und Gott kam auch mit ins Spiel, erkannte Valerie. Die Elster war eine Geistliche, eine Pfarrerin. Sie würde moralische Bedenken gegen einen Seitensprung haben und gegen eine Scheidung. Hal könnte diese Bedenken sogar teilen.

Die Dinge gestalteten sich komplizierter, als ihr anfangs bewußt war, sah Valerie jetzt. Es würde keine einfache Angelegenheit werden, Hal seiner Frau wegzunehmen. Wenn keiner von beiden an Scheidung glaubte ...

Wenn die Möglichkeit der Scheidung ausfiel, gab es nur einen Weg: Die Elster mußte sterben.

Sobald dieser Gedanke in ihrem Kopf auftauchte, wußte Valerie, daß sie ihn nicht wieder los werden würde. Es war vorherbestimmt, daß sie und Hal zusammen sein sollten; deswegen mußte die Elster sterben.

Sie wußte jedoch, aufgrund ihrer Beschäftigung mit Toby und seiner unbequemen Frau Pandora, daß das nicht so leicht war, wie es sich anhörte. Die Elster war zwar alt, doch nicht *so* alt – höchstens in den mittleren Jahren. Sie konnte davon ausgehen, noch einige Jahre zu leben – mehr Jahre, als Valerie und Hal warten konnten.

Wenn nicht ...

Hal Phillips' Kombi stand in der Einfahrt zum Vikariat. Ein Polizeiwagen parkte gerade dahinter ein, als Rosemary von Annie Sawbridge nach Hause zurückkehrte. Sie beeilte sich, den Mann zu begrüßen, der sich aus dem Vordersitz des engen Panda herausschälte: Er war groß, so groß wie Gervase, mit einem Schopf herabhängender Haare. Als er ausstieg, strich er sie sich aus dem Gesicht.

»Inspektor Elliott«, stellte er sich vor und zeigte ihr seinen Ausweis. »Kriminalpolizei Saxwell. Und Sie sind Mrs ...«

»Mrs. Finch«, sprang Rosemary ein. »Die Frau des Vikars.«

Er nickte. »Entschuldigen Sie, daß ich nicht früher gekommen bin, Mrs. Finch. Der Berufsverkehr aus Saxwell heraus ist manchmal schrecklich.«

»Ja, sicher.« Sie ging ihm voran zur Vordertür. »Ich bringe Sie zu meinem Mann. Es sei denn, Sie möchten zuerst in die Kirche?«

»Ich denke, ich spreche zuerst mit Pfarrer Finch«, pflichtete er ihr bei. »Sollte ich ihn so anreden? Pfarrer Finch?«

Rosemary lächelte; das war oft schwierig für Menschen, deren Bekanntschaft mit der Kirche mit dem ›Vikar von Dibley‹ begann und endete. »Er bevorzugt Pater als Anrede«, antwortete sie wahrheitsgemäß. »Pater Gervase oder Pater Finch. Einfach nur ›Vikar‹ würde auch genügen.«

Als sie sich einen Moment später vorgestellt wurden, benutzte der Polizeibeamte letzteres. Es war am einfachsten. »Nett, Sie kennenzulernen, Vikar. Schade um die

Umstände.« Er schüttelte den Kopf. »Das scheint ein neuer Trend hier in der Gegend zu sein, Einbrüche in Kirchen und so. Dies ist bereits der zweite in dieser Woche. Und es ist erst Mittwoch.«

Das Telefon begann zu läuten, als Valerie ihren Schlüssel ins Schloß der Vordertür vom Rose Cottage steckte. Hal! Ihr Herz sang. Er hatte darüber nachgedacht, hatte seine Meinung geändert. Ihre Hände zitterten vor Erregung; sie kämpfte mit dem Schloß. Endlich geschafft. Sie schlug die Tür auf und riß den Hörer hoch. »Hallo?« keuchte sie, außer Atem.

»Hallo, Süße.«

»Shaun.« Valerie konnte die Enttäuschung nicht aus ihrer Stimme heraushalten.

»Wer denn sonst, Süße? Oder hattest du den Prinzen von Wales erwartet?«

»Sei nicht blöd«, schnappte sie. »Was willst du?«

Er machte ihr Vorwürfe. »Du hast mich nicht zurückgerufen. Ich habe die letzten drei Tage Nachrichten hinterlassen. Wo bist du gewesen?«

Valerie unterdrückte eine unhöfliche Bemerkung; auf beruflicher Ebene hatte sie immer noch Angst davor, sich Shaun zum Feind zu machen. So sehr sie ihn auch aus ihrem Privatleben wünschte. »Ich hatte viel zu tun«, erwiderte sie vage.

»Egal, wir müssen über das nächste Interview sprechen. Ich werde natürlich vorbeikommen, um es zu überwachen, doch ...«

»Oh, mein Gott, wann ist es?«

Shaun lachte. »Morgen natürlich. Du hattest das doch nicht vergessen?«

Das hatte sie, doch sie hatte nicht vor, es zuzugeben.

»Nein, natürlich nicht. Ich konnte mich nur nicht mehr daran erinnern, um welche Zeit sie hiersein wollten.«

»Früh. So um acht. Sie werden den ganzen Tag brauchen«, erklärte Shaun. »Und ich habe mich gefragt, ob ... na ja, ob es nicht bequemer wäre, wenn ich heute nacht schon käme«, fügte er hinzu. »Und ... na ja, du weißt schon.«

»Nein«, sagte sie. Nein, dem konnte sie sich einfach nicht stellen. Shaun am Wochenende war schlimm genug, Shaun mitten in der Woche in ihrem Bett war mehr, als sie ertragen konnte. »Nein, ich habe zu tun heute abend. Und ich habe *jetzt* zu tun, Shaun. Ich sehe dich morgen früh.« Mit Nachdruck legte sie den Hörer auf und ignorierte das nochmalige Läuten.

Valerie hatte tatsächlich zu tun. Es war fast Zeit für Mrs. Rashe, und die Post war noch nicht einmal sortiert. Sie ging in die Küche, wo sie sie in einem Haufen auf dem Tisch hatte liegen lassen, ungeöffnet.

Sie benutzte den silbernen Brieföffner für jeden Briefumschlag und stapelte den Inhalt sortiert. Ihre Gedanken waren allerdings weder bei dieser Aufgabe noch dachte sie an Shaun oder das Interview: Im Geiste durchlebte Valerie ihr morgendliches Autokauf-Abenteuer noch einmal.

Sie war erfolgreich gewesen, alles war größtenteils nach Plan verlaufen. Es hatte nur ein Stocken gegeben, einen Moment der Panik. Sie hatte angenommen, daß ein Autokauf eine einfache Sache sei und ihre Anonymität gewahrt bleiben würde. Der Mann in der Werkstatt hatte jedoch ihren Namen und ihre Adresse für seine Akten wissen wollen. Valerie hatte gerade auf ihre Uhr gesehen und darüber nachgedacht, wieviel Zeit sie noch hatte, bis Mrs. Rashe am Rose Cottage ankam. Er hatte sie kalt erwischt. Sie hatte angegeben, was ihr zuerst in den Kopf kam: Ihr Name sei Kim Rashe, hatte sie ihm gesagt. Sie lebe im Grange Cottage, Elmsford. Das war die Adresse von Frank und Sybil Rashe, nicht die von dem Wohnwagenpark ihrer Tochter, war jedoch gut genug, schätzte Valerie. Er würde das nicht kontrollieren. Telefonnummer? hatte er gefragt. »Ich habe kein Telefon«, hatte sie gesagt. Schnell geschaltet.

Dann hatte er die Wagenpapiere hervorgeholt, und ihre Panik hatte sich vervielfacht; sie würde lügen müssen, und es würde jede Menge Komplikationen geben. Doch er hatte ihr die oberste Kopie überreicht und gesagt, sie solle diese persönlich bei der Meldebehörde einreichen. Die Steuerplakette verfiel erst in zehn Monaten; sie hatte also genügend Zeit, sich später darüber Gedanken zu machen.

Und dann der Wagen. Ein unauffällig genug aussehender dunkelblauer Polo, etwa fünf Jahre alt. Er stand nun in der Garage neben dem Porsche. Shaun stellte hier normalerweise seinen Wagen ab, um ihn vor den Augen der neugierigen Dorfbewohner zu verbergen. Doch der morgige Besuch von Shaun war beruflicher Natur, völlig korrekt. Er konnte seinen Wagen in der Einfahrt parken, wie jeder andere auch. Und am Wochenende – tja, darüber würde sie ebenfalls erst später nachdenken müssen.

Valerie war mit der Post noch nicht fertig, als sie das unmißverständliche Geklapper hörte, mit dem sich Mrs. Rashe mit ihrem eigenen Schlüssel einließ. Einen Moment später betrat die andere Frau die Küche.

»Oh – Miß Valerie! Ich habe nicht erwartet, Sie hier zu finden. Ich dachte, ich setze den Kessel auf und mache mir eine Tasse Tee vor Ihrem Mittagessen.« Ihre Adleraugen nahmen die ungeöffnete Post wahr. »Doch Sie sind hier noch nicht fertig, wie ich sehe.«

Valerie legte sich eine Hand auf die Stirn und sprach mit dünner, schmerzerfüllter Stimme. »Es tut mir leid, daß ich Ihnen im Weg bin, Mrs. Rashe. Ich hatte heute morgen eine furchtbare Migräne und hinke ziemlich hinterher. Sie sehen ja, ich habe noch nicht einmal meine Post sortiert.«

»Ach, Sie armes Lämmchen«, gackerte Sybil Rashe sofort mitleidig. »Setzen Sie sich. Lassen Sie mich Ihnen eine Tasse Tee kochen.«

Valerie gehorchte und ließ die andere Frau das Kommando übernehmen. »Danke. Das ist sehr freundlich.«

Mrs. Rashe füllte geräuschvoll den Kessel und setzte ihn auf den Herd. »Schlechter Zeitpunkt, wo doch die Zeitungsleute morgen kommen«, erklärte sie. »Wir müssen alles blitzblank haben.«

»Ich bin sicher, daß Sie alles unter Kontrolle haben, Mrs. Rashe«, sagte Valerie mit einem schwachen Lächeln.

»Das mag sein, wie es will. Doch wir müssen zusehen, daß auch Sie sich besser fühlen, Miß Valerie. Es geht nicht an, daß Sie sich schlecht fühlen. Ich hoffe, Sie brüten nicht etwas aus.« Sybil Rashe musterte Valerie durchdringend, die Augen zusammengekniffen.

»Es sind nur Kopfschmerzen.« Sie rieb ihre Schläfen. »Allerdings schlimme.«

»Süßer Tee, der wird helfen«, erklärte Mrs. Rashe und holte die Zuckerdose hervor. »Es geht nichts über eine Tasse guten Tees, sage ich immer. Für alles, was einen plagt.«

Valerie haßte süßen Tee, demütig gehorchte sie jedoch den Anweisungen von Mrs. Rashe. Als der Tee fertig war, trank sie einen Schluck. »Vielen, vielen Dank. Sie sind sehr freundlich.«

»Wie steht es mit dem Mittagessen, Miß Valerie? Sie haben doch bestimmt noch nicht gefrühstückt. Sie sollten etwas in Ihren Magen bekommen. Einen Teller Suppe?« schlug sie vor.

»Ich möchte Ihnen keine Umstände machen oder Sie von der Arbeit abhalten.«

Sybil Rashe schüttelte den Kopf. »Das macht keine Umstände. Es kostet mich nur eine Sekunde, eine Dose Suppe aufzumachen.« Sie überflog den Inhalt von Valeries Vorratsregal. »Oder hätten Sie lieber ein weichgekochtes Ei?«

»Suppe, bitte.« Valerie stellte fest, daß sie die Rolle der Kranken genoß. »Tomate, vielleicht?«

»Was immer Sie möchten, Miß Valerie.« Die Haushälterin wählte eine Dose aus.

Auf Mrs. Rashes Drängen legte sich Valerie nach ihrem Mittagessen ins Bett. Die Post blieb unbeantwortet. Sie schlief nicht; sie war nicht müde. Und sie dachte immer wieder über ihre Idee vom Morgen nach.

Den Tod der Elster.

Valerie haßte Beerdigungen. Dieser jedoch würde sie mit Freuden beiwohnen. Den Sarg in die Erde sinken zu sehen mit dem Wissen, daß jetzt nichts mehr zwischen ihr und Hal stand ...

Doch wie? Wie würde die Elster sterben? Das war die Frage.

Später am Nachmittag erklärte sich Valerie für einigermaßen genesen. Sie ging zurück in die Küche für das zur Gewohnheit gewordene Ritual, mit Mrs. Rashe Tee zu trinken. Die Haushälterin war wie ein Wirbelwind durch alle Räume gefegt. Mit grimmiger Entschlossenheit hatte sie Staubsauger, Schrubber und Staubtuch eingesetzt und war nun bereit, sich bei einer Tasse Tee zu entspannen.

»Sie fühlen sich also besser? Hab' ich es Ihnen nicht gesagt, süßer Tee und ein kleines Schläfchen bringen Sie wieder auf die Beine«, deklamierte Sybil Rashe zufrieden, während sie den Kessel ein weiteres Mal füllte. Wirklich, dachte sie, es ist ein Wunder, wie Miß Valerie überleben kann, wenn ich nicht da bin. Wenn ich nicht dafür sorgen würde, daß sie auf sich achtet ...

Valerie setzte sich an den Küchentisch. »Danke, Mrs. Rashe. Sie hatten natürlich recht«, sagte sie unterwürfig.

Während sie darauf wartete, daß das Wasser kochte, überschaute Sybil Rashe ihre Arbeit. Der Boden war fleckenlos, der Herd glänzte, und die Spüle blendete sogar das Auge. »Rose Cottage ist ein Schmuckstück, wenn ich das so sagen darf.«

»Sie haben wundervolle Arbeit geleistet, Mrs Rashe. Doch das ist natürlich immer der Fall.«

»Sie wissen, daß ich bereit wäre, öfter zu kommen, Miß Valerie. Sagen wir, zweimal die Woche?« Dieser Austausch war ebenfalls Teil des Rituals. Sybil Rashe wiegte sich wie immer in der leisen Hoffnung, daß Miß Valerie ihr Angebot eines Tages annehmen würde.

Valerie reagierte wie erwartet. »Sie erledigen doch an einem Nachmittag mehr als jeder andere in zwei Tagen.«

Es stimmte; Sybil Rashe wußte es. Sie wärmte die Teekanne mit fast kochendem Wassers aus dem Kessel. Mit äußerster Sorgfalt gab sie es in die Spüle, um deren Schönheit nicht mit Wassertropfen zu verunstalten. Um sicherzugehen, wischte sie noch einmal nach. »Ich könnte morgen früh noch einmal herkommen, bevor diese Zeitungsleute hier sind«, bot sie an. »Damit auch wirklich alles in Ordnung ist. Ich könnte sogar bleiben, während sie da sind. Nur für den Fall.« Ihre Tochter Brenda, eifrige Leserin der Zeitschrift *Hello*, wäre einigermaßen beeindruckt, wenn sie ihr einen Augenzeugenbericht des Fototermins geben würde.

»Ich werde heute abend sehr vorsichtig sein«, versicherte Valerie ihr. Es würde schlimm genug sein, Shaun morgen in der Nähe zu haben. Nicht auch noch Mrs.

Rashe, die sich in die Vorgänge drängen und den Leuten befehlen würde, aufzupassen, wo sie ihre Kaffeetassen abstellten.

Diese akzeptierte die Ablehnung gleichmütig – es war einen Versuch wert gewesen – und setzte sich mit dem frisch gebrühten Tee an den Tisch.

Es war Zeit für den nächsten Teil des wöchentlichen Rituals. »Und, wie geht es Ihrer Familie, Mrs. Rashe?« fragte Valerie pflichtbewußt.

»Also«, sie holte tief Luft, »mein Frank hatte am Wochenende Geburtstag.«

»Ach ja, das sagten Sie. Sie wollten eine Familienfeier veranstalten.«

Sie war vorbereitet; aus den Taschen ihres Overalls holte Sybil Rashe ein dickes Paket Fotos hervor.

»Fotos – wie nett«, sagte Valerie bemüht heiter.

»Na ja, Miß Valerie, Sie sagten immer, Sie würden gerne sehen, wie wir alle aussehen. Wie Sie wissen, haben wir nie viel übrig gehabt für Schnappschüsse – viel zu viele Umstände, einen ganzen Film zu verknipsen, ihn dann zu ›Boots‹ bringen zu müssen und so. Doch unsere Kim hat eine neue Kamera – eine dieser neumodischen Sofortbildkameras. Sie müssen nicht einmal warten, bis die Bilder entwickelt sind.«

Valerie konnte nicht anders, sie wurde neugierig. »Dann lassen Sie mal sehen.«

»Hier sind mein Frank und ich.« Sie reichte ihr ein Foto herüber. Die beiden waren ein komisch aussehendes Paar: Ein Bär von einem Mann, mit einem Bauch, der zeigte, daß er gerne einen hob, und dann diese winzige, drahtige Frau. Sein Gesicht war so rot und glatt wie ihres ledrig und faltig. Beide sahen älter aus, als sie waren.

»Wie nett.«

Sybil Rashe hatte das Gefühl, daß ein Kommentar nötig

sei. »Er ist ein guter Mann, mein Frank«, sagte sie liebevoll. »Er hat seine Fehler, doch er ist ein guter Mann.« Sie legte das nächste Foto auf den Tisch. »Und hier ist unsere Brenda.«

Brenda schlug nach ihrer Mutter, sah Valerie: Sie hatte die gleiche kleine Statur. Allerdings besaß sie eine gewisse Eleganz; diese zu erreichen wäre ihrer Mutter wahrscheinlich nie auch nur in den Sinn gekommen. Ihr Haar war blond und präzise gestylt; ihr kleines Gesicht, mit oder ohne Make-up und gezupfte Augenbrauen, konnte sogar als hübsch bezeichnet werden. Sie war geschmackvoll gekleidet, obwohl es sich offensichtlich um billige Sonderangebote der Saison aus dem Kaufhaus handelte. »Was ist mit Ihrem Freund?« fragte Valerie. Sie war nun ehrlich neugierig. »Haben Sie auch eines von ihm?«

Mrs. Rashe schnaubte verächtlich. »Er ist nicht gekommen. Frank will ihn nicht im Haus haben. Frank ißt noch nicht einmal Curry-Gerichte. Nennt es ›ausländischen Mist‹. Ich muß gestehen, ich esse Curry-Gerichte manchmal ganz gerne.«

Frank hört sich richtig zum Verlieben an, dachte Valerie.

»Und hier ist unser Terry«, fuhr Sybil Rashe fort. Sie übergab ihr das nächste Foto.

Terry ähnelte ebenfalls dem weiblichen Elternteil, zumindest der Größe nach; in männlicher Form bedeutete das ›schmächtig‹. Seine Augen waren allerdings die von Frank: Sie waren klein und standen eine Winzigkeit zu eng beieinander. Wie Frank trug er auch einen Schopf brauner Haare. Auf dem nächsten Foto hielt Terry einen kleinen Jungen auf dem Arm, mit leuchtend roten Haaren und einem feierlichen Gesichtsausdruck. »Zack«, bestätigte Sybil Rashe. Sie sprach den Namen aus, als stünde er in Anführungszeichen. »Ich werde mich mit diesem Namen nie anfreunden.«

»Was ist mit Delilah?« Valerie streckte ihre Hand für das nächste Foto aus. »Haben Sie eines von ihr?«

»Oh, Fräulein Hochwohlgeboren ist nicht erschienen«, sagte die Schwiegermutter der fraglichen Person mit unverhohlener Verachtung. Die übrigen Fotos hielt sie an ihre Brust gepreßt. »Sie hatte Besseres zu tun, ich bitte Sie. Das sagte sie jedenfalls. Mit einem anderen Mann auf und davon, das würde mich nicht wundern.«

»Hat Delilah rote Haare?« Valerie konnte nicht anders, sie mußte diese Frage stellen, obwohl sie den Verdacht hatte, die Antwort bereits zu kennen.

»Die nicht«, schnaubte Mrs. Rashe. »Rabenschwarz, das ist ihre Haarfarbe. Der Barmann im ›Georg und der Drache‹, sein Haar hat genau diese Farbe«, fügte sie mit einem bedeutungsvollen Nicken hinzu und tippte sich an die Nase.

Es folgte eine Reihe weiterer Fotos – Familienmitglieder in den verschiedensten Zusammenstellungen: Frank, wie er ein in leuchtendes Papier verpacktes Päckchen öffnet, Frank und sein Geburtstagskuchen. Neben den jeweils abwesenden Partnern fehlte jedoch noch jemand; Valerie stellte fest, daß sie neugierig war, Kim zu sehen; die junge Frau, deren Identität sie sich geborgt hatte. »Haben Sie keines von Kim?« hakte sie nach.

»Unsere Kim hat die Fotos geschossen«, erinnerte sie Mrs. Rashe. »Sie mag es nicht, fotografiert zu werden. Doch sie hat eines von sich machen lassen. Und von diesem nutzlosen Kev«, fügte sie wegwerfend hinzu.

Das Foto war unscharf. Es war jedoch deutlich, daß Kim, als einzige von allen Rashe-Kindern, der Statur nach ihrem Vater nachschlug. Sie war ein großes Mädchen, großbrüstig und breithüftig, mit messingblond gefärbten Haaren; der dunkle Ansatz war sichtbar.

Kim saß auf Kevs Schoß. Obwohl er von ihrer Masse

verdeckt wurde, sah es so aus, als ob er ihr von der Größe her in nichts nachstand. Beide trugen Jeans, nicht allzu sauber, und Kev hatte eine schwarze Lederjacke an.

Valerie lächelte in sich hinein; die Unverhältnismäßigkeit ihrer Identifikation mit diesem Mädchen war äußerst amüsant. Glücklicherweise war die Aufmerksamkeit ihrer Mutter auf das Foto gerichtet, nicht auf ihre Arbeitgeberin.

»Sehen Sie sich den Ring an«, sagte sie und zeigte darauf.

Tatsächlich, das Foto war im Vordergrund scharf. Mit einem stolzen Lächeln streckte Kim ihren Arm in Richtung Kamera; an ihrer linken Hand trug sie einen Ring mit einem enorm großen Stein.

»Ein Ring?« echote Valerie, belustigt. »Sie ist also verlobt?«

Sybil Rashe drehte den Kopf, um sie vorwurfsvoll anzusehen. »Natürlich ist sie das. Ich habe es Ihnen vor mindestens zwei Wochen schon gesagt. Kev hat ihr einen Ring gekauft und sie werden heiraten.«

»Ja, natürlich.« Valerie nickte, obwohl sie sich nicht an eine solche Unterhaltung erinnern konnte. »Steht das Datum schon fest?«

»Noch nicht. Sie versuchen immer noch, ihren Vater zu überreden, dafür zu bezahlen.« Mrs. Rashe warf den Kopf zurück. »Kim sagt, er hätte jede Menge für Brendas Hochzeit ausgegeben und müßte für sie dasselbe tun. Verstehen Sie mich nicht falsch, Kim konnte ihren Vater schon immer um den kleinen Finger wickeln. Doch ich sage, wenn Kev es sich erlauben kann, einen solchen Ring zu kaufen, dann kann er es sich auch leisten, für seine eigene Hochzeit aufzukommen. Sie leben immerhin schon zusammen, als ob sie verheiratet wären und so. Zu meiner Zeit wurden die Dinge anders geregelt.«

»Ich dachte, Kev würde stempeln gehen«, wunderte sich Valerie laut.

Mrs. Rashe war in voller Fahrt. »*Und* sie wollen in der Kirche heiraten, bitteschön. Eine weiße Hochzeit, drunter tun sie's nicht. Für uns hieß es immer Kapelle, nicht Kirche. Außerdem, unsere Kim hat ewig und drei Tage keinen Fuß mehr in die Kapelle gesetzt, ganz zu schweigen von der Kirche. Und ich denke nicht, daß Kev *jemals* zuvor das Innere einer Kirche gesehen hat. Doch nichts anderes ist gut genug, sie müssen in der Kirche heiraten – sieht besser aus auf den Fotos, sagt Kim. Sie haben sich sogar mit dem Vikar getroffen. Können Sie sich das vorstellen?« Sie wandte sich Valerie zu; erwartete eine Antwort. Sie wurde enttäuscht. Valeries Gesicht war bar jeder Regung; sie hörte nicht mehr zu. Die Erwähnung der Kirche und des Vikars hatte sie lebhaft an die Elster erinnert. Nicht an eine Hochzeit, sondern an eine Beerdigung.

Gervase stand, obwohl ihn die professionelle Art von Kriminalinspektor Elliott etwas beruhigt hatte, immer noch unter Schock. Die Telefonate, die er führen mußte, hielten ihn davon ab, ins Brüten zu versinken. Rosemary versorgte ihn ständig mit Tassen heißen Tees und gab in regelmäßigen Intervallen beruhigende Laute von sich.

»Der Erzdiakon geht immer noch nicht ans Telefon«, sagte er kurz vor vier Uhr nachmittags; Rosemary hatte gerade eine weitere Tasse Tee in sein Arbeitszimmer gebracht. »Könntest du ihren Mann fragen, wann sie zu Hause zurück erwartet wird?« Er deutete mit dem Kopf in Richtung Wohnzimmer, in dem Hal Phillips den ganzen Tag gearbeitet hatte. »Und vielleicht könntest du ihm eine Tasse Tee anbieten, meine Liebe.«

Rosemary war, aus Gründen, die sie nicht wirklich verstand – und die auch wohl besser nicht näher untersucht wurden –, dem Wohnzimmer ferngeblieben, während Hal arbeitete. Sie hatte ihn am Morgen gegrüßt und dafür gesorgt, daß er alles bekam, was er benötigte; danach hatte sie das Wohnzimmer gemieden. Auf Gervases Vorschlag hin fügte sie sich jedoch und brachte eine Tasse Tee hinein.

Sie fand Hal auf der Leiter. Er strich die Decke mit einer Rolle. Hal grinste sie entzückt von oben an, ließ die Rolle ins Tablett fallen und stieg hinunter. »Tee, wie wundervoll.« Er sah auf seine Uhr. »Es ist später als ich dachte. Zeit für den choralen Abendgottesdienst. Hatten Sie vor, zuzuhören?«

Rosemary schaltete das Radio ein. »Eine meiner liebsten Zeiten in der Woche«, bestätigte sie. »Mittwoch nachmittags um vier koche ich mir normalerweise einen Tee und lege die Beine hoch, wenn Daisy mich läßt.«

»Wo ist Daisy?« wollte Hal wissen. »Sollte sie nicht um diese Zeit zu Hause sein?«

»Als ich sie abholen wollte, bat sie mich, ihr zu erlauben, zum Spielen mit zu Samantha zu gehen«, erklärte Rosemary.

Hal schüttelte den Kopf und grinste. »Wankelmütiges kleines Biest. Sie führt mich an der Nase herum. Sagt mir, ich sei ihr Freund und geht dann zu jemand anders spielen.« Er zog eine Augenbraue hoch.

Rosemary lächelte zurück. »Gervase läßt fragen, ob Sie wissen, wann der Erzdiakon wieder zu Hause sein wird.«

»Keine Ahnung. Das kann jederzeit sein, zwischen jetzt und heute abend spät. Sie ruft für gewöhnlich an und läßt mich wissen, wie ihre Pläne aussehen – oder, präziser ausgedrückt, ob sie möchte, daß ich ihr ein Abendessen koche.« Er warf einen Blick auf sein Mobiltelefon. Es lag in Reichweite auf dem Tisch. »Doch sie hat noch nicht angerufen.«

Rosemary war es bisher nicht in den Sinn gekommen, daß Hal für das Kochen in diesem Haushalt zuständig sein könnte. Das war natürlich zu erwarten. Wie schön für den Erzdiakon, dachte sie unwillkürlich.

Wie auf Kommando fing Hals Telefon an zu piepsen. Rosemary zuckte zusammen; Hal griff danach und drückte einen Knopf, um die Verbindung herzustellen. »Hallo?«

»Hallo, Hal«, erwiderte die Stimme am anderen Ende; es war nicht Margaret. »Ich habe gerade an dich gedacht und mich gefragt, wie es dir geht.«

Hal holte tief Luft. Dann sagte er ruhig: »Rufen Sie mich bitte nicht mehr an.« Er drückte auf einen Knopf, um die Leitung zu unterbrechen, und legte das Telefon auf den Tisch zurück.

»Nicht der Erzdiakon?« vermutete Rosemary, verwirrt.

Wäre Rosemary Finch eine andere Frau gewesen oder eine andere Art Frau, hätte Hal wahrscheinlich einen Scherz daraus gemacht. Wenn Margaret statt dessen dagewesen wäre, hätte er vermutlich mit den Schultern gezuckt und gesagt: »Eine aus meinem Heer von Bewunderern.« Doch aus irgendeinem Grund wollte er nicht, daß Rosemary über Valerie Marler Bescheid wußte. »Nein, nicht Margaret«, sagte Hal mit Nachdruck. »Falsch verbunden. Jetzt aber.« Er drehte am Radio, um den Empfang zu verbessern, als der Vorsänger in einer fernen Kathedrale anstimmte: »Oh, Gott, öffne Du unsere Lippen.«

»Dann leisten Sie mir Gesellschaft beim Abendgottesdienst?« fragte er. »Obwohl es ja eigentlich nicht an mir ist, diese Einladung auszusprechen. Es ist schließlich Ihr Radio und Ihr Haus.« Wieder grinste er sie an.

»Ein Angebot, dem ich nicht widerstehen kann«, sagte sie und lächelte zurück.

Hals Spiel beim Squash war an diesem Abend nicht so gut wie sonst. Er wurde von Mike Odum hoch geschlagen: drei zu eins.

Danach, im Umkleideraum, kostete Mike seinen Triumph wortreich aus. »Du wirst faul, Kumpel«, verkündete er. »Bist nicht mehr in Form. Du bekommst offensichtlich nicht die gleiche Menge Training wie ich, wenn du weißt, was ich meine.« Er trat aus der Dusche, ließ sein Handtuch unbekümmert auf den Boden fallen und begann, sich anzuziehen.

»Und wer hat immer erzählt, daß ein Polizeibeamter kein glückliches Los gezogen hat?« sagte Hal leichthin. Er rubbelte seine feuchten Haare. Er war nicht in der Stimmung, sich Mikes lüsterne Beschreibungen seiner kleinen Tigerin anzuhören – und der Unmenge ›Training‹, mit der sie ihn versorgte. Es ist an der Zeit, das Thema zu wechseln, entschied er. Bis zu diesem Zeitpunkt waren die Unterhaltungen der beiden Männer meist auf persönlichen Klatsch beschränkt gewesen, wenn es um Mikes Arbeit als Polizist ging. Hal sah jedoch keinen Grund, warum er die Grenze nicht ein wenig ausdehnen sollte. »Weil wir gerade von Polizisten sprechen, ich habe heute einen deiner Männer gesehen.«

Mike, immer auf der Jagd nach guten Klatschgeschichten, sah ihn interessiert an. »Ach ja? Wer war es denn?«

»Wir sind uns nicht vorgestellt worden«, gab Hal zu. »Er kam nach Branlingham ins Vikariat, wo ich arbeite. In die Kirche dort ist gestern eingebrochen worden, und dieser Typ hat Nachforschungen angestellt.«

»Großer Kerl, strähniges Haar?« warf Mike in den Raum, während er seinen eigenen borstigen Kopf rubbelte.

Hal nickte. »Stimmt.«

»Pete Elliott«, verkündete der Polizist. »Kriminalinspektor Elliott, sollte ich sagen. Wir hatten einige Kircheneinbrüche in letzter Zeit. Er befaßt sich mit den meisten.«

»Kriminalinspektor Elliott.« Hal versuchte, sich zu erinnern, was ihm über Pete Elliott erzählt worden war; da Mikes Kollegen nur Namen waren für Hal, hatte er manchmal Schwierigkeiten, sie auseinanderzuhalten. »Hilf meinem Gedächtnis auf die Sprünge.«

Mike zuckte mit den Schultern. »Er ist derjenige, der sich so ziemlich jede Woche in eine andere Frau verliebt. Ohne die kleinste Chance, bei einer von ihnen zu landen, der arme Kerl.«

»Warum nicht?«

»Na ja, er sieht nicht unbedingt aus wie eine griechische Statue, oder?« Mike besaß den Anstand, sich selbst über Hals Schulter hinweg mißbilligend im Spiegel zu betrachten. »Nicht, daß ich so aussähe, wirklich nicht. Doch Pete lebt immer noch zu Hause bei seiner Mama.«

»Ich sehe nicht, warum das einen Unterschied machen sollte«, protestierte Hal.

»Du kennst Pete nicht.« Mike band seine Schuhe, während er versuchte, eine Erklärung abzugeben. »Es ist nicht so, daß er sich in unscheinbare kleine Sekretärinnen verguckt. Oder in Frauen, bei denen er eine Chance hätte. Nein, er verknallt sich in die Glamourpuppen. Die, die ihm noch nicht mal guten Tag sagen würden. Je unerreichbarer, desto besser, so sieht es aus.«

»Schließt das deinen kleinen Tiger mit ein?« neckte Hal.

Mike lachte amüsiert auf. »Sie würde ihn zum Frühstück verspeisen. Ich glaube, er hat ein bißchen Angst vor ihr, um ehrlich zu sein.«

Hal erinnerte sich allmählich, was ihm über Pete Elliott gesagt worden war. »Und er erzählt jedermann von seinen hoffnungslosen Leidenschaften, sagtest du?«

»Ja, das die andere Sache mit Pete«, bestätigte Mike. Er öffnete den Reißverschluß seiner Sporttasche und stopfte seine verschwitzten Klamotten hinein. »Er trägt sein Herz auf der Zunge. Er kann nicht widerstehen, einfach jedem von seiner neuesten Flamme zu erzählen. Es ist allerdings so, daß das alles sehr keusch abläuft. Alles sehr romantisch. Wenn er durch irgendein Wunder mal eine seiner Herzchen alleine antreffen würde und sie willig wäre ... Ich denke nicht, daß er wüßte, was er mit ihr anfangen sollte.«

»Hört sich ziemlich harmlos an für mich.« Hal betrachtete sich im Spiegel, gab seinem Haar einen letzten Strich mit dem Kamm und prüfte, ob der Scheitel gerade war.

Mike klemmte seinen Schläger unter den Arm. »Ich möchte dir keinen falschen Eindruck von Pete vermitteln. Er mag zwar ein Schlappschwanz sein, wenn es um Frauen geht, doch er ist ein verdammt guter Polizist. Wenn jemand denjenigen zu fassen kriegen kann, der in diese Kirchen eingebrochen ist, dann ist das Pete Elliott.«

Kapitel 10

Valerie fühlte sich in ihrem neuen Wagen, dem unauffälligen blauen Polo, sowohl unsichtbar als auch unschlagbar. Es vergingen einige Tage. Das Team von *Hello* kam und ging. Sie schaffte es, Shaun für das Wochenende abzusagen; sie behauptete, daß sie andere Gäste erwartete. Er war mißtrauisch – warum hatte sie vorher nichts erwähnt? Wer waren diese Gäste? –, doch jedenfalls kam er tatsächlich nicht. Befreit von ihm, verbrachte Valerie den größten Teil des Wochenendes damit, in ihrem neuen Auto durch Saxwell zu kurven.

Sie hatte großes Verlangen nach Hals Anblick, sei es auch nur kurz und von weitem; es war bereits über eine Woche her, seit sie ihn gesehen hatte. Sie mußte sich versichern, daß er wirklich so attraktiv und begehrenswert war, wie sie ihn im Gedächtnis hatte. So nahm sie am Samstagnachmittag die gewohnte Abzweigung in die Bury Road, parkte den Polo um die Ecke zur Erzdiakonie und besetzte ihre Position in der Telefonzelle gegenüber. Der weiße Kombi stand in der Einfahrt; Hal mußte zu Hause sein.

Diese Annahme stellte sich jedoch als falsch heraus. Nachdem sie eine Weile dort gestanden hatte – mit ihren eigenen Gedanken beschäftigt, sie hatte vergessen, wie lange – bog der dunkle Wagen der Elster in die Einfahrt ein, und beide stiegen aus: Hal und die Elster. Hal und seine Frau. Es war das erste Mal, daß Valerie sie zusammen sah. Sie war erstaunt darüber, wie weh das tat. Ja, Hal war genauso hinreißend, wie sie ihn in Erinnerung hatte; er wandte sich der Elster zu, sagte etwas zu ihr und ließ sein überwältigendes Lächeln aufblitzen. Valerie hielt vor

Schmerz die Luft an. Als sich die Vordertür hinter den beiden geschlossen hatte, stellte sie fest, daß sie noch immer die Luft anhielt; sie atmete langsam aus und entspannte ihre Hände. Ihre Nägel hatten halbmondförmige Eindrücke auf ihren Handflächen hinterlassen.

Sie hatte ihre Mission erfüllt; sie hatte Hal gesehen. Das würde reichen müssen. Als sie jedoch gerade die Telefonzelle verlassen wollte, öffnete sich die Tür der Erzdiakonie wieder. Die Elster trat hinaus, alleine. Sie stieg in ihren Wagen und fuhr davon.

Valeries Hände zitterten vor Aufregung, als sie in ihrer Tasche nach der Telefonkarte kramte. Sie hatte auf genau so eine Gelegenheit gehofft und daher morgens beim Tanken eine gekauft. Sie schob sie in den Schlitz und wählte Hals Nummer.

Er antwortete nach dem zweiten Klingeln. »Hallo?«

Oh, diese Stimme. Diese höfliche, vornehme Stimme mit ihrem Hauch von Humor und dem Versprechen von Leidenschaft. Valerie öffnete den Mund und stellte fest, daß sie nicht sprechen konnte.

»Hallo?« wiederholte Hal. »Ist da jemand?«

Valerie umklammerte den Hörer. Sie stellte sich vor, wie er neben dem Telefon stand, Verwirrung auf dem Gesicht. Sie versuchte noch einmal, etwas zu sagen; sie brachte nichts heraus außer einem Geräusch tief aus ihrer Kehle, ein ersticktes Krächzen.

»Hallo, ist da jemand? Geht es Ihnen gut?«

Nach einem Moment hörte sie ein Klicken. Er hatte aufgehängt. Die Telefonkarte sprang heraus. Valerie schob sie noch einmal hinein und wählte erneut.

Dieses Mal war der Anschluß besetzt. Vermutlich rief er ›1471‹ an, um herauszufinden, wer ihn angerufen hatte. Nun, das würde ihm nichts helfen; dies war ein öffentliches Telefon. Einen Moment später versuchte sie es wieder.

Sie kam durch, bemühte sich jedoch nicht, etwas zu sagen; es reichte aus, seine Stimme zu hören.

Und so lange er mit ihr am Telefon war, ob sie nun sprachen oder nicht, war er mit ihr verbunden. Nicht mit der Elster, nicht mit irgend etwas anderem beschäftigt, sondern nur auf sie konzentriert. Sie würde bleiben, wo sie war, die Karte einschieben und seine Nummer wählen. Bis die Karte leer war. Oder bis er aufhörte, an den Apparat zu gehen. Den ganzen Nachmittag, wenn es sein mußte.

Sonntag morgen war sie zurück auf ihrem Posten. Es überraschte sie nicht sonderlich, Hal und die Elster gemeinsam aus dem Haus kommen zu sehen. Sie hatte bereits vermutet, daß sie zusammen zur Kirche gehen würden. In der Tat, die Elster war, wie gewöhnlich, in ihr häßliches Schwarzweiß gekleidet, und Hal ... Hal trug Anzug und Krawatte. Es war das erste Mal, daß Valerie ihn im Anzug erblickte. Er sah prächtig aus, besser noch als am Tag zuvor, als er bequeme Hosen und ein am Hals offenes Hemd getragen hatte. Ihr Herz klopfte.

Sie hatte mit dem Gedanken gespielt, ihnen zur Kirche zu folgen – das war schließlich ein öffentlicher Ort, und sie hatte, wie jedermann, das Recht, dort zu sein. Sie wußte jedoch, daß sie sich in dieser Umgebung unbehaglich fühlen würde. Einem Gottesdienst beizuwohnen, insbesondere einer Predigt der Elster, kam überhaupt nicht in Frage, obwohl Hals Anblick beinahe ausreichte, daß sie ihre Meinung änderte. Sie könnte irgendwo hinter und neben ihm sitzen, mit einem guten Blick, und ihn während des Gottesdienstes beobachten.

Aber es war zu spät; die beiden stiegen in den Wagen der Elster und waren bereits weg, bevor Valerie ihren Wagen auch nur erreichen konnte.

Sie überlegte, sich statt dessen die Erzdiakonie näher anzusehen. Das hier schien die perfekte Gelegenheit dafür zu sein: Einerseits wußte sie, daß beide aus dem Haus und höchstwahrscheinlich für mindestens zwei Stunden weg waren; andererseits gab es sonntags morgens nicht viel Verkehr auf der Bury Road. Die Leute schliefen aus; sie würden nicht auf die Idee kommen, vorbeizuspazieren oder aus dem Fenster in die Häuser ihrer Nachbarn zu schauen.

Wie zufällig überquerte Valerie die Straße und spazierte die Einfahrt hinauf. Sie bemühte sich, nicht verdächtig zu erscheinen.

Von ihrem Beobachtungsposten in der Telefonzelle aus hatte sie ausreichend Gelegenheit gehabt, die Vorderseite der Erzdiakonie zu studieren. Es war ein eindrucksvolles Haus, zweiflügelig, überwuchert mit ausgewachsenen Klematis und Glyzinien in voller Blüte. Sie wuchsen in Hülle und Fülle über die Tür und an den Ziegelwänden hinauf. Aus der Nähe hatte sie nun auch Einblick in die Fenster. Rechts der Eingangstür befand sich ein Raum, der aussah wie ein Arbeitszimmer. Bücherregale säumten die Wände, es war mit einem großen Schreibtisch und ein paar Stühlen möbliert. Das der Elster, entschied sie wegwerfend. Das Zimmer auf der anderen Seite schien ein Wohnzimmer zu sein. Die Vorhänge an den Fenstern waren schwer und sahen teuer aus. Valerie konnte zwei dick gepolsterte Sofas erkennen sowie dazu passende Stühle.

Auf der rechten Seite des Hauses befand sich ein kleines Tor, das in den hinteren Garten führte. Valerie drückte die Klinke und fand es unverschlossen. Entzückt von ihrem Glück ging sie an der Seite des Hauses entlang in den Garten.

Der Garten selbst war reizend, auf eine willkürlich wuchernde Art. Jemand in diesem Haus versteht etwas vom Gärtnern und tut es gerne, folgerte Valerie. Entweder das, oder sie beschäftigen einen Gärtner. Sie spazierte zu einem von lila Blüten überquellenden Fliederbusch und atmete sein köstliches Parfüm ein. Ihr Blick wanderte währenddessen über die Rückseite des Hauses.

Aha. Jemand hatte im Erdgeschoß ein Fenster offen gelassen. Unvorsichtige Elster, kritisierte Valerie hämisch. Jemand könnte in dein Haus einbrechen, wenn du solche Sachen machst.

Ohne sich Zeit zum Nachdenken zu geben, näherte sich Valerie dem offenen Fenster. Bevor sie sich jedoch hindurch schob, hielt sie einen Moment inne. Sie hatte keine Angst, von außen entdeckt zu werden: Die Rückseite des Hauses konnte nicht eingesehen werden. Doch was wäre, wenn sich jemand im Haus aufhielte? Jemand, von dem sie nichts wußte, zum Beispiel eine dort wohnende Haushälterin oder sogar ein Kind? Der Gedanke, daß Hal und die Elster Kinder haben könnten, war Valerie bis jetzt nicht in den Sinn gekommen. Es könnte jedoch ein Teenager im Haus sein, der Rockmusik hörte, sich ständig in seinem Zimmer verkroch und niemals herauskam.

Sie würde es riskieren müssen. Dies war ihre beste Chance; das Fenster stand offen, und die Kirchgänger würden noch etwa eine Stunde lang weg sein, wahrscheinlich länger.

Durch ein Fenster zu klettern, ohne gehoben und geschoben zu werden, gestaltete sich schwieriger, als Valerie es sich vorgestellt hatte. Sie kämpfte sich ihren Weg nach Innen und fand sich in einer Art Schmutz- oder Waschraum wieder, hinter der Küche. Es gab keinen Schmutz, nur ein Paar derbe Stiefel, die ordentlich auf dem sauberen Fliesenboden standen. Eine Ansammlung Mäntel hing von Haken an der Wand. Eine alte Barbourjacke, in der Farbe von Hals Augen, erregte kurz ihre Aufmerksamkeit; sie durchquerte jedoch den Raum, ohne sich aufzuhalten. Sie durfte nicht zu viel Zeit damit vergeuden, in diesem Vorraum zu verweilen; sie wollte schließlich das gesamte Haus erkunden.

Die Küche war groß und gut ausgestattet; offensichtlich die Domäne eines Hobbykochs. Ein Regal mit oft gelesenen und sogar mit Fettflecken verschmierten Kochbüchern hing an der Wand, auf einem Gestell waren die verschiedensten Gewürze aufgereiht. Mikrowelle, Küchenmaschine, Wasserkocher, Einbauherd, Keramikspüle, Spülmaschine, große Kühl-Gefrier-Kombination. Also kein Kohlenherd für die Elster, dachte Valerie mit einem Gefühl selbstgefälliger Überlegenheit.

Allerdings auch kein schmutziges Geschirr in der Spüle; ein Punkt zugunsten der Elster. Valerie öffnete die Spülmaschine; Tassen, Besteck und Teller waren ordentlich abgespült und säuberlich hineingestellt worden. Sie warteten darauf, gespült zu werden.

Sie öffnete willkürlich ein paar Schränke und fand die Frühstückszutaten: Cornflakes, Müsli, Haferflocken. War das Hals Auswahl fürs Frühstück? Dann begab sie sich zum Kühlschrank, näherte sich mit Interesse. Er war gut gefüllt mit den üblichen Dingen: fettarme Milch, Margarine, Gläser mit Fertigsoßen, eine Flasche Mineralwasser. Im Gemüsefach lag grüner Salat und eine Zitrone, es gab verschiedene Sorten Käse, eine folienbedeckte Schüssel mit Obstsalat. Was war mit dem Sonntagsbraten? Valerie ging zum Herd und entdeckte das Hähnchen darin. Die Zeitschaltuhr war eingestellt; die Gemüse für das Mittagessen waren vorbereitet und warteten auf der Spüle. Jemand – sicher die Elster – war heute morgen schon fleißig gewesen.

Sie hatte genug Zeit in der Küche verbracht und begab sich jetzt zur Vorderseite des Hauses. Angrenzend an die

Küche gab es ein großes Frühstückszimmer, ein offizielles Eßzimmer befand sich auf der anderen Seite der Eingangshalle. Valerie vermutete, daß die meisten Mahlzeiten im Frühstückszimmer eingenommen wurden. Es besaß eine freundliche, bewohnte Atmosphäre, wohingegen das Eßzimmer fast übermäßig formal gehalten war. Hier gab es dunkel tapezierte Wände und antike Mahagonimöbel, schwere Samtvorhänge hingen vor den Fenstern. Es war mit hervorragendem Geschmack eingerichtet worden, mußte sie anerkennen. Hals Geschmack, natürlich – er hatte sicherlich alles selbst zusammengestellt.

Valerie ging den Flur entlang zum Wohnzimmer. Auch dies war äußerst geschmackvoll eingerichtet. Sie bewunderte den aus Marmor gehauenen Kamin und den luxuriösen Orientteppich; er bedeckte den größten Teil der polierten Bodendielen. Nicht nur Geschmack, sondern auch eine Menge Geld war hier eingeflossen; das machte sie neugierig. Kam die Elster also aus einer reichen Familie, wie die Pandora ihrer Phantasie? Kam das Geld von Hals Seite? Warum um alles in der Welt verbrachte er seine Tage damit, anderer Leute Häuser zu streichen? Wie so viele Dinge, die Hal betrafen, entzogen sich ihr die Antworten faszinierenderweise.

Auf der anderen Seite des Flurs lag das Arbeitszimmer der Elster. Es war ziemlich so, wie Valerie es sich vorgestellt hatte: Regal um Regal, vollgestellt mit Büchern, ausnahmslos langweilige Wälzer über Theologie. Sie warf nur einen flüchtigen Blick darauf und besah sich dann den Rest des Zimmers. Aktenschrank, aufgeräumter Schreibtisch, Computer, Drucker. Es gab nichts, wofür es sich gelohnt hätte zu verweilen. Außer dem gerahmten Bild auf dem Schreibtisch: Hal, natürlich, zusammen mit jemand anderem. Sie nahm es und betrachtete es. Ein Schnappschuß, so schien es, von einem etwas jüngeren Hal, wie er sorglos, im offenen Hemd, in die Kamera grinste. Es fing sein Wesen genau ein; Valerie fühlte, wie sich ihre Brust vor Schmerz zusammenzog. Sie wandte ihre Aufmerksamkeit der anderen Person auf dem Foto zu; ein junger Mann, knapp unter zwanzig, der nur Hals Sohn sein konnte, so ähnlich wie er ihm sah. Dieselben Augen, dasselbe Lächeln. Das einzige, was er von der Elster geerbt hatte, war sein Haar: Es war schwarz und gelockt, statt glatt und golden. Hal und sein Sohn; aus irgendeinem Grund brachte es Valerie an den Rand der Tränen. Der Drang, das Foto in ihre Jacke zu stecken war überwältigend, doch ihr gesunder Menschenverstand siegte. Sie stellte es zurück auf den Schreibtisch und wandte sich zum Gehen.

Als sie das Zimmer gerade verlassen wollte, wurde ihr Blick jedoch von einem dicken roten Buch auf dem Regal neben der Tür gefangen: *Crockfords Kirchenführer*. Vielleicht stand darin etwas Interessantes. Sie zog den Band heraus und blätterte zu ›P‹. Phillips – es gab anderthalb Seiten Phillips, und sie wußte noch nicht einmal den Vornamen der Elster. Außerdem schien alles kodiert zu sein. Das Wort *Saxwell* sprang ihr jedoch von der Seite entgegen. Sie richtete ihren Blick auf den Eintrag: ›Phillips, Ehrw. Margaret Jane.‹ Ihr Name war also Margaret. Für Valerie würde sie dennoch immer die Elster sein. Das Datum hinter dem ›g.‹ mußte ihr Geburtsdatum sein – sie würde also siebenundvierzig werden in diesem Jahr. Das kommt ungefähr hin, überlegte Valerie. In mittleren Jahren. Jenseits.

Sie hatte gehofft, etwas über Hal zu finden. Zwischen den ganzen Abkürzungen schien es jedoch nicht einmal eine Andeutung zu geben, was den Familienstand betraf. Enttäuscht schloß Valerie das Buch und stellte es ins Regal zurück.

Sie schlich die Treppe hinauf. Dabei sah sie auf ihre Uhr.

Sie hatte immer noch viel Zeit und entschied daher, sich das Schlafzimmer für zuletzt aufzuheben. Es war wahrscheinlich eines der großen Zimmer an der Vorderseite des Hauses; also wandte sie sich der Rückseite zu.

Das Haus war ruhig; keine geräuschvollen Anzeichen von Rockmusik ertönten unter den geschlossenen Türen hervor. Sie öffnete die erste Tür jedoch mit Vorsicht, bereit zur schnellen Flucht, sollte es belegt sein.

Offensichtlich war es das Zimmer des Sohnes. Genauso offensichtlich wohnte er nicht mehr darin. Aber seine Sachen waren noch hier: Ein paar Bücher auf dem Regal, Sporttrophäen, gerahmte Bilder und Urkunden an der Wand, doch das Zimmer war zu aufgeräumt, selbst für den ordentlichsten Bewohner. Als Valerie in den Kleiderschrank schaute, stellte sich heraus, daß dieser nur ein paar extra Kissen und Decken enthielt.

Ein schneller Blick auf eine Urkunde, und sie erfuhr, daß er Alexander Phillips hieß und ein begeisterter Ruderer war. Sein Gesicht, mit diesem schmerzlich vertrauten Lächeln, war leicht zu erkennen auf den Fotos seines Achters der Universität Cambridge. Die früheren Fotos zeigten das Gesicht in einer jüngeren Version.

Valerie konnte es nicht ertragen, Alexander Phillips anzusehen. Sie verließ sein Zimmer und betrat das nächste: ein Badezimmer. Eines, das nicht täglich benutzt wurde. Kein Durcheinander von Zahnbürsten und Zahnpastatuben um das Becken und nur ein paar unberührte Handtücher am Halter.

Das nächste Zimmer war interessanter; es war eine Art Familienzimmer. Anders als das formell möblierte Wohnzimmer war es behaglich und gemütlich, wobei es in keinster Weise verwohnt aussah. Fernseher und Videorecorder nahmen eine Ecke ein, es gab eine Stereoanlage sowie eine Sammlung CDs. Auch hier standen einige Bücherregale.

Diese waren mit Büchern bestückt, die nicht in die berufliche Sammlung im Arbeitszimmer der Elster paßten: Romane, Klassiker, Biographien, populärwissenschaftliche Geschichtsbücher, Reiseführer. Valerie überflog die Buchrücken eifrig, in der Hoffnung, eines oder mehrere ihrer Bücher hier zu finden. Sie wurde enttäuscht. Sie hätte wissen müssen, daß die Elster keinen sehr guten Geschmack hatte – außer, wenn es sich um Männer handelte, räumte sie ein.

Neben dem Familienzimmer entdeckte sie ein kleines Zimmerchen – nicht mehr als eine Abstellkammer eigentlich – das wie ein Büro möbliert war. Ihr Puls beschleunigte sich. Das mußte Hals Büro sein! Ein großer Aktenschrank stand in der Ecke, wahrscheinlich enthielt er die Ordner mit den Unterlagen seiner verschiedenen Jobs. Valerie zog die zweite, mit ›L-Z‹ gekennzeichnete Schublade heraus. Sie blätterte durch, bis sie eine Akte fand, die mit ›Marler‹ beschriftet war.

Sie war sich nicht sicher, was sie in der Akte zu finden erhofft hatte: Sie enthielt nicht mehr als eine Kopie seines Kostenvoranschlages für den Job und eine Kopie der Quittung. Diese hatte er in seiner unverkennbaren Handschrift mit ›Bezahlt‹ unterschrieben. Enttäuscht hängte sie die Akte zurück und schloß die Schublade. Sie wandte sich dem Schreibtisch zu. Es war ein kleiner Schreibtisch, mit wenig freiem Platz neben Computer und Drucker. Auch hier stand ein gerahmtes Foto auf dem Schreibtisch. Valerie beugte sich vor, um es zu betrachten.

Die Elster, natürlich; das allein war schlimm genug, doch es war die Elster in ihrem Hochzeitskleid. Unglaublich jung, außer sich vor Glück, unbestreitbar schön. Schwarz und weiß: in einem hauchzarten weißen Kleidchen, mit einer Wolke schwarzer Haare unter einem weißen Schleier. Valerie verspürte den unbändigen Drang, das

Bild zu zerschmettern, es wieder und wieder auf den Schreibtisch zu schlagen, bis das Glas in tausend Stücke zersplittert war, dann wollte sie das Foto in Fetzen reißen um dieses Gesicht auszulöschen, das ihr strahlend vor Hoffnung und Freude entgegenlachte.

Statt dessen flüchtete sie aus dem Zimmer. Es waren zwei Türen übriggeblieben, an der Vorderseite des Hauses; Valerie schob eine Tür auf und wußte sofort, daß sie in das eheliche Schlafzimmer blickte. Sie wandte sich der anderen Tür zu.

Der dahinter liegende Raum war geschmackvoll aber unpersönlich eingerichtet, ein Gästezimmer. Mit einer willkürlichen Auswahl an Büchern auf dem Nachttisch und – stellte Valerie fest, als sie nachsah – einem leeren Kleiderschrank. Nicht viel hier, was ihre Aufmerksamkeit erregen konnte. Sie verließ das Zimmer und ging weiter.

Da das große Badezimmer unbenutzt war, folgerte Valerie, daß es einen vom Flur unzugänglichen, mit dem Schlafzimmer verbundenen Innenraum geben mußte. Sie durchquerte das Schlafzimmer schnell und öffnete eine Seitentür. Sie hatte recht.

Dieses Badezimmer wurde täglich benutzt. Hier waren die Zahnbürsten, die dicken Badehandtücher und die Morgenmäntel. Diese hingen von zwei Haken an der Rückseite der Tür. Zwei Morgenmäntel.

Valerie hatte vermutet, daß der Morgenmantel der Elster schlicht und praktisch sei: Weißer Frottee vielleicht oder matronenhafter Baumwollvelours, oder Flanell. Er war tatsächlich weiß und schlicht, allerdings aus glattem Satin. Valerie konnte sich nicht davon abhalten, ihn zu betasten. Dann erinnerte sie sich daran, wem er gehörte. Sie zog ihre Hand zurück, als hätte sie sich verbrannt.

Der andere Morgenmantel war aus feiner Wolle, in lebhaften dunklen Farben gewebt. Hals. Valerie berührte ihn zärtlich. Sie ließ die Finger über den Stoff streichen. Sie barg ihr Gesicht in den Falten und atmete tief ein, inhalierte Hals Geruch. Es reichte aus, um sie schwindlig werden zu lassen vor Verlangen.

Nach einer Weile lebhafter Phantasien wandte Valerie ihre Aufmerksamkeit dem Spiegelschränkchen über dem Waschbecken zu. Sie zog die Türen auf und überflog den Inhalt: Eine Flasche Schmerzmittel, ein Päckchen Pflaster, eine Tube Desinfektionssalbe, Zahnpasta, Deodorants; Hals Rasierzeug. Sie nahm seinen Rasierer heraus und wiegte ihn in der Hand: Keine billigen Wegwerfrasierer für Hal, stellte sie mit Befriedigung fest. Es war jedoch auch kein hochtechnisiertes Gerät, mit Doppelklinge, Feuchtigkeitsstreifen und Schwingkopf. Sein Rasierer war solide, altmodisch und kompromißlos. Von der Sorte, für die man richtige Rasierklingen benötigte. Wie, fragte sich Valerie plötzlich übergangslos, brachten es moderne Selbstmordkandidaten fertig, sich mit Wegwerfklingen die Pulsadern zu öffnen?

Sie streichelte seinen Rasierer, mied die tödliche Klinge und legte ihn zurück an seinen Platz im Schrank. Sie nahm die Flasche Rasierwasser heraus: Eine teure, exklusive Marke natürlich. Sie schraubte den Deckel ab und atmete tief ein; das rief eine sofortige, schwindelerregende Vision von Hal hervor. Valerie schloß ekstatisch die Augen. Sie öffnete sie wieder und schaute zur Badewanne. Sie konnte ihn fast sehen, dort, unter der Dusche, das Wasser spritzte von seiner Haut ab, von seinem wundervollen, perfekten Körper ...

Geschwächt von ihrer Vorstellungskraft schaffte Valerie es dennoch, das Aftershave in den Schrank zurückzustellen und die Tür zu schließen. Es war Zeit für das Schlafzimmer. Hals Schlafzimmer.

Neben der Tür befand sich eine Frisierkommode, auf

der diverse Fläschchen und Gläschen mit Lotionen und Lösungen standen. Feuchtigkeitscremes und Cremes gegen trockene Haut, bemerkte Valerie mit Verachtung. Was erwartete die Elster? Sie war alt – natürlich hatte sie trockene Haut. All diese Lotionen würden ihr ihre Jugend nicht zurückbringen, und auch Hals Liebe nicht. Warum konnte sie nicht einfach aufgeben und ihre Unterlegenheit eingestehen?

Valerie öffnete den Kleiderschrank. Auf der einen Seite hingen die erwarteten Kleider der Elster: Schwarze Röcke ohne jeden Schick, schwarze klerikale Hemden und ein paar bequeme Sachen. Hals Kleidung nahm mehr als die andere Hälfte des Kleiderschranks in Anspruch. Es gab einige saubere weiße Overalls, eine Anzahl Hemden, ein paar bequeme Baumwollhosen, ein paar Jeans, außerdem ein Paar schicke Wollhosen, einen dunkelblauen Blazer mit Messingknöpfen, ein hanffarbenes Leinenjackett und zwei dunkle Straßenanzüge. Zusammen verströmten sie einen Geruch nach Hal. Valerie atmete tief ein, während sie die Kleidungsstücke eines nach dem anderen berührte.

Es wird langsam Zeit, stellte sie plötzlich fest. Sie sollte jetzt weiterstöbern. Valerie wechselte zu der am nächsten stehenden von zwei Kommoden. Es war die der Elster. Das wurde ihr klar, als sie die oberste Schublade herauszog: Schwarze Strumpfhosen, weiße Unterröcke. Und Schlüpfer, schwarze und weiße. Zu ihrer Überraschung waren die Schlüpfer nicht von der Sorte, die Frauen mittleren Alters tragen sollten, praktisch und häßlich und bescheiden. Nein, es waren sexy Slips, Fähnchen aus Spitze, vorne tief und an den Beinen hoch geschnitten. Die Elster sollte sich was schämen, solche Sachen zu tragen, dachte Valerie mit mißbilligendem Stirnrunzeln, als sie ein Paar untersuchte. Natürlich sollte sie sie eigentlich nicht dafür verurteilen, daß sie versuchte, das Interesse ihres Mannes geweckt zu halten. Das war allerdings vergebliche Liebesmüh'. Arme, jämmerliche Elster – sie hatte beinahe Mitleid mit ihr.

Auf der anderen Kommode bemerkte Valerie plötzlich ein altmodisches Bürstenset für Herren. Sie ließ die Unterhosen der Elster fallen, knallte die Schublade zu und beeilte sich, ihren neuen Fund zu untersuchen. Zärtlich nahm sie die versilberte Bürste in die Hand und zog ein paar kurze, honiggoldene Haare zwischen den Borsten hervor. Sie suchte in ihren Taschen, holte ein Taschentuch hervor und wickelte die Haare vorsichtig darin ein. Dann verwahrte sie das Taschentuch sicher in ihrem BH.

Sie zog die Schubladen eine nach der anderen heraus: Hals Socken, Hals Unterwäsche. Ein Stapel schneeweißer Boxershorts aus Baumwolle, gewaschen und gebügelt. Valerie nahm das oberste Paar heraus und barg ihr Gesicht darin. Es roch nur nach Waschpulver und Weichspüler, nicht nach Hal, doch es waren *seine* und kostbar für sie. Sicherlich, dachte sie, würde er ein Paar nicht vermissen, er besaß so viele. Ihr dagegen würde es so viel bedeuten. Sie faltete es und steckte es in die Tasche, ihren Talisman von Hal. Sie würde mit den Shorts unter dem Kopfkissen schlafen. Heute nacht und jede darauffolgende Nacht, bis Hal selbst ihr gehörte.

Mit diesen Gedanken wandte sie sich dem Bett zu. Hals Bett. Sie widerstand dem Impuls, sich hinzulegen und ihren Kopf auf sein Kopfkissen zu betten. Sie hob das nächstliegende Kissen. Darunter lag, säuberlich gefaltet, ein weißes Nachthemd; sie zog es heraus und hielt es hoch. Das war kein viktorianisches Kleidungsstück, alles bedeckend, geschlossen bis zum Hals. Es war ein äußerst modisches Nachthemd, ein duftiges, leichtes Spitzenhemdchen aus einer Andeutung hauchdünner Seide. Ein grauenhaftes, obszön teures Negligé. Von der Art, wie sie ein Mann einer Frau kauft.

Valerie kannte nur zwei Gründe, warum ein Mann solch ein Nachthemd für eine Frau kaufen würde: Entweder er liebte sie sehr, oder er fühlte sich überaus schuldig. Sie war sich sicher, daß es nicht der erste Grund sein konnte; Hal liebte die Elster nicht mehr – wenn er es denn jemals getan hatte. Sie hatte ihn wahrscheinlich in die Ehe gezwungen, hatte ihn verführt und war schwanger geworden. Er war bei ihr geblieben, um des Kindes willen. Es sah nicht so aus, als ob es noch mehr Kinder gäbe. Das sprach für sich.

Also mußte es der zweite Grund sein. Valeries Herz sang, als ihr plötzlich klar wurde, daß Hal sich *ihretwegen* schuldig fühlte. Er hatte sich in sie verliebt. Ihr Impuls, das Nachthemd zu zerfetzen, es in Stücke zu reißen, verging mit dieser selbstgefälligen Sicherheit. Soll die Elster ihr Nachthemd doch behalten, dachte Valerie großzügig. Sie stopfte es unter das Kissen zurück. Die Elster besaß Hals Liebe nicht, würde es auch nie. Soll sie das Nachthemd behalten, dieses Sühneopfer ihres Ehemannes. Hal gehörte *ihr*, spätestens sobald die Elster aus dem Weg geräumt war.

Beschwingt und leichten Herzens verfolgte Valerie ihre Schritte zurück; die Treppe hinunter, aus dem Fenster und um die Ecke zu ihrem Wagen, beladen mit ihren kostbaren Schätzen.

Als berufstätige Frau schätzte Hazel Croom ihre Wochenenden. Die Samstage waren mit Einkäufen, Hausarbeit und anderen notwendigen Aufgaben ausgefüllt. Hinzu kam, natürlich, in den meisten Wochen das Arrangement der Blumen in der Kirche. Samstage zählten daher eher als ein weiterer Arbeitstag. Doch ihre Sonntage waren ihr heilig.

Sie verliefen normalerweise nach ein und demselben Muster: Sie stand früh auf, schälte die Kartoffeln und bereitete Gemüse und Fleisch für das sonntägliche Mittagessen vor. Danach ging sie zu St. Marks in die Messe. Als ordentliche Anglo-Katholikin fastete Hazel vor der Messe; es gab also kein Frühstück, noch nicht einmal eine Tasse Tee. Für jemanden, der an die Vorzüge eines guten, nahrhaften Frühstücks glaubte, um den Tag vernünftig zu beginnen, bedeutete dies ein ziemliches Opfer. Das war es jedoch, was dem ganzen Wert verlieh. Wäre sie eine dieser Personen – wie so viele dieser dummen Mädchen an ihrer Schule –, die das Frühstück normalerweise ausfallen ließen oder nur eine Scheibe Toast zu sich nahmen, hätte das Fasten keine spezielle Bedeutung. Daher konnte Hazel jeden Sonntagmorgen, während sie den Braten vorbereitete und die Zeitschaltuhr einstellte, auf den Teekessel blicken und sich für tugendhaft halten.

Sobald sie von der Messe nach Hause kam, durfte sie den Kessel aufsetzen und tat dies natürlich auch sofort. Der Braten garte bereits vor sich hin und füllte das Haus mit dem verführerischen Duft schmorenden Fleisches. Alles, was sie noch zu tun hatte, war, die Platte unter dem Gemüse anzustellen und die Kartoffeln in den Schmortopf dazuzugeben, während das Wasser heiß wurde. Danach konnte sie sich ins Wohnzimmer zurückziehen und ihren Tee genießen. Sie trank aus Mutters feinstem Porzellan. Dieses hatte sie bereits auf einem mit einem Spitzendeckchen ausgelegten Tablett vorbereitet, bevor sie zur Kirche ging.

Danach mußten die Soße bereitet und andere letzte Handgriffe getan werden: Der Eßtisch wurde mit dem guten Besteck und dem feinen Geschirr eingedeckt, ihren Teller stellte sie in das Warmhaltefach des Ofens, damit er genau die richtige Temperatur annehmen konnte. Schließlich erlaubte sie sich ein Gläschen hellen, trockenen Sherrys aus der Karaffe im Wohnzimmer. Das war der Sonntag. So, wie er schon immer war, wie er immer sein würde.

Es wäre Hazel Croom niemals in den Sinn gekommen, dieses Ritual für unnötig zu halten oder es zu ändern. Jetzt, da ihre Eltern tot waren und sie auf sich gestellt war, hätte sie sonntags eine Dosensuppe zu Mittag essen können. Sie hätte sich eines dieser tiefgekühlten Fertiggerichte von Marks & Spencer aufwärmen können, die immer so appetitlich aussahen, und keiner hätte es gemerkt. Für Hazel kamen solch radikale Gedanken nicht in Frage. Sonntag war Sonntag, und damit basta.

Also servierte sie an diesem Sonntag, wie an jedem anderen auch, vier Sorten Gemüse in Mutters bestem Porzellan und zerteilte den Braten. Es war die eine Mahlzeit, die im Eßzimmer aufgetragen und gegessen wurde anstatt in der Küche – auch wenn das Essen während des Transportes abkühlte, so wurde es gemacht. Diese Woche gab es eine schöne Lammkeule; Hazel schnitt zwei dünne Scheiben ab und legte sie vorsichtig auf den vorgewärmten Teller. Der Rest des Lammes wurde natürlich nicht weggeworfen; er stellte die Grundlage ihrer Abendessen für den größten Teil der Woche dar. Kalt aufgeschnitten mit etwas Salat am Montag, als Curry am Dienstag, im Auflauf am Mittwoch. Lamm war Mutters Vorliebe gewesen, und obwohl Hazel selbst ein schönes Stück Rindfleisch vorzog, verrückte Kühe hin oder her, trug sie Lamm zumindest an einem Sonntag im Monat auf.

Der Nachtisch wurde am Abend zuvor zubereitet: Leckeres Trifle, vielleicht – dies reichte ebenfalls einige Tage – oder eine Apfeltorte. Heute gab es Obstsalat. Hazel löffelte etwas davon in ein Schüsselchen und goß einen Schluck Sahne darüber.

Als sie mit dem Essen fertig und den Kaffee, in einer Mokkatasse ihrer Mutter serviert, getrunken hatte, räumte

Hazel den Tisch ab. Sie trug das Geschirr in die Küche und nahm den Abwasch in Angriff. An Wochentagen ließ sie die Teller zum Trocknen in dem Holzgestell stehen; Sonntage waren jedoch etwas anderes: Das Porzellan wurde sorgfältig mit einem Geschirrtuch abgetrocknet. Anschließend trug sie es zurück ins Eßzimmer, wo sie es bis zur nächsten Woche ordentlich einräumte. Danach konnte Hazel den Rest des Tages genießen: Die Sonntagszeitung lesen, später Tee und ein Stück Obstkuchen zu sich nehmen und die Lobeshymnen im Fernsehen anschauen.

Jahrelang war in ihre sonntägliche Routine eingeflochten gewesen, nach dem Tee zum Abendgottesdienst zu St. Marks zurückzukehren. Pater Gervase hatte den Abendgottesdienst so wunderbar abgehalten, obwohl Hazel zeitweise die einzige der Gemeinde war. Jetzt jedoch, während des Interregnums, wurde der Abendgottesdienst nicht mehr abgehalten; der Priester, der die Sonntagsmesse hielt, hatte seine eigene Gemeinde anderswo. Er mußte St. Marks mit in seinen regulären Pflichtplan einbinden. Es war einfach nicht dasselbe.

Es würde nie wieder dasselbe sein, gestand sich Hazel ein. Nicht ohne Pater Gervase.

Normalerweise würde sie, später am Sonntagabend, einige Korrekturen erledigen und sich auf den Unterricht am Montagmorgen vorbereiten müssen. An diesem speziellen Sonntag lag jedoch die Halbjahrsferienwoche vor ihr: Keine Korrekturen, kein Unterricht. Daher widmete sie sich, nach den Lobeshymnen, einer anderen nützlichen Aufgabe.

Sie trug dieselbe schwarze Handtasche schon so lange sie sich erinnern konnte: Hartschalig, mit zwei Griffen, ganz ähnlich derer, die von der Königin bevorzugt wurden. Sie hatte zuallererst natürlich auf gute Qualität Wert gelegt, außerdem hatte sie stets gut darauf achtgegeben.

Ein- oder zweimal hatte die Schnalle repariert werden müssen und die Ledergriffe waren ersetzt worden, doch sie hatte ihr gute Dienste geleistet. Jetzt schien sie allerdings das Ende ihres nützlichen Lebens erreicht zu haben: Die Schnalle war wieder kaputt, und als sie sie am Samstag nach Long Haddon zur Reparatur bringen wollte, hatte der Mann sie sich angeschaut und mit dem Kopf geschüttelt. ›Warum kaufen Sie sich nicht eine Neue?‹ hatte er gesagt.

Das hatte sie dann auch getan. Die Neue war nicht so gut gearbeitet – man konnte dieser Tage nicht mehr diese Qualität bekommen –, doch wenn sie sorgfältig damit umginge, sollte sie ihr einige Jahre dienen können. Heute abend würde sie den Inhalt der alten Handtasche in die Neue transferieren.

Das war eine simple Aufgabe; sie hatte ihre Handtasche nie mit Krimskrams vollgestopft. Ein ledernes Notizbuch, eine kleine Geldbörse für Münzen, ein Scheckbuch, ein Terminkalender, eine altmodische Puderdose, die Mutter ihr zu ihrem einundzwanzigsten Geburtstag geschenkt hatte, ein Kamm, ein Lippenstift, ein Kugelschreiber, ein Satz Schlüssel und ein Taschentuch. Am Boden der Handtasche lag jedoch noch etwas: ein Stück Papier, auf dem etwas geschrieben stand.

Hazel nahm es heraus und untersuchte es: Das Papier schien Teil eines Kalenderblattes zu sein. Es war sauber abgerissen worden. Die Mitteilung stellte sich als ein Name sowie eine Telefonnummer heraus. Phyllis Endersby, stand dort geschrieben, in klarer, gerader Schrift.

Wer war Phyllis Endersby? Und warum hatte sie Hazel Croom ihre Telefonnummer gegeben? War sie ein Elternteil eines der Kinder an der Schule? Hazel konnte sich an keinen Endersby unter ihren Schülern erinnern, obwohl dies ein sehr auffälliger Name war.

Sie saß einen Moment lang mit dem Fetzen Papier in der Hand da und grübelte. Dann erinnerte sie sich: Pater Gervases Einführung an seiner neuen Kirche. Sie hatte Phyllis Endersby dort getroffen; Pater Gervase selbst hatte sie gegenseitig vorgestellt, auf dem Empfang nach dem Gottesdienst. Er hatte darauf bestanden, hatte gesagt, sie müßten sich kennenlernen. Mrs. Endersby sei Hazel Crooms Kollegin in St. Stephens in Branlingham, hatte Pater Gervase erklärt. Sie stellte die Wochenpläne auf für die Blumen und jeden anderen Plan, war die führende Kraft der Müttervereinigung.

Sie hatten eine ganze Weile geplaudert, erinnerte sich Hazel jetzt, und hatten in der Tat herausgefunden, daß sie einiges gemeinsam hatten. Phyllis Endersby war natürlich gute zehn Jahre älter als Hazel, und Witwe, doch sie betrachteten die Welt aus ziemlich demselben Blickwinkel. Als sie sich verabschiedeten, hatte Mrs. Endersby ihren Namen und ihre Telefonnummer auf eine der letzten Seiten ihres Kalenders notiert. Sie hatte die Seite vorsichtig herausgetrennt und sie Hazel gereicht. ›Wenn Sie je in der Gegend sind‹, hatte sie gesagt, ›kommen Sie doch auf eine Tasse Tee vorbei.‹

Warum eigentlich nicht? dachte Hazel nun spontan. Nächste Woche war sie ihr eigener Herr. Warum kein kleiner Ausflug nach Branlingham? Es würde ihr gut tun, rauszukommen und Letherfield für einen Tag den Rücken zu kehren. Sie würde Phyllis Endersby einen längeren Besuch abstatten. Wenn sie dann schon in Branlingham war, wäre es unhöflich, bei der Gelegenheit nicht bei Pater Gervase vorbeizuschauen. Hazel nickte vor sich hin und griff zum Telefon.

Es war schon einige Monate her, seit Shaun Kelly einen Sonntagnachmittag zu Hause in seiner Londoner Wohnung verbracht hatte. Wenn es nach ihm ginge, würde ihm das in nächster Zukunft nicht wieder passieren. Sobald er die Sonntagszeitung ausgelesen hatte, gab es nichts mehr zu tun: Er sah nicht gerne Sport im Fernsehen, und ein Schalten durch alle Kanäle brachte nichts zutage, was sich sonst noch anzusehen gelohnt hätte.

Keines der netten Restaurants in der Nähe der Wohnung, die er unter der Woche häufiger besuchte, hatten am Sonntag geöffnet. Er mußte sich daher mit indischem Fast food als Mittagessen zufrieden geben. Und obwohl sich die Gesetze für die Kneipenlizenzen geändert hatten, war der Sonntag die Ausnahme: Es gab ein Loch von mehreren Stunden, in denen die Kneipen geschlossen waren.

So versumpfte Shaun auf dem Sofa, goß sich einen steifen Drink aus einer Flasche Bushmills ein und frönte dem Selbstmitleid.

Val hatte ihm für dieses Wochenende verboten zu kommen. Das kam nicht völlig überraschend, so, wie sie sich in letzter Zeit verhalten hatte. Sie hatte keinen seiner Anrufe beantwortet. Als er sich für den *Hello*-Termin im Rose Cottage aufgehalten hatte, verhielt sie sich distanziert und abweisend. Fast so, als wären sie nur Bekannte und nicht Geliebte. Zu diesem Zeitpunkt hatte er sich noch eingeredet, daß sie nur vorsichtig sei bei all diesen Fremden im Haus. Glauben konnte er es jedoch nicht. Nicht wirklich.

Val entglitt ihm; er konnte es fühlen. Es gab keinen Grund, warum das passieren sollte – sie paßten so gut zueinander. Gut im Bett und auch sonst. Es gab nur eine Erklärung hierfür, soweit es Shaun betraf: Sie hatte jemand anderen kennengelernt. Irgendein anderer Kerl, vielleicht jemand aus dem Ort, war in ihr Leben getreten und drängte Shaun hinaus.

Sie war das Beste, was ihm jemals passiert war. Seine Freikarte in das Leben, für das er bestimmt war. Er würde sie *nicht* verlieren.

Hal und Margaret Phillips hatten einen der seltenen gemeinsamen Tage genossen. Nach dem Mittagessen waren sie weggefahren, um den Garten eines herrschaftlichen Landsitzes zu besichtigen, der an diesem Tag aufgrund des Projektes ›Nationale Gärten‹ für Besucher geöffnet war. Wochen vorher hatten sie bereits vereinbart, sich dort mit Alexander und seinem Freund Luke zu treffen. Der Landsitz lag für beide Parteien auf halber Strecke; das Treffen hatte in ihrer aller Terminpläne hineingearbeitet werden können. Es wurde ein großer Erfolg: Das Wetter war großartig; sie hatten Stunden damit verbracht, den weitläufigen Garten zu erforschen. Dann, die gedeckten Tische im Restaurant meidend, hatten sie Tee und Kuchen hinaus an die frische Luft getragen und sich ins Gras gesetzt. Hatten die Wärme der Sonne aufgesogen und sich ihres Zusammenseins erfreut; bis es Zeit war, wieder getrennte Wege zu gehen.

Erfrischt und in Hochstimmung waren Margaret und Hal am frühen Abend nach Hause gekommen. Sie hatten ein wenig ferngesehen – zumindest in Margarets Fall ein seltener Genuß – und hatten sich dann, als sie feststellten, daß sie wieder hungrig waren, in die Küche begeben. Hal belegte Sandwiches mit dem Rest des Hühnchens, und sie öffneten eine Flasche Wein. Nachdem sie die Sandwiches vertilgt und ein paar Schluck Wein getrunken hatten, fühlten sie sich entspannt und heiter.

»Viel zu tun nächste Woche?« fragte Hal und füllte Margarets Glas auf.

»Mmm.« Sie schnitt eine Grimasse. »Ich will jetzt nicht

darüber nachdenken, doch es sieht ziemlich furchterregend aus – jeden Abend Termine, wenn ich mich recht erinnere. Sogar am Freitag, wenn ich mal Pause machen könnte, findet ein großes Treffen für die gesamte Gemeinde hier in der Erzdiakonie statt. Es geht um die Sicherheit.«

Hal zuckte philosophisch die Achseln. »Alles Teil des Jobs, meine Liebe.«

»Ach, das weiß ich doch.« Ihre Stimme klang heiter. »Ich beschwere mich ja auch nicht. Ich fühle mich nur ein wenig schuldig, weil ich dich so oft alleine lasse.«

»Ich habe mich mittlerweile daran gewöhnt.« Hal leerte die Flasche in sein eigenes Glas.

»Und was ist mit dir? Bist du immer noch im Vikariat in Branlingham diese Woche?«

Hal nickte. »Auch noch ein paar Wochen danach, so wie es aussieht. Es ist ganz schön viel Arbeit.« Er trank den Wein, ließ ihn auf der Zunge zergehen. »Das Wohnzimmer ist fertig. Es sieht umwerfend aus, wenn ich das so sagen darf. Doch es gibt noch viel mehr zu tun.«

Margaret pickte die Krümel von ihrem Teller. »Was hältst du von ihnen?« fragte sie aus purer Neugier. »Den Finchs, meine ich?«

»Oh, sie sind sehr nett.« Er zuckte mit den Schultern.

»Ich bin immer neugierig zu wissen, was andere Ehen zusammenhält«, beichtete Margaret, »und sie scheinen mir ein ungewöhnliches Paar zu sein, nach allem, was ich bisher von ihnen gesehen habe. Er ist ein ganzes Stück älter als sie, schätze ich. Und hat seinen Kopf ziemlich in den Wolken. Sie kommt mir mehr praktisch veranlagt vor.«

»Er war schon einmal verheiratet«, sagte Hal knapp und sprach damit eine Sache an, die Rosemary erwähnt hatte. »Seine erste Frau starb.«

»Ach, wirklich? Das ist interessant.«

Sie sagte das nicht bloß; Margaret fand Menschen wirklich interessant. Hal konnte mehr Fragen auf sich zukommen sehen, war jedoch noch weniger geneigt als zu Beginn der Woche, über Rosemary Finch zu sprechen. Er brachte das Thema wieder auf einen Punkt zurück, der sie den Großteil des Abends über bereits beschäftigt hatte. Er wiederholte einen Satz, den er zuvor schon ein paarmal gesagt hatte. »Alexander sah gut aus, oder?«

»Wirklich, sehr gut«, pflichtete sie ihm bei. Sie war immer bereit, sich ablenken zu lassen, um über ihren Sohn sprechen zu können, egal, zum wievielten Male. »Er schiebt das alles auf Lukes Kochkünste.«

Nachdem sie den Nachmittag noch paar Minuten hatten Revue passieren lassen, leerte Hal sein Glas mit einem letzten Schluck. »Ich denke, ich werde früh zu Bett gehen.«

»Wenn das eine Einladung sein soll«, sagte Margaret und tat es ihm gleich, »akzeptiere ich.«

Sie stellte ihre Gläser und die Teller in die Spülmaschine, während Hal abschloß. Dann stiegen sie in einvernehmlichem Schweigen die Treppe hinauf.

Als Margaret ihr Kissen hob, um das Nachthemd hervorzuholen, hielt sie plötzlich inne. »Was hast du mit meinem Nachthemd gemacht?« befragte sie ihn.

Hal war auf dem Weg ins Badezimmer. »Was meinst du? Ich habe es nicht angefaßt.«

»Ich falte es immer zusammen, doch jetzt ist es einfach nur unter das Kissen gestopft. Du mußt etwas damit gemacht haben, Hal.«

Er beteuerte seine Unschuld. »Habe ich nicht. Warum sollte ich?«

Hal hatte keinen Grund, zu lügen. Margaret kannte ihn gut genug, um zu spüren, daß er die Wahrheit sagte. Die Tragweite dieser Wahrheit dämmerte ihr schnell. »Wenn du es nicht warst, Hal, war es jemand anders«, erklärte sie mit Nachdruck. »Es ist ein Fremder im Haus gewesen.«

»Das ist doch lächerlich«, erwiderte er. »Du hattest es heute morgen wahrscheinlich eilig und hast es selbst getan.«

»Nein.« Von ihrem Instinkt geleitet ging sie zu ihrer Kommode und zog die oberste Schublade heraus. »Sieh hier«, sagte sie. Ihre Stimme schwankte. »Jemand ist hier gewesen und hat meine Schlüpfer durcheinandergebracht. Ich weiß es. Ich kann es fühlen. Jemand ist in unserm Haus gewesen.«

Hal, unfähig oder unwillig, sich dieser Bedrohung zu stellen, versuchte immer noch, es zu verneinen. »Es wurde nichts gestohlen, meine Liebe. Fernseher, Videorecorder, Stereoanlage – alles da. Es fehlt nichts, sonst wäre es uns bis jetzt aufgefallen. Ich denke, du bildest dir das ein.«

»Jemand ist in unserem Haus gewesen«, wiederholte Margaret hartnäckig. Die Augen, mit denen sie ihren Mann ansah, die Pupillen geweitet, waren riesengroß vor Angst.

Kapitel 11

Die folgende Woche verlief für Gervase ziemlich typisch. Während er mehr und mehr in die Aufgaben in der neuen Gemeinde verstrickt wurde, entwickelte sich eine Art Routine: Morgens verkroch er sich normalerweise in sein Arbeitszimmer, entweder mit einem Gemeindemitglied oder mit seinen Büchern, schrieb Predigten oder arbeitete an einem Artikel für das Gemeindemagazin. Er versuchte, mit Rosemary zu Mittag zu essen, bevor er nachmittags wegging, um seine Runde in der Gemeinde sowie Krankenhausbesuche zu machen. Die Abende wurden, soweit nicht ein Treffen anberaumt war, zu Hause verbracht. Jeder Tag war etwas anders, die meisten glichen sich jedoch sehr.

Für Rosemary, deren Tagesablauf klarer definierte Fixpunkte besaß, zum größten Teil auf Daisys Stundenplan zurückzuführen, sollte diese Woche gar nicht typisch verlaufen. Halbjahrsferien bedeutete, daß Daisy die ganze Zeit zu Hause sein würde. Erschwerend kam hinzu, daß Hal wie versprochen dazu übergegangen war, Daisys Zimmer zu streichen.

Daisy war natürlich von dieser Entwicklung begeistert. Sie wollte am liebsten die ganze Zeit dort bleiben, Hals Fortschritt beobachten und mit ihm schwatzen. Rosemary, peinlich berührt durch ihre intimen Enthüllungen Hal gegenüber, hatte diesen die letzten Tage der vorangegangenen Woche versucht zu meiden; nun sah sie sich gezwungen, einen großen Teil ihrer Zeit mit ihm und Daisy zu verbringen. Es war Daisy, die die meiste Zeit redete. Dennoch fühlte sich auch Rosemary immer wohler in seiner Gesellschaft.

Das Unbehagen, das sie in der Woche zuvor gespürt hatte – dieses Gefühl, sich ihm ausgeliefert zu haben, verwundbar zu sein – verschwand mit Daisys Geschnatter und seiner unbeschwerten Reaktion darauf. Hal kann so gut mit Daisy umgehen, staunte Rosemary. Es gab nur sehr wenig Menschen, die diesen perfekten Ton treffen konnten, sie weder von oben herab behandelten noch übersahen; Hal hatte ganz von Anfang an genau gewußt, wie er mit ihr umgehen mußte. Daisy ihrerseits betete ihn an.

Verschiedene Male hatte Rosemary versucht, ihr einzureden, daß Hal vielleicht glücklicher wäre, wenn er allein arbeiten könnte, ohne die Ablenkung durch ihr ständiges Geplapper. Hal hatte jedoch jedesmal auf dem Standpunkt beharrt, daß Daisys Gesellschaft ihm nur Freude bereitete.

Was Hal betraf, so hatte er Daisy wirklich gerne um sich, war angetan von ihrer Persönlichkeit; für dieses enge Verhältnis zwischen den beiden gab es keine Erklärung. Er mußte sich allerdings eingestehen, daß die Gegenwart der Mutter einen großen Anteil daran hatte. Rosemary Finch faszinierte ihn; je mehr er von ihr sah, desto mehr wollte er sie sehen. Nicht einmal Daisys konstanter Redeschwall konnte das wachsende Verständnis zwischen ihnen verhindern. Sie sahen sich über Daisys Kopf hinweg an und lächelten. Einer schien zu wissen, was der andere dachte. Zeitweise wünschte Hal, er und Rosemary könnten sich unterhalten. Er stellte jedoch bald fest, daß das nicht wirklich notwendig war: Sie verstanden sich auch ohne Worte.

Die Situation änderte sich Dienstag nachmittag. Rosemary bekam einen Anruf von Annie Sawbridge. Diese lud sie ein, mit ihr zusammen Kinderland zu besuchen. Annie mußte die Pläne für Samanthas Geburtstagsfeier fertigstellen, die in weniger als einer Woche stattfinden sollte. Sie wollte sicherstellen, daß Rosemarys Ängste um Daisys

Sicherheit sich legten. Gervase war außer Haus. Hal bot an, auf Daisy aufzupassen, solange ihre Mutter weg war. »Oh, das kann ich nicht von Ihnen verlangen«, widersprach Rosemary.

»Sie haben mich nicht darum gebeten. Ich habe mich freiwillig angeboten«, erinnerte er sie.

Also fuhr Rosemary nach Kinderland. Sie kam zurück, amüsiert von diesem Erlebnis, und stellte fest, daß die beiden sehr gut ohne sie zurechtgekommen waren. Sie wollte Hal davon erzählen, konnte dies jedoch nicht tun, solange Daisy im Zimmer war. Am Mittwoch jedoch, dem Tag, an dem Hal Daisys Zimmer fertig streichen würde, wurde das Mädchen eingeladen, den Tag bei Samantha zu verbringen. Daisy war hin- und hergerissen zwischen dem Wunsch, mit Hal zu Hause zu bleiben, und ihrem Bedürfnis, ihre beste Freundin nach den Tagen der Trennung wiederzusehen; unweigerlich siegte letzteres, und Rosemary fand sich mit Hal alleine.

Es gab keine Verlegenheit zwischen ihnen, keine Zurückhaltung. Daisy hatte diese Barrieren durchbrochen. Hal jubelte innerlich.

Für die Zeit, in der Hal in den Ecken arbeitete, waren die Möbel in die Mitte des Zimmers gerückt worden. Rosemary setzte sich auf Daisys Bett und zog die Knie bis unters Kinn an. »Es ist ziemlich außergewöhnlich, dieses Kinderland«, erzählte sie ihm. »Riesig. Jede Wand ist mit verschiedenen Motiven bemalt. Sie sollen die verschiedenen Attraktionen Großbritanniens darstellen – London mit der Towerbridge und dem Parlamentsgebäude Seite an Seite, Schottland mit zotteligen Hochlandrindern neben Loch Ness und so weiter.«

»Was genau *tun* die Kinder denn dort?« fragte Hal.

»Na ja, das habe ich mich auch gefragt. Die Antwort ist, sie spielen, bis sie vor Erschöpfung umfallen.« Rosemary lächelte in sich hinein, als sie sich an die ausgelassenen Kinder erinnerte, die sie gesehen hatte. »Sie drehen alle auf und rennen herum. Sie klettern Leitern hinauf, und manche rutschen in eine Unmenge bunter Bälle hinein. Sie kriechen durch Röhren und hängen an Seilen.«

Hal runzelte die Stirn. Er dachte an Daisy. »Das hört sich recht gefährlich an.«

»Das habe ich anfangs auch gedacht, als Annie mir davon erzählte«, gab sie zu, »doch die ganze Anlage wurde nach sicherheitstechnischen Gesichtspunkten errichtet. Alles ist gepolstert und gut überwacht. Ich glaube nicht, daß sie sich verletzen kann.«

»Sie erlauben ihr also, zu gehen.«

Rosemary nickte. »Es wird ihr viel Spaß machen. Ich bin sicher, daß ihr nichts passieren wird. Zumindest rede ich mir das ständig ein. Ihr und Samantha würde es das Herz brechen, wenn ich sie nicht gehen ließe.«

Sie unterhielten sich weiter: Über Daisy, über sich selbst. »Ich glaube, ich habe ihnen noch gar nichts von dem Konzert erzählt, zu dem Gervase und ich am Freitagabend gehen werden«, sagte Rosemary. Sie teilte ihm das Programm, die Interpreten und den Veranstaltungsort mit. »Daisy freut sich darauf, die Nacht bei Samantha zu verbringen. Sie ist noch nie ohne mich von zu Hause weg geblieben und ich bin deswegen natürlich ein wenig ängstlich. Samanthas Mutter hat vorgeschlagen, daß sie heute nacht zur Probe dort übernachtet, nur um sicherzugehen, daß es Freitag klappt.«

»Sie schafft das«, versicherte Hal. »Daisy ist stärker, als sie glauben. Und sie betet Samantha an.«

»Ich hoffe es sehr – ich wäre so enttäuscht, wenn ich nicht gehen könnte«, gestand sie. »Ich freue mich schon seit Wochen darauf. Mein Geburtstagsgeschenk«, fügte sie verlegen hinzu.

»Oh, sie haben also am Freitag Geburtstag?«

»Nein, erst nächste Woche«, gab sie zu. »Es ist ein *frühes* Geburtstagsgeschenk. Ich freue mich sehr darauf.« Sie wußte, daß Hal ihren Musikgeschmack teilte und ihre Begeisterung nachvollziehen konnte.

»Das hört sich sehr gut an«, sagte er ernsthaft.

»Ich werde Ihnen nächste Woche alles darüber berichten«, versprach sie.

Einen Moment lang hielt Hal in dem rhythmischen Schwingen der Rolle inne. Freitag – warum klingelte es bei ihm dabei? Irgend etwas war am Freitag, doch im Moment konnte er sich nicht daran erinnern.

Hazel Croom war von ihrem Besuch bei Phyllis Endersby sehr angetan. Sie hatte Tag und Uhrzeit auswählen dürfen und hatte sich für Kaffee am Vormittag entschieden anstelle von Tee am Nachmittag. Da sie Pater Gervases Gewohnheiten kannte, seine uneingeschränkte Selbstaufgabe für die Gemeinde, war ihr klar, daß er höchstwahrscheinlich am Nachmittag außer Haus sein würde. Er war jedoch meistens zum Mittagessen daheim. Wenn sie also mittags beim Vikariat vorbeiführe, hätte sie sehr gute Chancen, ihn zu sehen. Er würde sie natürlich bitten, ihnen Gesellschaft zu leisten; anders zu handeln, wo sie doch diesen weiten Weg hinter sich hatte, wäre unhöflich. Pater Gervase war niemals unhöflich. Sie behielt also die Uhr im Auge, während sie Phyllis' Kaffee trank und die ihr angebotenen gekauften Plätzchen aß.

Phyllis Endersbys Haus war so, wie sie es sich vorgestellt hatte. Ein sauberer Bungalow mit einem säuberlich manikürten Vorgarten. Phyllis war eine begeisterte Gärtnerin; um ihre Staudenrabatten wurde sie von ganz Branlingham beneidet, erzählte sie Hazel mit einigem Stolz.

»Sie müssen im Sommer mal vorbeikommen«, sagte sie, »dann werden Sie es selber sehen. Es sieht im Moment schön aus, mit den Tulpen und den Kletterpflanzen. Doch wenn der Sommer kommt, mit Ringelblumen, Alyssum und fleißigen Lieschen, gibt es nichts, was an meine Rabatten heranreicht.«

Hazel gärtnerte ebenfalls gerne. Ihr Geschmack tendierte allerdings mehr in Richtung altmodische Rosen. Es gab also viel zu erzählen. Pater Gervase hatte recht gehabt: Die beiden Frauen hatten vieles gemeinsam.

Von ihrem Erscheinungsbild unterschieden sie sich allerdings sehr. Hazel war groß, eckig und dünn; sie wußte – so, wie man solche Sachen eben wußte –, daß ihre Gestalt ihr ihren Spitznamen unter den Kindern an der Schule eingebracht hatte: ›Croom, der Besen‹. Phyllis hingegen war klein und gut gepolstert – nicht im entferntesten fett, sondern solide, als ob ihre Masse mit den Jahren nach unten verdichtet worden wäre. Außerdem war Phyllis ungefähr zehn Jahre älter als Hazel, und sie gehörten auch nicht ganz derselben Schicht an; als sie sich die Sammlung Porzellankatzen ansah – sie wanderten über den Sims des elektrischen Kamins und besetzten verschiedene andere Plätze in dem Zimmer, das Phyllis das Salon/Eßzimmer nannte –, mußte Hazel sich eingestehen, daß ihre Gastgeberin vielleicht ein bißchen ... *gewöhnlich* war. Doch Abstammung ist nicht mehr wichtig, sagte sie sich. Wenn es um die Dinge ging, die wirklich zählten, waren sie sich einig: Beide hatten ihr Leben lang die Konservativen gewählt, waren große Bewunderer von Margaret Thatcher und von deren Ausscheiden tief betroffen; beide waren leidenschaftlich an der Kirche interessiert und an Pater Gervase nicht weniger.

Zum Glück für Hazel Croom teilte Phyllis Endersby auch ihre Liebe für den Klatsch. Sobald sie die Tugenden von Pater Gervase ausführlich beleuchtet hatten, wandten sie sich natürlich dem Thema Rosemary zu.

»Bleibt für sich«, erklärte Phyllis mit einer Spur Mißbilligung in der Stimme. »Sie war noch auf keinem einzigen Treffen der Müttervereinigung, obwohl ich sie persönlich eingeladen habe – ich bin Mitglied im Aufnahmekomitee, müssen Sie wissen. Die Vorbereitungen für das Kirchenfest laufen an, dafür brauchen wir ihre Anwesenheit. Sie ist jedoch noch kein einziges Mal erschienen. Natürlich«, fügte sie beschwichtigend hinzu, »sie hat alle Hände voll zu tun, mit dem kleinen Down-Syndrom Mädchen.«

Hazel schnaubte. Sie konnte gar nicht genug Kritik üben. »Eine schöne Entschuldigung«, sagte sie. »Sie sollten mal sehen, was sie den ganzen Tag lang macht, wenn Pater Gervase aus dem Haus und Daisy in der Schule ist. Sie *liest*. Sitzt auf dem Sofa herum und liest Romane! Ich kann Ihnen nicht sagen, wie oft ich sie dabei überrascht habe, wenn ich vorbeikam. Sie hat die abgegriffenen Taschenbücher unter ein Kissen gestopft in der Hoffnung, ich würde es nicht merken.«

»Ach ja?« Phyllis drängte sie, weiterzuerzählen

»Und um sie herum, alles mit Staub bedeckt. Sie ist eine furchtbare Hausfrau.« Hazel wußte, daß diese Anschuldigung bei ihrer Gastgeberin großes Gewicht hatte, da diese selber eine beispielhafte Hausfrau war. Nicht ein Stäubchen konnte sich in Phyllis' Bungalow niederlassen, nicht einmal auf den Katzenfigürchen. Die fleckenlosen Oberflächen strömten einen entfernten Geruch nach Möbelpolitur aus.

Phyllis schnalzte mit der Zunge gegen die Zähne. »Ts, ts. Ich hatte keine Ahnung. Kein Wunder, daß sie niemanden hineinläßt oder einlädt.«

»Sie kann auch nicht gut kochen«, fuhr Hazel fort. »Zumindest nicht nachdem, was ich gesehen habe.«

Phyllis konnte selber nicht besonders gut kochen: Sie hatte Putzen und Gartenarbeit dem immer vorgezogen. Obwohl sie, als ihr Mann noch lebte und die Mädchen zu Hause waren, ihr Bestes getan hatte. Doch jetzt, als alleinstehende Frau, lebte sie sozusagen von den Fertiggerichten aus dem Marks & Spencer in Saxwell. Daher hielt sie zu diesem Punkt den Mund und zog eine neue Angriffslinie, bei der sie auf festerem Boden stand. »Was ist eigentlich mit ihrem Geschmack in Bezug auf Kleidung? Sie sieht aus, als würde sie ihre Kleidung von den Trödelmärkten der Kirche beziehen!«

Hazel hatte schon bemerkt, daß Phyllis' hervorragende Garderobe von Marks & Sparks stammte: Ein messerscharf gebügelter karierter Plisseerock, knielang, dazu eine Lammwolljacke in einem passenden Grünton. »Ich bin sicher, daß sie das *tut*«, erklärte sie. »Sie trägt nur aussortierte Stücke aus der Gemeinde. Die meisten der Sachen, die sie anzieht, habe ich schon an anderen Leuten gesehen. Ich habe sie sogar in *meinen* alten Sachen herumlaufen sehen.« Unbewußt strich sie den Ärmel ihres Kleides glatt; es stammte nicht von Marks & Sparks, sondern aus der besten Kleiderboutique in Long Haddon. Es war die, die Mutter immer bevorzugt hatte. Der Anblick von Rosemary in einer ihrer Blusen – obwohl sie erkannte, daß die Frau des Vikars vermutlich keine Ahnung von der Herkunft des Kleidungsstückes hatte – war so provozierend gewesen, daß sie ihre aussortierte Kleidung von da an einem Laden der Wohlfahrt übergab, anstatt sie der Kirche zu überlassen.

»Vermutlich ist sie eine gute Mutter«, steuerte Phyllis bei. Sie fand, es sei an der Zeit, Rosemarys gute Seiten zu erforschen.

»Hmpf.« Hazel zog die Augenbrauen hoch; so weit es sie betraf, hatte Rosemary keine guten Seiten. Mutterschaft war sogar ein weiterer Faktor gegen sie. »Sie hat Pater Gervase dieses behinderte Kind aufgeladen; sie hört nicht auf gute Ratschläge. Wir haben ihr alle gesagt, sie soll es, zu ihrem eigenen Besten und zum Besten für das Kind, in eine Einrichtung geben – es gibt jede Menge spezieller Orte für Kinder wie dieses, wo vernünftig für sie gesorgt wird. Sie wollte nichts davon hören.«

Phyllis griff das Thema auf. »Sie haben keine weiteren Kinder bekommen«, sagte sie bezeichnend.

»Genau. Obwohl das unter diesen Umständen vielleicht besser ist. Sie war unbrauchbar, als es um den kleinen Tom ging«, fügte Hazel hinzu.

»Tom?« Phyllis stolperte über den unfamiliären Namen. Wer ist denn Tom?«

»Oh, das wissen Sie nicht.« Hazel nickte weise; sie hatte sich bisher gut unterhalten. Die Chance, diesen Teil der Geschichte zum besten geben zu können, war ein großes Plus. »Sie wußten also nicht, daß Pater Gervase schon einmal verheiratet war?«

»Schon einmal verheiratet?« Phyllis starrte sie sensationslüstern an.

»Ihr Name war Laura, und sie war ...« Hazel starrte in die Ferne und seufzte. Sie suchte nach Worten, um fortfahren zu können. »Laura war wunderbar. Tugendhaft. Sie war alles das, was Rosemary nicht ist. Wunderschön, gut angezogen, eine wunderbare Köchin, eine ausgezeichnete Hausfrau. Eine perfekte Frau für Pater Gervase und eine perfekte Mutter für Klein-Tom.« Sie erzählte die Geschichte von Lauras frühem Tod. Ihre Augen füllten sich mit echten Tränen.

»Ach, wie traurig.«

»Es war mehr als traurig – es war tragisch. Der arme Pater Gervase war absolut verzweifelt. Als er ganz unten war, kam diese Frau daher und machte sich diesen Vorteil zunutze. Sie schlängelte sich ihren Weg in sein Leben, als er sich nicht verteidigen konnte und voller Trauer war. Und hast du nicht gesehen, hat sie ihn zur Heirat gezwungen.« Hazel hatte sich selbst nie richtig vergeben können, das Instrument für Rosemarys Zugang zu Pater Gervases Leben gewesen zu sein; Phyllis gegenüber erwähnte sie nicht, welche Rolle sie dabei gespielt hatte. »Vermutlich dachte sie, er bräuchte eine Mutter für Tom. Es gibt keine andere Erklärung dafür. Doch das Ganze ist ein schrecklicher Irrtum, diese Ehe. Ich meine, was hat sie Pater Gervase denn schon zu bieten?«

Es war als rhetorische Frage gedacht, doch Phyllis war eine verheiratete Frau gewesen und fand, daß dies ihr das Recht gab zu antworten. »Vielleicht ist sie ... leidenschaftlich«, spekulierte sie mit verhohlener Feinfühligkeit. »Man weiß nie, was in den Schlafzimmern anderer Leute vor sich geht, oder?«

Hazel preßte ihre Lippen fest zusammen. »Das ist doch unwichtig. Pater Gervase ist ein *Priester*«, erklärte sie. Sie bürstete ein unsichtbares Stäubchen von ihrem Ärmel, um Augenkontakt bei solch einem peinlichen Thema zu vermeiden.

Phyllis, mit ein bißchen mehr Erfahrung in weltlichen Dingen als Hazel, war immer davon ausgegangen, daß Priester auch Männer wären. Sie wußte jedoch, wann sie den Mund zu halten hatte. »Noch etwas Kaffee, Hazel?« bot sie fröhlich an.

»Nur einen Tropfen.« Als sie ihre Tasse hinüberreichte, warf sie einen Blick auf die Uhr. Es war kurz nach zwölf; sie wollte nicht zu früh im Vikariat erscheinen.

Etwas wie ein weißer Fellmuff auf Beinen erschien in der halboffenen Tür. Es stolzierte über den gemusterten Teppich, eine zarte Pfote nach der anderen, und sprang, ohne dazu aufgefordert zu sein, auf Hazels Schoß.

»Oh, Queenie«, gurrte Phyllis. »Es macht Ihnen doch nichts aus, oder, Hazel? Sie macht das nur, weil Sie auf ihrem Stuhl sitzen.«

Hazel Croom mochte keine Katzen und mied sie, wo es ging. Sie war nicht allergisch; sie mochte einfach ihre geheimnisvolle Art nicht. Hunde waren anders – aufrichtige Kreaturen, Hunde. Man wußte immer, woran man mit ihnen war. In der Tat hatte sie immer ganz gerne einen Hund haben wollen. Nicht so einen kleinen Kläffer, eher etwas Kräftigeres, einen Golden Retriever oder einen Spaniel. Natürlich war das nicht in Frage gekommen, als Mutter noch lebte. Mittlerweile, befürchtete sie, war es wohl zu spät.

Sie betrachtete Queenie mit Abscheu. Diese rekelte sich gerade auf ihrem Schoß und schnurrte dabei. Hazel hatte noch nie eine so große Katze gesehen oder eine mit so viel Fell. Wie, fragte sie sich, hält Phyllis die ganzen Katzenhaare unter Kontrolle? Und wie kommt es, daß Katzen genau wissen, wer sie nicht leiden kann, und bewußt auf diese Person zustreben? »Sie ist sehr ... groß«, bemerkte Hazel. Sie bemühte sich sehr, höflich zu bleiben.

Phyllis bemerkte ihr Unbehagen nicht. »Oh, ich verwöhne sie leider zu sehr. Nicht wahr, Queenie?« fügte sie hinzu. Ihre Stimme wurde wieder zu einer Art Gurren.

Queenie ließ sich nicht dazu herab, nach ihr zu schauen; ihre Augen waren zu zufriedenen Schlitzen geworden; sie schnurrte so laut wie ein kleiner Rasenmäher.

»Sie liebt ihre Leckerchen«, fuhr Phyllis fort. Sie sprach zu Hazel, ihre Aufmerksamkeit galt jedoch immer noch der Katze. »Würstchen mag sie besonders gerne.« Dann, mit dieser gurrenden Stimme. »Nicht wahr, mein Schatz?«

Diese Situation entgleitet mir, stellte Hazel fest. Sie konzentrierte sich auf die gerahmten Fotos, die das Regal neben den Porzellankatzen schmückten. »Sind das Fotos ihrer Familie?« fragte sie.

»Ja, das ist richtig.« Phyllis griff nach einem Rahmen, und für die nächste Viertelstunde – bis sie es für angebracht hielt, den nächsten Schritt zu tun – wurde Hazel mit einer gekürzten Version der Geschichte der Familie Endersby beglückt. Sie täuschte großes Interesse vor. Angefangen mit dem verstorbenen Leonard Endersby zog die Geschichte sich über die drei Töchter bis hin zu den sieben Enkelkindern. Immerhin, besser als Katzen.

Gervase war den ganzen Morgen außer Haus gewesen. Rosemary traf gerade die letzten Vorbereitungen für das Mittagessen, als sein Anruf kam. Er sei nicht vor dem späten Nachmittag zu Hause, sagte er. Es war bei weitem nicht das erste Mal, daß dies passierte; Rosemary ärgerte sich gelegentlich darüber, besonders wenn Gervase bis zur letzten Minute mit dem Anruf wartete, doch sie wußte, daß es zu nichts führen würde, sauer auf ihn zu werden. Es war alles Teil des Jobs. »Hast du denn schon angefangen, das Mittagessen vorzubereiten?« fragte er.

»Es ist fast fertig. Ich dachte, du würdest jede Minute hier sein.«

»Warum fragst du nicht Hal Phillips, ob er dir Gesellschaft leistet?« schlug Gervase vor.

Dieses Mal lehnte Hal nicht ab. »Sie bleiben ja sehr ruhig«, bemerkte er, als er ihr in die Küche folgte.

Rosemary zuckte mit den Schultern. »Es ist nur das Mittagessen. Passiert öfter – das müßten Sie doch wissen.«

»Sie sagen es.« Er grinste. Er zog einen Stuhl hervor und machte es sich bequem. »Doch sie ertragen es schon länger als ich.«

»Was vermutlich nur bedeutet, daß ich mehr daran

gewöhnt bin. Gervase war bereits Gemeindepriester, als ich ihn geheiratet habe, ich habe also nie etwas anderes kennengelernt. Für Sie«, fügte sie nachdenklich hinzu, »war es eine größere Umstellung.«

»Daisy hat Schwierigkeiten, damit zurechtzukommen«, stellte Hal fest.

Rosemary legte die getoasteten Käseschnitten auf Teller und brachte sie zum Tisch. »Ja, das stimmt wohl. Doch auch für sie ist es normal – es ist ihr ganzes bisheriges Leben so gewesen. Genau wie für mich, mit einem Gemeindepriester als Vater. Sie versteht, daß wir, wenn ihr Papa woanders gebraucht wird, ohne ihn auskommen müssen.«

»Sie schien es letzte Woche nicht zu verstehen, als er das Picknick verpaßt hat«, widersprach Hal eigensinnig. »Sie war ziemlich aufgebracht, wenn ich mich recht erinnere.«

»Hmm.« Sie nickte ihre Zustimmung und nahm ihm gegenüber Platz.

Hal spann den Faden weiter. »Ich spreche hier wirklich nicht von Margaret und mir – ich kann auf mich selbst aufpassen, und es macht mir nichts aus. Wenn wir eine junge Familie wären, würde ich allerdings anders darüber denken. Ich meine, ich kann einfach nicht verstehen, warum die Familie eines Priesters an *letzter* Stelle stehen muß. Die Bedürfnisse aller anderen sind wichtiger als die Bedürfnisse seiner Familie.«

»So habe ich darüber noch nie nachgedacht«, gab sie zu. Sie runzelte die Stirn. »All die Anrufe, die ich bekommen habe und die sich ungefähr so anhörten: ›Rosemary, es tut mir leid, doch Soundso braucht mich‹ ...«

»Genau das meine ich.« Hal hatte nicht vorgehabt, sie aufzuregen; er merkte, daß er das doch getan hatte, und wechselte abrupt das Thema.

»Dann nennt er Sie immer Rosemary?«

Sie sah ihn über den Tisch hinweg erstaunt an. »So heiße ich.«

»Wie steht es mit anderen? Hat sie niemand jemals ›Rosie‹ genannt?«

Das trug sie ein paar Jahre zurück; Rosemary lächelte unwillkürlich. »Nicht lange. Mein Vater nannte mich Rosie, als ich sehr klein war. Als ich in die Schule kam, bestand ich allerdings darauf, mit vollem Namen angesprochen zu werden. ›Rosie‹ hörte sich für mich nach Baby an.«

Nachdem er dem Toast genügend Zeit zum Abkühlen gegeben hatte, nahm Hal eine Hälfte auf und biß hinein. »Rosemary ist ein sehr hübscher Name; er paßt zu Ihnen«, verkündete er nachdenklich, als er den Bissen geschmolzenen Käses heruntergeschluckt hatte. Stark und zart zugleich, fügte er innerlich hinzu. Er wagte jedoch nicht, das laut auszusprechen. »Doch, ich denke, ich werde Sie von heute an Rosie nennen. Wenn Sie nichts dagegen haben, heißt das.«

Rosemary merkte, wie sie errötete. »Ich habe nichts dagegen«, sagte sie. Sie konnte ihm dennoch nicht in die Augen sehen; sie konzentrierte sich statt dessen auf seine Hände, die das Sandwich hielten. Es waren starke, fähige Hände. Breit mit breiten Fingern. So verschieden von Gervases zarten Händen mit den langen, schmalen Fingern, wie man es sich nur vorstellen konnte. Sie hatte Hals Hände schon zuvor betrachtet, während er arbeitete; der Kontrast zwischen den Händen der beiden Männer faszinierte sie.

Es läutete an der Tür, und sie schaute erschrocken auf.

»Erwarten sie jemanden?« fragte Hal.

»Nein.« Sie schob ihren Stuhl zurück und ging an die Tür.

Hazel Croom stand auf der Schwelle. »Guten Tag, Rosemary«, sagte sie mit grimmigem Lächeln.

»Oh, hallo, Hazel.« Sie hoffte, daß sie die Bestürzung aus ihrer Stimme hatte heraushalten können.

»Ich war gerade in der Nachbarschaft, und da dachte ich, ich schaue mal vorbei«, erklärte Hazel glatt.

»Kommen Sie herein«, hörte Rosemary sich sagen. »Kommen Sie doch bitte herein. Wir sind gerade beim Mittagessen.«

»Ich möchte Sie wirklich nicht beim Essen stören«, protestierte Hazel, war jedoch schon durch die Tür. Sie sah sich mit lebhafter Neugier um, während sie Rosemary in die Küche folgte.

»Gervase ist leider nicht hier«, erklärte Rosemary, verspätet, an der Küchentür.

Hazel konnte es sehen. Sie konnte ebenfalls sehen, daß ein anderer Mann – mit einem Overall bekleidet – am Tisch saß. »Hallo«, sagte der Mann. Er sah von seinem Sandwich auf und erhob sich.

Verlegen stellte Rosemary sie vor. Ihre Wangen brannten. »Das ist Hal Phillips«, sagte sie. »Er streicht das Haus. Und das ist Hazel Croom, eine unserer früheren Gemeindemitglieder, aus Letherfield.«

Der Besuch war kein Erfolg gewesen, reflektierte Hazel, als sie zurück nach Letherfield fuhr. Pater Gervases Abwesenheit hatte sichergestellt, daß es eine Enttäuschung wurde, natürlich, doch es war mehr als das.

Rosemary hatte sich ziemlich komisch verhalten, so hatte sie beobachtet. Flatterhaft, nervös. Sogar schuldbewußt.

Warum aß sie mit einem Handwerker zu Mittag? Sie hatte erklärt, daß Pater Gervase plötzlich abberufen worden war. Sicher war das aber doch kein Grund, das Mittagessen des armen Mannes einem *Handwerker* zu geben? Ein höflicher und gebildeter Handwerker, zugegeben; trotzdem nur ein Handwerker.

Hatten die beiden etwas miteinander? Hazel dachte zurück an die gestelzte Unterhaltung. Es schien ein vages Einverständnis zu geben zwischen Rosemary und dem Anstreicher – oder, eher, eine gewisse Leichtigkeit, das beschrieb es besser. Nichts Augenfälliges, obwohl sie natürlich nicht so dumm wären, vor ihr etwas zu verraten, falls es da etwas zwischen ihnen gab.

Was soll ich deswegen unternehmen? fragte Hazel sich. Sollte sie irgendwie einen Weg finden, es Pater Gervase gegenüber zu erwähnen? Das könnte unüberlegt sein, bevor sie nicht mehr Informationen besaß. Sie könnte sich irren.

Vielleicht kann ich Phyllis Endersby dazu verpflichten, mir zu helfen, die Situation im Auge zu behalten, dachte sie. Ein wachsames Auge auf Rosemary Finch und den Anstreicher zu werfen. Doch wenn sie sich mit ihrem Verdacht Phyllis anvertraute, hätte sie die Fäden nicht mehr allein in der Hand.

Nein, vielleicht war es das Beste, einfach abzuwarten und zu beobachten. Branlingham war nicht *so* weit von Letherfield entfernt. Und Phyllis hatte gesagt, daß sie jederzeit vorbeikommen könnte. Wenn es da etwas gäbe, davon war Hazel überzeugt, würde sie es bald herausfinden.

Wenn. Wahrscheinlich war nichts daran, sagte sie sich. Sie hatte nie eine hohe Meinung von Rosemary Finch gehabt. Trotzdem war sie der Ansicht, daß noch nicht einmal Rosemary so tief sinken würde, etwas mit einem Handwerker anzufangen. Direkt vor der Nase ihres Mannes. Und wie konnte eine Frau, selbst jemand wie Rosemary, einen anderen Mann Pater Gervase vorziehen? Es war undenkbar.

Wahrscheinlich, überlegte sie, ist alles sehr unschuldig und genau so, wie Rosemary gesagt hat: Pater Gervase war abberufen worden, und sie wollte das Essen nicht verderben lassen. Rosemarys Nervosität, ihr Erröten, konnte Hazels unerwartetem Erscheinen zugeschrieben werden; sie *war* immer recht unbeholfen gewesen in Situationen wie dieser.

Man muß sie trotzdem im Auge behalten, entschied sie.

»Tut mir leid«, sagte Rosemary, als Hazel gegangen war. »Es tut mir so leid.«

»Leid tun?« Hal schüttelte den Kopf. »Warum entschuldigen Sie sich, Rosie? Sie haben diese Frau nicht eingeladen. Sie haben Ihr Bestes getan, sie zu unterhalten. Sie war sowieso nicht hier, um Sie zu besuchen – es war ziemlich deutlich, daß sie gekommen ist, um Gervase zu sehen. Es gibt nichts, wofür Sie sich entschuldigen müßten.«

»Tut mir leid«, wiederholte sie. »Bei Hazel fühle ich mich ... ach, ich weiß nicht, wie ich es erklären soll.« Sie legte die Hände an ihre brennenden Wangen. »Ich werde mit ihr nicht fertig.«

»Sie haben sich sehr gut gehalten.« Er wollte ihre Hand nehmen und sie aufmunternd drücken, statt dessen ging er zurück an die Arbeit.

Anstatt Hal zu folgen und ihre Unterhaltung fortzusetzen, wie sie es vorgehabt hatte, entschied Rosemary, Gervase sein Lieblingsabendessen zu kochen. Es gibt Kalbsnierenpastete heute abend, beschloß sie.

Gervase hatte mit Essen nicht viel im Sinn. Er würde alles essen, was man ihm vorsetzte, hatte jedoch eine Schwäche: Kalbsnierenpastete. Rosemary machte sie nicht sehr häufig – Kalbfleisch, sogar Bratenfleisch, war teuer, und sie haßte es, die schleimigen, schlüpfrigen Nieren zu berühren. Außerdem mochte Daisy kein Kalbfleisch und keine Nieren. Doch Daisy wird heute abend nicht bei uns sein, erinnerte Rosemary sich; sie würde bei den Sawbridges bleiben. Sie und Gervase würden alleine sein, ein seltenes Ereignis. Grund genug für ein besonderes Abendessen. Also würde es Kalbfleisch und Nieren geben. Und Gervases Lieblingsnachtisch: Karamelpudding mit Vanillesoße. Nervennahrung. Und nach dem Abendessen, falls er nicht mehr raus mußte ...

Rosemary überprüfte die Vorratsregale, um sicherzugehen, daß sie genug Mehl und Sirup hatte. Dann nahm sie ihre Handtasche und machte sich auf den Weg zum Metzger.

Auf seinem Weg zurück nach Saxwell an diesem Abend hielt Hal an einer Tankstelle an, die ein paar Eimer mit Blumen im Fenster stehen hatte. Er suchte einen Strauß roter Rosen heraus. Für Margaret.

Kapitel 12

Valerie hatte aufgegeben, so zu tun, als ob sie schrieb; Sie hatte *Zufallswege* über eine Woche nicht angerührt, seit dem Tag, an dem sie den Wagen gekauft hatte. Einige Zeit vorher hatte sie zumindest nach außen hin den Anschein gewahrt. Sie war früh aufgestanden und hatte sich für die vorgegebene Zeit an den Computer gesetzt. Sie hatte an dem herumgebastelt, was sie schon geschrieben hatte oder einfach nur dagesessen und gedankenverloren auf den Bildschirm gestarrt. Das Aufbrechen ihrer unabänderlichen Routine hatte gezeigt, wie lächerlich diese Konstruktion war. Jetzt hatte sie damit nichts mehr zu tun. Die verwickelte Geschichte von Menschen, die nicht wirklich existierten, interessierte sie nicht länger; sie war gefangen darin, ihr eigenes Leben zu leben.

Ihr Telefon stand permanent auf Anrufdienst. Sie mußte also nie drangehen. Sie hörte ihre Nachrichten nur selten ab. Alles, was von Shaun oder ihrem Editor, Warren, kam, löschte sie ungehört. Shaun würde kommen wollen, um sie zu sehen, und Warren würde Nachricht vom Fortschritt ihres Buches verlangen. Valerie hatte keine Schuldgefühle, obwohl sie keinem von beiden etwas zu sagen hatte; es interessierte sie einfach nicht. Sie waren weit weg, nicht mit ihr verbunden, wie Menschen, die sie in einem anderen Leben gekannt oder von denen sie in einem Roman gelesen hatte.

Meistens blieb sie morgens – und damit brach sie eine lebenslange Angewohnheit – lange im Bett. Sie schlief nicht gut, fühlte sich jedoch ständig müde. Ihr fehlte die Energie, um aufzustehen.

Am Donnerstag jedoch stand sie früh auf. Sie hatte am Abend zuvor ihren Wecker gestellt. Es gab etwas, das sie tun wollte – tun mußte.

Valerie hatte einige Zeit damit verbracht, der Elster durch die Gegend zu folgen, von einer abgelegenen Kirche zur nächsten; die Elster kam und ging zu allen Tageszeiten. Valerie war jedoch niemals früh genug gewesen, um Hal folgen zu können. Sie hatte ihn nur ein paar Mal abends nach Hause kommen sehen. Er hatte den weißen Kombi in der Einfahrt geparkt und war im Haus verschwunden. Nun wollte sie ihm vom Beginn seines Tages an folgen, um herauszufinden, wo er arbeitete.

Nach der Zeit zu urteilen, zu der er normalerweise im Rose Cottage angekommen war, schätzte sie, daß er das Haus so gegen halb neun verließ. Natürlich konnte es auch sein, daß er jetzt weiter fahren mußte und daher früher wegfuhr. Sie mußte also viel Zeit veranschlagen. Das war schwierig: Sie konnte nicht einfach in ihrem Wagen in der Bury Road warten, besonders nicht während des Berufsverkehrs. Wenn sie jedoch ihre Position in der Telefonzelle besetzte, wäre er längst verschwunden, ehe sie die Chance hatte, ihren Wagen zu holen. Wenn sie einfach ständig um den Block fuhr, wie sie es manchmal tat, konnte sie ihn leicht verpassen. Also parkte sie ihren Wagen an der Erzdiakonie um die Ecke und lauerte dort. Ihr Wagen stand mit der Front zur Straße, mit laufendem Motor. Von hier konnte sie gerade das Ende der Einfahrt einsehen. Sie konnte schnell handeln, wenn es soweit war.

Es war fast genau halb neun, als sie die stumpfe Schnauze des weißen Kombi sah, die sich aus der Einfahrt schob. Valerie legte einen Gang ein und wartete, um zu sehen, welchen Weg Hal nahm. Sollte er rechts abbiegen, hieße das, daß er – und sie – eine befahrene Spur überqueren mußte. Das würde ihn mitten in den Berufsverkehr ins

Zentrum von Saxwell befördern. Sie wettete, daß er statt dessen links abbog. Sie hatte recht. Das bedeutete, daß er an ihr vorbeifahren mußte.

Es gab nicht viele Wagen, die die Bury Road hinauffuhren; die meisten Menschen fuhren um diese Tageszeit nach Saxwell hinein, nicht hinaus. Valerie hatte daher keine Schwierigkeiten, sich hinter dem weißen Kombi einzufädeln. Sehr bald waren sie auf dem Land. Der weiße Kombi fuhr einen Bogen, offensichtlich ein gewohnter Weg. Er umfuhr Saxwell und erreichte eine Bundesstraße südlich der Stadt. Sie fuhren zurück nach Elmsford, stellte Valerie fest. Doch der Kombi fuhr an der Abzweigung nach Elmsford vorbei und auf das nächste Dorf zu, Branlingham. Hier bog Hal ab; Valerie folgte ihm durch das Dorf, an der Schule vorbei und an der Kneipe ›Georg und der Drache‹. Sie sah ihn wieder abbiegen. Die Straße hieß Kirchenend. Sie war genügend solcher Straße gefolgt in letzter Zeit, bei der Verfolgung der Elster, um einigermaßen sicher sein zu können, daß ›Kirchenend‹ höchstwahrscheinlich eine Sackgasse – also der Bestimmungsort – war.

Valerie parkte ihren Wagen in der Nähe der Gemeindehalle am Straßenrand, schloß ab und ging Kirchenend hinunter.

Jenseits der Kirche und etwas dahinter stand ein Haus; das mußte das Vikariat sein. Ein außergewöhnliches Haus, bemerkte Valerie: riesengroß und aus roten Ziegeln erbaut. Es konnte fast als Beispiel für die Neugotik stehen, mit seinen hohen Kaminen und den christlichen Details: Eingemeißelte Kreuze, Steinverzierungen, gebogene Fensternischen mit bunten Glasfenstern.

Die Vordertür war in einen spitzen Steinbogen eingesetzt, mit gehauenen Steinportalen auf dem Fries. Sie war so massiv und großartig, daß sie leicht eine mittelalterliche Kathedrale hätte schmücken können.

In der Einfahrt vor dem Haus stand Hals weißer Kombi. Hal selbst holte Arbeitszeug aus dem Wagen heraus und trug es durch die Vordertür hinein. Nach drei Gängen verschloß er den Kombi und verschwand ins Haus. Er zog die schwere Holztür hinter sich zu.

Valerie ging zum Südportal der Kirche; es erlaubte einen guten Blick auf das Vikariat und bot ihr Deckung, Unterschlupf und einen Platz zum Sitzen. Sie ließ sich auf dem Steinrand nieder. Es war kalt und unbequem, doch solche Dinge waren egal. Sie würde warten und beobachten, den ganzen Tag, wenn nötig. Früher oder später würde jemand ins Haus oder aus dem Haus gehen und sie wollte da sein, wenn es soweit war.

Sybil Rashe liebte die Donnerstagvormittage. Sie freute sich darauf fast so wie auf die Mittwochnachmittage. Donnerstagvormittags hatte sie keine Kundschaft; an diesem Tag besuchte sie regelmäßig ihre älteste und liebste Freundin, Mildred Beazer, auf eine Tasse Kaffee und ein Schwätzchen.

Sybil und Mildred, vom Alter her nur ein paar Wochen auseinander, waren zusammen in Elmsford aufgewachsen. Sie waren in der Schule beste Freundinnen gewesen. Ihrer beider Leben waren danach unterschiedlich verlaufen: Während Sybil sich mit Frank niedergelassen hatte und die Kinder bekam, hatte Mildred zweimal geheiratet und beide Ehemänner begraben. Kinderlos aus beiden Ehen, ging es Mildred jetzt weit besser als ihrer Freundin. Beide Ehemänner hatten sie gut versorgt hinterlassen; zusätzlich bekam sie zwei Witwenpensionen. Ihre Freundschaft war jedoch erhalten geblieben, trotz der unterschiedlichen Umstände. Mildred interessierte sich sehr für die Rashe-Kinder.

Mildred Beazer lebte in einem gemütlichen Haus, genannt ›Der Hafen‹, ein Geschenk des verstorbenen Mr. Beazer. Trotz der Tatsache, daß sie ganz gerne alleine lebte, war sie der Idee gegenüber nicht abgeneigt, sich einen dritten Ehemann zuzulegen. Zu diesem Zweck pflegte sie sich deutlich besser als ihre alte Freundin Sybil Rashe: Mildred färbte ihr Haar flammrot, exotisch wie die Federn eines seltenen tropischen Vogels, und war ständig auf strikter Diät, um ihre Figur zu halten. Die unzähligen Zigaretten, die sie den Tag über rauchte, halfen natürlich; manchmal dachte Sybil, daß Mildred von Kippen und schwarzem Kaffee lebte.

Donnerstagvormittags, geradewegs von einem Nachmittag im Rose Cottage kommend, war Sybil jedesmal voll kleiner Anekdoten über Miß Valerie. Sie mit Mildred zu teilen war höchst zufriedenstellend. Anders als Frank, dem solche Dinge egal waren, drängte Mildred sie dazu, alles zu erzählen, und Sybil tat dies mit Hingabe.

Dieser Donnerstag verlief also wie so viele andere zuvor. Sie saßen im Wintergarten, den der verstorbene Mr. Beazer an die Rückseite vom ›Hafen‹ angebaut hatte. Dort, an der Südseite, war es morgens und nachmittags hell. Mildred verbrachte viel Zeit dort, eingehüllt in eine Rauchwolke.

»Möchtest du eine?« bot Mildred an. Sie schüttelte eine Zigarette aus der Packung und hielt sie ihrer Freundin einladend hin.

Sybil schaute sehnsüchtig darauf. »Nein, lieber nicht.«

»Ach, komm schon, nur diese eine«, drängte Mildred. »Leiste mir Gesellschaft.«

Sie erlag der Versuchung. »Na gut, die eine. Es wird schon keiner merken.«

Das war alles Teil eines Rituals. Sybil war früher selbst starke Raucherin gewesen, damals, in den Tagen als jeder rauchte. Sie hatte es allerdings Jahre zuvor aufgegeben, um ihren Kindern mit gutem Beispiel voranzugehen. Sie hatte gemischten Erfolg mit dieser Strategie: Brenda war überzeugte und selbstgerechte Nichtraucherin, die noch nicht einmal heimlich eine Kippe im Fahrradschuppen der Schule geraucht hatte. Bei Terry war sie sich nicht so sicher; er rauchte niemals vor den Augen seiner Mutter oder im Haus, doch ab und zu dachte Sybil, sie könnte kalten Rauch in seiner Kleidung oder seinem Atem riechen. Bei Kim hatte sie total versagt: Sybils jüngere Tochter rauchte zwei Packungen am Tag. Trotz oder gerade wegen der Verurteilung dieser ›schlechten Angewohnheit‹ durch ihre Mutter.

Neben dem Nikotin-Kick vermißte Sybil den schönen teerigen Geschmack von Zigaretten und die Art und Weise, wie sie den Händen bei einem Kaffeeklatsch etwas zu tun gaben. Sie wußte – jeder wußte das heutzutage –, daß Zigaretten schlecht für die Gesundheit sind. Solange Mildred ihr jedoch die Nase lang machte, ließ Sybil sich zu einer einzigen Zigarette überreden. Eine Kippe die Woche würde sie nicht umbringen.

Mildred hielt nichts von Filterzigaretten, zu Sybils großer Freude. Wenn sie schon sündigte, dann konnte sie es wenigstens richtig tun. Sie zündete drei Zigaretten an und sog diese erste Lunge voll Teer in sich ein. Herrlich. So lange wie möglich hielt sie ein, dann ließ sie den Rauch durch die Nase heraus.

»Also, Syb«, sagte Mildred, »was gibt's Neues? Wie geht es den Kindern?« Das gehörte ebenfalls zum Ritual am Donnerstag; sie erkundigte sich immer zuerst nach den Kindern. Das Thema Miß Valerie sparten sie sich für später auf.

Sybil zog ein Gesicht. »Diese Kim. Ich schwöre dir, sie bringt mich eines Tages um, Milly. Dieses ständige Gequatsche vom Heiraten. Ich weiß wirklich nicht, worauf dieses Mädchen hinaus will, unbedingt in der Kirche heiraten zu müssen.«

»Werden sie zu St. Mary in Elmsford getraut?«

»Nein.« Sybil schüttelte den Kopf. »Ich verstehe die ganze Aufregung nicht. Es hat wohl etwas mit den Gemeindegrenzen zu tun. Der Wohnwagen steht offensichtlich in der Gemeinde Branlingham. Dort werden sie also auch getraut werden. St. Soundso, Branlingham.«

Mildred, die immer in der Kirche geheiratet hatte, während Sybil in der Kapelle getraut worden war, kannte sich mit kirchlichen Angelegenheiten etwas besser aus. »Das stimmt«, nickte sie. »St. Stephens.« Sie hätte weitererzählen, ihrer Freundin das Gemeindesystem erklären können, wußte jedoch, daß Sybil sich nicht sonderlich dafür interessierte.

»Denk' ja nicht«, fuhr Sybil fort und schnaufte, »daß ich Ihro Königliche Hoheit diese Woche schon gesehen habe. Ich habe nur mit ihr telefoniert. Sie wollte mir ein paar Adressen durchgeben für die Einladungen zur Hochzeit. Ich habe also alles aufgeschrieben und bin dann eines Abends am Wohnwagen vorbeigefahren, doch sie waren nicht da – sind zweifellos unten in der Kneipe gewesen, ihre Sozialhilfe versaufen. Und als ich am nächsten Abend vorher anrief, um zu sagen, daß ich mit der Liste vorbeikomme, hat Kim mich abgewimmelt. Hat gesagt, sie käme sie übers Wochenende abholen, also bitte.«

»Ich dachte, die beiden hätten kein Telefon.«

»Oh«, sagte Sybil in dem gezierten Ton, der für das Thema Kim reserviert war oder, gelegentlich, für ihre Schwiegertochter Delilah, »hatten sie auch nicht. Sie haben jetzt eines dieser neumodischen Handys, mußt du wissen.«

Mildred wußte, daß Sybils Probleme mit ihrer verwöhnten jüngeren Tochter Kim sie beide den ganzen Morgen mit Beschlag belegen konnten. Sie schätzte, es war an der Zeit, das Thema zu wechseln. »Wie geht es denn Miß Valerie, Syb?«

Sybil hatte auf diesen Moment gewartet; sie runzelte die Stirn. »Dir kann ich es ja ruhig erzählen, Milly«, sagte sie dunkel. »Irgend etwas stimmt mit dem Mädchen nicht.«

»Was meinst du?« Mildreds Augen wurden groß. »Geht es ihr schlecht? Es geht die Grippe um, vielleicht ist es das.«

»Keine Grippe«, erklärte Sybil. »Meiner Meinung nach brütet sie schon länger etwas aus. Erinnerst du dich, ich hatte dir letzte Woche erzählt, daß sie schlimme Kopfschmerzen hatte, das arme Lämmchen.«

Mildred erinnerte sich. Sie nickte weise.

»Nun, es geht ihr immer schlechter. Es sind keine Kopfschmerzen – ich weiß nicht, was es ist, um ehrlich zu sein. Ich sage dir, ich war schockiert, als ich das Haus betrat. Ich habe so etwas noch nicht gesehen, Milly.« Sybil zog an ihrer Zigarette, um die Spannung so lange wie möglich zu erhöhen.

Sie erreichte das gewünschte Ergebnis; Mildreds Neugier war durch diese verführerischen Andeutungen wirklich geweckt. »Was war es denn?« wollte sie wissen.

»Du würdest bei diesem Anblick glauben, Rose Cottage sei ein Schweinestall. Ich erzähle keine Märchen, Milly – so hat es ausgesehen. Genau wie Franks Schweinestall. Als ob ich nicht jeden Mittwoch da gewesen wäre, das Haus saubergemacht und saubergehalten hätte für Miß Valerie.«

Mildreds lebhafte Phantasie beschwor ein anschauliches Bild herauf voll Schmutz und Dreck. »Das müssen diese Zeitungsleute gewesen sein«, überlegte sie. »Von *Hello*. Die waren doch letzte Woche da, oder, Syb? Ich habe schon öfter gehört, daß Journalisten ein schmuddeliger Haufen sind. Zahllose Tassen Kaffee und Kippen überall.«

Das war eine ziemlich genaue Beschreibung von Mildreds eigenen Angewohnheiten; Sybil enthielt sich jedoch jeden Kommentars. Sie schüttelte den Kopf. »Ich denke nicht. Es ist Miß Valerie, die sich verändert hat, und ich weiß nicht, wie ich mir das erklären soll.«

»Was meinst du denn?« Mildred griff nach ihrem Aschenbecher. Er quoll schon über vor Zigarettenkippen. Sie drückte die aus, die sie gerade geraucht hatte. Sofort zündete sie sich eine neue an, dann bürstete sie etwas Asche von ihrem Hosenbein. Mildred trug immer Hosen; ihre Beine, obwohl durchtrainiert, hatten so viele Krampfadern, daß sie reifem Schimmelkäse ähnelten. Es gab lange Wartelisten für Operationen von Krampfadern und sie hatte schon sehr lange gewartet. Sie hätte es sich leisten können, sich privat operieren zu lassen, für sie ging es hier jedoch ums Prinzip: Sie würde so lange warten wie nötig.

Sybil rauchte einen Moment lang schweigend. Sie versuchte, ihre Gedanken zu sammeln, um sich verständlich ausdrücken zu können. »Miß Valerie war immer stolz auf ihr Haus«, sagte sie schließlich. »Um ehrlich zu sein, sie hat das Haus immer so sauber gehalten, daß ich zeitweise gedacht habe, sie brauchte mich gar nicht. Ich habe ihr allerdings nie etwas gesagt. Jetzt liegt überall Staub, das Geschirr stapelt sich in der Spüle. Stöße von Briefen sind überall verstreut, auf dem ganzen Küchentisch und auch in anderen Zimmern. Noch nicht einmal geöffnet. Und dieser Computer, an dem sie so viel Zeit verbracht hat – wie tot.«

»Wenn Miß Valerie doch die Grippe hatte ...« beharrte Mildred.

»Oh, nein. Da steckt mehr dahinter, Milly.« Sybil klopfte ein langes Stück Asche in den Aschenbecher ab. »Bei ihr selbst stimmt etwas nicht. Sie hat mich noch nicht mal in ihr Schlafzimmer gelassen. Als ich ihr sagte, daß ich hinein müßte, um die Laken zu wechseln, hat sie mich weggeschickt. Sie war fast wütend, war sie. Siehst du nicht, auf was ich hinaus will?«

Mildred beugte sich vor. »Du meinst ...«

»Es gibt niemanden, der eine höhere Meinung von Miß Valerie hat als ich, Milly. Das weißt du so gut wie ich. Ich würde kein Wort gegen sie sagen, und das schwöre ich bei Gott.« Sie hielt inne und konzentrierte sich auf ihre kürzer werdende Zigarette. Sie wollte das meiste herausholen aus dem, was übrig war. »Aber bei ihr stimmt etwas nicht. Hier oben.« Sie klopfte sich mit dem Finger an ihre Schläfe und fuhr dramatisch fort. »Wenn du mich fragst, Milly, Miß Valerie ist verrückt geworden. Bekloppt im Kopf.«

Mildred starrte sie mit aufgerissenem Mund an. Sybil quetschte den letzten Zentimeter ihrer Zigarette zwischen Daumen und Zeigefinger und sog gierig. Dann, als sie anfing, sich die Finger zu verbrennen, ließ sie sie mit echtem Bedauern in den Aschenbecher fallen. »Sie hat keine Grippe«, erklärte Sybil ernst. »Sie sollte sich ihren Kopf untersuchen lassen.«

Nach dem Mittagessen begab Gervase sich stets zuerst in die Kirche, bevor er zu seinen Nachmittagsbesuchen aufbrach; besonders nach dem Einbruch schaute er öfter mal hinein, um sicherzugehen, daß alles in Ordnung war.

Eine Frau saß auf der Steinumrandung, die sich an der Innenwand des Südportals entlangzog – eine attraktive junge Frau. Sie saß sehr still, fast wie in Trance in ihrer Unbewegtheit. Sie weinte nicht, war auch nicht sichtbar verzweifelt. Gervase spürte jedoch, mit einem über die Jahre entwickelten Instinkt, daß sie irgendein Problem hatte. Er zögerte; es gab oft eine sehr feine Grenze in der Behandlung von Menschen wie diesen. Es konnte sein, daß sie reden wollte, es konnte jedoch auch sein, daß sie nicht gestört werden wollte.

»Geht es Ihnen gut?« fragte er vorsichtig.

Valerie schaute zu ihm auf. Sie sah einen großen Mann mittleren Alters mit welligem grauen Haar und einem sanften, länglichen Gesicht. Er hatte hängende Schultern und ging leicht gebeugt. Er trug schwarz: schwarze Hosen und ein schwarzes Hemd mit weißem Kragenband. Der Vikar. »Ja, vielen Dank«, sagte sie. Ihre Stimme krächzte; sie sprach selten in diesen Tagen.

Er war nicht überzeugt. »Wenn es etwas gibt, was ich für Sie tun kann ... Wenn Sie reden möchten, ich stehe Ihnen zur Verfügung.«

Seine Worte waren sanft. Er besaß ein freundliches Gesicht, eines, das zu Glaube und Vertrauen einlud. Einen irren Moment lang war sie versucht, sein Angebot anzunehmen. Was wäre es für eine Erleichterung, darüber sprechen, sich die Last und die Verwirrung ihrer Liebe zu Hal von der Seele reden zu können; den Schmerz herausströmen zu lassen, den das Warten darauf, daß er endlich ihr gehörte, mit sich brachte.

Das darf nicht sein, befahl sie sich ernsthaft. Er war einer von denen. Ein schwarzweißer Priester, steckte wahrscheinlich mit der Elster unter einer Decke. Hal war in diesem Moment im Hause dieses Mannes. Sie mußte stark sein. Valerie schüttelte den Kopf. »Nein, ich danke Ihnen.«

Der Priester lächelte. Das Lächeln verwandelte sein sonst eher ernstes Gesicht in ein Antlitz von einzigartiger Schönheit. Vielleicht spürte er ihr Zögern; er sagte, »wenn Sie Ihre Meinung ändern, wissen Sie, wo Sie mich finden. Ich wohne dort drüben.« Er zeigte auf das Vikariat.

Ihr Blick folgte der Geste und blieb dort hängen; sie vergaß die Anwesenheit des Priesters. Sie wurde angespannt vor Erregung: Die Tür öffnete sich und jemand trat heraus. Nicht Hal; enttäuscht ließ sie die Schultern hängen. Es war eine Frau. Eine Frau, wahrscheinlich die Frau des Vikars.

Valerie konnte sie jetzt klar erkennen. Wenn sie geglaubt hatte, die Frau des Vikars sei eine Art Sirene, war diese Angst fehl am Platz gewesen, wie sie mit Erleichterung erkannte. Obwohl die Frau nicht so alt zu sein schien wie ihr Mann, war sie eine Vogelscheuche in der überlieferten Tradition der Vikarsfrauen. Nicht häßlich, gab Valerie zu, nur unscheinbar. Ein dünnes, blasses Gesicht mit überdimensionierten runden Brillengläsern. Schlaffes, mausfarbenes Haar, auf ihrem Rücken geflochten, ein unsauberer Pony, der über den Rand der Brille hing. Und ihre Kleidung! Ohne Schick war noch untertrieben: Diese Frau hatte überhaupt keinen Geschmack, was Kleidung anbetraf. Die formlosen Kleidungsstücke, übergroß und schlecht sitzend, hingen auf einer Figur, die auch nicht im entferntesten als kurvig beschrieben werden konnte.

Nicht die kleinste Bedrohung. Valerie lachte beinahe laut heraus bei dem Gedanken, daß diese graue Maus eine Rivalin um Hals Aufmerksamkeit sein sollte. Es war grotesk.

Rosemary ging zu den Sawbridges, um Daisy abzuholen. Die Probeübernachtung hatte offensichtlich gut geklappt; ängstlich besorgt um das Wohlergehen ihrer Tochter hatte Rosemary ein paarmal angerufen, um nachzuhören. Ihr war von Annie versichert worden, daß Daisy eine wunderbare Zeit mit Samantha verlebte. Sie konnte es nicht glauben, bevor sie Daisy nicht mit eigenen Augen gesehen hatte: keine Tränen nach ihrer Mutter, kein Herumschreien wegen Heimweh. Daisy hatte wirklich eine wunderbare

Zeit gehabt, das war offensichtlich. Der Abschied von Samantha und die Rückkehr nach Hause schienen ihrer schwerer zu fallen als die Trennung von ihrer Mutter.

Erst jetzt konnte sich Rosemary eingestehen, wie traumatisch die ganze Erfahrung für *sie* gewesen war, wenn schon nicht für ihre Tochter. Die Trennung von Daisy – das allererste Mal – hatte in ihr eine komplexe emotionelle Reaktion hervorgerufen: Sorge, Liebe, Beschützenwollen, vermischt mit Schuldgefühlen. Ja, Schuldgefühle, stellte sie fest: War es nicht selbstsüchtig, ihre Tochter abzugeben? Stellte sie damit nicht ihre eigenen Bedürfnisse über die ihrer Tochter?

Rosemary wollte wirklich auf dieses Konzert gehen am Freitagabend. Sie hatte sich immer wieder gesagt, daß es nicht klappen könnte, sich ermahnt, sich nicht zu sehr zu begeistern. Sie hatte jedoch nicht verhindern können, daß sie sich schon seit Wochen freute; sie wollte wirklich hingehen. Jetzt begann sie zum ersten Male zu glauben, daß sie gehen *würde*. Daisy würde es bei Samantha gut gehen. Sie wäre sogar sehr davon angetan, dieses Abenteuer wiederholen zu dürfen. Rosemary brauchte sich nicht schuldig zu fühlen, daß sie sie allein ließ; sie durfte gehen und durfte es genießen. Sie und Gervase würden einen so schönen Abend verbringen; ein seltenes und wunderbares Geschenk. Nur sie beide.

Sie fing an, konkret über Freitagabend nachzudenken. Was, fragte Rosemary sich nun, ziehe ich an?

Vermutlich, überlegte sie, wird das eine ziemlich vornehme Angelegenheit, die Leute werden sich dafür fein machen. Und es war auch nicht nur das Konzert: Gervase hatte wirklich zugeschlagen. Er hatte bereits Karten für das vorhergehende Abendessen gekauft. Lachs mit Erdbeeren im Festzelt. Sie besaß keine Kleider für Lachs mit Erdbeeren.

Das Problem beschäftigte ihre Gedanken, während sie mit ihrer Tochter nach Hause zurückkehrte. Daisy plapperte über Jack, das Katerchen. »Kann ich nicht auch ein Kätzchen haben, Mama?« wiederholte sie zum x-ten Mal. »Ich will ein Kätzchen genau wie Jack. Schwarz und weiß.«

»Vielleicht eines Tages«, gab Rosemary automatisch zur Antwort. Sie hörte nur mit halbem Ohr zu.

Zuhause gab es dann eine große Aufregung, als Daisy ihr neu tapeziertes Zimmer in all seinem Glanz in Augenschein nahm. Es war pink, genau wie sie es sich gewünscht und Hal es ihr versprochen hatte. Leuchtendes Pink, und als Überraschung hatte Hal auf halber Höhe eine Bordüre gezogen: Schwarze Kätzchen mit rosa-weiß gestreiften Schleifchen um den Hals. Daisy quiekte vor Vergnügen. Den Rest des Nachmittags war sie hin- und hergerissen. Sollte sie in ihrem neuen Zimmer spielen oder sich mit Hal unterhalten? Dieser arbeitete jetzt in der Eingangshalle. Ihre Mutter war überflüssig.

Rosemary untersuchte daher in der Zwischenzeit ihren Kleiderschrank. Sie hatte die unsinnige Hoffnung, in einer Ecke versteckt ein hübsches, in Vergessenheit geratenes Kleid zu finden. Doch es gab gar nichts, stellte sie mit wachsender Bedrücktheit fest, was sie anziehen konnte. Sie besaß Kleider, die für Gemeindeaufgaben geeignet waren; für diese Gelegenheit waren sie jedoch nicht gut genug. Vielleicht, dachte sie, kann ich das Kleid anziehen, das ich zu Gervases Amtseinführung getragen habe. Nachdem sie es sich angesehen hatte, stellte es sich jedoch als viel zu schwer und dunkel für die jetzt herrschenden warmen Frühlingstemperaturen heraus.

Plötzlich hatte Rosemary einen Einfall: Eines der leerstehenden Schlafzimmer diente als Sammelstelle für dies und das für das nächste Kirchenfest. Wenn die Leute ihren

Frühjahrsputz machten oder allgemein ausmisteten, brachten sie Kisten und Kästen mit ihren aussortierten Dingen zum Vikariat und stellten sie dort unter. Es könnte, dachte Rosemary, vielleicht etwas dabei sein.

Sie knipste das Licht an und betrat den Raum. Vorsichtig bahnte sie sich ihren Weg, an Bücherkartons und Haufen verschiedensten Krams vorbei. Sie erinnerte sich, einige Wäschesäcke voll Kleidung gesehen zu haben. Nachdem sie sie gefunden hatte, leerte sie sie auf dem Boden aus und sortierte den Inhalt.

Vielleicht ist das doch keine so gute Idee gewesen, dachte sie reumütig. Die meisten der Kleidungsstücke waren aus gutem Grund aussortiert worden. Sie waren abgetragen oder verschmutzt oder überhaupt einfach nur häßlich. Es gab nur zwei Sachen, die nicht zu furchtbar waren. Es stellte sich allerdings heraus, daß sie nicht annähernd ihre Größe hatten. Zu kurz, zu weit. Rosemary bedauerte es wieder einmal, daß sie auf diesem Gebiet nicht, wie ihre Mutter, die typische Frau eines Vikars war. Geschickt im Umgang mit der Nadel und fähig, selbst die schäbigsten der von der Gemeinde ausrangierten Sachen in etwas Schickes zu verwandeln.

Als sie diese blöde Arbeit gerade aufgeben wollte, entdeckte Rosemary einen großen Karton in einer Ecke. Der war, wie sie sich erinnerte, aus Branlingham Manor gekommen. Dort hatten jahrhundertelang die örtlichen Adligen gelebt; ein junger Sohn dieser Familie war für den Bau des Vikariats im letzten Jahrhundert verantwortlich. Die Familie war schon vor einigen Jahren weggezogen und das Manor wegen der Erbschaftssteuern verkauft worden. Es gehörte jetzt dem örtlichen Parlamentsabgeordneten und wurde auch von ihm bewohnt. Seine Frau und er waren beide keine Kirchgänger, es sei denn, sie standen kurz vor einer Wahl. Sie folgten jedoch der uralten Tradition, ihre

Gewissen zu beruhigen, indem sie der Kirche Dinge spendeten, die ihnen nicht länger gefielen. Kurz nachdem die Finchs in Branlingham eingezogen waren, war dieser Karton geliefert und ungeöffnet eingelagert worden.

Rosemary öffnete ihn jetzt. Die Frau des Abgeordneten war im Ort bekannt für ihren exquisiten Kleidergeschmack; selbst die von ihr ausrangierten Sachen waren wahrscheinlich besser als alles, was Rosemary jemals besessen hatte.

Die meisten Kleidungsstücke im Karton hatten allerdings dem Abgeordneten selbst gehört, nicht seiner Frau: Eine alte Tweedjacke mit einem Brandloch am Ärmel, ein paar Hosen, die bis zum Saum herausgelassen worden waren, ein mottenzerfressener Pullover. Weiter unten fand sie jedoch ein Kleid. Vermutlich, sagte Rosemary sich, ist es zerrissen oder verschmutzt. Vorsichtig hob sie es heraus.

Es war ein wunderschönes Kleid, von einer Qualität und einer Handwerkskunst, die mit Sicherheit eine ganze Menge Geld gekostet hatten. Der Stoff fühlte sich wunderbar an. Seidig und doch fest. Vom Stil her war es klassisch und einfach, weder zu verspielt noch zu streng, mit geradem Rock und schräg geschnittenem, leicht tailliertem Oberteil. Die Farbe war ein rauchiges Rosa.

Es schien alles in Ordnung zu sein damit; vielleicht hatte ihre frühere Besitzerin sich einfach daran sattgesehen. Rosemary konnte sich allerdings nicht vorstellen, warum. Es war wirklich ein wunderschönes Kleid. Es hatte sogar ihre Größe.

Sie nahm es mit ins Schlafzimmer und probierte es an. Als sie sich im Spiegel sah, wußte sie, daß es perfekt war: Es paßte, als ob es für sie angefertigt worden wäre; die Farbe stand ihr, der Schnitt schmeichelte ihrer Figur. Rosemary lächelte ihrem Spiegelbild zu. Sie fühlte sich wundervoll in diesem Kleid. Gervase würde stolz darauf sein, mit ihr gesehen zu werden. Sie würde ihm jetzt noch nichts darüber erzählen, es ihm noch nicht vorführen; sie würde bis morgen warten und ihn überraschen. Der morgige Abend würde etwas Besonderes sein. Ein Abend, an den sie sich noch oft zurückerinnern würden.

Margarets lange Woche neigte sich ihrem Ende zu. Sie war äußerst dankbar dafür. In ihrem Leben war zwar immer etwas los, aber diese Woche war noch unruhiger gewesen. Es hatte noch mehr Streß gegeben als sonst. Sie hatte Hal kaum gesehen und sie konnte schlecht von ihm erwarten oder ihn darum bitten, aufzubleiben. Er mußte schließlich am nächsten Tag früh raus, um zu arbeiten. Sein Job mochte zwar nicht so stressig sein wie ihrer und nicht so viele Stunden verschlingen, doch es war körperliche Arbeit, und er brauchte seinen Schlaf.

Es war fast Mitternacht; Hal lag schon im Bett. Margaret mußte noch arbeiten; Schreibtischarbeit, durch die Aktivitäten der Woche liegengeblieben, die nicht länger warten konnte.

Sie kochte sich eine Tasse Kaffee. Das Klopfen in ihrem Kopf war offensichtlich doch nicht auf die leichte Unbehaglichkeit zurückzuführen, die sie unter der Woche gespürt hatte. Es waren beginnende Kopfschmerzen. Margaret war anfällig für Migräne; sie hoffte, daß sie nicht gerade jetzt eine bekam. Das konnte sie sich nicht leisten, sie mußte noch einen Tag dieser höllischen Woche durchstehen.

Leise, um ihren schlafenden Mann nicht zu wecken, huschte Margaret durch das verdunkelte Schlafzimmer in das angrenzende Badezimmer und suchte die Flasche mit dem Schmerzmittel. Sie nahm zwei Tabletten heraus.

Zurück in ihrem Arbeitszimmer spülte sie sie mit schwarzem Kaffee hinunter und massierte einen Moment lang ihre Schläfen. Sie versuchte, ihre Gedanken zu sammeln und sich auf die Sachen zu konzentrieren, die erledigt werden mußten. Auf ihrem Schreibtisch stand eine Vase mit Blumen. Rote Rosen, ihre Lieblingsblumen. Von Hal gekauft und arrangiert, waren sie am Abend zuvor dort hingestellt worden, wo sie sie finden würde. Eine aufmerksame Geste, typisch Hal. Margaret lächelte liebevoll. Sie fühlte sich bereits besser.

Die Papiere, die vor ihr lagen, bezogen sich auf den Freitagabend. Das für diesen Abend anberaumte Treffen war wichtig und betraf sämtliche Kirchenleute ihrer Erzdiakonie. Es drehte sich um das kritische Thema Sicherheit und war vor einiger Zeit bereits arrangiert und festgelegt worden; jetzt, nach dieser Serie von Einbrüchen in die Kirchen der Erzdiakonie, war ein Treffen zu diesem Thema wirklich wichtig – und dringlich – geworden. Es hatte natürlich immer mal wieder einzelne Einbrüche gegeben; offene Kirchen und sichtbare Schätze hatten von jeher eine Versuchung für Gelegenheitsdiebe dargestellt. Doch die Geschehnisse der letzten Zeit waren gezielter und geplanter; die Verluste wurden höher. Zuerst waren es vernickelte Kerzenhalter gewesen, jetzt, gerade diese Woche, war jedoch in zwei Kirchen eingebrochen und eine größere Anzahl silberner Gegenstände aus unzureichend gesicherten Safes gestohlen worden. Eine weitere Kirche hatte ein wertvolles Bild verloren sowie ein Paar jakobinischer Stühle. Aus einer vierten war ein nicht zu ersetzendes mittelalterliches Stehpult, mit einem geschnitzten Adler verziert, entwendet worden. Daß sie sich mit den unmittelbaren Folgen der Einbrüche hatte auseinandersetzen müssen, hatte den Streß in Margarets hektischer Woche weiter erhöht; es war jetzt wichtiger als je zuvor, daß dieses Treffen am Freitag von Erfolg gekrönt war.

Sie hatte diverse professionelle Sachverständige eingeladen, um vor den versammelten Kirchenleuten zu sprechen: einen Polizisten, einen Gutachter der Versicherung, einen Experten für Antiquitäten und einen Sicherheitsspezialisten. Viele der Kirchenleute, das hatte sie festgestellt, als sie sich nach den Einbrüchen mit ihnen beschäftigte, wußten nichts über den Wert der Dinge, die ihre Kirchen füllten. Ganz zu schweigen davon, daß sie über vernünftige Vorsichtsmaßnahmen Bescheid wußten. Kirchentüren blieben rund um die Uhr unverschlossen, wertvolle Gegenstände wurden gut sichtbar ausgestellt, und Safes standen entweder halboffen oder es lagen die Schlüssel daneben.

Was sie noch *nicht* getan hatte und jetzt tun mußte, war, die Liste durchzugehen und zu sehen, wie viele ihr Antwortschreiben zurückgeschickt hatten, um ihr Erscheinen zuzusagen. Bei einigen mußte sie wahrscheinlich nachhelfen. Eigentlich hatte sie vorgehabt, dies Anfang dieser Woche zu tun und hätte es auch getan. Ironischerweise war sie jedoch zu sehr mit den Einbrüchen beschäftigt. Es war wichtig, daß so viele Kirchenleute wie möglich anwesend waren.

Es gab über einhundertundfünfzig Kirchen in der Erzdiakonie – in diesen Zeiten zusammengelegter Pfründe jedoch nur halb so viele Priester. Das waren allerdings immer noch genug, wenn man den Überblick behalten wollte. Achtundsiebzig Inhaber einer Pfarrstelle und verantwortliche Priester. Sechs Frauen, zweiundsiebzig Männer. Margaret hatte eine Liste in ihrem Computer, auf der diejenigen standen, die zugesagt hatten, und eine andere Liste derjenigen, die sich entschuldigen ließen. Beide Listen mußten gegen eine Hauptliste geprüft werden, um zu sehen, wer durch die Maschen gefallen war. Zusätzlich gab es einen kleinen Stapel Antwortschreiben, für die sie noch keine Zeit zum Durchsehen gefunden hatte.

Dies war das erste erzdiakonische Treffen dieser Art, das sie selbst einberufen hatte. Als Gemeindepriesterin hatte sie allerdings bereits an einigen solcher Treffen teilgenommen. Sie hatte vor ihrem Erzdiakon ziemliche Angst gehabt. Er war ein imponierender Mann mit schrecklichen Augenbrauen. Sie hätte nicht im Traum daran gedacht, den von ihm kommenden Befehl zu mißachten, an einem Treffen teilzunehmen; andere mußten genauso gefühlt haben, denn die Anwesenheit war immer hoch. Die große Zahl von Absagen, die sie erhalten hatte, überraschte sie daher – bis einer ihrer Kirchenleute es ihr gesteckt hatte: Viele blieben aus Protest weg, weil sie eine Frau war. An diese Möglichkeit hatte sie naiverweise nie einen Gedanken verschwendet. Dadurch wurde es jedoch nur um so wichtiger, daß zumindest diejenigen vollzählig erschienen, die sich nicht aufgrund ihres Geschlechtes beleidigt fühlten.

Als sie das letzte Antwortschreiben in die entsprechende Liste eingetragen und alles mit der Hauptliste verglichen hatte, war fast jeder erfaßt. Es gab natürlich immer diejenigen, die es prinzipiell nicht schafften, Dinge zeitig zu erledigen und die, die dieses wichtige Stück Papier verloren hatten. Sie würde ihnen morgen hinterher telefonieren müssen.

Sieben Delinquenten, sieben Anrufe. Einer von ihnen, stellte sie fest, war jemand, der vor knapp einer Woche selbst einen Einbruch hatte hinnehmen müssen. Er sollte mit Sicherheit auf dem Treffen erscheinen: Gervase Finch.

Kapitel 13

Rosemary hatte seit über einer Woche nichts von Christine gehört. Sie hoffte halb, ohne es wirklich zu glauben, daß ihre Freundin ihr Unbehagen über ihre Rolle als unfreiwillige Gastgeberin für sie und ihren Liebhaber gespürt hatte. Wie sie Christine kannte, war sie jedoch sicher, demnächst wieder von ihr zu hören. Dieses Mal war sie vorbereitet. Sie hatte sich ein paar Entschuldigungen zurechtgelegt: Die Handwerker sind da, Gervase läuft im Haus herum, es sind Halbjahrsferien und Daisy ist zu Hause.

Der Anruf kam Freitagmorgen, kurz nach dem Frühstück. Rosemary ging ans Telefon. Sie ergriff die Initiative, noch bevor Christine die Möglichkeit hatte, sich einzuladen. »Ich fürchte, heute ist kein guter Tag«, sagte sie mit einer Bestimmtheit, die sie genauso überraschte wie Christine. »Daisy ist den ganzen Tag zu Hause – es sind Halbjahrsferien. Und –«

»Oh, gut.« Christine schnitt Rosemary das Wort ab, übertrumpfte sie. »Genau das hatte ich gehofft, daß du den ganzen Tag mit Daisy zu Hause bist. Natürlich weiß ich, daß Halbjahrsferien sind. Das ist auch der eigentliche Grund meines Anrufes.«

Rosemary war verblüfft. »Ja?«

»Ich hatte gehofft, ich könnte Polly und Gemma rüberbringen, damit sie den Tag mit Daisy verbringen«, erklärte sie. »Ich bin so froh, daß es dir paßt.«

Natürlich, dachte Rosemary. Und ich bin geradewegs in Christines Falle getappt. »Ja, ist in Ordnung«, stimmte sie zu; zumindest war es besser, als Christine unterhalten zu müssen, mit oder ohne ihren Liebhaber.

»Daisy vermißt Polly und Gemma sicherlich«, fügte Christine hinzu. »Sie wird begeistert sein, sie zu sehen, das weiß ich.«

Sie würden in weniger als einer Stunde da sein; jetzt mußte sie Gervase die Neuigkeit überbringen. Er saß immer noch am Küchentisch und warf einen kurzen Blick in die Zeitung, bevor er in sein Arbeitszimmer verschwinden würde.

»Das war Christine«, sagte Rosemary in einem, wie sie hoffte, neutralen, wenn auch nicht gerade freudigen Tonfall.

»Ach ja?« Gervase sah sie über den Rand seiner Lesebrille hinweg an. Seine Stimme besaß einen Zynismus, den er sich für das Thema Christine vorbehielt. »Und, was wollte sie?«

»Sie schlug vor, ihre Mädchen heute zum Spielen hierher zu bringen«, sagte sie mit einiger Untertreibung. Sie bemühte sich, nicht zu defensiv zu klingen.

Gervase ließ sich nicht täuschen. »Schlug vor? Das kann ich mir vorstellen. Was hast du gesagt?«

»Ich sehe nichts Schlimmes darin. Daisy *mag* die Mädchen.« Vielleicht, sagte sie zu sich selbst, würde es Daisy tatsächlich guttun.

Christine und ihre Mädchen trafen, wie erwartet, innerhalb einer Stunde ein. »Ich habe noch Zeit für einen schnellen Kaffee, bevor ich los muß«, sagte Christine und ließ ihr damit keine andere Wahl, als sie hereinzubitten.

Als sie am Küchentisch saß, während Rosemary den Kaffee kochte, fragte Christine in bühnenreifem Flüsterton: »Also – wer ist das?«

»Wer?« Rosemary wandte sich ihr zu. »Von wem sprichst du?«

»Dieser göttliche Mann. Wer ist das?«

»Göttliche Mann?« echote Rosemary; sie hatte wirklich keine Ahnung, worüber Christine sich aufregte.

»Ach komm, spiel hier nicht die Dumme, Rosemary.« Christine lächelte süffisant. »Dieser göttliche Mann in eurer Eingangshalle.«

»Hal?« Sie war immer noch verblüfft. »Sprichst du über Hal? Er ist der Anstreicher.«

»Von wem sollte ich denn sonst sprechen.« Christine wurde langsam ungeduldig ob Rosemarys offensichtlicher Begriffsstutzigkeit. »Ich habe gesehen, daß er der Anstreicher ist. Er hat Tapete von der Wand gekratzt. Aber wer ist er? Warum hast du ihn mir gegenüber nicht schon früher erwähnt?«

»Ich habe dir erzählt, daß wir das Haus streichen lassen«, verteidigte Rosemary sich.

»Aber du hast mir nicht erzählt, daß der Anstreicher so ... göttlich ist. Du bist ganz schön gerissen, Rosemary. Ihn ganz für dich alleine zu behalten.«

»Sei nicht dumm.« Rosemary fühlte, wie sie errötete; sie drehte Christines anzüglichem Grinsen den Rücken zu und beschäftigte sich mit dem Kaffee. War Hal göttlich? Auf jeden Fall war es nicht das, was ihr an ihm wichtig war.

Christine fuhr unbeeindruckt fort. »Ist Gervase nicht schrecklich eifersüchtig, daß du und dieser tolle Anstreicher euch mit Vornamen ansprecht? Ich bin überrascht, daß er dich mit jemandem, der so aussieht, allein im Haus läßt.«

»Gervase hat keinen Grund, eifersüchtig zu sein«, betonte Rosemary nachdrücklich.

Christine sah die Farbe auf ihren Wangen. Sie war sich dessen nicht so sicher.

Rosemary war entschlossen, das Thema zu wechseln. »Um wieviel Uhr holst du die Mädchen ab?« fragte sie.

»Macht das einen Unterschied?« Christine goß ein Tröpfchen Milch in ihren Kaffee.

»Ja, das tut es tatsächlich.« Jetzt lächelte Rosemary. Ihr Unbehagen war vergessen. »Wir gehen heute abend aus und müssen das Haus so um kurz nach fünf verlassen.«

»Aha?« Das weckte Christines Neugier; so weit sie wußte, gingen Rosemary und Gervase etwa so oft aus wie sie und Roger, also niemals. »Wo geht ihr denn hin?«

Rosemary erzählte ihr von dem Konzert. Christine, selbst nicht musisch interessiert, waren die Einzelheiten eigentlich egal. Eine Frage drängte sich ihr jedoch auf; ein abschätzender Blick glitt über ihr Gesicht. »Was ist mit Daisy? Kommt ein Babysitter hierher?«

»Sie wird bei einer Freundin im Dorf übernachten«, erklärte Rosemary, ihr dieses Mal einen Schritt voraus. Christine hatte nicht ohne Hintergedanken gefragt; es war nicht schwierig, herauszufinden, welche das sein konnten.

Die Standuhr in der Halle schlug; Christine schaute auf ihre Armbanduhr. »Oh, ich muß dich leider verlassen. Ich bin in einer Viertelstunde mit Nick verabredet. Wir machen einen Ausflug«, fuhr sie mit einem selbstzufriedenen Lächeln fort. »Ich weiß nicht, wohin – er sagte, es sei eine Überraschung.«

»Wann kommst du Polly und Gemma denn abholen?« beharrte Rosemary.

»Sagen wir um vier Uhr, wenn es dir recht ist. Ich sag dir was«, fügte Christine spontan hinzu. »Wenn ich zurückkomme, frisiere ich deine Haare, weil du heute abend ausgehst. Ich könnte dir einen französischen Knoten machen – das würde umwerfend aussehen.« Es würde ihr gleichzeitig eine Gelegenheit geben, Rosemary alles über ihren Tag zu erzählen.

»Ja, gut.« Warum nicht? dachte Rosemary. Sie kümmerte sich nie um solche Sachen, doch es war in der Tat ein besonderes Ereignis. Wert, sich ein wenig Mühe zu geben, um so hübsch wie möglich auszusehen.

Kurz vor Mittag saß Gervase in seinem Arbeitszimmer und arbeitete an seiner Predigt für Sonntag. Ein Anruf des Erzdiakons unterbrach ihn dabei.

Nach ein paar gegenseitigen Nettigkeiten kam sie zum Punkt, auf etwas umständlichem Wege. »Zuerst einmal hoffe ich, daß Sie und Ihre Frau nächste Woche Samstag zum Gartenfest in die Erzdiakonie kommen können. Ich habe, glaube ich, noch keine Antwort von Ihnen erhalten«, sagte sie diplomatisch.

»Oh, das tut mir leid«, entschuldigte Gervase sich. »Ich bin nicht sehr gut darin, Einladungen zu beantworten. Wir kommen bestimmt.« Er konnte sich nicht daran erinnern, die Einladung bekommen zu haben, ganz zu schweigen davon, es Rosemary gegenüber erwähnt zu haben; er würde die Papiere auf seinem Schreibtisch bald einmal durchsehen und danach suchen müssen. Sehr bald sogar.

Das gab dem Erzdiakon die Gelegenheit, die sie brauchte. »Desweiteren, wo wir gerade davon sprechen, ich habe noch keine Antwort wegen des Treffens heute abend erhalten. Vielleicht sind Sie die Gebräuche dieser Erzdiakonie einfach nicht gewöhnt«, fügte sie auf, wie sie hoffte, taktvolle Weise hinzu. »Ich nehme es mit den Antwortschreiben sehr genau – ich finde, das macht jedem das Leben leichter, mir besonders.«

»Treffen, heute abend?« wiederholte er verwirrt.

»Das Treffen der gesamten Erzdiakonie, die Sicherheit in den Kirchen betreffend. Heute abend, in der Gemeindehalle von Hardham Magna.«

In Gervases Gehirn regte sich nichts. »Ich fürchte, ich

weiß nicht, wovon Sie sprechen, Erzdiakon. Ich weiß nichts von diesem Treffen.«

Sie blieb diplomatisch und meinte: »Vielleicht ist der Brief mit der Post verlorengegangen. Doch das macht nichts.« Schnell erläuterte sie den Grund des Treffens und unterstrich die Dringlichkeit, die es für jeden in der Erzdiakonie hatte. »Die Anwesenheit von Personen wie Ihnen, die Opfer eines Einbruchs wurden, ist besonders wichtig«, schloß der Erzdiakon.

Gervase biß sich auf die Lippen. Er konnte die Bedeutung und den Wert dieses Treffens sehen, doch er würde Rosemary auf keinen Fall enttäuschen; sie freute sich schon seit Wochen auf diesen Abend. »Es tut mir wirklich leid, Erzdiakon«, sagte er. »Ich werde es nicht schaffen. Ich lade meine Frau heute abend auf ein Konzert ein.«

Es gab eine bedeutungsvolle Pause am anderen Ende der Leitung. »Vielleicht habe ich mich nicht klar ausgedrückt«, sagte sie mit sanfter Stimme, die jedoch mit Stahl unterlegt war – eine Stimme, die eindrucksvoll demonstrierte, warum Margaret Phillips so schnell in das Amt des Erzdiakons aufgestiegen war. »Ich gebe diesem Treffen oberste Priorität, und ich erwarte, Sie dort zu sehen. Es tut mir leid«, fügte sie hinzu, »es wird andere Konzerte geben.«

»Ja, ist gut«, kapitulierte Gervase. Er erkannte, daß er keine Chance hatte. Letztendlich stand er unter ihrer Autorität, und sie war so nah wie möglich daran gewesen, ihm einen direkten Befehl zu erteilen.

Plötzliches Mitgefühl für Rosemary – immerhin war sie selbst in der Vergangenheit oft ähnlich enttäuscht worden – brachte Margaret dazu, hinzuzufügen: »Bitte sagen Sie Ihrer Frau, es täte mir leid wegen des Konzertes.«

Nicht halb so leid, wie es mir tut, dachte Gervase bitter, als der Erzdiakon auflegte. Eine ganze Weile saß er nur da, den Kopf in die Hände gestützt. Er sammelte seine Gedanken und seinen Mut. Wie um alles in der Welt sollte er Rosemary diese Neuigkeit beibringen?

Es hatte keinen Zweck, lange um den heißen Brei herumzureden. »Ich fürchte, ich habe schlechte Neuigkeiten«, platzte Gervase heraus, als er zum Mittagessen in die Küche kam.

Rosemary wandte sich ihm aufgeschreckt zu. Eine Vorahnung oder ein Instinkt ließ sie sofort wissen, worum es ging. »Du kannst heute abend nicht«, sagte sie mit flacher Stimme.

»Ach – mein Liebling, es tut mir so leid. Der Erzdiakon …«

»Nein, sag' es nicht. Ich muß die Einzelheiten nicht wissen.« Sie lächelte ihn forciert an und blinzelte die aufkommenden Tränen zurück.

Ihre tapfere Hinnahme machte es für Gervase nur um so schwieriger. »Ich mache es wieder gut, ich verspreche es dir. Ich weiß, wie sehr du dich darauf gefreut hast, meine Liebe. Es findet ein Treffen –«

»Nicht.« Rosemary schaute von ihm weg. »Tu das nicht, Gervase. Sag' nichts mehr. Ich kann es nicht ertragen.« Sie wandte sich wieder den Vorbereitungen für das Mittagessen zu und schmierte Butter auf die Brote.

Er stand einen Moment da und beobachtete ihre demonstrativen Bewegungen. Dann setzte er sich an den Tisch.

Rosemary ging zum Kühlschrank und nahm eine Packung mit Schinkenaufschnitt und eine Tomate heraus. Dann fuhr sie schweigend fort, die Brote zu belegen. Sie fand ein Messer und begann, die Tomate zu zerteilen. Vielleicht sah sie nicht so gut, wie sie vorgab, jedenfalls schnitt sie sich plötzlich leicht in den Finger. Es war kein schlimmer Schnitt, er fing jedoch fast sofort an zu bluten. Das Rot ihres Blutes vermischte sich mit dem blasseren Rot der Tomate. »Au!« rief sie.

Der Schmerz in ihrer Stimme alarmierte Gervase. »Was ist denn?« fragte er besorgt.

»Ich habe mich geschnitten.« Rosemary schluckte schwer. Sie ließ das Messer fallen. »Keine Angst – es ist nicht schlimm. Ich werde nicht verbluten.« Sie riß ein Blatt Küchenpapier ab und wickelte es um ihren Finger. Dieser Zwischenfall reichte jedoch aus, um ihre Selbstbeherrschung zu zerstören; ihre Tränen begannen zu fließen. Nachdem sie einmal angefangen hatte, konnte sie nicht mehr aufhören.

»Weine nicht«, bettelte Gervase. »Bitte weine nicht, mein Liebling.«

Rosemary setzte sich abrupt hin. Sie vergrub ihr Gesicht in den Händen. »Ein Abend. Ein kleines Konzert«, sagte sie unter Tränen. »Ich hätte wissen müssen, daß es des Guten zuviel ist, zu schön, um wahr zu sein.«

»Der Erzdiakon bat mich, dir zu sagen, daß es ihr leid tut.«

»*Ihr* tut es leid!« sagte Rosemary mit uncharakteristischer Bitterkeit in der Stimme.

Er war von ihrem Schmerz sehr bewegt, meinte jedoch, sich verteidigen zu müssen. »Ich habe es versucht – ich habe es wirklich versucht.«

»Ich gebe dir nicht die Schuld«, sagte sie, obwohl sie nicht verhindern konnte, daß sich ein Teil von ihr betrogen fühlte. Sie war schon so oft enttäuscht worden. So oft hatte sie ihm versichert, daß es ihr nichts ausmachte. Sein Beruf brachte das nun mal mit sich; als sie ihn heiratete, hatte sie akzeptiert, daß dieser an erster Stelle stand. Doch das hier war etwas anders: Dieses Mal machte es ihr etwas aus. Und Gervase wußte es.

»Ich wünsche von ganzem Herzen, daß das nicht passiert wäre«, sagte er hilflos. »Ich wünschte, es gäbe einen anderen Weg ...«

In diesem Moment, wie auf ein Stichwort, trat Hal in die Küche, um seine Kaffeetasse auszuspülen. Er hielt inne. »Es tut mir leid. Paßt es gerade nicht?«

Hal. Natürlich.

Gervase drehte sich nach Hal um wie ein Ertrinkender zu seinem Lebensretter. »Hal. Bitte, gehen Sie nicht.« Er holte tief Atem. »Rosemary und ich wollten heute abend auf ein Konzert gehen.«

»Ja, ich weiß.« Hal nickte.

»Aber da ist dieses Treffen. Der Erzdiakon rief an ...«

»Ach ja«, erinnerte er sich. »Das über die Sicherheit in den Kirchen. Sie hat es erwähnt.«

» ... sie hat mir keine Wahl gelassen«, fuhr Gervase fort. »Ich darf nicht fehlen. Also habe ich mich gefragt, ob Sie ... ich weiß, ich verlange viel. Doch Rosemary ist so enttäuscht. Sie hat sich so sehr darauf gefreut. Wenn Sie zufällig heute abend nichts vorhätten ...«

»Ich weiß nicht ...« Hal zögerte.

Rosemary war es leid, daß über sie gesprochen wurde, als wäre sie nicht da. Sie hob den Kopf und sah Hal an. Ihre Augen brannten mit Tränen; sie öffnete den Mund. Es kam kein Wort heraus.

»Natürlich gehe ich«, sagte er sofort. Er wurde mit einem intensiv strahlenden Lächeln belohnt.

Rosemary schaute in den Spiegel. Sie erkannte sich kaum wieder. Christine hatte, das mußte sie zugeben, Wunder gewirkt (zu einem Preis natürlich: Sie hatte sich sämtliche Einzelheiten über Christines Ausflug mit Nick anhören müssen). Ihr Haar, zu einem komplizierten französischen

Knoten geflochten, gab ihr ein intellektuelles Aussehen. Verstärkt worden war dieser Eindruck von Christine durch geschickt aufgebrachtes Make-up. Und das Kleid, dieses wunderbare Kleid ... Es schmeichelte ihr sogar noch mehr als bei der Anprobe. Die Farbe unterstrich das feine Rouge auf ihren Wangen. Sie fühlte sich wie Daisy an ihrem ersten Schultag, wollte herumwirbeln wie Daisy es getan hatte, sich von allen Seiten bewundern.

Es ist nicht richtig, sagte sie sich, um sich wieder auf die Erde zu bringen, daß ich mich so wunderbar fühle, so glücklich, wenn ich doch ohne Gervase gehe, wenn er in einer langweiligen Sitzung feststeckt, während ich mich amüsiere. Das war etwas, das *er* geplant hatte. Etwas, das sie beide zusammen erleben wollten, als ein seltenes Geschenk. Aber sie würde auf keinen Fall zulassen, daß diese Überlegungen ihr ihre Freude verdarben. Sie sah sich selbst im Spiegel in die Augen. Aschenputtel *würde* zum Ball gehen. Und sie würde sich nicht schuldig dabei fühlen.

Gervase war noch nicht einmal da, um sie zu verabschieden; er brachte Daisy zu den Sawbridges und wollte dann sofort nach Hardham Magna fahren. Sie war enttäuscht und hoffte, daß er vielleicht nachher auf sie wartete. Sie wäre wahrscheinlich später zurück als er.

Gervase war mit seinem Wagen gefahren; Hal hatte sich daher bereit erklärt, sie abzuholen und mit ihr zusammen nach Dennington zu fahren. Sie hatte erwartet, daß sie in seinem Kombi fahren würden, und war daher überrascht, als sie aus dem Schlafzimmerfenster schaute und einen sportlichen grünen Flitzer vor dem Vikariat halten sah. Der Mann, der aus dem Wagen stieg, überraschte sie beinahe genauso: Hal trug Anzug und Krawatte. Das war ja zu erwarten, sagte sie sich. Doch sie hatte ihn noch nie zuvor in etwas anderem als seinem Overall gesehen; er erschien ihr wie ein Fremder – ein gutaussehender Fremder, nicht wie der Hal, mit dem sie sich so wohl fühlte –, und plötzlich, als sie sich ins Gedächtnis rief, was Christine gesagt hatte, bekam sie Hemmungen. Sie holte ein paarmal tief Luft, bevor sie nach unten ging, um ihm die Tür zu öffnen.

»Also ich muß schon sagen, Rosie«, rief er mit offener Bewunderung in der Stimme. »Sie sehen umwerfend aus.«

Uncharakteristischerweise glaubte sie ihm.

Valerie war überrascht gewesen, den sportlichen grünen Wagen zu sehen. Sie hatte Glück gehabt. Sie kam gerade an der Erzdiakonie an, als er sich aus der Einfahrt heraus in den Verkehr einfädelte. Sie hatte Hal am Steuer erkannt. Natürlich hat er einen standesgemäßen Wagen, sagte sie sich, nicht nur einen Kombi. Er mußte versteckt in der Garage neben dem Haus gestanden haben.

Sie hatte nicht einmal erwartet, daß Hal schon zu Hause sein würde; es war noch nicht mal fünf Uhr. Wo fuhr er hin, so in Schale geworfen, in seinem schicken Wagen, um diese Zeit an einem Freitagnachmittag? Keine Frage, sie würde ihm folgen und es herausfinden.

Wieder nahm er die Straße, die von Saxwell nach Süden in Richtung Elmsford führte. Und wieder fuhr er an der Abzweigung nach Elmsford vorbei in Richtung Branlingham. Mittlerweile dachte Valerie sich schon, daß er wieder zum Vikariat fahren würde. Vielleicht, überlegte sie, hat er nach der Arbeit etwas liegen lassen und holt es jetzt ab. Sie konnte sich nicht vorstellen, daß er privat dort vorbeifuhr; es war zu früh für ein Abendessen, zu früh selbst für einen Drink. Außerdem war die Elster nicht bei ihm.

Sie parkte den Wagen wieder am Straßenrand und ging Kirchenend zu Fuß hinunter. Als sie den Schutz des

Kirchentores erreicht hatte, sah sie Hal – er sah schmerzhaft gut aus – an der Vordertür stehen. Die Tür wurde geöffnet; sie konnte nicht genau erkennen, wer auf der anderen Seite erschien. Valerie erwartete, daß Hal im Inneren verschwinden würde, zumindest für eine Weile. Zu ihrer Überraschung kam eine Frau heraus und schloß die Tür hinter sich. Das muß diese Frau des Vikars sein, folgerte Valerie, obwohl sie nicht halb so schrecklich aussieht wie gestern. Hal öffnete ihr die Wagentür und half ihr mit ihrem Gurt. Danach ging er auf die andere Seite und stieg ein.

Wohin um alles in der Welt fuhr Hal mit dieser Frau? Dieser häßlichen und furchtbaren Frau? Valerie wartete, bis sie an der Kirche vorbeigefahren waren. Dann eilte sie zu ihrem Wagen zurück. Sie hoffte, daß sie ihn noch einholen konnte. Als sie ihren Wagen erreicht hatte und aus Branlingham hinaus Richtung Saxwell unterwegs war, war der kleine grüne Wagen jedoch nirgendwo mehr zu sehen. Frustriert und wütend machte sich Valerie auf den Weg zurück nach Elmsford.

Als sie um kurz nach sechs in Dennington ankamen, füllte sich das blau-weiße Zelt bereits mit denjenigen, die das Lachs-mit-Erdbeeren Menü gebucht hatten. Rosemary war sich nicht sicher, nach welchem System hier gearbeitet wurde; sie übergab der Frau an der Tür ihre Karten. »Unter welchem Namen ist das reserviert worden?« wollte die Frau wissen.

»Finch«, sagte Hal.

Die Frau prüfte die Sitzordnung und führte sie anschließend zu einem Tisch. »Hier entlang, Herr und Frau Finch.«

Hal berichtigte sie nicht. Er lächelte Rosemary verschwörerisch zu. »Danke«, sagte er mit förmlicher Höflichkeit zu der Frau. Er schob Rosemary ihren Stuhl zurecht und setzte sich ihr gegenüber. »Also, Rosie. Hätten Sie gerne ein Glas Sekt?« schlug er vor.

»Oh, das hört sich ziemlich ... dekadent an«, protestierte sie; Gervase hätte ihnen vermutlich jedem ein Glas Wein bestellt. Er wäre sicher nicht so weit gegangen, Champagner zu nehmen.

Hal lachte, auf eine eher sanfte als neckende Art. »Sie hören sich an wie die Frau eines Vikars«, ärgerte er sie.

Rosemary fühlte, wie sie errötete. »Ich *bin* die Frau eines Vikars.«

»Ich bin bereit zuzugeben, daß Sie das sind, meistens jedenfalls«, sagte er. »Doch heute abend zählt das nicht.«

Komischerweise wußte sie genau, was er meinte. Dieser Abend war irgendwie aus dem Raum-Zeit-Kontinuum ihres Lebens herausgehoben, in eine andere Sphäre versetzt.

Dieses Gefühl verstärkte sich im Laufe des Abends noch. Sie fühlte sich mehr und mehr von der Person entfernt, die Rosemary Finch war, Frau von Gervase und Mutter von Daisy. Die Musik – vorgetragen inmitten der majestätischen mittelalterlichen Pracht der Kirche von Dennington – war erhaben. Sie transportierte sie auf eine andere Bewußtseinsebene. Diese Erfahrung mit jemandem zu teilen, der genauso fühlte wie sie, war schöner, als es mit Worten beschrieben werden konnte. Gervase, das wußte sie, hätte den Abend allein um ihretwillen genossen, hätte sich an ihrer Begeisterung erfreut. Die Musik selbst hätte ihn jedoch nicht bewegt; er hätte wahrscheinlich über seine Predigt am Sonntag nachgedacht, sie im Geist korrigiert, anstatt zuzuhören. Doch Hal war gleichermaßen hingerissen von der Atmosphäre. Er mußte kein Wort darüber verlieren, Rosemary konnte es spüren. Es war ein seltsames Gefühl; sie war so in der Musik gefangen und sich doch gleichzeitig intensiv bewußt, daß Hal neben ihr saß, seinen Arm warm an ihrem.

Während der Pause mieden sie die geräuschvolle Menge im Erfrischungszelt und wanderten zusammen über den Friedhof. Es war ein perfekter Abend im späten Frühling, nur ein paar Wochen vor der Sonnenwende. Das Licht war still und sanft. Es enthielt die restliche Wärme des Tages und schimmerte doch bereits in magischer Erwartung der Nacht; Insekten schwirrten und die Vögel zwitscherten ihr übliches abendliches Konzert, bevor sie sich zur Nachtruhe begaben. Die Grabsteine warfen lange Schatten ins Gras. Rosemary dachte kurz an diejenigen, die unter ihren Füßen ruhten. Sie bemitleidete sie, weil sie jenseits dieser schwebenden Freude waren, die sie an diesem Abend erleben durfte. Sie fühlte sich eher trunken von der Musik als vom Sekt.

Nach ein paar Minuten des Schweigens versuchten sie und Hal ihr Staunen über die soeben gehörte Musik in Worten auszudrücken. Ihr Musikgeschmack war mehr als ähnlich; sie sprachen dieselbe Sprache.

»Der Tallis«, sagte sie. »Als sich bei diesem Stück der Sopran bis in die höchsten Noten emporschwang, haben sich mir die Nackenhaare aufgestellt.«

»Ich habe noch nie eine so gute Aufführung gehört«, stimmte er zu. »Ich habe dieses Solo früher einmal gesungen, als Chorknabe. Es war immer eines meiner Lieblingssoli.«

Sie stolperte über eine unebene Stelle am Boden; er hielt sie am Ellenbogen und fühlte, wie sie zitterte. »Ist Ihnen kalt?« fragte er besorgt. »Möchten Sie wieder hineingehen?«

»Oh, nein.« Rosemary lehnte sich an die Friedhofsmauer und stützte die Ellenbogen darauf. Sie schaute über die umliegenden Felder. »Wenn ich wieder hineingehe, wird es nur schneller vorbeisein«, sagte sie mit einer seltsamen Logik. Er verstand sie trotzdem. »Ich wünschte, daß dieser Abend nie zu Ende gehen müßte«, sagte sie so leise, daß Hal spürte, diese Worte waren nicht für seine Ohren bestimmt.

Valerie weichte sich gerade in der Wanne ein, als es an der Tür klingelte. Sie schrak auf; Freitagabend war keine Zeit für unerwarteten Besuch. Wer immer es war, wenn sie ihn ignorierte, würde er verschwinden. Sie legte sich zurück in die Wanne. Sie versuchte, sich wieder der Phantasie hinzugeben, in die sie vor dieser Unterbrechung versunken gewesen war. Hal, natürlich, in seinem Anzug. Er sah unbeschreiblich attraktiv aus. Er begleitete sie zu irgendeiner hochintellektuellen Literaturveranstaltung; all die anderen Frauen starrten ihn an. Sie beneideten Valerie. Und am Ende des Abends gingen sie nach Hause und –

Es klingelte wieder; Valerie runzelte die Stirn. Du kannst so oft klingeln, wie du willst. Ich werde nicht öffnen.

Nach ein paar Minuten wurde aus dem wiederholten Klingeln durchgehender Lärm; ihr unerwünschter Besucher hielt den Klingelknopf jetzt gedrückt. Dann begann er, mit dem Türklopfer zu schlagen. Er wird nicht verschwinden, stellte Valerie ärgerlich fest. Ihr Bad – und ihre Phantasie – war ihr auf jeden Fall verleidet.

Sie stieg aus der Wanne und trocknete sich ab. Sie ließ sich Zeit, pflegte sich mit Körperöl und parfümiertem Puder. Dann schlüpfte sie in einen Morgenmantel. Das Hintergrundgeräusch blieb, unvermindert. »Ich komme«, murmelte Valerie. Nachdem sie ihr feuchtes Haar in ein Handtuch gewickelt hatte und in ihre Hausschuhe geschlüpft war, ging sie die Treppe hinunter und öffnete die Tür einen Spalt. Wer auch immer den Nerv hatte, sie zu stören, sie hatte vor, ihn in die Wüste zu schicken.

»Val, meine Süße«, sagte Shaun schleppend. »Entschuldige, daß ich geklingelt habe; ich habe meinen Schlüssel im Büro gelassen.«

Valerie versuchte, ihm die Tür vor der Nase zuzumachen, doch er hatte bereits einen Fuß in der Tür. Er schob sich nach innen. »Ich habe auch an das Essen gedacht«, verkündete er in seinem bühnenreifsten irischen Tonfall. Er hielt zwei Tüten in die Höhe.

»Essen?« Sie sah in ausdruckslos an.

»Hatte ich nicht versprochen, Fast food vom Chinesen mitzubringen, um dir das Kochen zu ersparen?«

»Hattest du?« Valerie hatte Shaun seit dem Tag des *Hello*-Termins vor über einer Woche weder gesehen noch mit ihm gesprochen; seine unzähligen Nachrichten auf ihrem Anrufbeantworter waren ungehört gelöscht worden.

Er grinste sie an. »Ich habe heute morgen eine Nachricht hinterlassen. Zwei eigentlich.«

»Oh.« Sie wußte nicht, was sie darauf erwidern sollte.

Shaun bemerkte, daß sie nicht angezogen war. In seinem Zustand blinder Erregung zog er daraus seine eigenen Schlüsse. »Wenn du nicht hungrig bist, bin ich es auch nicht.« Er stellte die Taschen ab und schob seine Hand unter ihren Morgenmantel, streichelte ihre Brust.

Valerie dachte daran, ihn wegzuschieben. Sie entschied jedoch, daß es, im Ganzen gesehen, besser war, mit ihm zu schlafen, als mit ihm zu essen und sich unterhalten zu müssen. Auf die Art mußte sie nicht mit ihm reden. Außerdem konnte sie immer die Augen schließen und sich vorstellen, es sei Hal. Sie gab nach und erlaubte ihm, sie die Treppe hinauf ins Schlafzimmer zu führen.

Als Shaun an dem lose verschnürten Gürtel des Morgenmantels zog, wandte Valerie sich ab. »Einen Moment noch, Shaun.« sagte sie. »Ich muß mir die Haare trocknen.«

»Kümmer dich nicht um deine Haare, Süße«, stöhnte er eindringlich. »Ich will dich – jetzt. Es kommt mir vor wie eine Ewigkeit, seit wir zusammen gewesen sind.«

»Meine Haare sind naß.« Sie wich seinem Griff in ihre Richtung aus und ging zum Frisiertisch.

Shaun nutzte die kurzzeitige Verzögerung. Er zog sich aus. Dann schlug er die Überdecke auf dem Bett zurück, streckte sich darauf aus in dem Glauben, verführerisch auszusehen, und wartete auf Valerie.

Ein paar Minuten später kam sie zum Bett. Ihre Haare waren trocken; sie fand seinen Anblick nicht im geringsten verlockend. Wie, fragte sie sich leidenschaftslos, habe ich ihn je attraktiv finden können? Der blasse ausgestreckte Körper mit der spärlich rötlich behaarten Brust stieß sie jetzt ab. Doch sie würde es zu Ende bringen; sie löste den Gürtel. Ihr Morgenmantel bildete eine seidige Pfütze zu ihren Füßen. Sie bewegte sich langsam zum Bett. Shaun keuchte und spannte sich vor Begierde. Seine Hand bewegte sich unter das Kissen. Sie brachte ein paar weiße Boxershorts zum Vorschein.

In seiner Erregung brauchte er ein paar Sekunden, bis er registrierte, was er da in der Hand hielt. Er sah auf die Boxershorts, dann in Valeries geschocktes weißes Gesicht. Er verstand sofort; seine schlimmsten Befürchtungen wurden durch den Ausdruck auf ihrem Gesicht bestätigt.

Wut übermannte ihn. Er sprang auf und fuchtelte mit den Shorts vor ihrem Gesicht herum. »*Das* hast du also getan, du Miststück! Rumhuren!«

Valerie stand still. Der Zorn in seiner Stimme verschreckte sie. »Nein, du verstehst nicht.«

»Ich verstehe sehr gut.« Er hatte seine Stimme jetzt wieder unter Kontrolle und wurde dadurch noch beängstigender. »Wer ist er, du Hure?«

»Niemand. Es gibt niemanden.«

»Verlogenes Miststück«, spie er. Er kam ihr einen Schritt näher.

Sie wich zurück. »Nein, Shaun.«

Demonstrativ hielt er die Boxershorts in seinen Händen, riß sie entzwei und warf sie zurück aufs Bett. Er lächelte grimmig und kam mit der gleichen Absicht auf sie zu. Mit voller Wucht schlug er ihr ins Gesicht.

»Nein, Shaun«, schrie sie in Terror.

Er schlug sie wieder. »Verlogene Hure!« rief er.

Als Hal und Rosemary nach dem Konzert die Kirche verließen, wurde es Nacht. Das letzte Licht verschwand immer schneller im Westen. Sie hatten auf dem Feld geparkt, fanden den Wagen an seinem Platz, und sobald der Verkehr sich gelichtet hatte, waren sie unterwegs.

»So«, seufzte Rosemary; sie fühlte sich, als ob sie eine ganze Weile den Atem angehalten hätte.

»Ja.«

»Das war das beste Konzert, daß ich je gehört habe.« Ihre Stimme war eher nachdenklich als enthusiastisch; sie schwebte noch immer in einem anderen Bewußtseinszustand.

»Ja.«

»Gibbons' Stück«, sagte sie, »dieses ›Seht, seht, das Wort ist Auferstehung‹ muß die perfekteste Hymne sein, die jemals geschrieben wurde, zumindest in einem Sinne.«

Er folgte ihrem Gedankenfluß ohne Anstrengung. »Die gesamte Geschichte des Evangeliums ist da, in einer Hymne.«

»Als sie sangen, ›Er stieg auf in Glorie‹, hätte ich weinen können.«

»Ja.«

Während der ganzen Fahrt sprachen sie immer wieder, obwohl sie sich nicht dazu genötigt fühlten. Vor ihnen verdunkelte sich der Himmel. Er färbte sich von triumphierendem Lachsrosa bis hin zu tiefem Violett. Ein paar kleine Wolken schmückten den Himmel mit purpurnen Fetzen. Einer nach dem anderen erschienen die Sterne.

Je weiter sie sich Branlingham näherten, desto länger wurden die Schweigeperioden. Die Art des Schweigens veränderte sich, als sich ihre Gedanken von der gemeinsamen Reaktion auf die Musik persönlicheren Dingen zuwandten.

Als der Wagen den Abzweig nach Branlingham erreichte, sagte Rosemary sanft: » Vielen, vielen Dank, Hal. Für ... alles. Es war ein wunderschöner Abend.«

»Dank' mir nicht.« Sämtliche halb ausgeformten Gefühle für Rosemary hatten sich an diesem Abend zu einer konzentrierten Sicherheit zusammengefügt. »Hör' zu, Rosie«, sagte er abrupt. »Ich muß dir etwas sagen. Ich –«

»Nein.« Ihre Stimme war leise, aber fest. Sie starrte geradeaus durch die Windschutzscheibe. »Nein, das darfst du nicht. Siehst du es nicht, Hal? Es würde alles verderben, wenn du es aussprichst.« Wenn du es nicht tust, sagte sie sich, wenn wir beide so tun, als ob wir nicht wüßten, was passiert, können wir weitermachen wie bisher. Eine kleine Weile zumindest.

Kapitel 14

Am Samstagmorgen betrachtete Valerie ihr Gesicht mit klinischer Distanz im Spiegel. Die Blutergüsse waren schlimm. Sie würden wahrscheinlich noch schlimmer werden, bevor eine Besserung eintrat. Irgendwann würden sie jedoch verschwinden, und im Moment konnten sie mit Make-up verdeckt werden.

Obwohl sie die blauen Flecken bedauerte – und die Schmerzen, die damit einhergingen –, bedauerte sie das, was geschehen war, eigentlich nicht. Es hatte etwas zuwege gebracht, was sie auf keinem anderen Weg hätte erreichen können: Shaun war aus ihrem Leben verschwunden, endgültig. Sie hatte ihm befohlen, ihr Haus zu verlassen und nicht wiederzukommen. Er würde nicht wagen, wiederzukehren, nach dem, was er ihr angetan hatte. Und das entschädigte sie für alles. Sie würde ihn nie mehr wiedersehen müssen, niemals mehr seine abscheuliche Stimme hören müssen, niemals mehr seine Zärtlichkeiten über sich ergehen oder ihn im Bett über sich geifern lassen müssen. Sie war fertig mit ihm.

Jetzt konnte sie sich auf die Dinge konzentrieren, die wirklich wichtig waren; jetzt konnte sie ihre gesamte Energie auf Hal richten.

Gervase fühlte sich immer noch sehr schuldig, obwohl Rosemary letztendlich nicht auf den Konzertbesuch hatte verzichten müssen. Er hatte sie enttäuscht, dieser Tatsache war er sich sehr wohl bewußt.

Er war selbstverständlich aufgeblieben, um auf sie zu

warten, und alles über ihren Abend zu hören. Sie war jedoch in ziemlich gedrückter Stimmung gewesen. Das Konzert habe ihr sehr gut gefallen, ebenso das Abendessen davor. Sie sprudelte allerdings nicht gerade über vor Begeisterung, wie er es erwartet hätte. Vielleicht fühlte sie sich immer noch von ihm verraten.

Er hatte noch nicht einmal die Chance gehabt, Hal richtig zu danken. Für seine Großzügigkeit, im letzten Moment einzuspringen und den Tag zu retten. Er hatte angenommen, daß Hal mit hineinkommen und noch eine Tasse Kaffee mit ihnen trinken würde. Doch er hatte Rosemary an der Tür abgesetzt und war sofort nach Hause gefahren, ohne Gervase überhaupt zu sehen.

Das alles lastete während des Morgengottesdienstes auf seiner Seele und beherrschte seine Gebete: Er beichtete seine Unzulänglichkeit als Ehemann; er bat Gott – und auch Rosemary – um Vergebung und um eine Chance zur Wiedergutmachung bei seiner Frau.

Als er nach Hause kam, begab er sich direkt in sein Arbeitszimmer und schrieb einen Brief an Hal, in dem er ihm für seine Freundlichkeit dankte. Dann suchte er Rosemary in der Küche auf und schlug vor, an diesem Tag einen Familienausflug zu machen, ans Meer zu fahren. Gervase war stets darum bemüht, sich den Samstag freizuhalten – seinen einzigen freien Tag in der Woche –, war jedoch selten erfolgreich. Es war ihm kaum einmal möglich, irgendwelchen dringenden Gemeindeangelegenheiten aus dem Weg zu gehen; heute jedoch war er fest dazu entschlossen.

Rosemary, noch immer ziemlich bedrückt, stimmte bereitwillig zu. Sie packte einen Picknickkorb, dann holten sie Daisy bei den Sawbridges ab und fuhren los in Richtung Meer.

Da es ein schöner Tag war, es sollte sogar recht warm werden, und außerdem ein Feiertag am Ende der Ferienwoche, gab es unweigerlich eine Menge anderer Menschen, die dieselbe Idee hatten; der Verkehr war dicht. Gervase kannte jedoch die Nebenstraßen, außerdem ein paar der weniger bevölkerten Strände, noch aus den Jahren in Letherfield, als sie nicht weit von der Küste entfernt gelebt hatten.

Sie aßen also ihre Sandwiches am Strand. Danach sah Gervase zu, wie Daisy ekstatisch am Rande des Wassers herumplanschte. Rosemary zog ihre Schuhe aus, knotete ihren Rock hoch und ging zu ihrer Tochter ins Meer. Sie warf ihre introvertierte Stimmung über Bord und verhielt sich plötzlich selbst unbeschwert wie ein kleines Mädchen, lachend und spritzend. Vielleicht, dachte Gervase, während er begeistert zuschaute, waren seine Gebete erhört, war ihm vergeben worden.

Samantha Sawbridges Geburtstagsfest war auf den Montag festgesetzt worden. Das war ein Feiertag und der letzte Ferientag der Mädchen. Rosemary hatte sich mit Gervase besprochen, wie Daisy zu und von Kinderland in Saxwell gebracht werden sollte; da es ein Feiertag war, sah er wenig Probleme darin, sie selbst zu fahren, mit oder ohne Rosemary. Er würde sie auch am Ende der Feier abholen können.

Doch am Sonntagnachmittag, als er sich schließlich der lang aufgeschobenen Aufgabe zuwandte, seinen Schreibtisch aufzuräumen, fand er ein paar Unterlagen, die seiner Aufmerksamkeit bisher entgangen waren. Das eine war die Einladung zu der Gartenparty in der Erzdiakonie in nun weniger als einer Woche, das andere war ein Stück Papier, das ihn zu einem Spitzentreffen der Dekansgeistlichen befahl. Es würde vom Erzdiakon geleitet werden. Am Montag, dem Feiertag. Es würde den ganzen Tag dauern und fand in Eleigh Green statt, in der entgegengesetzten Richtung von Saxwell.

Gervase stöhnte laut auf. Er *konnte* Rosemary nicht schon wieder enttäuschen, so kurz nach dem letzten Mal. Er nahm zwar an, daß sie ihm verziehen hatte, konnte und wollte sie jedoch nicht wieder erinnern. Außerdem, sie war irgendwie nicht sie selbst gewesen an diesem Wochenende, war ständig hin- und hergependelt zwischen träumerischer Entrücktheit und überschwenglicher guter Laune.

Er saß einen Moment da und dachte über das Dilemma nach. Es mußte einen Weg geben, dieses Problem zu umgehen, ohne Rosemary darin zu verwickeln. Er mußte selbst eine alternative Lösung finden und es ihr später mitteilen, wenn alles geregelt war.

Nach einigem Nachdenken nahm er den Hörer ab und rief Hal Phillips an. Hal war so hilfsbereit gewesen; Gervase haßte es zwar, ihn schon wieder einzuspannen, doch es war besser, als Rosemary aufzuregen.

Spät in der Nacht am Sonntag, mit Gervase friedlich neben ihr schlafend, lag Rosemary wach. Ihr Herz schlug heftig. Sie hatte das gesamte Wochenende über kaum geschlafen. In dieser Nacht war es jedoch am schlimmsten; diese Nacht schien Schlaf ein unerreichbarer Zustand zu sein.

Sie fühlte sich erbärmlich und konnte nur hoffen, daß Gervase nichts bemerkt hatte, daß er von ihrem inneren Aufruhr nichts mitbekam. Anstatt Schafe zu zählen, dachte Rosemary an verschiedene Bücher, die sie gelesen hatte. Romane, in denen die Heldin zwei Männer gleichzeitig liebte. Sie war immer geneigt gewesen, das als unmöglich abzutun, als dichterische Freiheit.

Das war vor diesem Wochenende gewesen. Jetzt wußte sie, das es möglich war.

Sie liebte Gervase immer noch, wie sie es immer getan hatte und es sicher immer tun würde; an ihren Gefühlen ihm gegenüber hatte sich nichts geändert.

Doch jetzt gab es Hal. Sie konnte vor sich selbst nicht länger leugnen, daß sie ihn liebte. Ihre letzte Zurückhaltung, sowohl ihm gegenüber als auch diesem wachsenden Gefühl der Zuneigung zwischen ihnen, war Freitagabend hinweggefegt worden.

Ein Teil von ihr konnte es nicht erwarten, ihn wiederzusehen, die Wärme seines Lächelns zu spüren. Der vernünftigeren Seite in Rosemary war jedoch klar, wie günstig es gewesen war, ein Wochenende ohne ihn zu verbringen. Zwei ganze Tage seit sie ihn gesehen hatte. Der Feiertag gab ihr einen weiteren Tag Raum zum Atmen. Sie konnte sich auf den Schock vorbereiten, wieder mit ihm zusammen zu sein. Sie war entschlossen, ihm niemals zu zeigen, wie sie zu ihm stand; sie mußte vorsichtig sein, auf der Hut vor jedem unfreiwilligen Ausrutscher, der sie verraten könnte. Vielleicht, wenn sie die Dinge richtig anging, wenn sie so tun konnte, als ob Freitagabend niemals stattgefunden hätte, wäre es ihnen möglich, so weiterzumachen wie bisher – als Freunde.

Gervase durfte natürlich nicht den geringsten Verdacht schöpfen; das war das Allerwichtigste. Sie hatte ihm bereits genug Unrecht getan. Als sie jetzt darüber nachdachte, stiegen ihr die Tränen in die Augen. Leise liefen sie ihr die geröteten Wangen hinab und befeuchteten ihr Kissen.

Sie hatte etwas getan, was sie noch niemals zuvor getan hatte; etwas, über das sie zwar in Romanen gelesen, was sie jedoch für sich selbst niemals in Betracht gezogen hätte; sie war schließlich eine glücklich verheiratete Frau. Jetzt bereute sie es bitterlich, haßte sich dafür, daß sie sich dazu hergegeben hatte.

Ein paar Stunden zuvor, als Gervase mit ihr geschlafen hatte, hatte Rosemary die Augen geschlossen und sich vorgestellt, es sei Hal.

Am Montagmorgen, während Gervase in der Kirche war, entschloß Rosemary sich, ihm sein Lieblingsfrühstück zuzubereiten. Sie hatte ein paar Würstchen und etwas Speck in der Tiefkühltruhe, Eier waren ebenfalls vorrätig. Als er also nach Hause kam, roch die Küche verführerisch nach gebratenem Speck.

»Würstchen und Speck, als besonderen Leckerbissen«, verkündete Rosemary. »Es ist schließlich ein Feiertag.«

Er lächelte anerkennend und küßte sie auf dem Weg zum Tisch auf die Wange. »Wie nett.«

»Es *ist* nett«, bestätigte Daisy. Sie war mit ihrem Frühstück schon weit fortgeschritten. Ihre eierschmierten Wangen gaben Zeugnis ab von ihrer Schlemmerei. »Nett, nett, nett«, sang sie.

»Jemand hat gute Laune heute«, bemerkte Gervase. Er lächelte seine Tochter an.

Daisy schob sich ein halbes Würstchen in den Mund. »Heute ist Samanthas Geburtstag«, erinnerte sie ihn mit vollem Mund. Sie schluckte und fuhr fort. »Samanthas Feier. Erinnerst du dich, Papa? Samanthas Geburtstag, Samanthas Feier. Ich gehe auf Samanthas Feier. Wie lange noch, bis wir fahren, Mama?«

Rosemary seufzte; die Feier fing erst um zwei Uhr an. Es würde ein langer Morgen werden, aufgeregt wie Daisy war. Zumindest wäre Gervase hier, um die Last von Daisys Hochstimmung mitzutragen. »Es ist jetzt halb neun, Liebling. Wir werden also erst in fünf Stunden fahren.

Stimmt doch, oder?« fügte sie zu Gervase gewandt hinzu, als sie seinen Teller vor ihn hinstellte. »Dreißig Minuten werden ausreichen, um dorthin zu kommen, oder?«

»Das sollten sie.« Gervase nahm Messer und Gabel auf, dann legte er sie wieder hin; er konnte die Konfrontation nicht länger herauszögern. Am Sonntagnachmittag hatte er ihr von dem Gartenfest in der Erzdiakonie erzählt. Sie hatte diese Nachricht gelassen aufgenommen. Die Änderung des heutigen Planes hatte er ihr jedoch bis jetzt vorenthalten. Er hatte geglaubt, er würde einen einfachen Weg finden, es ihr beizubringen. Das war nicht der Fall gewesen. »Ich muß dir etwas sagen«, begann er nervös.

Sie hielt im Füllen ihres Tellers inne, drehte sich um und sah ihn an. »Oh, Gervase, nein.«

»Es ist nicht so schlimm, wie es hätte sein können«, sagte er in einem, wie er hoffte, beruhigenden Tonfall. Er beeilte sich, es zu erklären. »Ich muß nach Eleigh Green, für ein Spitzentreffen der Dekansgeistlichen. Aber keine Sorge, meine Liebe, ich habe bereits andere Vorkehrungen getroffen, um Daisy auf die Party zu bringen. Du wirst den Wagen nicht brauchen.«

»Andere Vorkehrungen?« echote sie perplex.

»Ich habe Hal Phillips angerufen. Er hat versprochen, euch beide um halb zwei abzuholen.«

Rosemary kämpfte gegen die aufkommende Hysterie an; sie durfte Gervase nicht merken lassen, wie aufgebracht sie war. Mit einiger Mühe gelang es ihr, ihre Stimme leise und ruhig klingen zu lassen. »Du hast *was* getan?«

»Ich habe alles mit ihm arrangiert«, sagte Gervase selbstgefällig. Er war erfreut, daß Rosemary es so gut aufnahm. »Er wird euch abholen und nach Saxwell bringen und fährt euch nach der Party beide wieder nach Hause.«

»Oh, Gervase, wie konntest du nur?« sagte sie mit so

viel Gefühl, daß er sein halb gegessenes Würstchen auf den Teller fallenließ und sie anstarrte.

»Ich dachte, es würde dich freuen, daß ich alles festgemacht habe, ohne dich zu beunruhigen. Es scheint ihm überhaupt nichts auszumachen. Er mag Daisy sehr gerne, weißt du. Und du verstehst dich auch gut mit ihm, oder, Liebling?«

Sie holte tief Atem und versuchte, eine sinnvolle Erklärung für ihre Panik zu finden. »Wie konntest du ihn so ausnutzen? Es ist sein freier Tag – ein Feiertag! Woher wußtest du, daß er nicht etwas vorhat mit seiner Frau?«

»Der Erzdiakon leitet das Treffen«, erklärte er. »Also wußte ich, daß er allein sein würde. Wenn er es nicht hätte tun wollen«, fügte er mit unwiderlegbarer Logik hinzu, »hätte er nein sagen können.«

Es machte keine Sinn, darüber zu streiten; es war schon alles abgesprochen. Rosemary hatte keinen Hunger mehr. Sie kratzte Eier und Speck von ihrem Teller in den Müll, unangetastet.

Aufgeregt wie Daisy über die Feier war, fand sie es unwichtig, daß ihr Vater sie nicht bringen würde. Als es dann um halb zwei klingelte, rannte sie kreischend zur Tür. »Ich gehe! Ich mach schon auf, Mama! Laß mich!«

Rosemary war über die paar extra Sekunden erleichtert. Sie brauchte sie, um sich zu sammeln und einen unverbindlich freundlichen Ausdruck auf ihrem Gesicht zu fixieren. Sie kam in die Halle, als Hal sich gerade aus einer stürmischen Umarmung zu befreien versuchte. »Hoppla, Daisy«, sagte er. Er lächelte Rosemary über ihren Kopf hinweg an.

Er hatte sich nicht verändert; er war derselbe Hal. Rosemarys Reserviertheit schmolz dahin, sie lächelte zurück.

Wenigstens so lange Daisy hier war, war es in Ordnung.
»Hallo, Hal.«
»Hallo, Rosie. Seid ihr fertig?«
Daisy war bereit. Sie hatte ihr Geschenk für Samantha – selbst ausgewählt und eingepackt – und war passend angezogen: Nicht in einem Festtagskleidchen, sondern in Leggings, einem langärmeligen T-shirt und Turnschuhen.

Hal war mit dem grünen Wagen gekommen; Rosemary versuchte, sich den Rücksitz zu sichern. Sie dachte, es sei besser, Daisy neben ihm sitzen und die Unterhaltung bestreiten zu lassen. Er wies sie jedoch darauf hin, daß der Rücksitz extrem klein und eng und eigentlich nicht für Erwachsene gedacht war. Sie würde dort nicht bequem sitzen. Also wurde Daisy auf dem Rücksitz angeschnallt. Diese ungünstige Position hinderte sie nicht daran, alle zu dominieren. Von hinter ihren Köpfen plapperte sie den ganzen Weg von Branlingham nach Saxwell. Sie erklärte Hal den Grund dafür, daß sie nicht ihr bestes Kleid trug, daß es dafür Regeln im Kinderland gab. Sie war natürlich noch nicht dort gewesen; Samantha, die bereits Geburtstage von Freundinnen dort gefeiert hatte, konnte ihr alles darüber berichten. Beine und Arme mußten bedeckt sein, informierte sie Hal. Und jeder mußte seine Schuhe in eine große Kiste an der Tür legen. Sie spielten auf Socken. Das würde die allerbeste Feier auf der ganzen Welt werden.

Vielleicht weil sie sich so auf Daisy konzentrierten, während sie sich gleichzeitig ihrer gegenseitigen Präsenz bewußt waren, bemerkten weder Hal noch Rosemary den blauen Wagen, der den ganzen Weg bis Kinderland hinter ihnen blieb.

Valerie hatte wieder einmal Glück gehabt, Hal beim Wegfahren zu erwischen. Dieses Mal befand sie sich auf ihrem Beobachtungsposten in der Telefonzelle. Sie hatte ihn jedoch aus der Haustür hinaustreten sehen und schaffte es, zu ihrem Wagen zu gelangen, bevor er seinen aus der Garage hervorgeholt hatte. Als er wegfuhr, war sie bereit, ihm zu folgen.

Wieder fuhr er den sportlichen kleinen Wagen. Er trug ein am Hals offenes Hemd zu einem Paar khakifarbener Hosen. Wenn er nicht so umwerfend ausgesehen hätte – männlich und doch lässig –, wäre sie ihm vielleicht bei dieser Gelegenheit nicht gefolgt. Sie trauerte um den Verlust ihres von Shaun zerstörten Talismans. Sie hatte halb gehofft, daß Hal und die Elster den Tag über wegfuhren und sie so die Gelegenheit wahrnehmen konnte, noch einmal ins Haus zu gelangen und ein weiteres Paar Boxershorts an sich zu nehmen. Doch die Elster hatte das Haus alleine verlassen, früh, und Valerie wollte gerade die Hoffnung aufgeben, Hal an diesem Tag auch nur zu sehen. Sie wußte nicht, wie lange er fort sein würde oder ob die Elster nicht jeden Moment zurückkäme. Daher entschied sie sich, ihm lieber zu folgen, als ihr Glück aufs Spiel zu setzen.

Wo fuhr er bloß hin, alleine, an einem Feiertag? Wenig später merkte sie, daß er dieselbe bekannte Route nahm, auf der sie ihm schon zweimal gefolgt war: die Straße nach Branlingham.

Nachdem sie am Freitag ihre Lektion gelernt hatte, würde sie sich heute nicht kalt erwischen lassen. Entweder würde er im Vikariat bleiben, folgerte sie, in welchem Fall keine Eile geboten war, ihm zu folgen, oder er würde jemanden oder etwas abholen und bald wieder durch Kirchenend zurückkehren. Sie parkte ihren Wagen an der Gemeindehalle und wartete.

Ein paar Minuten später tauchte der Wagen aus Kirchenend auf. Als Hal vorbeifuhr, konnte Valerie erkennen, daß eine Frau auf dem Beifahrersitz saß – schon wieder diese Frau –, und es schien sich noch jemand auf dem Rücksitz zu befinden. Sie verfolgte den Wagen durch den Ort auf die Hauptstraße zurück in Richtung Saxwell.

Als sie Saxwell erreichten, kehrte Hal jedoch nicht zur Erzdiakonie zurück; er fuhr ins Stadtzentrum und auf der anderen Seite eine kurze Strecke wieder hinaus. Er bog auf einen Parkplatz neben einem großen, kaufhausähnlichen Gebäude ein. Ein Schild verkündete, daß dies Kinderland sei. Valerie hatte keine Idee, was das bedeuten könnte. Sie folgte ihm jedoch auf den Parkplatz und parkte ihren Wagen ein paar Reihen vor seinem.

Hal stieg aus, ging um den Wagen herum und öffnete die Tür auf der Beifahrerseite. Er wartete, während die Frau ausstieg. Dann klappte er den Sitz nach vorne und half einem kleinen Mädchen vom Rücksitz. Sie war das, stellte Valerie überrascht fest, was zu politisch weniger korrekten Zeiten ein ›mongoloides Kind‹ genannt worden wäre. Das Mädchen preßte ein Geschenk an ihre Brust und tanzte vor Begeisterung. Die drei verschwanden durch die Vordertür ins Innere des Gebäudes. Valerie lehnte sich zurück, um zu warten; sie war Expertin im Warten geworden.

Sie gehörten zu den ersten Ankömmlingen. Samantha war dort, mit ihren Eltern und Baby Jamie in seinem Kinderwagen. Zwei weitere Mädchen befanden sich bereits ebenfalls dort, aufgeregt und auf Strümpfen. Zwei große Wannen standen in ihrer Mitte, bereit, Schuhe und Geschenke aufzunehmen; Daisy legte ihr Geschenk in der entsprechenden Wanne ab und kämpfte mit ihren Schnürbändern. Rosemary erklärte Gervases Abwesenheit und machte Hal mit Annie und Colin Sawbridge bekannt. »Und du bist bestimmt die berühmte Samantha Sawbridge«, sagte Hal mit feierlichem Vergnügen. »Wie äußerst nett, dich kennenzulernen. Herzlichen Glückwunsch.«

Rosemary verkündete ihre Absicht, während der Feier dortzubleiben. »Das wird doch in Ordnung sein, oder? Hal, du kannst nach Hause fahren, wenn du möchtest, und uns um fünf, wenn alles vorbei ist, wieder abholen.« Das war, so fand sie, der beste Weg, mit der Situation umzugehen.

Doch Annie Sawbridge schüttelte den Kopf. »Nein, in Kinderland mag man es eigentlich nicht, wenn sämtliche Eltern dableiben. Es sind nur zwei Aufsichtspersonen erlaubt. Das sind wir – Colin und ich. Gibt es nicht einen Ort, wo sie für drei Stunden hingehen könnten?«

»Ich kümmere mich um Rosemary«, versicherte Hal ihnen.

Rosemary war nicht bereit, aufzugeben. »Aber Daisy ... was, wenn etwas passiert?« protestierte sie. »Kann ich nicht hierbleiben, nur für den Fall, daß sie mich braucht?«

»Das wird sie nicht«, erklärte Annie. »Klein-Daisy wird es gutgehen, Sie werden sehen. Fahren Sie nur mit Ihrem Freund.«

Colin, der Rosemarys Unbehaglichkeit spürte, griff in seine Tasche. »Hier«, sagte er spontan. »Nehmen Sie mein Handy mit. Falls etwas passieren sollte – was nicht der Fall sein wird –, können wir Sie darauf anrufen. Was halten Sie davon?«

Sie konnte schlecht ablehnen. Genauso wenig, wie sie ihnen den wahren Grund für ihr Unbehagen mitteilen konnte, für ihren Wunsch, dazubleiben: Die nächsten drei Stunden mit Hal alleine zu verbringen schienen die Garantie für eine Katastrophe zu sein. »In Ordnung«, akzeptierte sie. Sie versuchte, dankbar zu klingen. »Vielen Dank.«

Daisy, jetzt auf Socken und Arm in Arm mit Samantha, schaute kaum in ihre Richtung, als sie gingen.

Zurück im Wagen blickte Rosemary Hal nervös an. »Wo sollen wir hinfahren?« fragte sie.

»Wir könnten zu mir fahren«, schlug Hal vor. »Etwas trinken oder so. Einen Tee vielleicht.«

»Nein.« Das hörte sich extrem gefährlich an. »Warum zeigst du mir nicht die Sehenswürdigkeiten von Saxwell?« schlug sie fröhlich vor.

Er zog amüsiert die Augenbrauen hoch. »Wenn es denn da welche gibt.«

»Ich bin eben noch nie hiergewesen außer zum Einkaufen. Es muß doch ein paar interessante Dinge zu sehen geben. Gibt es hier nicht die Quelle von Saxwell?«

»Also gut«, stimmte er zu und legte den Gang ein. »Ich zeige dir die Quelle von Saxwell.«

Diese Sehenswürdigkeit, die dem Ort seinen Namen gegeben hatte, befand sich, wie sich herausstellte, in dem großen viktorianischen Park im Zentrum der Stadt. Die Viktorianer mit ihrer Leidenschaft für antike Ruinen hatten viel Wirbel veranstaltet um etwas, das letztendlich wenig mehr als ein altes Loch im Boden war. Ohne den antiken Ursprüngen der Quelle treu zu bleiben, hatten sie ein gehauenes gotisches Steindach darüber errichtet. Es strotzte vor steinernen Monstern, grinsenden Fratzen und frommen Engeln, die heraldische Schilde trugen. Das war alles eine Überraschung für Rosemary. Sie hatte die Quelle in einem entlegenen Winkel eines Friedhofes erwartet.

»Ziemlich übertrieben«, sagte Hal. »Sieht eher aus wie eine Miniaturversion der Gedenkstätte für Prinz Albert, meinst du nicht?«

»Es sieht wirklich eher so aus«, stimmte sie zu. Sie

unterdrückte ein Kichern. »Nicht ganz so, wie ich es mir vorgestellt hatte.«

»Tja, jetzt hast du die Sehenswürdigkeiten Saxwells gesehen. Wir können noch in die Kirche hineinschauen, wenn du möchtest. Wir können auch ein wenig hier im Park spazieren gehen.«

Rosemary wählte Letzteres; irgendwie erschien es sicherer, sich im Freien aufzuhalten als in einem geschlossenen Raum. Auch wenn es sich dabei um eine Kirche handelte.

Die Viktorianer von Saxwell hatten ihren gotischen Unsinn zum Mittelpunkt des recht schönen Stadtparks gewählt. Weite Wege mit blumengeschmückten Rändern führten von hier aus sternförmig nach außen. Dazwischen gab es weitläufige, gepflegte Rasenstücke. An den äußeren Ecken des Parks gab es ein paar naturbelassenere Bereiche. Hier hatten die Bäume stehenbleiben dürfen. Viele Menschen – diejenigen, die entweder nicht die Mittel oder nicht das Bedürfnis hatten, an die See zu fahren – nutzten das der Jahreszeit entsprechende warme Wetter des Feiertages für einen Besuch in den öffentlichen Einrichtungen, die von den Vorvätern der Stadt so fürsorglich in Form des Parks angelegt worden waren. Junge Paare schoben Kinderwagen, Banden von Jugendlichen liefen die breiten asphaltierten Wege entlang Rollschuh oder fuhren auf ihren Skateboards und terrorisierten die Fußgänger. Ältere Menschen saßen auf eisernen Bänken und dösten in der Nachmittagssonne. Familien führten ihre Hunde spazieren und kauften Eis von dem Wagen, der vor den kunstvollen Eisentoren parkte.

»Möchtest du ein Eis?« lud Hal sie ein.

»Nein, danke, ich habe keinen Hunger.«

»Dann laß uns noch ein bißchen gehen«, sagte er. »Vielleicht können wir gleich einen Tee trinken.«

Rosemary war dankbar für die Menschenmassen; umgeben von so vielen Menschen fühlte sie sich weniger verletzlich. Doch Hal übernahm die Führung und folgte einem Weg in Richtung eines der weniger bevölkerten Teile des Parks.

Er schwieg ein paar Minuten. Dann sagte er plötzlich: »Hör' zu, Rosie, so geht es nicht. Wir müssen reden.«

Sie ging neben ihm und starrte geradeaus, sie sah nicht zu ihm hin. »Ich würde lieber nicht«, erwiderte sie.

»Sind wir nicht immer ehrlich zueinander gewesen, Rosie?« appellierte er an sie.

Das war das Problem, wurde ihr plötzlich klar. Ihre Beziehung war auf Ehrlichkeit gegründet, auf Verständnis. Ihr Gedanke, daß es ihnen möglich sein würde zu ignorieren, was Freitagabend passiert war, daß sie vorgeben konnten, daß nichts geschehen war, war von Anfang an zum Scheitern verurteilt gewesen. »Ja ...« räumte sie ein. Sie wurde von einem Gefühl der Vorahnung überwältigt. »Ja, Hal. Wir sind immer ehrlich zueinander gewesen.«

»Und von Anfang an – von dem Tag an, als wir uns begegnet sind – haben wir uns gegenseitig verstanden, oder, Rosie?«

»Ja.«

»Dann weißt du auch, was ich dir jetzt sagen werde.« Er blieb stehen und zwang sie dazu, ebenfalls stehenzubleiben. Immer noch hielt sie den Kopf zur Seite gedreht. »Sieh mich an, Rosie.«

Widerstrebend gehorchte sie.

Nun, da er soweit gekommen war, schien er sich über das weitere Vorgehen im unklaren zu sein. Er suchte in ihrem Gesicht nach etwas, von dem er sicher war, daß er es finden würde. Dann sagte er. »Rosie, du mußt wissen, daß ich mich in dich verliebt habe.«

Sie schluckte, sagte jedoch nichts. Sie starrte zu Boden.

»Ich habe nicht darum gebeten, daß das passiert. Ich *wollte* nicht, daß es passiert«, fuhr er fort. »Doch es ist passiert, und ich denke, wir müssen es offen aussprechen. Ich habe den Eindruck – ein Gefühl –, daß du mich ebenfalls liebst.«

Falls er auf eine Bestätigung wartete, bekam er sie nicht. Sie sprach noch immer nicht.

»Ich sage nicht, daß wir deswegen etwas unternehmen sollten«, fügte Hal hinzu.

»Oh!« stieß sie erleichtert hervor.

Er mißverstand sie und versuchte, zu erklären. »Das ist es, was diese Situation so verdammt schwierig macht. Ich schlage nicht vor, den Status Quo zu ändern. Das mag sich zwar blöd anhören, doch daß ich dich liebe bedeutet nicht, daß ich Margaret nicht mehr liebe.«

»Ich liebe Gervase ebenfalls nach wie vor«, sagte Rosemary leise.

»Dann liebst du mich also«, sagte er mit stiller Zufriedenheit.

Es war zu spät, die Worte zurückzunehmen; sie nickte benommen. Er holte tief Atem. »Also, was tun wir jetzt, Rosie?«

»Du hast es gerade selbst gesagt, Hal«, sagte sie. Die Dringlichkeit löste ihre Zunge. »Wir müssen gar nichts tun. Können wir nicht weiter Freunde sein? Uns ab und zu sehen und miteinander sprechen? Dann muß sich nichts ändern. Niemand außer uns muß etwas davon erfahren. Nicht Gervase, nicht Margaret – niemand. Es wird unser Geheimnis bleiben.«

»Unser Geheimnis.« Hal nickte nachdenklich seine Zustimmung.

»Dann ist es gut.« Erleichtert atmete sie auf. Sie glaubte daran, beruhigt und erleichtert zugleich. Vielleicht, dachte sie, könnte sie wirklich beides auf einmal haben.

Er wollte sie küssen, um den Handel zu besiegeln,

besann sich jedoch offensichtlich eines Besseren und streckte statt dessen die Hand aus. Sie schüttelte sie feierlich. Dann spazierten sie weiter.

Valerie war fast paralysiert vor Schreck. Sie war zwar viel zu weit von ihnen entfernt, um die Worte zu verstehen, die sie wechselten, hatte sich jedoch mit einem Fernglas ausgestattet und so den Ausdruck auf ihren Gesichtern allzu deutlich gesehen. Ihre Körper sprachen ebenfalls Bände: Diese Frau – diese fürchterliche geschmacklose Frau – liebte Hal. *Ihren* Hal. Und so sehr sie es sich auch auszureden versuchte, es war klar, daß auch er in sie vernarrt war.

Eine Hexe, sie mußte eine sein – das war die einzige Erklärung, die Sinn machte. Sie hatte irgendeinen Fluch über ihn gesprochen, ihn verzaubert. Was konnte er anderenfalls denn schon in einer Frau sehen, die so wenig einnehmend war wie diese Vikarsfrau? Sie war noch nicht einmal jung; obwohl sie einen Vorteil von etwa zehn Jahren gegenüber der Elster hatte, war sie eher vierzig als dreißig.

Dummer, launenhafter Hal. Valerie konnte ihn nicht hassen, sie konnte ihn nur bedauern. Sich von dieser Hexe so einfangen zu lassen. Die Frau eines Vikars, um Himmels Willen – ein Tugendlamm, das kein Wässerchen trüben konnte, eine Vikarsfrau. Sie hatte es fertiggebracht, ihr, Valerie, Hal vor der Nase wegzuschnappen.

Was ist mit der Elster? Valeries Haß ihr gegenüber löste sich plötzlich in Luft auf. Ihr wurde klar, daß sie jetzt etwas gemeinsam hatten: Hal hatte sie beide verraten.

Sie folgte ihnen in einigem Abstand durch den Park von Saxwell, behielt sie ständig im Blick. Jeder, der sie anschaute, mußte erkennen, daß es sich um Verliebte handelte; ihre Körper verlangten einander, obwohl sie sich nicht berührten. Wie konnten sie es wagen, sich und ihre unrechtmäßige Leidenschaft so in aller Öffentlichkeit zur Schau zu stellen?

Valerie war dankbar für ihr Fernglas. Sie wünschte allerdings, sie besäße einen Fotoapparat. Ein Foto der beiden, so einträchtig zusammen, war einiges wert; sie hatte den Verdacht, daß die Elster an dergleichen ebenfalls Interesse zeigen könnte.

Ohne große Vorwarnung änderte sich das Wetter. Aus einer einzelnen schwarzen Wolke am Horizont wurden zwei. Sie jagten am Himmel entlang, und bald begann es zu regnen: Dicke Tropfen, die sich fast augenblicklich in Sturzbäche verwandelten. Die Menschen im Park suchten eilig nach einem Unterschlupf. Hal und die Hexe sprinteten zu seinem Wagen, unbemerkt verfolgt von Valerie. Sie brauchte etwas länger als die beiden, um zu ihrem Wagen zu gelangen, glaubte jedoch zu wissen, wohin sie fuhren. Sie holte sie schnell ein.

Hal fuhr die Bury Road hinauf und bog in die Einfahrt der Erzdiakonie ein. Er führte seine Mätresse am hellichten Tag in sein eigenes Haus. Valerie war außer sich vor Wut und Entsetzen.

»Seine Mätresse«, wiederholte sie laut, rachsüchtig. Seine Geliebte, sein Flittchen, seine Nutte, seine Schlampe, seine Hure.

So eine Schamlosigkeit – was würde wohl die Elster dazu sagen, wenn sie das herausfände!

Hal schloß die Tür auf. »Komm ins Wohnzimmer. Ich werde den Kamin anmachen.«

»Oh, ich bin völlig durchnäßt!« Rosemary versuchte vergeblich, das Regenwasser aus ihrem Rock zu schütteln. »Ich möchte nicht alles volltropfen. Ich werde mich einen

Moment in die Halle stellen, bis ich etwas trockener geworden bin.«

»Ich hole ein paar Handtücher«, bot er an. Er nahm zwei Stufen auf einmal und kam mit einem Stapel flauschiger frischgewaschener Handtücher zurück.

Dankbar akzeptierte sie eines und rubbelte die gröbste Nässe aus Haaren und Gesicht. Dann versuchte sie, ihre Kleidung abzutrocknen. Er tat es ihr gleich. »Ich habe noch nie einen Sturm so schnell heraufziehen sehen, aus dem Nichts«, sagte er, während er sich mit dem Handtuch die Haare trocknete.

Nach ein paar Minuten, einigermaßen trocken, grinsten sie sich ziemlich verlegen an; sie waren so in ihre Unterhaltung vertieft gewesen, so miteinander beschäftigt, daß der Sturm sie völlig überrascht hatte.

Hal nahm Rosemary das nasse Handtuch ab und schloß sie in die Arme. Es sollte eine brüderliche Umarmung werden. Seine Wange berührte die ihre. Ihre Wange war zart und noch feucht, sie roch ganz leicht nach Seife.

Ursprüngliche Begierde, stark wie ein elektrischer Schlag, traf Hal völlig unvorbereitet. Bis jetzt hatte er sich gesagt – hatte wirklich geglaubt –, daß seine Liebe für Rosemary platonisch sei, emotional und rein spirituell. Niemals physisch. Jetzt jedoch, von einem Augenblick zum nächsten, wußte er, daß er sich geirrt hatte. Er wollte sie. Er wollte sie mit nach oben nehmen, in sein Bett. Er wollte die feuchten Kleider entfernen, ihre Haut auf seiner spüren. Er wollte sie endlos lieben, verschmelzen mit ihr in gemeinsamer Verzückung.

»Rosie – oh, Gott, Rosie.« Seine Stimme, gebrochen und kehlig, klang fremd in seinen Ohren. Sie gehörte jemand anderem. Er fand ihren Mund mit dem seinen, gierig, und küßte sie wie ein Verhungernder. Sie leistete keinen Widerstand, ja, sie reagierte mit einer Bereitwilligkeit, die ihn überrascht hätte, wäre er zu diesem Zeitpunkt nicht schon jenseits aller Logik gewesen.

Nachher war sich keiner von ihnen sicher, was passiert wäre, hätte nicht das Handy in ihrer Handtasche gepiept.

Rosemary entzog sich ihm, keuchend, und suchte nach dem Telefon. Sie brauchte eine Ewigkeit, bis sie herausgefunden hatte, welchen Knopf sie drücken mußte, um das Gespräch anzunehmen; ihre Hände zitterten. »Hallo?« Sie verschluckte sich.

»Oh, Rosemary«, hörte sie die verzweifelte Stimme von Annie Sawbridge. »Es tut mir so leid, Sie zu stören, aber das ist ein Notfall.«

»Daisy?« Die Vorahnung ließ ihre Stimme schrill klingen. »Ist Daisy verletzt?«

Es gab eine kurze, schreckliche Pause. »Sie ist weg, Rosemary. Wir können sie nirgends finden.«

Kapitel 15

Daisy war immer noch nicht gefunden worden, als Rosemary mit Hal im Kinderland ankam. Annie Sawbridge saß im Eingangsbereich und weinte; Baby Jamie schrie in den Armen seines Vaters und sieben kleine Mädchen – Samantha, Lucy, Charlotte, Rebecca, Jessica und zwei Lauras – liefen niedergeschlagen umher. Ihnen war bewußt, daß die Feier vorbei war. Sie hätten jetzt in einem anderen Raum sein und ihre Pizza essen sollen. Das war auch der Grund dafür, daß Daisys Verschwinden aufgefallen war: Als es für die Kinder Zeit wurde, sich für den Geburtstagskuchen in den kleinen Partyraum zu begeben, hatte eine Zählung ergeben, daß ein Mädchen fehlte.

Ein Paar Schuhe war in der Wanne geblieben.

»Ich verstehe das nicht«, sagte Rosemary. Sie kämpfte darum, ihre Hysterie unter Kontrolle zu behalten. »Wo kann sie denn sein? Wie konnte sie verschwinden? Hat denn niemand aufgepaßt?«

Unter Tränen versuchte Annie, es ihr zu erklären: Die Mädchen waren in alle Richtungen gelaufen, um dort zu spielen, wo es ihnen gerade in den Sinn kam; es war für sie und Colin unmöglich gewesen, alle Kinder gleichzeitig im Auge zu behalten, obwohl sie ihr Bestes getan hatten. Annie hatte besonders auf Daisy geachtet, doch dann mußten Jamies Windeln gewechselt werden; zeitgleich war eine der beiden Lauras von Jessica gebissen worden und schrie Zeter und Mordio. Rebecca war währenddessen gerade außer sich vor Eifersucht, weil sie erst in ein paar Monaten Geburtstag feiern konnte. In dem ganzen Durcheinander hatte Annie Daisy aus den Augen verloren, hatte jedoch vermutet, daß Samantha nach ihr sah.

Samantha gestand, ebenfalls unter Tränen, daß sie auf die Toilette hatte gehen müssen und Daisy unter Charlottes Aufsicht gelassen hatte.

Als Charlotte gefragt wurde, erzählte sie, daß Daisy alleine weggegangen war, oder vielleicht mit Lucy.

Lucy bestritt das. Ihre Augen schwammen in Tränen; sie hatte Daisy nicht gesehen.

Niemand hatte.

»Was passiert denn nun? Ist niemand auf der Suche nach ihr?« verlangte Rosemary zu wissen.

Colin Sawbridge erklärte, daß alle Kinder aus dem Spielbereich herausgescheucht worden waren und daß jetzt die Mitarbeiter dort jeden Zentimeter nach ihr absuchten. »Sie haben uns befohlen, hier draußen zu bleiben«, fügte er hinzu. »Sie sagten, es sei alles unter Kontrolle, wir würden nur stören.«

Für Rosemary war dies ein wahrgewordener Alptraum. Daisy, so verletzlich und mit so viel Angst vor der Dunkelheit ... Sie konnte den Gedanken daran nicht ertragen. »Ich werde auch nach ihr suchen«, beharrte sie. »Ich gehe da hinein. Sie ist meine Tochter. Die können mich nicht davon abhalten.«

»Ich komme mit dir«, verkündete Hal fest.

Schließlich war es Hal, der sie fand. Sie war ins Innere einer der riesigen flexiblen Röhren gekrochen und hatte sich dort zusammengerollt, völlig verängstigt. Sie hatte gehört, wie die anderen nach ihr riefen, hatte jedoch auf keinen der Rufe reagiert. Als sie Hals sanfte Stimme vernahm, war sie hinausgekrabbelt und schlang nun die Arme um seinen Hals. Sie weinte bitterlich.

»Daisy, Daisy«, murmelte er. Er strich ihr übers Haar. »Daisy, mein kleiner Liebling. Was war denn los?« Dann rief er Rosemary herbei, um sie so schnell wie möglich aus ihrer Verzweiflung zu befreien. »Rosie! Ich habe sie gefunden.«

Mit einem wilden mütterlichen Aufschrei rannte Rosemary zu ihm. Sie streckte die Arme nach ihrer Tochter aus, doch Daisy klammerte sich nur noch fester an Hal.

Er setzte sich, das Mädchen wie eine Klette an seinem Hals hängend, und entlockte ihr mit unendlicher Geduld die ganze Geschichte.

Samantha hatte sie tatsächlich ein paar Minuten unter Charlottes Aufsicht gelassen. Sobald Samantha gegangen war, hatte Charlotte angefangen, Daisy zu ärgern, offensichtlich eifersüchtig auf die Freundschaft zwischen Daisy und Samantha. Sie hatte ihr erzählt, daß Samantha sie eigentlich gar nicht mochte und immer noch Charlottes beste Freundin war. Hinterhältig hatte sie sie sogar dumm genannt und gesagt, Samantha würde niemals ein dummes Mädchen zur besten Freundin haben wollen. Für Daisy war der Alptraum der alten Schule wiederauferstanden. Sie war geflohen und hatte Schutz gesucht, wie ein verwundetes Tier. Charlottes Äußerungen hatten sie tief verstört. Sie war voller Angst, daß Charlotte die Wahrheit gesagt haben könnte.

Hal ging großartig mit ihr um. Er beruhigte sie, ohne sie von oben herab zu behandeln. Er gestattete ihr, die Geschichte auf ihre eigene Weise zu erzählen, half ihr nur manchmal mitfühlend auf die Sprünge, so daß sie nichts ausließ. Er brachte es sogar fertig ihr zu versichern, daß Samantha immer noch ihre beste Freundin sei, egal, was Charlotte sagte. Schließlich schmeichelte er ihr ein nasses Lächeln ab.

Rosemary saß daneben und lauschte der Erzählung

ihrer Tochter. Sie war überwältigt von zwiespältigen Gefühlen. Die Erleichterung darüber, daß Daisy in Sicherheit war, und die Wut über Charlottes grausame Art ihrer schutzlosen und verletzlichen Tochter gegenüber waren unter diesen Umständen nur natürlich und verständlich. Rosemary mußte sich jedoch ein weiteres Gefühl eingestehen, eines, das ihr keine Ehre einbrachte: Eifersucht. Sie war sich nicht sicher, auf wen sie eifersüchtiger war: auf Hal, weil er derjenige war, bei dem ihre Tochter – *ihre* Tochter – Zuflucht gesucht hatte, oder auf Daisy, die warm und unschuldig in Hals Armen lag, ihren Kopf an seiner Schulter.

Rosemary erlebte eine weitere Nacht der Schlaflosigkeit, dieses Mal aus noch triftigeren Gründen. Dabei faßte sie den Entschluß, Hal am Dienstag zu meiden. Sie entwickelte einen Plan, um ihr Vorhaben auch durchführen zu können.

Der Erfolg ihres Planes hing einzig und allein davon ab, ob sie das Haus würde verlassen und betreten können, ohne die Vordertür zu benutzen. Hal arbeitete immer noch in der Eingangshalle. Seit sie in das Vikariat gezogen waren, hatten sie nur die Vordertür benutzt. Es gab jedoch noch eine andere Tür. Das Haus war zu einer Zeit gebaut worden, zu der mindestens ein Dutzend Bedienstete dort gelebt und gearbeitet hatten. Es war zweigeteilt: Die Vordertür öffnete zum Familienteil des Hauses und den Räumen für die Öffentlichkeit. Der rechte Teil des Hauses – Küche, Speisekammer, Waschraum und so weiter sowie die darüberliegenden Schlafzimmer – war einst die Domäne der Dienstboten gewesen, mit eigenem Eingang. Dieser befand sich an der Seite des Hauses unter einem kleinen Vordach und führte in die Küche.

Das Problem war nur, daß es keinen Schlüssel zu geben schien. Es gibt allerdings, erinnerte Rosemary sich, eine Zigarrenschachtel voller Schlüssel, zurückgelassen von dem vorigen Bewohner. Soweit sie wußte, stand diese Schachtel in der Speisekammer.

In den frühen Morgenstunden verließ Rosemary ihren schlafenden Mann und schlich sich im Licht einer Taschenlampe nach unten zur Speisekammer. Ja, dort stand die Zigarrenschachtel. Sie war zur Aufbewahrung auf das oberste Regalbrett gestellt worden. Rosemary nahm sie herunter, trug sie in die Küche und leerte ihren Inhalt auf den Küchentisch.

Es gab jede Menge Schlüssel, von jeder Sorte. Sicherheitsschlüssel, Kellerschlüssel, altmodische eiserne Steckschlüssel und ziemlich viele verschiedene Schlüssel für Hängeschlösser, Koffer, Seekisten oder andere unidentifizierbare Objekte, die schon längst dem Vergessen anheim gefallen waren. Sie ging die Sache logisch an, sortierte sie nach Typ und untersuchte die besagte Tür. Ein Sicherheitsschloß war eingepaßt worden, um das alte Steckschloß zu ersetzen. Von da an war es eine einfache Sache; sie probierte jeden Sicherheitsschlüssel, bis sie den fand, der paßte. Es war der vorletzte aus dem Haufen. Die Tür schwang mit quietschenden Angeln auf. Rosemary lächelte zufrieden in sich hinein. Sie schloß und verschloß die Tür und steckte den kostbaren Schlüssel in die Tasche ihres Morgenmantels.

Den Rest der Schlüssel schaufelte sie wieder in die Schachtel und stellte diese auf das Regalbrett zurück. Dann ging sie die Treppe wieder hinauf. Wie gewöhnlich blieb sie im Vorbeigehen kurz vor Daisys Tür stehen.

Daisy schlief fest. Sie lag zusammengerollt und hielt Barry, den Bären, an die Brust gedrückt. Den geübten Augen ihrer Mutter kam es nicht so vor, als ob sie durch die traumatische Erfahrung des Tages bleibende Schäden erlitten hätte. Ihr Gesicht war ein wenig gerötet, sie sah jedoch friedvoll und heiter aus im Schlaf.

Rosemary ging leise weiter in ihr eigenes Schlafzimmer. Gervase war wach. Er blinzelte sie im Licht der Taschenlampe schläfrig an. »Rosemary?« murmelte er verschlafen. »Wo warst du?«

Sie haßte es, ihn anzulügen, also sagte sie ihm die Wahrheit. »In der Küche.«

»Wofür denn bloß?«

Jetzt war eine Lüge notwendig. Sie klang ziemlich schwach in ihren Ohren. »Ich dachte, ich hätte vergessen, die Milch in den Kühlschrank zu stellen. Ich wollte nicht, daß sie sauer wird.«

»Oh«, sagte er verstehend. Er streckte seine Arme nach ihr aus. »Dann komm mal her.«

Rosemary gehorchte. Sie umarmte ihn stürmisch.

Am nächsten Morgen führte sie den nächsten Teil ihres Planes aus. »Bist du heute morgen hier?« fragte sie Gervase, als er sich anzog.

Er nahm seinen Kalender und schaute nach. »Ich denke schon. Um zehn Uhr treffe ich ein Hochzeitspaar wegen der Hochzeitsvorbereitungen. In meinem Arbeitszimmer. Heute nachmittag muß ich allerdings weg. Nach dem Mittagessen.«

»Dann brauchst du den Wagen also heute morgen nicht«, folgerte sie.

»Nicht bis nach dem Mittagessen. Ich hole Daisy von der Schule ab. Wir werden etwas später nach Hause kommen; wir müssen noch einkaufen«, sagte er geheimnisvoll.

Also hatte er daran gedacht, daß morgen ihr Geburtstag war. Sie gab vor, den Hinweis nicht zu verstehen, und erklärte ihm ihr Vorhaben: Obwohl sie ihr Gemüse normalerweise im Ort kaufte, wollte sie heute morgen einen Großeinkauf im *Tesco* außerhalb Saxwells tätigen, um die

Vorräte aufzustocken. Sie wollte früh los. Der Tag nach dem Feiertag würde bestimmt voll werden. Wenn es ihm also nichts ausmachte, wollte sie direkt fahren, nachdem sie Daisy zur Schule gebracht hatte, um es schnell hinter sich zu bringen. Das würde bedeuten, erinnerte sie ihn, daß er Hal hineinlassen müßte, wenn er kam, und ihm vielleicht eine Tasse Kaffee anbieten.

»Ich denke, das schaffe ich schon, meine Liebe«, sagte Gervase mit einem leisen Lächeln. »Ich weiß, du glaubst, ich bin hilflos, doch ich denke wirklich, daß ich das schaffen kann.«

Gervase schaffte es tatsächlich. Er ließ Hal hinein, bot ihm einen Kaffee an und schwatzte ein paar Minuten mit ihm. »Ich bin froh um die Gelegenheit, Sie zu sehen«, sagte er. »Unsere Pfade haben sich wirklich noch nicht oft gekreuzt, seit Sie hier arbeiten. Ich wollte Ihnen für alles danken, was Sie für mich getan haben. Sie waren so nett. Ich stehe tief in Ihrer Schuld.«

Hal lächelte. »Gern geschehen.«

»Trotzdem«, beharrte Gervase ernst. »Sie sind Rosemary ein guter Freund, glaube ich. Sie braucht Freunde – sie ist immer ein wenig einsam gewesen. Und Sie sind so wunderbar mit Daisy umgegangen, nach dem, was Rosemary so erzählt. Ich werde Ihnen niemals genug für das danken können, was Sie gestern getan haben.«

Das Lächeln blieb. »Sie brauchen mir nicht zu danken.« Hal wünschte, er wüßte exakt, *was* Rosemary ihm vom gestrigen Tag erzählt hatte. Offensichtlich nicht die ganze Wahrheit.

Nachdem das Hochzeitspaar gegangen war, hatte Gervase ein paar Minuten übrig. Er entschied sich, hinüber zur Kirche zu gehen. Das tat er öfter, wenn er ein bißchen Zeit hatte. Rosemary war noch nicht wieder zurück. Er gab Hal Bescheid, wo er zu finden sei, falls Rosemary oder jemand anderes nach ihm suchen sollte.

Eine Frau saß unterm Südportal. Eine junge, blonde Frau um die dreißig. Attraktiv. Sie trug Jeans und ein unförmiges Hemd. Die gleiche Frau, die ein paar Tage zuvor schon dort saß, stellte Gervase fest. Er lächelte sie aufmunternd an, für den Fall, daß sie reden wollte. Sie erhob sich.

»Hallo ... Vikar«, sagte sie. Sie sprach wie jemand, der es nicht gewohnt ist, mit Kirchenleuten zu sprechen. Nicht sicher, welche Anrede passend ist.

Gervase blieb stehen und nickte, um ihr zu zeigen, daß ihm dieser Titel angemessen erschien. »Ja, hallo.«

»Sie sagten, ich könnte mit Ihnen sprechen.«

»Ja, sicher.« Er machte eine Handbewegung in Richtung Vikariat. »Wir können hinüber gehen in mein Arbeitszimmer und dort miteinander reden, wenn Sie möchten. Es wäre vielleicht ein bißchen bequemer. Und privater.«

»Nein«, sagte sie schnell. »Nicht dort. Wie wäre es ... mit der Kirche?«

»Wie Sie wünschen.« Er führte sie hinein. Sie setzten sich in eine der hinteren Bänke.

Einen Moment lang schwieg sie verlegen. Sie verschränkte ihre Hände ineinander. Gervase war solches Benehmen gewöhnt. Er versuchte, es ihr leicht zu machen, indem er sich selbst entspannte. Indem er aufmerksam, jedoch nicht drängend wirkte. »Lassen Sie sich Zeit«, sagte er sanft. Nach einer nachdenklichen Pause fügte er hinzu: »Sie haben ein Problem, über das Sie mit mir sprechen möchten?«

»Ich habe mich gefragt«, sagte sie plötzlich, »was Sie von zwei Menschen halten, die ein Verhältnis haben.«

Hier befand Gervase sich auf vertrautem Gelände: Die

Menschen vertrauten ihm oft ihre eigenen Probleme in der dritten Person an. Er war an diese gesichtswahrenden und Peinlichkeit vermeidenden Anfänge gewöhnt. »Das kommt darauf an«, erwiderte er, »in welcher Situation sie sich befinden. Wenn sie beide frei sind und dem anderen verbunden, würde ich das Ganze ziemlich entspannt betrachten.«

Sie sah ihn überrascht an. Wie es öfters diejenigen taten, die Gervases Rat in solchen Angelegenheiten suchten. Dieses Hochzeitspaar heute morgen zum Beispiel: Sie hatten gezögert zuzugeben, daß sie zusammenlebten, in der Annahme, es würde ihm mißfallen. Gervase war sich jedoch seiner eigenen Schwäche auf diesem Gebiet nur allzu bewußt. Er war der Ansicht, daß hier eine liberale, humane Sichtweise angebracht war. Dieser Tage lebten so viele junge Menschen zusammen; es war mittlerweile normal. Ein verlobtes Paar – oder auch nur zwei Menschen, die sich einander stark und permanent verbunden fühlten –, konnte es für sie so falsch sein, ihre Liebe auch körperlich auszudrücken? In jedem Fall fühlte er sich nicht dazu berufen, darüber zu urteilen.

»Wenn die beiden nun verheiratet wären?« fragte die Frau. »Der Mann und die Frau, beide verheiratet mit anderen Menschen?«

»Das ist etwas anderes«, räumte Gervase ein. Kein Wunder, daß die Frau Probleme hatte; er mußte vorsichtig vorgehen. Er nahm an, daß sie schon in der Affäre steckte und nicht erst darüber nachdachte. Es war also zu spät, zu versuchen, sie davon abzuhalten. Abwesend folgte sein Blick der Steinverzierung des Ostfensters. Seine Finger strichen über die Mohnblüten am Rand der Kirchenbank während er seinen nächsten Satz formulierte. »Wenn andere Menschen davon betroffen sind – und vielleicht Kinder –, bewegen sie sich auf ganz anderem Gebiet. Die Konsequenzen könnten sehr zerstörerisch sein. Ehen zu brechen ist eine ernste Angelegenheit.«

Sie wandte ihm ihre großen blauen Augen zu. »Wenn Ihre Frau ein Verhältnis hätte, würden Sie es wissen wollen?«

Das war ein radikaler Abschied vom Drehbuch. Gervase zuckte erschrocken zusammen. »Wie bitte?«

»Ich habe gefragt«, wiederholte sie geduldig, »ob Sie es wissen wollten, wenn Ihre Frau eine Affäre hätte.«

Gervase erholte sich wieder und widmete der Frage seine ganze Aufmerksamkeit. Er betrachtete seine zusammengelegten Fingerspitzen. »Nein«, sagte er nachdenklich. »Nein, insgesamt gesehen denke ich nicht, daß ich es wissen wollte.«

»Tja, dann.« Die Frau stand auf. »Vielen Dank für Ihre Zeit, Vikar«, sagte sie. Dann war sie verschwunden.

Er starrte ihr nach. Was um alles in der Welt hatte das nun zu bedeuten?

Rosemarys Ausweichtaktik war zunächst erfolgreich; sie hatte den Seiteneingang und die Hintertreppe benutzt. Es war ihr gelungen, der Eingangshalle fernzubleiben. Doch am späten Nachmittag – Gervase und Daisy waren immer noch in ihrem mysteriösen Auftrag unterwegs und sie bereitete gerade Daisys Tee vor – trat Hal in die Küche.

»Hallo, Rosie«, sagte er.

Sie wollte ihn nicht ansehen; statt dessen starrte sie aus dem Fenster in den Garten. Es war kein schöner Anblick. Der vorherige Bewohner hatte ihn zu einem wild wuchernden Urwald verkommen lassen. Bisher waren diesbezüglich noch keine Schritte eingeleitet worden. »Hallo.«

»Sehe ich das richtig, daß du mir aus dem Weg gehst?«

Leugnen war zwecklos. »Ja.«

Er setzte sich an den Küchentisch. »Oh, komm schon, Rosie. Du kannst mir nicht ewig aus dem Weg gehen. Wir müssen darüber reden. Wir können nicht einfach so tun, als sei nichts passiert.«

»Ich sehe nicht, warum nicht«, sagte Rosemary; schließlich war ihre Ehe auf der Vermeidung von Konflikten aufgebaut. Sie war Meisterin darin, keine Fragen zu stellen, zu denen sie die Antwort nicht hören wollte.

»Weil«, erinnerte er sie, »wir immer ehrlich miteinander waren. Auch wenn es schwierig war.«

Seufzend gab sie auf. Sie drehte sich um, verschränkte die Arme vor der Brust und lehnte sich zurück an die Arbeitsplatte. »In Ordnung. Du fängst an.«

»Fair genug.« Hal überlegte. »Tja, ich denke, ich sollte damit anfangen, dir zu sagen, daß ich nie gewollt habe, daß das passiert.«

Rosemary nickte. Sie glaubte ihm. »Das weiß ich.«

»Als ich vorgeschlagen habe, Freunde zu bleiben, habe ich wirklich geglaubt, daß wir das könnten«, erklärte er.

»Das haben wir nicht lange durchgehalten, nicht wahr?« Ein dünnes, reumütiges Lächeln stahl sich in ihre Mundwinkel.

»Nein. Es ist mir jetzt klar, daß das nicht klappt«, gab er zu. »Wir können nicht mehr zurück. Wir können nicht einfach nur Freunde sein.«

»Aha.« Ihre Stimme klang trostlos; was gab es denn schon für Alternativen. Sie hatte eine schlaflose Nacht damit zugebracht, darüber zu verzweifeln. Es lief jedoch alles auf zwei gleichermaßen unerwünschte Möglichkeiten hinaus. »Das heißt also, wir müssen uns entscheiden. Wir haben nur zwei Wahlmöglichkeiten.«

»Los, sag's mir.«

Rosemary drehte sich um und schaute wieder aus dem Fenster. Sie war erleichtert darüber, daß er vernünftig mit ihr sprechen wollte; darüber, daß er nicht den Versuch machte, sie zu berühren. Er würde es sie aussprechen lassen, doch vielleicht war das der einzige Weg, der beste Weg. »Wir könnten ein Verhältnis haben.«

»Ja.«

»Wenn wir ehrlich sind, ist das doch wahrscheinlich das, was wir wollen«, überwand sie sich zu sagen. Sie schluckte schwer. »Doch das bedeutet nicht, daß es eine gute Idee ist. Es ist eigentlich eine schlechte Idee. Eine schreckliche Idee. Wenn Gervase es herausfände ... wenn Margaret es herausfände ... wir würden Gefahr laufen, zwei Ehen zu zerbrechen, zwei Menschen zu verletzen, die wir lieben. Und da ist Daisy. Wir würden die ganze Zeit lügen müssen, und ... oh, es ist einfach zu kompliziert.«

»Und die zweite Möglichkeit?« hakte er nach.

»Wir könnten uns darauf einigen, uns nicht mehr zu sehen«, sagte sie mit echtem Schmerz in der Stimme.

»Das würde ich nicht wollen.«

Sie rang die Hände. Der Gedanke, Hal nie mehr zu sehen, jetzt, da er so ein Teil von ihr geworden war, kam der Überlegung gleich, sich einen Arm amputieren zu lassen: Sie würde irgendwann darüber hinwegkommen, wäre jedoch nie mehr dieselbe Person. »Nein, ich auch nicht«, gab sie zu.

»Es gibt eine dritte Alternative«, sagte Hal.

»Und die wäre?« Sie schaute noch immer aus dem Fenster.

Er stand auf und kam zu ihr. Er drehte sie herum, damit sie ihn ansah, und legte ihr einen Finger unters Kinn, so daß sie seinem Blick nicht ausweichen konnte. »Du könntest mich heiraten, Rosie.«

»Dich heiraten!« keuchte sie, überrascht.

»Sag' nicht, daß du noch nie daran gedacht hast, Rosie.

Wir lieben uns. Wir verstehen uns. Wir wären ein wunderbares Team.«

»Natürlich habe ich daran noch nicht gedacht! Vergißt du dabei nicht etwas?« erinnerte sie ihn bitter. »Zwei Dinge sogar. Meinen Mann. Deine Frau. Wir sind beide bereits verheiratet, Hal. Oder ist dir dieser kleine Umstand entfallen?«

»Sarkasmus steht dir nicht«, tadelte er sie sanft. »Hör' mich erst einmal an, Rosie. Du bist nicht die einzige, die seit gestern nachmittag jede Sekunde darüber nachdenkt.«

Alarmiert von seiner Nähe, sich selbst nicht trauend, rückte sie ein wenig von ihm ab. »In Ordnung, fahr fort.«

Er versuchte nicht, sich ihr wieder zu nähern. »Ich möchte für dich sorgen«, begann er. »Ich möchte dich auf Händen tragen, Rosie. Für immer.«

Rosemary murmelte ein einziges Wort. »Margaret.«

»Margaret ist stark«, sagte er. »Sie kann für sich selbst sorgen. Sie braucht mich nicht – nicht so wie du.«

»Aber Gervase *braucht mich*«, verkündete Rosemary einfach.

»Das ist es. Er stützt sich zu sehr auf dich. Er hat noch nie versucht, auf eigenen Füßen zu stehen. Wenn er damit fertigwerden müßte, würde er es schaffen«, analysierte Hal. »Es würde ihm guttun. Ihn zu verlassen könnte auf lange Sicht das Beste sein, was du für ihn tun kannst.«

Rosemary wünschte, sie könnte ihm glauben. Sie entdeckte zu ihrem Entsetzen, daß sie es glauben *wollte*. Für einen kurzen Moment erlaubte sie sich, sich das Leben vorzustellen, wie sie es mit Hal führen könnte. Er *würde* für sie sorgen. Sie auf Händen tragen: Es gäbe keine Geldsorgen mehr, sie müßte nie mehr diejenige sein, die irgendwie mit irgend etwas fertigwerden mußte. Und verstanden zu werden, geliebt zu werden ... Sie haßte sich selbst dafür, so illoyal zu sein, und ließ es an Hal aus. »Das würdest du wohl gerne glauben«, sagte sie kalt. »Es zeigt eine außergewöhnliche geistige Wendigkeit, einem Mann die Frau wegzunehmen und es damit zu rechtfertigen, daß er auf lange Sicht besser dran ist. Ich kann mir nicht vorstellen, daß Gervase das genauso sehen würde. Und ich denke, ich kenne ihn besser als du.«

»Kennst du ihn *wirklich*?« beharrte Hal. »Kannst du wirklich sagen, was ihn am Laufen hält? Er versteht dich sicherlich nicht, er versucht es noch nicht einmal. Das kann sogar ich sehen.«

Sie preßte ihre Lippen zusammen und schloß die Augen. Sie gab keine Antwort.

Als er sah, daß er einen Nerv getroffen hatte, spielte er seine, wie er meinte, Trumpfkarte aus. »Und du hast niemals wirklich geglaubt, daß Gervase dich liebt. Dich braucht – ja, vielleicht –, doch das ist nicht dasselbe.«

Rosemary zuckte zusammen. Sie wußte, daß er ihre Gedanken gelesen hatte; er kam ihr zu nah, berührte ihre größte Unsicherheit.

»Nicht, Hal«, sagte sie dünn. »Das ist nicht fair.«

Er wechselte das Thema, nutzte jedoch seinen Vorteil. »Du weißt, wie sehr ich Daisy liebe«, sagte er. Seine Stimme und sein Gesicht wurden weich. »Ich war ein schrecklicher Vater für meinen Sohn. Ich hätte liebend gerne eine zweite Chance, Vater zu sein, mit Daisy. Es gibt so viele Dinge, die ich für sie tun kann.«

»Gervase liebt Daisy ebenfalls. Und sie ist seine Tochter«, stellte sie unwiderlegbar fest.

Hal zog sich zurück. »Ich bitte dich nicht, jetzt sofort irgendwelche Entscheidungen zu treffen, Rosie«, sagte er. »Das wäre nicht fair. Nimm dir ein paar Tage Zeit und denke darüber nach.«

»Du sagtest, wir könnten nicht zurück.« Sie schlang die Arme um sich, als sei ihr plötzlich kalt. Ihre Stimme klang wehmütig. »Ich akzeptiere das. Warum können wir nicht einfach still stehen?«

»In der Schwebe? Da befinden wir uns im Moment, sind weder das eine noch das andere«, analysierte er. »Wir sind mehr als Freunde, weniger als Liebende. Früher oder später müssen wir uns bewegen, den einen oder anderen Weg einschlagen.«

»Ja, doch das ist eine Entscheidung, die wir *beide* zusammen treffen müssen«, beharrte sie.

Hal ging zur Küchentür. »Denk' darüber nach, Rosie. Ich muß zurück an die Arbeit.«

Die Ungeheuerlichkeit dessen, was gerade passiert war, wurde Rosemary erst ein paar Minuten später vollständig bewußt. Die Benommenheit fiel von ihr ab, und Tränen liefen ihr die Wangen hinab. Abrupt, mit weichen Knien, setzte sie sich an den Küchentisch. Sie stützte den Kopf in die Hände. Es konnte nicht wahr sein, daß sie gerade so eine Unterhaltung geführt hatte, daß sie gelassen die Möglichkeiten eines Seitensprungs oder einer Scheidung mit Hal diskutiert hatte, mit kaum mehr Leidenschaft, als wenn sie entscheiden wollte, in welcher Farbe die Küche gestrichen werden sollte.

Das Seltsamste daran war jedoch vielleicht, daß bei der ganzen klinischen und logischen Aufzählung der Alternativen keiner von ihnen erwähnt hatte, daß es *falsch* war. Sie hatten es geschafft, diese knappen, anklagenden Worte zu vermeiden – Seitensprung und Scheidung –, doch das war genau das, worüber sie gesprochen hatten. Und sie und Hal wußten beide, daß das allem entgegenstand, woran sie glaubten. Komischerweise war das in jenem Moment ein unwichtiger Faktor gewesen. Zumindest war es nicht wichtiger als einige andere Überlegungen auch. Jetzt schien es enorm wichtig. Sünde, erkannte Rosemary, war ein altmodisches Wort. Sie war jedoch die Tochter eines

Vikars und die Frau eines Vikars. Das saß tief. Versunken in einem Sumpf aus Schuld fand sie sich in einer Flut aus Tränen. Sie hatte in den letzten Wochen mehr geweint als in vielen Jahren zusammen.

Dieses Mal gab es keine Frage, ob sie beides zugleich haben könnte. Rosemary wußte, daß sie eine Entscheidung treffen mußte – eine Wahl. Und egal welche Wahl sie traf, sie würde etwas Kostbares einbüßen. Sie beugte ihren Kopf über den Tisch und weinte, beschwert mit diesem Wissen, über den Verlust ihrer Unschuld.

Kapitel 16

Rosemarys Geburtstag zog naß und grau herauf; das war ein wirklicher Wetterumschwung. Ein Strahlen, das die Sonne beschämt hätte, leuchtete jedoch über Daisys Gesicht, als sie in aller Frühe in das Schlafzimmer ihrer Eltern gehüpft kam. »Herzlichen Glückwunsch, Mama!« rief sie und warf sich aufs Bett.

»Uff«, stöhnte Rosemary. Sie hatte wenig geschlafen, und das noch nicht lange. Um Daisys willen kämpfte sie sich jedoch in eine sitzende Position, zwang ein Lächeln auf ihr Gesicht und nahm ihre Tochter in die Arme. Daisys warme Wange an der ihren zu spüren belebte sie. »Vielen Dank, Liebling«, sagte sie.

Daisy strampelte vor Aufregung. »Wann machst du deine Geschenke auf?« verlangte sie zu wissen. »Mach' mein Geschenk zuerst auf!«

»Laß uns Papa fragen«, neckte sie. Sie wandte sich zur anderen Bettseite. Gervase war nicht da.

In diesem Moment schob er die Tür auf und kam mit einem Tablett herein. Es war ihr bestes Tablett, mit einem Tuch gedeckt, und darauf befand sich ein komplettes Frühstück: ein gekochtes Ei, ein paar begleitende Toastsoldaten, nur leicht angebrannt, ein Glas Orangensaft und eine Kanne Tee. Sogar eine Blume, eine einzelne rosa-weiß gestreifte Tulpe, in einem weiteren Saftglas.

»Wir haben sie überrascht, Papa«, frohlockte Daisy. »Ich habe dir doch gesagt, daß Mama überrascht sein würde.«

Rosemary war in der Tat überrascht. Ihr war noch nie Frühstück ans Bett gebracht worden. Ihre Tränen, nie tief unter der Oberfläche in diesen Tagen, quollen über und liefen ihre Wangen hinab. »Oh, Gervase, das hättest du nicht tun sollen«, schluckte sie, gerührt. »Du verwöhnst mich.«

»Unsinn, meine Liebe.« Er drückte ihr einen Kuß auf die Stirn, als er ihr das Tablett auf den Schoß stellte. »Es ist dein Geburtstag, und du mußt verwöhnt werden.«

»Ich habe den Toast gemacht«, informierte Daisy sie eifrig, voller Stolz. »Und ich habe die Blume gepflückt. Ich habe nichts anderes gefunden, um sie hineinzustellen«, fügte sie hinzu. »Papa hat das Ei und den Tee gekocht.«

Das Ei war etwas zu hart. Rosemary verkündete jedoch, es sei perfekt, zusammen mit dem Rest des Frühstücks. Obwohl sie nicht hungrig war, verspeiste sie jeden Bissen, beobachtet von Daisy. »Es war wunderbar«, versicherte sie ihr. Dann lächelte sie Gervase anerkennend zu. »Vielen Dank euch beiden.«

»Jetzt die Geschenke, Mama!« drängte Daisy.

»Warum auch nicht?«

»Meins zuerst«, beharrte sie. Sie holte ein kleines, grob verpacktes Päckchen hervor. »Ich habe es selbst ausgesucht. Und selbst eingepackt«, fügte sie hinzu.

Rosemary nahm es in die Hand und öffnete es. Zum Vorschein kam ein fürchterliches Porzellanfigürchen. Es sollte vermutlich einen Hund darstellen, war jedoch keinem Hund ähnlich, den sie jemals gesehen hatte. Zusätzlich war es grell pink und über und über mit Blumen bedeckt. »Wie wunderschön!« rief sie enthusiastisch aus. »Oh, Daisy, vielen vielen Dank!« Sie umarmte ihre Tochter und gab ihr einen Kuß.

»Ich wußte, es würde dir gefallen, Mama«, sagte Daisy selbstgefällig. »Ich fand es so schön. Papa hat gesagt, du würdest es nicht mögen. Ich wußte aber, daß er unrecht hat. Er heißt Jack«, fügte sie hinzu, »wie Samanthas Katerchen.«

»Ich habe versucht, sie in Richtung eines Parfüms zu steuern«, bestätigte Gervase mit einem Grinsen.

»Aber Jack ist *viel* schöner«, erklärte Daisy.

Rosemary küßte sie noch einmal. »Das ist er wirklich. Ich werde Jack auf den Kaminsims im Wohnzimmer stellen, wo ihn jeder sehen und bewundern kann.«

Daisy strahlte vor Begeisterung. »Jetzt Papas Geschenk«, sagte sie.

Gervases Geschenk war ein sehr großer, aufrecht stehender Karton; Rosemary konnte sich nicht vorstellen, was es sein könnte. Sie mußte aus dem Bett steigen, um es zu öffnen. Er hatte sich allerdings nicht viel Mühe mit dem Einpacken gegeben. Ein Geschenkband war um den Karton gebunden und eine Schleife oben drauf befestigt.

Es war ein brandneuer, supermoderner Staubsauger.

Sie staunte fassungslos. »Wie können wir uns das nur leisten?«

Er schaute so selbstgefällig wie Daisy zuvor. »Ich habe das letzte Geld von dem Abschiedsgeschenk dafür ausgegeben. Ich dachte, daß du so ein Ding gut gebrauchen kannst. Schau mal«, zeigte er ihr, »es ist ein Dyson. Er braucht keine Beutel. Das hat der Verkäufer mir gesagt.«

Rosemary schloß die Augen. Sie wußte, daß diese Geste gut gemeint war. Der vernünftige Teil ihres Gehirns erkannte die Großzügigkeit an, die dahinter steckte. Doch das überwältigendere Gefühl, so ungerecht es auch sein mochte, war Enttäuschung. Selbstsüchtig wünschte sie, daß, wenn er schon so viel Geld ausgab und sich so viel Mühe machte, er etwas anderes gekauft hätte – etwas Persönlicheres, wenn nicht sogar Romantisches. Er war so zufrieden mit sich. Sie schluckte ihren Ärger herunter und brachte ein Lächeln zustande. »Danke«, sagte sie leise. »Er ist wunderbar.«

Daisy war nicht beeindruckt. »Jetzt das«, sagte sie ungeduldig. Sie brachte ihrer Mutter eine Schachtel, die mit großer Sorgfalt in lustiges, blumenbedrucktes Papier verpackt war.

»Von wem ist das denn?«

»Von Oma«, informierte Daisy sie. »Es ist mit der Post gekommen.«

Ihre eigene geliebte Mutter. Auf sie war immer Verlaß. Sie würde immer etwas für sie persönlich besorgen. Rosemary packte aus und fand, in Seidenpapier eingewickelt, eine hübsche blaue Bluse aus waschbarer Seide. Kleine gelbe und rosa Blüten waren darauf gestickt. Es lag eine Karte dabei, mit einem Scheck.

»Was für einen wundervollen Geburtstag ich habe«, erklärte Rosemary.

Gervase lächelte. »Und heute abend führen wir dich aus«, informierte er sie. »Es ist eine Überraschung«, fügte er auf ihren fragenden Blick hinzu. »Doch ich werde dir einen Tip geben – es wird eine richtige Familienangelegenheit.«

»Ich weiß es, ich weiß es«, sang Daisy. »Ich weiß es, Mama.«

»Oh, Gervase.«

Er beugte sich zu ihr, um sie zu küssen. Dann sagte er leise, nur für ihre Ohren bestimmt, »Ich habe dir gesagt, ich werde es wiedergutmachen, meine Liebe.«

Margarets Tag hatte nicht so erfreulich begonnen. Wieder einmal war sie aus dem Bett geklingelt worden, wieder einmal mußte sie am Schauplatz einer Katastrophe erscheinen. Es war der bisher schlimmste Einbruch. Diesmal handelte es sich nicht um reinen Vandalismus oder Diebstahl: Es war Brandstiftung. Jemand war in eine Kirche eingebrochen, hatte vermutlich mehrere Kostbarkeiten mitgehen lassen und dann die Gesangbücher unter der Orgel gestapelt und angezündet. Das alte, trockene Holz der Orgelpfeifen lieferte die perfekte Nahrung. Die Flammen hatten das Innere der Kirche buchstäblich ausgeweidet. Glücklicherweise hatte der Regen verhindert, daß das Dach Feuer fing. Die mittelalterlichen Steinwände standen ebenfalls noch, geschwärzt vom Rauch. Der Wiederaufbau würde jedoch ein Vermögen kosten, und die Kirche war natürlich unterversichert.

Es gab wenig, was Margaret tun konnte, außer den niedergeschlagenen Priester zu beruhigen. Er war allerdings nicht sehr empfänglich für ihre Bemühungen – er war einer derjenigen, die gegen eine Frau in dem Beruf waren. Die Ironie der Situation verlieh ihr eine gewisse Befriedigung, gemischt mit Verbitterung; er war einer derjenigen gewesen, die dem Treffen letzter Woche über die Sicherheit in den Kirchen ferngeblieben waren. Wäre er gekommen, hätte das hier vielleicht verhindert werden können. Ein Sprecher hatte während des Treffens Wege erklärt und unterstrichen, um genau so etwas zu verhindern: Gesangbücher, Kerzen, Streichhölzer, ölige Reinigungstücher und sogar die eventuell vorhandene Dose mit Paraffin zusammen zu lagern, für jedermann sichtbar, besonders unter der Orgel, käme einer Einladung zu einer Katastrophe gleich, hatte er gesagt. Er hatte darauf gedrängt, Kerzen und Streichhölzer verschlossen zu halten. Für mindestens eine Kirche war das nun zu spät.

Zumindest war niemand verletzt worden. Das war vermutlich wirklich Glück. Früher oder später, fürchtete Margaret, *würde* bei diesen immer unerfreulicher werdenden Vorkommnissen jemand verletzt werden: Ein Priester oder ein Küster würde einen Dieb auf frischer Tat ertappen und mit einem Kerzenhalter niedergeschlagen werden. Oder es wäre jemand schlicht und ergreifend zur falschen Zeit am falschen Ort. Sie konnte nichts tun, um das zu verhindern. Frustrierend. Margaret gefiel es gar nicht, nicht Herr der Lage zu sein.

Auf ihrem Weg nach Hause am Ende dieses langen Morgens, verzweifelt, mit Kopfschmerzen und verwirrt, dachte sie kurz an Hal. Er hatte noch im Bett gelegen, als sie fuhr. Sie hatten kaum ein Wort miteinander gewechselt. Sie hatte ihn in den letzten zehn Tagen kaum gesehen. Zur Zeit war sie so beschäftigt, daß sie oft das Haus verließ, bevor er aufstand, und erst zurückkehrte, wenn er schon schlief. In den kurzen Augenblicken, in denen sich ihre Pfade gekreuzt hatten und sie ein paar Minuten hatten miteinander sprechen können, schien er abgelenkt zu sein, gar nicht sein optimistisches Selbst. Kein Wunder, dachte sie: Ich habe ihn wirklich vernachlässigt. Sie würde etwas dagegen unternehmen müssen.

An diesem Nachmittag, solange nichts Unvorhergesehenes dazwischen kam, war sie einigermaßen frei. Sie hatte vorgehabt, ein paar Vorbereitungen für die Gartenparty zu treffen, hatte jedoch noch ein paar Tage Zeit, bevor es dringend wurde. Das Wetter spielte auf alle Fälle die entscheidende Rolle. Und das stand nun wirklich nicht in ihrer Macht; Margaret hielt nichts davon, Gottes Zeit mit unnützen Gebeten um schönes Wetter zu verschwenden.

Vielleicht konnte sie Hal ja dann überraschen. Margaret hatte nie besonders gut kochen können, hatte jedoch ein paar Rezepte in ihrem Repertoire, die Hal mochte. Sie überlegte einen Moment und entschied sich dann, ein Essen fertig zu haben, wenn er nach Hause kam. Hähnchenbrust, in Olivenöl gebraten, und frischen Spargel vom örtlichen Gemüsehändler. Zum Abschluß eine gehaltvolle Mousse au Chocolate, eine Flasche Wein. Und dann früh ins Bett. Begeistert von ihrem Plan, besonders dem letzten

Teil, lächelte Margaret in sich hinein; sie konnten es beide vertragen, früh zu Bett zu gehen.

Dann erinnerte sie sich, daß es Mittwoch war. Hals Squash-Abend. Doch vielleicht konnte er, mit ausreichend Anreiz, dazu verlockt werden, nicht ins Fitness-Studio zu fahren. Es ist, entschied Margaret, einen Versuch wert.

Rosemary war klar geworden, daß der Versuch, Hal zu meiden, sinnlos war; wenn er sie finden wollte, würde er das auch tun. Als sie ihm am nächsten Morgen die Tür öffnete, bemühte sie sich, so unbefangen wie möglich zu erscheinen.

»Herzlichen Glückwunsch, Rosie«, sagte er. Sie hatte sich gefragt, ob er daran denken würde; sie hätte es wissen müssen. Er klopfte auf die geräumige Tasche seines Overalls. »Ich habe etwas für dich. Später.«

Oh, nein, dachte sie, hoffentlich kein kompromittierendes Geschenk oder eines, das mich zu irgendeiner Entscheidung zwingt, unsere Zukunft betreffend. Damit konnte sie im Moment nicht umgehen.

Und so krampfte sich ihr Magen nervös zusammen, als die Küchentür aufschwang, während sie das Mittagessen zubereitete. Doch es war nicht Hal – es war Gervase.

Er kam mit einer kleinen Schachtel in der Hand auf sie zu. »Ich wollte dir das nicht früher geben, mit Daisy dabei«, sagte er. »Ich wollte es dir ganz persönlich überreichen.«

Rosemary schluckte und nahm die Schachtel.

Im Inneren befand sich ein exquisiter silberner Anhänger an einer Kette. Er war herzförmig und fein ziseliert. Mit zitternden Fingern öffnete sie ihn. Es waren zwei Fotos darin: Eines von einem herzzerreißend jungen und gutaussehenden Gervase aus seinen Tagen als Kurator und eines von Daisy, ihr jüngstes Schulfoto. »Ist das schön!«, war alles, was sie sagen konnte. Sie wurde von so vielen Gefühlen überwältigt, daß sie keinen klaren Gedanken fassen konnte.

Gervase nahm die Kette heraus. Mit seinen feinen Händen öffnete er den Verschluß und legte sie ihr um den Hals. »So«, sagte er. »Sieht hübsch aus. Findest du sie denn schön?«

Sie nickte nur, lächelte, und wieder drohte sie in Tränen auszubrechen.

Er erschien mit seinem Geschenk erst nach dem Mittagessen, als Gervase bereits gegangen war. Rosemary hatte gerade fertig gespült; hastig trocknete sie ihre Hände am Geschirrtuch ab.

Zu ihrer Erleichterung hatte das Päckchen eine leicht identifizierbare Form: Flach und etwa 15 cm im Quadrat. Es konnte nur eine CD sein. Vorsichtig entfernte sie das Geschenkpapier. Sie enthüllte die neueste Aufnahme des Ensembles, dessen Konzert sie am Freitag besucht hatten; einige der Stücke, das sah sie sofort, waren in der Tat dieselben, die die Gruppe an dem Abend aufgeführt hatte. »Wie wunderbar!«, sagte sie spontan und aufrichtig. Dann beging sie den Fehler, in sein Gesicht zu schauen.

Er sah sie zärtlich an, ernst und traurig zugleich. »Ich wünschte, ich könnte dir etwas anderes schenken, Rosie, mein Liebling«, sagte er sanft. »Etwas ... Persönlicheres. Das hier ist das Nächstbeste. Damit du dich an alles erinnerst, egal was passiert.«

Tränen brannten in ihren Augen. Sie schluckte schwer. »Oh, ich werde mich erinnern«, sagte sie leise. »Egal, was passiert, Hal, ich werde mich erinnern.«

Die Überraschungen dieses Tages waren noch lange

nicht vorbei. Kurz nachdem Rosemary Daisy von der Schule abgeholt hatte, kam Gervase mit einem von einer Konditorei hergestellten Geburtstagskuchen nach Hause. »Wir werden ihn jetzt essen und Tee trinken«, verkündete er. »Wenn wir ihn für später aufheben, verderben wir uns den Appetit aufs Abendessen.«

»Geburtstagskuchen!« krähte Daisy. »Mit Schokolade?«

»Ist es nicht das, was du bestellt hast, junge Dame?« erinnerte ihr Vater sie.

»Ja, ja, ja. Schokoladengeburtstagstorte.«

»Laß ihn uns ins Wohnzimmer tragen«, schlug Gervase vor, »und eine richtige Geburtstagsfeier veranstalten. Ich helfe dir mit dem Tee, meine Liebe.«

Während er den Kessel aufsetzte, holte sie die besten Tassen und die kleinen Kuchenteller aus feinstem Porzellan aus dem Schrank. Es waren alles selten benutzte Hochzeitsgeschenke. Spontan suchte sie nach dem Messer, mit dem der Hochzeitskuchen aufgeschnitten worden war. Sie hatte es sicher verwahrt. Es gab keinen Grund, es so eingepackt aufzubewahren. Diese Gelegenheit war so gut wie jede andere, um es zu benutzen. Rosemary polierte kurz darüber und legte es zu den anderen Dingen auf das Tablett.

Das Wohnzimmer machte bereits einen festlichen Eindruck. Jack, der groteske Porzellanhund, hatte, wie versprochen, seinen Platz auf dem Kaminsims eingenommen. Er war umgeben von Geburtstagskarten. Ein paar von ihnen waren morgens mit der Post gekommen: eine von ihrer Patentante, eine von Gervases Bruder und seiner Schwägerin und eine von einer alten Freundin aus ihren Tagen an der Universität. Sie war eine derjenigen, die niemals einen Geburtstag vergaßen. Nichts von Christine – sie war die Art Person, die sich niemals an einen Geburtstag *erinnerte*. Desweiteren stand dort die Karte von ihrer

Mutter, eine von Daisy, selbstgemacht, mit ein bißchen Hilfe von Gervase, und eine von ihm selbst. Schnörkellos und so unsentimental wie der Staubsauger. Hal hatte ihr keine Karte überreicht. Darüber war sie einerseits unendlich dankbar, andererseits jedoch enttäuscht. Rosemary trug das vollbeladene Tablett herein, Gervase den Kuchen.

»Ich hole Hal«, bot Daisy an. Sie war schon längst dazu übergegangen, ihn beim Vornamen zu nennen.

»Hal arbeitet, Liebling«, warf Rosemary schnell ein. »Wir wollen ihn nicht stören.«

Daisys Gesicht verzog sich. »Aber ich *will* ihn stören! Ich will, daß er zu deiner Geburtstagsfeier kommt!«

»Natürlich muß er dabei sein«, stimmte Gervase zu.

Mit einem entzückten Aufschrei lief Daisy davon, um ihn zu suchen; er hatte die Eingangshalle im Erdgeschoß fertig und arbeitete sich zur Zeit die Treppe hinauf. Dafür mußte er ein Gerüst benutzen. »Hal!« rief sie und stampfte die Stufen hinauf. »Es ist Mamas Geburtstagsfeier und du mußt kommen! Papa sagt das, und ich sage das.«

Er kletterte vom Gerüst hinunter und umarmte sie. »Tust du das, so so. Und was sagt die Mama dazu?«

Daisy zuckte die Achseln. »Mama sagt, wir sollen dich nicht stören, aber ich weiß, daß sie möchte, daß du kommst, ehrlich. Und es gibt Schokoladenkuchen«, fügte sie hinzu.

»Schokoladenkuchen! Dann komme ich.«

Valerie war an diesem Tag nicht in Saxwell gewesen. Statt dessen war sie sofort nach Branlingham gefahren. Früh genug, um zu sehen, wie die Hexe ihr mongoloides Mädchen in die Schule brachte. Sie wußte, daß sie dorthin gegangen waren, denn sie war ihnen gefolgt, zu Fuß, von ihrem geschützten Beobachtungsposten an der Kirchentür bis zu den Toren der Grundschule von Branlingham. Das Problem war nur, daß sie sich an das schöne Wetter gewöhnt hatte und keinen Schirm dabei hatte. Zu dem Zeitpunkt, an dem der Gang zur Schule stattfand, regnete es schon ziemlich stark. Die Gelegenheit war jedoch zu gut, als daß sie sie hätte verpassen wollen. Sie folgte ihnen also trotz des Regens.

Auf eine Art tat der Regen Valerie sogar einen Gefallen: Unter ihrem eigenen Schirm entging es der Hexe völlig, daß jemand dicht hinter ihr herging.

Wie sie diese Frau haßte, diese Hexe. Ihre frühere Feindseligkeit der Elster gegenüber hatte sich in Luft aufgelöst. Diese war außerdem nichts gewesen im Vergleich zu der abgrundtiefen Verachtung, die sie der Hexe gegenüber empfand. Eine Ehebrecherin, eine selbstsüchtige Schlampe. Valerie wollte sie tot sehen, wollte ihren leblosen Körper sehen und darauf spucken.

Doch vorerst ... vielleicht gab es noch andere Sachen, die sie ihr antun konnte. Sie sollte leiden müssen.

Kurze Zeit später, zurück am Kirchenportal, beobachtete Valerie Hals Ankunft. Danach verbrachte sie einen langen, ereignislosen Morgen auf der Steinmauer. Niemand kam oder ging; der Vikar kam noch nicht einmal zur Kirche. Vielleicht hatte er den Verdacht, nach Valeries Hinweis, daß es nicht sicher sei, seine Hure von einer Ehefrau mit Hal alleine im Haus zu lassen.

Nach einer Weile drang die Kälte des Steins durch ihre nasse Kleidung. Valerie begann zu zittern; ihre Zähne klapperten. In dem zwecklosen Versuch, sich aufzuwärmen schlang sie ihre Arme um sich. Das war nicht gut – sie war völlig durchgefroren.

Dunkel erinnerte sie sich, daß es Mittwoch war und Mrs. Rashe kommen würde. Sie entschied sich, nach Hause zu fahren.

Sybil Rashe war bereits im Rose Cottage. Sie schob den Staubsauger durch das vordere Zimmer. Beim Geräusch des Wagens hielt sie inne und öffnete Valerie die Tür. »Miß Valerie, was ist denn bloß mit Ihnen los?«

Valerie zitterte. »Ich fürchte, ich habe mich erkältet.«

»Das kann ich mir denken, draußen im Regen ohne einen Schirm.« Mrs. Rashe gluckte über ihr wie eine Mutterhenne. »Kommen Sie, Miß Valerie. Ab ins Bett mit Ihnen.«

Sie schien auf der Stelle festgefroren zu sein. »Denken Sie, das sollte ich tun?«

»Ich denke, Sie sollten sich den Kopf untersuchen lassen, wenn Sie da noch fragen müssen«, grummelte Mrs. Rashe. Sie genoß die Situation immens, als sie Valerie am Arm packte und nach oben zog. »Sie sehen total fertig aus, im Ernst. Denken Sie, Sie schaffen es, sich auszuziehen und ins Bett zu legen? Oder soll ich Ihnen dabei helfen?«

»Ich schaffe das schon«, sagte Valerie.

Sybil Rashe war sich dessen nicht so sicher. Sie hatte aus eigenem Antrieb Valeries Schubladen durchstöbert und wußte, daß ihr Pflegling keinerlei passendes Nachthemd besaß – weder gekämmte Baumwolle noch Flanell, nur ein rüschenbesetztes Nichts und Satinfähnchen. Obwohl sie Gefahr lief, die Grenzen zu überschreiten, die sie immer so genau beachtete, ging sie zur Kommode und zog einen sauberen Trainingsanzug hervor. »Ziehen Sie den an«, befahl sie.

Valerie gehorchte. Sie zeigte weder Schüchternheit noch Scham, als sie ihre nassen Sachen und ihre feuchte Unterwäsche aus- und die trockene Kleidung anzog.

»Und jetzt ab, ins Bett mit Ihnen«, kommandierte Mrs. Rashe. Sie zog die Bettdecke zurück. »Ich laufe schnell nach unten und koche Ihnen eine schöne Tasse Tee.

Das wird Sie wieder zur Ruhe bringen, Miß Valerie. Das und ein kleines Nickerchen.« Sie blieb lange genug, um die Decke um Valeries Schultern festzustecken.

Valerie schloß die Augen. Sie war erschöpft von der Anstrengung. »Vielen Dank, Mrs. Rashe. Was würde ich nur ohne Sie tun?« murmelte sie.

Dies war ein Moment, der lange in Sybil Rashes Erinnerung leben würde. Gehegt und in den kommenden Jahren, entsprechend ausgeschmückt, immer wieder erzählt. Im Moment konnte sie kaum bis Donnerstagmorgen warten, bis sie Milly Beazer die Geschichte erzählen konnte. Als sie den Kessel füllte und ihn auf den Kohlenherd stellte, begann die Episode in Sybils Gedanken schon zur Legende zu werden: ›Der Tag, an dem ich Miß Valerie zu Bett brachte‹.

Das ist alles sehr geheimnisvoll, dachte Rosemary. Sie kleidete sich für den Abend um. Sie wußte nur, daß sie zum Essen ausgingen. Gervase hatte jedoch genug Hinweise fallen lassen. Es war ihr klar, daß das noch nicht alles war.

Sie zog ihre neue Bluse an, zusammen mit einem alten Lieblingsrock. Dann legte sie das Medaillon um. Obwohl sie nicht geschlafen hatte, sah Rosemary gut aus: An diesem Abend stand ihr die leichte Röte auf den Wangen und sie hatte ein Funkeln in den Augen.

»Komm schon, Mama«, drängte Daisy. »Wir müssen gehen, sonst sind wir zu spät.«

Rosemary nahm ihre Tochter bei der Hand. Sie gingen hinunter und zum Wagen.

Ihr Bestimmungsort stellte sich als ein Landgasthof heraus. Das Essen hier hatte einen guten Ruf. Außerdem war das Restaurant sehr malerisch gelegen. Wegen Daisy hatten sie für den frühen Abend reserviert, der Parkplatz war jedoch trotzdem schon voll. Die Klasse der Automarken – Mercedes, BMW, Jaguar – ließ erkennen, daß der Ruf des Gasthauses über die Ortsgrenzen hinausging.

Gervase nannte dem Mann an der Tür ihre Namen. »Wir haben vorbestellt«, sagte er.

»Ah, ja, mein Herr. Ein Tisch für vier Personen. Ihr anderer Gast ist schon eingetroffen. Ich werde Sie zu Ihrem Tisch geleiten.«

Noch jemand? Rosemarys Gedanken arbeiteten nicht schnell genug; es mußte der Mangel an Schlaf sein.

»Ich habe dir ja gesagt, daß es eine richtige Familienfeier wird«, sagte Gervase.

Der junge Mann erhob sich, als sie an den Tisch traten. Er war in einen teuren Anzug gekleidet. Der Schnitt seines dunklen Haares war ebenso teuer. Sein Aussehen kombinierte Gervases Augen und Haare mit der klassischen, kalten Schönheit von Lauras Gesichtszügen. »Herzlichen Glückwunsch, Stiefmutter«, sagte er ironisch und hob die Augenbrauen.

Tom.

Es wurde ein Alptraum von einem Abend. Tom war seinem Vater gegenüber charmant, Daisy gegenüber aufmerksam. Sie hatte ihn immer angehimmelt. Rosemary gegenüber war er ebenfalls nach außen hin ausgesprochen höflich. Sie war sich des darunterliegenden Hasses jedoch sehr wohl bewußt. Obwohl Tom erwachsen war, war das etwas, was sich über die Jahre nicht verändert hatte. Er war höchstens noch besser darin geworden, ihr Selbstvertrauen in Stücke zu reißen und dies gleichzeitig vor Gervase zu verbergen. Jedes seiner Worte war doppeldeutig. Mit einer verborgenen Spitze, auf Rosemary gerichtet.

Er ließ den höflichen Schein sogar ganz fallen, als Rosemary ein paar entsetzliche Momente lang mit ihm allein blieb; Gervase war gegangen, um ein paar Worte unter vier Augen mit dem Kellner zu besprechen – wahrscheinlich wegen eines Geburtstagskuchens –, und Daisy wollte unbedingt mit. »Warum trägst du das Medaillon meiner Mutter?« wollte Tom wissen.

Rosemary zog die Luft durch die Zähne ein. »Deiner Mutter?« stammelte sie. Natürlich. Das mußte ja sein. Das Foto des jungen Gervase ... Der Magen drehte sich ihr um; ihr wurde schlecht. »Gervase hat es mir geschenkt.«

»Dazu hatte er kein Recht. Hast du kein Recht«, sagte er. Der nackte Haß stand in seinen Augen, war in seiner Stimme zu hören. »Es gehörte *ihr*. Es sollte meins sein. Du hast alles andere genommen, was ihr gehörte. Warum solltest du das ebenfalls haben?«

»Oh, du bewunderst das Medaillon«, sagte Gervase, als er zum Tisch zurückkehrte. »Steht es Rosemary nicht gut?«

»Es gehörte Mutter«, erklärte Tom in einem anderen, plötzlich zivilisierten Tonfall.

»Ja, natürlich. Ich dachte, es sei an der Zeit, daß es wieder getragen würde – es gibt keinen Grund, etwas so Schönes in einer Schublade verschlossen zu halten«, sagte Gervase.

Tom lächelte und sagte sanft: »Ich hatte gedacht, daß ich es bekommen würde. Für meine Frau.«

»Ach?« sagte Gervase, überrascht. »Gibt es da etwas, das du uns erzählen möchtest? Hast du jemanden besonderes gefunden?« Tom war gut für seine Fähigkeit bekannt, mehrere Freundinnen gleichzeitig bei der Stange zu halten; mit seinem Aussehen war es kein Wunder, daß die Frauen reihenweise auf ihn flogen.

Tom lachte herzlich. »Keine Chance. Zumindest jetzt noch nicht. Du kennst mich, je mehr, desto besser. Ich habe noch eine Menge Zeit, bevor ich daran denken müßte, mich zu entscheiden. Nebenbei«, fügte er scherzhaft hinzu, und sein Lächeln verbarg den Stachel in seinen Worten, »solltest du von allen am besten die Wahrheit des alten Sprichwortes kennen: Heirate in Hast, bereue in Muße.«

»Oh, du hättest sie sehen müssen«, sagte Sybil Rashe am Donnerstag morgen zu Mildred Beazer. »Sie war total fertig, ehrlich. Sah aus wie eine ertränkte Katze.«

Mildred hörte gespannt zu. »Sie ist also in den Regen gekommen?«

»Hat wahrscheinlich eher drin gestanden«, spekulierte Sybil. Sie zog an ihrer verbotenen Zigarette. »So sah sie jedenfalls aus. Durchnäßt bis auf die Haut. Sie war ganz blau angelaufen. Ihre Zähne haben geklappert. Am ganzen Körper hat sie gezittert. Ich sag' dir, Milly, so etwas hab' ich noch nicht gesehen.«

»Und, was hast du getan?« drängte Mildred.

»Na, genau das, was du an meiner Stelle getan hättest«, sagte Sybil großzügig. »Ich bin sofort mit ihr die Treppe 'rauf in ihr Zimmer marschiert und habe sie ins Bett gesteckt. ›Keine Faxen jetzt, Miß Valerie‹, habe ich ihr gesagt. ›Ich werde mich um Sie kümmern‹. Sie ist mir wie ein Lämmchen gefolgt und hat sich ins Bett stecken lassen.« Ausführlich beschrieb sie die Auszieherei, das Zudecken, die letzten Worte des Lobes von Miß Valerie. »›Sie haben mir das Leben gerettet, Mrs. Rashe.‹ Das hat sie gesagt, mit ihren eigenen Worten. ›Sie haben sich so wunderbar um mich gekümmert. Wie könnte ich nur ohne Sie zurechtkommen?‹ Tja, Milly, du kannst dir vorstellen, wie ich mich gefühlt habe.«

Ihre Freundin nickte, während sie eine Kippe ausdrückte und sich die nächste ansteckte. »Stolz.«

»Stolz ist das Wort. Stolz, daß ich meiner Miß Valerie helfen konnte. Das verspreche ich dir, Milly, es war ein Moment, den ich nie vergessen werde.«

»Und was passierte dann?«

Sybil runzelte die Stirn ob der Notwendigkeit, sich dem enttäuschenden Part zuzuwenden. »Tja, ich habe ihr also eine Tasse Tee gekocht, so wie ich es gesagt hatte. Als ich ihr die Tasse nach oben getragen hatte, war sie schon fest eingeschlafen.« Sie rauchte ihre Zigarette zu Ende und sammelte sich. Dann fuhr sie fort: »Aber ich sage dir, Milly. Sie hat sich erkältet, und zwar schlimm. Ich wäre nicht im geringsten erstaunt, wenn sie sich den Tod geholt hätte«, sagte sie finster. »Doppelseitige Lungenentzündung, mindestens.«

Es gab ein weiteres Körnchen Information über Miß Valerie, das sie Milly gegenüber liebend gerne erwähnt hätte: die blauen Flecken. Aber schließlich hatte sie sich stets damit gebrüstet, die Seele der Diskretion zu sein.

Am nächsten Tag hatte sich Rosemary noch längst nicht von den Schlägen erholt, die Tom ihr versetzt hatte. Sie war benommen, wie betäubt vor Schmerz. Tom drang dieser Tage nicht oft in ihr Leben ein; er führte sein eigenes Leben, in London. Dort machte er eine Ausbildung in einer prestigeträchtigen Anwaltskanzlei im ›Tempel‹. Das Vermächtnis der Unsicherheit, was ihre Ehe betraf, das er ihr hinterlassen hatte, blieb natürlich. So stark wie an ihrem Geburtstagsessen war es ihr jedoch noch nie in Erinnerung gerufen worden. Es war fast so, als *wüßte* er, in was für einem Zustand sie sich befand. Als ob er es absichtlich tat.

Sie mußte darüber sprechen. Sie mußte jemandem erzählen, wie sehr Tom sie verletzt hatte. Natürlich nicht Gervase; das stand außer Frage – wie schon immer. Es gab nur eine Person, der sie ihre Gefühle Tom gegenüber jemals anvertraut hatte.

Hal.

Gervase ging an diesem Tag früh aus dem Haus. Er würde für den Rest des Tages weg sein. Obwohl sie versuchte, es zu verbergen, war Rosemary erleichtert. Sie konnte kaum erwarten, ihn gehen zu sehen. Sie mußte mit Hal sprechen.

Sie hatte sich noch keine Gedanken gemacht, was sie wegen ihres Dilemmas unternehmen würde. Im Verlauf der letzten Tage hatte sich die Balance hin und her verschoben. Gestern hatte sie sich in Richtung Gervase bewegt. Sie war gerührt gewesen von seinem Versuch, ihren Geburtstag erinnerungswürdig zu gestalten. Er war größtenteils erfolgreich gewesen – bis zum Abend. Jetzt, nach den Schrecken dieses Abendessens, lagen die Dinge anders. Wie hatte er nur denken können, daß sie dankbar sein würde für ein Schmuckstück, das Laura gehört hatte? Das war wesentlich schlimmer als der Staubsauger.

Hal würde verstehen. Er verstand immer.

Er arbeitete heute auf dem Gerüst über der Treppe, schrappte Lage um Lage der Vergangenheit ab.

Rosemary setzte sich auf die Stufen. Sie lehnte sich ein Stück unterhalb von ihm an die Wand, die Arme um die Knie geschlungen. Er konnte ihr Gesicht beobachten, sie mußte jedoch hinaufschauen, um ihn anzusehen. Es war leichter für sie, so mit ihm zu sprechen. Sie betrachtete ihre Knie, während er sein rhythmisches Schaben beibehielt. »Ich konnte es einfach nicht glauben, als wir in das Gasthaus gingen und ich Tom dort sah«, sagte sie. »Ich weiß, es klingt wie ein Klischee, aber mir ist das Herz in die Hose gerutscht.«

Hal hörte zu, während sie ihm alles erzählte: die konstanten, subtilen Angriffe aus dem Hinterhalt, Toms schreckliche Gemeinheit wegen des Medaillons, Gervases naives Arrangement dieser ›Überraschung‹ und seine totale Ahnungslosigkeit über die unterschwellige Bedeutung dieses Abends und ihr Unbehagen. Hal hätte für Gervase sprechen können. Er hätte herausstellen können, daß dieser nicht wissen konnte, wie sie zu Tom stand – schließlich hatte sie es ihm niemals gesagt, hatte sogar einiges auf sich genommen, ihm ihrer beider gegenseitige Antipathie zu verheimlichen. Er hätte sagen können, daß Gervase es sicherlich gut meinte. Irgendwann einmal, zu einem früheren Zeitpunkt ihrer Beziehung, hätte er diese Argumente vermutlich vorgebracht. So, wie die Dinge jetzt standen, lag es ihm jedoch fern, das zu tun.

Sympathie – Mitgefühl sogar – und Verständnis, das war es, was sie von Hal erwartete. Und das bekam sie auch, uneingeschränkt. Er gab zur richtigen Zeit die richtigen Geräusche von sich, lockte sie aus ihrer Reserve. Er ermutigte sie, ihre Gefühle herauszulassen. Irgendwann kletterte er vom Gerüst herunter und setzte sich neben sie. Er sah sich vor, sie nicht zu berühren; falls sie jedoch auf mehr physische Art getröstet werden wollte, stand er zur Verfügung.

Hal fühlte instinktiv, daß ihr Bedürfnis, getröstet zu werden, so groß, ihr Gefühl der Enttäuschung über Gervases fehlendes Verständnis so akut war, daß sie ihn nicht abhalten würde, wenn er jetzt mit ihr schlafen wollte. Er wollte, natürlich, und er spürte, daß auch sie wollte. Er hatte jedoch Angst, daß es genau der falsche Schritt sein könnte. Wenn sie an diesem Morgen mit ihm ins Bett ginge – würde sie sich ihm deswegen verpflichtet fühlen? Oder würden die Schuldgefühle darüber sie geradewegs zurück in Gervases Arme treiben? Insgesamt gesehen ist es zu riskant, entschied er. Er fühlte die Verschiebung der Balance in ihren widerstrebenden Gefühlen. Er erkannte, daß sie, wenn er es vorsichtig anging und sie nicht drängte, vermutlich aus freien Stücken zu ihm kam. Er würde gewinnen. Er konnte warten.

Sogar als Tränen über ihr Gesicht liefen, hielt er sich zurück. Er berührte sie nicht. Wenn er sie jetzt in die Arme nehmen würde, und sei es auch nur, um sie zu trösten, war er sich nicht sicher, ob er dort aufhören konnte.

»Ich will dieses Medaillon nie wieder tragen«, sagte sie unglücklich, am Ende ihrer Klagen.

»Dann laß es.«

»Aber ...«

»Hör mal, Rosie«, sagte er plötzlich. »Es gibt da etwas, das ich dir sagen muß. Etwas, das du wissen mußt.«

Sie wandte sich ihm zu, aus ihrer Selbstbetrachtung gerissen. »Was denn?«

»Ich möchte, daß du weißt, daß ich Margaret niemals untreu gewesen bin. Ich hatte nie das Bedürfnis, bis heute.« Er sagte ihr nicht, wie viele Gelegenheiten es gegeben hatte, die er hatte ungenutzt verstreichen lassen. »Margaret war die erste Frau für mich. Verstehst du, was ich sagen will?«

Rosemary verstand: Er ließ sie wissen, daß Margaret, seine Frau, die einzige Frau gewesen war, mit der er jemals geschlafen hatte. Und sie verstand auch, warum er es ihr gesagt hatte. »Das gleiche gilt für mich«, gab sie zu. Sie sah ihn nicht an. Sie war sich sicher, daß er wußte, daß es die Wahrheit war, noch bevor sie es sagte. »Gervase war der einzige.«

»Ich spiele nicht mit deinen Gefühlen, Rosie. Ich gehe damit nicht leichtfertig um. Ich liebe dich. Ich weiß, daß ich dich bitte, einen großen Schritt zu tun. Doch wenn du ja sagst – nicht unbedingt heute, aber bald –, dann möchte ich, daß dir klar ist, daß auch ich einen Riesenschritt tue. Daß ich etwas Gutes und Schönes aufgebe.«

Sie wünschte sich, mit einem Teil ihres Verstandes, daß er die Entscheidung für sie beide treffen würde. Hier auf der Stelle mit ihr schlafen und ihr damit die Entscheidung abnehmen würde. Sie wußte jedoch, wie feige das war. Keine echte Entscheidung. Es wäre nicht das Ende der Unsicherheit und des Schmerzes – es wäre erst der Anfang.

Kapitel 17

Das Wetter änderte sich zum Wochenende. Bereits am Freitag hörte es auf zu regnen, daher konnte der Garten der Erzdiakonie bis Samstagnachmittag trocknen. Durch die schweren Regenfälle der letzten Woche leuchtete der Rasen in sattem Grün.

Margaret war erleichtert; die Vorstellung, die Party ins Haus verlegen zu müssen, hatte ihr gar nicht behagt. Auch wenn man die abtrünnigen Kirchenmänner nicht mitzählte – diejenigen, die sich weder an einer symbolischen Tür geschweige denn im Garten eines weiblichen Erzdiakons blicken ließen –, würden über hundert Menschen teilnehmen. Sogar ein so großes Haus wie die Erzdiakonie wäre mit einer solchen Ansammlung gestrichen voll. Hal hatte vorgeschlagen, ein Festzelt zu leihen. Bei anhaltendem Regen wäre jedoch selbst das nicht durchführbar gewesen.

Glücklicherweise war das Wetter auf Margarets Seite. Und so begann am Samstagmorgen die wirkliche Arbeit. Deren größter Teil wurde allerdings von anderen Leuten erledigt: Der Gärtner kam früh am Vormittag für eine Intensivkur. Er mähte den Rasen und säuberte nach dem schlechten Wetter die Staudenrabatten; das Essen würde eine Cateringfirma liefern. Diese kümmerte sich auch um das Aufstellen der Tische und andere organisatorische Dinge.

»Es gibt also nichts zu tun für mich«, mutmaßte Hal beim Frühstück über Croissants und Kaffee.

Seine Frau lächelte. »Nicht so schnell, Liebling.« Sie schenkte sich noch eine Tasse nach. »Was ist mit den Getränken?«

»Getränke? Wird der Tee nicht von dem Cateringservice gebracht?«

»Ich habe es dir vor ein paar Tagen bereits gesagt«, erinnerte sie ihn geduldig. »Hast du nicht zugehört?«

Er besaß die Größe, verlegen auszusehen. »Entschuldige. Ich muß es vergessen haben.«

Margaret zog die Augenbrauen hoch. »Na jedenfalls, der Tee wird erst am späten Nachmittag serviert. Ich möchte die übrige Zeit Cocktails – Pimm's – anbieten. Und natürlich Fruchtsäfte für die Nichttrinker. Du warst einverstanden«, half sie ihm auf die Sprünge, »die Cocktails zu übernehmen.«

»Ja, richtig.« Jetzt erinnerte er sich an die Unterhaltung.

»Du kannst das so gut. Ein Cocktail, gemixt und serviert von Hal Phillips, das ist schon was Besonderes. So eine Augenweide, so ein Genuß!«

Jetzt war es an Hal, die Augenbrauen hochzuziehen. »Schmeichelei bringt Sie überallhin, Madame Erzdiakon. Doch übertreiben Sie hier nicht eine Winzigkeit?«

»Im Ernst, Hal. Wenn es dir nichts ausmacht, wäre ich dir sehr dankbar«, sagte sie mit veränderter Stimme. »Die Caterer würden das wahrscheinlich auch übernehmen, wenn ich sie fragen würde, ich würde es aber lieber dir überlassen. Dann weiß ich wenigstens, daß es vernünftig gemacht wird.« Zusätzlich, dachte sie, gibt es dir etwas zu tun; eine Aufgabe, die es zu meistern gilt. Hal würde nicht Gefahr laufen, nichts mit sich anfangen zu können. Diese Versammlung war ja im Prinzip ihre Show.

»Und es hätte den Vorteil, daß es mich von Dummheiten abhält«, grinste er; seine Stimme behielt ihre Leichtigkeit.

Margaret erwiderte sein Lächeln. »Ganz genau, Liebling.«

Rosemary wollte nicht auf das Gartenfest. Als Gervase es vor einer Woche zum ersten Mal erwähnt hatte, war sie in Gedanken mit anderen Dingen beschäftigt gewesen. Sie hatte, ohne zu überlegen, ja gesagt. Es war noch so weit weg gewesen, unwichtig. Jetzt, da der Termin bedrohlich nah gerückt war, geriet sie in Panik, fühlte sie sich in der Falle.

»Was ist mit Daisy?« fragte sie, als Gervase seine Cornflakes aß.

»Das ist doch schon alles arrangiert, meine Liebe.« Er sah verwirrt zu ihr auf. »Sie geht nachmittags zu Samantha.«

»Ja, ja, ja«, sagte Daisy. »Wir werden Jack in Samanthas Puppenwagen durch die Gegend schieben.«

»Oh, ja.« Rosemary erinnerte sich; sie selbst hatte die Verabredung in der letzten Woche mit Annie getroffen. »Ja, natürlich. Und was ist, wenn es regnet, Gervase?«

Er drehte sich um und schaute aus dem Fenster in den strahlenden Sonnenschein. »Es wird nicht regnen. Es würde sich nicht wagen, auf der Gartenparty des Erzdiakons zu regnen«, sagte er mit einem leisen Lächeln. »Sie würde es nicht erlauben. Und selbst wenn es regnen würde, gehe ich davon aus, daß es einen Ausweichplan gibt. Das ist nicht unser Problem.«

»Ich habe wirklich nichts Passendes anzuziehen«, jammerte Rosemary. »Tragen die Leute nicht geblümte Kleider und große Hüte auf Gartenparties?«

»Wir reden hier nicht vom Buckingham Palast, meine Liebe«, stellte er klar. »Wie wäre es mit diesem schönen rosa Kleid, das du auf dem Konzert getragen hast?«

Das roséfarbene Seidenkleid: Das mußte gehen. Sie wollte es nicht mehr tragen – wollte nicht an diese Nacht erinnert werden. Aber es war das einzige Stück in ihrem Kleiderschrank, das wenigstens einigermaßen angemessen war. »Für dich ist das einfach«, sagte sie bissig. »Du hast die Wahl zwischen dem einen schwarzen Hemd und dem anderen schwarzen Hemd.«

Gervase lächelte. »Ich vermute, daß die Feier in schwarzen Hemden und weißen Kragen ertrinken wird. Es gibt bestimmt ein ehrfurchtgebietendes Meer davon. Ich werde in der Menge untergehen.«

»Wie Pinguine«, sagte Rosemary.

Daisy schien diese Vorstellung urkomisch zu finden. Sie verschluckte sich beinahe vor Lachen.

Valerie war sehr krank gewesen. Fiebrige Schweißausbrüche hatten gewechselt mit Frösteln und Zittern. In den letzten zwei Tagen hatte sie das Bett kaum verlassen können. Sie hätte nicht gewußt, wie sie ohne Mrs. Rashe zurechtgekommen wäre. Diese war großartig gewesen; trotz Valeries schwacher Proteste hatte sie darauf bestanden, jeden Tag herzukommen und nach ihr zu sehen. Sie hatte Brühen und starken Tee gekocht und sich dann ans Bett gesetzt, um sicherzugehen, daß alles auch getrunken wurde. Während der Fieberschübe hatte sie Valeries Gesicht mit kalten Tüchern gekühlt und, wenn sie zitterte und fror, Berge von Decken auf sie geschichtet.

Valerie wußte, daß sie zeitweise während der letzten zwei Tage im Fieberwahn gelegen hatte; sie hatte eine vage Erinnerung an Hal in den Armen dieser Hexe. Sie hoffte, daß dies alles nur in ihrem Kopf stattgefunden und sich nicht in Worten geäußert hatte. Mrs. Rashe hatte nichts darüber gesagt. Das bedeutete jedoch nicht, daß sie nichts gehört hatte.

Freitagnachmittag war das Fieber gesunken. Valerie fühlte sich auf einmal viel besser. Auf Drängen von Mrs. Rashe und unter deren wachsamem Auge hatte sie die erste feste Nahrung zu sich genommen. Sie hatte es sogar geschafft, ein Bad zu nehmen.

Samstag fühlte sie sich soweit, aus dem Haus gehen zu können. Es war ihr klar, daß Mrs. Rashe wenig angetan war von solchen Ideen. Sie war jedoch hart geblieben: Die Putzfrau durfte am Samstag nicht ins Rose Cottage kommen. Die Wochenenden gehörten Sybil Rashes Familie. Und da Valerie sich so viel besser fühlte, konnte sie ohne sie zurechtkommen.

Es schien so lange her zu sein, seit sie in Saxwell gewesen war. Trotzdem fuhr der Wagen praktisch von alleine dorthin; durch den Ort hindurch, die Bury Road hinauf.

Hals Wagen – der grüne – fuhr gerade aus der Einfahrt.

Shaun wachte am Samstagmorgen in einem fremden Bett auf. Schlafend neben ihm lag das Mädchen aus dem Schreibbüro – er konnte sich nicht einmal an ihren Namen erinnern. Kirsty oder Katy oder Kerry oder so; es war egal. Sie bot keinen ansprechenden Anblick. Ihr Mund war mit Lippenstift verschmiert; dieser Mund, den sie in wachem Zustand kaum halten konnte. Er war im Schlaf geöffnet, der Kiefer schlaff. Ein sanftes Schnarchen ertönte. Ihre Bettwäsche war verschmutzt, erkennbar in dem Halblicht, das durch die dünnen Sonnenblenden fiel. Kleidungsstücke – und nicht nur diejenigen, die sie gestern ausgezogen hatten bei ihrem hastigen Vorstoß in Richtung Bett – lagen unordentlich im Zimmer verstreut; ein unangenehmer Geruch nach kalten Zigaretten und billigem Parfüm hing in der Luft.

Sie hatte sich ihm an den Hals geworfen, natürlich. Oder zumindest sagte Shaun sich das jetzt. Er konnte sie sich doch nicht wirklich ausgeguckt haben. Ja, räumte er ein, sie hat ganz gute Beine und nette Titten, und sie trägt die Art Klamotten, die beides vorteilhaft zur Schau stellt.

Aber dieses dämliche Gekichere, ihr konstantes Geschnatter – das Mädchen hatte nicht eine Gehirnzelle im Kopf. Nicht, daß er wegen ihrer Intelligenz mit ihr ins Bett gegangen war, mußte er sich selber eingestehen. Doch der Rest war auch nicht so besonders gewesen. Voller Lärm und Wildheit verkörperte sie ... nichts.

Nicht wie Val. Seine Val, seine wunderschöne Val. Hirn und Schönheit und den allerschönsten Körper der Welt.

Er hatte es sich mit Val verscherzt, erkannte er. Er hätte sie niemals schlagen dürfen. Das war das Problem mit seinem irischen Temperament; es steckte in seinen Genen, jenseits aller Kontrolle. Er konnte nichts dafür. Seine Gedanken rasten ohne sein Zutun zu dem lange vergessenen Haus in Luton zurück. Zurück zu dem furchteinflößenden Anblick seines Vaters, wie er seine Mutter ins Gesicht schlug. Zu den Lauten, mit denen sie um Gnade bettelte.

Sie hatte ihn provoziert. Val hatte ihn angelogen. Sie war hinter seinem Rücken mit jemand anderem zusammengewesen. Er hatte den Beweis. Sie hatte gelogen; was hätte er anderes tun sollen?

Vielleicht hätte er sie nicht schlagen sollen.

Sie hatte ihn hinausgeworfen; ihm gesagt, er solle nie wiederkommen.

Doch er konnte sie dazu bringen, ihre Meinung zu ändern. Er würde versprechen, sie nie wieder zu schlagen. Sie würde ihm vergeben.

Er würde sie wiederbekommen.

Margaret hatte Hal geschickt, die Zutaten für die Pimm's Cocktails zu besorgen: Limonade, Orangen, Zitronen, Äpfel, Gurken und natürlich Flaschen voll des unentbehrlichen Alkohols. Er fuhr in den *Tesco* am Rand von Saxwell. Dort gab es mit Sicherheit alles Notwendige. Ein Kampf mit den Horden auf dem Parkplatz und in den Gängen des Supermarktes an einem Samstagmorgen fiel für ihn allerdings nicht unter die Kategorie ›Spaß‹.

Er fing in der Obst- und Gemüseabteilung an. Hier belud er seinen Einkaufswagen mit den benötigten Früchten und den Gurken. Dann ging er weiter zur Getränkeabteilung. Er zögerte, versuchte auszurechnen, wie viele Flaschen Limonade er vermutlich brauchen würde und wie viele Flaschen Pimm's. Dabei bemerkte er, daß ihn jemand anstarrte. Er drehte sich um und sah in die großen blauen Augen von Valerie Marler. Es schien ihr nicht besonders gut zu gehen. Das war allerdings nur ein Eindruck, hatte irgendwie mit den bläulichen Schatten unter den Augen zu tun, die wie verblaßte blaue Flecken aussahen. Vielleicht bildete er sich das jedoch nur ein; er kannte die Frau ja schließlich kaum.

»Hallo, Hal«, sagte sie. Ihre Stimme war heiser, sie klang erkältet.

»Guten Morgen, Miß Marler«, erwiderte er mit vorsichtiger Höflichkeit.

Es gab eine Pause. Hal beeilte sich, sie zu füllen. »Schöner Tag, nicht wahr?«

»Ja.« Sie nickte.

»Eine ziemliche Veränderung im Gegensatz zu den letzten paar Tagen.«

»Ja.«

Damit fing eine Konversation an, die von wohlerzogenen Engländern zur Kunstform hochstilisiert worden war: Wenn du nicht weißt, was du sagen sollst, sprich über das Wetter. »Obwohl ich der Ansicht bin, daß wir den Regen bitter nötig hatten«, fuhr Hal fort. »Es war schon über vierzehn Tage trocken.«

Verspätet stieg sie in die Unterhaltung ein. »Die Blumen hatten es bestimmt nötig. Und die Rasenflächen.«

»Wir können froh sein, wenn wir nicht wieder in diese Trockenheit geraten, wie es die letzten paar Sommer über der Fall gewesen ist«, sagte Hal.

»Bewässerungsverbot und so weiter – nicht sehr wünschenswert.«

»Obwohl es in Schottland in diesem Frühjahr wesentlich mehr geregnet hat als hier. Seltsam, wie es manchmal so geht.«

»Letztes Jahr war es doch andersherum, soweit ich mich erinnern kann. Wir hatten viel Regen im Frühjahr und in Schottland hat es kaum Niederschlag gegeben. Trotzdem haben sie uns von einer Trockenperiode erzählt. Das habe ich nie verstanden.«

Hal schätzte, daß er seine Unterhaltungspflicht erfüllt hatte, daß er zumindest lange genug mit ihr gesprochen hatte, um sich elegant davonmachen zu können. Es wäre ihm als wohlerzogenem Engländer natürlich möglich gewesen, den ganzen Tag im *Tesco* zu stehen und über das Wetter zu diskutieren. Er hatte jedoch Besseres zu tun. Margaret würde sich fragen, wo er bliebe. »Ich hoffe, es geht Ihnen soweit gut«, sagte er freundlich, seinen Ausstieg mit einer dieser Phrasen vorbereitend, auf die man keine ehrliche Antwort erwartet oder hören möchte.

Sie zuckte die Schultern. »Eine leichte Erkältung. Nichts Ernstes. Und Sie?«

»Fit wie ein Turnschuh«, sagte er heiter. »Immer beschäftigt.« Das brachte ihn auf einen anderen Gedanken. »Der Fototermin für diese Zeitschrift; Sie wissen schon, der Grund, warum Sie mich überhaupt zum Anstreichen geholt haben. *Hello* war das, oder? Wie ist das gelaufen?«

»Oh, sehr gut. Ich denke, der Bericht wird in der nächsten Ausgabe erscheinen. Vielleicht auch erst in der Ausgabe danach.«

»Ich werde die Augen danach aufhalten«, sagte er. Scherzhaft fügte er hinzu, »Ich könnte es ja vielleicht als Werbung für meine Arbeit benutzen.«

Sie lächelte.

»Also, es war nett, Sie wiederzusehen, Miß Marler.« Hal stapelte ein Dutzend Flaschen Pimm's in seinen Wagen. Wenn es zu viele waren, konnte er sie immer noch zurückbringen. Es war Zeit, die Flucht anzutreten. Sie bewegte sich nicht von der Stelle, also würde er gehen müssen. »Passen Sie auf sich auf.«

»Sie auch«, sagte sie. Sie machte keine Anstalten, ihm zu folgen, als er sich in Richtung Kasse bewegte.

Als er in der Schlange stand, dachte er über die Begegnung nach. Sie hatte mal etwas für ihn übrig gehabt, soviel war klar. Sie hatte ihn verfolgt, hatte ihn zu Hause und sogar auf seinem Handy angerufen. Er hatte es Margaret nie erzählt, und Rosie schon gar nicht; ein wenig beunruhigt war ich ja schon, gestand er sich jetzt ein. Es hatten ihm schon viele andere Frauen Avancen gemacht, hatten ihn wissen lassen, daß sie verfügbar seien. Keine hatte es allerdings so weit getrieben wie sie. Vielleicht gehörte das jetzt der Vergangenheit an. Sie sieht zumindest so aus, als hätte sie sich etwas beruhigt, dachte Hal erleichtert.

Valeries Ruhe entsprang Entschlossenheit. Hal so zu sehen, von Angesicht zu Angesicht, sich ganz normal mit ihm zu unterhalten, hatte ihr einen Stoß versetzt. Sie würde ihn *nicht* aufgeben. Sie würde ihre Zeit nicht damit verschwenden, ziellos herumzustreifen und sich selbst zu bemitleiden, weil die andere Frau dort erfolgreich war, wo sie versagt hatte.

Es war noch nicht vorbei. Sie würde um Hal kämpfen. Bis zum Tod, wenn es sein mußte.

Hazel Croom hatte gerade ein höchst vergnügliches Mittagessen mit ihrer neuen Freundin Phyllis Endersby hinter sich gebracht. Das Wetter war so schön gewesen, daß sie draußen in Phyllis' Garten hatten sitzen können. Weit genug entfernt von der unausstehlichen Queenie; die Katze war viel zu faul und selbstzufrieden, als daß sie sich vor die Tür begeben würde. Noch nicht einmal, um sich ein paar Häppchen vom Tisch abzuholen.

Ihre Freundschaft hatte sich schnell weiterentwickelt. Sie hatten mehrere lange Telefonate geführt seit ihres ersten gemeinsamen Kaffees während der Ferienwoche. Phyllis hatte darauf bestanden, daß Hazel am Samstag zum Mittagessen kam.

Wieder und wieder kauten sie ihrer beider Lieblingsthema durch: Pater Gervase. Keine der beiden langweilte sich mit diesem Gesprächsstoff. Nicht einmal, als es die ersten Wiederholungen gab. Pater Gervases Tugenden und die Fehler seiner Frau waren sowohl für Hazel als auch für Phyllis unendlich faszinierend. Diese Freundschaft ist höchst befriedigend, dachte Hazel.

Trotzdem behielt sie das Wissen um Rosemary und ihr familiäres Verhalten dem Anstreicher gegenüber für sich; sie wollte es ungern mit Phyllis teilen. Allerdings hielt sie es nicht Rosemarys wegen zurück. Nein, sie hatte das Gefühl, als würde sie eine Art Besitzrecht an dem Geheimnis aufgeben, wenn sie es teilte.

Sie erzählte Phyllis ebenfalls nicht, daß sie plante, noch beim Vikariat vorbeizufahren. Es war Samstag, Pater Gervases freier Tag. Sie war das letzte Mal enttäuscht worden; vielleicht war er dieses Mal zu Hause.

Gervase war zu Hause und kam selbst an die Tür. Rosemary zog sich gerade für die Gartenparty um; sie lag ein wenig hinter dem Zeitplan – sie versuchte gleichzeitig, Daisy fertig zu machen. Sie sollten bald fahren, das wußte er. Obwohl es wahrscheinlich nicht allzuviel ausmachen würde, wenn sie ein paar Minuten später kämen.

»Hallo, Hazel«, sagte er höflich. Er verbarg seine Überraschung. »Wie nett, Sie zu sehen.«

Sie umklammerte ihre Handtasche – die Neue – noch fester. »Ich hoffe, ich komme nicht ungelegen.«

»Nun ja ...« Er zögerte. »Wir fahren gleich weg. Aber kommen Sie doch herein. Es ist sicher noch Zeit für eine Tasse Tee.«

»Ich war zufällig in der Nachbarschaft und dachte, ich komme auf einen Sprung vorbei«, erklärte sie. Sie folgte ihm in die Küche. »Ich sollte Sie nicht aufhalten.«

Gervase setzte den Kessel auf, als Rosemary hereinkam. »Schau, wer hier ist«, sagte er heiter. »Ist das nicht eine nette Überraschung?«

Alles war vorbereitet für die Party. Die Tische waren aufgestellt, die Mitarbeiter des Cateringservices legten in der Küche letzte Hand an das Essen, die Früchte für die ›Pimm's‹ waren geschnitten worden, die Limonade wurde im Kühlschrank kalt. Die unausweichlichen Frühankömmlinge konnten jederzeit auftauchen. Margaret und Hal verschwanden nach oben, um sich umzuziehen.

Margaret hatte das Gefühl, ihre Soutane tragen zu müssen, zum Zeichen ihrer Autorität. Um die Strenge des Schwarz zu mildern und als Zugeständnis an die Mode, entschied sie sich zusätzlich für einen seidenen, weit geschnittenen Blazer. Er war mit abstrakten Mustern in Taubengrau und Hellblau bedruckt. Sie zog ihn an und besah sich das Ergebnis im Spiegel.

»Du siehst wunderschön aus«, versicherte ihr Hal. Er band seine Krawatte. »Genau richtig. Nicht zu freizügig, nicht zu streng.«

Margaret drehte sich um und betrachtete ihn anerkennend. »Du siehst selbst ziemlich umwerfend aus.« Er trug seinen naturfarbenen Leinenanzug; dieser betonte seinen Teint perfekt. Außerdem unterstrich er seine schlanke Figur. Sie sah ihn immer gern in diesem Anzug. »Alles, was noch fehlt, ist ein Panama.«

Er tippte sich grinsend an einen imaginären Hut. »Zu Ihren Diensten, Madame Erzdiakon. Ihro Ehrwürden. Oder muß es Ehrwürdigkeit heißen?«

»Du kannst mich mal«, sagte Margaret zärtlich.

Kim Rashe und Kev Juby lagen am Samstagnachmittag im Bett. In dem Wohnwagen, in dem sie zusammen lebten. Das taten sie meistens am Nachmittag, nicht nur samstags: Eine genüßliche Art, sich die Zeit zu vertreiben, bis sie später hinunter in die Kneipe gehen konnten. ›Georg und der Drache‹ hieß die örtliche; es war keine der Kneipen, die den ganzen Nachmittag geöffnet hatten. ›Der Schwan‹ in Elmsford hatte zwar geöffnet, wurde von ihnen jedoch aus Prinzip gemieden: Hier versammelten sich Kims Vater und seine Darts spielenden Kumpels. Kim und Kev mochten es ein bißchen lebhafter. ›Georg und der Drache‹ zog eher jüngere Leute an.

Kev schnarchte, wie üblich um diese Zeit. Kim saß an Kissen gelehnt neben ihm im Bett und rauchte ihre postkoitale Zigarette. Der Aschenbecher balancierte auf ihren Knien.

Irgendwo auf dem Boden neben dem Bett piepte das Handy; Kim konnte sich denken, wer das war. Sie wühlte durch die herumliegenden Kleidungsstücke und fand es schließlich. »Hallo, Mama«, sagte sie gelangweilt. »Was willst du?«

»Also, ich muß schon sagen!« Sybil Rashe war beleidigt. »Das ist vielleicht eine nette Art, seine Mutter zu begrüßen.«

Kim rollte mit den Augen, obwohl niemand diese Mimik sehen konnte. »Also, was *willst* du?«

»Ein wenig Höflichkeit könnte nicht schaden. Aber wahrscheinlich ist das zuviel verlangt.« Nachdem sie ihren Teil zum Thema Höflichkeit losgeworden war und erkannte, daß sie keinerlei Entschuldigung zu erwarten hatte, fuhr Sybil fort. »Hier ist etwas in der Post für dich gekommen, fälschlicherweise. Ich habe mich gefragt, ob du möchtest, daß ich es dir vorbeibringe, wenn ich nachher weggehe. Ich wollte nicht einfach kommen«, fügte sie scharf hinzu, »weil du der Meinung zu sein scheinst, daß deine eigene Mutter eine schriftliche Einladung braucht, um dich besuchen zu dürfen. Genau wie im Buckingham Palast, was?«

»Scheiße«, murmelte Kim. Sie zog an ihrer Zigarette und blies den Rauch durch den Mund. Wenn niemand zusah, versuchte sie, Rauchringe zu blasen. Bisher hatte sie noch nicht viel Erfolg damit gehabt.

»Und?«

»Und was?«

»Soll ich also vorbeikommen?«

Kim schüttelte den Kopf. »Nein, Mama, heute nicht. Morgen ist doch Sonntag. Kev und ich kommen morgen zum Mittagessen, weißt du noch? Ich nehme die Post dann mit.«

Als sie den Knopf drückte, um das Gespräch zu unterbrechen, und das Handy aufs Bett legte, rührte Kev sich. »Wer war denn das?«

»Mama natürlich. Sie wollte vorbeikommen.«

»Dumme neugierige alte Kuh«, grummelte er. Er drehte sich um. »Ich hoffe, du hast ihr gesagt, sie soll Leine ziehen.«

Kim versetzte ihm einen harten Schlag zwischen die Schulterblätter. »Hey, das ist meine Mutter, über die du da sprichst.«

Er ignorierte den Hieb. »Du *hast* ihr doch gesagt, daß sie nicht kommen soll, oder?«

»Klar hab' ich.«

»Das fehlte uns gerade noch, daß die hier überall 'rumschnüffelt«, sagte er streitsüchtig.

»Sie wäre ganz schön überrascht, was?« Kim lächelte in sich hinein bei dem Gedanken, daß ihre Mutter sich irgendwie Zutritt zu dem Wohnwagen verschaffen würde. Es würde sich fast lohnen. Allein für den Ausdruck auf ihrem Gesicht.

Diejenigen, die kurz vor oder genau zur festgesetzten Zeit in der Erzdiakonie eintrafen, waren unweigerlich die eisernen kirchlichen Langweiler. Diejenigen, die hofften, vor den anderen einzutreffen, um noch ein persönliches Wort mit dem Erzdiakon wechseln zu können. Bevor sie von jemand anderem mit Beschlag belegt wurde. Ein paar von ihnen trafen gleichzeitig ein, und so fand Margaret sich urplötzlich inmitten einiger Männer mit steifem Kragen, die alle unterschiedliche persönliche Anliegen vorbrachten.

Hal fühlte sich ziemlich ausgeschlossen von dieser Menge. Der Ehemann eines weiblichen Erzdiakons war für diese kirchlichen Langweiler von nicht mehr Belang als die Ehefrau eines männlichen Erzdiakons es wäre; sie waren hier, um den Erzdiakon zu sehen und von diesem gesehen zu werden. Also machte Hal die Runde, mit einem Lächeln auf dem Gesicht und einem Krug Pimm's in der

Hand, als außenstehender, aber interessierter Beobachter der Rituale.

Viele der Kirchenleute waren durch ihre Kleidung gekennzeichnet. Andere schienen die Party als geselliges Beisammensein anzusehen. Dementsprechend trugen sie Anzug und Krawatte. Sie waren jedoch ebenfalls gekennzeichnet: Ihre ›Freizeit‹-Kleidung war Überbleibsel eines längst vergangenen Lebens; Krawatten und Hosen der falschen Weite waren ein todsicheres Zeichen.

Die Ehefrauen der Kirchenmänner hingegen waren nicht mehr länger die homogene, identische Rasse wie früher, beobachtete Hal. Nicht wie seine Mutter, die typische Ehefrau eines Kirchenmannes ihrer Zeit. Sie hatte nie auch nur davon geträumt, einen Job anzunehmen. Viele der Frauen hier hatten ganz offensichtlich eigene Karrieren, mit entsprechendem Einkommen. Sie kleideten sich wesentlich besser als es das Stereotyp der Ehefrau eines Kirchenmannes erlaubte.

Ein weiteres interessantes neues Phänomen fiel ihm auf. Die Handvoll weiblicher Priester der Erzdiakonie vermischte sich nahtlos mit der Menge. Sie waren, bis auf das diskrete weiße Kragenband unter ihren pastellfarbenen Blusen, nicht von den Ehefrauen zu unterscheiden. Ihre Ehemänner waren jedoch ganz und gar nicht integriert; sie sammelten sich im kleinen Kreis an einer Seite des Gartens. Eine fremde Rasse.

Hal hatte nach Rosemary Ausschau gehalten; die Party war schon ziemlich im Gange, als sie und Gervase eintrafen. Er hielt sich davon ab, sofort zu ihnen zu gehen; nach ein paar Minuten jedoch erschien er mit seinem Krug Pimm's in der Hand an Gervases Seite. »Guten Tag«, sagte er. »Kann ich Ihnen etwas anbieten?«

Gervase schüttelte den Kopf. »Nein danke, ich fahre heute, muß also ohne auskommen.«

»Ich hätte gerne einen.« Rosemary hielt Hal ihr Glas hin, sah ihm kurz in die Augen und schaute schnell wieder weg.

Sie wollte sich Mut antrinken. Immer mit der Ruhe, Rosie, dachte Hal. Für ihn war sie wunderschön, in ihrem roséfarbenen Seidenkleid. Wunderschön und verletzlich. Er wünschte, er könnte etwas tun. Seine Pflichten als Gastgeber sowie sein gesunder Menschenverstand schrieben ihm vor, nur einen kleinen Moment mit den Finchs zu verbringen und dann weiterzugehen.

Margaret, perfekt in der Kunst, zu einer Person zu sprechen und so zu erscheinen, als ob sie jedem Wort aufmerksam lauschte, während sie sich zur gleichen Zeit anderer Menschen und anderer Unterhaltungen bewußt war, wurde Zeuge dieses Vorfalls. Auch über die Entfernung hinweg konnte sie merken, daß Rosemary nervös war, sich unbehaglich fühlte. Natürlich, sie waren erst seit weniger als zwei Monaten in der Gegend. Sie kannte sicher viele der anwesenden Personen nicht. Bei ihrem ersten – und einzigen – Treffen, zu Gervases Amtseinführung, war Margaret klar geworden, daß Rosemary von Natur aus schüchtern war: Solche Versammlungen würden immer eine Qual für sie sein. So bald wie möglich würde sie sich zu ihr gesellen; aus irgendeinem Grund weckte Rosemary ihren Beschützerinstinkt.

Der Kurator jedoch, der lang und breit seine Probleme mit seinem Vikar detailliert wiedergab, ließ sich nicht so leicht abschütteln. Margaret war versucht, ihm zu sagen, daß sie seine Seite der Geschichte schon vernommen hatte; er war einer der Frühankömmlinge gewesen. Statt dessen hörte sie zu, nickte und beobachtete Rosemary Finch.

Margaret entdeckte bald, daß Rosemarys Blick Hal folgte während dieser die Runde durch den Garten machte und seinen Pflichten als Gastgeber nachkam. Das allein war nicht sehr überraschend. Hal war einer der wenigen Menschen, die Rosemary kannte. Bei dem Gedanken an Hals berühmt-berüchtigte Anziehungskraft auf Frauen kam Margaret jedoch der Gedanke, es könne mehr dahinterstecken. War es möglich, daß Rosemary Finch eine Schwäche für Hal hatte?

Wenn ja, dann wäre sie bestimmt nicht die erste. Margaret hoffte jedoch, daß es nicht stimmte, um Rosemarys willen. Um Hal machte sie sich keine Sorgen. Er konnte auf sich selbst aufpassen, das hatte er schon zu so vielen Gelegenheiten in den letzten paar Jahren demonstriert. Immerhin, wenn er sich aus den raubtierhaften Krallen einer schillernden Persönlichkeit wie Valerie Marler befreien konnte, wäre die Umgehung der unwillkommenen Aufmerksamkeiten einer schüchternen und unscheinbaren Vikarsfrau ein Kinderspiel.

Nach ein paar Minuten befreite sich Margaret galant von dem jammernden Kurator und bahnte sich ihren Weg dorthin, wo Gervase und Rosemary standen. »Wie schön, daß Sie beide kommen konnten«, sagte sie.

»Es tut mir leid, daß wir zu spät sind«, fing Gervase an. Er hatte das Gefühl, es wäre eine Erklärung angebracht. »Wir wollten gerade gehen, als jemand an die Tür kam – ein ehemaliges Gemeindemitglied. Wir konnten wirklich nicht einfach gehen. Sie wissen, wie das ist«, appellierte er an den Erzdiakon.

»Oh, ja.« Sie wandte sich an Rosemary. »Ich kann mir vorstellen, daß *Sie* das auch wissen.«

Rosemary errötete. »Leuten Tee anzubieten, die man am liebsten nicht einmal durch die Tür lassen würde, daran bin ich gewöhnt.« Ihre Worte kamen wesentlich bitterer heraus, auch für sie selbst, als beabsichtigt.

Margaret sah, daß sie einen Nerv getroffen hatte. Sie griff nach Hals Arm, als er sie umrundete, um das leere

Glas des Kurators nachzufüllen. »Ich hoffe, das betrifft nicht meinen Mann«, sagte sie heiter. »Ich bin sicher, daß er nicht sehr viel Ärger verursacht hat. Ich selbst finde ihn ziemlich gut abgerichtet – er gerät einem nicht zwischen die Füße und kann sehr gut hinter sich saubermachen.« Sie steckte ihren Arm unter seinen und lächelte ihn an.

»Ich hoffe, ich habe Mrs. Finch keinen Grund zur Beschwerde gegeben«, sagte Hal grinsend, »und keine schmutzigen Pinsel in der Küchenspüle liegengelassen.«

»Oh, Hal war wunderbar«, erklärte Gervase ernsthaft.

Hal zwinkerte ihm zu. »Ich muß mich schließlich vor dem Erzdiakon verantworten, nicht wahr? Meine Frau würde mich vierteilen, wenn ich Sie nicht zufriedenstellen würde.«

Mrs. Finch, dachte Rosemary. Nicht Rosie, noch nicht einmal Rosemary. Mrs. Finch. Noch einmal hielt sie Hal ihr Glas hin, zum Nachfüllen. Sie nahm einen großen Schluck des süßen Gebräus, ließ die anderen drei reden. Sie machte keinerlei Anstalten, etwas zur Unterhaltung beizutragen. Es war alles so ... schrecklich. Zu sehen, wie Margaret ihren Arm so selbstverständlich unter Hals einhakte. Sie hatte sie nie zuvor zusammen gesehen, hatte sie sich nie als Paar vorstellen können: Der forsche, effiziente Erzdiakon und Hal. Ihr Hal. Nein, *nicht* ihr Hal, ermahnte Rosemary sich mit schmerzhafter Ehrlichkeit – Margarets Hal. Sie waren ein richtiges Paar, bemerkte sie nun: Auf seltsame Weise viel mehr, als sie und Gervase es jemals waren. Gefestigt, ungezwungen im Umgang miteinander. Sie sprachen eine gemeinsame Sprache, lebten ein gemeinsames Leben. Mr. und Mrs. Phillips.

Es war heiß, so heiß. Die Nachmittagssonne brannte erbarmungslos auf den Garten der Erzdiakonie nieder. Ihr Kopf schmerzte; sie hatte zuviel getrunken. Stimmengewirr umgab sie. Die einzige Stimme jedoch, die sie hörte, war die von Hal. Sie konnte es nicht ertragen, ihn anzusehen; obwohl sie das Gefühl hatte, daß er etwas zu ihr sagte. Schon wieder Mrs. Finch. Das Glas fiel ihr aus der Hand und zerbrach auf den Steinplatten, als Rosemary ohnmächtig wurde.

Valerie wachte am Montagmorgen mit dem Gefühl auf, daß dies ein besonderer Tag werden würde. Sie hatte die Lethargie, die Apathie, abgeschüttelt, die sich ihrer in letzter Zeit bemächtigt hatte. Ihre Krankheit konnte sie nicht dafür verantwortlich machen; ihr wurde jetzt klar, daß die Passivität lange vorher begonnen hatte. Ihr reichte das Maß an negativer Energie. Ab jetzt, ab heute, würde sie sich nehmen, was sie vom Leben wollte.

Eigentlich hatte sie gestern bereits damit angefangen. Sie war nach Saxwell zurückgekehrt und hatte aus der Telefonzelle heraus beobachtet, wie Hal und Margaret die Erzdiakonie verließen. Sie hatte sich, wieder durch das offene Fenster an der Rückseite des Hauses, Zutritt verschafft. Dieses Mal hatte sie sich beeilt, hatte sich nicht damit aufgehalten, alles zu untersuchen. Sie war sofort ins Schlafzimmer gegangen, um ein weiteres Paar Boxershorts aus Hals Kommode zu entwenden. Außerdem nahm sie noch etwas anderes mit – etwas, das ihr während ihres ersten Besuches aufgefallen war und von dem sie hoffte, es würde nicht vermißt werden.

Heute ging es allerdings erst richtig los. Zuallererst mußte sie eine alte Rechnung begleichen. Sie nahm den Hörer ab und rief Warren an, ihren Editor bei Robins Egg. Es war Wochen her, seit sie miteinander gesprochen hatten; sie hatte weder seine Anrufe entgegengenommen noch auf seine Nachrichten geantwortet. Damit wollte sie sich jedoch auch jetzt nicht aufhalten.

Valerie und Warren hatten selbstverständlich eine gemeinsame Vergangenheit; sie hatten für kurze Zeit ein Verhältnis gehabt. Ein paar Wochen lang, vor über zwei Jahren, kurz nachdem er ihr Herausgeber geworden war. Er hatte sich für sie als Enttäuschung im Bett herausgestellt und sie war zu jemand anderem übergegangen. Er war ihr nicht böse gewesen; sie blieben Freunde und geistesverwandte Kollegen.

»Warren«, sagte sie forsch.

»Valerie! Um Gottes willen, wo hast du gesteckt?«

»Ich hab' jetzt keine Zeit, darüber zu sprechen. Ich habe eine Bitte, Warren.«

Mit der beachtlichen Summe im Hinterkopf, die ihre Verkäufe in den letzten Jahren eingebracht hatten, war bei Robins Egg jedem klar, daß Valerie Marlers Bitten für sie Befehle waren. Warren seufzte. »Was ist es denn?«

Sie nahm kein Blatt vor den Mund. »Ich will, daß Shaun gefeuert wird«, sagte sie.

»Gefeuert?« echote er, überrascht. »Jesus, Valerie, was meinst du damit?«

»Dir ist dieses Wort doch sicher geläufig.« Ihre Stimme ätzte wie Säure. »Entlassen werden, rausfliegen. Ich will ihn draußen. Heute noch.«

Warren war nicht besonders glücklich gewesen mit Shauns Auftritten in letzter Zeit. Er hatte sogar nach einem Grund gesucht, ihn loszuwerden. Das zu tun, was Valerie verlangte, und sie denken zu lassen, daß es ihre Entscheidung gewesen war, bedeutete einen eleganten Weg heraus aus seinem Dilemma. Auf jeden Fall wußte er es besser, als mit ihr zu diskutieren oder sie nach ihren Gründen zu fragen. So oder so, wenn Valerie Marler Shauns Kopf auf einem Silbertablett serviert haben wollte, bekam sie ihn verdammt noch mal auch. »Du bist der Boß«, kapitulierte er. »Aber, Jesus, ich hoffe, du weißt, was du tust.«

»Das weiß ich.«

»Und was ist mit –« Bevor er sie über das Manuskript befragen konnte, hatte sie bereits aufgelegt, ihm mitten im Satz das Wort abgeschnitten.

Lächelnd machte sich Valerie an den nächsten Punkt auf der Tagesordnung. Dieser war zwar nicht so amüsant, allerdings genauso notwendig. Sie rief ein Blumengeschäft in Saxwell an und bestellte ein extravagantes Bouquet. Es sollte an Sybil Rashe, Grange Cottage, Elmsford, geschickt werden. Die Nachricht sollte lauten: »Vielen, vielen Dank für alles. Mir geht es schon viel besser. Ich sehe Sie am Mittwoch.« Valerie wollte Mrs. Rashe nicht zu den unmöglichsten Zeiten im Rose Cottage herumschnüffeln haben; sie mußte sich frei bewegen können, ohne die Angst, beobachtet zu werden.

Eine Kamera zu besorgen stand als Nächstes auf ihrer geistigen Liste. Eine normale Kamera besaß sie zwar, Mrs. Rashe hatte ihr mit ihren Sofortbildern von Franks Geburtstag jedoch eine bessere Idee eingegeben. Eine dieser Sofortbildkameras würde ihr mehr Flexibilität einräumen, mehr Freiheit; sie brauchte sich keine Gedanken mehr um die Entwicklung der Bilder zu machen oder um die neugierigen Blicke eines Filmtechnikers. So konnte sie alles fotografieren, was sie wollte. Wen sie wollte. Wenn sie eine Kamera mit Zoom bekommen konnte, um so besser.

Das bedeutete eine weitere Fahrt nach Saxwell; es gab dort ein Fotofachgeschäft. Nach einiger Überlegung entschied sie sich jedoch, vorsichtig zu sein und statt dessen in die Fotoabteilung von Boots zu gehen; *wenn* etwas passieren sollte, würde man sich in einem so geschäftigen Warenhaus wie Boots wahrscheinlich nicht so gut an sie erinnern. Außerdem würde sie, um ganz sicher zu gehen, nach Bury fahren, nicht nach Saxwell. Je weiter weg von zu

Hause, desto besser; sie konnte nicht vorsichtig genug sein.

Den Montagmorgen begann Margaret in nachdenklicher Stimmung. Dieser Zwischenfall mit Rosemary Finch hatte sie zutiefst verstört. Sie dachte an nichts anderes. Obwohl deren Ohnmacht als natürliche Folge von zu viel Sonne und zu viel Pimm's erklärt werden konnte, war es Margaret klar, daß dieser Vorfall im tieferen Sinne als Hilfeschrei verstanden werden mußte. Rosemary benötigte Hilfe, ob sie sich dessen nun bewußt war oder nicht. Margaret, durch ihre eigenen Erfahrungen in der Lage, die Situation einschätzen zu können, wußte intuitiv, daß Rosemary sich isoliert und einsam fühlte. Ihr Ehemann war in seinem Job untergetaucht und hatte wenig Zeit für sie; sie war schüchtern. Es fiel ihr nicht leicht, Freunde zu finden. Eine weitere Belastung stellte ihr behindertes Kind dar.

Sie selbst, so wurde Margaret schuldbewußt klar, hatte ebenfalls ihren Teil beigetragen. Sie war schließlich diejenige gewesen, die Gervase gesagt hatte, es würde andere Konzerte geben. Wie hatte sie so unsensibel sein können, so blind gegenüber Rosemarys Gefühlen in dieser Angelegenheit? Dieses Fehlen von Mitgefühl schockierte sie; egal, was ihre anderen Fehler waren, sei es als menschliches Wesen oder als Priesterin, Margaret hatte sich stets als mitfühlend eingeschätzt. Ihre gedankenlose, herzlose Bemerkung konnte dauernde Auswirkungen darauf haben, wie Gervase Finch seine Frau behandelte.

Vielleicht ist es noch nicht zu spät, etwas dagegen zu unternehmen, hoffte sie. Es war wirklich nicht ihre Sache, sich einzumischen. Konnte sie jedoch dasitzen und nichts tun, wenn sie so viel Schuld trug? Konnte sie mit dieser Last auf ihrem Gewissen leben?

Margaret nahm den Hörer in ihrem Arbeitszimmer ab und rief Gervase Finch an. Könnte er bitte heute nachmittag zu ihr kommen? Er konnte, er würde.

»Mama, kann ich mein bestes Kleid tragen?« bettelte Daisy.

»Ja, natürlich, Liebling.« Rosemary war nicht bei der Sache, als sie zum Kleiderschrank ging und das pinkweiße, wie ein Bonbon gestreifte Kleid herausnahm.

Daisy hob die Arme. Ihre Mutter zog ihr das Kleid über den Kopf und knöpfte es zu. »Die pinken Schleifen auch?« fragte das Mädchen.

»Dann laß mich deine Haare flechten.« Rosemary setzte sich auf den Rand von Daisys Bett und hob das Mädchen auf ihren Schoß. Daisy bestand nur aus Armen und Beinen, sie war schnell gewachsen, wie alle siebenjährigen Mädchen; normalerweise wäre sich Rosemary dessen bewußt, ebenso der süßen Last in ihren Armen. Ihre Gedanken waren jedoch anderswo. Sie bürstete das Haar ihrer Tochter, bis es glänzte, und scheitelte es in der Mitte. Sie teilte es in drei Stränge und begann zu flechten. Diese Aufgabe war beruhigend und monoton, sie erforderte keine große Aufmerksamkeit. Rosemarys Finger waren geschickt und geübt: Von rechts über die Mitte, von links über die Mitte. Daisy schnatterte weiter. Rosemary hörte nicht zu.

Sie hatte ein hohles Gefühl im Bauch; ihr Kopf schmerzte. Rosemary wußte, was sie zu tun hatte.

Gervases Verabredung mit dem Erzdiakon war für zwei Uhr nachmittags festgesetzt. Kurz nach dem Mittagessen fuhr er daher in Richtung Saxwell. Er war ein wenig nervös, zumal er keine Ahnung hatte, worum es ging.

Sie begrüßte ihn an der Tür und führte ihn in ihr Arbeitszimmer. Sie zeigte auf die zwei Sessel anstelle der hartlehnigen Stühle vor dem Schreibtisch. »Bitte, setzen Sie sich.« Er setzte sich. »Ist es in Ordnung, wenn ich Sie Pater Gervase nenne?« fragte sie höflich.

»Ja, natürlich, Erzdiakon.«

Anstatt sich an den Schreibtisch zu setzen, nahm sie in dem anderen Sessel Platz, um die informelle Natur der Unterhaltung anzudeuten. Sie drehte sich so, daß sie ihm gegenüber saß. »Sie können mich Margaret nennen, wenn Sie möchten.«

Er wußte, daß er das nicht wagen würde.

»Ich vermute, Sie fragen sich, worum es geht«, begann sie. Sie fühlte sich so nervös wie sie aussah.

Gervase nickte. »Dieser Gedanke schoß mir durch den Kopf.«

»Wenn Sie der Meinung sind, daß dies nicht meine Sache ist«, sagte sie, »seien Sie bitte so frei, mir zu sagen, ich solle mich um meine eigenen Angelegenheiten kümmern. Eines kann ich Ihnen jedoch versichern: Das, was ich jetzt sage, spreche ich nur aus Sorge um Sie an. In meiner Position trage ich die Verantwortung für Ihr geistiges und körperliches Wohl.«

Das hörte sich immer mysteriöser an; Gervase bemerkte eine kleine ausgefranste Stelle an der Manschette seines schwarzen Hemdes. Er berührte sie mit dem Finger.

»Gervase, lieben Sie ihre Frau?« fragte Margaret plötzlich. Er war nicht sicher, was er erwartet hatte, das jedoch bestimmt nicht. Erstaunt starrte er sie an. »Meine Frau lieben? Natürlich liebe ich Rosemary. Von ganzem Herzen.«

»Haben Sie Ihr das in letzter Zeit gesagt?«

Gervase preßte die Lippen zusammen. »Ich denke schon ... Ich weiß es nicht. Ich brauche es ihr nicht zu sagen. Rosemary weiß, daß ich sie liebe.«

Tut sie das? dachte Margaret. Vermutlich ja, doch nicht notwendigerweise. Das war eine Sache, die sie zu Hals Gunsten aussagen konnte. Sogar während der Jahre, in denen er sie vernachlässigt hatte, als er Tag und Nacht gearbeitet hatte, sie ihn von einem zum anderen Tag kaum sah; immer hatte er ihr gesagt – ihr jeden Tag gesagt –, daß er sie liebte. Das war nur wenig, nicht wirklich ein Ersatz für seine Zuwendung; zumindest jedoch hatte sie sich durch die unsicheren Zeiten hindurch daran klammern können. Sie hatte ihm geglaubt; sie wollte und mußte ihm einfach glauben. Hätte er es nicht so oft gesagt, ihre Ehe hätte vielleicht nicht überlebt. All das sah sie in diesem Moment. Sie sagte: »Ich bin sicher, daß Sie es weiß. Doch wir Frauen hören es immer wieder gerne.«

Er zuckte die Achseln und wirkte eher verblüfft als ärgerlich.

Margaret wußte jedoch, daß sie vorsichtig vorgehen mußte, die Verärgerung war nicht weit. Sie lächelte, versuchte, ihm die Befangenheit zu nehmen. »Ich spreche jetzt als Frau, nicht als Ihr Chef.« Sie beugte sich in ihrem Stuhl vor und fuhr fort: »Es gibt etwas noch Wichtigeres als einer Frau zu sagen, daß man sie liebt – schließlich, um ein Klischee zu zitieren, ›Worte sind billig‹. Man muß es ihr auch zeigen.«

»Ich verstehe nicht.«

Sie befeuchtete ihre Lippen. »Lassen Sie mich Ihnen etwas erzählen. Ich weiß nicht, inwieweit sie mit meiner Geschichte vertraut sind. Ich spreche nicht sehr oft darüber.« Unbewußt drehte sie an ihrem Ehering, während sie den Augenkontakt mit Gervase aufrechterhielt. »Ich war selbst jahrelang auf der anderen Seite des Zaunes. Jahrelang war Hal total in seine Arbeit verstrickt; er leitete seine eigene Firma. Er hatte keine Zeit für seine Familie. Ich war ... na ja, ich war unglücklich. Sehr unglücklich«, erklärte sie. »Es scheint jetzt alles so lange her. Ich kann jedoch nicht vergessen, was für zerstörerische Auswirkungen das gehabt hat. Auf mich, auf unsere Ehe.«

Die Bedeutung ihrer Worte schien ihm nach und nach klar zu werden. »Wollen Sie damit sagen, daß Sie der Meinung sind, ich würde Rosemary vernachlässigen?«

»Nicht vernachlässigen«, versicherte sie ihm. »Nichts dergleichen. Es geht hier jedoch um Prioritäten. Sein Geschäft hatte bei Hal Vorrang, nicht seine Ehe, nicht seine Familie. Ich habe selbst erfahren, wie destruktiv diese Entscheidung sein kann.« Sie sah, daß er sprechen wollte und hob die Hand. »Ich weiß, was Sie sagen wollen. Sie wollen sagen, daß die Priesterschaft eine Berufung ist, nicht nur ein Job. Sie wollen sagen, daß sie gottgegeben ist. Daß Ihre Situation nicht dieselbe ist wie Hals.«

»Ja.« Er nickte. »Genau das.«

Sie sprach langsam und deutlich, um ihren Worten Gewicht zu verleihen. »Ja, Gervase, ich glaube, daß Ihre Priesterschaft gottgegeben ist. Ich stelle das nicht in Frage. Und nach dem zu urteilen, was ich gehört und gesehen habe, sind Sie ein guter Priester. Doch Gott hat Ihnen auch eine Familie gegeben: Rosemary und Daisy. Die beiden sind ein Geschenk, etwas ganz Besonderes. Mit diesem Geschenk geht ebenfalls eine Verantwortung einher: Sie zu lieben und zu ehren. Für sie zu sorgen. Zeit mit ihnen zu verbringen. Auch wenn das manchmal heißt, andere Dinge zu vernachlässigen. Wichtige Dinge. Oder auch nur Dinge, die im Moment wichtig erscheinen.«

Jetzt sah er ernsthaft verwirrt aus. »Aber, Erzdiakon, Sie sagten –«

Margaret errötete anständigerweise. »Ja, ich weiß. ›Es wird andere Konzerte geben‹, habe ich Ihnen gesagt. Das war der Erzdiakon, der da sprach. Ich bedaure das. Es war falsch von mir, Ihnen das zu sagen. ›Es wird noch andere

Treffen geben‹, hätte ich Ihnen sagen und Ihnen und Ihrer Frau viel Spaß wünschen sollen auf dem Konzert.«

»Ich verstehe immer noch nicht«, sagte er flehentlich. »Warum erzählen Sie mir das alles? Hat Rosemary Ihnen etwas gesagt?«

Sie beantwortete die zweite Frage zuerst. Ihre Stimme war sanft. »Rosemary mußte mir nichts sagen. Ich weiß selbst, wie das ist – ich verstehe ihre Gefühle. Ich erzähle Ihnen das alles, weil ich mir Sorgen um sie beide mache. Und um Daisy. Ich möchte einfach nicht, daß Sie eines Tages aufwachen und herausfinden, daß es zu spät ist. Wie es um Haaresbreite für Hal und mich war.«

Früh am Nachmittag beendete Hal seine Arbeit über der Treppe. Er nahm Rolle und Tablett mit in die Küche und wusch beides sorgfältig in der Spüle aus. Danach klappte er die Leiter zusammen, faltete seine Abdeckplanen zusammen und trug alles hinaus in den Kombi. Erst dann machte er sich auf die Suche nach Rosemary; er fand sie im Wohnzimmer. Sie hatte sich auf dem schäbigen Sofa eingerollt, ein Buch lag geöffnet auf ihrem Schoß. Sie sah so abrupt auf, daß ihm der Verdacht kam, sie habe nicht wirklich darin gelesen.

»Rosie?«

»Ja, Hal.«

»Ich denke, wir müssen reden.«

»Ja.« Sie ließ das Buch fallen und stand auf. Sie fühlte sich durch die elegante, aber dunkle Pracht des Raumes beengt. »Nicht hier. Laß uns nach draußen gehen. Ich brauche frische Luft.«

Er folgte ihr aus dem Vikariat hinaus. Keiner von beiden sprach. Einmütig gingen sie jedoch auf die Kirche und den Friedhof zu. Der Baum, unter dem sie bei ihrem Picknick gesessen hatten, stand nun in voller Blüte. Zu diesem Baum lenkten sie ihre Schritte. Es erschien ihnen passend, dorthin zurückzukehren, wo alles begonnen hatte. Beiden kam es vor, als sei das alles eine Ewigkeit her. Sie setzten sich ins Gras. Rosemary umschlang ihre Knie, Hal lehnte sich zurück an den Stamm. Die Landschaft war keineswegs still: Insekten summten, zirpten und schwirrten; Vögel trällerten ihre Melodien. Außer Sicht, wenn auch nicht außer Hörweite, verlief die Straße nach Saxwell mit ihrem entfernten Verkehrslärm. Die Hintergrundgeräusche verstärkten das tiefe Schweigen nur, das Rosemary und Hal umgab.

Ohne den Kopf zu bewegen, betrachtete sie die sanft geschwungenen Hügelketten West-Suffolks. Hecken teilten die goldenen Felder unter einem wolkenlosen ost-englischen Himmel. Er war so blau, daß es ihre Augen schmerzte: Eine übermächtige Schönheit, unwirklich; zu intensiv, als daß er von Bestand sein konnte. Zwischen den Hecken leuchteten kleine Flecken Mohn, wie Tropfen frischen Blutes. Die Blumen des Todes und der Erinnerung. Auf dem Friedhof selbst waren sie umgeben von Zeichen der Unbeständigkeit; von schiefstehenden Grabsteinen und hochragenden Malen längst vergessener Personen. Rosemary dachte an die Toten unter ihr. Sie stellte sich vor, wie ihre Knochen sich mit dem Staub der noch länger Toten vermischten. Sie zog Kraft aus dem Gedanken, daß all diese Menschen einst gelebt und geliebt hatten. Einst hatten sie diese Erde bevölkert, hatten sich und ihre Sorgen für das Wichtigste überhaupt gehalten. Die Zeit hatte sie widerlegt; die Zeit hatte sie alle zu Knochen und Staub reduziert.

Sie sprach noch immer nicht. Es war Hal, der schließlich das Schweigen brach.

Seine Stimme war ruhig, fast ein Seufzer. »Es wird nicht funktionieren, nicht wahr, Rosie?«

»Nein.«

Er bewegte sich nicht, wandte ihr seinen Kopf nicht zu. »Es tut mir leid.«

Rosemary schluckte. Sie *würde* nicht weinen. Nein, das würde sie *nicht* tun. Sie schloß die Augen, um die brennenden Tränen zurückzuhalten. Dann sagte sie, was sie sagen mußte. »Ich kann dich nicht heiraten, Hal. Es war verrückt, das überhaupt in Erwägung zu ziehen. Du und Margaret – ihr gehört zusammen. Es war mir nicht klar, bis Samstag ...«

»Ja.«

»Es hört sich so nach Klischee an«, fuhr sie nachdenklich fort. »Es ist jedoch die Wahrheit, wir hätten auf Kosten anderer niemals glücklich werden können. Margaret, Gervase. Daisy. Es ist einfach nicht möglich, egal, wie sehr wir auch wünschten, es wäre anders.«

»Nein.«

»Und eine Affäre.« Ihre Stimme klang sanft, jedoch ohne jede Unsicherheit. »Das würde auch nicht funktionieren. Wir wissen beide, daß es falsch ist. Wir würden damit niemals durchkommen. Ich bin keine gute Lügnerin. Ich kann meine Gefühle nicht verbergen.«

Hal lächelte. »Du bist eine ganz schön unbegabte Schauspielerin«, pflichtete er ihr bei. Sein Tonfall nahm seinen Worten den Stachel. »Am Samstag hättest du dir genauso gut ein Schild um den Hals hängen können.«

»Oh, Hal.« Sie mußte lachen. »Es tut mir so leid. Ich war furchtbar, oder?«

»Ich habe mich so hilflos gefühlt«, gestand er. »Es gab nichts, was ich tun konnte, um deine Selbstzerstörung aufzuhalten.«

Rosemary knetete ihren Rock mit den Fingern. Sie sah ihn nicht an, als sie ihm die nächste Frage stellte. »Was ist mit Margaret? Hat sie nachher noch etwas gesagt?«

»Nein. Ich denke, daß sie die Erklärung mit der Sonne und so akzeptiert hat.«

Sie seufzte. »Wenigstens etwas, wofür wir dankbar sein können. Gervase war natürlich total aufgelöst. Es wäre ihm allerdings nie in den Sinn gekommen, daß etwas anderes dahinterstecken könnte.«

Hal zupfte einen Halm aus und zerpflückte ihn. »Also.«

»Also.« Schließlich war es an ihr, es auszusprechen. »Damit bleibt uns nur die dritte Möglichkeit.«

»Ja.« Er kam plötzlich zum Geschäft. Ein unbeteiligter Lauscher hätte sich diesen Themenwechsel nicht erklären können. Rosemary wußte jedoch genau, was er meinte. »Eingangshalle, Absatz und Stufen sind fertig. Das ist also erledigt.«

»Was wirst du Margaret sagen? Oder vielleicht sollte ich besser sagen, dem Erzdiakon?«

»Ich werde mir etwas ausdenken.« Hal spielte ein paar Möglichkeiten durch. »Vielleicht bist du es satt, dein Haus auf den Kopf gestellt zu haben und willst mal eine Pause einlegen. Vielleicht reagiert Daisy auf den Farbgeruch allergisch. Vielleicht ist mir sogar ein anderer Job angeboten worden, dem ich Vorrang einräumen muß. Ich werde sicherstellen, daß sie jemand anderen schickt, um den Rest des Hauses fertig zu streichen, wenn du möchtest.«

»Das wäre vielleicht das beste.«

Sie waren jedoch noch nicht bereit, loszulassen. Paradoxerweise erschien es ihnen nun, da die Entscheidung gefallen war, sicher – sogar notwendig – zu sein, sich zu berühren. So, wie sie es sich vorher nicht erlaubt hatten. Vielleicht, um sich gegenseitig von der körperlichen Existenz des andern zu überzeugen. Gerade jetzt, wo sie entsagten. Rosemary strich über die Haare an seinen Schläfen, fühlte die Struktur. Dann fuhr sie mit dem Finger die Linie seines Kinnes entlang. Hal fing ihre Hand und untersuchte sie genauestens, als ob er sie noch nie zuvor gesehen hätte. Erst besah er sich den Handrücken mit seinen kurzen Fingernägeln und den geröteten Knöcheln. Dann drehte er sie um und studierte die Handfläche wie eine Landkarte. Er folgte jeder Kerbe mit den Fingern. Schließlich hob er sie an seine Lippen und küßte sie; ihre Finger krümmten sich unwillkürlich und sie zog ihre Hand zurück.

Er stand auf und beugte sich hinunter, um ihr auf die Füße zu helfen. Dann hielt er ihr Gesicht in beiden Händen und küßte erst ihre Stirn, dann ihren Mund. Ein langer, züchtiger Kuß. Diesmal nicht mit Verlangen erfüllt, sondern mit Bedauern.

»Wenn nur alles anders gewesen wäre«, sagte er.

Rosemary schloß die Augen. »Wenn die Dinge anders gelegen hätten, wäre vielleicht nichts von alledem passiert«, entgegnete sie. »Du hättest mich vielleicht nicht geliebt. Ich hätte dich vielleicht nicht geliebt.«

»Das glaube ich nicht, Rosie. Und du auch nicht.«

Sie konnte ihn nicht belügen, bis zuletzt nicht. »Nein.«

Es gab wirklich nichts mehr zu sagen. Schweigend gingen sie zurück in Richtung Vikariat, woher sie gekommen waren. Hal blieb bei seinem Kombi und sah zu, wie Rosemary zur Eingangstür weiterging. Sie schaute nicht zurück.

Nachdem sie gegangen waren, blieb Valerie noch im Gebüsch hocken. Bewegungs- und atemlos. Sie hatten ihre Anwesenheit nicht wahrgenommen; sie hatten überhaupt nichts wahrgenommen außer sich selbst. Das Sirren und Klicken der Kamera war von den Lauten der Insekten und Vögel wirkungsvoll überdeckt worden.

Langsam wurde ihr Atem wieder normal, ihre Muskeln lockerten sich. Die Fotos in ihrer Hand wurden allmählich sichtbar. Valerie kniete nieder und breitete sie auf dem Boden aus. Fasziniert beobachtete sie, wie Bilder auf den glänzenden Quadraten erschienen. Drei Fotos. Drei unmißverständliche, unwiderlegbare Beweisstücke.

Das erste zeigte die Hexe, wie sie gerade Hals Gesicht berührte; auf dem zweiten war er über ihre Hand gebeugt. Dann das dritte – das Verwerflichste von allen.

Eine Viertelstunde später befand sich Valerie wieder zurück im Rose Cottage. Sie ging in ihr Arbeitszimmer und nahm einen Umschlag aus dem Ständer auf ihrem Schreibtisch. Sorgfältig und in Großbuchstaben adressierte sie ihn. Die Adresse hatte sie aus *Crockfords Kirchenführer* ›Ihre Ehrw. Margaret Phillips, Die Erzdiakonie, Saxwell, Suffolk‹. In diesen Briefumschlag wanderten alle drei Fotos. Mit feierlichem Ernst schloß sie den Umschlag und klebte eine passende Briefmarke darauf. Sie konnte die letzte Leerung der Post leicht schaffen; am nächsten Morgen würde die Elster auf die Fotos starren.

Rosemary kochte sich eine Tasse Tee und trug sie hinüber ins Wohnzimmer. Obwohl sie wußte, daß sie sich allein im Haus befand, schloß sie die Tür hinter sich. Das Buch, das sie vorhin hatte fallen lassen, lag noch auf dem Fußboden; sie hob es auf und legte es vorsichtig auf den Tisch. Sonnenlicht strömte durch die bunten, nach Süden gerichteten Glasfenster herein. Das schäbige Sofa bekam einen so satten Farbton, wie es ihn niemals besessen hatte, auch nicht in seiner längst vergangenen glanzvollen Jugend. Rosemary zog die Vorhänge zu. Sie legte ihre Geburtstags-CD in den Spieler und drehte die Lautstärke ein bißchen weiter auf. Sie nahm einen Schluck Tee; er schmeckte unerwartet bitter. Sie stellte die Tasse ab, streckte sich auf dem Sofa aus und brach, zum letzten Mal, wie sie sich befahl, in Tränen aus.

Shaun war gesagt worden, er könne sich mit dem Ausräumen seines Schreibtisches Zeit lassen. Warten brachte ihm jedoch nichts. Er besorgte sich einen Karton aus dem Lager und füllte ihn mit seinen wenigen Sachen. Auf der Reise durchs Leben hatte er stets leichtes Gepäck bevorzugt; er nahm alles so, wie es kam.

Warren war erleichtert, daß Shaun seine Kündigung scheinbar gut aufnahm. »So viele andere Jobs da draußen, Kumpel«, hatte dieser fröhlich verkündet. Die großzügige Abfindung würde ihn unterstützen, bis er etwas Neues gefunden hatte. Warren kannte Shaun jedoch nicht sehr gut.

Niemand bei Robins Egg kannte ihn richtig – nicht einmal die Mädchen aus dem Schreibbüro. Er hielt sein Privatleben immer privat; er würde nicht sonderlich vermißt werden. Doch die meisten bemitleideten ihn ein wenig, als er die Sachen aus seinem Schreibtisch in einen Karton füllte, der einst Kopierpapier beinhaltet hatte. Es war alles so plötzlich gekommen.

Shaun behielt das Lächeln auf seinem Gesicht, während er sich bereitmachte, Robins Egg zum letzten Mal zu verlassen. Zur Hölle mit euch allen, dachte er.

In der obersten Schublade seines Schreibtisches fand er den Schlüssel zum Rose Cottage. Er hatte ihn vor ein paar Wochen sicherheitshalber dort hinein gelegt. Jetzt polierte er ihn an seinem Ärmel, hielt ihn hoch und betrachtete ihn mit einem wissenden Lächeln. Dann steckte er ihn in seine Tasche.

Die Mütter sammelten sich kurz vor Schulschluß um halb vier vor den Toren der Schule in Branlingham. Das war ein täglich wiederkehrendes, unveränderliches Ritual; sie hatten sich alle mehr oder weniger kennengelernt, zumindest kannten sie sich vom Sehen. Verschiedene Freundschaften waren geschlossen worden.

Annie Sawbridge sprach öfter mit Rosemary Finch, während sie beide darauf warteten, daß ihre Töchter herauskamen. Sie war sich an diesem Nachmittag vage bewußt, daß Rosemary noch nicht angekommen war. Ihre Gedanken waren jedoch woanders: Sie hoffte, daß Samantha heute pünktlich kam und nicht hinterhertrödelte. Sie mußte mit ihr nach Saxwell zum Zahnarzt fahren; dort hatten sie um vier Uhr einen Termin. Es hatte Monate gedauert, diesen Termin zu bekommen; wenn sie ihn verpaßten, würden sie noch länger warten müssen.

Samantha, ohne Einblick in den Zeitplan ihrer Mutter, trödelte in der Tat hinterher, zusammen mit Daisy und Charlotte. Annie kontrollierte ihre Uhr, als die Mädchen auf sie zukamen. Wenn sie sofort führen, der Verkehr nicht zu stark war und sie sofort einen Parkplatz fände, könnten sie es gerade schaffen. »Beeil dich, Samantha«, sagte sie, schärfer als beabsichtigt.

»Wo ist Mama?« fragte Daisy und sah sich um.

»Oh.« Annie ließ ihren Blick über die paar verbleibenden Mütter schweifen. »Sie ist nicht hier.« Sie sah nochmals auf ihre Uhr und versuchte, ihre Alternativen abzuschätzen. Konnte sie wirklich fahren und Daisy allein lassen? Ihre Lehrerin, Mrs. Denton, war da, um auf ihre Schutzbefohlenen aufzupassen; Daisy war gut aufgehoben. »Sie ist wahrscheinlich nur ein paar Minuten aufgehalten worden. Ich bin sicher, sie wird gleich da sein, Daisy.«

»Mama wird gleich da sein«, bestätigte Daisy zuversichtlich.

Es war jedoch Charlottes Mutter, die kam, als die Sawbridges gerade gehen wollten. »Ich muß mit Samantha zum Zahnarzt«, erklärte Annie. Sie nahm Samantha bei der Hand. »Und wenn wir zu spät kommen ...«

Charlottes Mutter wandte sich um und ging neben ihr her. »Ist das nicht furchtbar?«

Die zwei Frauen schwatzten über die Schwierigkeiten, Arzttermine zu bekommen. Hinter ihnen schlenderten Charlotte und Daisy durch das Schultor.

Charlotte konnte sehen, daß ihre Mutter in eine Unterhaltung mit Samanthas Mutter vertieft war. Sie nutzte die Gelegenheit für einen weiteren Seitenhieb auf Daisy. »Deine Mama kommt bestimmt gar nicht«, flüsterte sie giftig, bevor sie davonhüpfte. »Sie will dich bestimmt nicht mehr.«

Tränen stiegen Daisy in die Augen; sie schluckte. Was, wenn Charlotte recht hatte? Was, wenn die Mama gar nicht käme? Was, wenn die Mama sie nicht mehr haben wollte? Sie blieb stehen und sah den anderen nach. Sie ließen sie zurück; sie versuchte tapfer, keine Heulsuse zu sein, damit die Mama sich nicht schämen mußte, wenn sie kam. *Wenn* sie kam.

Dann bemerkte sie, durch ihren Tränenschleier hindurch, daß eine Frau sie beobachtete, ein paar Meter entfernt. Eine hübsche Dame, mit hübschem, goldblondem Haar, wie Samanthas. Die Frau kam auf sie zu und kniete sich zu ihr nieder. »Hallo«, sagte die Frau.

Daisy war nicht beunruhigt; die goldhaarige Frau sah nett aus. »Die Mama ist nicht gekommen«, sagte sie.

»Deine Mama hat mich gebeten zu kommen und dich abzuholen«, erklärte die Frau. »Ich werde dich zu deiner Mama bringen.«

Dann war ja alles in Ordnung. Die Mama *wollte* sie noch haben. Daisy hob vertrauensvoll die Hand. Die Frau ergriff sie.

Die CD endete, die Musik verklang. Rosemary verblieb noch einen Moment auf dem Sofa sitzen. Sie starrte nachdenklich ins Nichts. Dann schüttelte sie sich, trocknete ihre Tränen mit einem feuchten Taschentuch und stand auf. Nachdem sie ihre verschmierte Brille am Rock abgewischt hatte, sah sie auf ihre Armbanduhr.

»Oh, nein«, sagte sie laut. »Oh, nein.«

Es war weit nach halb vier. Daisys Schule hatte vor mehr als einer Viertelstunde ihre Tore geöffnet. Rosemary war zu spät.

Sie war noch niemals zu spät gewesen; wenn überhaupt, dann war sie normalerweise zu früh – um bestimmt dort zu sein, wenn Daisy am Tor erschien.

Ist schon in Ordnung, sagte sie sich, während sie durch Branlingham eilte, fast lief. Andere Kinder wären noch dort; Mrs. Denton würde auf Daisy achtgeben. Es war schon in Ordnung.

Rosemary strengte ihre Augen an, um die kleine, pink und weiß gestreifte Figur nicht zu übersehen, als sie sich dem Schultor näherte. Doch da war keine Daisy. Und auch sonst niemand; der Platz lag verlassen. Ihr Herz machte einen Sprung, begann unkontrolliert zu schlagen.

»Daisy!« rief Rosemary. Sie lief durch das Schultor.

Es war alles so einfach gewesen, frohlockte Valerie, während sie nach Elmsford zurückfuhr. Sie hatte nicht vorgehabt, das kleine Mädchen mitzunehmen, von dem sie wußte, daß es Daisy hieß. Eigentlich wollte sie sich nur bei den Schultoren versteckt halten, um zu sehen, wie die Hexe ihre Tochter abholte.

Doch die Hexe war nicht gekommen. Die Gelegenheit war zu gut, um sie verstreichen zu lassen. Das kleine Mädchen, das ganz allein auf seine Mutter wartete ...

Die Hexe verdient es nicht, ein Kind zu haben, entschied Valerie selbstgerecht. Man brauchte nicht viel Phantasie, um sich vorstellen zu können, was sie tat, wenn sie eigentlich ihr Kind abholen sollte. Allein im Vikariat mit Hal ...

Das Mädchen war ganz glücklich gewesen, mit ihr zu gehen. Sie hatte Valerie erlaubt, sie auf dem Rücksitz anzuschnallen, und schwatzte mit ihr auf der kurzen Fahrt über eine Nebenstrecke nach Elmsford. Valerie brauchte eine Weile, um sich an die Sprechweise des kleinen Mädchens zu gewöhnen.

Zurück im Rose Cottage fuhr Valerie den Wagen in die Garage und öffnete Daisys Sicherheitsgurt. »Dann komm mal herein«, sagte sie. Sie war ängstlich besorgt, sie, ohne daß es jemand sah, ins Haus zu bekommen. Rose Cottage selbst konnte nicht eingesehen werden, man konnte sich jedoch nie sicher sein, ob nicht jemand Neugieriges vorbeifuhr – um einen Blick auf Elmsfords berühmte Einwohnerin zu erhaschen.

Wieder nahm Daisy ihre Hand. Sie ließ sich ins Rose Cottage führen. »Wo ist meine Mama?« fragte sie, sobald sie im Inneren angelangt waren.

»Sie wird bald hier sein.«

»Ich will meine Mama!« Daisy weinte. Das ungewohnte Haus, kein Zeichen ihrer Mutter ... Ihr Gesichtchen verzog sich bestürzt. Sie begann zu heulen. »Mama! Mama!«

Sicher war Daisy zurück in die Schule gegangen; da niemand sie abgeholt hatte, war sie bestimmt von Mrs. Denton wieder hereingeholt worden. Rosemary preßte ihre Hand aufs Herz in dem vergeblichen Versuch, das verzweifelte Schlagen zu unterdrücken. Sie lief über den verlassenen Schulhof, kämpfte mit den unerwartet schweren

Türen. Die Flure waren genauso verlassen wie der Schulhof. Sie ging sofort zu Daisys Klassenzimmer.

Mrs. Denton schob gerade einen Stapel Bücher in eine Stofftasche. Sie war im Begriff, selbst nach Hause zu gehen, als Rosemary Finch, nach Atem ringend und mit glühenden Wangen, in das Zimmer stürmte.

»Daisy! Ist Daisy hier?«

»Wie? Nein, Mrs. Finch.«

»Oh, Gott! Wo kann sie nur sein?«

»Beruhigen Sie sich, Mrs. Finch«, sagte die Lehrerin beschwichtigend; sie war es schließlich gewöhnt, Trost zu spenden. »Kommen Sie, warum setzen Sie sich nicht einen Moment hin und erzählen mir, was los ist?«

Rosemary wollte sich nicht setzen. Sie versuchte jedoch, sich so weit zu beruhigen, daß sie erklären konnte, was passiert war. Hastig erzählte sie, wie sie zu spät an den Schultoren angekommen war und dort niemanden mehr vorgefunden hatte.

»Ich bin sicher, daß es ihr gut geht«, sagte Mrs. Denton beruhigend. »Ich habe gesehen, wie sie mit Samantha und Charlotte und deren Müttern hinausging. Sie ist wahrscheinlich einfach mit Samantha nach Hause gegangen.«

»Oh, ja!« Rosemarys Gesicht verwandelte sich vor Erleichterung. Natürlich, so mußte es gewesen sein. Annie hatte Daisy mit zu sich nach Hause genommen.

Doch das hatte Annie nicht getan, wie sich schnell herausstellte. Das Haus der Sawbridges war leer: Es stand weder ein Auto in der Einfahrt, noch öffnete jemand auf ihr heftiges Läuten hin die Tür.

Rosemary setzte sich auf die Vordertreppe und weinte Tränen der Enttäuschung, der Frustration und der Angst. Wenn Daisy nicht hier war, wo konnte sie dann bloß sein? Einen Moment später riß sie sich jedoch zusammen. Der Panik nachzugeben würde nichts helfen. Sie mußte einen klaren Kopf behalten. Sie mußte diese Situation logisch angehen.

Plötzlich, in der Erinnerung an Daisys Verschwinden im Kinderland – an den Grund dafür und an die Formen, die es angenommen hatte –, entschloß sie sich, die Schule gründlich zu durchsuchen. Daisy konnte zurück in die Schule gegangen sein. Wahrscheinlich hatte sie sich in einem der Klassenzimmer versteckt, in irgendeiner Ecke.

Rosemary kehrte zur Schule zurück. Der Hausmeister verschloß gerade die Schultore.

»Sie müssen mich hineinlassen«, drängte sie. »Meine kleine Tochter muß irgendwo da drinnen sein.«

Der Hausmeister, so wenig er es auch erwarten konnte abzuschließen und nach Hause zu gehen, bekam Mitleid mit der verzweifelten Frau. Er begleitete sie durch das Gebäude. Sie schauten in jedes Zimmer, untersuchten jede Ecke und Nische, die einem kleinen Mädchen möglicherweise als Versteck dienen konnte.

Daisy fanden sie nicht.

Am späten Nachmittag kehrte Shaun in seine Wohnung im Earls Court zurück. Er ließ den Karton neben die Tür fallen und goß sich sofort einen Bushmills ein; den ersten trank er in einem Zug. Dann setzte er sich, um einen zweiten zu kippen.

Unter Alkohol – insbesondere irischem Whiskey – zerfloß Shaun normalerweise vor Selbstmitleid, zumindest am Anfang. Das bestätigte sich auch in diesem Fall. Er tat sich selbst ganz fürchterlich leid, verfluchte jedermann bei Robins Egg und verdammte alle zur Hölle für die Rolle, die sie, aktiv oder passiv, bei seiner Entlassung gespielt hatten. Er wußte, daß man ihn nicht hatte leiden können; sie hatten ihn auf dem Kieker gehabt. Aus Eifersucht; auf sein Talent, auf seine Erfolge. Er, und nur er alleine, hatte aus Valerie Marler einen Superstar gemacht, einen Begriff. Und so wurde es ihm gedankt.

Später dirigierte der Alkohol seine Gedanken in eine andere Richtung. Eine Idee begann, sich abzuzeichnen.

Er entschied sich gegen einen weiteren Drink, ging ins Bad, duschte und rasierte sich. Er zog frische Kleidung an, wobei er darauf achtete, den Schlüssel fürs Rose Cottage in seine Jackentasche zu wechseln.

Mit Daisys Hysterie konfrontiert, begann sich Valeries Begeisterung in Luft aufzulösen. Sie schaffte es, das Mädchen zu beruhigen, zumindest zeitweilig, indem sie die Packung Biskuits anbrach, die sie stets für Mrs. Rashe vorrätig hatte.

Bald würde das Mädchen etwas Gehaltvolleres essen wollen. Vermutlich war sie daran gewöhnt, sofort nach der Schule ihren Tee zu bekommen. Valerie ging in die Küche. Sie überlegte, was sie ihr anbieten sollte. Was aßen kleine Mädchen? Mit Sicherheit nicht die gleichen Dinge wie Valerie, Dinge wie diese leichten Appetithäppchen, mit denen sie ihre elfenhafte Figur bewahrte. Würstchen, gebackene Bohnen, Fischstäbchen, Hamburger, Pommes frites: Nichts davon fand sich im Rose Cottage. Sie konnte schlecht zum Einkaufen im Dorfgeschäft vorbeispringen, ohne Fragen aufzuwerfen, die sie nicht würde beantworten wollen.

Jetzt erst dämmerte ihr die Monstrosität dessen, was sie getan hatte. Sie hatte das Kind der Hexe entführt – eine schöne Rache. Es war zudem äußerst erfreulich, sich das Leid vorzustellen, das die Hexe in diesen Momenten durchlebte. Doch was sollte sie jetzt mit ihr anfangen? Sie konnte das Mädchen schlecht wieder nach Hause bringen und sagen, alles sei ein großer Irrtum gewesen. Sie war eine Verpflichtung eingegangen.

Während Gervase heimfuhr nach Branlingham, dachte er ernsthaft nach über das, was der Erzdiakon ihm gesagt hatte. War es möglich, daß sie recht hatte? Daß Rosemary sich vernachlässigt und ungeliebt fühlte? Er war entschlossen, der Sache auf den Grund zu gehen, sobald er zu Hause war. Sie konnten darüber sprechen; er konnte ihr seine Liebe versichern, mit Worten und Taten, wie der Erzdiakon es vorgeschlagen hatte.

Als er jedoch vor dem Vikariat einparkte, flog die Vordertür auf und Rosemary kam herausgerannt. Sie warf sich ihm entgegen, als er aus dem Wagen stieg. Ihre Haare lösten sich aus dem Zopf, ihr Gesicht war vom Weinen gerötet.

»Meine Liebe! Was ist denn bloß los?«

»Daisy! Sie ist verschwunden.«

Er führte sie ins Haus und entlockte ihr die Geschichte. Es sei einzig und allein ihr Fehler, beharrte Rosemary: Sie hatte Musik gehört, die Zeit vergessen, und war zu spät gekommen. Wenn nur ...

Gervase, von dem viele seiner jetzigen und früheren Gemeindemitglieder wußten, daß er Krisensituationen hervorragend meisterte, steuerte sie weg von dieser nutzlosen Selbstverurteilung und Schuldzuweisung hin zu pragmatischeren Themen. Was unternommen worden sei, um Daisy ausfindig zu machen, wollte er wissen.

Sie hatte die Schule gründlich durchforscht. Sie hatte das Haus der Sawbridges aufgesucht, sie hatte Charlottes Mutter sowie die Eltern verschiedener anderer Freunde und Klassenkameradinnen Daisys angerufen. Nichts hatte zu einer Spur von Daisy oder auch nur einem Hinweis auf ihren Aufenthaltsort geführt. Niemand hatte sie gesehen, niemand wußte, wo sie war.

»Und ich wußte nicht, wo *du* warst«, endete sie. »Ich habe so darauf gewartet, daß du nach Hause kommst – ich habe gedacht, du kommst überhaupt nicht mehr.«

Gervase erinnerte sich schuldbewußt, ihr nicht mitgeteilt zu haben, daß er zur Erzdiakonie fuhr. Sie hätte ihn dort erreichen können, wenn sie es gewußt hätte. »Ich bin ja jetzt hier«, beruhigte er sie. »Und ich denke, es ist an der Zeit, die Polizei zu verständigen.«

Sergeant Zoe Threadgold kochte vor Wut. Sie saß auf dem Beifahrersitz des Panda, auf dem Weg vom Polizeihauptquartier in Saxwell nach Branlingham. Sie überließ Inspektor Elliott das Reden; aufgespielt hatte er sich bereits: Er hatte darauf bestanden, zu fahren.

Zoe Threadgold mochte es nicht, chauffiert zu werden, und diese Tatsache vergrößerte ihren Unmut noch. Der Hauptgrund für ihre momentane Entrüstung jedoch war *das* zentrale Problem ihres Lebens: Sie haßte es, anders behandelt zu werden, nur, weil sie eine Frau war. Dieser zufällige Geschlechtsunterschied war auch jetzt der einzige Grund, warum sie sich auf dem Weg nach Branlingham befand.

Ein kleines Mädchen war verschwunden. Wann immer ein Kind verschwand, wurde ein weiblicher Polizist geschickt, um bei der Familie zu bleiben, bis das Kind auftauchte, tot oder lebendig. Eine Frau vermittelte eine besänftigende Atmosphäre, kochte Tee und gab beruhigende Laute von sich.

Zoe kochte nicht gerne Tee. Und mit Sicherheit gab sie nicht gerne beruhigende Laute von sich. Sie war intelligent; sie war ehrgeizig. Sie kannte die Richtung, die ihre

Karriere einschlagen sollte. Sie hatte bereits den Rang eines Sergeanten erreicht und ganz und gar nicht vor, es dabei zu belassen. Vor allen Dingen wollte sie aus der Uniform heraus und zur Kripo.

Das bedeutete für sie, das Spiel mitzuspielen. Zu gehorchen und notfalls die Vorzeigefrau zu spielen. So sehr sie das auch haßte.

Es bedeutete auch, soweit es sie anging, ihr Privatleben für sich zu behalten. Ihre Kollegen nahmen ironischerweise alle an, sie sei lesbisch. Das kam ihr entgegen, und sie ließ sie in dem Glauben. Es stellte sich als nützlicher Deckmantel für ihre Affäre mit dem verheirateten höhergestellten Polizisten Mike Odum heraus. Niemand, der Sergeant Zoe Threadgold vom Revier her kannte, würde so etwas jemals in Betracht ziehen.

Sie trug ihr platinblondes Haar äußerst kurz. In Uniform verkörperte sie das Bild burschikoser Effizienz, einer Art ›Mit-mir-nicht‹-Feminismus. Ihre Kollegen würden sie außer Dienst nicht erkennen, ihr Haar mit Gel zur Igelfrisur gestylt, einen Diamanten im Nasenflügel.

Mike Odum hatte an diesem Abend frei, obwohl er seiner Frau etwas anderes erzählt hatte; er und Zoe hatten sich auf einen gemeinsamen Abend gefreut. Er wollte eine Flasche Wein mitbringen, sie für das Essen sorgen. Gemeinsam würden sie für ihre eigene Unterhaltung sorgen.

Doch jetzt gab es da dieses vermißte Kind. Und falls es nicht innerhalb der nächsten Stunden wieder auftauchte, konnte sie den Abend vergessen. Es war einfach nicht fair, daß diese Sache an ihr hängenblieb – und alles nur, weil sie eine Frau war. Wütend verschränkte Zoe ihre Arme vor der Brust.

Inspektor Elliott, voller Elan, merkte nicht, daß Zoe ihm nicht zuhörte und schlechte Laune hatte. Pete Elliott fand

Zoe Threadgold eher erschreckend; und Worte waren die beste Methode, damit fertigzuwerden: Reden im Überfluß, über welches Thema auch immer.

Im Moment jedoch ging es um den Fall, für den sie beide eingeteilt worden waren; er klärte sie über die Situation auf.

Der Ortspolizist hatte auf einen Anruf des Vaters der Vermißten reagiert, erklärte Elliott. Der Fall sei dann schnellstens der Kripo in den Schoß gelegt worden. Normalerweise hätte es bis hierhin vielleicht etwas länger gedauert, die Umstände waren jedoch außergewöhnlich: Das kleine Mädchen war erst sieben und geistig behindert, es hatte das Down-Syndrom. Sämtliche erste Maßnahmen waren getroffen worden: Die Freunde des Mädchens waren kontaktiert worden, die Schule – der letzte Ort, an dem sie gesehen worden war – durchsucht. Jetzt würden die Haus-zu-Haus Befragungen im Dorf losgehen, um festzustellen, ob irgend jemandem das Kind oder etwas Ungewöhnliches aufgefallen war. Die Suche in der umgebenden Landschaft würde beginnen; Spürhunde würden durch das Unterholz geschickt. Entweder das kleine Mädchen lebte noch und wurde früher oder später gefunden, oder ... sie lebte nicht mehr. Fast immer lief es auf die erste der beiden Möglichkeiten hinaus, sicher sein konnte man sich dessen jedoch nie. Zeit war der entscheidende Faktor, vor allem bei heraufziehender Dunkelheit. »Im Moment nehmen wir an, daß sie einfach umherwandert«, sagte er. »Es gibt keinerlei Hinweise auf ein Entführung, und die Mutter hat eingeräumt, zu spät zur Schule gekommen zu sein, um sie abzuholen. Doch es muß ein großes Gebiet durchkämmt werden; selbst wenn es ihr gut geht, kann es sein, daß wir sie nicht vor der Dunkelheit finden.«

Entgegen ihrer Absicht hörte Zoe dieser Zusammenfassung des Falles zu; das könnte interessant werden. Doch

Zoe Threadgold würde weder an der Untersuchung teilnehmen, noch an der Suche. Ich bin nur hier, ermahnte sie sich selbst bitter, um die Eltern zu babysitten. Es war einfach nicht fair.

Shaun ließ sich Zeit auf seiner Fahrt nach Elmsford; er wollte nicht zu früh ankommen. An einer Autobahnraststätte hielt er kurz für eine Tasse Tee; als er Elmsford näherkam, entschloß er sich, eine Gaststätte zu suchen, um etwas zu essen und zu trinken.

Branlingham hieß der Ort unmittelbar vor Elmsford. Shaun suchte dort nach einer anständigen Kneipe. Das ›Georg und der Drache‹ war einfach genug auszumachen, es lag im Zentrum des Dorfes. Ob es anständig war oder nicht, blieb abzuwarten.

Es gab Guinness vom Faß; das war ein vielversprechendes Zeichen. Shaun schob sich bis zur Bar durch und bestellte einen Halben. Der Barmann hatte flammrotes Haar. Er zapfte das Bier meisterhaft, erlaubte dem Schaum, sich zu setzen, bevor er weiterzapfte. Er schuf eine perfekte Krone. So viele Wirte hatten nicht die geringste Ahnung, wie man Guinness zapfte. Shaun war dies nur zu bekannt. Er war dankbar, daß er einen gefunden hatte, der es konnte. Das war einen Kommentar wert. »Ein herrliches Glas, mein Freund«, erklärte er in seinem breitesten Slang. Er legte sein Geld auf die Theke. »Wenn die Kalbsnierenpastete genauso gut ist, krieg' ich ein Stück.«

Der Barmann grinste. Er war sich des Komplimentes bewußt. »Willst du die Wahrheit wissen?« Shaun nickte. »Die Lammpastete is' besser.«

»Dann nehm' ich die. Und Fritten. Keine Eile – ich werd' mich noch 'ne Weile an meinem Bier festhalten.«

Shaun entschloß sich, vorerst an der Bar zu bleiben und

erst an einen Tisch zu wechseln, wenn das Essen kam. Er nahm einen tiefen Zug von seinem Guinness und seufzte zufrieden. Einige Minuten lang kommunizierte er schweigend und konzentriert mit seinem Bier. Nach einer Weile jedoch drangen die Unterhaltungen um ihn herum in sein Bewußtsein. Es gab deren einige, doch alle schienen sich um das gleiche Thema zu drehen.

Ein kleines Mädchen aus dem Dorf wurde vermißt, entnahm er den Gesprächen. Vermißt seit dem Nachmittag. Das kleine Mädchen des Vikars, und sie hatte das Down-Syndrom. Mittlerweile wußte jeder in Branlingham über ihr Verschwinden Bescheid; wie es kleinen Orten eigen ist, wußten die Leute bereits alles, bevor die Haus-zu-Haus Befragungen begonnen hatten. Niemand hatte sie gesehen; die Polizei schien keinerlei Hinweise zu haben.

Es wurde wild spekuliert. Vielleicht ist sie in die Wälder gewandert, meinte ein Mann mit starkem Suffolker Akzent. Ein anderer vermutete, sie sei gekidnappt worden, obwohl der Vikar kein geeignetes Opfer für Lösegeldforderungen war. Ein dritter Mann vermutete ähnliches. Er erinnerte sich, am Tag zuvor einen verdächtig aussehenden Fremden in Branlingham gesehen zu haben. Also kein Kidnapping wegen des Lösegeldes, sondern ein perverser Sexgangster, der sich an hilflosen jungen Mädchen vergriff.

Es gab ein großes Hallo, als Terry Rashe eintrat um sein abendliches Bierchen zu trinken. Jeder wollte Terry einen Drink spendieren; jeder wollte seine Geschichte hören, unmittelbar aus der Höhle des Löwen.

Terry Rashe war, wie die Stammgäste des ›Georg und der Drache‹ wohl wußten, Hausmeister an der Grundschule in Branlingham. Er war derjenige gewesen, der, mit der verzweifelten Mutter zusammen, die Schule von oben bis unten abgesucht hatte. Außer der Mutter war er der erste gewesen am Schauplatz des Verbrechens. Und natürlich hatte ihn die Polizei intensiv befragt. Hatte er das Mädchen gesehen? Er hatte nicht, traurigerweise, obwohl er sie natürlich vom Sehen her kannte: Glattes braunes Haar und die schrägstehenden Augen eines mongoloiden Kindes. Hatte er jemanden herumlungern sehen? Jemanden oder etwas Verdächtiges wahrgenommen? Wieder hatte er nicht, obwohl er es ehrlich bedauerte.

Shaun lauschte dem allen mit einem gewissen abstrakten Interesse. Das wäre zumindest etwas, worüber er Val berichten konnte. Er trank sein Bier aus und machte sich an ein Frisches, bevor das Essen kam.

Schließlich wurde das Essen serviert. Die Lammpastete war ganz in Ordnung, das Guinness war jedoch gut genug, um eventuelle Unzulänglichkeiten des Essens wettzumachen. Noch ein drittes Guinness, für unterwegs; obwohl der Platz vor Bullen nur so wimmelte, hatten diese augenscheinlich Wichtigeres zu tun, als jemanden zu schnappen, der ein Bier zuviel intus hatte. Nicht daß das der Fall wäre; er konnte sein Bier vertragen. Nur die Bullen sahen das vielleicht anders. Jedenfalls, bis nach Elmsford war es nicht weit, höchstens ein oder zwei Meilen.

Als er sich aufmachte, grinste der Barmann ihn hoffnungsvoll an. »Du brauchst nicht zufälligerweise 'n Kätzchen, Kumpel? Ich muß einen Wurf loswerden.«

Ein Kätzchen? Shaun hatte bedauert, daß er nicht daran gedacht hatte, Val irgendein Geschenk mitzubringen. Warum kein Kätzchen? dachte er. Es könnte ihr gefallen. Und wenn nicht, konnte er es immer noch ertränken. »Warum nicht?« erwiderte er betont fröhlich. »Warum nicht, zum Teufel?«

Zeit hatte jegliche Bedeutung verloren für Rosemary. Sie fand sich erstarrt in einem Alptraum, der, gerade erst begonnen, schon ewig dauerte.

Nach ihrer anfänglichen Hysterie, nachdem sie alles getan hatte, was sie konnte, zog sie sich in einen Zustand der Gefühllosigkeit, des Schocks, zurück. Sie konnte nicht weinen, sie konnte nicht denken. Nichts drang zu ihr durch, nichts hatte irgendeine Bedeutung für sie außer dieser furchtbaren Tatsache: Daisy war verschwunden.

Sie saß im Wohnzimmer auf dem schäbigen Sofa und umklammerte das groteske Porzellanhündchen, Daisys Geburtstagsgeschenk für sie. Vor weniger als einer Woche, länger her als ein ganzes Leben. Andere Menschen kamen und gingen. Versuchten, mit ihr zu sprechen, versuchten, etwas für sie zu tun. Sie flatterten am Rande ihres Bewußtseins entlang. Unwichtig, wenn nicht sogar ungewollt.

Der Polizeibeamte, Inspektor Elliott; sie konnte sich von seinem Besuch im Vikariat ein paar Wochen zuvor an ihn erinnern. Er schien ein netter Mann zu sein, ehrlich besorgt. Doch er war nicht lange geblieben. Die Beamtin, die er zurückgelassen hatte, diese Frau namens Zoe: Sie war hart, kalt. Sie hatte ständig Tassen mit Tee herbeigeschafft, hatte versucht, sie zum Trinken zu zwingen. Rosemary wollte keinen Tee. Sie wollte Daisy. Die Tassen sammelten sich auf dem Kaffeetisch, voll mit kalter, schmieriger Flüssigkeit. Die letzte Tasse war noch heiß, blieb jedoch ebenfalls unberührt.

Phyllis Endersby war vorbeigekommen, wie auch andere Gemeindemitglieder. Besorgt oder auch nur neugierig. Rosemary ignorierte sie alle. Annie Sawbridge war gekommen, außer sich vor Bedauern. Sie hätte nicht gehen sollen, ohne sicherzustellen, daß jemand sich um Daisy kümmerte. Daisy hatte gesagt, sie käme zurecht, erklärte Annie. Sie *war* guter Dinge gewesen, als sie sie das letzte

Mal gesehen hatte. Es war ihr Fehler; es tat ihr so leid. Doch Rosemary hörte kaum zu. Sie wußte, es war einzig und allein ihr eigener Fehler. Sie hatte ihre Pflicht vernachlässigt. Sie hatte ihre eigene Tochter im Stich gelassen.

Sogar Gervase konnte nicht zu ihr durchdringen, nicht einmal mit der vereinten Kraft seines priesterlichen Könnens und seiner Liebe zu ihr. Er litt natürlich ebenfalls, schaffte es jedoch, sich einen gewissen Sinn für die Realität zu bewahren, eine Verbindung zur Außenwelt aufrechtzuerhalten.

Es war Gervase, an den die Polizei ihre periodischen Berichte ablieferte. Es wurde alles Menschenmögliche getan. Sie hatten Annie Sawbridge befragt; sie war die letzte ihnen bekannte Person, die Daisy gesehen hatte. Die Haus-zu-Haus Befragungen wurden weiter durchgeführt, ebenso die gründliche Durchsuchung des Geländes. Glücklicherweise blieb es jetzt, vierzehn Tage vor der Mittsommernacht, lange hell. Sie würden die Suche erst nach neun oder vielleicht zehn Uhr aufgrund der Dunkelheit abbrechen müssen.

Gervase berichtete all das einer erstarrten Rosemary. Es war jedoch nur die letzte Tatsache, die in Form einer lebhaften Vorstellung bis zu ihr durchdrang: Daisy, irgendwo da draußen, alleine im Dunkeln, sich zu Tode fürchtend.

Rosemary umklammerte den Porzellanhund noch fester, als die Tränen überliefen und ihre Wangen hinunterrollten. »Sie hat solche Angst im Dunkeln«, flüsterte sie.

Shaun entschied, daß ein gewisser Überraschungseffekt von Nöten war; wenn Valerie seinen Wagen hörte oder durch das Fenster entdeckte, konnte es sein, daß sie sich weigerte, ihn hereinzulassen. Also parkte er den Wagen auf dem Randstreifen, eine Viertelmeile vom Rose Cottage entfernt. Den Rest des Weges ging er zu Fuß. In der einen Jackentasche befand sich der Schlüssel; in der anderen das Kätzchen, ein winziger gelber Fellball, jämmerlich maunzend.

Er hatte seine Ankunft sorgfältig geplant. Es fing gerade an, dunkel zu werden.

Valerie hatte es geschafft, Daisy zu füttern; sie hatte eine Dose gebackene Bohnen gefunden – Mrs. Rashe hatte sie letzte Woche mitgebracht, als sie krank war, um ihren Appetit anzuregen. Die Bohnen hatten selbstverständlich nichts dergleichen vermocht, Mrs. Rashe hatte sie jedoch dagelassen, für alle Fälle. Daisy mochte sie sehr gerne. Sie aß die ganze Dose, gefolgt von den restlichen Biskuits. Das würde ihr bis morgen reichen.

Sie bei Laune und abgelenkt zu halten war Valeries nächste Sorge. Solange sich das Mädchen mit etwas anderem beschäftigen konnte, mit Essen zum Beispiel, schien sie einigermaßen zufrieden zu sein. Sobald jedoch nichts mehr sie ablenkte, verfiel sie schnell wieder darauf, nach ihrer Mutter zu weinen. Valerie besaß keine Kinderbücher. Es gab keinerlei Spielzeug im Rose Cottage, keinen Fernseher im vorderen Zimmer. Sie hatte nur einen kleinen Apparat in ihrem Schlafzimmer; manchmal sah sie fern, bevor sie einschlief.

Der Fernseher schien für eine Ablenkung auf lange Sicht das beste zu sein. Was auch immer ›lange Sicht‹ heißen mochte; Valerie wollte im Moment nicht darüber nachdenken. Sie brachte den Fernseher nach oben ins Gästezimmer und richtete das Mädchen dort ein. Der Raum konnte mit einem Schlüssel von außen abgeschlossen werden. Das könnte sich als nützlich erweisen, sollte Valerie aus dem

Haus gehen müssen – und das mußte sie sicherlich, wenn auch nur, um etwas zu essen zu besorgen. Sie glaubte jedoch nicht, daß sie abschließen mußte, solange sie selbst sich im Haus befand. Das Mädchen hatte schon Grund genug, verängstigt zu sein, es war nicht nötig, sie auch noch alleine in ein Zimmer einzusperren.

Bis auf den Fernseher wirkte das Zimmer eher steril: Ein Bett, eine Kommode, ein Schrank. Das Mädchen schien jedoch damit zufrieden zu sein, dort bleiben und fernsehen zu können. Ihre Fernsehzeiten daheim waren vermutlich strikt geregelt. Valerie war es gleich, was sie anschaute, solange sie nur ruhig blieb.

Jetzt, am späten Abend, saß Valerie in der Küche, trank schwarzen Kaffee und stellte eine Liste der Dinge zusammen, die sie besorgen mußte. Das Mädchen war schließlich, während eine dieser hirnverbrannten Fernsehsendungen lief, eingeschlummert, noch vollständig bekleidet in ihrem pink gestreiften Kleidchen. Valerie hatte Fernseher und Licht ausgeschaltet und die Tür zugezogen, sie jedoch nicht abgeschlossen.

»Hallo, Süße«, ertönte eine sanfte Stimme hinter ihr.

Valerie fuhr entsetzt hoch. »Oh! Shaun! Hast du mir einen Schrecken eingejagt!« keuchte sie.

Shaun feixte. »Ich wollte dich bloß überraschen, Süße.«

Ihre Wut auf ihn flutete zurück, vergrößert durch diese seine letzte Ungeheuerlichkeit. »Was zum Teufel tust du hier?« verlangte sie zu wissen. »Ich habe dir gesagt, ich will dich hier nie wieder sehen. Und was, verdammt noch mal, soll das, hier 'reinzuschleichen und mich zu Tode zu erschrecken?«

»Froh, mich zu sehen, wie?«

»Raus hier.« Sie blitzte ihn an und zeigte zur Tür. »Sofort.«

Shaun machte einen Schritt auf sie zu. »Das meinst du

doch nicht wirklich, Süße«, schmeichelte er. »Nicht nach all dem, was wir füreinander empfunden haben.«

Ihre Stimme war eisig. »Du bedeutest mir gar nichts. Hast du nie. Jetzt verlaß mein Haus. Gib mir meinen Schlüssel und verschwinde. Sofort.«

Er holte den Schlüssel aus seiner Jackentasche und ließ ihn verlockend vor ihr hin und her pendeln. »Komm und hol' ihn dir«, sagte er, während er aus der anderen Tasche das Kätzchen hervorzauberte. Es miaute kläglich und blinzelte im hellen Licht der Küchenlampe. »Ich habe dir ein Geschenk mitgebracht, Val, meine Süße. Etwas, daß dich im Bett schön warm hält, wenn ich nicht hier bin, um dafür zu sorgen.«

Bevor sie darauf reagieren konnte, öffnete sich die Tür. Daisy stolperte herein, tränenverschmiert. »Es ist dunkel!« heulte sie, zitternd und schluchzend. »Du hast mich im Dunkeln gelassen! Ich will meine Mama!«

Shaun blickte auf das Mädchen, dann auf Valeries erstarrtes Gesicht, dann zurück auf das Mädchen. Glattes braunes Haar, die schrägstehenden Augen eines Kindes mit Down-Syndrom. Durch den Nebel aus Alkohol fiel der Groschen. »Ah«, sagte er verstehend.

Im selben Augenblick entdeckte Daisy das Kätzchen in Shauns Hand. Ihre Tränen versiegten auf der Stelle. »Oh!« stieß sie hervor. »Ein Kätzchen! Für mich?«

Er streckte die Hand aus und gab es ihr. »Sicher ist das für dich, kleine Dame«, sagte er süßlich.

Daisy barg ihr tränennasses Gesicht in dem goldenen Fell. »Oh, vielen Dank. Ich werde es Samantha nennen, weil sie auch goldene Haare hat.« Sie hielt das Kätzchen hoch und schaute in das winzige Gesicht.

Schließlich sprach Valerie, mit einer Stimme, die ihr selbst seltsam fremd war. »Warum bringst du es jetzt nicht nach oben in dein Zimmer?« schlug sie vor.

»Da ist es doch dunkel!«

Shaun nutzte seine Chance. »Ich werde mit dir nach oben gehen und das Licht einschalten«, bot er an.

»Nein!« Valerie nahm Daisys Hand. »Das werde ich tun. Das heißt, wenn du hier wartest, bis ich wieder da bin«, fügte sie zu Shaun gewandt hinzu.

»Oh, ich warte.« Er ließ ein wissendes Lächeln sehen. »Ich gehe nirgendwohin Val, meine Süße.«

Als sie wieder hinunter kam, saß Shaun mit dem Rücken zu ihr am Küchentisch. Er hatte sich selbst bedient. Ein Glas sowie eine Flasche Bushmills standen vor ihm. Er drehte den Kopf, um sie anzusehen. »Da haben wir ja eine ganze Menge, worüber wir reden müssen, meine Süße«, begann er. »Du warst ein unartiges Mädchen, nicht wahr?«

Es war unmöglich, daß er es wußte; vielleicht konnte sie sich herausbluffen. »Sie ist meine Nichte«, erwiderte Valerie kalt. »Zu Besuch aus London.«

»Oh, Val, Val, Val.« Er schüttelte den Kopf. »Du konntest noch nie gut lügen. Ich weiß genau, wer sie ist. Das kleine Mädchen des Vikars. Weißt du denn nicht, daß die Bullen nach ihr suchen? Daß sie alles auf den Kopf stellen? Vielleicht sollte ich sie anrufen und ihnen ein wenig Mühe ersparen.«

Valerie zwang sich dazu, tief einzuatmen; sie stand sehr still, begegnete Shauns spöttischem Blick. »Was willst du von mir?« fragte sie leise.

Er wandte sich wieder der Flasche Bushmills zu und füllte sein Glas auf. Er fuhr fort, als wäre er nicht unterbrochen worden. »Oder vielleicht sollte ich die Eltern anrufen. Denkst du nicht, sie wären dankbar?« sagte er, als die goldene Flüssigkeit in sein Glas plätscherte. »Ich denke, es ist an der Zeit für dich, nett zu mir zu sein, Val. Ich will dich wiederhaben – das weißt du.«

Valerie ließ Shaun nicht aus den Augen. Aus den

Augenwinkeln konnte sie den silbernen Brieföffner auf einem Stapel ungeöffneter Briefe liegen sehen. Sie griff danach. Bevor Shaun das Glas an die Lippen führen oder sich auch nur zu ihr umdrehen konnte, rammte sie ihm das Messer zwischen die Schulterblätter.

Pete Elliott wartete, bis auch das letzte bißchen Licht vom Himmel verschwunden war, bevor er die Suche abbrechen ließ. Selbst dann zögerte er noch; er war sich sicher, daß Daisy Finch irgendwo da draußen war. Die Chancen, sie lebend zu finden, würden sich bis zum nächsten Morgen dramatisch verringert haben.

Als sie mit der Suche begonnen hatten, war er ziemlich überzeugt davon gewesen, daß sie einfach ziellos umherwanderte und sehr bald gefunden werden würde. Das hatte sich als falsch herausgestellt, beunruhigenderweise. Es sah immer mehr so aus, als ob ihr, falls sie wirklich nur umhergeirrt war, etwas zugestoßen war – vielleicht war sie in den Fluß gefallen oder hatte sich auf andere Weise irgendwie verletzt. Über die nächste Möglichkeit konnte und wollte er nicht nachdenken: Daß sie jemanden getroffen hatte, entweder unmittelbar am Schultor oder ein kurzes Stück davon entfernt in unmittelbarer Umgebung, der kleine Mädchen quälte.

Als er an diesem Nachmittag nach Branlingham gefahren war, hätte er nicht gedacht, daß er sich solche Gedanken machen würde. Doch dann hatte er die Eltern kennengelernt und ein Foto von Daisy gezeigt bekommen. Sie hatte so schutzlos ausgesehen mit diesen großen, vertrauensvoll blickenden braunen Augen. Und diese Brille – das hatte ihn wirklich getroffen. Diese Brille, die ihr kleines Gesicht zwergenhaft erscheinen ließ. Dieses Gesicht war jetzt in sein Gehirn eingebrannt. Es spornte ihn an, weiter suchen zu lassen, bis es wirklich keinen Sinn mehr machte.

Er ging selbst, um es den Eltern mitzuteilen.

Es war Gervase, der an die Tür kam. Er versuchte, seinen Gesichtsausdruck möglichst neutral zu halten, nicht zu hoffnungsvoll oder zu verzweifelt.

»Kommen Sie herein, Inspektor«, sagte er ruhig. Er mochte Inspektor Elliott; der Polizeibeamte besaß eine Spur althergebrachter Höflichkeit. Das gab es nur zu selten in diesen Tagen, in was für einem Beruf auch immer.

Sie standen verlegen in der Eingangshalle. »Es gibt leider keine Neuigkeiten, Vikar«, berichtete Elliott mit echtem Bedauern. Er erklärte weiter, daß sie morgens in aller Frühe wieder draußen sein würden. Sie würden zusätzlich zu den Spürhunden einen Hubschrauber mit Wärmedetektoren einsetzen und noch mehr Männer.

Er sagte ihm nicht, daß sie auch den Fluß absuchen würden. Das war jetzt unumgänglich. Elliott hatte es bisher aufgeschoben, auf positive Ergebnisse hoffend.

»Und nur damit Sie es wissen und vorbereitet sind«, fügte er hinzu, »sowohl die örtliche als auch die überregionale Presse wird morgen verständigt werden. Wir stellen ihnen Daisys Foto zur Verfügung. Es wird in den Zeitungen und im Fernsehen erscheinen, für den Fall, daß sie jemand gesehen hat. Wir werden versuchen, dafür zu sorgen, daß Sie und Mrs. Finch nicht belästigt werden.« Das war auch etwas, was Elliott so lange wie möglich vor sich hergeschoben hatte. Er wußte, sobald die Medien informiert waren, gab es kein Zurück mehr.

»Danke, daß Sie es mir gesagt haben.«

»Vielleicht«, riet Elliott, »rufen Sie Ihre Verwandtschaft an und teilen es ihnen mit, bevor die Presse davon erfährt.«

»Ja.« Gervase glättete sich mit seinen langen Fingern das Haar, während er die Bedeutung der Worte in sich aufnahm. »Ja, ich werde Rosemarys Mutter verständigen, und meinen Sohn.«

Elliott machte sich Sorgen um Rosemary. Sie schien überhaupt nicht damit fertig zu werden, nach dem, was er früher am Abend gesehen hatte. »Gibt es noch irgend etwas, was ich für Sie und Mrs. Finch tun kann? Soll ich Ihren Hausarzt holen lassen?« bot er an.

»Wofür das denn?«

»Ich dachte, Mrs. Finch brauchte vielleicht ein Beruhigungsmittel. Um schlafen zu können.«

Gervase lächelte grimmig. »Ich denke nicht, daß es hier viel Schlaf geben wird heute nacht. Trotzdem vielen Dank.« Verspätet fiel ihm auf, daß er alle Regeln der Gastfreundschaft vernachlässigt hatte; sie standen noch immer in der Eingangshalle. »Kann ich Ihnen eine Tasse Tee anbieten, Inspektor? Oder Kaffee?«

»Nein, danke. Ich möchte nur kurz mit Sergeant Threadgold sprechen.«

»Sie ist bei meiner Frau«, sagte Gervase. »Ich hole sie.«

Zoe kam schnell. Sie hoffte auf gute Neuigkeiten; es war noch immer nicht zu spät, ihren Abend mit Mike Odum zu retten.

»Sie bleiben heute nacht hier bei den Finchs«, wies er sie an. »Sie wissen, was zu tun ist.«

Sie preßte ihre Lippen zusammen und sprach mit zusammengebissenen Zähnen. »Ja, Sir.«

Valerie stand einige Minuten lang da, den Brieföffner in der Hand. Shaun war über dem Küchentisch zusammengesackt; sie hatte ihn an der richtigen Stelle getroffen. Es hatte noch nicht einmal viel Blut gegeben. Mit an Sicherheit grenzender Wahrscheinlichkeit war er tot.

Sie zwang sich dazu, das Messer aus der Umklammerung ihrer Finger zu lösen. Ihre Gedanken rasten. Die Erinnerung an sämtliche Detektivgeschichten, die sie als Teenager gelesen hatte – sämtliche Romane von Agatha Christie –, stürmte auf sie ein. Sie mußte die Leiche loswerden. Mußte die Küche putzen.

Um sich selbst etwas Zeit zu geben, ging sie nach oben, um nach Daisy zu sehen. Das Gästezimmer war noch immer hell erleuchtet, das Mädchen jedoch fest eingeschlafen, die Brille noch auf der Nase. Sie hatte sich eingerollt wie ein Fötus; das schlafende Kätzchen schmiegte sich an ihre Wange. Beruhigt zog Valerie die Tür zu und schloß hinter sich ab; sie konnte nicht zulassen, daß das Mädchen aufwachte und noch einmal in der Küche erschien.

Beim Hinuntergehen ließ sie sich Zeit. Sie versuchte, sich darüber klar zu werden, wie sie Shaun los wurde. Das hörte sich leichter an als es war, soviel wußte sie. Ihn im Garten zu begraben kam nicht in Frage; sie brächte es niemals fertig, eine Schaufel zu schwingen, selbst wenn sie gewußt hätte, wo eine zu finden war. Rose Cottage war nicht unterkellert, besaß kein bequemes Kohlenloch, um ihn zwischenzeitlich zu lagern. Sie mußte ihn aus dem Haus schaffen, heute nacht noch, und ihn so weit wie möglich vom Rose Cottage weg bringen.

Sein Wagen, dachte sie plötzlich. Er mußte mit dem Wagen gekommen sein. Sie würde den Wagen auf jeden Fall verschwinden lassen müssen. Die Schlüssel hatte er sicherlich in seiner Tasche. Wenn sie ihn in seinen Wagen bugsiert bekam, konnte sie diesen in einiger Entfernung irgendwo stehenlassen. Auch wenn er gefunden wurde, was sicherlich letztendlich der Fall sein würde, brachte ihn nichts mit ihr in Verbindung.

Das war das Geniale daran. Sie lächelte in sich hinein, der ganzen schrecklichen Umständen zum Trotz. Shaun hatte immer darauf bestanden, ihre Beziehung geheim zu halten. Niemand würde hier nach ihm suchen.

Solange sie vorsichtig vorging und ihr jetzt keine Fehler unterliefen.

Valerie blieb einen Moment an der Küchentür stehen, bevor sie hineinging. Sie stählte sich für seinen Anblick. Für das, was sie zu tun hatte.

Keine Fehler. Das bedeutete, sie würde Handschuhe tragen müssen. Sie ging in weitem Bogen um den Tisch herum zur Spüle und fand ein Paar Gummihandschuhe. Nicht gerade elegant, doch sie würden ausreichen. Sie zog sie an. Dann drehte sie sich herum zu dem Ding, das einmal Shaun gewesen war. Er – es – hing über dem Tisch, sein Gesicht in einer Lache, kein Blut, sondern Whiskey; sein Glas war ihm aus der Hand gefallen, und er hatte die Flasche Bushmills umgestoßen, als er erstochen wurde.

Vor Ekel drehte sich ihr der Magen um. Eine instinktive Reaktion, die ihren tiefsitzenden Horror vor dem Tod ausdrückte. Ihn zu berühren war undenkbar, es mußte jedoch getan werden. Erst die Taschen.

Ein paar Minuten später war es geschafft: Sie hatte sein Portemonnaie, seinen Terminkalender, eine Handvoll Münzen, den Schlüssel zum Rose Cottage sowie seine eigenen Schlüssel hervorgeholt. Das Portemonnaie und den Terminkalender würde sie irgendwie loswerden, zusammen mit dem tödlichen Brieföffner; je länger seine Leiche unidentifiziert blieb, desto besser.

Jetzt würde sie seinen Wagen so nah wie möglich an die Tür heranfahren und ihn irgendwie hineinzerren müssen.

Sie trat nach draußen, Schlüssel in der Hand, um den Wagen zu holen. Überraschenderweise war das Auto nirgendwo zu sehen. Nicht in ihrer Einfahrt, nicht auf der Straße. Wo zum Teufel hatte er es gelassen? Wie ähnlich

Shaun das sieht, wurde ihr verspätet bewußt: Er wollte sie überraschen, sich an sie heranschleichen.

Tja, da konnte man nichts machen. Sie konnte schlecht draußen herumschleichen und die Gegend nach Shauns Wagen absuchen. Mit etwas Glück hatte er es irgendwo versteckt, wo es einige Tage lang niemand fand, es niemandem auffiel. Vielleicht würde sie es bei Tag selbst finden können.

Jetzt allerdings würde sie statt dessen ihren eigenen Wagen benutzen müssen. Den blauen natürlich. Mit einem Schauer der Erregung erinnerte sie sich daran, daß der blaue Polo nicht zu ihr zurückzuverfolgen war: Sie hatte ihn noch nicht registriert. Niemand wußte, daß er Valerie Marler gehörte.

Kapitel 18

Es war die größte Ironie, allerdings von niemandem erkannt, daß die Ausgabe der Zeitschrift *Hello,* mit Valerie Marler auf dem Cover, am gleichen Tag auf den Zeitungsständern erschien wie die Zeitungen mit ihren Titelstorys über ein vermißtes Mädchen aus Suffolk.

Früh an diesem Morgen wurden beide geradezu verschlungen von Tracy, dem grobschlächtigen Mädchen aus dem Kiosk in der Bury Road in Saxwell. Das Verschwinden des Mädchens war von lokalem Interesse; die Familie lebte weniger als zehn Meilen entfernt. Die meisten nationalen Zeitungen behandelten die Sache als Titelstory – das Kind hatte das Down-Syndrom. Außerdem gab es natürlich den interessanten Zusatzaspekt, daß ihr Vater Vikar war; Skandale und potentielle Tragödien innerhalb der Kirche hatten die Phantasie der Öffentlichkeit schon immer angeregt. Sämtliche Zeitungen brachten dasselbe Foto, eine Nahaufnahme des bebrillten Gesichtes des Mädchens. Tracy betrachtete das unschuldige Gesicht und seufzte mitfühlend.

Mehr noch interessierte sie allerdings die Titelstory über Valerie Marler in *Hello.* Tracy las *Hello* gerne, wenn es ruhig war im Geschäft und ihre Mutter sie nicht statt dessen zum Auffüllen der Regale verdonnerte; die Häuser und das Leben der Reichen und Berühmten faszinierten sie. Außerdem gab es auch hier den lokalen Aspekt, der die Sache nur noch interessanter machte. Sie studierte die Details eines Fotos. Es zeigte die berühmte Autorin in ihrer Küche. Vermutlich war sie gerade dabei, ein mehrgängiges Menü auf dem Kohlenherd zu zaubern. In diesem Moment blickte ihre Mutter ihr über die Schulter.

Dieses Mal versuchte Tracy gar nicht erst zu verbergen, was sie tat, so gefangen war sie. »Schau mal, Mama«, sagte sie. »Diese Valerie Marler. Lebt gar nicht weit von hier, nur ein Stück die Straße nach Elmsford hinunter. So was wie unsere lokale Berühmtheit. Ist sie nicht hübsch? Und guck dir nur mal das Haus an.«

Ihre Mutter sah sie finster an. »Ich habe dir doch gesagt, du sollst nicht mit deinen schmierigen Fingern an die Ware gehen«, erwiderte sie. Doch auch sie konnte nicht widerstehen. Die Küche interessierte sie allerdings mehr als ihre Bewohnerin. »Mann, was gäbe ich für so eine Küche«, seufzte sie. »Ich liege deinem Vater schon seit Jahren damit in den Ohren, daß ich eine neue Küche brauche. Ich wollte natürlich nicht so ein sperriges Teil wie diesen alten Kohlenherd – ein schöner neuer Herd wäre mir wesentlich lieber. Und schönen glänzenden PVC-Boden statt dieser Schieferfliesen. Wahrscheinlich eine Mordsarbeit, die sauberzuhalten.«

Die Schieferfliesen waren sehr sauber an diesem Morgen, eine Mordsarbeit, in der Tat. Sie waren spät nachts noch mit einer Bürste geschrubbt und einige Male abgespült worden. Bis das Wasser klar blieb. Niemand, der sie jetzt ansah, würde jemals ahnen, daß sie mit einer Mischung aus Blut und Whiskey befleckt gewesen waren.

Es war eine schauerliche Nacht gewesen für Valerie. Zum einen aufgrund der körperlichen Anstrengung, die das Verschwindenlassen der Leiche bedeutete: Sie war unglaublich schwer und unhandlich gewesen, ein totes Gewicht. Sie auf den Rücksitz des Wagens zu zerren und zu schieben brachte sie an den Rand ihrer Kräfte, schon bevor sie den langen Weg nach Hause antrat von dem verborgenen Platz aus, an dem sie Wagen und Leiche zurückgelassen hatte. Zum anderen wartete zu Hause das Reinemachen auf sie: Boden und Tisch mußten geschrubbt, Shauns Besitztümer, das Messer sowie ihre eigene blutbespritzte Kleidung entsorgt werden. Sie hatte alles in einer Abfalltüte gesammelt, diese fest zugebunden und in den großen Müllcontainer hinter dem ›Schwan‹ geworfen; dort wurde der Abfall jeden Tag abgeholt. Mit etwas Glück würde die Tüte in ein paar Stunden auf der Kippe landen.

Die wahre Erschöpfung war jedoch seelischer Natur. Valerie wurde von den beiden erschütternden Ereignissen dieses Tages überwältigt: Sie hatte ein Kind gekidnappt und dann einen Mord begangen, um es zu verbergen. Die Konsequenzen schon einer Handlung alleine würden ihr Leben für immer verändern. Die Sache mit dem Mord war, so hoffte sie, erledigt. Das konnte sie jetzt vergessen. Das andere Problem blieb jedoch bisher ungelöst – was sollte sie mit Daisy anfangen?

Schlaf gab es für Valerie nicht in dieser Nacht. Und das erste Mal seit Wochen waren ihre Gedanken woanders als bei dem Thema Hal.

Margaret hatte keinerlei Vorahnung einer Katastrophe, als sie nach der Dusche nach unten kam und die Post von der Matte aufnahm. Es gab die übliche Ansammlung von Werbeprospekten und Katalogen, vermischt mit ihrer beider persönlicher und geschäftlicher Korrespondenz. Das meiste war an Margaret adressiert, nicht an Hal.

Sie überflog die Absender und warf die offensichtlichsten Werbungen ungeöffnet in den Abfall. Die rein geschäftlichen Briefe trug sie ins Arbeitszimmer und legte sie auf ihren Schreibtisch. Sie würde sich später damit beschäftigen. Alles, was persönlicher Natur zu sein schien, nahm sie meist mit ins Frühstückszimmer. Sie sah sie bei Toast und Kaffee durch.

Ein Umschlag war in Handschrift adressiert, in Blockbuchstaben. Anscheinend kam er von niemandem Bestimmtes. Er fühlte sich steif an, als ob eine Einladung oder eine Grußkarte darin enthalten sei.

Hal befand sich bereits im Frühstückszimmer. Er hatte Kaffee und Toast vorbereitet, den Tisch gedeckt. »Viel zu tun heute?« fragte er unterhaltsam. Er goß ihr eine Tasse Kaffee ein.

»Nicht ganz so viel.« Margaret zog ihre Serviette aus dem silbernen Ring und nahm sich eine Scheibe Toast. »Ich habe mir den Vormittag freigehalten, um den Papierkram und die Korrespondenz zu erledigen. Nachmittags habe ich ein Treffen mit dem Komitee. In Bury.«

Bevor sie Butter auf ihren Toast strich, benutzte sie das Messer als Brieföffner. Drei steife Quadrate fielen aus dem Umschlag; Margaret sah sie sich eines nach dem anderen an. Ihre Augen, ihr Gehirn, weigerten sich, dem, was sie da sah, den Bildern auf den Karten, einen Sinn zu geben. Doch ihr Herz fühlte sich auf einmal an, als würde es von einer Riesenfaust erdrückt, zu Brei zerquetscht.

Es war die Art ihres Schweigens, die Hals Aufmerksamkeit erregte, als er gerade Marmelade auf seinen Toast strich. Er sah seine Frau an; ihr Gesicht war weiß, weißer als er es jemals gesehen hatte. Kein Muskel zuckte. »Margaret? Geht es dir gut, meine Liebe?«

Ohne ein Wort reichte sie ihm die Fotos.

»Oh«, sagte Hal.

Margaret wartete.

»Hör' zu, Margaret. Es ist nicht so, wie du denkst.«

Sie versuchte, zu lächeln; ihr Gesicht war wie erstarrt. »Und was genau denke ich?«

»Oh, ich vermute, das, was jeder denken würde, wenn er dies sehen würde – daß wir eine Affäre haben.«

Ihre Stimme klang sehr ruhig, fast amüsant. »Und, habt ihr?«

»Nein!« sagte er mit Nachdruck. »Das mußt du mir glauben.«

Sie sagte nichts.

»Ich weiß, wie es aussieht. Doch es ist nichts passiert zwischen uns. Was muß ich sagen, damit du mir glaubst?«

Margaret schaute ihm über den Tisch hinweg ins Gesicht. »Die Wahrheit. Sag' mir die Wahrheit. Das bist du mir schuldig, Hal.«

Er holte tief Atem und zwang sich dazu, ihren Blick zu erwidern. »Die Wahrheit also.« Sein Blick schweifte ab, zu den Fotos auf dem Tisch. »Wir haben uns ineinander verliebt, Rosemary Finch und ich. Es sollte nicht passieren. Wir wollten es nicht. Es ... ist einfach geschehen. Wir konnten nichts dafür. Doch ich habe nie aufgehört, *dich* zu lieben, Margaret. Die ganze Zeit. Und sie hat niemals aufgehört, Gervase zu lieben. Wir haben nicht miteinander geschlafen – ich schwöre es. Was du hier siehst, auf diesen Fotos, ist das Ende von etwas, das niemals stattgefunden hat.« Er lachte kurz und bitter auf. »Das ist die Ironie des Ganzen. Das dies das Ende ist. Gestern nachmittag. Wir haben uns dazu entschlossen, uns nicht mehr zu sehen. Niemals. Nichts ist passiert. Und jetzt ist es vorbei.«

»Nichts?« echote sie. »Du nennst das Nichts, daß du dich nach fünfundzwanzig Jahren Ehe in eine andere Frau verliebst?«

»Wir hatten doch keine Affäre«, beharrte Hal. »Ich bin dir nicht untreu gewesen. Wir haben nicht miteinander geschlafen, nicht ein Mal.«

»Einmal wäre also in Ordnung gewesen?«

»Du weißt, was ich meine. Und das Wichtigste ist doch

sicher, daß ich immer noch *dich* liebe. Daß unsere Ehe überlebt hat. Daß Rosie und ich uns nie mehr wiedersehen werden.«

Rosie, dachte Margaret. Ihr Herz zog sich noch einmal zusammen. »Du liebst *sie* allerdings auch immer noch«, stellte sie fest.

Er nahm sein Messer und zeichnete mit der Spitze ein Muster auf die Tischdecke. »Man kann nicht plötzlich aufhören, jemanden zu lieben, über Nacht, auf Befehl. Ja, ich liebe Rosie noch immer. Doch ich habe mich entschieden. Ich habe mich für *dich* entschieden.«

»Und du dachtest, ich brauchte niemals etwas über deinen kleinen ... Fehltritt erfahren, ja? Du hättest es mir nie erzählt.«

»Nein, natürlich nicht. Ich wollte dich nie verletzen, Margaret. Besonders jetzt nicht – jetzt, da alles vorbei ist.«

»Du wolltest mich nicht verletzten.« Sie schloß ihre Augen. Dann erhob sie sich vom Tisch. »Ich gehe in mein Arbeitszimmer, Hal. Um ein paar Minuten nachzudenken, alleine.«

Hal machte keinen Versuch, ihr zu folgen.

Margaret schloß die Tür ihres Arbeitszimmers hinter sich und sank auf den Stuhl, die Ellenbogen auf dem Tisch. Hal lächelte sie aus dem gerahmten Foto heraus an, sorglos und so charmant. Sie hatte dieses Foto von Vater und Sohn immer geliebt. Jetzt konnte sie nicht ertragen, es anzusehen; sie legte es mit dem Glas nach unten auf den Schreibtisch.

Es ging ihr nicht in den Kopf, es machte keinen Sinn. Hal hatte sich in eine andere Frau verliebt. Nach all diesen Jahren, nach allem, was sie durchgemacht hatten.

Er war ihr nicht untreu geworden, hatte er gesagt. Sie hatten nie miteinander geschlafen. Das sollte es irgendwie richtigstellen, es als unwichtig durchgehen lassen.

Wie typisch Mann, zu denken, es ginge um Sex. Sex hatte nichts, oder fast nichts, damit zu tun. Hal war nicht der erste Mann in Margarets Leben; während ihrer Schulzeit hatte sie eine Reihe Freunde gehabt, hatte mit einigen geschlafen. Es hatte nichts bedeutet. Doch Hal, ihr Ehemann, die Liebe ihres Lebens, hatte sich in eine andere Frau verliebt. Daß es sich um Liebe handelte und nicht nur um Lust stand für sie außer Frage; Rosemary Finch war nicht die Art Frau, nach der ein Mann sich vor Verlangen verzehrte. Nein, Hal hatte sie geliebt. Liebte sie *immer noch*. Diese emotionale Untreue war hundertmal, tausendmal schlimmer als physische Untreue. Wie viel besser wäre es, hätte er Rosemary Finch einfach anziehend gefunden und wäre mit ihr ins Bett gegangen. Oder hätte er einer der vielen Frauen nachgegeben, die sich ihm über die Jahre an den Hals geworfen hatten. Damit hätte sie umgehen können. Sie wäre wütend gewesen, ja, und verletzt, doch sie hätte damit fertigwerden können. Hätte ihm verzeihen können.

Verzeihen. Sie war Priesterin; Verzeihen gehörte zu ihrem Geschäft. Bei jedem Gottesdienst hob sie die Arme, bekreuzigte sich und verteilte es freimütig. Absolution. »Allmächtiger Gott, der allen vergibt, die wahrhaftig bereuen, Gnade sei mit Dir, der vergibt uns unsere Schuld, festigt und stärkt uns in seiner Güte, in Ewigkeit.« Gott würde Hal vergeben, natürlich. Doch jetzt, da sie wußte, was sie wußte, wie konnte Margaret ihm jemals vergeben?

Dienstagmorgen war Daisy wie ausgewechselt, allein des Kätzchens wegen. Sie kam nach unten. Ein bißchen schlampig sah sie aus in ihrem pink-weiß gestreiften Kleidchen; ihre Zöpfe lösten sich. Das Kätzchen hielt sie im Arm. »Kann ich es wirklich behalten?« fragte sie Valerie.

Ihrem Gesichtsausdruck war abzulesen, daß sie es kaum glauben konnte.

Valerie war mit allem einverstanden, was Daisy zufriedenstellte, sie nicht nach ihrer Mutter fragen ließ. »Ja, natürlich.«

»Mama sagt, daß ich vielleicht mal ein Kätzchen haben darf, eines Tages. Vielleicht. Nicht sicher.«

»Also, so lange du hier bist, kannst du das Kätzchen behalten«, versprach Valerie.

Daisy strahlte. »Sie heißt Samantha.«

»Möchtest du frühstücken?«

»Hast du Cornflakes? Kann Samantha auch Cornflakes haben?«

Valerie aß keine Getreideflocken zum Frühstück, doch Shaun mochte Cornflakes. Er *hatte* Cornflakes gemocht. Sie hatte immer eine Schachtel für ihn zur Hand gehabt. Er würde sie nun nicht mehr brauchen. Valerie schüttelte sich unwillkürlich, als sie die Packung im Vorratsschrank fand.

Hal hatte sich noch nicht vom Tisch bewegt, als Margaret wieder hereinkam. Er war auf seinem Stuhl sitzen geblieben, unfähig, etwas zu essen, mit seinen Händen hatte er eine Scheibe Toast in Krümel verwandelt. Diese schob er abwesend auf dem Tisch herum.

Für Margaret, die ihn so gut kannte, sah er besorgt aus, ängstlich. Doch als sie hineinkam, sah er auf und bezauberte sie mit seinem charmantesten Lächeln. Dieses Lächeln, das jahrelang Wunder gewirkt hatte, nicht nur bei ihr, sondern bei so ziemlich jeder Frau, der er jemals begegnet war. Margaret war nicht in der Stimmung für dieses Lächeln; sie war nicht in der Stimmung, von ihm betört zu werden.

Es war fast so, als ob sie ihn zum erstenmal sah. Wie kam

es, daß sie nie bemerkt hatte, wie berechnend dieses Lächeln war? Ihr war klar, daß er sich seines Charmes bewußt war. Doch niemals zuvor war ihr so deutlich aufgefallen, daß er das Lächeln für seine eigenen Zwecke benutzte.

»Du verstehst das doch, oder?« sagte er schmeichelnd. Wie ein kleiner Junge, dachte sie. Wie Alexander, wenn er etwas von ihr wollte; eine kleine Leckerei, die sie ihm verweigert hatte.

Sie blieb unbewegt. »Oh, ich verstehe sehr gut. Du hast das sehr deutlich gemacht. Du hast Rosemary Finch verletzt und du hast mich verletzt. Und jetzt willst du, daß ich dir vergebe. Daß ich sage, daß alles in Ordnung ist.«

»Das ist nicht fair. Ich wollte nicht, daß du es herausfindest – ich wollte dich nicht verletzen.«

Ihre Stimme klang bitter. »Und das macht alles gut?«

»Ich sehe nicht, warum wir nicht einfach alles vergessen können.«

»Vergessen, daß du unsere Ehe untergraben hast? Daß du einen Witz daraus gemacht hast?« Margaret schüttelte heftig den Kopf. »Hal, so funktioniert das nicht. Siehst du das nicht? Nichts wird je wieder so sein wie früher. Ich habe dir vertraut. Ich habe gedacht, ich kenne dich. Ich habe an unsere Ehe geglaubt. Und jetzt weiß ich nicht mehr, was ich glauben soll.«

»Ich war dir doch nicht untreu«, wiederholte er.

Sie schloß die Augen. »Du hast wirklich keinen blassen Schimmer, oder, Hal?«

»Hör' zu, Meg.« Das war ein alter Kosename, aus den frühen Tagen ihrer Ehe, lange unbenutzt; er hatte ihr keinen annähernd so frivolen Namen mehr gegeben, seit sie die Ehrenwerte Margaret Phillips geworden war. Er stand auf und ging auf sie zu, Arme ausgestreckt. »Ich habe *dich* gewählt, nicht sie. Ich möchte, daß unsere Ehe funktioniert. Ist das nicht das Wichtigste?«

Margaret trat einen Schritt zurück. Sie hielt ihm ihre Handflächen entgegen. »Nein. Komm nicht näher. Versuche nicht, mich zu berühren. Nicht jetzt.«

»Was soll ich tun?« Verteidigend kreuzte er die Arme vor der Brust.

Sie atmete tief ein, dann aus. Das war die Frage: Was *sollte* er tun? »Ich bin mir nicht sicher«, gab sie zu. »Fürs erste kannst du in das leere Zimmer ziehen. Und denk' nicht einmal daran, mir zu nahe zu kommen.«

»Aber Margaret, Meg« – es klingelte an der Tür, er wurde unterbrochen.

»Geh du«, sagte sie mit der gleichen ruhigen, Autorität gebietenden Stimme, mit der sie die gesamte Unterhaltung geführt hatte.

Er ging. An der Tür stand das Mädchen aus dem Zeitungsstand um die Ecke. Sie hielt eine Zeitung in der Hand. Aus Gewohnheit, obwohl dies das letzte war, woran er dachte, ließ er sein Lächeln aufblitzen.

»Oh, Mr. Phillips«, säuselte das Mädchen. »Mrs. Phillips hat ihre Zeitung nicht abgeholt heute morgen. Ich dachte, Sie hätten sie vielleicht gerne. Weil doch die Schlagzeilen hier über die Gegend berichten, mein' ich.«

»Danke, das ist sehr nett von Ihnen.« Er nahm ihr die Zeitung ab und wiederholte sein Lächeln. Glücklich ging Tracy wieder fort.

Sein Lächeln verschwand jedoch schnellstens, als er mit der Zeitung ins Frühstückszimmer zurückkehrte. Er schwenkte sie vor Margaret, alles andere für den Moment vergessen. Auf seinem Gesicht zeigten sich ehrliche Bestürzung und Schock. »Sieh mal! Es ist etwas Schreckliches passiert! Daisy wird vermißt! Daisy Finch!«

»Großer Gott.« Margaret schnappte ihm die Zeitung aus der Hand und sah sie schnell durch. »Ich fahre«, verkündete sie. Sie hastete zur Vorderseite des Hauses.

»*Wohin* fährst du?«

»Nach Branlingham natürlich. Ihre Eltern werden in einem fürchterlichen Zustand sein.«

Hal stand an der Tür und sah ihr nach. Seine Arme hingen hilflos herunter.

»Samantha ist hungrig«, verkündete Daisy, als sie ihr eigenes Frühstück beendet hatte.

Valerie goß etwas Milch in eine Untertasse und stellte sie dem Kätzchen hin. Es schlappte gierig. »Ich muß uns, und ihr, etwas zu essen kaufen«, erklärte Valerie dem kleinen Mädchen. »Könntest du mit Samantha in deinem Zimmer bleiben, während ich weg bin? Du kannst fernsehen, wenn du möchtest.«

Daisy stimmte bereitwillig zu. »Marsriegel«, sagte sie, während sie die Stufen hinauftrottete. »Kann ich Marsriegel haben? Bei Mama darf ich das nicht, normalerweise.«

»Du sollst Marsriegel haben.« Valerie folgte ihr nach oben; sie fand es immer noch besser, die Zimmertür abzuschließen, für alle Fälle.

Sie fuhr zur Abwechslung mit dem Porsche zum *Tesco* nach Saxwell, da sie ja keinen anderen Wagen mehr zur Verfügung hatte.

Es war schon Jahre her, daß sie Nahrungsmittel für Kinder gekauft hatte; sie hätte Daisy fragen sollen, was sie gerne aß, außer Marsriegeln. Sie wanderte die Regalreihen auf und ab und füllte ihren Einkaufswagen mit allem, was aussah, als könnte es junge Geschmacksnerven reizen. Dosen mit Bohnen – bereits für gut befunden; eine Dose Würstchen, Minipizzen, tiefgekühlte Hamburger, eine große Packung Fischstäbchen. Pommes frites für den Backofen. Mehr Cornflakes. Ein Laib Weißbrot, ein Glas Erdbeermarmelade. Eine große Packung Milch, eine Flasche Zitronenlimo. Biskuits, Chips, Marsriegel. Dann die Sachen für das Kätzchen: Katzenfutter in Dosen, Katzenstreu, ein Katzenklo.

Valerie ging auch in die Bekleidungsabteilung; Daisy benötigte etwas zum Anziehen neben ihrem gestreiften Kleid. Die Größe mußte sie schätzen, vor allem bei Unterhosen und Socken; Daisy wirkte klein für ihr Alter. Es fing an, ihr Spaß zu machen. Sie nahm ein Paar von jeder Sorte, in verschiedenen Größen. Dann suchte sie ein Paar Jeans heraus, zwei Leggings, drei farbenfrohe T-Shirts und ein süßes kleines Jeanskleidchen mit aufgesetzten Taschen und Rüschen am Oberteil.

Sie schob ihren vollbeladenen Wagen zu den Kassen. Diese waren am Dienstagmorgen nicht besonders voll. Doch wie es so oft geschieht, suchte sie sich die falsche Kasse heraus: die Frau vor ihr hatte, ohne es zu merken, eine undichte Packung Milch erwischt. Jemand mußte bis ans andere Ende des Geschäftes geschickt werden, um eine Neue zu holen, und derjenige ließ sich Zeit dabei. Valerie hätte an eine andere Kasse wechseln können, die Hälfte ihrer Einkäufe lag jedoch bereits auf dem Band.

»Immer dasselbe, nicht wahr?« sagte die wartende Frau im Plauderton. Sie war dünn, mit nikotingelben Fingern. Ihr Haar leuchtete in einem unmöglichen Rotton. »Tut mir leid, meine Liebe. Ich hatte nicht vorgehabt, Sie aufzuhalten.« Sie blickte auf die Dinge auf dem Laufband. »Was für eine Katze haben sie denn?«

Aufgeschreckt schaute Valerie in eine andere Richtung. Sie war jedoch zu höflich, als daß sie nicht geantwortet hätte. »Oh, eine ganz normale Katze eben.«

»Ich hatte auch mal eine Katze. Einen großen alten Kater. Er ist gestorben. Ich habe mir nie eine neue angeschafft.«

Diese Feststellung schien keine Antwort zu erfordern.

Valerie nickte daher zustimmend, noch immer ohne Blickkontakt herzustellen.

»Katzen machen allerdings weniger Ärger als Kinder.« Die Frau sah bedeutsam auf den Einkaufswagen voller Nahrungsmittel. »Sind auch preiswerter. Obwohl ich selbst nie welche hatte. Wie alt ist Ihre Kleine denn?«

Valerie hielt verzweifelt den Atem an. »Meine Nichte«, murmelte sie. »Zu Besuch.«

Gervase war selbst an die Tür gegangen, bis die Leute von der Presse das Haus umlagerten. Jetzt war es Zoe Threadgolds Aufgabe, hinzugehen und jeden wegzuschicken, der ihrer Ansicht nach im Hause nichts verloren hatte. Ihre Zugangsbedingungen waren wesentlich strikter als Gervases, und wesentlich barscher; sie schickte einige Mitglieder der Gemeinde in die Wüste, zusammen mit unzähligen Repräsentatoren der Presse.

Zoe war es also, die Margaret die Tür öffnete. »Ja?« sagte sie in wenig einladendem Tonfall.

»Ich komme, um Pater Finch und Mrs. Finch zu sehen«, informierte Margaret sie.

»Tut mir leid, sie empfangen zur Zeit keine Besucher. *Überhaupt keine* Besucher.«

Doch Zoe hatte eine ebenbürtige Gegnerin gefunden. »Ich bin kein Besuch, ich bin der Erzdiakon.« Margaret starrte sie an, bis sie den Blick senkte. »Pater Finchs Boß«, fügte sie sicherheitshalber hinzu. »Wenn Sie so freundlich wären, das mit Pater Finch abzuklären ...«

Zoe erkannte Autorität, wenn sie mit ihr konfrontiert war. Sie öffnete, allerdings mißmutig, die Tür gerade weit genug, so daß Margaret sich hindurchschieben konnte.

Bei dem Ton von Margarets Stimme war Gervase in die Eingangshalle geeilt. Er sah abgespannt aus, um Jahre gealtert seit dem gestrigen Tag. »Erzdiakon!« rief er aus. »Wie freundlich von Ihnen, herzukommen.«

Dies war keine Gelegenheit für seichtes Gerede. »Seien Sie nicht albern – natürlich mußte ich herkommen. Gibt es keine Neuigkeiten?«

Er schüttelte den Kopf. »Nichts.«

»Wie geht es Rosemary?«

»Es geht ihr gar nicht gut.« Gervase deutete in Richtung Wohnzimmer. »Sie hat sich seit gestern nachmittag nicht von dort weg bewegt. Sie ißt nicht, sie schläft nicht. Ich weiß einfach nicht, wie ich sie erreichen kann.«

Margaret zögerte nicht. Sie ignorierte Zoe, die besitzergreifend an der Tür Wache stand, und ging ins Wohnzimmer. Rosemary saß zusammengekauert auf einem Ende des Sofas, den Porzellanhund immer noch umklammert; sie sah nicht auf. Ohne ein Wort setzte Margaret sich neben sie auf das Sofa und legte die Arme um sie.

Etwas in dieser Umarmung drang durch die Schichten aus Schock, die Rosemary von ihrer Umgebung abschirmten. Sie entspannte sich instinktiv und erlaubte ihr, sie zu halten. »Komm, komm«, murmelte Margaret und strich ihr übers Haar. »Sie müssen es nicht mehr bei sich behalten, meine Liebe. Es gibt keinen Grund, tapfer zu sein. Weinen Sie ruhig. Es wird Ihnen gut tun.«

Mit einer wahren Tränenflut gehorchte Rosemary der Anordnung des Erzdiakons.

Valerie schloß die Tür zu Daisys Zimmer auf und fand das Mädchen in einiger Erregung vor. Sie umklammerte das Kätzchen und hüpfte auf und ab. »Im Fernsehen!« rief Daisy. »Ich war im Fernsehen! Mein Bild! Sie sagten, ich sei verschwunden! Bin ich verschwunden?«

Natürlich. Warum habe ich das nicht vorhergesehen,

dachte Valerie. Sie verfluchte ihre Dummheit. Sie hatte keine Zeitung gelesen, kein Radio gehört, nicht ferngesehen. Doch es war unvermeidbar, daß Daisys Verschwinden bis dato gemeldet worden sein mußte.

Sie kniete sich hin, faßte Daisy bei den Schultern und schaute ihr ins Gesicht. »Natürlich bist du nicht verschwunden«, sagte sie fest. »Du bist doch hier, oder? Ich weiß, wo du bist; du weißt, wo du bist. Wie kannst du also verschwunden sein?«

Diese Logik schien Daisy zufriedenzustellen.

Valerie beeilte sich, sie weiter abzulenken. »Wie wäre es mit ein paar leckeren Biskuits und Zitronenlimo? Du kannst Samantha etwas zu fressen geben. Und dann kannst du ein Bad nehmen und deine Kleider wechseln.«

Sie gingen nach unten. Daisy fütterte das Kätzchen und aß dann ein paar Biskuits, während Valerie die restlichen Einkäufe auspackte. »Schau, Daisy, ich habe dir ein paar schöne neue Sachen mitgebracht.«

Eines der T-Shirts zog ihre Aufmerksamkeit auf sich. »Das ist ja pink! Pink ist meine Lieblingsfarbe!«

»Das dachte ich mir. Möchtest du es gerne anziehen?«

»Oh, ja.«

»Dann gehst du zuerst in die Wanne, du hast gestern nicht gebadet.«

Sie gingen zurück nach oben. Valeries Kinder waren wesentlich jünger gewesen als Daisy – eigentlich erst Babys –, als sie sie zuletzt gebadet hatte; sie war nicht sicher, ob Daisy alleine zurechtkommen würde. Oder ob es sie stören würde, wenn sie versuchte, ihr zu helfen. Doch Daisy schien zu erwarten, daß Valerie mit ins Badezimmer kam.

Valerie ließ das Badewasser ein und fügte Badeschaum hinzu. Dann half sie Daisy aus ihren Kleidern und in die Wanne. Das Mädchen war so vertrauensvoll; ihr Leben lag im wahrsten Sinne des Wortes in Valeries Händen. Wie einfach wäre es, ihren kleinen Kopf unter Wasser zu drücken, bis sie aufhörte zu atmen. Valerie hatte schon einen Mord begangen; welchen Unterschied würde ein weiterer machen? Den Körper eines kleinen Mädchens aus dem Weg zu räumen wäre viel einfacher als den eines erwachsenen Mannes. Sie hätte Wasser in der Lunge. Sie könnte die Leiche in den Fluß werfen. Wenn die Polizei sie fand, würde sie glauben, das Mädchen wäre hineingefallen und ertrunken. Das würde dieses überwältigende Problem lösen: was sollte mit Daisy geschehen?

Daisy kicherte; Valerie zögerte. Der Moment verging. Dann eben nicht heute. Vielleicht morgen. Sie *konnte* es tun.

Nach dem Bad wickelte sie Daisy in ein weiches Badehandtuch und trocknete sie ab. Dann zog sie ihr das pinke T-Shirt und Leggings an; beides paßte genau. Daisy war entzückt.

»Oh, danke!« sagte Daisy. Sie schlang die Arme um Valeries Hals und drückte ihr einen feuchten Kuß auf die Wange.

Valeries Herz machte einen Sprung; es war schon eine ganze Weile her, seit sie von einem kleinen Mädchen geküßt worden war. Sie hatte vergessen, wie schön das sein konnte. Unwillkürlich umarmte sie Daisy und hielt sie fest. Wenn sie ihre Augen schloß, konnte sie fast denken, es wäre ihre Jenny, schon so lange verloren für sie. Sie hatte so sehr versucht, die Gedanken an Jenny und Ben auszublenden. Sie war lange Zeit erfolgreich gewesen damit; es machte keinen Sinn, sich ständig mit einer schmerzhaften Vergangenheit zu befassen. Doch Daisys spontane Umarmung brachte alles zurück: die ganzen mit Schmerz vermischten Freuden der Mutterschaft.

Jenny wäre jetzt ungefähr in Daisys Alter. Wem ließ sie ihre Umarmung, ihre Küsse zuteil werden?

Valerie schluckte. Sie blinzelte die Tränen zurück. »Laß mich jetzt deine Haare bürsten«, schlug sie vor. Sie holte eine ihrer eigenen Haarbürsten.

Das Haar des Mädchens war weich und seidig, der Rhythmus des Bürstens hypnotisierend. Daisy schien es zu genießen, ihre Haare gebürstet zu bekommen. Das Bürsten dauerte eine Weile. Dann kletterte Daisy auf Valeries Schoß und legte ihre weiche Wange an ihre. »Vielen Dank«, sagte sie. Dann: »Wie heißt du?«

»Tante«, flüsterte Valerie. »Du kannst mich Tante nennen.«

Pete Elliott war frustriert. Es waren fast vierundzwanzig Stunden vergangen, seit das kleine Mädchen verschwunden war, und es gab nichts. Keine Spur, keinen Hinweis; es war, als hätte sie die Schultore durchschritten und sich in Luft aufgelöst. Niemand hatte sie gesehen, niemand hatte irgend etwas gesehen. Keinen alten Mann im schmutzigen Regenmantel, der vor den Schultoren herumstrich, noch nicht einmal diejenigen mit der größten Phantasie. Und es gab, nicht überraschend, keine Lösegeldforderung.

Die Durchsuchung der Wälder und Freiflächen, das Absuchen des Flusses: Alles war gleichermaßen fruchtlos geblieben. Den Hunden war es nirgendwo möglich gewesen, ihren Geruch aufzuspüren; die Hubschrauber mit ihren Wärmedetektoren hatten nichts gefunden. Es gab kein Stück Stoff, keine Haarbüschel, die hätten andeuten können, daß Daisy Finch jemals in der Gegend gewesen war.

Elliott saß in seinem Panda, aß ein Sandwich aus dem Dorfgeschäft – er nahm sich nicht einmal die Zeit für ein Mittagessen in der Kneipe – und schloß die Augen. Das unschuldige Gesicht von Daisy Finch erschien, eingebrannt in seinem Gedächtnis durch ihr Foto. Wo zum Teufel konnte sie nur sein? Und wie groß war die Chance, daß sie noch lebte, wo auch immer sie war?

Der Mangel an Hinweisen beunruhigte ihn. Seine Gedanken begannen, eine andere Spur zu verfolgen.

Was, theoretisierte er, wenn sie niemals weiter als bis zu den Schultoren gekommen war? Zumindest nicht von alleine?

Dieser Hausmeister der Schule, Terry Rashe. Er konnte sie dort alleine stehen gesehen haben, konnte sie zurück in die Schule gelockt und dort irgendwo versteckt haben. In einem Schrank oder einem kleinen Raum, der nur ihm bekannt war. Dann konnte er der Mutter ›geholfen‹ haben, das Gebäude zu durchsuchen. Später dann hätte er sie nach eigenem Gusto anderswo hin verfrachtet haben können. Aus welchem Grund, zu welchem Zweck auch immer; es war besser, nicht darüber nachzudenken.

Es gab keine Beweise hierfür, keinen Grund für diese Annahme. Es war nur das erste, was ihm einfiel, das irgendeinen Sinn machte.

Es konnte so abgelaufen sein.

Terry Rashe mußte auf jeden Fall beobachtet werden. Er würde ihn noch einmal befragen, ihm ein paar mehr Fragen stellen. Es war zu früh, ihn mitzunehmen, ›um der Polizei bei ihren Untersuchungen behilflich zu sein‹, doch eine weitere Befragung ergab vielleicht etwas. Auf jeden Fall würde er dafür sorgen, daß sie ein Auge auf ihn hielten. Außerdem hatte er ein Team von Beamten zurück in die Schule geschickt, um noch einmal alles auf den Kopf zu stellen, jeden Stein umzudrehen. Nicht, um nach einem Kind zu suchen, sondern nach überhaupt irgendeinem Hinweis, daß Daisy Finch dort festgehalten worden war.

Es war weit hergeholt, eine Ahnung, doch es war alles, was er hatte. Eine Spur, wert, verfolgt zu werden.

Er aß sein Sandwich auf, rollte die Frischhaltefolie zu einem Ball zusammen und steckte diesen schön säuberlich in seine Tasche. In nur ein paar Stunden, um vier Uhr nachmittags, gab es eine Pressekonferenz. Die Presse – die nationalen Zeitungen und das Fernsehen – zeigte großes Interesse an dem Fall. Das war mehr als nur eine lokale Geschichte: Es waren Nachrichten.

Und so langsam, wie die Dinge sich entwickelten, würde er nichts vorweisen können. Nichts. Nada. Niente. Scheiß drauf.

Rosemary hatte stundenlang, so schien es, geweint, ihre aufgestauten Emotionen in einer Flut von Tränen herausgelassen. Margaret wußte, das dies ein gutes Zeichen war. Doch nachdem die Tränen versiegt waren, zog sich Rosemary wieder in sich selbst zurück. So, wie die Sumpfschildkröte, die Alexander einmal als Haustier gehalten hatte. Sie wollte nicht sprechen, nicht schlafen, nicht essen; sie saß da wie die steingewordene Geduld, den kleinen pinkfarbenen Hund umklammert. Schließlich, mit reiner Willenskraft, brachte Margaret sie dazu, etwas süßen Tee zu trinken.

Für Gervase waren die Tränen schlimmer gewesen als das zurückgezogene Schweigen, eine Qual. Doch er war bei seiner Frau geblieben. Als es vorüber war, setzte er sich neben sie auf das Sofa, entkrampfte eine Hand von dem Porzellanhund und hielt sie. Sie blieb schlaff zwischen seinen Händen.

All dies ließ Zoe Threadgold nicht viel zu tun, außer der Entgegennahme der Telefonate. Damit war ihre Zeit allerdings ziemlich ausgefüllt; die Presse hatte sich mit verstärktem Interesse auf die Sache gestürzt. Sie erledigte alles recht kompetent, bis eine außerordentlich hartnäckige Anruferin sich weigerte, ein Nein als Antwort zu akzeptieren.

»Jemand namens Hazel Croom«, berichtete sie Gervase. »Sie besteht darauf, mit Ihnen zu sprechen. Wenn ich auflege, ruft sie sofort wieder an. Sie sagt, sie würde nicht aufhören, anzurufen, bis sie mit ihnen gesprochen hat.«

Margaret sah ihn fragend an. »Ich denke, dann werde ich wohl mit ihr sprechen müssen«, sagte er.

»Ich werde mich um sie kümmern«, überstimmte ihn der Erzdiakon.

Auf ihre beste erzdiakonische Art kümmerte sie sich in Kürze um Hazel Croom. Sie erklärte ihr, Pater Gervase könne unmöglich jetzt ans Telefon kommen; er wäre bei seiner Frau und beide seien äußerst verzweifelt. Vielleicht später, versprach sie. Für den Moment würde sie die Beileidsbekundung persönlich weiterleiten; sie war sicher, Miß Croom würde verstehen.

Die Pressekonferenz wurde auf dem Sender ›Anglia‹ live übertragen. Hal hatte den ganzen Tag über in der Nähe von Radio und Fernseher verbracht und auf Neuigkeiten gehofft. Er sah mit wachsender Verzweiflung zu. Obwohl sie alles wie üblich wortreich maskierte, schien die Polizei nicht einmal eine Ahnung zu haben, wo Daisy sich aufhalten könnte. Es war keinerlei Fortschritt zu verzeichnen; sie war in dem Versuch, sie zu finden, nicht weiter als bereits vierundzwanzig Stunden zuvor.

Hal war ein sehr verzweifelter Mann. Er liebte Margaret, doch sie hatte ihn verlassen. Er liebte Rosie, doch sie war für immer für ihn verloren. Und jetzt Daisy. Hal liebte Daisy wirklich; der Gedanke, sie niemals wiederzusehen, hatte ihn sehr geschmerzt, zusätzlich zu seinem Verlust Rosies. Es war ihm beinahe genauso schwer gefallen. Jetzt schien das allerdings nur noch von geringer Bedeutung zu sein.

Daisy wurde vermißt, war verschwunden. Sie befand sich vielleicht in tödlicher Gefahr, war vielleicht sogar – lieber Gott, nein – tot. Und er konnte nichts tun.

Niemals zuvor, noch nicht einmal als er, dem Tode nahe, im Krankenhaus lag, hatte Hal Phillips sich so hilflos gefühlt. Nach der Pressekonferenz tat er das einzige, woran er in diesem Moment denken konnte: Er nahm den Hörer ab und wählte die Nummer des Vikariates in Branlingham. Während er den Klingelzeichen lauschte, rechtfertigte er den Anruf vor sich selbst. Er hatte nur versprochen, Rosie nie mehr zu *sehen*, nicht jedoch, nie mehr mit ihr zu sprechen. Immerhin waren das hier außergewöhnliche Umstände. Großzügiges Auslegen war angebracht. Es war zuviel, zu hoffen, daß Rosie an den Apparat gehen würde, er würde jedoch auch mit Gervase vorliebnehmen.

Eine unbekannte weibliche Stimme meldete sich am anderen Ende, in unfreundlichem Ton. »Ja?« schnappte sie.

Die Polizei, nahm er an. »Könnte ich eventuell Mrs. Finch sprechen? Oder Pater Finch, wenn es ihr nicht möglich ist?«

»Die Finchs nehmen zur Zeit keine Anrufe entgegen«, sagte sie unflexibel. »Möchten Sie eine Nachricht hinterlassen?«

Es gab noch einen Weg für ihn, eine Möglichkeit. »Hier spricht der Mann des Erzdiakons«, sagte er. »Könnte ich vielleicht mit ihr sprechen?«

»Einen Moment.« Sie war nach sehr kurzer Zeit zurück am Apparat. »Der Erzdiakon sagt, daß sie nicht mit Ihnen sprechen will«, berichtete sie. »Sie läßt Sie bitten, die Leitung nicht zu belegen, indem Sie noch einmal anrufen.«

Valerie hörte sich die Pressekonferenz im Radio an. Sie entschied, daß Daisys unkontrollierter, nicht überwachter Fernsehkonsum keine gute Idee war. Daisy schien das überhaupt nichts auszumachen. Das Kätzchen reichte, um sie stundenlang zu beschäftigen.

Abends jedoch, als es Zeit wurde, schlafen zu gehen, brachte Daisy eine Bitte vor. »Liest du mir eine Geschichte vor, Tante? Mama liest mir immer Gutenachtgeschichten vor.«

Es gab keine Kinderbücher im Rose Cottage. Doch Valerie war Schriftstellerin, Märchenerfinderin. »Ich werde etwas viel Besseres tun«, versprach sie. »Ich *erzähle* dir eine Geschichte, ganz für dich alleine.«

Daisy kletterte auf ihren Schoß, ihr bevorzugter Platz für Geschichten.

»Es war einmal ein kleines Mädchen. Sie hieß Daisy. Sie hatte ein Kätzchen mit Namen Samantha, und sie lebten in einem Haus mit ihrer Tante.« Die Geschichte entfaltete sich; doch nur die eine von Valeries Gehirnhälften war auf das Erzählen konzentriert. In der anderen Hälfte überschlugen sich die Gedanken, beschäftigten sich mit anderen Dingen, wie sie es schon den ganzen Tag über getan hatte. Sie erinnerte sich an etwas; das hatte sie bisher übersehen: Es war Dienstag; Mrs. Rashe würde morgen kommen. Sie mußte sie anrufen und ihr irgendwie absagen.

Sybil Rashe legte den Hörer auf. »Ich finde das echt nicht gut, Frank«, verkündete sie ihrem Ehemann.

Doch Frank hörte nicht zu. Er hatte sich in seinem Stuhl nach vorne gelehnt, ganz auf die Fernsehnachrichten konzentriert. Die Tatsache, daß ein kleines Mädchen verschwunden war, interessierte ihn nicht besonders. So etwas passierte öfter, als man darüber nachdenken mochte. Was ihn jedoch interessierte, war die Tatsache, daß das Mädchen nicht irgendwo in Somerset oder Yorkshire oder sonstwo vermißt wurde, sondern in seinem winzigen Zipfel der Welt.

Das Gerede im ›Schwan‹ handelte von kaum etwas anderem. Obwohl die meisten der Londoner Journalisten, die in Branlingham eingeflogen waren, nicht hier sondern im ›Georg und der Drache‹ ihr Bierchen tranken, hatten sich ein paar bis nach Elmsford in den ›Schwan‹ verirrt. Dort wurden sie von den Einwohnern umlagert; diese waren eifrig darauf aus, ihnen einen auszugeben und so eine Art Insiderinformation der aufregenden Ereignisse zu erhalten, von denen sie überrollt worden waren. Die Journalisten ihrerseits waren gleichermaßen gierig darauf, die Einwohner nach Hintergrundinformationen für ihre Artikel auszuquetschen. Frank selbst hatte mit einem jungen Mann der Anglia-Nachrichten geschwatzt. Jetzt hoffte er, einen Blick auf sich selbst erhaschen zu können, damit er Sybil darauf aufmerksam machen konnte.

Sybils eigenes intensives Interesse galt dem Fall selbst. Nicht nur, weil es sich um lokale Nachrichten handelte, sondern weil Terry darin verwickelt war. Terry, so konnte sie kaum erwarten, Miß Valerie zu erzählen, war Hauptzeuge für die Polizei. Nicht nur einmal, nein, mehrmals war er bereits von der Polizei befragt worden. Er war der erste gewesen, außer der Mutter, der gewußt hatte, daß das kleine Mädchen vermißt wurde. Der Polizei war klar, wie wichtig seine Aussage sein würde. Ihr Junge, ihr Terry; Sybil war stolz.

Doch nun würde sie keine Chance haben, Miß Valerie davon zu erzählen, zumindest nicht diese Woche; und nächste Woche wäre es kalter Kaffee. Bis dahin war die kurze Aufmerksamkeitsspanne der Medien auf irgend etwas ganz anderes gerichtet: auf Flutkatastrophen in

Schottland, zum Beispiel, oder auf einen Abgeordneten, der mit seiner Sekretärin im Bett erwischt worden war.

»Ich finde das echt nicht gut«, wiederholte sie Frank gegenüber, nachdem die Nachrichten geendet hatten.

»Wie war das, Syb?«

»Miß Valerie.« Sie runzelte die Stirn. »Sie will nicht, daß ich morgen komme.«

»Und warum nicht?«

»Das ist es eben. Sie hat sich nicht klar ausgedrückt. Sie hat nur gesagt, daß es nicht passen würde, wenn ich morgen käme, vielen Dank, und sie ruft mich wieder an wegen nächster Woche.« Sybil starrte auf die Werbung im Fernsehen, ohne sie wahrzunehmen. »Ich find's nicht gut, Frank. Überhaupt nicht. Das ist nicht Miß Valeries Art, Tatsache. Da ist was faul im Rose Cottage, das sag' ich dir.«

Kapitel 19

Margaret, schon immer eine Frühaufsteherin, erwachte auch am Mittwochmorgen früh. Bevor sie ihre Augen öffnete, streckte sie reflexmäßig ihre Hand nach Hal aus.

Hal war nicht da, und sie befand sich nicht in ihrem Bett – ihrer beider Bett. Dieses hier war schmal, der Raum voller Stofftiere: Daisys Zimmer. Margaret schlug die Augen auf, als alles wieder auf sie einstürmte. Daisy. Rosemary. Hal.

Hal.

Sie hatte es geschafft, mit dem Thema Hal zurechtzukommen, indem sie es völlig aus ihrem Kopf verbannte; sie mußte den Schmerz über die Enthüllungen am Dienstagmorgen noch herauslassen, zumindest jedoch die Implikationen durchdenken. Es war feige von ihr gewesen, sich zu weigern, am Telefon mit ihm zu sprechen. Sie wußte jedoch, daß sie im Moment nicht damit umgehen konnte. Gestern hatte sie sich den ganzen Tag zu sehr mit der Trauer der anderen beschäftigt, als daß sie über ihre eigene hätte nachdenken können. Auf jeden Fall verblaßten ihre eigenen widerstreitenden Gefühle Hal gegenüber; sie wurden unbedeutend im Vergleich zur Trauer der Familie Finch.

Früher oder später würde sie über ihn nachdenken, ihre Zukunft überdenken müssen. Doch nicht jetzt. Noch nicht.

Sie mußte all ihre Energien – physische, emotionale und spirituelle – für Rosemary Finch aufsparen. Rosemary brauchte sie.

»Verdammt!« Pete Elliott, ganz in Gedanken, anstatt sich auf das zu konzentrieren, was er gerade tat – sich rasieren –, hatte sich geschnitten. Er griff nach einem Papiertuch, um den Blutfluß zu stoppen.

Der Tag begann nicht sehr vielversprechend, und er hatte das unschöne Gefühl, daß es genau so weitergehen würde.

Als die Suche nach Daisy Finch den dritten Tag andauerte, wurde die Chance, das Mädchen zu finden, immer geringer.

Das einzige, was zu unseren Gunsten spricht, überlegte er, als er sein verbissenes Gesicht im Spiegel betrachtete, ist das Wetter. Gestern war es schön gewesen; heute sollte es sogar noch besser werden, sonnig und heiß. Wenn Daisy Finch durch irgendeinen glücklichen Umstand noch lebte und sich irgendwo im Wald versteckt hielt, würde das Wetter sie zumindest nicht töten.

Doch jetzt hatte Elliott die Möglichkeit schon fast ausgeschlossen, daß sie die Schule aus eigenem Entschluß verlassen hatte. Sicher hätten sie, wenn sie einfach herumspazieren würde, wenigstens *etwas* gefunden, sei es auch nur eine winzige Spur. Doch es gab immer noch nichts; und er hatte mittlerweile das Gefühl, als ob sie auch nichts finden würden.

Damit blieb Terry Rashe. Bisher hatte er Rashe mit Samthandschuhen angefaßt; er hatte noch nicht einmal angedeutet, der Hausmeister könne eventuell mehr über Daisy Finchs Verschwinden wissen als er zugab. Jetzt war die Zeit gekommen, die Daumenschrauben anzulegen.

Ja, die Durchsuchung der Schule durch das geschulte Team der Beamten vor Ort hatte keinerlei Hinweise darauf ergeben, daß Daisy dort festgehalten worden war. Weder im Büro des Hausmeisters noch sonstwo im Gebäude. Doch das konnte auch bedeuten, daß Rashe schlauer war, als er aussah; daß er ein anderes Versteck benutzt hatte; eines, worüber sie nichts wußten und das sie noch nicht gefunden hatten.

Ihm gefiel Rashes Aussehen nicht. Der Mann war freundlich genug, wenn auch nicht allzu helle, doch er hatte etwas an sich, das Elliott beunruhigend fand. Vielleicht war das der Tatsache zuzuschreiben, daß seine Augen eine Winzigkeit zu eng beieinander standen. Dieser Gesichtszug erinnert mich zu sehr an Superintendent Hardy, überlegte er schuldbewußt; mit seinem Vorgesetzten war er nie gut ausgekommen.

An diesem Morgen würde er auf Rashe Druck ausüben. Elliott war sich bewußt, daß die Zeit knapp wurde; allerspätestens am Nachmittag würde er beim Superintendent vorstellig werden müssen. Und Superintendent Hardy wäre nicht beeindruckt, wenn sie nach drei Tagen der Suche nach einem kleinen Mädchen, verschwunden am hellichten Tag, noch nicht einmal ein Haar vorweisen konnten.

Gemeinsam hatten Gervase und Margaret es geschafft, Rosemary am Dienstagnachmittag ins Bett zu stecken. Erschöpft hatte sie ihren Widerstand aufgegeben. Margaret hatte vorausschauend den Hausarzt angerufen. Er verschrieb Rosemary ein mildes Beruhigungsmittel. Sie hatte nicht einmal gewußt, daß sie es einnahm, zusammen mit der warmen Milch, zu der Margaret sie überredete.

Das Beruhigungsmittel hatte einwandfrei gewirkt. Als Gervase morgens aufwachte, nach einer Nacht gestörten Schlafes und schwerer Träume, schlief seine Frau fest neben ihm, scheinbar friedvoll zum ersten Mal seit Daisys Verschwinden.

Er beugte sich über sie und küßte Rosemarys Stirn. Sie

regte sich nicht. Ihr Gesicht ist so blaß, dachte er, und ihre geschlossenen Augen sind noch immer geschwollen vom Weinen.

Sie war ihm so teuer; er liebte sie so sehr. Und doch konnte er sie nicht erreichen, konnte nicht mit ihr gemeinsam durch diese Hölle gehen. Dieses Ereignis, diese verheerende Umwälzung, von der sie überrollt worden waren, hätte sie zueinander führen sollen. Statt dessen türmte sich eine unsichtbare Barriere zwischen ihnen auf. Sie schottete sich ab in ihrer eigenen Welt der Trauer. Wie lange würde es noch so weitergehen?

Gervase strich ihr kurz übers Haar. Es war verfilzt, ungekämmt. Dann, mit der Gewißheit, daß sie noch nicht so bald aufwachen würde, schlüpfte er aus dem Bett. Er zog seine Kirchenuniform an. Es war Zeit für die Frühmesse.

St. Stephens hieß ihn willkommen, als er das Portal durchschritt, wie jeden Morgen. Umarmte ihn, hüllte ihn fast greifbar ein in Frieden und Gelassenheit. Er ging durch das Mittelschiff bis zur Kanzel, in seinen Kirchenstuhl, und kniete dort nieder. Die Eröffnungsworte der Frühmesse aus dem Gebetbuch, so geläufig, flossen anstrengungslos. Seine Augen waren geschlossen.

Danach öffnete er seine Augen, um die Psalme für den Tag zu lesen. Diese Psalme hatten stets eine Bedeutung für ihn, egal, wie oft er sie las. Doch sein Atem stockte, und die Worte blieben ihm im Hals stecken, als er die Verse erreichte: »Unser Herz ist von Dir nicht gewichen, nicht abgebogen von Deinem Pfad sind unsere Schritte, als Du uns schlugest am Ort der Schakale, als Du uns hülltest in Finsternis.«

Als er sich dem Ende des 45. Psalmes näherte, spürte er, daß er nicht alleine in der Kirche war. Eine Stimme schloß sich der seinen an, als er die ersten Worte des 46. Psalms intonierte, des letzten für diesen Morgen. »Gott ist uns Zuflucht und Kraft, herrlich erwiesen als Helfer in der Bedrängnis. So bangen wir nicht, ob auch die Erde erbebt, ob die Berge fallen ins Meer: Ob seine Wasser brausen und schäumen, vor seinem Ungestüm erzittern die Berge«, sprach die zuversichtliche Stimme des Erzdiakons, als sie in den benachbarten Kirchenstuhl schlüpfte.

Zusammen rezitierten sie die Kantaten, das Kredo, die Litanei, das Tagesgebet. Die vertrauten Worte vermittelten Geborgenheit. Gervase, sich Margarets Unterstützung wie einer fast greifbaren Gegenwart bewußt, erholte sich. Seine Stimme wurde fester, als sie sich dem Ende der Messe näherten.

»Allmächtiger Gott«, beteten beide Stimmen gemeinsam«, der Du uns mit Deiner Gnade beschenkst, zu dieser Stunde, da wir unser gemeinsames Flehen an Dich richten: Erfülle nun, O Herr, die Wünsche und Bitten Deiner Diener wie es Dir dienlich erscheint; auf daß uns Deine Weisheit in dieser Welt zuteil wird und das ewige Leben in der Welt, die da kommet. Amen.«

Nach der Gnade beugte Gervase den Kopf über seine gefalteten Hände und betete für seine Tochter und seine Frau; Margaret entschwand so leise, wie sie gekommen war; sie ließ ihn mit Gott alleine.

Am Mittwochmorgen war für Zoe Threadgold das Maß voll. Sie hatte ihr Bestes gegeben. Solange sie sich nur mit den Eltern hatte abgeben müssen, war sie klargekommen. Doch dann war der Erzdiakon auf der Bildfläche erschienen. Zoe wußte, sie würde nicht viel mehr ertragen.

Sie hatte immer peinlich genau darauf geachtet, ihr Privatleben nicht nur privat, sondern auch von ihrem Beruf getrennt zu halten. Das bedeutete, daß sie ihre Beziehung zu Mike Odum nicht zu ihrem beruflichen Vorteil nutzte; von allem anderen abgesehen, hätte ihr Stolz das ohnehin nicht erlaubt. Was sie erreichte, wollte sie alleine erreichen, ohne irgendeine Hilfe ihres Geliebten. In diesem Fall jedoch waren verzweifelte Maßnahmen nötig. Sie hatte versucht, mit Pete Elliott zu sprechen; er wollte nichts hören.

Zoe schloß sich ins Bad ein und wählte Mike Odums Nummer auf ihrem Mobiltelefon. Er antwortete nach dem ersten Klingeln. »Odum.«

»Mike! Hier ist Zoe. Kannst du reden?«

»Ich bin allein«, bestätigte er. »Und einsam. Ich vermisse dich.«

Sie biß die Zähne zusammen. »Ich vermisse dich auch. Doch deswegen rufe ich dich nicht an, Mike.«

»Was gibt's denn?«

»Mike.« Sie holte tief Atem. »Du mußt mich hier rausholen. Du weißt, daß ich dich nie um einen Gefallen bitte, doch ich bin am Ende.«

»Ich weiß, Häuslichkeit ist nicht gerade dein Ding.« Er lachte am anderen Ende der Leitung.

»Das ist nicht witzig«, sagte Zoe mißmutig. Dann versuchte sie, es ihm zu erklären. »Die Eltern sind schon schlimm genug – abgedreht, alle beide, wen wundert's. Doch dann ist da diese andere Frau. Sie macht mir das Leben zur Hölle. Der Erzdiakon, so nennt sie sich – sie sagt, sie sei der Chef des Vikars. Die hat Haare auf den Zähnen. Kommandiert mich herum, schickt mich Tee kochen.«

Mike Odum lehnte sich in seinem Stuhl zurück und schloß die Augen. Er genoß das Bild. Also hatte Zoe, seine kleine Tigerin, letztendlich doch eine würdige Gegnerin gefunden – die Idee mißfiel ihm gar nicht. »Was soll ich also tun?« fragte er; er würde sie zwingen, darum zu betteln.

»Das sagte ich doch. Ich will, daß du mich hier rausholst«, wiederholte sie widerwillig; es kostete sie eine ziemliche Überwindung. »Wenn du das tust, Mike, dann ... schulde ich dir was.«

»Ich nehme dich beim Wort.« Er grinste. »Ich werde sehen, was ich tun kann. Versprechen kann ich dir nichts.«

Pete Elliott versuchte, die Luft anzuhalten. Er war besonders empfindlich gegen Zigarettenqualm; seine Augen begannen zu tränen, er bekam Kopfschmerzen. Das war oft ein echtes Problem, sowohl allgemein auf dem Revier als auch bei Personenbefragungen. Die Nervosität, die sogar Unschuldige befiel, wenn sie mit der Polizei konfrontiert wurden, verdoppelte für gewöhnlich den Zigarettenkonsum eines jeden Rauchers.

Terry Rashe war keine Ausnahme. Der Aschenbecher vor ihm quoll über vor Zigarettenstummeln. Gerade rauchte er wieder. Der kleine Raum, der ihm als Büro diente, war zu seinen besten Zeiten muffig und feucht; durch die Hitze des Tages, zusammen mit dem Zigarettenqualm, war es fast nicht auszuhalten.

»Können Sie nicht ein Fenster aufmachen oder so?« schlug Elliott vor. Er wedelte den Rauch aus seinem Gesicht.

»Tut mir leid. Tut mir leid.« Terry Rashe mußte sich auf einen Stuhl stellen, um das einzige Fenster des Raumes zu erreichen. Es war klein und weit oben in der Wand eingelassen.

»Danke.« Elliott lächelte ihm zu; er sorgte gerne dafür, daß die Leute sich wohlfühlten. Er hatte herausgefunden, daß sie so meist besser kooperierten. »Das ist besser. Eine dumme Angewohnheit«, fügte er in bezug auf das Rauchen noch hinzu.

»Das sagt mir meine Mutter auch immer. Deswegen rauche ich auch nicht in ihrer Gegenwart. Sie weiß nicht einmal, daß ich rauche.«

Eine willensstarke Mutter, damit kannte Pete Elliott sich aus.« Sie können mir vertrauen. Ich werde es ihr nicht verraten.« Er grinste.

Rashe setzte sich zurück auf den Stuhl und nahm seine Zigarette vom Aschenbecher. »Wie ich schon sagte, Inspektor, ich verstehe nicht, warum Sie zurückgekommen sind. Ich habe Ihnen alles erzählt, was ich weiß. Gestern und vorgestern.«

»Das weiß ich zu schätzen«, bestätigte Elliott. »Sie waren sehr hilfreich, Terry.«

Der Sergeant in der Ecke, Notizbuch geöffnet und Stift parat, zog die Augenbrauen hoch, sagte jedoch nichts. Er hielt nicht besonders viel von Elliotts Methode, hatte in der Vergangenheit jedoch deren Effektivität schätzen gelernt; er hielt also lieber den Mund.

»Ich frage mich gerade, Terry, ob es nicht ein oder zwei Dinge gibt, die Sie uns verschwiegen haben«, fuhr Elliott fort. »Wann haben Sie Daisy Finch zum letzten Mal gesehen?«

»Das haben Sie mich bereits gefragt«, erinnerte Rashe ihn geduldig. »Montag nicht, zumindest nicht, daß ich wüßte. Irgendwann letzte Woche, denke ich.«

»Sind Sie sicher?«

»Nein, nicht wirklich. Nicht hundertprozentig. Ich wußte doch nicht, wie wichtig das sein würde, wenn sie verstehen, was ich meine.« Er zog an seiner Zigarette. »Ich kannte sie vom Sehen, habe sie jedoch nicht besonders beachtet. Nicht mehr als die anderen auch.«

»Die anderen. Mögen sie kleine Mädchen, Terry?« Elliotts Stimme klang sanft. Er ließ die Frage harmlos klingen.

»Natürlich. Sonst würde ich nicht an einer Schule arbeiten. Ich sehe nicht, was das ...« Er unterbrach sich plötzlich, als ihm die Bedeutung der Frage klar wurde; sein Kiefer klappte nach unten, sein Gesicht verlor jede Farbe. »Oh, Gott! Sie vermuten doch nicht ... Sie denken doch nicht ...«

»Immer mit der Ruhe, Terry.« Elliott stand auf. »Ich denke, es ist an der Zeit, daß Sie mit mir aufs Revier kommen. Möchten Sie Ihren Anwalt anrufen, bevor wir gehen?«

»Ich brauche keinen Anwalt! Ich sage Ihnen die Wahrheit – ich habe sie nie angefaßt!« Ein Schweißfilm überzog sein aschfahles Gesicht.

Jetzt kommen wir endlich weiter, dachte Elliott. »Ich habe nicht gesagt, daß Sie das getan haben«, sagte er lächelnd. »Sie sind derjenige, der das gesagt hat. Ich denke nur, daß wir uns ausführlicher darüber unterhalten sollten.«

»Sie verhaften mich?«

»Wenn Sie es so ausdrücken möchten«, erwiderte der Polizeibeamte freundlich. Er ging zur Tür. »Ich würde eher sagen, daß Sie uns bei unseren Untersuchungen behilflich sind.«

Hal hatte in der Nacht zuvor ebenfalls schlecht geschlafen; von allem anderen abgesehen war er es einfach nicht gewohnt, alleine im Bett zu liegen. Im Gegensatz zu den meisten anderen, die wenigstens die eine oder andere Beschäftigung hatten, mußte Hal sich um nichts kümmern. Er konnte sich nicht in Arbeit stürzen; er hatte keine Arbeit, in die er sich stürzen konnte. Bis zum Anfang dieser Woche hatte er erwartet, noch einige Zeit im Vikariat mit Beschlag belegt zu sein. Er hatte sich noch nicht um einen weiteren Auftrag bemüht.

Als allererstes an diesem Morgen schaltete er das Radio ein. Es gab keine Neuigkeiten von Daisy – zumindest nichts Positives. Die Suche nach dem vermißten Mädchen wurde fortgesetzt, gaben sie bekannt; sie mußten nicht hinzufügen, daß ein positiver Ausgang immer unwahrscheinlicher wurde, je länger die Suche andauerte. Hal stand auf, duschte und rasierte sich. Dann zog er sich an und ging zu dem Laden an der Ecke, um die Zeitungen zu holen. Daisys Gesicht war von der Titelseite der meisten verschwunden. Er kaufte jedoch sämtliche Blätter, für den Fall, daß eines ein Detail beinhaltete, welches den anderen entgangen war.

Jede einzelne Zeitung genauestens zu durchforsten brauchte seine Zeit; Zeit besaß er im Überfluß. Er saß mehrere Stunden am Tisch im Frühstückszimmer, eine Tasse Kaffee neben sich. Nach dem ersten bitteren Schluck ließ er ihn kalt werden, vertieft in die Zeitungen.

Es gab recht wenig neue Informationen; zum größten Teil wurden sämtliche Spekulationen sowie die Hintergrundinformationen noch einmal durchgekaut. Ein besonders kühner Reporter, frustriert von der Unerreichbarkeit der Eltern, hatte einen Verwandten ausfindig gemacht: Thomas Finch, nach eigenen Angaben völlig verzweifelt vom Verschwinden seiner Halbschwester. ›Vielleicht wird dies allen Müttern überall eine Lehre sein, wachsam zu sein, wenn es um ihre Kinder geht‹, lautete das heuchlerische Statement, das er abgegeben hatte. ›Ich sage nicht, daß Daisys Mutter die Schuld trägt, wirklich nicht, doch wenn sie ein bißchen mehr achtgegeben hätte …‹

Hal schnaubte angewidert. Arme Rosie, sich zusätzlich zu allem anderen mit der Grausamkeit ihres Stiefsohnes abgeben zu müssen. Vielleicht, hoffentlich, bekam sie diese Zeitung nicht in die Hände und erfuhr nie, was Tom gesagt hatte.

Als Hal mit den Zeitungen durch war, war der Morgen vorbei. Er schloß die Augen, erinnerte sich an Daisy und die unbefangene Freude, die sie jedem Aspekt des Lebens abgewann: wie sie Stufen hinaufgerannt kam, um ihn zu Kaffee und Schokoladenkuchen zu rufen, wie sie in Kinderland die Schuhe auszog, wie sie vor Freude über den kätzchenbedruckten Fries in ihrem Zimmer quiekte, wie sie nach dem Picknick schlief, das Gesicht verschmiert mit Ingwerkuchen und Orangensaft.

Plötzlich fuhr er hoch. Squash. Es war Mittwoch; Squashabend.

Mike Odum müßte etwas über die Untersuchungen wissen; etwas, das nicht in die Zeitungen gelangt war. Wenn er geschickt fragte, könnte er vielleicht herausbekommen, was wirklich los war.

Das erste Mal seit Tagen hatte Hal ein Ziel.

Sie waren auf dem Weg ins Befragungszimmer – Elliott, der Sergeant und Terry Rashe –, als ihnen Superintendent Hardy entgegentrat. Er war nicht groß, brachte es jedoch irgendwie fertig, den Eindruck zu erwecken als ob. Er starrte auf sie hinab und Elliott wurde wieder einmal daran erinnert, warum er Männern mit zu eng beieinanderstehenden Augen mißtraute. »Ich möchte sie in meinem Büro sprechen, Inspektor.«

Elliott hatte schreckliche Angst vor Superintendent Hardy. Er war jedoch ebenfalls gerade im Begriff, Terry Rashe zu befragen. Dieses Vorhaben gab ihm den Mut, zu widersprechen. »Kann das noch ein paar Minuten warten, Sir?«

»Jetzt«, sagte Hardy. Er legte so viel Gewicht in diese einzelne Silbe, daß Elliott keinen Zweifel daran hatte, daß er ›jetzt‹ meinte.

Im Büro des Superintendenten angekommen, setzte Hardy sich an seinen Schreibtisch und erlaubte dem Inspektor, stehenzubleiben. Er kam sofort zur Sache. »Sie haben das Mädchen nicht gefunden.«

»Nein, Sir, aber ...«

»Kein Aber. Sie haben sie nicht gefunden. Des weiteren haben Sie keinerlei Hinweise, keine Spuren. Nichts. Verdammt noch mal gar nichts.«

Elliott schluckte. »Bei allem Respekt, Sir, ich denke, daß wir gerade jetzt vor einem Durchbruch stehen. Wir werden gleich einen Verdächtigen befragen – den Hausmeister. Er streitet zwar jede Beteiligung ab, doch ich bin mir sicher, daß er auspackt, wenn ich ein bißchen Druck auf ihn ausübe.« Er bewegte sich unauffällig zur Tür. »Wenn Sie also nichts dagegen haben, Sir, werde ich zurückkehren zu ...«

»Nicht so schnell, Inspektor«, unterbrach ihn Hardy barsch. »Das kann der Sergeant erledigen. Ich entziehe Ihnen diesen Fall.«

»Aber, Sir ...«

Hardy fuhr fort, als hätte er nichts gesagt. »Wir haben viel zu wenig Personal. Fast die Hälfte des Reviers ist im Urlaub, die andere Hälfte streicht durch die Büsche auf der Suche nach diesem Mädchen. Seien wir doch mal ehrlich, Inspektor – Sie suchen jetzt seit drei Tagen. Man wird sie nicht lebend finden.«

Zu hören, wie der Superintendent seine eigenen geheimsten Ängste aussprach, verursachte bei Elliott ein flaues Gefühl im Magen – obwohl es nicht ganz überraschend kam. Er wollte argumentieren. »Sie könnte noch leben, Sir. Wenn wir es schaffen, den Hausmeister zum Sprechen zu bringen – er könnte sie irgendwo versteckt halten. Wie der Mann in Belgien, der diese Mädchen monatelang im Keller versteckt hielt.«

»Ja, klar, natürlich. Wenn der seine dreckigen Finger an

ihr hatte, ist sie jetzt tot«, verkündete Hardy brutal. »Ich bitte Sie nicht, Inspektor. Das ist ein Befehl. Es ist an der Zeit, die Suche herunterzufahren. Außerdem, es gibt noch etwas: einen echten Mord, mit einer echten Leiche. Ich möchte, daß sie den Fall übernehmen.«

»Ein Mord?« Elliotts Gedanken rasten. »Wer? Wo?«

»Ein paar Jungs haben einen Wagen im Gebüsch gefunden, zwischen Elmsford und Branlingham. Mit einer Leiche drin. Erstochen, so wie es aussieht«, sagte er kurz angebunden. »Eine männliche Leiche, nicht die eines Kindes, um ihrer Frage zuvorzukommen. Der Anruf kam vor ein paar Minuten rein. Also hören Sie auf, mit mir zu diskutieren, und schwingen Sie Ihren Arsch da hin.«

»Wen soll ich mitnehmen?«

»Keine Ahnung. Sehen Sie zu, daß Sie irgendwo einen Sergeanten finden. Ist mir egal, wen.«

Inspektor Mike Odum hatte von der Leiche gehört und konnte sich daher denken, worüber Hardy und Elliott sprachen. Er lungerte vor Hardys Tür herum und wartete auf den richtigen Augenblick für seinen Auftritt.

»Sir«, sagte er glatt. »Wenn ich einen Vorschlag machen darf. Sergeant Threadgold hat sich für eine Traineestelle in der Mordkommission beworben. Sie ist eine gute Polizistin, Sir. Intelligent, hart arbeitend. Das wäre eine gute Gelegenheit, um herauszufinden, ob sie die nötigen Fähigkeiten besitzt.«

»Sie ins kalte Wasser springen lassen, was?« überlegte Hardy. »Finde ich gut.«

»Sergeant Threadgold ist bei den Finchs, Sir«, erklärte Elliott. »Sie ist die Beamtin, die abgestellt wurde, um bei den Eltern zu bleiben.«

Das reichte. Seine Entscheidung stand fest. »Mir steht es bis hier, ständig von diesen dämlichen Finchs zu hören! Sie können Sergeant Threadgold auf dem Weg zum Tatort abholen, Inspektor Elliot.«

Er starrte Elliott hinterher. Dann fügte er hinzu, mit einer Stimme die vor Sarkasmus troff: »Wenn Sie eines Tages mal ein paar Minuten Zeit haben, könnten Sie mir vielleicht erklären, wie diese ganzen dämlichen Beamten, die da draußen das Gelände nach dem Mädchen durchkämmen, einen Wagen mit einer verwesenden Leiche drin übersehen konnten.«

Mike hatte es geschafft! Zoe wußte nicht wie, doch plötzlich, wunderbarerweise, war sie aus Branlingham weg und auf dem Weg zum Schauplatz eines Verbrechens. Sie würde an der Untersuchung eines Mordfalles teilnehmen. Als Trainee, hatte Pete Elliott sie informiert; sie konnte ihre Freude nicht verbergen.

»Wer wurde denn ermordet, Sir?« fragte sie, obwohl sie wußte, daß er es ihr sowieso erzählen würde.

Doch Pete Elliott war nicht so gesprächig wie sonst; er schmollte immer noch nach seiner Unterhaltung mit Superintendent Hardy. Außerdem war er sauer, daß er von dem Fall Daisy Finch abgezogen worden war. »Wir werden es bald herausfinden. Ich weiß nicht, ob die Leiche schon identifiziert wurde. Ich weiß nur, daß es eine männliche Leiche ist. Nicht die eines kleinen Mädchens. Es ist nicht Daisy Finch.« Das ist zumindest ein Segen, dachte Elliott; solange es keine Leiche gab, gab es immerhin eine Chance, daß Daisy Finch noch lebte.

»Es gibt doch sicher«, überlegte Zoe laut, »eine Verbindung. Ich meine, Sir, Branlingham ist nicht so groß. Es hat hier vermutlich seit Jahren kein Kapitalverbrechen stattgefunden. Und jetzt gleich zwei, innerhalb von drei Tagen – kommt Ihnen das nicht auch komisch vor?«

Elliott dachte darüber nach. Zu diesem Zeitpunkt hatte er bereits die Tatsache akzeptiert, daß es sich im Fall Daisy Finch um ein Verbrechen handelte. »Da ist was dran, Sergeant«, pflichtete er ihr bei. »Obwohl mir die Verbindung fehlt. Außer, wenn es sich hier um einen Selbstmord handelt. Sagen wir mal, der Mann hat Daisy Finch mißbraucht, sie, vielleicht unabsichtlich, getötet, dann tötet er sich selbst, aus Reue. Das könnte möglich sein.«

Doch nachdem sie den blauen Polo im Gebüsch entdeckt hatten, über die blau-weißen Absperrbänder um den Wagen herum gestiegen waren und ihren ersten Blick auf die Leiche geworfen hatten, verflüchtigte sich diese Überlegung. »Niemand stößt sich ein Messer so in den Rücken, zwischen die Schulterblätter. Außer er ist ein Gummimensch«, witzelte er Zoe gegenüber mit ätzendem Humor. Der Tod drehte ihm den Magen um; das war seine Art, damit umzugehen.

»Dann läßt er das Messer verschwinden, bevor er sich ins Auto setzt, um zu sterben«, verkündete sie. »Sorgfältig bemüht, nicht die Sitze vollzubluten.«

»Ja.« Sie hatte recht: Es gab keine Mordwaffe, kein Blut im Wagen. Er sah sie respektvoll an; es entging ihr nicht viel, das war deutlich. Außerdem, obwohl sie gewaltsamen Tod vermutlich weniger gewöhnt war als er, hatte sie nicht mit der Wimper gezuckt.

Er wußte also, dank Zoe, zwei Dinge: daß der Mann ermordet und daß er nicht im Wagen erstochen worden war.

Es gab wenig mehr, was sie noch sicher wußten, auch nachdem der Gerichtsmediziner den Tod festgestellt und die Fotografen sowie die anderen Beamten am Tatort ihre grausige Arbeit beendet hatten. Die Leiche war noch immer nicht identifiziert worden: Die Taschen des Toten waren leer. Es gab nichts im Wagen, das irgendwelche Aufschlüsse geben konnte. Jemand hatte sich einige Mühe gemacht, alles aus dem Wagen zu entfernen – nicht nur die Fingerabdrücke, die in der Tat sorgfältig von Lenkrad, Armaturenbrett, dem Kofferraumdeckel und sogar dem Tankdeckel abgewischt worden waren, sondern auch den Inhalt des Handschuhfaches und des Kofferraumes. Es lag noch nicht einmal ein vergessenes Bonbonpapier unter dem Sitz.

»Wer immer diesen Typ umgebracht hat, wollte nicht, daß wir wissen, wer er war«, bemerkte Zoe.

Elliott nickte. »Doch wir werden es herausfinden.« Er zeigte auf das Nummernschild. »Rufen Sie sofort bei der Meldestelle an, auf Ihrem Handy.«

Sie gehorchte; die Meldestelle gab ihr Name und Adresse eines Mannes aus Bury St. Edmunds, eines Mr. Gilmore. »Denken Sie, er ist es, Sir?« fragte Zoe.

»Es gibt nur einen Weg, das herauszufinden.« Er ging zum Panda zurück. »Auf geht's.«

»Fahren wir nach Bury?«

»Warum nicht? Es ist nicht weit, und es ist der schnellste Weg. Ich meine, wenn er verheiratet ist und seine Frau händeringend nach ihrem Mann sucht, haben wir's geschafft.«

Zoe schwieg. Sie überlegte einen Moment, während Elliott zurück auf die Hauptstraße steuerte. »Er ist schon eine Weile tot, oder, Sir? Wie lange, schätzen Sie?«

»Wir werden es natürlich erst nach dem Bericht des Gerichtsmediziners genau wissen, und der war vorhin so vorsichtig wie immer – er haßt es, sich zu irren, wissen Sie«, erklärte Elliott. »Mindestens einen Tag oder zwei, würde ich sagen.« Er rümpfte angewidert die Nase bei dem Gedanken an den Gestank.

»Wurden in den vergangenen Tagen Personen als vermißt gemeldet?«

»Daisy Finch«, erinnerte er sie. Superintendent Hardy und jeder andere auch mochte Daisy Finch vergessen wollen. Elliott wußte jedoch, daß *er* das nicht konnte. Das kleine bebrillte Gesicht verfolgte ihn.

Sie zuckte ungeduldig mit den Schultern. »Außer Daisy Finch.«

»Schreiben Sie sie nicht einfach ab«, warnte er. »Sie waren diejenige, die vermutet hat, daß die beiden Fälle miteinander verbunden sind.«

»Das war, bevor wir ihn gesehen haben. Jetzt sehe ich nicht, wie das eine mit dem anderen zusammenhängen könnte.«

Elliott war nicht überzeugt. Er würde Hardy gegenüber natürlich nichts dergleichen erwähnen. Es konnte jedoch nicht schaden, sich alle Möglichkeiten offenzuhalten. »Rufen Sie auf dem Revier an«, instruierte er Zoe. »Fragen Sie nach vermißten Personen – nicht nur innerhalb der letzten paar Tage. Er könnte schon einige Zeit vor seinem Tod als vermißt gemeldet worden sein.« Einem plötzlichen Einfall folgend, den er ihr nicht weiter erklärte, fügte er hinzu: »Bitten Sie die Gerichtsmedizin, den blauen Polo zu holen und ihn sich gründlich vorzunehmen. Wer immer den Wagen ausgeräumt hat war zwar sorgfältig, kann jedoch nicht alles entfernt haben. Haare, Fasern – was auch immer sie finden, ich will es wissen.« Als sie die Nummer eingab, fuhr er fort: »und zwar schnell.«

Ohne Zoe schien das Vikariat ein Stück Alltag zurückgewonnen zu haben, obwohl es natürlich fern jeder Normalität war. Rosemary schlief ständig. Gervase machte sich Sorgen deswegen, doch Margaret versicherte ihm, daß ihr Körper das brauchte. Ein nützlicher Abwehrmechanismus, um mit dem Schmerz fertigzuwerden.

Margaret belegte Brote mit den Resten des Sonntagsbratens und verzierte sie mit diesem und jenem aus dem Kühlschrank. Gervase und sie aßen am Küchentisch. Keiner von beiden war sehr hungrig, trotzdem es in Gervases Fall schon zwei Tage her war, daß er vernünftig gegessen hatte.

»Ich danke Ihnen sehr für das, was Sie hier für uns tun«, sagte Gervase verlegen. Er legte ein Sandwich auf seinen Teller. »Ihre Unterstützung war wunderbar. Ich weiß, daß Rosemary mir zustimmen würde. Ich bin mir allerdings sehr wohl im Klaren darüber, daß Sie wieder ihrem Beruf nachgehen müssen. Ich erwarte nicht von Ihnen, daß Sie ewig hierbleiben.«

Margaret schüttelte den Kopf. »Dies ist auch Teil meines Berufes«, verkündete sie. »Ich werde so lange bleiben, wie Rosemary mich braucht.«

»Sie sind sehr freundlich.«

»Nein«, widersprach sie. Sie fühlte sich schuldig dafür, daß ihr gedankt wurde für etwas, das ihr erlaubte, ihr eigenes Leben zu genau dem richtigen Zeitpunkt hintanzustellen. »Wie ich schon sagte, es ist Teil meines Berufes; der wichtigste Teil im Moment. Ich muß allerdings einige Anrufe erledigen und ein paar Termine absagen«, fügte sie hinzu.

Er nickte zustimmend. Vielleicht, dachte Margaret, erkennt er ebenfalls, so wie ich, daß wir irgendwie in einem Boot sitzen. Was für eine Ironie des Schicksals, überlegte sie, daß wir vor gerade mal zwei Tagen zusammen gesessen haben, um die Zukunft *seiner* Ehe zu diskutieren. Während dieser Diskussion hatte ein unbekanntes Schicksal Daisy befallen; das Mädchen hatte sich anscheinend in Luft aufgelöst. Zur selben Zeit waren seine Frau und ihr Ehemann ebenfalls zusammen gewesen, ohne Wissen von Margaret und Gervase, die unter sich die Zukunft aller entschieden.

Sie betete, daß Gervase niemals etwas davon erfuhr. Das Wissen darum lastete schon auf Margaret sehr; davon abgesehen, was mit Daisy passiert war, hatte Gervase es auch so schon schwer genug.

Bei den Gilmores gab es keine verzweifelte Frau, die ihre Hände rang wegen eines verschwundenen Ehemannes; Mr. Gilmore selbst war dort, in Fleisch und Blut, gesund und munter, ein pensionierter Herr fortgeschrittenen Alters. Er war verblüfft; er hatte den blauen Polo im letzten Monat an eine Werkstatt verkauft, als Anzahlung für ein neueres Modell, erklärte er. Er könne nicht verstehen, warum der neue Besitzer ihn bisher nicht umgemeldet hatte.

Ihr nächster Halt war natürlich die Werkstatt. Es war ein kleiner Betrieb, kein großer Händler. Der Mann mit dem sie sprachen konnte sich gut an den blauen Polo erinnern. »Ein schöner, sauberer Wagen«, erzählter er ihnen. »Nicht zu viel gelaufen, obwohl er schon fünf Jahre alt war. Hab' ihn von 'nem alten Herrn gekauft, der hat ihn immer sauber gehalten.«

Zoe konnte sich nicht zurückhalten. Obwohl sie nicht sicher war, ob sie das Richtige tat, fragte sie: »Die Person, die ihn hier gekauft hat. War das ein jüngerer Mann, mit rotem Haar?«

Der Mann blickte sie überrascht an. »Nein. Niemand dergleichen.«

»Wer war es dann?«

»Daran kann ich mich gut erinnern.« Er nickte. »Eine Frau. Jung. Blondes Haar, sehr attraktiv. Sie hat bar bezahlt.«

»Bar?« echote Elliott. »Das passiert bestimmt nicht häufig.«

»Stimmt. Das ist einer der Gründe, warum ich mich daran erinnern kann. Der zweite ist die Tatsache, daß sie richtig was fürs Auge war«, fügte er an den Polizisten gewandt zwinkernd hinzu.

Zoe war angewidert. »Sie wissen also ihren Namen nicht«, unterstellte sie mit einer Stimme, die ihre Verachtung für diesen Mann und seine pathetischen Versuche männlichen Rudelverhaltens nicht verbergen konnte.

»Natürlich habe ich ihren Namen«, sagte er kühl. »*Und* ihre Adresse. Ich halte meine Bücher in Ordnung, wissen sie.«

»Da bin ich sicher«, trat Elliott dazwischen. »Könnten Sie uns bitte diese Informationen geben?«

Der Mann ging zu seinem aufgeräumten Schreibtisch und setzte sich. Er öffnete sein Hauptbuch, das mitten auf seiner Schreibunterlage lag. Mit dem Finger fuhr er die Seite hinab, blätterte um zur nächsten. »War wohl letzten Monat – ja, hier ist es. Der blaue Polo wurde an eine Miß Kim Rashe verkauft, Grange Cottage, Elmsford.

Pete Elliotts Herz raste. Adrenalin wurde durch seinen Körper gepumpt. Doch erst als sie wieder im Panda saßen machte er seiner Begeisterung Luft; er hieb mit der Faust in die Luft. »Rashe!« rief er. »Ich wußte es! Ich wußte, daß diese kleine Ratte etwas damit zu tun hat. Sie hatten recht, Sergeant. Dieser Mord *steht* mit dem Verschwinden von Daisy Finch in Verbindung. Ich weiß zwar noch nicht wie, doch das werden wir herausfinden. Es ist an der Zeit für ein weiteres Schwätzchen mit Terry Rashe, denken sie nicht?«

»Terry Rashe?« echote sie, verwirrt. »Wer ist das denn?«

Zoe war so schnell Mitglied des Teams geworden, daß er vergessen hatte, wie neu ihre Beförderung war; auf einmal wurde ihm bewußt, daß sie bis vor ein paar Stunden, noch fern des Geschehens, Tee für Rosemary Finch gekocht hatte. »Oh, tut mir leid, Sergeant. Sie hatten noch nicht das Vergnügen, Terry kennenzulernen, stimmt's?«

Er klärte sie auf, während sie aus Bury hinaus und zurück nach Saxwell fuhren. »Er ist der Hausmeister der Schule. Weinerlicher kleiner Kerl, schmächtig. Macht irgendwie einen verdächtigen Eindruck. Er hat keine Vorstrafen – das habe ich sofort überprüfen lassen.«

Mittwoch nachmittags war für gewöhnlich niemand zu Hause im Grange Cottage. Sybil Rashe versuchte jedoch, das Beste aus dem unerwarteten freien Nachmittag zu machen. Sie putzte ausnahmsweise mal ihr eigenes Haus.

Sie war überrascht, als es an der Tür klingelte, beziehungsweise, ›Greensleeves‹ ertönte. Die Glocke war ein Geburtstagsgeschenk für Frank letzten Monat gewesen; sie spielte eine Reihe fröhlicher Melodien, mit einem dünnen, metallenen Klang. Sybil zog die Schürze aus, legte ihren Staubwedel beiseite und ging die Tür öffnen.

Polizei: Eine junge Frau in Uniform und ein großer Mann. Dieser trug keine Uniform, zeigte ihr jedoch seinen Ausweis, damit sie ihn sich ansehen konnte. »Kriminalinspektor Elliott«, verkündete er, »und Sergeant Threadgold.«

Sybil Rashe hatte in ihrem Leben wenig Kontakt mit der Polizei gehabt. Sie sah sich jedoch gerne *Das Gesetz* und *Inspektor Morse* an. Ihre Präsenz hielt also keinen Schrecken für sie. Es hat vermutlich etwas mit der Geschichte von dem verschwundenen Mädchen zu tun, sagte sie sich. Genau, ihr Terry war ja gestern von ihnen befragt worden. Und nach dem, was er sagte, war er bis jetzt ihr Hauptzeuge. »Hallo«, sagte sie. Sie lächelte, um ihnen zu zeigen, daß sie auf ihre Kooperation zählen konnten.

»Wir suchen nach einer Miß Kim Rashe«, sagte der große Mann, der Inspektor. »Uns wurde diese Adresse gegeben. Sind Sie Miß Rashe?«

Sybils Lächeln wandelte sich zu einem verwirrten Stirnrunzeln. »Ich bin Mrs. Rashe, Kim ist meine Tochter. Sie lebt allerdings nicht hier – seit über einem Jahr nicht mehr.«

»Können Sie uns sagen, wo wir sie finden?« fragte der Mann höflich.

»Im Wohnwagenpark, zwischen hier und Branlingham, an der Straße nach Saxwell«, erklärte Sybil ihnen. »Es ist der rosa Wohnwagen.«

»Vielen Dank für ihre Hilfe.«

Sie wandten sich zum Gehen. Sybil konnte es nicht ertragen – einer polizeilichen Untersuchung so nah zu sein und dann so enttäuscht zu werden. »Was hat unsere Kim denn getan?« fragte sie.

Der Inspektor drehte sich wieder um. »Nichts, Mrs. Rashe. Wir müssen ihr lediglich ein paar Fragen stellen.«

Ihre Verzweiflung machte sie dreist. »Geht es um das kleine Mädchen? Kim weiß gar nichts darüber, soviel kann ich Ihnen sagen. Aber Terry – er ist mein Sohn.« Sie lächelte voll mütterlichen Stolzes. »Terry weiß ein oder zwei Dinge. Die Polizei hat schon ein paar mal mit ihm gesprochen. Er ist ihr Hauptzeuge, sagte er mir. Kennen sie meinen Terry, Inspektor?«

»Ja, ich habe mit Terry gesprochen«, sagte er mit ernstem Gesicht.

»Dann wissen Sie, wie hilfsbereit er ist. Er war schon immer so ein guter Junge, mein Terry.« Sie hatte eine plötzliche Eingebung. »Hören Sie, möchten Sie nicht hereinkommen? Ich könnte ihnen einen Tee kochen. Sie sehen durstig aus, sie beide. Und es ist Teezeit.«

Elliott zögerte eine Sekunde. Eine Tasse Tee wäre angenehm. Außerdem hatte er das Gefühl, daß die wortreiche Mrs. Rashe eine Quelle nützlicher Informationen sein würde. Jetzt war jedoch nicht die Zeit dafür. »Es tut mir so leid, Mrs. Rashe«, sagte er mit ehrlichem Bedauern. »Wir müssen weiter.« Er drehte sich noch einmal um und wandte sich an sie. *Ich kann die Hilfsbereitschaft dieser Frau genauso gut nutzen*, entschied er. »Könnten Sie mir sagen, Mrs. Rashe«, fragte er geschickt, »ob ihre Tochter einen blauen Polo fährt?«

Sie starrte ihn an. »Einen blauen Polo? Mit Sicherheit nicht, Inspektor. Kim fährt überhaupt nicht, und das ist die Wahrheit. Hat nie auch nur eine Fahrstunde gehabt. Kev, ihr Verlobter, hat einen klapprigen Escort. Orange, nicht blau. Wo haben Sie nur diese Information her über Kim?«

»Gehört jemandem in ihrer Familie ein blauer Polo?« drängte er hartnäckig. »Terry, zum Beispiel?«

Diese Frage verblüffte sie so, daß ihre Antwort uncharakteristischerweise einsilbig ausfiel. »Nein.«

Die Frau, der Sergeant, sprach zum ersten Mal. »Sind Sie sich dessen sicher?«

»Ich werde ja wohl wissen, welche Wagen meine eigene Familie fährt«, erklärte Sybil entrüstet.

»Ja, natürlich.« Elliott lächelte sie beruhigend an und fischte eine Karte aus seiner Hosentasche. »Wir müssen jetzt wirklich gehen, Mrs. Rashe. Wenn Ihnen irgend etwas einfällt, was Sie uns gerne mitteilen möchten, können Sie auf dem Revier anrufen. Fragen Sie nach mir persönlich.«

Sie nahm die Karte und betrachtete sie gedankenverloren. Sie fuhr mit dem Finger den Rand entlang, als die Polizisten zu ihrem Panda zurückkehrten und in die Saxwell Road einbogen.

»Also, was halten Sie von ihr, Sir?« fragte Zoe, als sie wieder unterwegs waren.

Pete Elliott grinste. »Na ja, eines ist sicher. Sie hat ihren blauäugigen Sohn Terry schon eine Weile nicht mehr gesprochen, hinkt ein wenig hinterher. Ich frage mich, was sie sagen würde, wenn sie wüßte, daß er jetzt gerade auf dem Revier sitzt, während wie hier sprechen?«

»Sie würde es nicht glauben.«

»Sie haben recht«, bestätigte er. »Sie ist die Sorte Mama, die immer darauf schwört, daß ihr Sohn ein guter Junge ist, auch wenn er mehrfachen Mord gestanden hat. Terry kann nichts Falsches tun, soweit es seine Mutter betrifft.«

»Denken Sie, daß sie die Wahrheit über den Wagen erzählt hat?«

»Was denken Sie?« forderte er sie heraus.

Zoe schob die Antenne ihres Mobiltelefons auf und ab während sie über diese Frage nachdachte. »Na ja, sie schien ehrlich überrascht, als Sie sie darüber befragt haben. Zu diesem Zeitpunkt, denke ich, hätte sie keinen Grund gehabt zu lügen.«

»Außer sie weiß, daß Terry irgendwie in die Sache verwickelt ist, und versucht, ihn zu beschützen«, theoretisierte Elliott. »Das wäre ein ziemlich guter Grund zu lügen.«

»Aber wie paßt Kim da hinein?« fragte Zoe sich.

»Das, Sergeant, ist es, was wir herausfinden werden.« Elliott bog von der Saxwell Road ab in Richtung Wohnwagenpark.

»Der rosafarbene, sagte sie.«

Es gab nur einen rosafarbenen Wohnwagen: kein blasses, zurückhaltendes Rosa oder ein vornehmes Dunkelrosa, sondern ausgewachsenes Suffolker Pink. Eine Kombination aus Erdbeereis und Krabbencocktail. Es biß sich furchtbar mit dem alten Escort, der daneben geparkt war.

Ein Wagen, der seine orange Farbe zu gleichen Teilen dem Rost wie auch seinem längst vergessenen Lack verdankte.

»Jetzt geht's los«, verkündete Elliott. Er stieg aus dem Panda aus und ging mit langen Schritten auf die Tür des Wohnwagens zu. Es gab keine Klingel; er schlug mehrmals mit der flachen Hand auf die Tür.

»Hau ab!« ertönte eine männliche Stimme aus dem Inneren.

Er gab der Tür einen weiteren harten Schlag.

»Verdammte Scheiße«, murmelte eine weibliche Stimme. »Bist du das, Mama? Ich habe dir doch gesagt, daß du nicht kommen sollst!«

»Polizei«, sagte er fest und laut. »Miß Rashe, wir müssen mit Ihnen sprechen.«

Es folgten eine Reihe unbeschreiblicher Laute: Quietschende Betten, alarmiertes Flüstern, Kleiderrascheln. Elliott wartete geduldig. Er wußte, es gab für die Bewohner des Wohnwagens kein Entrinnen.

Schließlich öffnete sich die Tür einen Zentimeter und eine Nase schob sich nach draußen. »Was zum Teufel wollen Sie?« verlangte die Frau zu wissen.

»Wir müssen Ihnen ein paar Fragen stellen, Miß Rashe«, wiederholte Elliott. »Sie sind doch Miß Rashe, nehme ich an? Miß Kim Rashe?«

»Das bin ich«, gab sie zu. Sie schob ihre Massen durch die Tür und schloß sie hinter sich. Kim Rashe trug nichts außer einem schmutzigen Frotteebademantel, der zu klein war, um ihre Taille ganz zu umschließen; ihre gewaltigen Brüste quollen über den geschlossenen Gürtel, ihre Füße waren nackt. »Sie kommen ungelegen«, sagte sie. Das war offensichtlich. »Also stellen Sie Ihre Fragen und hauen Sie ab.«

»Miß Rashe, besitzen Sie einen blauen Polo?«

Ihr Erstaunen war sogar noch größer als das ihrer Mutter; was auch immer für eine Frage sie erwartet hatte, diese nicht. Sie erholte sich jedoch schnell. »Verdammt. Nein. Ich besitze keinen blauen Polo, ich besitze überhaupt keinen Wagen – ich fahre noch nicht einmal. Das wird Ihnen jeder bestätigen. Fragen Sie Kev. Fragen Sie meine Mutter.«

Zoe hatte einen Blick hinter Kim geworfen, als diese sich aus der Tür quetschte. Sie hatte gehofft, einen Blick auf Kev werfen zu können. Sie hatte Kev nicht gesehen, doch was sie gesehen hatte, machte sie neugierig. »Wir würden Kev tatsächlich gerne fragen«, sagte sie mit einem Seitenblick auf Pete Elliott. »Würde es Ihnen etwas ausmachen, wenn wir für ein paar Minuten hereinkämen?«

»Nein! Ich meine ja! Ja, es macht mir etwas aus!« rief sie, als sie sich in Richtung Tür bewegten.

Elliott drängte sich an ihr vorbei, drehte den Knauf und schlug die Tür auf.

»Was zum Teufel …« Diesmal war es Zoe Threadgolds Stimme. Pete Elliott schloß sich an mit: »Heiliger Strohsack!«

Das Innere des pinken Wohnwagens sah aus wie eine kirchliche Ausgabe von Aladin's Höhle. Vollgestopft mit Kerzenleuchtern, Kreuzen, Kruzifixen, Altarlampen und Taufbecken. In der Mitte stand ein großes Flügelpult. Hinter diesem kauerte Kev und versuchte, seine Nacktheit zu verbergen.

Pete Elliott konnte nicht anders; er prustete heraus vor Lachen.

Er lachte den ganzen Weg zurück nach Saxwell. Sein Gelächter war ansteckend; einen Moment später schloß sich Zoe an, obwohl sie sich vorgenommen hatte, es nicht zu tun.

Die zwei auf dem Rücksitz, hastig und spärlich bekleidet, lachten nicht.

Pete Elliott wußte alles über die Kirchendiebstähle; er

war beauftragt worden, die meisten von ihnen zu untersuchen. Er wußte, daß sich in den Akten mit seinen ungelösten Fällen Beschreibungen der meisten Gegenstände befanden, die in dem pinken Wohnwagen steckten. Es würde ihm viel Freude bereiten, diese ihren rechtmäßigen Besitzern zurückzugeben und einen ganzen Stapel Fälle auf einen Schlag zu schließen.

Bis sie vor dem Revier parkten, hatte Elliott es geschafft, seine Heiterkeit unter Kontrolle zu bringen. Er wandte sich den beiden auf dem Rücksitz zu. »Okay, erzählt es mir. Bevor wir hineingehen. Warum habt ihr es getan?«

»Das ist ja wohl verdammt noch mal klar«, sagte Kev höhnisch. »Kohle natürlich. Ein paar der Sachen sind ein verdammtes Vermögen wert.«

»Und warum habt ihr dann noch alles? Wenn man fragen darf?«

»Wir haben nach jemandem gesucht, der es uns abkauft«, erwiderte Kim mürrisch.

»Wir haben auch jede Menge Bargeld geholt«, fügte Kev stolz hinzu. »Aus den Kästen und so. Und in einer Kirche haben sie den Safe offen gelassen mit all den Klingelbeuteln, voll mit Barem.«

»Aber wir haben alles ausgegeben, es hat also keinen Zweck, es zurückholen zu wollen«, warf Kim mit einer gewissen Befriedigung in der Stimme ein.

Kev hatte sich offenbar entschieden, daß ein Geständnis gut für die Seele sei. »Wir sind auf die Idee gekommen, als wir den Vikar besucht haben wegen der Hochzeit«, sagte er. »Ich bin noch nie vorher in einer Kirche gewesen. Er hat uns 'rumgeführt, uns einen Teil von dem Zeug gezeigt, das sie da haben. Er hat uns gesagt, daß die Kirche voller unschätzbarer Kostbarkeiten ist.«

»Da hatte er recht«, bestätigte Kim. »Aber nur, wenn man weiß, wo man sie los wird.«

Als Rosemary schließlich erwachte, spät am Nachmittag, saß Gervase an ihrem Bett. Er wußte, was sie fragen wollte, noch bevor sie den Mund aufmachte. »Es tut mir leid, Liebes. Es gibt keine Neuigkeiten. Nichts.«

Sie wandte sich ab, zu erschöpft für Worte. Dank des Beruhigungsmittels war ihr Schlaf traumlos gewesen, doch sie wachte auf in einen Alptraum, der nicht verschwand. Gervase nahm ihre Hand und hielt sie fest. Es wurde ihm schmerzlich bewußt, daß es für sie keinen Unterschied machte, ob er anwesend war oder nicht.

Nach einer Weile kam Margaret, um nach ihnen zu sehen. »Sie ist wach«, flüsterte Gervase.

»Dann ist es an der Zeit für sie, etwas zu essen, meine ich«, verkündete Margaret. Sie ging, nur um ein paar Minuten später mit einem Teller Rührei wiederzukehren. Bei dem Geruch schnitt Rosemary eine Grimasse und drehte den Kopf zur Seite.

Margaret setzte sich auf die Bettkante und legte ihren Arm um Rosemarys Schultern. Sie half ihr in eine sitzende Position. Mit dem Teller auf dem Schoß drängte sie Rosemary so lange, bis sie eine Gabel voll Ei akzeptierte.

Zusehen zu müssen, wie seine Frau wie ein Baby gefüttert wurde, war zuviel für Gervase. »Brauchen Sie meine Hilfe?« bot er an, in der Hoffnung, daß die Antwort Nein sein würde.

»Ich komme ohne Sie besser zurecht«, sagte Margaret mit einem Lächeln. »Sie sehen aus, als könnten Sie etwas frische Luft gebrauchen, Gervase. Warum gehen Sie nicht raus und machen einen kleinen Spaziergang?«

Eilfertig gehorchte er ihr und flüchtete sich in die Geborgenheit von St. Stephens.

Am Tag zuvor war das Vikariat belagert gewesen von Journalisten. Alle hatten gehofft, die verzweifelte Familie würde ein paar der üblichen Bemerkungen fallenlassen,

Ausdrücke von Trauer oder Hoffnung. Zoe hatte sie jedoch alle weggeschickt. Und nachdem Margaret angekommen war, hatten sie noch geringere Chancen, etwas zu hören. Also waren sie alle gegangen.

Alle bis auf einen. Dieser betrachtete das Innere von St. Stephens. Er hoffte, hieraus eine Story machen zu können, während er auf fettere Beute wartete. »Vikar!« sagte er. Er hatte Gervase entdeckt, bevor dieser eine Chance hatte, zu fliehen. »Auf ein Wort, Vikar?«

Es war nur zu deutlich, wer oder was der Mann war. In die Ecke gedrängt, besann Gervase sich auf die althergebrachte Formulierung: »Kein Kommentar.«

Den Vikar für sich alleine zu haben war eine zu gute Gelegenheit, um sie ungenutzt verstreichen zu lassen; der Mann ignorierte seine Erwiderung. »Ich wollte Sie zu Ihrem Sohn befragen, Vikar.«

»Meinem Sohn?« Aufgeschreckt stoppte Gervase seinen Rückzug. »Tom?«

Der Journalist nutzte seinen Vorteil. Er zog eine gefaltete Zeitung aus der Tasche. »Ja. Können Sie mir etwas zu seiner Erklärung im Daily Telegraph sagen? Dazu, daß er Ihre Frau für Daisys Verschwinden beschuldigt?« Was für eine Exklusivstory das wäre, die Aufdeckung eines Familienzwistes!

»Was?« Gervase riß dem Mann die Zeitung aus der Hand und überflog den Bericht.

»Kommen er und ihre Frau also nicht miteinander aus?« unterstellte der Journalist. »Böse Stiefmutter und so?«

Gervase war klug genug, nicht zu antworten. Statt dessen beschlagnahmte er die Zeitung, drehte sich auf dem Absatz herum und ging zurück ins Haus, ans Telefon.

Er benötigte ein paar Minuten, um die Nummer von Toms Zimmer herauszubekommen und den Anruf durchstellen zu lassen. »Tom?« sagte er, als sein Sohn an den Apparat kam.

»Sie haben sie also gefunden?« fragte Tom eifrig.

Es dauerte einen Moment, bevor Gervase, mit seinen eigenen Gedanken beschäftigt, klar wurde, was Toms normale Reaktion auf den Anruf war. »Daisy? Nein, sie ist leider bis jetzt noch nicht gefunden worden.«

»Was ist es dann?«

Gervase holte tief Luft. »Ich würde gerne die Bedeutung dieses Zitates in der Zeitung wissen, Tom. ›Ich sage nicht, daß Daisys Mutter die Schuld trägt.‹ Das ist doch genau das, *was* du sagst.«

Es gab eine kurze Pause. »Na ja, sie war es, oder?« sagte Tom defensiv. »Sie hat Daisy zu spät von der Schule abgeholt, sonst wäre das nicht passiert. Das hast du mir selbst gesagt.«

Mit dem Gefühl, als ob er gerade einen Schlag in die Magengrube erhalten hätte, versuchte Gervase, seine Stimme unter Kontrolle zu halten. »Was um alles in der Welt hast du dir dabei gedacht, Tom? Einem Reporter so etwas über deine Mutter zu erzählen! Du hättest doch wissen müssen, wie das 'rüberkommt.«

»Meine Mutter?« sagte Tom mit einer Stimme, die plötzlich kalt war. »Sie ist *nicht* meine Mutter. Ich hätte nicht gedacht, daß du daran erinnert werden müßtest.«

Für Gervase war es, als ob seine Welt plötzlich noch einmal auf den Kopf gestellt wurde, das zweite Mal in wenigen Tagen. »Und ich hätte nicht gedacht, daß du daran erinnert werden mußt, daß sie meine Frau ist«, sagte er, ebenfalls kalt.

»*Das* werde ich bestimmt nicht vergessen.«

Gervase schloß die Augen und holte noch einmal tief Atem. »Du solltest dich bei Rosemary entschuldigen.«

Am anderen Ende der Leitung gab es eine Pause.

»Nicht, bevor sie sich bei mir entschuldigt, den Platz meiner Mutter eingenommen zu haben. Nicht, daß sie das jemals geschafft hätte«, fügte er abfällig hinzu. »Wir wissen beide, daß sie ein ziemlich armseliger Ersatz ist. Und wir wissen beide, warum du sie geheiratet hast.«

»Was meinst du?« fragte Gervase. Seine Stimme war tödlich ruhig, jedes Wort betont.

»Du brauchtest jemanden, der für dich sorgt«, stellte Tom heraus. Sein Ton war geduldig, von oben herab. »Und sie war die erste, die vorbeikam.«

Gervase schwieg so lange, daß Tom dachte, er hätte vielleicht aufgelegt. Als er jedoch sprach, besaß seine Stimme eine Stärke und eine Wut, die Tom niemals zuvor gehört hatte. »Das«, sagte er, »ist eine absolut lächerliche Verleumdung. Und bis du bereit bist, dich dafür bei mir und meiner Frau zu entschuldigen, bist du in diesem Haus nicht willkommen.« Erst dann legte er den Hörer auf.

Pete Elliott hatte dringendere Angelegenheiten zu erledigen, als das offizielle Verhör mit den beiden glücklosen Dieben zu führen. Er übergab sie jemand anderem und ging in sein Büro, um seine Anrufe zu kontrollieren. Ein Umschlag lag in der Mitte seines Schreibtisches. ›Dringend‹ stand darauf.

Er öffnete ihn und entfaltete gerade die Papiere, als der Pathologe seinen Kopf zur Tür hinein steckte. »Oh, hier sind Sie, Inspektor. Ich habe gerade eine Kopie davon an den Superintendent geschickt. Ich habe mich mit meinem Bericht beeilt, wie Sie gebeten hatten.«

»Ich habe keine Zeit, das ganze Ding zu lesen«, erklärte Elliott. »Können Sie mir sagen, was drin steht, in fünfzig Worten oder weniger?«

»Nur, wenn sie das Zählen übernehmen«, grinste der

Pathologe. »Weißer, männlich, ungefähr dreißig. Starb an einer einzelnen Stichwunde in ...« Elliott wedelte mit der Hand im Kreis. »Lassen Sie mich mit den technischen Details in Frieden. Geben Sie mir nur das Wichtigste.«

»Schon gut, schon gut. Nur eine Stichwunde. Er wurde von oben und hinten getroffen. Das läßt darauf schließen, daß er gesessen hat, als es passierte. Keine anderen Wunden oder Verletzungen, keine Anzeichen dafür, daß er sich verteidigt hat. Keine Narben oder besonderen Merkmale. Und wie Sie vermutet haben, starb er nicht im Wagen. Er ist nach seinem Tod dort hineingelegt worden.«

»Wann ist er gestorben?«

Der Pathologe gab die erwartete Antwort. »Das kann ich Ihnen nicht genau sagen. Nicht heute, nicht gestern. Wahrscheinlich irgendwann am Tag davor. Was ich Ihnen sagen *kann*, ist, daß er kurz vor seinem Tod gegessen hat. Wir sprechen hier von weniger als eine Stunde vorher. Lammpastete, Pommes frites, etwas Salat. Und eine ziemliche Menge Bier. Guinness, schätze ich.«

»Sehr interessant.« Elliott nickte nachdenklich. »Wirklich sehr interessant.«

Er hatte Zoe Threadgold zurück in ihre Wohnung geschickt, um sich frischzumachen und ihre Uniform mit Straßenkleidung zu vertauschen. Sie kehrte schnell zurück, nüchtern, fast schon züchtig in Rock und Bluse gekleidet.

Jetzt saß sie auf einem harten Stuhl in seinem Büro und betrachtete Pete Elliott über den Schreibtisch hinweg.

»Ich habe den Bericht des Pathologen vorliegen«, erzählte er ihr.

»Das ging ja schnell.«

»Ich hatte ihn gebeten, es zu beschleunigen. Ich gehe

davon aus, daß es uns dabei hilft, den Kerl zu identifizieren.« Elliott nahm die Papiere hoch und schwenkte sie vor ihr.

»Und?«

Ihm gefiel ihre kurz angebundene Art. Wie sie zum Kern einer Sache vorstoßen konnte, ohne groß um den heißen Brei herum zu reden. Das war jedoch nicht sein Weg. Er beantwortete ihre Frage gehorsam. »Sagen Sie mir, was Ihnen das hier sagt, Sergeant: Lammpastete, Pommes frites, ein bißchen Salat, eine Menge Bier.«

Sie blickte ihn verwirrt an, erwiderte jedoch: »Eine Kneipenmahlzeit.«

Elliott schlug mit der Hand auf den Schreibtisch und grinste sie an. »Beim erstenmal getroffen! Gut gemacht! Das ist genau meine Ansicht.«

»Ich verstehe nicht.«

»Die letzte Mahlzeit unseres Mannes, weniger als eine Stunde, bevor er starb.« Wieder schwenkte er den Bericht. »Es steht alles hier drin, in dem Bericht des Pathologen.«

»Aha.« Jetzt wurde es ihr klar. »Sie denken also, Sir, daß er in einer Kneipe gegessen hat, kurz bevor er starb. Und das war ... steht da, wann?«

»Er will sich nicht festlegen«, erklärte Elliott. »Vermutlich irgendwann am Montag. Doch wenn wir von dieser Vermutung ausgehen – und wir haben keine bessere, Sergeant –, dann war es entweder kurz nach dem Mittagessen oder kurz nach dem Abendessen am Montag.«

»Viele Kneipen haben jetzt den ganzen Tag geöffnet, Sir«, stellte sie fest. »Er könnte zwischendurch am Nachmittag gegessen haben.«

»Ja, und er könnte natürlich auch zu Hause gegessen haben – bei sich oder bei jemand anderem –, oder er könnte weit entfernt von dem Ort getötet worden sein, an dem er gefunden wurde. Doch lassen sie uns hiermit anfangen.

Nehmen wir einmal an, er hat irgendwann am Montag in einer Kneipe gegessen und ist später getötet worden.« Er drehte sich zu der Karte des Distriktes um, die an der Wand hinter seinem Schreibtisch hing. Er tippte mit dem Finger auf ungefähr die Stelle, an der die Leiche gefunden worden war. Tief im Wald, in der Nähe von Branlingham. »Was ich vorschlage, ist, daß wir von hier ausgehen. Mit den Leuten in den Kneipen sprechen, den Stammgästen, den Wirten. Wenn er in einer Kneipe gegessen hat, wird sich jemand an ihn erinnern.«

»Haben wir ein Foto, das wir herumzeigen können?«

»Er hat nicht sehr hübsch ausgesehen, als sie ihn gefunden haben«, erinnerte er sie. »Es ist allerdings eine Phantomzeichnung angefertigt worden.« Er zog sie aus einem Umschlag und reichte sie ihr hinüber. »Das muß reichen. Behalten Sie sie.«

Sie betrachtete die Zeichnung, nickte und steckte sie ein.

Elliott schaute auf seine Uhr. »Es ist beinahe sechs Uhr – die Kneipen werden bald voll sein. Also, lassen Sie uns losziehen, Sergeant.«

»Was ist mit Terry Rashe?«

»Terry kann warten«, verkündete er. »Wir können ihn bis morgen früh festhalten, wenn nötig. Und die Nacht ist noch jung.«

Bevor sie das Gebäude verlassen konnten, trafen sie jedoch Superintendent Hardy im Flur. Er blieb stehen und betrachtete sie unfreundlich. »Wissen wir schon, wer unser Toter ist?«

»Nein, Sir«, räumte Elliott ein. »Wir verfolgen gerade eine Spur.«

»Gut.« Er klang nicht überzeugt. »Doch wenn ich höre, daß Sie da draußen Fragen über Daisy Finch stellen, verstehe ich keinen Spaß. Haben Sie mich verstanden?«

»Ja, Sir.«

Sie fingen in Elmsford an, einfach, weil es auf dem Weg nach Branlingham lag. ›Der Schwan‹, eine ziemlich schäbige Kneipe nahe des Zentrums, hatte den ganzen Nachmittag geöffnet. Eine reichlich betäubte Menge mittelalter Ortsansässiger bevölkerte den Schankraum. Darts schien eine große Attraktion zu sein, in Verbindung mit dem dortigen Bier. Es wurden keine warmen Gerichte angeboten, es gab nur Tüten mit Chips oder Erdnüssen und ein paar undefinierbare Sandwiches.

Niemand im ›Schwan‹ erinnerte sich, den mysteriösen Mann gesehen zu haben. Elliott war nicht überrascht.

Als nächstes versuchten sie es im ›Georg und der Drache‹ in Branlingham. Obwohl es seine Türen um sechs gerade erst geöffnet hatte, war es dort schon jetzt wesentlich lebhafter als im ›Schwan‹. Eine Gruppe junger Leute, schon reichlich in Stimmung, versuchte sich an den lauten elektronischen Spielautomaten. Elliott bekam ein flaues Gefühl im Magen, als er sah, daß sich zusätzlich zu den Einwohnern eine große Anzahl Reporter dort aufhielten. Sie waren von der Geschichte um das verschwundene Mädchen nach Branlingham angezogen worden und geblieben. Sie hatten ihr Glück nicht fassen können, als die nicht identifizierte Leiche als Bonus aufgetaucht war. Doch die Journalisten waren leicht auszumachen, wenn auch potentiell schwierig zu umgehen. Elliott entschied, mit dem Wirt zu beginnen.

Mit Zoe im Schlepptau ging er auf die Bar zu. Dahinter arbeitete ein junger Mann mit Haaren in der Farbe von Kevs Wagen. Diskret zeigte Elliott ihm seine Dienstmarke. »Ich weiß, Sie haben viel zu tun. Könnten Sie mir trotzdem einen Moment Ihrer Zeit widmen?«

»Klar, Mann. Wenn Sie schnell machen.«

»Wir versuchen, das Woher und Wohin eines bestimmten Mannes nachzuvollziehen. Wir haben uns gefragt, ob

Sie ihn vielleicht gesehen haben. Etwa am Montag?«
Elliott nickte Zoe zu. Sie zog die Zeichnung hervor.

»Rothaarig«, fügte Zoe hinzu.

Der Barmann mußte nicht genau hinsehen. »Wenn Sie das hier rothaarig nennen.« Er klopfte sich grinsend auf seine eigene flammende Mähne. »So nennen sie mich hier sogar – den Roten.«

»Also haben sie ihn gesehen«, hakte Elliott nach.

»Ja, er war hier«, bestätigte er. »Am Montagabend. Ich erinnere mich, weil das der Tag war, an dem das kleine Mädchen verschwunden ist und alle darüber gesprochen haben. Er war fremd hier. Von denen bekommen wir nicht viele. Das heißt, bisher nicht«, fügte er mit einem amüsierten Blick auf die Journalisten hinzu, die an einem Tisch in der Nähe saßen. »Aber die sind erst gestern angekommen.«

»Er hat etwas gegessen?« vermutete Elliott. Er versuchte, nicht zu aufgeregt zu klingen.

Der Barmann grinste. »Er hat mich nach der Kalbsnierenpastete gefragt. Ich habe ihm verraten, daß die Lammpastete besser ist. Nicht, daß meine Frau es mag, wenn ich so was sage. Ich hatte nur das Gefühl, ich schulde ihm was, nachdem er mir gesagt hat, daß ich wüßte, wie man Guinness zapft. Es gibt in diesem Teil der Welt nicht viele, die die hohe Kunst des Guinness-Zapfens zu schätzen wissen.«

»Er war nicht von hier?« warf Zoe ein.

»Habe ich das nicht gesagt? Guinness. Er war ein echter Sohn vom alten irischen Schlag. Irischer geht's nicht. Mit einem Akzent, den man mit dem Messer schneiden konnte. Obwohl«, fügte der Mann, den man den Roten nannte, hinzu, »ich das Gefühl hatte, es war ein bißchen zu dick aufgetragen, wenn Sie wissen, was ich meine.«

Elliott nahm diese Informationen schweigend auf. Zoe fragte weiter. »Sie haben ihn nie zuvor gesehen?«

»Niemals.«

»Um wieviel Uhr am Montag war das?« fragte Elliott. »Haben Sie eine ungefähre Ahnung, um wieviel Uhr er ging?«

Der Rote strich sich nachdenklich übers Kinn. »Oh, halb neun, schätze ich. Vielleicht Viertel vor neun. Irgendwo in dem Dreh.«

»Hey, Roter!« rief jemand vom anderen Ende der Theke. »Hast du keine Lust, mir'n Bier zu verkaufen?«

»Immer mit der Ruhe, Kumpel«, scherzte er. Doch er sah besorgt zu seinen wartenden Kunden hinüber. »Gibt es noch etwas, was Sie wissen wollen?« fragte er die Polizisten.

»Im Moment nicht.« Elliott schob mit einer unauffälligen Handbewegung eine seiner Karten über die Theke. »Sie waren sehr hilfreich. Wenn Sie sich an noch etwas anderes erinnern, was den Mann betrifft, rufen Sie mich doch bitte an.«

»Werd' ich tun.« Er bewegte sich längs der Theke, als sie sich aufmachten, um zu gehen.

In letzter Sekunde drehte Zoe sich noch einmal um. »Mir ist gerade noch eine Frage eingefallen«, sagte sie. »War Terry Rashe am Montagabend hier?«

Bevor der Rote antworten konnte, nahm es einer der Thekenbrüder auf sich, etwas zu erwidern. Leicht undeutlich von zu vielen Bierchen. »Terry? Terry hat es noch nie so gut gehabt wie am Montag. Jeder hat Terry einen ausgegeben an dem Abend. Sie haben alle versucht, die wahre Geschichte über das kleine Mädchen herauszukriegen. Ich selbst habe ihm auch einen spendiert.«

Der Rote nickte zustimmend. »Das ist nur zu wahr,

Kumpel. Terry war der populärste Mann in Branlingham am Montag abend.«

»Er ist also bis spät hier gewesen«, schloß Elliott. Er verbarg seine Enttäuschung.

»Oh, nein.« Der Rote zwinkerte ihm zu. »Nein, Terry war um neun Uhr hier weg, wie sonst auch. Unser Terry steht ein bißchen unter der Fuchtel – er weiß, daß Delilah ihm den Hals umdrehen würde, wenn er nicht um neun zu Hause ist. Gott ist mein Zeuge, ich selbst würde mit Delilah keinen Streit haben wollen.«

Elliott sprach erst, als sie schon fast am Wagen waren. Sein Grinsen war jedoch ekstatisch. »Gute Arbeit, Sergeant«, sagte er warm. »Gute Arbeit.«

Zoe beugte sich vor und hantierte mit der Wagentür, damit er sie nicht vor Freude erröten sah; so etwas wäre für ihren Ruf überhaupt nicht gut.

Hal wartete bereits, als Mike Odum auf dem Squashcourt ankam. Er ließ die Idee für einen subtilen Anfang fallen. Er wußte, daß er den ersten Schritt tun mußte, um den Sticheleien darüber zu entgehen, warum er das Match letzte Woche in der letzten Sekunde abgesagt hatte. Seine Nacht zu Hause mit Margaret; das schien so lange her, und so unwichtig. Er dachte nicht, daß er Scherze über sein sprunghaftes Verhalten im Moment ertragen konnte.

»Dein Freund, Kriminalinspektor Elliott, hat den Fall Daisy Finch, oder?« fragte er den Polizisten geradeheraus.

Mike sah überrascht aus. »Er hatte den Fall. Das ist Geschichte, Kumpel.«

»Was meinst du?«

»Er ist heute nachmittag abgezogen worden.« Mike untersuchte seinen Schläger, während er sprach. »Wir haben einen Mord, falls du es noch nicht gehört haben solltest. Die Leiche von einem Typ wurde in einem Wagen gefunden. Elliott ist dafür eingeteilt worden. Zusammen mit meinem kleinen Tiger«, fügte er hinzu. Er mußte grinsen bei der Erinnerung daran, wie das zustande gekommen war. »Hart oder zart?«

»Hart«, sagte Hal.

Der Griff des Schlägers zeigte in seine Richtung. Bei seinem ersten Aufschlag traf er daneben und verlor den Aufschlag. Er spielte schlecht, verlor das Spiel in kürzester Zeit.

Als sie zwischen den Sätzen vom Spielfeld gingen, schlug Mikes Begeisterung darüber, daß er das Spiel gewonnen hatte, in Schwatzhaftigkeit um. »Ich sag' dir was zu Daisy Finch, Kumpel«, sagte er vertraulich, als ob das Squash-match ihre Unterhaltung nicht unterbrochen hätte. »Etwas, das wahrscheinlich noch nicht einmal Pete Elliott weiß. Bevor ich kam, bin ich im Flur dem Forensik-Spezialisten über den Weg gelaufen.«

»Und?« drängte Hal eifrig.

»Er konnte die beiden Verbrechen miteinander in Verbindung bringen. Im Wagen, in dem der Typ gefunden worden ist – als sie ihre Tests durchgeführt haben, haben sie drei verschiedene Haartypen gefunden.«

Hal hielt die Luft an.

»Die des Toten, natürlich; ein paar nicht identifizierte blonde Haare. Der dritte Typ gehört zu ...«

»Daisy Finch.«

»Du hast's erraten, Kumpel«, grinste Mike. »Eine perfekte Übereinstimmung mit den Haaren aus Daisy Finchs Haarbürste. Das Kind hat mit Sicherheit mal in dem Wagen gesessen.«

Hal gewann die nächsten drei Spiele.

»Terry Rashe *könnte* es getan haben, Sir«, sagte Zoe, als sie zurück nach Saxwell fuhren. »Er könnte ihn getötet haben. Das Timing paßt.«

So sehr Elliott auch glauben wollte, daß Rashe allein verantwortlich war für die Verbrechen in Branlingham, wollte er sich doch nicht in eine Art Wunschdenken hineinsteigern. Es war auch nicht gut für Zoe Threadgold, in diese Falle zu tappen. Sie war intelligent, besaß einen messerscharfen Verstand. Doch wenn sie es bis ins Morddezernat schaffen wollte, mußte sie lernen – besser früher als später –, daß zu einem guten Inspektor mehr gehört als inspirierte Ahnungen, clevere Vermutungen und logische Sprünge. Er war da, um es ihr beizubringen. »Wir haben keine Spuren, die uns zu der Annahme führen, daß er es getan hat. Keinerlei Beweise. Und kein Motiv.«

»Da ist der Wagen.«

»Wir wissen immer noch nicht, wem der Wagen gehört«, erinnerte er sie. »Kim Rashe schwört, daß es nicht ihr Wagen ist. Und es gibt nichts, was ihn mit Terry verbindet.«

»Doch wenn der Mord irgendwie mit dem Verschwinden von Daisy Finch zu tun hat ...«

»Auch das wissen wir nicht«, sagte er klipp und klar. »Das war nur eine Vermutung. Zu diesem Zeitpunkt gibt es ganz und gar nichts, was die zwei miteinander in Verbindung bringt. Wir wissen immer noch nicht, ob Terry Rashe überhaupt irgend etwas mit Daisy Finchs Verschwinden zu tun hat.«

»Denken Sie nicht, daß wir mit ihm sprechen müssen, Sir?«

»Darum fahren wir zurück aufs Revier.«

Zoe schwieg eingeschnappt. Ihr warmes Strahlen von vorhin war verblaßt.

Für Gervase und Margaret war es ein sehr langer Tag gewesen. Rosemary war, obwohl sie die Rühreier gegessen und etwas Tee getrunken hatte, völlig teilnahmslos geblieben, distanziert; als wäre der einzige Weg für sie, mit dem fertig zu werden, was passiert war, sich gänzlich von ihrer Umgebung zurückzuziehen. Schließlich hatten sie ihr ein weiteres Beruhigungsmittel gegeben und sie ins Bett gesteckt.

Jetzt saßen die zwei am Küchentisch und tranken noch mehr Tee. Sie gaben ein seltsames Paar ab: In vielerlei Hinsicht waren sie gegensätzlicher Ansicht, ihrer Veranlagung nach so verschieden wie nur möglich. Außerdem stand zwischen ihnen die Barriere ihrer unterschiedlichen Rollen als Erzdiakon und untergeordneter Gemeindepriester. Und doch fühlten sie sich gut in Gegenwart des anderen; die Barriere war, in gewissem Maße, durch ihre gemeinsamen Erfahrungen der letzten Tage ins Schwanken geraten.

Obwohl er versucht hatte, es aus seinen Gedanken zu verbannen, war Gervase immer noch furchtbar erschüttert über die verbale Konfrontation mit seinem Sohn. Er merkte, daß er Margaret davon erzählen wollte. Er zeigte ihr den Zeitungsartikel; dann erklärte er, was passiert war.

»Das ist ja entsetzlich!« rief sie aus.

»Und jetzt frage ich mich ...« Er unterbrach sich; seine Überlegungen waren zu ungeheuerlich, als daß er sie laut aussprechen konnte.

»Sie fragen sich, ob Rosemary die ganze Zeit gewußt haben könnte, was Tom von ihr hält. Auch wenn sie selbst es nicht gewußt haben«, vermutete Margaret.

Er neigte den Kopf nach vorne. »Ja. Ich bin so ... dumm gewesen. So blind.«

»Seien Sie nicht zu streng mit sich.«

»Sie hatten natürlich recht«, fuhr er sanft fort. »Als wir letztens miteinander gesprochen haben. Es ist falsch von mir, anzunehmen, daß Rosemary weiß, wie ich fühle. Ich habe es ihr niemals richtig sagen können. Und jetzt ...« Gervase seufzte und schüttelte den Kopf. »Und jetzt, genau wie Sie gesagt haben, ist es vielleicht zu spät.«

»Es ist nicht zu spät.«

Er hob den Kopf und sah sie an. Seine Augen füllten sich mit Tränen. »Ich kann sie nicht erreichen. Sie ist ... weg. Daisy ist weg und Rosemary ist mit ihr gegangen.«

Margaret wußte, daß es stimmte. Sie wünschte, sie könnte ihm ein paar tröstliche Worte sagen. Doch noch bevor sie sich etwas überlegen konnte, klingelte das Telefon. Sie stand auf und ging, um zu antworten.

»Hazel Croom schon wieder«, rief sie. Sie kam in die Küche. »Sie ist ziemlich beharrlich. Möchten Sie mit ihr sprechen?«

Gervase schüttelte wortlos den Kopf. Sie ging zurück an den Apparat. »Er kann im Moment nicht ans Telefon kommen«, sagte sie fest. »Doch ich werde ihm mit Freuden eine Nachricht übermitteln.«

Valerie stand eine lange Zeit neben dem Bett. Sie starrte hinunter auf das ruhende Kind. Daisy lag auf der Seite. Ihre Knie waren fast bis zum Kinn angezogen. Ihr dunkles Haar lag ausgebreitet auf dem Kissen, ihre Wange hatte einen zart rosigen Schimmer. Das Kätzchen lag, wie immer, eingerollt neben ihr, so still wie das Kind.

Es war ein wundervoller Tag gewesen: Daisy, das Problem, hatte sich gewandelt in Daisy, die Freude.

Was für ein liebevolles, was für ein entzückendes Kind sie war. Mit ihrer sonnigen Persönlichkeit und ihrer bedingungslosen Hingabe. Die Schwierigkeiten, die durch ihre Behinderung auftraten, störten nicht im geringsten.

Sie hatten den ganzen Tag zusammen verbracht. Er war wie im Flug vergangen. Mit dem Kätzchen zu spielen hatte natürlich einen großen Teil der Zeit in Anspruch genommen. Sie hatte Geschichten erzählt; Daisy war wie verzaubert von den Geschichten, die Valerie für sie erfand. Sie wurde es nie müde, dieselben immer und immer wieder zu hören. Sie hatten auch einige Zeit in der Küche verbracht. Daisy hatte Valerie bei der Essenszubereitung geholfen. Dem Mädchen war es natürlich nicht erlaubt, sich der Mikrowelle zu nähern. Sie war jedoch begeistert davon gewesen, die Pommes frites eine nach der anderen auf dem Backblech auszubreiten, während Valerie die Würstchen heiß machte. Sie hatten die Früchte ihrer Arbeit gemeinsam verzehrt. Valerie war erstaunt, wie gut ihr die Würstchen und die Pommes frites schmeckten. Es war Jahre her, seit sie zuletzt so eine Mahlzeit zu sich genommen hatte; in Daisys Gesellschaft fand sie sie köstlich.

Am Ende des Tages, nach Daisys Bad, hatte sie das Mädchen zärtlich ins Bett gesteckt. Daisy hatte ihr die Arme um den Hals gelegt und sie mit ihrem weichen, warmen Mund geküßt. Sie war glücklich gewesen, zurückgeküßt zu werden. »Ich hab' dich lieb, Tante«, hatte sie gesagt, bevor sie in den Schlaf hinüberglitt.

Alles in allem ein perfekter Tag, reflektierte Valerie, als ihre Augen das schlafende Kind verschlangen. Sie sehnte sich danach, sie zu berühren, hatte jedoch Angst, ihren Schlummer zu stören. Schließlich gab sie der Versuchung nach und streichelte sanft über die gerötete Wange; Daisy rührte sich nicht.

Der Fernseher war in Valeries Zimmer zurückgestellt worden, zur Sicherheit. Und obwohl sie die ganze Nacht hindurch dort hätte stehen können, um Daisy beim Schlafen zu beobachten, zwang sie sich letztendlich doch, in ihr eigenes Zimmer zu gehen. Sie sagte sich, daß der nächste Tag genauso wundervoll werden würde wie dieser. Und es würden viele weitere folgen, bis weit in die Zukunft hinein.

Sie schlüpfte in ihr Nachthemd, dann ins Bett und schaltete mit der Fernbedienung den Fernseher ein.

Die Nachrichten liefen. Nach einem kurzen Bericht über Kämpfe in irgendeinem entfernten Land in Afrika – für Valerie nicht interessant –, wechselte die Szenerie nach Suffolk. Sie setzte sich im Bett auf und sah fasziniert zu.

›Hier in der verschlafenen Kleinstadt Branlingham in Suffolk‹, sagte die Stimme des Berichterstatters, während die Fernsehkamera über die Grünanlage der Stadt schwenkte, ›wo die kleine Daisy Finch vor über zwei Tagen verschwunden ist, entfaltet sich ein weiteres Drama. Die Leiche eines noch nicht identifizierten Mannes ist in der Nähe entdeckt worden, im Gebüsch versteckt. Ein Sprecher der Polizei betonte, daß man nicht davon ausgeht, daß die beiden Vorfälle miteinander verbunden sind. In der Zwischenzeit ist der Aufenthaltsort von Daisy Finch noch immer unbekannt. Es scheint so, daß ein ortsansässiger Mann der Polizei bei der Aufklärung hilft.

Der Tote ist offensichtlich das Opfer eines Hinterhalts.‹ Ein Phantombild wurde auf dem Bildschirm eingeblendet; es sieht Shaun nicht sehr ähnlich, dachte Valerie leidenschaftslos. ›Die Polizei ist bemüht, seine Identität festzustellen; wenn Sie diesen Mann erkannt haben, rufen Sie bitte die eingeblendete Nummer an.‹

Valerie drückte auf die Fernbedienung. Shauns Bild verschwand. Es war alles in bester Ordnung; ihre Bemühungen hatten sich ausgezahlt. Sie wußten nicht, wer Shaun war. Sie würden es höchstwahrscheinlich auch nicht herausbekommen. Und so lange sie es nicht wußten, war sie sicher. Es gab nichts, überhaupt nichts, was sie mit dem toten Mann in Verbindung bringen konnte.

Und Daisy gehörte ihr.

Kapitel 20

Solange die Polizei Terry Rashe verhörte, fuhr er fort, seine Unschuld zu beteuern. Er ging so weit, einen Anwalt zu verlangen. Trotz dessen gegenteiligem Anraten beantwortete er jedoch weiterhin ihre Fragen. Diese Antworten waren immer die gleichen: Er wußte nichts über das Verschwinden von Daisy Finch, er hatte sie nie angerührt, er kannte auch den rothaarigen Iren nicht. Der war ihm in der Kneipe an diesem Abend noch nicht einmal aufgefallen, noch weniger hatte er mit ihm ein Wort gewechselt. Mit Sicherheit hatte er ihn nicht umgebracht.

Spät am Mittwochabend kehrten Pete Elliott und Zoe Threadgold in ihre jeweiligen Wohnungen zurück, um ein wenig zu schlafen. Terry blieb über Nacht in Polizeigewahrsam. Sie hofften, daß er sich am nächsten Morgen für eine andere Version seiner Geschichte entschied.

Sehr viel Hoffnung gab es dafür allerdings nicht, außerdem lief ihnen die Zeit davon; ohne Haftbefehl durften sie ihn vierundzwanzig Stunden festhalten. Wenn sie danach keinen wirklich überzeugenden Grund fanden, ihn dazubehalten, mußten sie ihn laufen lassen.

Wenn überhaupt, dann war er am nächsten Morgen nur noch verbohrter. Er rauchte ununterbrochen, was Pete Elliott nicht gut tat, und seine Antworten wurden immer kürzer. Nein. Nichts. Niemals.

Schließlich schlug Elliott eine Pause vor. Er hatte nicht gut geschlafen, und mittlerweile war ihm durch den Qualm recht übel geworden. Er brauchte frische Luft. Zoe folgte ihm nach draußen auf den Polizeiparkplatz und schaute zu, wie er tief ein- und ausatmete. An einem

Markttag in Saxwell standen die Wagen quasi Stoßstange an Stoßstange, es war also nicht die frischeste Landluft, doch Abgase waren dem Teer und dem Nikotin immer noch vorzuziehen.

Elliott sah auf seine Uhr. »Wir haben nicht mehr viel Zeit, Sergeant. Denken Sie immer noch, daß er darin verwickelt ist, oder glauben Sie ihm?«

»Na ja, Sir.« Sie schenkte der Frage ihre ungeteilte Aufmerksamkeit. »Ich denke nicht, daß er seine Geschichte ändert, ob wir ihm nun glauben oder nicht. Ich kann allerdings ebenfalls nicht glauben, daß der Wagen rein zufällig von einer Person gekauft wurde, die sich Kim Rashe nennt. Es muß nicht Kim gewesen sein, doch sie muß Kim gekannt haben – warum sollten Sie sonst ihren Namen und ihre Adresse angegeben haben?«

Er rieb sich mit beiden Händen die klopfenden Schläfen. »Im Moment ist der Wagen das einzige Indiz, das wir haben, Punkt. Es stellt die Verbindung her zwischen Daisy Finch und dem Toten. Ansonsten gibt es außer Kim Rashes Name nichts, wodurch wir es – oder sie – mit Terry in Verbindung bringen können. Haare des Toten, Daisys Haare, kein Haar von Terry.«

»Doch es *gab* Haare einer dritten Person«, erinnerte Zoe ihn.

»Ja, blonde Haare. Lange blonde Haare. Definitiv nicht die von Terry. Falls Ihnen das entgangen sein sollte.«

Sie ignorierte den Sarkasmus. »Was ist mit Terrys Frau, Sir?«

»Terrys Frau.« Elliott hörte auf, seine Schläfen zu massieren, und sah sie an. »Delilah, oder? Wollen Sie damit sagen, sie könnte mitgemacht haben? Bei einer Kindesentführung, einer Ermordung?« »Es ist nicht unmöglich, oder, Sir? Fahren wir in die Cromwell Street?«

»Auf jeden Fall.« Er dachte über die möglichen Folgen

nach; bisher war es ihm nicht in den Sinn gekommen, daß mehr als eine Person in die Sache verwickelt sein könnte, geschweige denn Mann und Frau. Doch es *wäre* möglich.

Er schaute erneut auf die Uhr. Dann fällte er eine schnelle Entscheidung. »Ich möchte, daß Sie nach Branlingham fahren und mit ihr sprechen.«

»Alleine?« Sie hatte auf diesen Moment gewartet, doch in ihre Begeisterung mischte sich auch Beklommenheit.

»Sie schaffen das, Sergeant. Inzwischen versuche ich mein Glück noch einmal bei Terry. Sie wissen, wonach Sie suchen müssen.«

Hazel Croom war es in ihrem Leben noch nicht einen Tag schlecht gewesen, sie hatte bisher keinen Tag Unterricht aufgrund einer Krankheit versäumt. Für sie war Krankheit eine Schwäche, gleich moralischer Laxheit, und konnte mit Willenskraft überwunden werden. »Das spielt sich nur in euren Köpfen ab«, ermahnte sie die Mädchen an ihrer Schule gerne, wenn sie dumm genug waren, sich bei ihr über Krämpfe, Schnupfen, Grippe oder andere Krankheiten zu beklagen.

Mutter war genauso gewesen; stark wie ein Pferd, bis zu dem Tag, an dem sie sich, mit 84, in ihren Sessel gesetzt hatte und, Radio hörend, lautlos gestorben war; ohne großes Aufhebens, während des Wetterberichtes. Für Hazel war sie ein großes Vorbild. Sie hoffte, in ihren Fußstapfen zu folgen.

Trotz alledem fand Hazel Croom sich am Mittwochmorgen zu Hause, nicht in der Schule. Sie war es nicht gewohnt, krank zu sein. Sie konnte die Schmerzen, die sie befallen hatten, kaum beschreiben. Der Schmerz saß nicht in ihrem Kopf, obwohl ihr der Kopf ebenfalls weh tat.

Nein, es war mehr eine Art allgemeine Schlappheit, ein undefinierbares Bewußtsein, daß etwas nicht stimmte.

Es hatte im Prinzip schon am Dienstag begonnen, als sie von der Schule nach Hause kam. Sie hatte das Radio angestellt und die Nachricht von Daisy Finchs Verschwinden gehört. Wie ihr Herz für Pater Gervase geblutet hatte! Auf der anderen Seite war es vielleicht sogar das beste; das Mädchen wäre mit zunehmendem Alter eine große Belastung für Pater Gervase geworden.

Sie hatte die letzten zwei Tage wiederholt versucht, Pater Gervase anzurufen. Eine schnippische Polizeibeamtin und dieser weibliche Erzdiakon hatten sich jedoch geweigert, ihn an den Apparat zu holen.

Hazel mußte dringend mit Pater Gervase sprechen, nicht nur, um ihm ihr Beileid auszusprechen; sie hatte das Gefühl, es wäre an der Zeit, Pater Gervase über seine Frau und den Anstreicher ins Bild zu setzen. Daisys Verschwinden war ganz offensichtlich Rosemarys Schuld: Wäre sie rechtzeitig gekommen, um Daisy am Schultor abzuholen, wäre nichts von alledem passiert. Sogar der junge Tom hatte das gesagt, im *Daily Telegraph*, und Hazel glaubte alles, was in diesem ehrenwerten Organ der Torys gedruckt wurde. Sie glaubte zu wissen, warum Rosemary sich verspätet hatte. Pater Gervase mußte darüber informiert werden.

Elliott gönnte sich eine weitere Pause von dem Qualm, diesmal im Flur, als Zoe zurückkehrte. Sie schüttelte den Kopf, während sie auf ihn zu ging.

Es gab ihm einen Stich. »Hat es nichts gebracht?«
»Nichts, Sir.«
»Wie ist sie denn?«
Zoe lächelte grimmig. »Ein richtiges Aas. Ihr wäre ein

Mord durchaus zuzutrauen, wenn Sie mich fragen. Doch sie hat schwarze Haare.«

»Mist.« Er schüttelte den Kopf. »Es war zumindest einen Versuch wert.«

»Sie war nicht sehr glücklich darüber, daß wir ihren Mann über Nacht hierbehalten haben«, fügte Zoe hinzu.

Er seufzte, sah auf seine Uhr. »Sie wird ihn bald zurückhaben.«

Donnerstagmorgen machte Sybil Rashe ihren üblichen Besuch bei Mildred Beazer im ›Hafen‹. Ihr kam es wie eine Ewigkeit vor, seit sie Milly gesehen hatte; es war so viel passiert in der letzten Woche. Da war einmal das Verschwinden des kleinen Mädchens und Terrys Mithilfe als Hauptzeuge bei der Polizei. Da war der Ermordete. Da war Kims Festnahme, wobei Sybil sich so sehr für ihre jüngste Tochter schämte, daß sie nicht darüber sprechen mochte. (Kims Vater hat sie schon immer zu sehr verwöhnt, das ist das Problem. Dann hat sie diesen Tunichtgut Kev getroffen, und das haben wir jetzt davon.) Da war Miß Valerie, die sie so geheimnisvoll gebeten hatte, nicht zu kommen. Und dann war da die langersehnte Ausgabe von *Hello*, fast vergessen über all der Aufregung in den letzten Tagen.

Im ›Hafen‹ ging alles seinen normalen, beruhigenden Gang. Der Kaffeetisch war im Wintergarten gedeckt. Sie setzten sich, um mit dem ersten Teil ihres Rituals zu beginnen.

Mildred hielt ihr die Packung Zigaretten hin. »Möchtest du eine?«

»Nein, danke, lieber nicht.«

»Hör' schon auf, Syb. Eine wird dich schon nicht umbringen.«

»Na gut, eine.«

Sybil zündete sie sich an und inhalierte tief. Sie überlegte, wo sie beginnen sollte. Terry, entschied sie; das wäre ein guter Anfang. Sie müßte allerdings darauf hinarbeiten, einen Grundstock legen. »Schlimm, das mit dem vermißten kleinen Mädchen«, bemerkte sie. »Armes kleines Ding, sag ich nur.«

»Furchtbare Sache.« Milly schüttelte bekümmert den Kopf und zuckte müde mit den Schultern. Das war ihre Art, ihrer Überzeugung darüber Ausdruck zu verleihen, daß, so bedauernswert es auch war, das alles Teil dieser traurigen Welt war, in der sie lebten. »Da sieht man es mal wieder.«

Sybil versuchte, ihre Stimme neutral klingen zu lassen. »Ich vermute, du weißt, daß unser Terry mitten im Geschehen steckt. Er ist Hauptzeuge der Polizei.«

»Ist das wahr?«

»Ich kann dir nur einen Teil davon berichten«, erklärte Sybil. »Also, sie sind in die Schule gekommen und haben mehrere Gespräche mit ihm geführt. Er war der erste am Tatort, mußt du wissen. Genau wie in *Inspektor Morse*. Sie nehmen an, er könnte etwas Wichtiges bemerkt haben.«

Ihre Phantasie ging mit ihr durch. Sie fing an, maßlos zu übertreiben. »Er könnte ja einen widerlichen alten Mann in einem dreckigen Regenmantel gesehen haben, der sich in der letzten Woche vor den Schultoren herumgetrieben hat.«

Mildred war nicht wirklich uninteressiert; es paßte ihr nur nicht, Terry zum Hauptthema ihrer Unterhaltung zu machen. Sie hatte sämtliche Nachrichtensendungen über Daisy Finchs Verschwinden verfolgt, und dies war das erste Mal, daß sie von einem Mann in einem dreckigen Regenmantel hörte. »Und, hat er? In den Nachrichten haben sie nichts davon erwähnt.«

»Natürlich nicht«, räumte Sybil ein. »Ich habe nicht gesagt, daß er das gesehen *hat*. *Hätte* er aber können, wenn du weißt, was ich meine.«

»Was *hat* er denn gesehen?«

»Das geht nur ihn und die Polizei etwas an«, verkündete Sybil selbstgerecht. »Ich habe nicht gefragt. Das wäre nicht recht, oder, wenn er offizielle Informationen durchsickern lassen würde? Auch nicht seiner Mutter gegenüber, obwohl er weiß, daß ich schweigen würde wie ein Grab. Laß es dir gesagt sein, Milly. Da steckt mehr dahinter, als es den Anschein hat.« Sie tippte sich an die Nase.

Mildred erlaubte ihrer Freundin, ein paar Minuten auf dieser Schiene weiterzufahren und ihren Sohn in den höchsten Tönen zu loben, während sie genüßlich ihre Zigarette rauchte. Sie ließ sich Zeit, wartete auf ihre Chance. Schließlich war es soweit. Sybil konzentrierte sich auf den letzten Rest ihrer Zigarette, versuchte, soviel wie möglich herauszuholen.

»Ich habe deine Miß Valerie gestern gesehen«, verkündete Mildred.

»Wirklich?« Das waren nicht gerade umwerfende Neuigkeiten für Sybil. Schließlich sah sie Miß Valerie jede Woche. Außerdem *lebte* sie hier, es gab also immer die Möglichkeit, sie irgendwann irgendwo zu sehen.

»Im *Tesco*. Hinter mir in der Schlange an der Kasse. Sie hat ...« Hier unterbrach Mildred sich, erhöhte die Spannung, indem sie sich eine neue Zigarette ansteckte. »Sie hat Lebensmittel eingekauft, die normalerweise nur Kinder essen.«

Sybil runzelte die Stirn. »Miß Valerie? Da mußt du dich geirrt haben, Milly. Sie hat keine Kinder – das weißt du.«

»Das habe ich auch erst gedacht. Ich dachte ich hätte sie mit jemandem verwechselt, der so *aussah* wie Miß Valerie.«

»Na, siehst du«, sagte sie. »Du hast Miß Valerie noch nie gesehen. Dir könnte leicht so ein Fehler unterlaufen.«

Mildred ignorierte diese Vermutung. »Sie hat auch Kleider gekauft. Für ein kleines Mädchen.«

»Dann war es mit Sicherheit nicht Miß Valerie!«

»Sie sagte, es sei für ihre Nichte, die zu Besuch ist. Hat Miß Valerie dir gegenüber jemals eine Nichte erwähnt, Syb?«

»Nein«, erwiderte sie kurz. »Du mußt dich geirrt haben, Milly. Das war nur jemand, der Miß Valerie sehr ähnlich sah.«

»Es war Miß Valerie.« Mildred kramte in den Papieren auf dem Tisch und fischte heraus, wonach sie suchte – die letzte Ausgabe von *Hello*. »Ich dachte wirklich, ich hätte mich geirrt. Dann habe ich das hier gesehen.« Sie zeigte auf das Titelbild: Valerie Marler vor dem Rose Cottage, mit dem Porsche in der Einfahrt. »Das ist die Frau, die ich im *Tesco* gesehen habe. Hundertprozentig. Ich mußte noch am Kiosk vorbei, um Zigaretten und den Lottoschein zu kaufen, war also noch auf dem Parkplatz, als sie hinauskam. Sie ist in diesen Wagen gestiegen. Kein Zweifel, Syb.« Sie bot ihrer Freundin eine Zigarette an. »Noch eine?«

Sybil nahm eine, ohne sich zu zieren oder zu bedanken. Als sie sie anzündete, zitterten ihre Hände. »Dann muß ich falsch liegen«, erwiderte sie in einem Ton zwischen Heldenmut und Erniedrigung. »Sie muß doch eine Nichte haben.«

Pete Elliott wurde zum Telefon gerufen. Er hatte gerade das Verhör mit Terry Rashe beendet. Die Zeit war ihnen davongelaufen. Es gab keinerlei Grund, Terry für ein Verbrechen zu verhaften. Die Unterbrechung war ihm daher äußerst willkommen.

Er ging in sein Büro, um den Anruf entgegenzunehmen. »Inspektor Elliott«, sprach er in den Hörer.

»Inspektor? Hier ist der Rote, aus dem ›Georg und der Drache‹. Sie hatten mir ihre Karte gegeben und gesagt, ich solle anrufen, falls mir noch etwas einfällt.«

»Ja?« Seine Neugier war geweckt.

»Ich habe mich an etwas erinnert, Inspektor. Ich hätte gestern abend schon daran denken sollen, es war nur so viel los hier. Ich war zu überrascht.«

»Ja?«

»Dieser Typ, der am Montag hier war. Der, über den sie mich befragt haben. Die Sache ist die, Inspektor, er hat mit Kreditkarte bezahlt.«

»Er hat was?« rief Elliott ungläubig aus. Zoe betrat sein Büro und sah, wie sich ein Grinsen über sein Gesicht ausbreitete.

»Er hat mit Kreditkarte bezahlt. Ich habe die Quittung gefunden. Ich kann Ihnen sagen, wie er heißt.«

Elliott griff nach einem Stift und einem Stück Papier. »Legen sie los.«

»Es ist eine Firmenkreditkarte, ausgestellt auf den GlobeSpan Verlag, für einen Mr. S. Kelly. Ich dachte, Sie würden das wissen wollen«, fügte er hinzu. »Ich dachte, es könnte Ihnen vielleicht weiterhelfen.«

»Das tut es wirklich«, versicherte Elliott ihm. »Vielen Dank, Roter. Vielen, vielen Dank.«

Er legte den Hörer auf, schwenkte das Stück Papier und grinste Zoe triumphierend an.

Als nächstes rief Zoe bei GlobeSpan an. Sie berichtete dem Inspektor über die Ergebnisse des Gespräches; ihr Grinsen stand dem seinen in nichts nach. »Er heißt Shaun Kelly«, sagte sie. »*Hieß*. Ich habe mit seinem Chef gesprochen.«

»Seinem Chef? Hat er Ihnen gesagt, warum der Typ in den letzten Tagen nicht als vermißt gemeldet wurde? Ich meine, man sollte doch denken ...«

»Die Sache ist die, Sir, er wurde gefeuert. Am Montag. Sein Chef war ganz schön geladen, als er hörte, daß er danach noch die Firmenkreditkarte benutzt hat.«

»Das erklärt wohl, warum er nicht gemeldet wurde. Hat er Ihnen gesagt, warum er gefeuert wurde?«

Sie schüttelte den Kopf. »Nicht wirklich. Er war wohl der Publizist für Valerie Marler, und sie waren nicht zufrieden mit seiner Arbeit. Mehr hat er nicht gesagt.«

»Valerie Marler. Sollte mir der Name bekannt vorkommen?«

Zoe lächelte. »Vermutlich nicht, Sir. Sie schreibt Bücher, die hauptsächlich für Frauen bestimmt sind. Allerdings auch nicht mein Ding, wenn ich ehrlich sein soll.«

»Gut, gut, gut.« Elliott setzte sich an seinen Schreibtisch und lehnte sich zurück, das idiotische Grinsen noch immer im Gesicht. Seine Erschöpfung der letzten Tage, der letzten Stunden, hatte sich in Luft aufgelöst. »Wir werden natürlich damit anfangen, daß wir seine Vergangenheit durchleuchten. Mit seinen ehemaligen Arbeitskollegen sprechen, seinen Freunden, seiner Familie.«

»Er war nicht verheiratet, sagt sein Chef. Seine Familie lebt anscheinend in Irland; das hat er zumindest jedem erzählt. Im Büro war er wohl eher ein Einzelgänger.«

Das konnte Elliotts wiedergewonnenen Enthusiasmus nicht bremsen; er wurde lediglich in eine bestimmte Richtung gelenkt. »Wir werden eine Pressekonferenz einberufen«, entschied er. »Heute vormittag, so früh wie möglich. Wir werden verkünden, daß wir unserem toten Kerl einen Namen geben können. Dann schauen wir, was für Informationen wir dadurch bekommen. Es kommt bestimmt etwas.« Ein weiterer Gedanke schoß ihm durch den Kopf.

»Wir könnten sogar zwei Fliegen mit einer Klappe schlagen, sozusagen. Wenn wir schon die Presse im Haus haben, werden wir auch die Finchs herbitten, als die verzweifelten Eltern. Sie können öffentlich darum bitten, ihre Tochter wiederzubekommen. Ein bißchen auf die Tränendrüse der Leute drücken. Es ist schamlos, ich weiß, doch es kann nicht schaden. Es könnte helfen.«

»Superintendent Hardy wird das nicht toll finden«, bemerkte Zoe.

Seine Erwiderung war kurz und bündig; sein Lächeln blieb. Pete Elliott kamen Schimpfworte nicht leicht über die Lippen; wenn er sie benutzte, waren sie daher um so wirkungsvoller. »Scheiß auf Superintendent Hardy«, sagte er fröhlich.

Donnerstagmorgen entschied Valerie, daß sie aus dem Haus mußte. Die Vorstellung, Daisy alleine zurückzulassen, sie aus ihren Augen zu lassen, und sei es auch nur für ein, zwei Stunden, schmerzte sie sehr. Sie akzeptierte jedoch die Notwendigkeit. Ihre Einkäufe hatten für die ersten Tage gereicht; jetzt, da Daisy für immer bei ihr blieb, mußte sie noch einige Dinge mehr besorgen. Mehr Nahrungsmittel, mehr Kleidung, vielleicht etwas Spielzeug, ein paar Bücher. Sie würde wahrscheinlich nach Bury fahren müssen, nicht nach Saxwell.

Daisys Gesicht verzog sich, als sie es ihr sagte. »Kann ich nicht mit dir kommen, Tante?« bettelte das Mädchen.

»Nein, Liebes. Nein, kannst du nicht. Samantha wäre außerdem sehr einsam ohne dich.«

»Kann Samantha nicht auch mitkommen?«

»Leider nicht.« Es mußte anscheinend wieder der Fernseher her. Es dürfte jetzt sicher sein. Das Verschwinden von Daisy Finch war mittlerweile kalter Kaffee. Sie trug den Apparat in Daisys Zimmer und setzte sie vor das Kinderprogramm. Es brach ihr das Herz, sie zu verlassen; Valerie stand lange Zeit in der Tür. Schließlich zwang sie sich, zu gehen. Nur um sicherzugehen, schloß sie die Zimmertür hinter sich ab.

Sybil Rashe konnte den ›Hafen‹ ausnahmsweise nicht schnell genug verlassen. Es gab zu viele Fragen, die beantwortet werden mußten, zu viele Dinge, bei denen sie nicht wollte, daß Milly anfing, darüber zu spekulieren.

Miß Valerie. Miß Valerie – Milly war sich so sicher gewesen, war so überzeugt davon, daß es Miß Valerie gewesen *war* – hatte Kleidung für ein kleines Mädchen gekauft.

Es mußte eine Antwort geben, eine einfache Erklärung dieser scheinbar unerklärlichen Tatsache. Obwohl sie Milly gegenüber eingeräumt hatte, Miß Valerie *hätte* eine Nichte, war sie überzeugt davon, daß es nicht so war; Miß Valerie war ein Einzelkind. Keine Brüder, keine Schwestern. Daher auch keine Nichten.

Ein Patenkind vielleicht? Hatte Milly sie nur falsch verstanden? Es mußte eine Erklärung geben.

Als sie zu Hause ankam, schaltete sie den Fernseher ein. Vielleicht gab es in den Zwölf-Uhr-Nachrichten Neuigkeiten über das vermißte Mädchen.

Sie erlebte ihr blaues Wunder. Die Pressekonferenz wurde über den örtliche Sender ausgestrahlt, live aus dem Polizeirevier in Saxwell.

Sybil erkannte den netten Polizeibeamten wieder, den Inspektor, der gestern bei ihr gewesen war. Er las eine vorbereitete Erklärung vor, nicht über das kleine Mädchen, sondern über eine Leiche, die in den Wäldern gefunden worden war. ›Der Tote, der gestern in einem blauen Polo in der Nähe von Branlingham gefunden wurde, konnte identifiziert werden. Er heißt Shaun Kelly und war wohnhaft in London. Wir bitten jeden, der uns Informationen über Mr. Kelly oder das Fahrzeug geben kann, anzurufen. Ihr Anruf wird selbstverständlich mit größter Diskretion behandelt.‹ Am unteren Bildschirmrand wurde eine gebührenfreie Telefonnummer eingeblendet, zusammen mit einem Foto des Wagens und der Phantomzeichnung von Shaun Kelly.

Der Polizist fuhr fort: Es sei eine Verbindung hergestellt worden zwischen dem verstorbenen Mr. Kelly und der vermißten Daisy Finch. Wieder wurde um Mithilfe der Öffentlichkeit gebeten. Dann schwenkte die Kamera vom Podium weg und richtete sich auf zwei Menschen, die an einem nebenstehenden Tisch saßen.

Die Eltern. Sie taten Sybil unendlich leid. Der Mutter standen keine Tränen in den Augen, man konnte jedoch an ihren geschwollenen Lidern und den geröteten Wangen erkennen, daß sie viel geweint hatte. Der Vater wirkte düster und traurig und würdevoll. Es war der Vikar, in Schwarz gekleidet, mit einem weißen Kragenband um den Hals. Auf dem Tisch hielt er die Hand seiner Frau fest in den seinen. Die Frau fuhr sich mit der Zunge über die Lippen, schluckte und sprach mit vom Weinen heiserer Stimme in das Mikrofon. »Bitte. Bitte. Sollte irgend jemand irgend etwas über unser kleines Mädchen wissen, bitte helfen Sie uns, sie zurückzubekommen. Unsere kleine Daisy.« Sie sprach noch ein paar Worte, der Vikar fügte ebenfalls etwas hinzu, Sybil konnte es sich jedoch nicht mehr mitanhören. Sie war überwältigt von Mitgefühl für die Eltern.

Da war noch etwas anderes, ein Gedanke in ihrem Hinterkopf. Sie durfte nicht darüber nachdenken, doch er wollte nicht verschwinden.

Ein paar Meilen entfernt, in Saxwell, saß Hal Phillips ebenfalls vor seinem Fernseher. Er hörte kaum, was Inspektor Elliott sagte, so sehr war sein Blick auf Rosie fixiert. Sie sah so traurig aus; wenn er nur bei ihr sein und sie in die Arme schließen könnte.

Wenn, wenn.

Mike Odum hatte recht gehabt: Es gab eine Verbindung zwischen Daisy und dem Toten. Wie konnte diese Verbindung aussehen? Hatte der Mann Daisy entführt, erst sie und dann sich selbst getötet? Daran konnte er nicht einmal denken. Er hoffte inständig, daß Rosie sich nicht die gleiche Frage stellte, nicht auf die gleiche Antwort kam.

Noch weiter entfernt, in Letherfield, sah Hazel Croom die Nachrichten, eingekuschelt auf dem Sofa. Ihr war nicht nach Lesen, sie beschäftigte sich daher, gleichermaßen abgestoßen wie fasziniert, mit dem, was als Tagesunterhaltung im Fernsehen angeboten wurde. Hirnlose Spielshows, peinliche Gesprächsrunden, Seifenopern mit banalen Dialogen, gesprochen in unverständlichen Dialekten. Und Nachrichtenschnipsel, wie Oasen in der Wüste.

Pater Gervase erregte natürlich sofort ihre Aufmerksamkeit. Er wirkte so nobel, so tapfer in seinem Kummer, genau wie sie es erwartet hätte. Seine Schultern waren auffallend gebeugt, sein Gesicht mit neuen Falten gezeichnet; sie liebte ihn dafür nur um so mehr. Geliebter Pater Gervase. Wie schrecklich, daß er so etwas durchmachen mußte.

Das Mädchen ist vermutlich bereits tot, folgerte Hazel nüchtern. Pater Gervase wird verzweifelt sein. Doch vielleicht, sagte sie sich dann wieder, ist es so das beste. Auf was für ein Leben konnte sich ein geistig behindertes Kind denn schon freuen?

Doch Daisy, springlebendig, schaute ebenfalls fern. Sie ärgerte sich, als die Nachrichten anfingen. Sie stand auf, um umzuschalten.

Bevor sie den Apparat erreichte, wurde ihre Aufmerksamkeit gefesselt. Mama und Papa!

Mama sah aus, als ob sie geweint hätte. Daisy ging nah an den Fernseher heran, fast preßte sie ihr Gesicht an das ihrer Mutter auf dem Bildschirm. Mama fragte nach ihr, sagte, wie sehr sie sie vermißte und sie wieder Zuhause haben wollte. Und Papa auch.

Daisys Augen füllten sich mit Tränen, als die Gesichter vom Schirm verschwanden. »Mama!« heulte sie. »Ich will meine Mama!«

Sybil schaltete den Fernseher aus und ging in ihre winzige Küche, so anders als die im Rose Cottage, um sich etwas zum Mittagessen zu bereiten. Die Beunruhigung, die sie zuvor gefühlt hatte, war nicht verschwunden; im Gegenteil, sie war höchstens stärker geworden. Es gab jetzt mehr als nur das kleine Mädchen, um sie mit Zündstoff zu versorgen.

Zwei weitere Dinge, die der Polizeibeamte erwähnt hatte, hatten ihre Aufmerksamkeit erregt. Sie konnte sich nicht länger vormachen, daß es keinen Grund zur Beunruhigung gab. Das erste war der Name des toten Mannes: Shaun Kelly, hatte der Polizist gesagt. Sybil kannte niemanden mit Namen Shaun. Sie wußte jedoch sicher, daß Miß Valerie jemanden mit diesem Namen kannte. Ein- oder zweimal hatte sie im Rose Cottage einen Anruf entgegengenommen, als Miß Valerie nicht im Haus war. Es war ein Mann mit irischem Akzent gewesen. ›Sagen Sie Val nur, Shaun hat angerufen‹, hatte er gesagt.

Und als Miß Valerie letzte Woche so krank war, hatte sie

im Delirium einiges von sich gegeben. Vieles war unverständlich geblieben, doch sie hatte einige Male verängstigt ausgerufen: ›Nein, Shaun! Nein! Nicht schlagen!‹

Die Flecken, leuchtend lila, in ihrem Gesicht und auf ihrem Körper – diese Flecken, die Sybil nicht einer Menschenseele gegenüber erwähnt hatte, nicht einmal Milly.

Miß Valerie hatte diesen Shaun gekannt, sehr gut sogar.

Die andere Sache, die sie beunruhigte, hatte ebenfalls mit Miß Valeries Krankheit zu tun. Miß Valerie war buchstäblich aus dem Regen gekommen und Sybil hatte sie sofort ins Bett geschickt. Später hatte sie angefangen, sich um Miß Valeries Wagen Gedanken zu machen; sie war in einem solchen Zustand heimgekommen, vielleicht hatte sie ihn nicht ordentlich in der Garage untergestellt. Doch der Porsche befand sich nicht in der Einfahrt. Sybil schaute in der Garage nach.

Der Porsche stand – trocken und kalt – in der Doppelgarage. Daneben parkte ein Wagen, den Sybil noch nie gesehen hatte, naß vom Regen: ein blauer Polo.

Sybil wußte nicht, was sie tun sollte. Es war undenkbar, daß Miß Valerie in eine kriminelle Handlung verwickelt war, in etwas Ungesetzliches. Es mußte eine Erklärung geben. Und doch ...

Sie fällte eine schnelle Entscheidung. Sie ließ ihr halbgegessenes Mittagessen stehen – sie war sowieso nicht hungrig – und machte sich auf den Weg zum Rose Cottage.

Es befand sich kein Wagen in der Einfahrt, bemerkte Sybil: Entweder war Miß Valerie nicht zu Hause oder, und das war vermutlich eher der Fall, der Porsche stand in der Garage. Miß Valerie stellte ihn am liebsten dort unter, sicher vor dem Wetter und vor umherziehenden Rowdys.

In die Garage waren Fenster eingelassen. Schnell und

zuversichtlich, als hätte sie alles Recht der Welt dazu, ging Sybil zur Garage und sah angestrengt durch die Fenster. Sie bildete mit den Händen einen Kreis auf dem Glas, um das Halbdunkel im Inneren besser durchdringen zu können.

So dunkel es auch war, es gab keinen Zweifel über das, was sich im Inneren befand: nichts. Kein roter Porsche, kein blauer Polo. Gar nichts.

Sybil ging um die Rückseite der Garage herum zur Rückseite vom Rose Cottage. Sie klopfte an die Hintertür; wie erwartet bekam sie keine Antwort. Sie nahm ihren Schlüssel und wollte ihn gerade ins Schloß stecken, als sich ihr Gewissen meldete. Was würde Miß Valerie wohl sagen, wenn sie wüßte, daß sie hier herumschnüffelte, hinter ihr her spionierte? Es war ungeheuerlich, eine bodenlose Frechheit. Sie könnte ihren Job verlieren. Und doch ... Sie zögerte immer noch. Wie sie dort stand, unentschlossen und zu keiner Entscheidung fähig, hörte sie es plötzlich. Schwach zwar, doch eindeutig – Weinen. Herzzerreißendes Weinen, dazwischen Worte. »Mama!« heulte die Stimme. »Mama!«

Sie konnte es nicht ertragen – armes kleines Ding. Was auch passieren mochte, sie mußte sie retten. Sybil steckte den Schlüssel ins Schloß und drehte den Knauf. Als sie jedoch die Tür aufschob, hörte sie ein weiteres eindeutiges Geräusch: Ein Wagen fuhr die Einfahrt hinauf. In Panik zog sie die Tür zu, schloß wieder ab und verschwand hastig hinter der Garage. Sie blieb dort, bis sie sicher war, daß Miß Valerie ins Haus gegangen war.

Valerie hatte für das Einkaufen länger benötigt als geplant; es hatte ihr so viel Spaß bereitet, Spielzeug für Daisy auszusuchen und ihr hübsche Kleidchen zu kaufen, daß sie die Zeit vergaß. Daisy wird zu Mittag essen wollen, dachte sie. Sie fuhr schneller.

Als sie die Tür zum Rose Cottage öffnete, hörte sie die Schreie. Ihre Nackenhaare sträubten sich; sie rannte die Stufen hinauf und schloß die Tür zu Daisys Zimmer auf.

Daisy lag auf dem Bett und schrie. Valerie ging zu ihr und nahm sie in die Arme. Das Mädchen leistete keinen Widerstand, ihr Heulen ließ jedoch nicht nach. »Daisy, Daisy, Liebling«, murmelte Valerie. »Was ist denn bloß los, mein Liebling?«

»Mama!« kreischte Daisy. »Ich will meine Mama!«

Valeries Magen zog sich zusammen. »Aber, Liebling, du hast doch die Tante. Die Tante wird für dich sorgen.«

»Mama!«

Stück für Stück, unter Tränen, kam die Geschichte ans Tageslicht: Sie hatte die Mama im Fernsehen gesehen. Die Mama vermißte sie, die Mama wollte sie zurückhaben. Und sie wollte die Mama.

Mit schweißnassen Händen und klopfendem Herzen hielt Valerie Daisy an sich gedrückt. Sie saß auf dem Bett und wiegte sie in ihren Armen, küßte ihre Stirn und strich über die tränennassen Wangen. Daisy weinte immer noch, sie schluchzte weiter nach ihrer Mutter.

Valerie atmete schwer. Sie hatte keine Wahl; es gab nur eines, was sie jetzt tun konnte. Es war das letzte, was sie wollte, doch sie hatte keine Wahl.

»Dann komm, Daisy«, sagte sie zärtlich, hielt ihre eigene tiefe Trauer verborgen. »Laß uns gehen.«

Sybil kochte sich eine Tasse starken süßen Tees. Sie setzte sich und starrte vor sich hin, während er kalt wurde.

Das Mädchen, die kleine Daisy Finch, befand sich im Rose Cottage. Sybil war sich sicher. Miß Valerie hatte sie entführt. Warum sie das getan hatte, konnte sich Sybil allerdings absolut nicht erklären.

Das Wichtigste war jetzt: Was fing sie mit diesem furchtbaren Wissen an? Sybil hielt die Karte des Polizeibeamten in der Hand und starrte darauf. Sie fuhr mit dem Finger über den Rand. Er hatte sie gebeten anzurufen, falls sie noch etwas wußte. Sie wußte allerdings etwas! Doch sie konnte ihn unmöglich anrufen.

Sie konnte Miß Valerie nicht bei der Polizei verpfeifen – sie konnte einfach nicht. Miß Valerie vertraute ihr. Sie konnte dieses Vertrauen nicht mißbrauchen.

Doch das kleine Mädchen ...

Wenn es sich nur um den Toten handeln würde, diesen Shaun, das wäre kein Problem. Miß Valerie hatte ihn gekannt; vielleicht hatte sie ihn auch getötet. Doch Sybil hatte die blauen Flecken gesehen. Sie wußte, daß er bekommen hatte, was er verdiente; daß der Tod wahrscheinlich noch zu gut für ihn war und die Welt ohne ihn ein wenig besser. Bei diesem Verbrechen kam sie nicht in Versuchung, der Polizei bei der Lösung zu helfen.

Das kleine Mädchen war etwas anderes. Sie lebte noch. Sie wollte zu ihrer Mama. Und dieser herzzerreißende Appell der Mutter! Wenn irgend jemand helfen kann, hatte sie gefleht. Sybil wußte, daß sie helfen konnte. Es lag in ihrer Macht, Daisy Finch zu ihren Eltern zurückkehren zu lassen.

Doch das bedeutete, Miß Valerie verpfeifen zu müssen; jemanden verraten zu müssen, der ihr nichts als Freundlichkeit entgegengebracht hatte. Ihre Miß Valerie. Sie brachte es nicht übers Herz. Das Mädchen war bestimmt nicht in Gefahr. Miß Valerie würde ihr nicht wehtun.

Wenn sie nur jemanden um Rat fragen könnte, jemand, der wußte, was auf dem Spiel stand.

Terry, dachte Sybil plötzlich. Sie würde Terry fragen. Er

würde wissen, was zu tun war; er wußte über die polizeilichen Untersuchungen Bescheid. Die Polizei vertraute ihm und hatte ihm vermutlich Dinge über den Fall anvertraut, die der Öffentlichkeit vorenthalten worden waren. Wer weiß, vielleicht waren sie bereits soweit, Daisy auch ohne ihre oder andere fremde Hilfe finden zu können. Terry würde sie beruhigen.

Sie würde Terry fragen.

Hazel Croom hatte ihre Entscheidung gefällt: Sie würde nach Branlingham fahren. So schmerzlich es für Pater Gervase auch sein mochte, die Wahrheit über seine ihm angetraute Ehefrau zu erfahren, auf lange Sicht war es besser für ihn. Sie durfte es nicht länger aufschieben.

Allerdings konnte sie nicht einfach so dort erscheinen, mit leeren Händen. Pater Gervase hatte schon immer eine Schwäche für ihre Biskuits gehabt, hatte oft deren Luftigkeit gelobt. Im Vergleich zu den ihren bestanden Rosemarys Biskuits aus Stein. Ein Biskuit als Geschenk würde Rosemarys Defizite auf diesem Gebiet, wie auf so vielen anderen auch, veranschaulichen.

Sie hatte keine Zeit zum Backen. Hazels Gefrierschrank war jedoch gegen solche Eventualitäten gefeit. Sie suchte einen heraus; bis sie in Branlingham ankam, wäre er aufgetaut.

Sybil wollte nicht warten, bis Terry von der Arbeit nach Hause gekommen war. Außerdem ging sie Delilah sowieso am liebsten aus dem Weg. Sie nahm den Hörer ab und rief die Grundschule in Branlingham an. Sie fragte nach ihrem Sohn.

Die Sekretärin am anderen Ende klang kühl und deutlich abweisend. Mr. Rashe sei nicht dort. Er sei heute morgen nicht zur Arbeit erschienen, hatte nicht angerufen, um zu sagen, daß er krank sei. Sie wußte wirklich nicht, wo er war.

Sybil war verwirrt. Es blieb ihr nun nichts anderes übrig, als bei ihm zu Hause anzurufen und notfalls mit Delilah zu sprechen.

Die beiden Mrs. Rashe, Sybil und ihre Schwiegertochter, hatten sich noch nie leiden können. Von Anfang an hatte Sybil das Gefühl gehabt, Delilah sei nicht gut genug für ihren Sohn; daß sie ihn mit ihrer Sirenenstimme von seiner Familie weggelockt, ihre Klauen in ihn geschlagen hatte und ihn seitdem unterdrückte. Sie war eine schlampige Hausfrau; sie war keinen Deut besser, als zu erwarten gewesen war. Delilah ihrerseits fand Sybils Einmischungen in ihr Familienleben unerträglich. Die meiste Zeit gingen sie sich aus dem Weg und ignorierten sich gegenseitig. Gelegentlich konnten sie den Kontakt jedoch nicht vermeiden. Die aufkommenden Streitereien waren unangenehm für alle.

Sybil wählte die Nummer, und Delilah antwortete. »Ist Terry da?« verlangte die ältere Frau zu wissen.

Delilahs Stimme klang höhnisch. »Ja, ist er. Ich werde ihn allerdings nicht ans Telefon holen.«

»Ich muß ihn sprechen! Es ist wichtig.«

So ging es eine Weile hin und her. Sybil drängte und Delilah weigerte sich. Sie standen sich gegenseitig in nichts nach, doch schließlich siegte Sybil, zumindest insoweit, als daß sie ein paar Informationen herauskitzeln konnte.

»Wenn du es unbedingt wissen willst«, sagte Delilah schließlich, »er liegt im Bett und schläft.«

»Ist er krank?«

»Nein, er ist nicht krank. Er hat nur eine lange Nacht auf dem Polizeirevier hinter sich, das ist alles. Er ist heute morgen erst wiedergekommen.«

Sybils Brust schwellte vor Stolz: Ihr Terry, so gewissenhaft half er der Polizei, daß er dafür sogar seinen Schlaf opferte. »Du solltest stolz auf ihn sein, so wie ich«, ermahnte sie. »Hauptzeuge der Polizei und alles. Er tut seine Bürgerpflicht. So, wie ich es ihn gelehrt habe.«

»Bürgerpflicht!« Delilah schnaubte verächtlich. »Ist es das, was du denkst?« Ihre Stimme veränderte sich, als sie loslegte. »Jetzt hör' mal zu, du dumme alte Kuh. Dein kostbarer Sohn ist kein Hauptzeuge – er ist der Hauptverdächtige! Die Polizei denkt, er hätte das kleine Mädchen entführt und getötet. Sie werden ihn nicht eher in Ruhe lassen, bis sie ein Geständnis aus ihm 'rausgeprügelt haben. *Das* hat dein kostbarer Sohn gemacht. Ich hoffe, du bist jetzt zufrieden!«

Delilah knallte den Hörer auf die Gabel. Die Leitung war tot; Sybil starrte blind auf den schweigenden Apparat.

Die Polizei glaubte, daß ihr Terry Daisy Finch getötet hatte? Aber das war absurd, unmöglich. Terry würde niemals, *könnte* niemals so etwas tun. Und außerdem, Daisy Finch lebte noch; Sybil wußte es.

Miß Valerie war kein Thema mehr; sie war völlig unwichtig geworden. Daisy Finchs Sicherheit, die Notwendigkeit, sie zu ihren trauernden Eltern zurückkehren zu lassen, wurde zur Nebensache. Es ging nur um Terry. Der Mutterinstinkt, in Sybil Rashe schon immer stark ausgeprägt, schwoll zu ungeahnter Größe an. Sie wurde zur Löwin, die ihr Junges vor herumstreichenden Räubern verteidigte. Terry, ihr Sohn, ihr Junge, war zu Unrecht angeklagt. Sie allein konnte ihn retten.

Die Karte des Polizeibeamten lag noch immer auf ihrem Schoß; wieder nahm sie den Hörer auf. Ihre Hände zitterten, als sie die Nummer wählte. Innerlich war sie jedoch ruhig, fast gelassen. Sie würde Terry retten.

In Saxwell war Markttag. Sogar am Nachmittag war es noch voll. Es wimmelte vor Menschen; die Stadt erstickte im Verkehr. Jeder war mit seinen eigenen Besorgungen beschäftigt; niemand beachtete den roten Porsche, der sich mit dem Strom in Richtung Stadtmitte bewegte.

Daisy, wieder in ihrem pink-weiß gestreiften Kleid, saß auf dem Beifahrersitz und hielt das gelbe Kätzchen umklammert. Von der raschen Wendung der Ereignisse überrumpelt, hatte sie aufgehört zu weinen. Sie schaute aus dem Seitenfenster.

Auf dem Fahrersitz kämpfte Valerie darum, ihre Gefühle unter Kontrolle zu halten. Sie konzentrierte sich aufs Fahren, auf den Verkehr. Sie erlaubte sich nicht, über Daisy nachzudenken. Keiner von beiden sprach.

Eine doppelte gelbe Linie zog sich vor dem Eingang des Polizeireviers entlang. Valerie lenkte den Porsche an den Straßenrand. Sie löste Daisys Gurt, lehnte sich hinüber und öffnete die Beifahrertür. »Geh' da hinein«, sagte sie ruhig. »Sag' ihnen, wer du bist.«

Jetzt, da es soweit war, zögerte Daisy; sie drehte sich zu Valerie. »Tante ...«

»Geh'. Nun geh' schon.« Valerie gab ihr einen kleinen Schubs.

Daisy stieg aus dem Wagen; sie hielt das Kätzchen weiter umklammert und stand unsicher auf dem Gehweg. Sie sah zu, wie Valerie die Tür zuzog und sich mit dem Porsche in den Verkehr einfädelte.

Valerie schaute nicht zurück.

Kapitel 21

Mit der Identität des Toten hatten sie die erste große Hürde in der Untersuchung des Mordfalles genommen. Jetzt konnten die Detectives wirklich anfangen, den Täter ausfindig zu machen.

Es mußte jemand nach London fahren, um seine dortigen Bekannten zu befragen – seine Kollegen, Nachbarn, Freunde – sowie seine Wohnung am Earls Court nach Hinweisen zu durchsuchen. Pete Elliott freute sich nicht im geringsten darauf, nach London zu fahren; die Hauptstadt machte ihn nervös. Aus seiner gewohnten Umgebung herausgerissen zu werden war jedesmal eine nervenaufreibende Erfahrung für ihn. Zoe Threadgold auf der anderen Seite konnte es kaum erwarten.

Doch Pete Elliott, nicht Zoe, leitete die Untersuchung. Also würde alles nach seinem Zeitplan und seinem Tempo vor sich gehen. Ja, sie würden nach London fahren, doch noch nicht sofort. Es gab hier in Saxwell noch immer Fäden, die miteinander verknüpft werden mußten.

Nicht zuletzt der Zusammenhang zwischen dem toten Mann und dem vermißten Mädchen, diese flüchtige Verbindung der in dem blauen Polo gefundenen Haare. Daisy Finch verfolgte Elliott, auf eine Weise, wie es Shaun Kelly nie getan hatte. Er haßte es, Saxwell zu verlassen, bevor er nicht eine Idee hatte, was mit ihr geschehen war. Trotz Superintendent Hardy.

Der gefühlsbetonte Appell der Eltern während der Pressekonferenz hatte eine Flut von Anrufen an die eingeblendete Nummer zur Folge gehabt. Viele der Anrufer berichteten, das Mädchen gesehen zu haben. Elliott war fest entschlossen, sich zuallererst durch die Zettel zu arbeiten, auf denen diese Anrufe notiert worden waren.

Er und Zoe, die ihre Ungeduld, nach London zu fahren, im Zaum hielt, saßen in seinem Büro und blätterten die Zettel durch; sie konnten es sich nicht leisten, sie von vornherein abzutun oder als Scherz zu betrachten. Trotzdem gab es eine große Anzahl darunter, die sofort in den Müll wandern konnten; Elliott war erstaunt, wie viele Leute behaupteten, Daisy Finch mit dem rothaarigen Iren am Dienstag gesehen zu haben. Zu einer Zeit, das wußte die Polizei, wenn auch nicht die Öffentlichkeit, zu der er bereits tot war. Den Zetteln nach zu urteilen waren die beiden gesehen worden auf einer Fähre nach Irland, in einer Abflughalle am Flughafen Heathrow, bei einem Besuch des Tower in London, in einer Pension in den schottischen Highlands, auf dem Riesenrad in Blackpool sowie an vielen weiteren, nicht ganz so romantischen Örtlichkeiten.

Viele Menschen hatten auch berichtet, Daisy alleine gesehen zu haben. Elliott und Zoe saßen sich an seinem Schreibtisch gegenüber und lasen sich die Nachrichten gegenseitig vor: Sie war gesehen worden, wie sie Süßigkeiten am Pier in Brighton aß und ein Eis am Strand von Skegness; sie war bei Harrods in der Spielzeugabteilung und in der Kathedrale von Newcastle gesichtet worden. Diese Informationen konnten nicht so einfach ignoriert werden, obwohl keine sehr vielversprechend klang.

»Um ehrlich zu sein, Sergeant«, sagte Elliott, nachdem sie den Haufen durchgesehen hatten, »ich denke nicht, daß Daisy Finch Suffolk überhaupt verlassen hat. Sie ist wahrscheinlich sogar in Branlingham geblieben.«

»Wollen Sie damit sagen, Sie denken, sie ist tot, Sir?«

Er rieb sich seine müden Augen und seufzte. »Ich möchte es nicht glauben. Es besteht immer die Chance, daß sie noch lebt.«

»Aber wo ist sie, Sir?«

»Keinen blassen Schimmer. Terry Rashe war ein solcher Schlag ins Wasser, ich weiß nicht, wer uns noch weiterhelfen kann«, gestand Elliott. »Ich vermute mal, Shaun Kelly hätte es uns sagen können. Dafür ist es jetzt ja leider zu spät.«

Zoe war mehr an dem toten Mann interessiert als an Daisy Finch. Sie begrüßte den Themenwechsel und lehnte sich über den Schreibtisch. »Hören Sie, Sir. Wir haben uns doch gefragt, was Shaun Kelly in Branlingham wollte, warum er im ›Georg und der Drache‹ gegessen hat und sich hier in der Umgebung hat umbringen lassen, wo er doch in London gewohnt hat.«

»Ja?«

»Ich habe mir darüber Gedanken gemacht«, sagte sie, »und mich an etwas erinnert. Dieser Typ bei GlobeSpan, sein Chef; er hat erwähnt, daß Shaun Kelly Valerie Marlers Publizist war.«

»Ja, richtig«, pflichtete Elliott ihr bei. »Sie sagten, sie würde Frauenbücher schreiben.«

»Na ja, Sir, ich glaube, daß sie hier in der Gegend lebt.«

»Ah.« Er sah interessiert auf. »Wer würde das denn genau wissen?«

»Becky, unsere Telefonistin«, kam die prompte Antwort. »Sie liest ständig Bücher von Valerie Marler und will mich andauernd dazu überreden, sie auch zu lesen. Ich bin mir fast sicher, daß sie gesagt hat, sie würde hier irgendwo in der Nähe wohnen.«

Elliott setzte sich gerade hin. »Gehen Sie und fragen Sie sie. Fragen Sie sie auch«, fügte er einer spontanen Eingebung folgend hinzu, »ob Valerie Marler blonde Haare hat.«

Während ihrer Abwesenheit sortierte er die Zettel auf seinem Schreibtisch zu ordentlichen Stößen. In Gedanken spielte er bereits sämtliche Möglichkeiten durch. Wenn

Shaun Kelly in der Gegend gewesen war, um Valerie Marler zu besuchen ...

Zoe kehrte nach ein paar Minuten zurück. Sie schwenkte eine Zeitschrift; ihr Gesicht glühte vor Erregung. »Sehen Sie sich das an, Sir!« Sie ließ die Zeitschrift vor ihn auf seinen Schreibtisch fallen. »Becky hatte sie dabei – Valerie Marler, zu Hause im Rose Cottage in Elmsford.«

Das Titelbild der Zeitschrift *Hello* sprang ihm entgegen; er verkündete das Offensichtliche. »Sie ist wirklich blond.«

Zoe verschränkte ihre Arme vor der Brust und wartete. Elliott war jedoch wie verhext. Er starrte auf das Foto. »Was ist los, Sir? Kennen Sie sie?«

Elliott atmete tief aus und sagte sacht: »Nein, doch ich wünschte, ich würde. Ich glaube, ich habe mich verliebt. Ist sie nicht das Wunderbarste, was Sie je gesehen haben?« Dann fiel ihm das Gerücht ein, daß Zoe lesbisch sei. Was als rhetorische Frage gedacht war, nahm dadurch andere Ausmaße an. Er errötete ob seines *vaux pas*.

Zoe ignorierte sowohl seine Verlegenheit als auch seine Frage. »Nun, Sir. Sollten wir nicht hinfahren und mit ihr sprechen?«

Er grinste und fing sich wieder. »Darauf können Sie wetten, Sergeant.«

Als er sich jedoch von seinem Schreibtisch erhob, klingelte das Telefon. Er nahm ab. »Inspektor Elliott.«

Zoe wartete, während er eine kryptische Unterhaltung mit der Person am anderen Ende führte. Es war eine kurze Unterhaltung; als er den Hörer auflegte, sah er sie mit hochgezogenen Augenbrauen an.

»Die reizende Miß Marler wird sich noch ein paar Minuten gedulden müssen«, verkündete er bedauernd. »Das war Mrs. Rashe – Terrys Mutter.«

»Sie haben ihr Ihre Karte gegeben«, erinnerte Zoe sich. »Was wollte sie?«

»Sie will, daß ich bei ihr vorbeikomme. Sagt, sie hätte wichtige Informationen, die sie mir nicht am Telefon mitteilen kann.«

Zoe blickte skeptisch. »Vermutlich vergebliche Mühe, Sir.«

»Vermutlich«, stimmte er zu. »Wir können uns trotzdem nicht leisten, sie zu übergehen, was immer es auch sein mag. Außerdem lebt sie ebenfalls in Elmsford. Wir können also zwei Fliegen mit einer Klappe schlagen: Wir fahren von dort aus zu Valerie Marler.«

Er war bereits aus der Tür; Zoe folgte ihm. Auf dem Flur, in Gedanken so sehr bei den anstehenden Aufgaben, liefen sie an dem kleinen Mädchen glattweg vorbei. Das Mädchen rief ihnen jedoch hinterher. »Hallo«, sagte sie.

Elliott drehte sich um und sah sie an. In seinem Kopf wirbelte es vor blondem Liebreiz. Er brauchte einen Moment, um sich auf das kleine bebrillte Gesicht einzustellen, auf die dunklen, zu Zöpfen geflochtenen Haare und das wie eine Zuckerstange gestreifte Kleidchen.

»Hallo«, wiederholte das kleine Mädchen. »Ich bin Daisy Finch.«

»Natürlich bist du das!« Elliott kniete nieder und umarmte sie. Überrascht stellte er fest, daß er weinte.

Im Vikariat in Branlingham fragte Margaret sich, wie lange dieser Stillstand anhalten konnte.

Am Donnerstagnachmittag, nach der Aufregung um die morgendliche Pressekonferenz, hatte es Zeit zum Nachdenken gegeben. Rosemary, von der Pressekonferenz bis zum Umfallen erschöpft, war auf dem Sofa in einen unruhigen Halbschlaf gefallen; Gervase schlief im Sessel. Margaret saß neben Rosemary und erlaubte sich letztendlich, über die seltsame Fügung des Schicksals nachzudenken, die sie hierher gebracht hatte. Ihr war die Ironie der Situation sehr wohl bewußt – der Tatsache, daß ihre gesamte Aufmerksamkeit Rosemary Finch galt. Selbst in deren jetzigem zerbrechlichen Zustand spürte Margaret eine Kraft in ihr, die bewundernswert und anziehend zugleich war, eine innere Integrität. Sie wünschte, sie hätten sich unter anderen Umständen näher kennenlernen dürfen. Wir hätten sogar Freundinnen sein können, dachte sie. Sie hatte Rosemary Finch von Anfang an gemocht, seit ihrer ersten Begegnung; langsam fing sie an zu begreifen, was Hal dazu gebracht hatte, sich in diese äußerlich unscheinbare Frau zu verlieben.

Das entschuldigte ihn natürlich nicht. Als sie Hal schließlich erlaubte, sich in ihre Gedanken zu schleichen, wie ein Finger, der in einer frischen Wunde bohrte, fühlte sie tiefe Bitterkeit. Vielleicht war es seltsam, doch sie gab Rosemary nicht die geringste Schuld an dem, was geschehen war. Sie war genauso Hals Opfer wie Margaret selbst. Das schaffte ein Band zwischen ihnen, auch wenn sich Rosemary dessen nicht bewußt war.

Und Gervase. Gervase und ich sind uns in vielen Dingen ähnlich, überlegte Margaret. Zumindest haben wir etwas gemeinsam: Wir haben beide gedacht, wir wüßten, worum es in unserer Ehe geht; wir haben uns beide geirrt. Sie hatten beide angenommen, sie würden über festen Boden schreiten und fanden sich jetzt in einem Sumpf wieder, aus dem sie sich herauszukämpfen versuchten.

Mit etwas Glück war es für Gervase noch nicht zu spät.

Bei ihr und Hal war sie sich dessen nicht so sicher.

Wie lange konnte sie es noch umgehen, an Hal zu denken? Wie lange noch ...

Es klingelte.

Rosemary rührte sich und öffnete ihre geröteten Augen, in denen sich Hoffnung und Angst gleichzeitig spiegelten;

es war jedesmal dasselbe, sobald das Telefon läutete oder es an der Tür klingelte. Gervase erwachte ebenfalls.

»Ich gehe«, sagte Margaret. Sie ging in die Halle. Einen Moment später kehrte sie zurück. »Miß Croom«, verkündete sie. Sie sah, wie Rosemarys Gesicht verfiel. »Sie hat einen Kuchen mitgebracht und besteht darauf, Gervase zu sprechen – sie sagt, sie geht nicht eher, als bis sie mit ihm gesprochen hat.«

Gervase seufzte schwer und stand auf. »Dann spreche ich wohl besser mit ihr.«

Hazel stand in der Halle und betrachtete die Veränderungen, die der Anstreicher vollbracht hatte. Sie lächelte, als sie Gervase auf sich zukommen sah. »Pater Gervase!«

»Hazel. Wie nett von Ihnen, vorbeizuschauen«, sagte er freundlich.

»Ich haben Ihnen einen Kuchen mitgebracht. Einen meiner Biskuits – die haben Sie doch immer gerne gegessen.« Sie überreichte ihm die Platte.

»Das ist doppelt nett.« Er zögerte einen Moment. Dann gestikulierte er in Richtung Küche. »Lassen Sie uns durchgehen. Ich werde Wasser aufsetzen.«

Triumphierend folgte sie ihm; es verlief alles nach Plan.

In der Küche füllte er den Wasserkessel und schaltete die Herdplatte an. Er nahm ihr den Kuchen ab und ließ ihn auf einen ihrer eigenen Teller gleiten.

»Zuallererst«, sagte Hazel und begann eine Ansprache, die sie den ganzen Weg über von Letherfield bis Branlingham geübt hatte, »möchte ich Ihnen sagen, Pater Gervase, wie leid mir die Sache mit Daisy tut.«

Er neigte den Kopf zur Seite. »Vielen Dank. Das Warten und die Ungewißheit haben uns sehr zugesetzt.«

»Doch vielleicht, nach einiger Zeit, werden Sie akzeptieren können, daß es so das Beste ist«, fuhr Hazel fort. »›Gottes Wege sind unergründlich‹.«

»Ich weiß nicht, was Sie meinen«, erwiderte Gervase.

»Ach, Sie wissen schon. Daisy, behindert wie sie war«, sagte sie. »Sie hätte niemals ein auch nur annähernd normales Leben führen können.«

Gervase saß sehr still. »Sie nehmen an, daß Daisy tot ist?«

»Na ja, muß sie doch sein, oder? Es ist wirklich alles sehr traurig, und wie Sie schon sagten, die Ungewißheit ...«

Er unterdrückte den Drang, die Frau am Kragen zu packen und hinauszuwerfen. Um seine Wut vor ihr zu verbergen, drehte er sich um und hantierte mit dem Tee. Er war kein Mann, der zu Gewalt neigte; daß er sich zwingen mußte, das silberne Kuchenmesser liegen zu lassen, um sie nicht damit umzubringen, schockierte ihn mindestens ebenso, wie es Hazel schockiert hätte, wenn er diesem Impuls nachgegeben hätte.

Mit einem Pater Gervase, der ihr den Rücken zuwandte, wurde sie mutiger. Sie nahm den Faden wieder auf. »Wenn Ihnen das eines gezeigt hat, Pater, dann doch bestimmt die Tatsache, daß Rosemary als Mutter total versagt hat. Sie hätte niemals ein Kind haben sollen.«

Gervase wirbelte herum. Sie erschrak vor der Intensität seines Gesichtsausdruckes und seiner Stimme. »Das ist ja wohl die allergrößte Unverschämtheit, so etwas zu behaupten!«

Hazel bebte. Es war nicht zu erwarten gewesen, daß er das ruhig hinnahm. Sobald er jedoch alles gehört hatte, was sie ihm jetzt sagen würde, und eine Weile darüber hatte nachdenken können, würde alles ganz anders aussehen. »Es *war* ihre Schuld, daß Daisy verschwunden ist«, stellte sie fest.

»Wer sagt das?« forderte er sie heraus.

»Es stand in der Zeitung. Sogar Tom hat es gesagt, im *Daily Telegraph*.«

In der Ferne hörte Gervase das Telefon, vielleicht war das Klingeln aber auch nur in seinem Kopf. Seine Stimme bekam dieselbe Note kalter, erbitterter Wut, die sie bei seinem Gespräch mit Tom angenommen hatte. »Sie sprechen über meine Frau«, sagte er. »Wenn Sie in mein Haus gekommen sind, um sie zu beleidigen, können Sie sofort gehen.«

»Ich tue nur meine Pflicht«, erwiderte Hazel. Sie ließ sich nicht einschüchtern. »Es muß Ihnen gesagt werden, was Sie da für eine Frau geheiratet haben, wenn Sie es nicht selber sehen können.«

Die Küchentür flog auf und Rosemary stürmte herein. Ihr Gesicht glühte. »Sie haben Daisy gefunden!« schrie sie. Der Ausdruck auf ihrem Gesicht nahm den Rest der Geschichte vorweg: »Sie lebt, es geht ihr gut! Sie ist in dieser Sekunde auf dem Weg nach Hause!«

»Gott sei Dank«, sagte Gervase leise. Sein Gesicht wirkte plötzlich um zehn Jahre jünger. Für ihn waren diese Worte keine leere Phrase.

Hazel war vergessen; sie waren sich nicht einmal bewußt, daß sie noch da war. Ihre Gelegenheit war gekommen und gegangen, sie hatte ihre Mission verfehlt. Sie war überflüssig geworden; während eine ekstatische Rosemary und Gervase sich mitten in der Küche in die Arme fielen, verfolgte sie ihre Schritte zurück zur Eingangstür und dann zu ihrem Wagen.

»Wie haben sie sie gefunden? Wo ist sie gewesen?« wollte Gervase wissen. Er führte Rosemary an der Hand vor das Haus, um auf Daisy zu warten.

»Das haben sie nicht gesagt.« Rosemary stand auf Zehenspitzen, um so früh wie möglich einen Blick auf den Polizeiwagen erhaschen zu können. »Nur, daß sie lebt und unverletzt ist. Ich habe immer gewußt, daß sie noch lebt«, fügte sie hinzu. Die Augen hinter den Brillengläsern schimmerten feucht vor Aufregung. »Ich bin ihre Mutter – ich hätte es gespürt, wenn sie tot wäre.« Sie erblickte den Polizeiwagen, als er ins Kirchenend einbog und Richtung Eingangstür preschte.

Sie waren beide in der Einfahrt, als die Wagentüren aufsprangen und Daisy herausgeflogen kam. Das Mädchen hielt ein kleines gelbes Fellbündel im Arm. »Sie heißt Samantha«, rief Daisy. »Kann ich sie behalten, Mama?«

»Oh, Liebling«, weinte Rosemary. Sie schloß Mädchen und Kätzchen fest in die Arme. »Oh, Daisy, natürlich kannst du sie behalten.«

Margaret sah ein, daß sie nicht länger gebraucht wurde im Vikariat in Branlingham. Daisy war zurück, die Polizei war weg, die Familie wieder vereint. Es war Zeit für sie, nach Hause zu fahren.

Zeit, Hal gegenüberzutreten.

Als sie nach Saxwell zurückfuhr, lenkte sie ihre Gedanken in seine Richtung. Es tat weh. Wie sollte sie es schaffen, ihm zu begegnen? Wie konnte sie es ertragen?

Was wäre, fragte sie sich plötzlich, wenn es sich nicht um Hal, sondern um irgendeinen anderen Mann handeln würde? Um jemanden, der mich in meiner Eigenschaft als Priesterin aufgesucht hätte? Der mir, bei der Beichte vielleicht, die gleiche Geschichte erzählt hätte wie Hal? Wie hätte ich reagiert? Was hätte ich gesagt?

Das läßt die Sache in einem anderen Licht erscheinen, mußte Margaret zugeben.

›Man kann sich nicht gegen seine Gefühle wehren. Man ist nur für das verantwortlich, was man deswegen unternimmt.‹ Solche und ähnliche Worte waren ihr geläufig, wenn es um die Beratung von in Schwierigkeiten geratenen Gemeindemitgliedern ging. Sie waren auch auf diese Situation anwendbar. So schmerzlich es auch war, sich das einzugestehen: Hal konnte nichts dafür, daß er sich in Rosemary Finch verliebt hatte. Und was er getan hatte ...

Nichts Unehrenhaftes. Die Gelegenheit war wahrscheinlich da gewesen, und er hatte sie nicht ergriffen.

Er war vor eine Wahl gestellt worden und hatte die richtige Entscheidung getroffen. Das Richtige getan, das Anständige. Seiner Frau hatte er es nicht erzählt, weil er sie nicht verletzen wollte. Weil das, was geschehen war, nun unwichtig geworden war, und er wußte, daß es ihr wehtun würde.

Bei jedem anderen Mann außer Hal hätte sie vollkommen anders reagiert.

Das gab ihr zu denken, genau wie die nächste Überlegung:

War sie denn völlig schuldlos an dem, was geschehen war? War sie nicht schuldig, Hal vernachlässigt zu haben? So, wie sie Gervase vorgeworfen hatte, Rosemary zu vernachlässigen? In den letzten paar Wochen vielleicht. Vielleicht hatte sie ihn einfach als selbstverständlich hingenommen. Oder, schlimmer noch, es versäumt, ihn ernst zu nehmen. Genau wie er es in den ersten Jahren ihrer Ehe versäumt hatte, *sie* ernst zu nehmen. Ihre Rollen waren umfassend vertauscht worden; jetzt konnte sie ihn als schmückendes Beiwerk in ihrem Leben behandeln, so, wie er es zuvor mit ihr getan hatte.

Auch Hals neuerdings auftretende manipulative Ader, die Art und Weise, wie er sein Lächeln und sein gutes Aussehen einsetzte: Hatte sie nicht auch daran ihren Anteil? Sie hatte ihn darin bestärkt, stolz darauf, einen Mann zu haben, dem die Frauen hinterher schmachteten.

Doch bei dieser Geschichte mit Rosemary Finch war es

nicht um Sex gegangen. Wie Margaret von Anfang an geahnt hatte, war es viel ernster. Was hatte Rosemary ihm auf emotionaler Ebene bieten können, was er bei ihr vermißte? Hatte *sie* ihn ernst genommen? Solche Gedanken ließen keinen Frieden, keine Beruhigung aufkommen.

›Wenn wir sagen, daß wir frei von Sünde sind, betrügen wir uns selbst und die Wahrheit ist nicht mit uns.‹

Nein, Margaret war keinesfalls schuldlos. Diese Wahrheit schmerzte sie fast so sehr wie das Wissen um Hals emotionalen Treuebruch.

Im Moment war sie jedoch zu müde, um weiter darüber nachdenken zu können. Erschöpfung überfiel sie, als sie sich Saxwell näherte. Als sie die Erzdiakonie schließlich erreichte, wollte sie nichts weiter als ihr Bett – und Vergessen.

Hal hörte den Wagen in der Einfahrt. Er wartete schon, als sie durch die Tür kam.

»Daisy ist in Sicherheit«, sagte sie, bevor er den Mund aufmachen konnte. »Sie ist jetzt zu Hause. Es geht ihr wirklich gut.«

Die Anspannung fiel von ihm ab, er bedeckte sein Gesicht mit beiden Händen. »Oh, Gott sei Dank.«

Margaret betrachtete ihn distanziert, fast so, als sähe sie ihn zum ersten Mal. Ein gutaussehender Mann, ja, doch einer mit wesentlich mehr Komplexität als es den Anschein hatte. Nicht trivial. »Dir bedeutet Daisy sehr viel, oder?«

»Ja. Oh, ja.« Das war offensichtlich ernst gemeint, es kam von Herzen. Er konnte es jedoch nicht lassen hinzuzufügen, mit einem Seitenblick auf seine Frau: »Macht das die Sache besser?«

Sie ging die Stufen hinauf. »Nein, ich denke nicht«, erwiderte sie nachdenklich. »Insgesamt gesehen macht es das Ganze nur noch schlimmer.«

Er folgte ihr die Treppe hinauf, zur Schlafzimmertür.

»Ich gehe jetzt ins Bett«, verkündete Margaret.

»Meg ...« sagte er und streckte seine Hand aus. »Hör' zu ...«

Sie zögerte nur einen Augenblick, einen Herzschlag lang; darauf war er nicht vorbereitet. Er hatte nicht genügend Zeit, seinen Vorteil zu nutzen.

»Nein.« Mit dieser einzelnen Silbe schloß sie die Tür vor seiner Nase. Nicht jetzt. Noch nicht.

Sybil hatte die Hoffnung beinahe aufgegeben, daß die Polizei noch kam. Sie wartete an der Tür, als sie heranfuhren. Die Frage, ob sie irgendwelche Informationen aus ihr würden herauskitzeln müssen, stellte sich nicht; sie platzte fast vor Mitteilungsdrang.

Terry war unschuldig. Sie war sich dessen sicher, sie konnte es beweisen.

Sie ließen sie reden, bemühten sich nicht, ihr mitzuteilen, daß Terry nicht mehr verdächtigt wurde.

Zuerst erzählte sie ihnen von ihrem Besuch im Rose Cottage; die Gründe, warum sie Miß Valerie überhaupt verdächtigt hatte, ließ sie dabei außen vor. Milly sollte nicht irgendwelche Lorbeeren ernten können. Sie hatte ein Kind weinen gehört, sagte sie. Es hatte nach seiner Mutter gerufen. Wenn sie sich zum Rose Cottage bemühten, dessen war Sybil sicher, würden sie Daisy Finch dort finden.

Es gab noch mehr. Dieser Shaun Kelly, sagte sie. Sie wußte mit Sicherheit, daß Miß Valerie ihn gekannt hatte. Sie hatte ihn niemals im Rose Cottage *gesehen*, zugegeben, doch sie hatte ihre Gründe zu denken, daß er dort gewesen war.

Außerdem besaß Miß Valerie einen blauen Polo, er hatte

versteckt in ihrer Garage gestanden. Das war etwas, was Sybil gesehen *hatte*, das konnte sie beschwören.

Sie dankten ihr, als sie gingen.

»Sie werden Terry also nicht mehr belästigen?« verlangte sie zu wissen.

Elliott versicherte es ihr mit unbewegtem Gesicht. »Nein, wir werden Terry nicht weiter belästigen.«

Sybil nickte zufrieden.

Elliott war hocherfreut über das, was Sybil Rashe ihnen erzählt hatte. Es paßte exakt zu Daisys Geschichte, die sie auf dem Weg von Saxwell nach Branlingham aus ihr herausgekitzelt hatten. Sie war bei der Tante gewesen, hatte sie erzählt. Die Tante war eine hübsche Dame mit goldenen Haaren. Die Tante hatte sie an dem Tag von der Schule abgeholt – sie wußte nicht mehr, an welchem Tag, sie hatte längst jeden Zeitbegriff verloren. Die Tante hatte sie in einem blauen Wagen zu ihrem Haus mitgenommen. Die Tante war lieb zu ihr gewesen, hatte ihr Samantha geschenkt und ihr Geschichten erzählt. Die Tante hatte ihr nicht weh getan, überhaupt nicht. Sie war nicht aus dem Haus der Tante hinausgegangen. Sie wußte nicht, wo das Haus war. Sie hatte Mama und Papa im Fernsehen gesehen und hatte der Tante erzählt, daß sie nach Hause wollte. Da hatte die Tante sie zur Polizei gefahren, in einem roten Wagen.

»Ich denke, wir sollten uns jetzt sofort zum Rose Cottage auf den Weg machen und hören, was Miß Valerie Marler selbst dazu zu sagen hat«, schlug er mit einem ironischen Zwinkern vor. »Wo wir gerade in der Nachbarschaft sind.«

Elliott hatte sich natürlich die Fotos von Valerie Marler angesehen. Kein Foto der Welt hätte ihn jedoch auf den

Eindruck vorbereiten können, den ihre Persönlichkeit in Natura auf ihn machte. Sie öffnete ihm die Tür. Die Wolke hellen Haares, diese schimmernden blauen Augen; er war geblendet, fast trunken von ihrer Schönheit.

Er zeigte ihr seinen Dienstausweis und fragte, ob er eintreten und ihr ein paar Fragen stellen dürfe.

»Ja, natürlich«, sagte sie freundlich.

Sie führte ihn in ihr Wohnzimmer. Valerie hatte bereits jede Spur von Daisy aus Rose Cottage verschwinden lassen, so wie jede Spur von Ben und Jenny aus ihrem Leben. Kleidung, Spielzeug, Bücher, Nahrungsmittel, sogar Katzenklo und Katzenfutter: Alles war zusammengeräumt und in Mülltüten verpackt zur nächsten Abfallsammelstelle gebracht worden. Zoes Kopf wirbelte herum auf der Suche nach Hinweisen dafür, daß das kleine Mädchen im Rose Cottage gewesen war; da war nichts.

Es gab eigentlich nur wenige Fragen. »Ich glaube«, sagte Elliott, »daß Ihnen ein Mr. Shaun Kelly bekannt war?«

»Er ist mein Publizist. Oder *war* es zumindest. Er ist wohl gefeuert worden, soweit ich weiß.«

»Wann haben Sie Mr. Kelly zum letzten Mal gesehen?«

Sie krauste die Stirn, als fiele es ihr schwer, sich zu erinnern. »Das muß ein paar Wochen her sein. An dem Tag, an dem die Leute von der Zeitschrift *Hello* wegen eines Fototermins hier waren. Mr. Kelly kam ebenfalls her, um alles zu überwachen.«

»Diese Woche haben Sie ihn nicht gesehen, Miß Marler? Am Montag zum Beispiel?«

Wieder krauste sie die Stirn. »Nein, bestimmt nicht.«

»Wie war Ihre Beziehung zu Mr. Kelly?« warf Zoe ein. Sie ignorierte Elliotts Stirnrunzeln.

»Das sagte ich Ihnen doch. Er war mein Publizist.«

»Wissen Sie, daß Shaun Kelly tot ist?« fragte Zoe direkt.

Valerie Marlers Augenbrauen gingen in die Höhe. »Oh,

nein. Davon habe ich noch nichts gehört. Armer Shaun. War es Selbstmord? Er muß sehr verärgert gewesen sein darüber, daß er gefeuert worden ist – dieser Job hat ihm eine Menge bedeutet.«

»Er wurde ermordet«, sagte Zoe.

»Oh, nein.«

Elliott blitzte seinen Sergeanten böse an. »Vielen Dank, Miß Marler, daß Sie sich die Zeit genommen haben«, sagte er und stand auf, um zu gehen. »Sie waren äußerst hilfreich.«

»Keine Ursache, Inspektor.« Sie neigte ruhig den Kopf und beehrte ihn mit einem Lächeln.

Zoe konnte nicht widerstehen, ihr eine weitere Frage zu stellen. »Miß Marler, besitzen Sie einen dunkelblauen Polo?«

Valeries Augen weiteten sich. »Nein, warum? Ich fahre einen Porsche. Rot. Sie können in der Garage nachsehen, wenn Sie möchten.«

»Vielen Dank«, wiederholte Elliott. »Das wird nicht nötig sein.«

Sie hatte es getan. Sie hatte ihn getötet. Elliott war davon überzeugt, trotz der Vorstellung, die sie ihnen gab. Der rote Porsche – dieser Gedanke führte geradewegs zu Daisy. »Was können Sie uns über Daisy Finch sagen?« fragte er, abrupt das Thema wechselnd.

Es gab eine winzige Pause. »Daisy Finch? Ist das nicht das kleine Mädchen, das vermißt wird?«

Sie war kühl wie immer, es gab jedoch eine winzige Veränderung in ihrem Verhalten. Elliott beobachtete sie durchdringend. Er sagte nichts. Nach einem Moment hob sie den Blick und begegnete dem seinem. Was er sah, in dem Bruchteil einer Sekunde, bevor sie die Augen wieder niederschlug, schockte ihn, bewegte ihn.

Hinter diesen wunderschönen blauen Augen, verstand

er in diesem Moment bestürzenden Mitgefühls, war jemand verängstigt und in Not. Ein einsames Kind. Beraubt, trauernd. Sie hatte Daisy Finch entführt und hatte sie wieder gehen lassen. Sie hatte Daisy geliebt – dessen war er sicher, irgendwie; genau so sicher, wie er wußte, daß sie sie entführt hatte. Was hatte es sie gekostet, sie aufzugeben?

Das alles ging ihm in dem Augenblick durch den Kopf, während er überlegte, was jetzt zu tun war, was er als nächstes sagen sollte.

Zoe sprach zuerst, in aggressivem Tonfall. »Sie wissen sehr gut, wer Daisy Finch ist.«

»Vielleicht, Miß Marler«, sagte Elliott, »wären Sie so freundlich, uns aufs Revier zu begleiten?«

Sie hob trotzig das Kinn und blickte ihn herausfordernd an; er sah noch immer das verlorene Kind hinter ihren Augen, und das bewegte ihn mehr als ihre unerreichbare Schönheit. »Verhaften Sie mich?«

Elliott wählte seine Worte mit Bedacht. »Nein, ich frage Sie, ob Sie mitkommen und ein paar Fragen beantworten würden.«

»Dann muß ich also nicht mitkommen«, stellte sie fest.

Er hätte sich denken können, daß sie das wußte; sie war eine intelligente, gebildete Frau. Zum Glück für die Polizei wußten nur wenige Menschen, daß sie, solange sie nicht verhaftet worden sind, nicht gezwungen werden können, die Polizei zu ›begleiten‹. »Nein, Sie müssen nicht mitkommen«, bestätigte er.

Der Blick, den Zoe ihm zuwarf, zeigte nur zu deutlich, daß sie wollte, daß er Valerie Marler verhaftete. Das hätte er tun können. Etwas hielt ihn jedoch zurück. Er versuchte, vor sich selbst eine Erklärung dafür zu finden: Sie hatten keinen Beweis, um sie definitiv mit dem Mord in Verbindung zu bringen. Zu diesem Zeitpunkt gab es nur Zufälle.

Sie *hatte* es getan – beides, den Mord und die Entführung von Daisy Finch. Davon war Elliott überzeugt. Er war jedoch immer noch weit davon entfernt, es beweisen zu können, und sie würde mit Sicherheit kein Geständnis ablegen. Es brachte nichts, die Dinge zu überstürzen, nur um eine schnelle Verhaftung vorweisen zu können. Valerie Marler war keine gewöhnliche Kriminelle, keine Amok laufende Bedrohung für die Gesellschaft; sie konnten es sich leisten, zu warten und es langsam anzugehen.

»Wir kommen wieder«, versprach er. »Mit einem Durchsuchungsbefehl und ein paar mehr Fragen. Außer ...«

»Ja.« Sie sah ihm gerade ins Gesicht, ohne zu blinzeln; er mußte sich zwingen, sich umzudrehen und zur Tür zu gehen.

Zoe folgte ihm murrend zum Wagen. »Warum haben Sie sie nicht festgenommen?« verlangte sie zu wissen, sobald sie im Wagen saßen. »Wir wissen, daß sie Daisy Finch entführt hat. Und sie hat wahrscheinlich auch diesen Kerl ermordet. Warum haben Sie es ihr so leicht gemacht?«

Wegen dieses verlorenen Kindes hinter ihren Augen, mußte er sich eingestehen. Allerdings wußte er, daß er Zoe damit nicht kommen konnte. »Dafür ist noch viel Zeit«, sagte er. »Ich gehe so etwas lieber langsam an – einen Durchsuchungsbefehl abwarten, das Haus durchkämmen, einen klaren forensischen Beweis finden. Wir können sie nicht einfach ins Kittchen schleppen. Sehen Sie nicht, daß sie nicht zu der Sorte Frau gehört, die sich schnell aus der Ruhe bringen läßt? Sie ist kein Terry Rashe. Sie ist intelligent, gebildet ...«

»Und zum Umfallen schön«, fügte Zoe zynisch hinzu. Gott, was ist er doch für ein Spinner, sagte sie sich. Ich hoffe, er weiß, was er tut.

Als er darüber nachdachte, was er in diesem letzten

ruhigen Blick gesehen hatte, war sich Elliott nicht mehr so sicher, daß er wirklich wußte, was er tat. Er konnte sich mit dieser gerade getroffenen Entscheidung bei Superintendent Hardy ganz schön in die Nesseln gesetzt haben. Doch ob es nun richtig war oder falsch, es tat ihm nicht leid; auf obskure Weise fühlte er sich ihr gegenüber verpflichtet. Weil, was immer sie noch getan hatte, Valerie Marler Daisy Finch geliebt hatte.

Erst sehr viel später, Daisy war endlich im Bett, fanden Gervase und Rosemary die Gelegenheit, miteinander zu sprechen. Sie saßen am Küchentisch, Tassen mit Kakao vor sich, bis er schließlich den Mut fand, ihr zu sagen, was er zu sagen hatte.

»Ich hatte viel Zeit nachzudenken in den letzten paar Tagen«, begann er. »Ich muß mich sehr bei dir entschuldigen, meine Liebe.«

Rosemary blinzelte ihn verständnislos an.

»Es fällt mir nicht leicht, dir das zu sagen«, fuhr er fort. »Doch ich weiß, daß ich furchtbar dumm gewesen bin. Ich habe dich als selbstverständlich hingenommen und andere Dinge – andere unwichtige Dinge – über dich gestellt. Die Kirche ist natürlich wichtig, doch du und Daisy, ihr bedeutet mir alles. Ich habe auch gemerkt, daß ich dir nie oft genug gesagt habe, wie sehr ich dich liebe. Letzte Woche, als Daisy verschwunden war und du ebenfalls so weit weg warst von mir, als ich geglaubt habe, daß ich es dir nie mehr würde sagen können, konnte ich es nicht ertragen.«

»Aber was ist mit Laura?« fragte Rosemary.

»Laura?« echote er verständnislos. »Was ist mit ihr?«

»Du hast sie so sehr geliebt. Sie war so schön. Ihr wart so glücklich zusammen. Als sie starb, hat die Trauer dich beinahe ebenfalls umgebracht.«

Gervase starrte seine Frau an. »Denkst du das wirklich?« sagte er langsam.

»Natürlich. Hazel hat es mir gesagt. Jeder weiß, was du für Laura empfunden hast.«

»Da liegst du falsch. Liegt Hazel falsch. Jeder liegt falsch, wenn er das denkt.« Dann erzählte er ihr die Wahrheit: Daß es Schuldgefühle waren, nicht Trauer, die ihn bei Lauras Tod befallen hatten. Daß Lauras äußere Schönheit ein eiskaltes Herz verdeckt hatte. Daß Laura und er nie glücklich miteinander gewesen waren. Daß Rosemarys Eintritt in sein Leben für ihn wie ein heller Sonnenstrahl gewesen war, das Beste, was ihm in seinem Leben jemals passiert war. Daß er sich sein Leben ohne sie nicht mehr vorstellen konnte.

Mittlerweile liefen ihr die Tränen die Wangen hinab. »Warum hast du mir das nie gesagt?«

»Ich habe gedacht, du wüßtest das. Warum hast du nie gefragt?« erwiderte er.

»Ich wollte dich nicht aufregen, indem ich dich an sie erinnere. Ich wollte nicht hören, wie du sie mit mir vergleichst, wollte dich nicht dazu zwingen zuzugeben, daß du mich nicht wirklich liebst, daß du mich nur geheiratet hast, weil du eine Frau brauchtest.«

Er weinte jetzt ebenfalls und lachte gleichzeitig. »Oh, Rosemary. Hast du das wirklich all die Jahre geglaubt?«

Sie nickte.

»Dann warst du ganz schön dumm«, verkündete er. »Waren wir *beide* ganz schön dumm, Rosie.«

»Gott sei Dank«, sagte sie leise und drückte seine Hand. »Es ist noch nicht zu spät.«

Epilog

Es war vorbei. Die Polizei war ihr auf den Fersen, Valerie wußte es. Sie hatten ihr diese ganzen Fragen über Shaun gestellt und sogar über den Wagen.

Sie hatte nicht gedacht, daß sie sie so schnell finden würden. Doch sobald sie Shauns Identität herausgefunden hatten, war es nur eine Frage der Zeit gewesen, bis die Spur zu ihr führte. Er war ihr Publizist gewesen; seine Leiche war in der Nähe ihres Hauses gefunden worden.

Und Daisy. Wußten sie über Daisy Bescheid? Sie *mußten* es wissen, sonst hätten sie keine Fragen gestellt über sie. Liebe, süße Daisy.

Der Polizeiinspektor, der große Mann mit den herabhängenden Haaren, war nett. Er hatte diesen Ausdruck in den Augen, diesen Blick, den sie schon so oft gesehen hatte, der ihr sagte, daß er sie begehrenswert fand. Einen Moment lang hatte sie geglaubt, es stecke mehr dahinter – daß er hinter die Fassade geblickt hatte, daß er das mit Daisy verstanden hatte, irgendwie. Die Freude, sie um sich zu haben, den Schmerz, sie zu verlieren. Daß er verstanden hatte, daß es die schwerste Entscheidung ihres Lebens gewesen war, Daisy gehen zu lassen.

Doch das mußte sie sich eingebildet haben. Männer waren alle gleich. Sie wollten alle nur das eine.

Außer Hal. Hal hatte sich von allen anderen unterschieden. Er hatte sie nicht gewollt. Dafür liebte sie ihn.

Sie war Valerie Marler. Sie war berühmt und schön und reich. Sie wurde bewundert, sie wurde beneidet. Sie war drauf und dran, wie eine gewöhnliche Kriminelle ins Gefängnis gesteckt zu werden. Es stünde in den Zeitungen, käme in den Nachrichten. Ihre Fans wären enttäuscht, ihre Gegner würden triumphieren.

Und alles nur, weil sie der Welt einen Gefallen getan und sie von Shaun befreit hatte. Er war widerlich gewesen; er wurde von niemandem vermißt. Die Welt war ohne ihn besser dran.

Valerie ging nach oben in ihr Badezimmer. Sie öffnete die Jalousien. Der lange Sommerabend ging zu Ende; der Himmel war mit scharlachroten Streifen durchzogen wie mit Blutspuren. Sie drehte die Wasserhähne an der Badewanne auf. Dann goß sie eine großzügige Portion teuren Badeöls hinein. Sie legte ihre Kleidung ab, stieg hinein und ließ sich von dem dampfenden Schaum verwöhnen. Von der Wanne aus betrachtete sie den dunkler werdenden Himmel.

Die Polizei war gegangen. Doch sie würden bald zurück sein. Sie würden klingeln, sie würden an der Hintertür klopfen. Letztendlich würden sie die Tür aufbrechen.

Es war an der Zeit. Valerie griff nach ihrem versteckten Schatz, gestohlen bei ihrem zweiten Besuch in Hals Haus.

Hals Rasierklinge. Sie hatte nur eine genommen, aus seinem Päckchen mit den Ersatzklingen. Bald würde der Himmel sich verdunkelt haben, und der Badeschaum in der Wanne würde durchzogen sein von scharlachroten Streifen.

ENDE

Als der ehrgeizige Hotelier Eric Schuhmacher verkündet, dass er Springwood Hall in ein nobles Landhotel umgestalten will, ist der Protest in Bamford groß. Sowohl die Gesellschaft zur Bewahrung historischer Gebäude als auch die Leiterin des Tierheims, die Springwood Hall bisher nutzen durfte, stellen sich gegen den Plan, ganz zu schweigen von Paul Danby, dem etablierten Gastronom des Ortes und Schwager von Chefinspektor Markby. Richtig prekär wird die Lage jedoch erst, als während der Eröffnungsfeier im Weinkeller des Hauses die Leiche einer jungen Frau gefunden wird. Mitchell und Markby beginnen zu ermitteln ...

ISBN 3-404-14479-1